毛姆经典文库·长篇小说

人性的枷锁（上）

Of Human Bondage

［英］威廉·萨默塞特·毛姆 著

李娜 译

群众出版社

图书在版编目（CIP）数据

人性的枷锁／［英］威廉·萨默塞特·毛姆著；李娜译．—北京：群众出版社，2016.5

（毛姆经典文库）

ISBN 978－7－5014－5493－8

Ⅰ.①人…　Ⅱ.①威…②李…　Ⅲ.①长篇小说—英国—现代　Ⅳ.①I561.45

中国版本图书馆 CIP 数据核字（2016）第 031060 号

毛姆经典文库·长篇小说

人性的枷锁（上）

［英］威廉·萨默塞特·毛姆　著　李　娜　译

出版发行：群众出版社
地　　址：北京市丰台区方庄芳星园三区十五号楼
邮政编码：100078
经　　销：新华书店
印　　刷：北京通天印刷有限责任公司印刷

版　　次：2016 年 5 月第 1 版
印　　次：2016 年 5 月第 1 次
印　　张：13.375
开　　本：880 毫米×1230 毫米　1/32
字　　数：300 千字

书　　号：ISBN 978－7－5014－5493－8
定　　价：68.00 元（上、下）

网　　址：www.qzcbs.com
电子邮箱：843195700@qq.com

营销中心电话：010－83903254
读者服务部电话（门市）：010－83903257
警官读者俱乐部电话（网购、邮购）：010－83903253
文艺分社电话：010－83901730　010－83903973

毛姆经典文学语录

月亮和六便士就在眼前。是为一份六便士的生活疲于奔命，还是为仰望心中那轮明月而有所放弃？

良心是我们每个人心头的岗哨。它在那里值勤站岗，监视着我们，以免干出违法的勾当。

改变一个好习惯容易；改变一个坏习惯谈何容易！这是人生的一大悲哀！

养成阅读的习惯等于为自己筑起一个避难所。它几乎可以助你逃避生命中所有灾难。

人们常常发现：一位卸任后的首相当年不过是大言不惭的演说家；一个解甲归田的将军也无非平淡乏味的市井英雄。

一经打击就灰心泄气的人，永远都是失败者。

毛姆经典文学语录

爱情需要有一种软弱无力的感觉，要有体贴爱护的要求，有帮助别人、取悦别人的热情；它是自私的——如无显现，便是巧妙地遮掩起来了；还包含着某种程度的腼腆和怯懦。

我们要容忍他人，如同容忍自己。

一个人落水了，游得好不好无关紧要；要紧的是他得挣扎出去，不然就得淹死。

要抬高一个人，最容易的办法是贬低另一个人。

要知道一个人的本质，让他承担一种责任是最有效的办法。

人们嘴里说的请你批评，但心里要的却是你的赞美。

第一章

时已破晓，天色灰沉，阴云密布，湿冷的空气预示着一场雪将倏然而至。

一个女仆走了进来，房里的孩子正睡得安然。女仆拉开窗帘，朝对面的房子，一栋有着圆柱门廊的灰泥房子，木然地瞥了一眼，然后走到孩子床边。“醒醒，菲利普。”她说。她拉开被子，抱起孩子往楼下走去。孩子仍在半睡半醒之间。“你母亲要你呢。”她说。女仆打开一层之隔的楼下一间屋子的门，将孩子抱至一张床前。

床上躺着一个女人，正是那孩子的妈妈。女人张开双臂，让孩子舒服地依偎在自己身旁。孩子没问为什么要在这个时候唤醒他。女人亲吻着孩子的眼睛，并用她那纤细而小巧的手隔着孩子的白法兰绒睡衣抚摸他温暖的身体。她将孩子拉近一些，紧贴着自己。“还困呀，宝贝？”她说，声音轻柔而微弱，似从极遥远的地方飘荡而来。

孩子没有应声，只绽放出一个惬意的微笑。躺在这样暖和的大床上，又被如此柔软的手臂环抱着，他感到非常快乐。他蜷缩在母亲身旁，试图把身子缩得小些，再小些。睡意蒙眬之中，他亲了亲母亲，不一会儿就合上眼皮，酣然睡熟了。

医生走上前来，站在床边。

“噢，不要现在就带走他。”她抱怨了一句，声音里含着一丝悲戚。

医生没有答话，神情肃穆地看着她。知道医生不会让孩子在身边待太久，女人再次亲了亲孩子。她缓缓轻抚着孩子的身体，手指一点点向下，直到触到孩子的脚丫；她握住孩子的右脚，抚弄着五个小脚趾，又把手慢慢移到孩子的左脚。这时，她发出一声呜咽。

“怎么了?”医生问道，“你累了吧。”

她摇摇头，抽噎得说不出话来，眼泪顺着双颊滚落。

医生弯下腰来。“把他交给我吧!”

她心憔体衰，无力违拗医生的意愿，只好让出孩子。

医生抱起孩子，将他交给保姆。“你最好送他回自己床上去。”

“好的，先生。”

仍在熟睡中的男孩被带走了。做母亲的这时肝肠寸断，呜咽声直叫人心碎。“可怜的孩子，还不知道他将来命运如何呢?”

护士在一旁劝慰，试图让她平静下来。过了一会儿，女人由于精疲力竭而止住了哭泣。医生走到房间另一侧的桌子跟前。桌上躺着一具死婴，用毛巾盖着。医生揭开毛巾，瞧了瞧。虽然他被屏风挡住了，床上的女人根本看不见他，但还是猜得着他在干什么。

“是女孩还是男孩?”女人低声问护士。

“又是个男孩。”

女人没再搭腔。没过一会儿，孩子的保姆回来了，走近床边。

"菲利普少爷睡得很香，一点儿没醒。"她说道。没人答话，房间里一时沉默无声。

随后，医生再次给病人诊了诊脉。"我想，现在没什么要我做的了。"他说，"早饭后，我再过来看看。"

"那我送您出去，先生。"孩子的保姆说。

两人默默走下楼去。到了门厅，医生停下脚步问道："想必你们已派人去请凯里太太的大伯了，是吧？"

"是的，先生。"

"你知道他什么时候能到这儿吗？"

"不知道，先生。我正在等电报。"

"那小孩怎么办？我觉得最好把他领开。"

"沃特金小姐说由她来照看孩子，先生。"

"那位小姐是谁？"

"她是孩子的教母，先生。您觉得凯里太太能挺过去吗，先生？"

医生摇了摇头。

第二章

一周之后，在沃特金小姐位于昂斯洛花园街的住宅里，菲利普正坐在客厅地板上。他是这里唯一的孩子，没有兄弟姐妹陪伴的他已习惯了自娱自乐。客厅里摆满了大件的厚重家具，每张沙发上都放着三个大靠垫。每把扶手椅上也摆着一个靠垫。他把这些靠垫全拿过来，借助几把轻巧且易于挪动的镀金雕花椅，煞费苦心地搭成一个洞穴。他藏身洞穴之中，以此躲开那些他想象中潜藏在帘幔背后的印第安人。他把耳朵贴近地板，辨听野牛群疾驰在草原的声音。过了一会儿，他听见门开的声音，立即屏声敛息，以免被人发现。

一只有力的手粗暴地扯开一把椅子，靠垫纷纷坠落在地。“你这个淘气鬼，沃特金小姐会生气的!”

“你好啊，艾玛!”他说。

保姆弯下腰来亲了亲他，然后把靠垫抖开，一个个再放回原处。

“我是不是该回家了?”他问。

“是呀，我就是来接你的。”

“你穿了件新衣服。”

时乃一八八五年。她穿着带有裙撑的黑色天鹅绒长袍，紧袖削肩，裙子上镶有三圈大大的荷叶边，头上戴着一顶饰有天鹅绒系带的黑色帽子，神色有些犹豫。原本期待的问题没有问及，她也无从顺势给出事先准备好的回答。“你难道不问问你妈妈现在怎么样了吗?”她终于还是说了出来。

“噢，我忘记了。我妈妈怎么样了?”

现在要怎样回答，她已然准备好了。“你妈妈她很好，也很幸福。”

“噢，那我就开心了。”

“你妈妈已经离去，你再也见不到她了。”

菲利普不知道她这话是什么意思。“为什么见不到了?”

“你妈妈已去了天国了。”艾玛失声痛哭。菲利普虽然不明白是怎么回事，也跟着哭了起来。艾玛是个高个子女人，骨架颇大，一头金发，五官很是鲜明。她是德文郡人，尽管在伦敦帮佣多年，却始终乡音未改。她越哭越是动了感情，拉过孩子紧紧搂在怀里。她心里萦绕着一股难以名状的怜悯之情：这可怜的孩子被剥夺了人世间唯一最为无私的爱。现在，他必须交由陌生人抚养，这真是太糟心了。但没过多大一会儿，她还是镇定了下来。“你威廉伯伯正等着见你呢。”

她说，“去和沃特金小姐说声再见，我们就回家。”

“我不想去说再见。”他回答说。他出于本能，急于掩饰自己，好不让人知道他哭过。

“那好吧，去楼上取你的帽子。”

他取了帽子下来时，艾玛正在门厅里等他。他听到餐厅后面书房有说话声，就停下脚步。他知道，沃特金小姐和姐姐正在与朋友们聊天。在他这个九岁的小男孩看来，这时候进去的话，她们兴许会为他感到难过的。“我想，我还是去和沃特金小姐说声再见。”

“我也觉得你最好去说一声。”艾玛说。

“那你就进去通报一下。”他说。

菲利普希望能充分利用这次机会。艾玛敲敲门，走了进去。他听见她说：“小姐，菲利普少爷想进来与您道别。”

谈话戛然而止，菲利普摇摇晃晃地走了进来。汉丽埃塔·沃特金是个健壮结实的女人，面色红润，头发是染过的。在那个年代，染发颇招人非议。教母染发的那段时间里，菲利普在家就听到不少闲言碎语。沃特金小姐和姐姐住在一起。这位姐姐乐天知命，心满意足地享受着老年时光。还有两位菲利普不认识的太太正在这儿做客，正好奇地打量着菲利普。

“我可怜的孩子！”沃特金小姐说着，张开了双臂，哭了起来。菲利普现在终于明白为什么她没在家吃午饭，为什么她穿着一套黑色衣服。沃特金小姐哭着说不出话来了。

“我要回家了。”菲利普最后开口说道。他从沃特金小姐的怀里挣脱出来，她又亲了亲他。然后，他走向沃特金小姐的姐姐，也与她道了声再见。陌生太太中的一位问他是否可以亲吻他，菲利普一本正经地表示可以。虽然一直哭着，但他对这种由自己引起的满场悲戚还是生出颇为强烈的自得。他很乐意在这儿多停留一会儿，好让她们在他身上尽情宣泄一番，但又觉得她们巴不得自己快点儿离去，便推说艾玛正在等他，趁机走出房间。艾玛却下到地下室和朋友聊天去了。在楼梯平台处等艾玛，菲利普能听见汉丽埃塔·沃特金说话的声音。

“他母亲是我最要好的朋友。我简直想都不能想，她竟然就这么去了。”

“你原本不该去参加葬礼的，汉丽埃塔。”她姐姐说道，“我就知道，去了定会叫你痛苦不堪的。”

接着，一位陌生女客开口说道：“可怜的小家伙！留他一人孤苦伶仃地在这世上，想想还真是糟糕得可怕。我瞧着他还有些瘸腿。”

“是的，他有只脚天生畸形。他母亲为此忧伤不已呢。”

艾玛这时候回来了。他们叫了一辆双轮马车，艾玛将去处告诉了车夫。

第三章

当他们到达凯里太太去世时所住的那栋房子时——它坐落在肯辛顿区一条沉闷但甚为体面的大街上，地处诺丁山门和肯辛顿主街之间——艾玛将菲利普领进客厅。他伯父正在写信致谢送来花圈的人们。有个花圈到得太迟了，没赶上葬礼，此刻仍躺在纸盒里，搁在门厅的桌子上。

“这就是菲利普少爷。”艾玛禀告说。

凯里先生慢慢站起身来，和小男孩握了握手；转念一想，又弯下腰来亲了亲他的前额。凯里先生个头中等偏下，有发福迹象。他蓄着长发，贴着头皮梳理，好遮住那光秃的头顶。胡子刮得干干净净。端正的五官让人不难想象，年轻时他也是一表人才。他的表链上挂了一枚金质十字架。“从今以后，你就要和我住在一起了，菲利普。”凯里先生说，“你喜欢这个安排吗?”

两年前菲利普出水痘时，曾被送去这位教区牧师家待过一段时间。但此刻，他的记忆就只限于一间阁楼和一座大花园了，伯父、伯母却没留下什么印象。“喜欢。”

“你一定要把我和你路易莎伯母当作爸爸、妈妈一样看待。”

孩子的嘴唇微微一哆嗦，脸蓦地红了，但并没有吭声。

“你亲爱的妈妈把你托付给我照管。”凯里先生不善言辞，此刻要表达自己的想法让他觉得颇不自在。一得到弟媳病危的消息，他当即动身赶往伦敦。一路未作他想，忧虑的是万一弟媳去世，他就得担负起照顾她儿子的责任；届时，他的生活就会被搅乱，休想再过什么太平日子了。他已年过半百，结婚三十年来妻子未曾生下一男半女。对于家里突然冒出个小男孩，说不定还是个言语吵闹、举止粗野的孩子，这样的期待不让人觉得有趣。“我打算明天就带你去布莱克斯达布尔。”他说。

“和艾玛一起吗?”孩子将手伸进艾玛的手里，艾玛用力捏了捏。

“恐怕艾玛得离开你了。”凯里先生说。

“但我想要艾玛和我一起去。”菲利普哭了起来，保姆禁不住也跟着落起泪来。

凯里先生望着两人，一筹莫展。“我想，你最好让我和菲利普少爷单独谈谈。”

“好的，先生。”尽管菲利普紧紧抓着她不放，艾玛还是温柔地让他松了手。

凯里先生把小男孩抱到自己膝盖上坐着，并用双臂圈着他。“你可不能哭。”他说，“你已经长大了，不能再要保姆陪着了。我们该考虑送你去上学了。”

“我想要艾玛和我一起去。”孩子重复道。

“那会花掉一大笔钱的，菲利普。你爸爸没留下多少钱，我现在也不知道还剩下几个子儿。所以每花一便士，你都要慎之又慎。”

就在前一天，凯里先生拜访了家庭律师。菲利普的父亲是一名技艺精湛的外科医生，在医院担任的各种职务表明，他已在医务界占得一席之地。所以，当他因败血症骤然去世，人们发现他留给遗孀的财产只有一份人寿保险及布鲁顿街那栋房子可能收得的租金时，都惊讶不已。这还是六个月前的事。当时凯里太太的身体已非常虚弱，待发现自己又怀了孕时顿时头脑发昏，完全没了主意。一有人要租那栋房子，她就稀里糊涂地答应了。她将原来的家具收起来，另租了一套带家具的房子住进去，租期一年。只是这套房子的租金在牧师大伯看来，未免高得吓人。她之所以这么做，只是为了在孩子出世前免于遭受任何不便与麻烦。但她从不擅长当家理财，也不懂得精打细算，没法因当前境遇的改变就量入为出地过活。为数本就有限的遗产就这样东花一点西用一点，不经意间就从她指缝里溜走了。到现在，清偿一切开销之后，所剩也不过两千多镑了。在孩子独立谋生之前，就只能靠这笔钱维持生计了。这一切又怎好跟菲利普解释呢，而这孩子现在仍一个劲儿地只知道哭。“你还是去艾玛那里吧。”凯里先生开口道，觉得她比谁都更会安慰孩子。

菲利普一声不吭地从他大伯膝头滑下来，但凯里先生又止住了他。“明天我们必须动身，因为星期六我还有些布道事宜要准备。你得告诉艾玛，今天就要把你的行李收拾妥当。你可以带上所有的玩具。如果想要拿些父母的遗物留作纪念，你可以各带上一件。余下的东西都要拿去卖掉。”

孩子悄悄走出客厅。凯里先生一向不习惯伏案工作，这会儿怀着一肚子怨气又回去写他的信了。书桌一端放着一摞账单，瞧着就叫他恼怒不已。其中，有一张显得尤为荒谬。凯里太太一咽气，艾玛就向花商订购了大批白花，用来装饰逝者的房间。这纯粹是浪费。艾玛真是丝毫不知分寸，竟自作主张到如此地步。因此，即便没有经济上的必要性，他也要辞掉她。

菲利普跑到艾玛那儿，将头埋在她的怀里，哭得那叫一个伤心，好像他的心马上就要碎了似的。而艾玛呢，也差不多将菲利普当作亲生儿子。这孩子一个月大就交给她带，这会儿见他哭，只得温言软语安慰他。她答应菲利普，她会时不时去看他，而且永远都不会忘记他。她给菲利普讲他即将要去的那个地方的乡村风情，还给他讲自己在德文郡老家的一些情况——她老爹在通往埃克塞特的公路上看守关卡，猪圈里养了很多猪，家里还养了一头母牛，母牛前不久还下了一头幼崽。她一直讲得菲利普都忘记了淌眼泪；不仅忘了，还因想到即将到来的旅行而渐至兴奋起来。过了一会儿，她将他放下来，因为她还有好多事要做。他帮着她把衣服一件件拿出来，放到床上。她叫他到幼儿室去把玩具收起来。没一会儿，他就玩得不亦乐乎了。

最后，他终于腻味了幼儿室只有自己一人，便又回了卧室。艾玛正在那儿忙着把他的东西塞进一只大锡皮箱。菲利普这才想起，伯父说过，他可以带些东西留作对父母的纪念。他把这事告诉艾玛，并问她自己应该带些什么。

“你最好去客厅看看可有什么是你喜欢的。”

“威廉伯父还在那儿呢。”

“没关系。那些东西现在都是你的了。”

菲利普慢腾腾地走下楼，发现客厅的门开着，凯里先生已经离开房间了。菲利普慢悠悠地转了一圈。他们才搬进这栋房子不久，屋里几乎没什么让他特别感兴趣的。这是一个陌生人的房间，菲利普没看见一件让他称心合意的东西。但他还是能分辨得出哪些是妈妈的，哪些是房东的物品。此时此刻，他的目光正停留在一个小钟上。他记得有一回母亲说，她很喜欢这个。菲利普拿上小钟，闷闷不乐地走上楼来。站在母亲的卧室门外，他蓦地止住脚，侧耳细听。尽管没人跟他说不要进去，他还是觉得不该贸然闯入。他有些害怕，一颗心不自在地怦怦乱跳。但与此同时，又似乎有什么驱使他去转动把手。他轻轻地转动把手，似乎生怕里面的人听见，然后慢慢把门推开。他在门槛处站了一会儿，这才鼓起勇气走进去。现在他不害怕了，只是觉得眼前的一切有些陌生。他随手关上门。百叶窗已经拉上，一月份清冷的午后之光透过缝隙射进来，整个房间显得很幽暗。梳妆台上放着凯里太太的梳子和手镜，一个小盘里放着发夹。壁炉架上摆着一张他的照片，还有一张他父亲的照片。过去，他常趁母亲不在时来这里；现在一切似乎变得不同了。那几把椅子看着有些古怪，还有那张床，整理得就像今晚有人要在上面睡觉的样子。枕头上放着一只袋子，里面装着睡衣。

菲利普打开那个大大的衣柜，里面放满了衣服。他一脚跨进去，两手尽可能多地揽住一抱衣服，然后将脸埋进去。衣服上残留着母亲所用香水的味道。然后，他拉开抽屉，里面也放满了母亲的东西。他看着那些东西：亚麻布衣物里放着薰衣草香袋，散发出阵阵沁人心脾的清香。刚进来时那种陌生感顿时消失不见，恍惚之间，他觉得母亲不过是出去散步了，一会儿就能回来，还会上楼和他一起喝茶。他似乎都能感觉到母亲的吻落在自己的唇上。说他再也见不着妈妈了，一定不是真的。为什么不是真的？因为它根本不可能是真的！他爬上床，让头落在枕头上，一动不动地躺在那儿。

第四章

菲利普挂着眼泪和艾玛分别，但一踏上去布莱克斯达布尔的路，沿途所见所闻却让他觉得趣味无穷。等他们到了之后，他已是一副“既来之则安之”的态度了，整个人显得兴趣盎然起来。布莱克斯达布尔离伦敦六十英里。凯里先生把行李交给搬运工，和菲利普一道朝自己的牧师住宅走去。不过步行五分钟，他们就到了。一看见那扇大门，菲利普立即就想起来了。那是一扇红色栅栏门，由五根栅栏柱组成，门上的铰链非常灵活，可以朝里外两个方向自由开关。小孩要是攀吊在栅门上，还可以像荡秋千似的前后摆动，虽然这么做是被严厉禁止的。他们穿过花园来到前门。这门只在客人来访或礼拜天，再不就是某些特殊的日子，比如牧师要去伦敦或从伦敦回来，才会使用。至于平时进进出出，只能用侧门；还有一个后门，专供花匠、乞丐和流浪汉出入。这栋房子相当大，黄砖红顶，有教堂建筑物的风格，大约建于二十五年前。前门颇像教堂的门廊，客厅装有哥特式窗户。

凯里太太知道他们会乘哪趟火车回来，此刻正等在客厅里，留神开门的咔哒声。一听到这声音，她立马奔去了门口。

“那就是你路易莎伯母。”凯里先生瞧见太太，这么对菲利普说，“快跑去亲亲她！”

菲利普拖着他那条瘸腿跑起来，样子笨拙而别扭，跑了几步又停下了。凯里太太是个瘦小干瘪的妇人，和丈夫一般大，长着一双淡蓝色眼睛，满脸褶子深得异乎寻常。灰白的头发，依然按照她年轻时流行的发型弄成一圈圈的小卷发。她身着黑裙，唯一装饰就是脖上的金链，上面挂着一个十字架。她神态羞怯，说起话来柔声细气。“你是走回来的吗，威廉?”她一边亲吻丈夫，一边带着近乎责备的语气问道。

“我没想到这个。”他回答说，瞥了一眼侄子。

“走了这么一程，你没事吧，菲利普?”她问孩子。

“没事。我一直都走路的。”

他们的谈话让菲利普觉得有些奇怪。路易莎伯母招呼他进门，大家走进大厅。那里铺着红黄相间的瓷砖，上面交替印有四个长度相等的希腊十字图案，以及神的羔羊——耶稣的画像。一道壮观非凡的楼梯蜿蜒出大厅。它是用抛光发亮的松木做成，散发出一股独特的馨香。幸运的是当年教堂换新座椅时剩下好些木材，这才成就了这座楼梯。楼梯栏杆上饰有象征《福音书》四作者的寓意图案①。

“我已让人生上炉火，想必你们一路回来觉得冷了吧。”凯里太太说。

大厅里立着一只黑乎乎的大火炉。它只在天气非常恶劣或牧师伤风感冒时才会用上，其他时间，即使是凯里太太受凉感冒，也不会点燃这只炉子。燃煤太贵了。再说，女仆玛丽·安也不愿意屋里到处生火取暖。要是给所有炉子都生上火，他们非得再雇一个女仆不可。冬天，凯里先生和太太饮食、起居都在餐厅解决，一个炉子就够了；夏天的时候，他们已改不掉这个习惯，日常生活仍在餐厅进行，客厅只有凯里先生礼拜天午休时才会用到。但每个礼拜六，凯里先生都会让人给书房生上火，以便他在那里写布道词。

---

①《圣经》分为《旧约》和《新约》。《新约》全书由四部《福音书》组成，作者分别为马太（Mathew）、马可（Mark）、路加（Luke）和约翰（John）。四作者的标志分别为：人脸、雄狮、牛犊和翔鹰。

路易莎伯母将菲利普领上楼，带他走进一间小卧室。小卧室外面，一眼望去就是车道，临窗还有棵参天大树——菲利普现在记起这棵树来了。它的枝桠非常低，低得可以顺着它爬上大树很高、很高的地方。

“小屋子睡小孩。”凯里太太说，“你一个人睡不会害怕吧？”

“噢，不怕。”

菲利普第一次来牧师家的时候有保姆陪着，凯里太太用不着为他操心这个操心那个。此时此刻，她有些不确定地看着他，问道：“你会自己洗手呢还是我给你洗？”

“我自己会洗。”他回答得非常坚定。

“那好吧。等你下来用茶时我可要看看的。”凯里太太说。

她对于如何养孩子一无所知。在决定让菲利普来布莱克斯达布尔后，凯里太太就自己如何对待他想了又想；她渴望尽一尽做长辈的义务，但现在孩子来了，她发现自己在菲利普面前就像孩子在她面前一样，满是羞怯不安。她希望他不要太吵闹也不要太粗野，因为丈夫不喜欢这样的孩子。凯里太太找了个借口离开了，留下菲利普独自在房间。不过眨眼的工夫，她又回来敲门了。她并没进来，而是隔着门问菲利普会不会自己倒水。然后，她走下楼去，打铃吩咐仆人上茶点。

餐厅大而宽敞，结构比例和谐匀称，两边都有窗户，挂着厚厚实实的大红棱纹平布窗帘。餐厅中央放着一张大桌子，房间一端立着带镜红木餐具柜，颇为堂皇气派。一个角落里放着一架脚踏式风琴。壁炉两边各摆着一把皮椅，皮上印有商标，两把椅子都罩着椅套。带扶手的椅子是“丈夫专座”，没带扶手的则是“太太专座”。凯里太太从不去坐扶手椅，说她更喜欢坐起来不怎么舒服的椅子。她总有很多事要做，椅子有了扶手，她可能坐着、坐着就不愿起身了。

菲利普进来时，凯里先生正往炉子里添煤。他指给侄子看，这里有两根拨火棍：一根粗大而光亮，表面十分平滑，未曾使用过；另一根要细得多，显而易见是经常用来拨火的。凯里先生称前者为“牧师”、后者为“助理牧师”。“我们还在等什么?”凯里先生问道。

“我吩咐玛丽·安给你煮个蛋。我想你旅途辛苦，可能饿了。”

在凯里太太的认知里，从伦敦到布莱克斯达布尔的旅程让人非常疲倦和劳累。她难得出门远游。全家维持一年生计的钱就只有寥寥三百镑，每逢丈夫想要度假，由于负担不起两个人的旅费，最后只好让丈夫独自一人去。凯里先生喜欢参加全国基督教大会，通常每年都会设法去一趟伦敦。他还去过一次巴黎，参加那里的展览会；还到过瑞士两三次。玛丽·安将蛋端进来，大家入席就座。菲利普的椅子太矮，够不到桌子，凯里先生和太太一时竟有些不知所措。

“我去拿几本书来让他垫着。”玛丽·安说。她从风琴顶盖上取下一部大开本《圣经》和牧师诵念祷告时惯用的祈祷书，把它们放在菲利普的椅子上。

“噢，威廉！他可不能坐在《圣经》上呀!”凯里太太诚惶诚恐地叫喊起来，“你难道不能去书房给他拿几本来吗?”

凯里先生就这个问题思索了片刻。“玛丽·安，如果你把祈祷书垫在《圣经》上，我想应该没多大关系。”他说，“《大众公祷书》原本就是我们这样的普通人编写的，算不得神书圣典。”

“这我倒是没想到，威廉。”路易莎伯母说。

于是，菲利普就在书上坐了下来。牧师做完饭前谢恩祷告，动手切掉水煮蛋的尖端。

“给你!”他说着，把它递给菲利普，“喜欢的话，可以把我的蛋尖吃了。”

菲利普希望能享用整个蛋，现在既然没这个福分，也只能将就着给多少吃多少了。

“自我走后，母鸡下蛋情况怎样？”牧师问道。

“哎，糟糕得很，一天就下那么一两个。”

“好吃吗，菲利普？”大伯问。

“非常好吃，谢谢大伯。”

“礼拜天下午你还可以吃上一个。”

凯里先生在礼拜天喝下午茶时总要吃个煮鸡蛋，以便有足够精力应付晚上的礼拜仪式。

第五章

对这些与他一起生活的人，菲利普的了解渐渐多了起来。通过他们日常交谈的只言片语——有些不是说给他听的——获悉许多关于自己和已逝父母的情况。菲利普的父亲要比这位布莱克斯达布尔教区牧师小很多。他在圣卢克医院实习，因为表现优异而被院方擢升为正式医生。没过多久，他就能挣大笔大笔的钱了。他花起钱来大手大脚，相当随便。当牧师准备修缮教堂，向这位弟弟募集善款时，竟收到了几百镑，让他喜出望外的同时又震惊不已。凯里先生出于天性节俭和手头拮据而不得不省吃俭用的双重原因，收下那笔善款时心里真是五味杂陈：他嫉妒，因为弟弟竟能拿出这么一大笔钱来；他高兴，因为教堂修缮经费有了着落；他还隐隐有些恼怒，这样出手阔绰简直有些炫耀卖弄的意味。后来，亨利·凯里和一位病人喜结连理。那是一个容貌出众却身无分文的姑娘，一个无亲无故却出身名门的孤女。婚礼良朋如云，好友成群。打那以后，牧师每回去伦敦都要去看望这位弟妹。不过在她面前，牧师总显得有些羞涩和怯懦。事实上，他心里对她的仪态万方暗怀憎恶：她的穿戴未免过于华丽富贵，根本不是一位工作勤勉的外科医生的妻子该有的打扮；她家里那些精美雅致的家具，那些寒冬腊月都不能离的鲜花，无一不说明她生活之奢侈，铺张浪费到他都要痛心疾首的地步了。他还听她谈起她要去参加那些宴饮娱乐。牧师的看法就像回家后和老婆说的那样，她既受了人家的殷勤款待，礼尚往来总是免不了的。他在餐厅见过一些时鲜葡萄，至少要花掉一镑八先令；午餐时，还呈上尚未上市的鲜芦笋请他品尝，这种芦笋，牧师自家的菜园还需两个月才能采摘。现在，他预料的一切已然成真。对此，牧师不由生出某种满足感，就像先知亲眼看到一个无视自己警告而一意孤行的城市终遭地狱之火吞噬一般。可怜的菲利普现在可谓一贫如洗，妈妈那些良朋佳友此时此景又有何用呢？菲利普听说，父亲挥霍无度实在是造了孽，上帝慈悲，适时将他亲爱的妈妈收归自己怀抱——在钱财方面，她可并不比小孩更有见识。

菲利普到达布莱克斯达布尔一周后，发生了似乎让伯父颇为恼怒的事。一天早晨，牧师在餐桌上发现一个小邮包，是弟妹生前在伦敦的住所转寄过来的。邮包本是寄给凯里太太的。牧师打开一看，发现里面装的是十二张弟妹的照片。照片只拍了头部和肩部。照片里的她发式比平时要简单朴素，前额云鬓低垂，让她看起来有些不同寻常。面颊瘦削，容颜憔悴，但任何疾病都无损她的美貌。一双乌黑大眼暗藏忧伤，只是这一神情菲利普已记不得了。凯里先生乍一看到这业已辞世的女子，心头不禁微微一震，紧接着便被困惑不解所淹没。照片看起来似是新近拍摄的，可他想象不出这究竟是谁让拍的。

“你知道这些照片是怎么回事吗，菲利普？”他问道。

“我记得妈妈说她去拍过照，”他回答说，“沃特金小姐为此还责怪妈妈……妈妈说：我要给这孩子留下点儿什么，好让他长大了还记得我。”

凯里先生愣愣地看着菲利普。孩子的嗓音清脆而尖锐。他记起了母亲的话，但不明白话里的含义。

“你最好取一张照片摆放在你房间里。”凯里先生说，“余下的我收起来。”

他给沃特金小姐寄去了一张，她回信说了拍摄这些照片的始末。

一天，小凯里太太躺在床上，觉着比平时稍微好了点，早晨医生来看她时，似乎也觉得病情有望好转。艾玛带着孩子出去了，仆人们都在楼下的地下室里，小凯里太太想着自己飘零于世，形单影只，骤然生出一种凄凉孤独之感。一阵巨大的恐惧攫住她——她本以为过个两周，自己就能实现产后恢复，从而摆脱疾病的纠缠。现在看来，她似乎要永远缠绵病榻了。儿子今年才九岁，怎么能指望他将来还记得自己呢？想到日后他长大成人会将自己忘掉，而且还是忘得一干二净，她就心如刀绞，难以忍受。她那么爱他，灌注满腔慈母深情，是因为他形残体弱；更是因为，他是她的亲生骨肉。她自结婚以来还没给自己照过相，而结婚到现在已是十载光阴。她想要儿子知道自己在人世最后一段时光的模样，这样他就不会忘记她，至少不会完全忘记她。小凯里太太心里知道，如果她让侍女过来，告诉她自己要起来，侍女一定会劝阻她，甚至还有可能把医生请来。她现在别说是挣扎，就连争辩的力气也没有了。她只好自己起床，自己穿衣。她缠绵病榻太久，要站起来都感觉双腿发软，身体几乎要不受控制地往下坠，接着脚底又是一阵刺痛，痛得她都没法把它们放在地上。但她咬牙坚持着。她不习惯自己梳理头发，当她抬手梳头时，一阵眩晕感袭来。她怎么也梳不成侍女给她梳的那个发式。她有一头漂亮的秀发，柔软而浓密，呈金黄色；两道黛眉齐整而匀称。她穿上一袭黑裙，选了她最喜欢的晚礼服紧身胸衣。胸衣是用白缎做成的，这种料子在当时很时髦。她端详着镜子里的自己——脸色异常苍白，但皮肤洁净无瑕。她脸上向来没多少血色，而这让她那美唇愈发红润。她抑制不住地抽泣了一声。但此刻显然不是顾影自怜的时候；她已感到累得慌。她穿上去年圣诞节亨利送她的皮大衣。那时，皮衣让她引以为傲，觉得自己是那样的幸福。她蹑手蹑脚地溜下楼，一颗心怦怦直跳。她安然出了屋子，没被任何人发现，然后叫了辆车去照相馆。她付了十二张照片的钱。坐着拍照时，她支撑不住，不得不要了杯水。摄影师的助理瞧着她一副病态，建议她改天再过来，但她坚持要那天拍完。最后，好歹拍完了，她再次叫车回到位于肯辛顿那幽暗而狭小的住所。对于这个住所，她是满心憎恶，想到自己即将于此离世，真是糟糕透顶，可怕至极。

她发现前门大开，车驶上前来时，侍女和艾玛着急忙奔下台阶来搀扶她。她们发现她的房间空无一人时可真是吓坏了。起先，她们猜太太准是去了沃特金小姐那里，便打发厨娘去看。哪知沃特金小姐却随着厨娘来了，一直心急如焚地等在客厅里。这会子，沃特金小姐也是迎下台阶，满心忧虑，嘴里不住地嗔怪她。然而，此番折腾远非小凯里太太所能承受的，何况眼前要强自支撑的时刻已过，她再也挺不住了，重重倒在艾玛怀里，随即就被抬上楼来。小凯里太太只昏迷了不多一会儿，但对守护她的人来说，时间却长得难以置信。她们急忙派人去请医生，但医生并没有来。直到第二天，小凯里太太精神头稍微足些时，沃特金小姐才从她嘴里知悉事情的原委。菲利普那时正坐在母亲卧室的地板上玩耍，两位女士谁也没去注意他。对于两人的谈话，菲利普只是似懂非懂地听到一些，他也说不清楚为什么那些话会留在他的记忆里。

“我要给这孩子留下点儿什么，好让他长大后还记得我。”

“我真不懂她为什么拍了足足十二张。”凯里先生说，“两张就够了的。”

第六章

日复一日，牧师宅邸的生活依然如故，无甚波澜。

早餐后不久，玛丽·安就拿进来《泰晤士报》。这份报纸是凯里先生和两位邻居合订的。上午十点至下午一点报纸归凯里先生看，那之后报纸由花匠送去给住在莱姆斯庄的埃利斯先生，他可以一直保留到晚上七点，最后报纸会被送去给住在梅诺庄园的布鲁克斯小姐。这位小姐既然最晚拿到报纸，理所当然也就得了保留报纸的好处。凯里太太夏天制作果酱时，常从她那儿讨张报纸来包果酱罐。当牧师坐下来看报纸时，凯里太太就戴上软帽上街买东西。菲利普陪她一起去。布莱克斯达布尔是个渔村，只有一条大街，商店和银行全设在那儿；医生和两三个运煤船主的房子也坐落在这条街上。小渔港的周围是些破街陋巷，住着渔民和穷苦村民。既然他们去另设的非国教教堂①做礼拜，对大家来说，他们也不过是些无足轻重的小角色罢了。每当凯里太太在街上碰到不信奉国教的牧师们，都会闪到街对面去，以免和他们打照面。要真是闪避不及，她就会目不斜视地盯着路面看。对作为牧师的凯里先生来说，在主大街上竟设立三座非国教教堂，是他怎么也无法听之任之的丑事。他甚至禁不住觉得，法律应该介入，明令禁止设立此类教堂。小镇离国教教堂足有两英里远，镇民不信奉国教

① 非国教教会（不从国教者）：英国宗教改革后，安立甘宗被定为英国国教，国王为教会首脑。英王亨利八世、伊丽莎白一世、查理二世在位期间，都下令臣民信从国教，尊君王为教会元首。而那些不从王命、不入国教者，则称为不从国教者。

的情况很常见。在布莱克斯达布尔买东西可真不是件简单的事，有必要只同国教教友打交道。凯里太太心里非常清楚，牧师家人经常光顾哪家店，会对店主的信仰产生至关重要的影响。小镇有两个肉铺掌柜，向来是去教区教堂做礼拜的。他们不明白，牧师怎么就不能同时照顾两家的生意，他们一点也不满意牧师那种半年去你家半年去他家的解决办法。一旦哪家没能经常来给牧师家送肉，店铺掌柜就会一再扬言，说些再也不去教区教堂之类威胁性的话。牧师有时迫不得已也要回敬一番：不去教区教堂已是大错特错，倘若还敢错上加错，真的跑到非国教教堂去，那就没得商量了——即使他店里的肉再好，我凯里先生也只好永远舍弃他了。凯里太太经常会在银行那里停下来给约西亚·格拉夫斯捎个信。这位银行经理是教区教堂唱诗班领班，兼管教堂财务和世俗事务。他又瘦又高，脸色蜡黄，鼻子挺长，满头白发。在菲利普看来，他简直老得不能再老了。他掌管教堂账务，还负责安排唱诗班和主日学校学生①膳食。虽说教区教堂连架管风琴都没有，但在布莱克斯达布尔，格拉夫斯领导的唱诗班被公认为全肯特郡最好的。但凡举行仪式，比如主教大人来施坚信礼，或教区司铎在庆祝丰收的感恩节来讲道，诸如此类，等等，都由格拉夫斯一手张罗必要的准备工作。他处理起教区事务来无论巨细，从来都是毫不犹豫地专断独行，至多不过向牧师例行公事地征询一下意见。而牧师呢，本着多一事不如少一事的原则，固然希望麻烦事能免则免，却也很是憎恶这位教会执事独断专裁的做派。执事大人似乎真将自己看成整个教区最重要的大人物了呢。凯里先生几次三番在太太面前扬言，如果约西亚·格拉夫斯还不懂收敛，他总有一天要给他点儿颜色瞧瞧。但凯

① 英美诸国在星期日为贫民开办的初等教育机构。兴起于 18 世纪末，盛行于 19 世纪上半期。

里太太总劝牧师忍着点儿，毕竟执事本意是好的，虽然不太有绅士风度，对他不能过于苛求。牧师以恪守基督教美德为要找到了精神慰藉，故而也就采取了容忍的态度，只是背后免不了要骂骂这位执事，指责他就是“俾斯麦”，好以此发泄满肚子的怨愤之气。

有一次，两人之间爆发了一场极为严重的争吵，凯里太太至今想起那段忧虑焦心的日子，仍有些惊惧不安。事情起因是，保守党候选人宣布要在布莱克斯达布尔发表竞选演说；约西亚·格拉夫斯觉得这事儿应该在布道堂进行，就把地点定在那儿，随后跑去找凯里先生说，希望到时自己也能上台讲两句。如此看来，候选人已请约西亚·格拉夫斯主持会议了。这大大超出了凯里先生能忍受的范围。他对牧师的职权理应受到尊重这方面向来秉持坚定不移的态度，有牧师在场，竟由教会执事来主持会议，岂非荒谬绝伦。他提醒约西亚·格拉夫斯注意，牧师乃教会人物，是拥有教区一切权力的人物①。换言之，教区事务都该由牧师来决断。约西亚·格拉夫斯则回敬道，要说尊崇教会的尊严，他当是第一人，但这回纯粹是政治事务；并反过来提醒牧师，他们神圣的救世主已训诫世人：凯撒的归凯撒②。对此，牧师反唇相讥说：为达目的，魔鬼也会引用《圣经》。无论如何，作为牧师，他拥有布道堂的唯一支配权。如果不请他担任会议主持，他就拒绝使用教堂来召开政治会议。约西亚·格拉夫斯说，请凯里先生

---

① 英国18世纪法理学家威廉·布莱克斯通（Sir William Blackstone; 1723－1780）曾对教区牧师（Parson）做过这样的解释：Parson即教会中的人物，Ecclesias Parsona是拥有教区一切权力的人物。文中凯里牧师所说即援引于此。

② 原文出自《圣经·新约》：Give back to Ceasar what is Ceasar’s and to God what is God’s（凯撒的归凯撒，上帝的归上帝）。意指宗教权力应与世俗政权分开。约西亚·格拉夫斯是Churchwarden，即教区俗人执事，掌管教区世俗事务。他以此话回敬凯里牧师。

悉听尊便；我格拉夫斯倒是觉得，卫斯理公会派教堂同样很适合开会。凯里先生接着说，你约西亚·格拉夫斯要是胆敢踏进并不比异教徒庙宇好多少的地方，就再没资格担任我基督教教堂的执事了。约西亚·格拉夫斯一气之下便辞去所有教会职务，当晚派人到教堂取回自己的黑法衣和白罩袍。替他管家的妹妹——格拉夫斯小姐也当即辞去母道会的秘书职务。母道会负责向教区贫困孕妇发放法兰绒衣服、婴儿穿的亚麻布衣服、燃煤以及五先令救济金。凯里先生说，这回他总算成为教区名副其实的主人了。但牧师很快发现，他不得不处理各种各样的事务，而他对此一窍不通。与此同时，约西亚·格拉夫斯也在怒火平息的第一时间发现，自己失去了人生最主要的乐趣。此番大吵让凯里太太和格拉夫斯小姐甚为烦忧和苦恼。她们先是小心翼翼地互递信件，然后才当面深谈，下定决心要让双方冰释前嫌。两人一个负责劝说丈夫，一个负责劝说哥哥，嘴皮子一天天从早磨到晚。由于两人劝说的本就是两位先生们心中所渴望做的，在三周焦虑不安的日子后，双方终于握手言欢了。彼此和好如初，当然是对双方都有好处的事，但两人都不约而同地将其归之于对主的共同之爱。最后达成的妥协是，会议还在布道堂举行，但由医生来主持，而凯里先生和约西亚·格拉夫斯都会发言。

凯里太太完成带话给银行经理的公干后，通常都会上楼和经理的妹妹，也就是格拉夫斯小姐，闲聊一番，说说教区事务，八卦一下助理牧师或威尔逊太太的新帽。威尔逊先生是布莱克斯达布尔最富有之人。据说，他每年至少有五百镑的收入，却娶了厨娘做老婆。她们闲聊时，菲利普就端端正正地坐在密不透风的客厅里，目不转睛地盯着鱼缸里不断游来游去的金鱼。这间客厅只在接待客人时才用，窗户整天紧闭，早上才打开几分钟，透透气。客厅里那股浑浊闷人的气味让菲利普觉得，似乎和银行这个行业有着某种神秘的联系。

这时，凯里太太想起还要去杂货店，便又带上菲利普继续他们的购物行程了。买完东西后，他们常常会沿着一条小巷一直走到小海滩。小巷两边挤着矮房狭屋，大多是渔民住的小木屋，到处可见渔民坐在自家门口修补渔网，渔网就挂在门上晾干。海滩两边满是仓库，但还能看见大海。凯里太太会在那儿站上几分钟，眺望着大海，海水浑浊而发黄。彼时，谁又知道她心里淌过的是怎样的思绪呢？菲利普则趁着这当儿寻找扁平的石头，打水漂取乐。然后，他们慢慢往回走，路经邮局时朝里望望钟点；等路过医生家时，又朝坐在窗口缝衣服的医生老婆——威格拉姆太太点头致意。这样一路走着，走着，也就到家了。

下午一点吃午饭。礼拜一、礼拜二、礼拜三，吃各式做法的牛肉，有烤牛肉、牛肉丝、牛肉酱；礼拜四、礼拜五、礼拜六，吃羊肉。礼拜天，他们会享用一只自家养的鸡。下午是菲利普做功课的时间。牧师大伯教他拉丁文和数学——其实，大伯对这两门学问都不甚了解；伯母则教他法文和钢琴——伯母对法文也几乎一无所知，钢琴至少还能弹两首伴奏曲，都是她唱了三十年的老掉牙的歌。威廉大伯过去常常告诉菲利普，他还是助理牧师时，太太有十二首歌是滚瓜烂熟的，不论什么时候请她演唱，她都能立马唱出来。即便是现在，牧师宅邸举行茶会，她还能不时露一手。凯里夫妇愿意邀请参加茶会的宾客也就那么几人，每次都是助理牧师、约西亚·格拉夫斯和他妹妹，威格拉姆医生和他太太。用过茶点，格拉夫斯小姐会弹一两首门德尔松的《无言歌》①，凯里太太则唱一首《当燕子飞回家的时候》或《跑啊，跑啊，我的小马驹》。

---

① 德国犹太裔作曲家，德国浪漫乐派最具代表性的人物之一。《无言歌》(Songs without Words) 是他创作的钢琴曲，高雅纯净、形式短小。

但凯里夫妇并不经常举行茶会，因为准备工作会忙得他们人仰马翻；等茶会结束，客人们都走后，他们简直精疲力竭了。他们宁愿两口子在家对饮，茶后玩玩西洋双陆棋①。凯里太太总是设法让丈夫赢，因为他不喜欢输。八点钟吃晚饭，都是些残羹冷炙。玛丽·安在茶点后不愿再做精致吃食，凯里太太还得帮着收拾餐具。凯里太太通常都只吃些黄油面包，外加水果羹；牧师则还要加一片冷肉。一吃完晚饭，凯里太太就打铃开始晚祷。那之后，菲利普就去睡觉。他坚决不让玛丽·安给他脱衣服；反抗了一阵后，终于成功巩固了自己穿衣、脱衣的权利。晚上九点，玛丽·安把盛着鸡蛋的盘子送进屋来，凯里太太会给每个鸡蛋标上日期，并把鸡蛋总数记录在本子上。那之后，她就手提餐具篮上楼了。凯里先生还要继续读会儿书，读的是他随手从经常翻阅的书中抽出的一本。但钟一敲十点，他就起身熄灯，紧随妻子之后睡觉去了。

菲利普初来之时，在决定他该哪天晚上洗澡这个问题上碰到了困难。由于厨房的锅炉工作不给力，总难有充足的热水供应，没法同一天两个人洗澡。在布莱克斯达布尔，唯有威尔逊先生家有浴室。大家都认为，他这是存心炫富。玛丽·安礼拜一晚上在厨房洗澡。她喜欢把自己拾掇得干干净净，好开始新的一周。威廉大伯不能在礼拜六洗澡，这一天他有繁重的布道任务，而他每次洗澡后总觉有些倦怠，便选在礼拜五洗澡。出于同样的原因，凯里太太礼拜四洗澡。自然而然，菲利普只能在礼拜六洗澡了。但玛丽·安说她可没法让炉子在礼拜六从早烧到晚。要知道，礼拜天得做那么多菜，又要制糕点，还有她不知道什么时候冒出来的这事那事，她可没精力在晚上还要给孩子

---

① 一种走棋游戏，有十五枚白棋，十五枚黑棋，靠掷两枚骰子决定走棋的步数，棋子最先到达终点的一方为胜。

洗澡，而这孩子明摆着自己不会洗澡。至于凯里太太，觉得给男孩洗澡有点儿难为情；牧师呢，不用说，要准备布道词。但牧师坚决认为，菲利普一定得打扮得干干净净，甜甜美美地迎接主日。玛丽·安就说，她宁可卷铺盖走人也不愿再受压迫了——她在这儿已服侍十八年，再不想承担更多活计了，他们好歹也该为她想想。出乎意料的是，菲利普本人表示，不需任何人来帮他洗澡，他完全能搞定这事儿。这么一来，事情也就解决了。未曾想，玛丽·安接着又说，她敢打包票，这孩子一定洗不干净；与其让他半干不净地去，还不如她累死算了，哪怕就累死在礼拜六晚上——这倒不是因为担心他脏兮兮地出现在主面前，而是她实在受不了那种洗澡没洗干净的孩子。

第七章

礼拜天是个忙碌的日子，满满都是事儿。凯里先生为此常常自诩，他是整个教区唯一每周工作七天的人。

全家人在这一天都会比平时早起半小时。玛丽·安八点钟准时来敲门，凯里先生总不免嘟嘟囔囔——当牧师的真可怜，安息日也休想多躺一会儿。凯里太太这天穿衣打扮的时间要长些，一直折腾到九点钟才气喘吁吁地下楼吃早餐，只比丈夫先到一步。凯里先生的靴子放在炉火前烘暖。饭前祷告的时间比平时长些，早餐也比平时更为丰盛。用过早餐，牧师动手把面包切成薄片，作为教民的圣餐。菲利普很荣幸地在一旁帮着削面包皮。牧师派菲利普去书房取来大理石镇纸，拿着它压面包，一直压到面包又薄又紧实，再把它切成许多小方块。面包数量的多少取决于天气的好坏。天气很糟糕的时候，上教堂的人屈指可数。风和日丽的时候，虽说有很多人来做礼拜，但留下来用圣餐的也不多。只有在那种天干气爽的日子里，虽然漫步去教堂让人觉得舒适惬意，但天气还没和煦到让人想急匆匆了事好出去游玩的地步——只有在这种日子里，留下来领圣餐的人才会很多。

之后，凯里太太从餐具室橱柜里拿出圣餐盘，再交由牧师用羚羊皮擦得锃亮发光。十点，马车准时来了。凯里先生套上靴子，凯里太太花了好几分钟才戴好帽子。在等太太戴帽的这段时间里，牧师就站在门厅，身披一件肥大宽松的斗篷，脸上那副表情活像早期的基督徒正等着被领上舞台。都结婚三十年了，妻子在礼拜天早晨还是不能及时准备好，这事想想都出奇得离谱。她姗姗而来，一身黑缎衣服。不管何时何地，牧师都不喜欢看到教士的妻子穿有颜色的衣服。礼拜天，他就更是坚持太太非得一身黑不可。有几次在格拉夫斯小姐的怂恿下，凯里太太冒险在帽子上插根白羽毛或别一枝粉红玫瑰花，但牧师坚持要它们马上消失，说自己绝不要和衣着浮华的荡妇一起上教堂。作为女人，凯里太太忍不住叹息一声；但作为妻子，她还是对丈夫言听计从。正要上马车，牧师突然记起家人还没给他吃过鸡蛋。她们明明知道他必须吃个鸡蛋，好在布道时有副好声音，家里虽说有两个女人，却没一个肯费心思让他过得舒心。凯里太太叱责玛丽·安，玛丽·安则辩解说，她不可能什么事都记得。说罢，她匆忙取来一个鸡蛋，凯里太太将蛋打碎在一杯雪利酒里，牧师一口将其吞下。把圣餐盘放进马车，他们就出发了。

马车是“红狮”车行的，车里有股霉稻草的怪味。一路行驶，两扇车窗都关得密不透风，唯恐牧师受凉感冒。教堂司事候在门厅，等着接过圣餐盘。牧师朝法衣室走过去时，凯里太太和菲利普则去牧师家属席坐好。凯里太太在自己面前放了六个便士，她习惯放在圣餐盘里的就是这么几个子儿。她又给了菲利普三个便士，以作同样的用场。教堂里渐渐坐满了人，礼拜仪式随之开始。

布道期间，菲利普听着，听着，就厌烦起来了。可只要他稍稍表现出一丝烦躁不安的情绪，凯里太太就伸过来一只手温柔地握住他的胳膊，同时带着些许责备的神情扫他一眼。当最后一首圣歌唱完，格拉夫斯先生端着圣餐盘在信众间穿梭时，菲利普又来了兴趣。

仪式结束，大家都离开教堂后，凯里太太就走去格拉夫斯小姐的座位，趁着等先生们的当儿和她闲聊几句。菲利普则跑去法衣室，他的大伯、助理牧师和格拉夫斯先生还都穿着白法衣。凯里先生将余下的圣餐面包递给菲利普，叫他吃了。过去，他会自己吃掉这些余下的圣餐，扔掉的话似乎有些亵渎神明。现在菲利普食欲旺盛，恰巧免去了他的这一责任。然后，他们清点募集到的善款，有一便士的，也有六便士的，还有三便士的。盘里每回都有两枚一先令的钱币，一个是牧师放进去的，另一个是格拉夫斯先生放进去的。有时还会出现一枚价值两先令的弗罗林银币。格拉夫斯先生会告诉牧师这枚银币是谁放进去的，总是那位来布莱克斯达布尔做客的陌生人。凯里先生心里纳闷他究竟是谁。格拉夫斯小姐早已留心观察了这种轻率举动，告诉凯里太太说，陌生人来自伦敦，已婚人士，还生有孩子。坐车回家的路上，凯里太太透露了这一消息，牧师决意要亲自拜访这位先生，请他为“编外助理牧师协会”略施善款。凯里先生问起刚才在教堂菲利普是否表现得体，凯里太太则唠叨着说些鸡毛蒜皮的琐事，什么威格拉姆太太穿了件新斗篷啦，什么科克斯先生没来做礼拜啦，什么有人认为菲利普斯小姐订婚了啦。等他们到了家，个个都觉得劳累了一上午，理所应当享受一顿丰盛大餐。

饭后，凯里太太回房休息，凯里先生则在客厅沙发上躺下来小憩。

五点钟喝下午茶，牧师特地吃了一个鸡蛋，好有体力主持晚祷。

凯里太太并不去参加晚祷，玛丽·安就可以去了。不过，凯里太太在家里照样会念祷文，唱赞歌。晚上，凯里先生步行去教堂，菲利普一瘸一拐地跟在他身边。夜里走在乡间小道上，让菲利普生出一种奇异的感觉：远处灯火通明的教堂渐行渐近，让人觉得分外亲切友好。一开始，菲利普和大伯相处还有些害羞，后来慢慢习惯了，就会悄悄把手塞进大伯的大掌里——那种有人保护的感觉，让他走起路来更轻松畅快了。

晚祷后回到家里，就吃晚饭。凯里先生的拖鞋已放在炉火前的脚凳上等着他了，菲利普的鞋也放在旁边——一只和普通小男孩的鞋没什么两样，另一只就有些奇形怪状了。上床睡觉的时候，菲利普已是累坏了，玛丽·安给他脱衣服，他也不再反抗。玛丽·安给他掖好被子，顺势亲了亲他。菲利普开始有点喜欢她了。

第八章

作为独子，菲利普一直过着孤独无伴的生活；到了牧师家后，那种寂寞孤单也不见得比母亲在世时更甚。他和玛丽·安交上了朋友。她今年三十五岁，个子小巧玲珑，脸蛋圆润丰满，父亲是个渔夫。她十八岁就来牧师家做工。这是她帮佣的第一户人家，现在也无意离开，但经常拿“我要结婚啦”当由头吓唬胆小易惊的主家夫妇。她父母住在离港口街不远的小屋里，晚上出去时，她常顺道去看看他们。她讲的那些大海的故事深深触动了菲利普的想象，让他禁不住心驰神往。海港周围的那些狭街陋巷，在孩子年幼幻想的助力下，镀上一层传奇浪漫色彩，显得姿态万千起来。一天晚上，菲利普问他可不可以随玛丽·安去她家玩玩，伯母生怕他沾染上不好的东西，伯父则说，近墨者黑，和粗人贱民交往会让教养良好之士腐化堕落。牧师不喜欢渔夫那个等次的人，嫌他们粗野笨拙，还去非国教教堂。但对菲利普来说，待在厨房要远比待在客厅舒服自在；一有机会，他就带着玩具去厨房玩。伯母对此并不怎么在意。她不喜欢屋子给搞得乱七八糟。尽管她意识到，有男孩的地方别指望干净整洁，她宁愿他去厨房折腾，总比将客厅弄得一团乱的好。平时，只要菲利普稍微有点儿坐不住，大伯就显得烦躁不安，说早该送他去上学了。凯里太太觉得菲利普还太小，没到上学年龄，她心里是真疼这没娘的孩子。但她试图获得孩子喜爱的种种举动不免有些尴尬笨拙，一番好心反倒搞得孩子不自在起来。孩子觉着有些难为情，进而不情不愿地受着她的亲热之举，而这又让凯里太太觉得甚为窘迫和伤心。有时候，她听到菲利普尖锐的嗓音在厨房荡出一阵阵大笑，但她一走进去，孩子立马噤声敛息。这时，玛丽·安再解释刚才的笑话时，菲利普就涨得满脸通红。凯里太太听了玛丽·安的解释，并不觉得有什么好笑的，只得勉力微微一笑。

“他和玛丽·安在一起似乎比和我们在一起更开心，威廉。”回屋重新拾起针线活时，凯里太太对丈夫如此说道。

“谁都瞧得出那孩子严重缺乏教养，须好好训导才行。”

菲利普来牧师家的第二个礼拜天，不幸闯了一场祸。午餐后，凯里先生像往常一样去客厅小憩，但那天他愤愤不平，难以入睡。上午，牧师用几盏蜡烛台将圣坛重新装饰了一番。不料约西亚·格拉夫斯对此表示强烈反对。这些烛台是牧师在坎特伯雷买的二手货，觉得它们看起来挺不错的。但约西亚·格拉夫斯却指责那是些天主教的玩意儿。此类嘲讽、奚落总能惹得牧师怒气冲天。当年爆发牛津运动①时，凯里先生正在那里念书，运动最终以爱德华·曼宁②脱离国教告终。牧师本人对罗马天主教颇感同情。依他的本心，凯里先生非常乐意把布莱克斯达布尔低教会派③教区的宗教仪式搞得更为庄严隆重一些。在灵魂深处，牧师渴望举行列队行进仪式，让教堂华烛高燃，亮丽堂皇。但现在他最多也就能焚上几炷香而已。他讨厌“新教徒”这个称呼，他叫自己“天主教徒”。他常说，那些教皇至上的信仰者，无非需要一个修饰性的称号来自我标榜，才称自己隶属“罗马天主教”；但事实上，英国国教才是最具权威、最名副其实、最能充分体现其高贵典雅之意的“天主之教”。他那副容颜，光是想想就让他得意不已：脸上刮得干干净净，生就一副天主教教士的神情，尤其年轻时，自己所散发出的禁欲主义气质更能凸显他天主教教士的特质。牧师常对人说起他在法国布洛涅度假的一段经历（那次度假也像往常一样，妻子出于经济上的考虑并没有同他一起去）。度假中的他某天正坐在教堂里，一位法国教区牧师特地走上前来，邀请他上台为大家讲经布道。凯里先生坚决认为，尚未领受圣俸、圣职的教士应当禁欲独身，手下的助理牧师只要一结婚，就会被打发走。有一次选举，自由党人竟在他花园的篱笆上用大大的蓝色字体写着：此路通往罗马。他对此火冒三丈，威胁要起诉布莱克斯达布尔自由党的头头。此时此

---

① 19 世纪由英国牛津大学部分教授发动的宗教复兴运动。该运动主张恢复教会昔日的权威和早期传统，保留罗马天主教的礼仪。

② 爱德华·曼宁（1808－1892），英国圣公会牧师，牛津运动派的主要教士之一，1851 年改宗成为天主教徒。

③ 该词始于 18 世纪早期，指基督教新教圣公会派别，与“高教会派”对立。低教会派观点较倾向于清教徒而反对天主教，不赞成高教会派恢复旧制的倡导，认为主教制度、神职圣品与圣事礼仪相对而言并不重要，强调福音派及新教的做法，反对繁文缛节的祷文和仪式。

刻，牧师已是下定决心，不管约西亚·格拉夫斯说什么，他都坚决不将烛台从圣坛上拿下来。想到气恼处，牧师禁不住烦躁地抱怨了几句“俾斯麦”。

突然，他听到一声意外的声响，便一把拿掉盖在脸上的手绢，从躺着的沙发上一跃而起，一路奔进餐厅。菲利普坐在桌旁，周围满是砖块。他刚才搭建起了一座奇形怪状的大城堡，不料底座的小毛病让整个建筑物轰然倒塌，发出哗啦一声巨响。

“你拿这些砖块做什么，菲利普？你要知道，礼拜天是不允许做游戏的。”

有那么一会儿，菲利普呆呆地瞪着牧师，眼里尽是害怕。同时，他的脸也一如往常那样涨得通红。“我过去在家常常做游戏的。”他回答说。

“我敢肯定，你亲爱的妈妈绝不允许你干这种坏事的。”

菲利普不知道这样做竟是干坏事，倘若果真如此，他可不希望让大家认为母亲同意他这么做。所以，他耷拉着脑袋，一声不吭。

“你难道不知道，礼拜天做游戏是非常、非常不应该的吗？你也不想想礼拜天为什么叫休息日？你今晚就要去教堂，可你下午刚触犯了天主的戒律，晚上怎么还有脸去见天主？”

凯里先生命令菲利普立即把砖块搬走放好，还站在一旁监督他。“你这孩子太淘气了。”牧师复又训斥道，“想想你那在天国的妈妈，该给她带来多少悲痛和忧伤！”

菲利普忍不住想哭，但他本能地不愿让人看到自己掉眼泪，硬是咬紧牙关，拼命抑制内心的抽噎之声。凯里先生在扶手椅上坐下来，顺手拿过一本书翻着看。菲利普站在窗边。牧师宅邸和通往坎特伯雷的那条主道隔着相当一段距离。从餐厅窗口往外看，可以瞧见一个半圆形的草坪；再过去，则是田野连绵，绿茵遍地。羊群正在田野里吃草，天际愁云惨淡，菲利普感觉无限的悲苦在胸腔里蔓延。

这时，玛丽·安送进来茶点，路易莎伯母也走下楼来。“午觉睡得舒服不，威廉？”她问。

“一点儿也不。”他回答说，“菲利普搞出那么多噪音，简直叫人没法合眼。”

凯里先生这话说得不尽合乎事实，他睡不着是因为自己心事重重。菲利普闷闷不乐地听着，心想，我仅仅搞出过一次大动静，没理由大伯在这之前或之后睡不着哇。凯里太太让他说说是怎么回事，牧师就把事情从头到尾讲述了一遍。

“他甚至都没说声‘对不起’。”凯里先生最后加了这么一句。

“噢，菲利普，我想你一定感到很抱歉。”凯里太太紧接着说，担心孩子会给大伯留下不必要的顽劣印象。

菲利普一声不吭，只管使劲咀嚼手里的黄油面包。他也不知道哪来的执拗劲，硬是阻止他露出任何后悔的神情或做出任何抱歉的举动。他感到耳朵阵阵刺痛，有种想哭的小冲动，但就是咬紧牙关，一声不吭。

“你用不着还在那儿生闷气，整件事已经够恶劣的了！”凯里先生说。

下午茶在沉闷的气氛中结束了。凯里太太禁不住时不时地偷偷看一眼菲利普，但凯里先生故意忽视他的存在。当菲利普看到大伯上楼更衣、准备去教堂时，就跑去大厅拿上帽子和外套。牧师下楼看见菲利普时却说：“我希望你今晚别去教堂了，菲利普。我想，你现在的精神状态不适合走进主的圣殿。”

菲利普一言不发，觉得自己遭受了奇耻大辱，双颊红得厉害。他默默站在那里看着大伯戴上宽边帽，披上肥大的斗篷。凯里太太像往常一样将丈夫送至门口，然后转过身来对菲利普说：“不打紧，菲利普。下个礼拜天你一定不会这么淘气，对吧？到时候，大伯晚上就会带你去教堂。”

她摘下菲利普的帽子并脱下他的外套，领他走进餐厅。“和我一起念祷文好吗，菲利普？我们一起弹风琴唱圣歌，你喜欢吗？”

菲利普坚定地摇了摇头。凯里太太大吃了一惊，这孩子不愿意和她一起念祷词，她还真不知道接下来该拿他怎么办。“那在大伯回来之前，你想做什么呢？”凯里太太有些无助地问道。

菲利普总算吭声了。“我想一个人待着，谁也别来管我。”他说。

“菲利普，你怎么能说出这种没良心的话来？你难道不知道大伯和我只想你好吗？你难道一点儿也不爱我吗？”

“我讨厌你！我恨不得你死了才好！”

凯里太太倒抽一口冷气。这孩子竟说出这样残酷、凶恶的话来，怎不叫她惊愕失色。她一句话也说不出来了。她坐到丈夫的扶手椅里，想到自己满腔热心地想要去疼爱这个孤苦伶仃的跛足孩子，想到自己多么渴望得到他的爱——自己不能生儿育女，尽管膝下无子显然是上帝的旨意，她有时还是不敢去看那些小孩，看得她心痛难忍——她这样想着，想着，眼泪不禁就涌了出来，一颗、一颗，慢慢滚落脸颊。菲利普惊愕地望着伯母。她这时掏出一方手帕，再也抑制不住，放声痛哭起来。菲利普幡然悔悟，伯母之所以痛苦，是因为刚才他的话伤了她的心。他内疚不已，悄悄走上前去亲了亲她。这是菲利普在没被要求的情况下第一次主动亲吻她。可怜的老太太——穿着黑缎衣服的她显得那么瘦小干瘪，脸色那样蜡黄憔悴，满头螺旋状发卷又是那样滑稽可笑——她把孩子抱到膝头，双臂环抱着他，哭得简直要肝肠寸断了。她的眼泪也半含着幸福，因为她感觉到，那横亘在她和孩子之间的陌生感已消失不见了。她现在对孩子是一种全新的爱，这孩子叫她痛并快乐着。

第九章

接下来的那个礼拜天，在牧师正准备去客厅小憩（牧师的生活就像举行仪式一样有条有款，到哪个时间点就按部就班做哪件事），凯里太太也正打算上楼休息，菲利普突然开口问道："如果不许我做游戏，那我该干点儿什么呢？"

"你就不能老老实实地坐着，安安静静地待一会儿？"

"我没法一直坐着不动，直到喝下午茶。"

凯里先生朝窗外望去，但外面寒风刺骨，不好意思建议菲利普到花园去玩。"我知道你该干什么了。你可以用心好好背一段今天该念的短祷文。"牧师说着，从风琴上取下那本祷告用的祈祷书，翻到他要找的那页。"这段不算长。如果你能在我进来喝下午茶时一字不差地背下来，我就把我的蛋尖奖给你吃。"

凯里太太把菲利普的椅子拖到餐桌旁（他们已为菲利普购置了一把高脚椅），并把祈祷书放在他面前。

"魔鬼会唆使无所事事之徒行恶的。"① 凯里先生说。

他往火炉里添了点儿煤，好等他再来喝下午茶时炉火能烧得旺旺的，那样就会开心舒适不少。他随即走去客厅，松开衣领，摆好靠垫，舒舒服服地在沙发上躺下。但凯里太太觉得客厅有点儿冷飕飕

① 本句出自英国基督教神学家、赞美诗作家艾萨克·瓦茨（Isaac Watts，1674－1748）所写的赞美诗。原句为：For Satan finds some mischief still/For idle hands to do。

的，便又从门厅那儿给牧师拿来一条小毛毯盖在腿上，细心地把他的脚裹好。她本还想把百叶窗关了，免得阳光刺眼，见他已经关上了，便踮起脚尖悄悄走出客厅。牧师今天心安神宁，没什么烦恼事，不到十分钟就睡着了，还轻轻地打起鼾来。

那天是主显节①后的第六个礼拜天，本日该念的祈祷词是这么开始的：啊，主！圣子已显明他可以摧毁魔鬼的一切邪恶之举，从而使我们成为上帝之子民，成为永生之后嗣。菲利普通读一遍，却知其然，而不知其所以然。他开始高声诵读起祷词来，但很多字不认识，句子结构又甚是奇怪。读来读去，他脑子里也只不过记住了两行。他老是走神，任思绪飘到九霄云外：牧师住宅四周靠墙种着许多果树，一根长长的细枝时不时敲打着窗玻璃；花园那边的田野里，羊群正木然地啃着青草。菲利普的脑袋似乎打了结，什么都记不住。突然，一阵恐惧吞没了他，要是到用下午茶的时间他还记不住这些祷文怎么办？他又低声读了起来，读得很快，不求甚解，只是像鹦鹉学舌那样死命把祷文塞进脑袋。

凯里太太那天下午睡不着，翻来覆去到四点钟时已睡意全消，整个人无比清醒，就下了楼。她想，她可以先听听菲利普背祷文，免得到时候他跟大伯背时出错。那样的话，大伯就会满意，明白孩子的心还是很纯良的。但当凯里太太走到餐厅门口正准备进去时，突然听见一个意想不到的声音，她猛地顿住脚，心微微一跳。她转过身，蹑手蹑脚溜出前门，沿着房子绕了一圈，来到餐厅窗户下，小心翼翼地往里看。菲利普还坐在她拉过来让他坐的那把椅子上，身子却趴在桌子上，脑袋埋在手臂里，正伤心欲绝地呜咽着。她还看见他的肩膀抽动得十分厉害。凯里太太吓坏了。这孩子看起来甚为镇定自制，从没见

---

① 每年1月6日纪念耶稣显灵的节日。

他哭过。现在她才豁然大悟，孩子的镇定与自制只是羞于显露情绪的本能反应：他会藏起来哭。

顾不得丈夫不喜欢睡觉时被人突然吵醒，凯里太太闯入客厅。“威廉！威廉！”她叫道，“那孩子正哭呢，好像心都要碎了。”

凯里先生坐起来，解开缠在自己腿上的毛毯。“他有什么好哭的？”

“我不知道……噢，威廉，我们不能让孩子觉得不幸福啊。你觉得这会不会是我们的错？要是我们自己有孩子，就知道该怎么做了。”

凯里先生困惑不解地看着太太，对这种事他也是一筹莫展啊。“他总不至于因为我叫他背祷词而哭吧。统共还没十行呢。”

“你觉得我该不该给他拿些图画书看呢，威廉？我们有些关于圣地的图画书。这么做，总不会有错的。”

“好吧，我没意见。”

凯里太太去了书房。收集图书是凯里先生唯一热衷做的事。每回去坎特伯雷，他总要花一两个小时泡在旧书店，总会买回四五卷发霉的旧书。他从不读它们，读书的习惯早被他丢到爪哇国了，但他还是喜欢随手翻翻，要是书里配有插图的话就看看插图。他还喜欢修补书的封面。他十分欢喜雨天。一逢下雨，他就可以心安理得地窝在家里不出去，用胶罐调点儿蛋白，花上一下午来修补四开本旧书磨损的俄罗斯皮革封面。他收藏了许多古旧游记，里面还配有钢板雕刻画插图。凯里太太很快找到了两本描绘圣地巴勒斯坦的书。她故意在餐厅门口咳嗽一声，好让菲利普有时间镇静下来。她觉得，要是撞上他正偷偷掉眼泪，孩子一定会觉得十分丢脸。接着，她又转动门把，发出咔哒、咔哒声。等她进去时，菲利普已装出一副聚精会神地看祈祷书的样子。他用手遮挡着眼睛，好叫伯母看不出他刚哭过。

“祈祷文会背了吗？”她问。

孩子迟疑着没回答，她觉得他这是怕声音暴露出他刚才哭过，感到异常的尴尬。

“我记不住。”他吸了一口气，终于开口说道。

“嗯，没关系。”她说，“你不用背了。我给你拿来了一些图画书。过来坐我腿上，我们一起看。”

菲利普滑下椅子，跛着脚朝她走过去。他低头向下看，有意不让伯母瞧见自己的眼睛。

她将他搂在怀里。“看！”她说，“这就是我主耶稣诞生之地。”

她指给他看的是一座东方城池，城内平顶屋、穹顶建筑物以及尖塔错落有致。画面的前景是一排棕榈树，两个阿拉伯人和几只骆驼正在树下歇息。菲利普摩挲着画面，好似要切身感受那些房屋建筑和流浪汉身上松松垮垮的衣衫。

“读读这上面写了什么。”他说。

凯里太太用她那毫无情感起伏的声调平静地读出另一页上的文字。那是三十年代某个游历东方的旅行家写的颇富传奇浪漫色彩的游记，辞藻或许有些浮华夸张，但感情细腻充沛，读起来似乎让人闻到了东方所特有的令人愉悦的迷人香味。而这对于继拜伦①和夏多布里昂②之后的那代人来说，东方正是披着这种浪漫感情色彩展现在他们面前的。

没过一会儿，菲利普就打断凯里太太，说：“我想要看别的图片。”

玛丽·安进来时，凯里太太起身帮她铺桌布。菲利普捧着书，

---

① 乔治·戈登·拜伦（George Gordon Byron，1788－1824），是英国19世纪初期伟大的浪漫主义诗人。

② 夏多勃里昂（Chateaubriand）是法国19世纪颇负盛名的作家。他的作品文笔优雅，辞藻华丽，诗意盎然，但情调忧郁伤感，甚至有些矫揉造作，是一位十足的消极浪漫主义作者。

如饥似渴地快速翻看着一张张插图。他伯母费了好大劲才哄他放下书来用茶点。他早已忘了刚才背祈祷书的痛苦挣扎，也忘了曾暗自流泪。第二天是雨天，他又提出要看那本书。凯里太太满心欢喜地将书拿给菲利普。她曾和丈夫谈论过这孩子的将来，两人不约而同都希望菲利普将来成为牧师。而现在，孩子对描述圣子显身之地的书现出如痴如醉的兴趣，无疑是个好兆头。如此看来，孩子的心灵似乎天生就和神圣之事息息相通。接下来的一两天，菲利普提出要看更多的书。凯里先生将他带进书房，给他看那满满一书架的图画书，并给他选了一本介绍罗马的书。菲利普迫不及待地接了过去。书中的图画给他带来了新的乐趣。他开始试着去读每幅图画前后页的文字叙述，好搞清这些图画是关于什么的。很快，他对于玩具的兴趣已荡然无存了。

之后，只要没人在旁边，他就拿出书来看。或许是因为给他留下第一印象的是东方城市，他发现自己对描述东方世界的图画书最感兴趣。一看到有清真寺和金碧辉煌的宫殿的图画，他就兴奋得心直跳。在一本关于康斯坦丁堡的书里，有幅图特别让他浮想联翩。这幅图名为《千柱殿》，画的是拜占廷的一个湖泊。在大家的想象里，这是一个无边无际、玄妙莫测的魔湖。他读过的关于这幅图的传奇故事告诉他：湖泊入口处总是停着一叶扁舟，专门引诱缺乏警惕之心的旅行者。一旦坠入那无尽黑暗的深渊，就从此消失不见，再也回不到这个世界来。菲利普真想知道，那载着游人的小舟是在那一个个殿柱间穿梭不止呢还是最终会去往某座神秘离奇的广厦宏宇呢。

一天，好运突然降临，他碰巧翻到一本莱恩翻译的《一千零一夜》。他先被书中的插图迷住了，然后才开始读文字。一开始读的是那些与巫术、魔法有关的故事，然后再读其他的。特别喜欢的几个故事他是百看不厌，读了又读。他已读到物我两忘的境界，既想不起其他事，也忘了周围生活的存在。即便是吃饭，也得人唤上两三次才会去。不知不觉间，菲利普已养成世上最能给人快乐的习惯——读书的习惯。他并不知道，这样沉迷在书的世界里，给他提供了一个逃避人生苦难和烦忧的庇护所。他也不知道，他正给自己创造一个虚无缥缈的幻境，而这幻境会让现实世界的每一天都成为痛苦、失望的源泉。过了一阵子，他又开始博览其他书籍。他的思想过早地成熟了。伯父、伯母见这孩子既无忧虑又不吵闹，全副身心都遨游在书的海洋，也就不再自找麻烦地在他身上劳心费神了。凯里先生藏书之丰富，连他自己都不清楚。因为他很少读书，久而久之也就忘了他因价格便宜而断断续续买回来的旧书了。在一大堆讲道书、布道集以及游记、圣徒传、长老传和宗教史里，偶尔也夹杂着一些旧小说。菲利普也终于发现了这些旧小说。他根据书名来挑选书。首先读的是《兰开夏郡的女巫》，接着是《令人钦佩的克莱顿》，再就是其他好些小说。每当他翻开一本书，看到书里描写的是两个孤独的游侠策马行走在危险恶劣的峡谷时，就觉得自己是多么安全啊。

夏天来了，曾是水手出身的老花匠给菲利普做了一张吊床，拴在垂柳的枝干上。菲利普一连几小时躺在吊床上，躲着任何可能来牧师家拜访的人，独自在那儿看书。他看啊，看啊，如痴如醉。时光如梭，转眼已是七月；再一眨眼，又到了八月。每逢礼拜天，教堂总是挤满了陌生人，募集到的善款通常都能达两镑之多。在此期间，无论牧师还是凯里太太，都鲜少出门。他们不喜欢看到陌生脸孔，极为讨厌伦敦来的游客。牧师住宅对面的房子被一个带着两个小男孩的绅士租了下来，租期六周。这位绅士还派人来问，菲利普是否愿意和他的孩子们一起玩，凯里太太礼貌地拒绝了。她担心菲利普会被伦敦来的小男孩带坏。要知道，菲利普将来是要成为牧师的。因此，有必要保护他不受外界的侵染。凯里太太恨不得菲利普像初生的撒母耳①那样，纯洁无瑕。

第十章

凯里夫妇终于下定决心，送菲利普去坎特伯雷的国王学校读书。邻近牧师都把儿子送去那儿读书。这所学校长久以来就和坎特伯雷大教堂联系在一起，已成为传统。现任校长是大教堂的荣誉教士，前任校长中还有一位是大教堂的会吏长。学校鼓励男学生立志献身圣职，教学安排也是着眼培养诚实正直的少年，好终生侍奉上帝。国王学校有一所附属预备学校，菲利普要去就读的就是这所预备学校。九月底的一个星期四下午，凯里先生带着菲利普去往坎特伯雷。一整天里，菲利普是既兴奋激动又忐忑不安。他对学校生活知之甚少，只从《男童报》的故事里稍微了解一点，还有就是读过《埃里克，日渐进步》这本书。

他们在坎特伯雷下火车时，菲利普都快忧虑成病了；乘马车去城里的途中，他一言不发地呆坐着，脸色煞白。学校前面那高耸的砖墙，使它看起来像监狱一样。墙上有一扇小小的门。他们一按门铃就应声而开了，从里走出一个笨拙粗陋、不修边幅的家伙，帮菲利普提着铁皮箱和玩具用品箱。他们被领进会客室。里面摆着笨重难看的家具，沿墙摆放的一排椅子看起来异常僵硬死板，让人望而生畏。他们

①《圣经》中的人物，是以色列的先知，是圣经中极少的没有记载任何罪行的人之一。

在等待校长的到来。

“沃森先生是个怎样的人?”过了一会儿，菲利普开口问道。

“待会儿你就知道了。”

又是一阵沉默。凯里先生不禁纳闷为什么校长还没来。

这时，菲利普鼓足勇气，又开口说道:“告诉他，我有一只跛足。”

凯里先生还未来得及回答，门突然被推开，沃森先生神气十足地走了进来。在菲利普看来，他的身躯简直庞大到不可思议的地步。他足有六英尺多高，宽肩膀，虎背熊腰，一双巨掌硕大无比，满嘴火红的大胡子。他说起话来嗓门很大，神情愉快，但那咄咄逼人的兴奋劲却激起了菲利普心中的恐惧之感。他先同凯里先生握手，接着又握住菲利普的小手。“嘿，小家伙，来学校高兴不?”他高声问道。

菲利普脸涨得通红，不知道怎么回答才好。

“你多大啦?”

“九岁。”菲利普说。

“你必须尊称校长为‘先生’。”大伯在一旁提醒菲利普。

“我想，你要学的东西还真不少。”校长心情很好地大声评论了一句。为了鼓励孩子自信，校长开始用他那粗糙的大手指又是抚摸又是戳弄地逗着菲利普。菲利普在他的触弄下，觉得又羞又不舒服，来回地扭动着身子。

“我暂时把他安排在小宿舍……你应该会喜欢住那儿的，是不?”他说着，又朝菲利普加了一句，“你们那儿总共八个人。你不会觉得太陌生的。”

接着，门被推开了，沃森太太走了进来。她是个肤色黝黑的妇人，一头乌发梳成中分，打理得非常齐整光溜。她双唇出奇的厚，圆圆的鼻子又出奇的小，一双眼睛又大又黑。她表情单一，神态冷若冰霜。她很少说话，笑的时候就更少了。

校长把凯里先生介绍给她，又友好地把菲利普往她身边推。“海伦，这是新来的小男孩，他姓‘凯里’。”

沃森太太一言不发地和菲利普握了握手，然后坐下了，仍然沉默不语。校长则问凯里先生，菲利普书读得怎样，都读了些什么书。沃森先生兴高采烈的热心劲儿叫这位布莱克斯达布尔的牧师感觉有些尴尬，没过一会儿就起身告辞了。“我想，我这就把菲利普交给您了。”

“没问题。”沃森先生说，“他在我这儿保管平安无事。他会像一座着火的房子一样，热情似火地开始新生活的。是这样吧，小家伙?”

不等菲利普回答，这个大块头校长骤然哈哈大笑起来。凯里先生在菲利普前额亲了一下，就走了。

“走吧，小家伙!”沃森先生大声叫道，“我带你参观教室去。”

校长神气十足地大踏步走出会客室，菲利普匆忙一瘸一拐地跟上，被领进一个长长的房间。里面空荡荡的，两张和房间一样长的桌子从这头横跨到那头，每张桌子边都摆着木制长条椅。

“学校现在还没什么学生。”沃森先生说，“我再带你看看操场。然后，你就可以自由安排了。”

沃森先生在前面领路。菲利普发现自己来到一个广阔的大操场。操场三面都建着高耸的砖墙，第四面则是一道铁栅栏，透过栅栏可以望见一片广阔的草坪，草坪的尽头矗立着国王学校的几座校舍。一个小男孩正闷闷不乐地在操场上闲逛，一边走一边踢着脚下的碎石砂砾。

“你好啊，威宁!”沃森先生高声呼喊，“你什么时候来的?”

小男孩走上前来和校长握手。

“这是新来的同学。他比你年长，也比你高，你可别欺负他。”

校长和善地瞪着两个孩子，震耳欲聋的大嗓门足以让他们心生畏惧。然后，他哈哈大笑着走了。

“你姓什么？”

“凯里。”

“你父亲是干什么的？”

“他去世了。”

“噢！你妈妈洗过衣服吗？”

“我妈妈也去世了。”

菲利普以为这样的回答会让对方多少有些尴尬，哪知威宁并不当回事，仍嬉皮笑脸地开玩笑。“好吧，那她生前洗过衣服吗？”

“洗过！”菲利普说着，有些愤怒。

“那她就是个洗衣工了？”

“不，她才不是。”

“那她就没洗过衣服。”

小男孩觉得自己能言善辩，在口才上胜过了对方，为此开心不已。然后，他看到了菲利普的脚。“你脚怎么了？”

菲利普本能地缩回脚，不想叫他看见。他把那只跛脚藏在好脚后面。“我有只跛脚。”他回答。

“怎么弄的？”

“天生就有。”

“给我看看。”

“不。”

“不看就不看。”小男孩说着，飞起一脚踢在菲利普的小腿上。菲利普猝不及防，被踢个正着，疼得倒吸一口气。然而，比肉体疼痛更甚的是吃惊。他不知道威宁为什么要踢自己。菲利普此刻思绪混乱，没有心思去揍回来。再说，这孩子也比他小，他在《男童报》上读过，欺负比自己小的人是非常低劣的行为。在菲利普抱着小腿揉捏的时候，出现了第三个小男孩。刚才踢他的家伙撇下他，跑了。过了一会儿，菲利普发现他俩正在议论自己，眼神还不时地扫向他的脚。菲利普顿时浑身发热，感觉非常不自在。

这时候又来了一群小孩，共有十二个；然后，又跑来更多。他们开始喋喋不休地谈论假期都干了些什么，去了什么地方，打了多少场精彩的板球。接着，又出现了一些新同学。菲利普发现，自己不知什么时候同他们交谈了起来。他有些害羞，还有些紧张，虽然心里急于给人留下讨人喜欢的印象，脑子里却想不出该说些什么。别的孩子问这问那，提了一大箩筐问题，他都十分乐意一一作答。有个小男孩问他是否会打板球。

“不会。”菲利普回答说，“我有只跛脚。”

小男孩快速地向下扫了一眼，脸蓦地红了。菲利普瞧得出，那孩子感觉自己问了一个十分不得体的问题，整个人羞得都不知道怎样道歉了，只好尴尬地看着菲利普。

第十一章

次日清晨，菲利普被一阵叮叮当当的铃声吵醒。他四下里看来看去，十分惊讶地打量着小卧室。耳边响起一声叫唤，他这才想起自己身处何地。

“你醒了吗，辛格?”

小卧室的隔墙是用磨光的油松木做成的，卧室前面悬挂着一面绿门帘。那时，人们很少考虑室内通风的问题，窗户大多紧闭着，只在早晨才打开一会儿透透新鲜空气。

菲利普坐起身，跪下来做祷告。早晨天寒地冻，菲利普一阵哆嗦。不过伯父教导过他，一起来还穿着睡衣就做祷告比穿戴整齐了再做祷告更显心诚志坚，也更令上帝满意。这种说法并未使菲利普吃惊，他也开始认识到：他是上帝创造出来的子民，造物主自然能懂得信众的困苦与不幸。晨祷完毕，菲利普开始洗漱。这里住着五十个寄宿生，共享两间浴室，每个学生每周洗一次澡。其他的洗漱就只能靠搁在脸盆架上的小脸盆解决。这个脸盆架，外加床铺和一把椅子，就是每个小卧室的全部家当。孩子们一边穿衣服，一边愉快地闲聊。菲利普竖起耳朵听着。接着又是一阵铃响，大家都跑下楼去。他们在教室那两张大长桌旁的条椅上坐好；沃森先生，还有太太和几位仆人也进来坐下。沃森先生诵读祷文的威严架势颇为引人瞩目，祷词一经他那大嗓门念出便如雷鸣般回荡在整个教室，使得每个听在耳中的学生都不禁觉得这是专门针对他发出的恫吓之声。菲利普惴惴不安地听着。之后，沃森先生又读了一章《圣经》，仆人们鱼贯而出。不一会儿，衣衫不整的年轻仆人送进来两大壶茶；再次进来时，又端来几大盘黄油面包。

菲利普饮食很挑剔，看到面包上涂着厚厚一层劣质黄油，实在觉得倒胃口。看到其他孩子都把黄油刮掉，他也就依葫芦画瓢照做了。同学们都备有肉罐头之类的食品，是他们放在玩具用品箱里夹带进来的。有些人还要了份“加餐”——鸡蛋或培根，沃森先生从这上面捞到一笔外快。当他问凯里先生，菲利普是否需要加餐时，对方回答，男孩不应太过娇惯溺爱。沃森先生极为赞同对方的看法，觉得对于正在成长发育期的小伙子来说，再没有比黄油面包更好的食物了，但有些父母就是过度宠溺孩子，坚持要加餐。

菲利普注意到，“加餐”让孩子长了几分面子，便打定主意，给路易莎伯母写信时也要求“加餐”。

早餐后，孩子三三两两都去操场玩了。走读生也陆续来到学校。

这些孩子的父亲有的是当地牧师，有的是兵站军官，还有的是老城工厂主和生意人。不一会儿，铃声响起，大家都争相往教室跑。上课的教室由一个长长的大房间和一个相对较小的房间组成。大房间的两头，两位老师分别负责教授中级班和低级班。小房间是给沃森先生用的，他教高级班。为了表示学校是附属于国王学校的预备学校，三个班级在典礼上和公文里的官方称呼分别为：预科高班、预科中班和预科低班。菲利普被安排在低班。这个班的授课老师名叫赖斯。他脸色红润，嗓音悦耳动听，给孩子们讲课时欢快而风趣，时间在不知不觉中就溜走了。当钟表显示差一刻就十一点时，菲利普还大吃一惊，没想到时间过得这么快。学生们就此下课，休息十分钟。

所有学生一路吵吵闹闹地涌进操场。新来的学生被命令站在中间，其他学生沿墙分立在左右两侧。他们开始玩一种叫作“小猪在中间”的游戏。老同学从一面墙跑向另一面墙，站在中间的新同学就要努力抓住他们。一旦抓住，就要大声念咒语：“一、二、三，猪归俺。”被抓的同学就成了俘虏，反过来帮新同学去抓还在逍遥的老同学。菲利普看见一个男孩从身旁跑过，便试图抓住他，可他瘸着一条腿怎么可能有机会。其他跑着的同学看到这一幕，全都蜂拥进他负责的抓人区域。有个同学更是灵光一闪，想出一个绝妙的主意——模仿菲利普奔跑时笨拙的怪模样。其他男孩见状开始哈哈大笑，接着全都效仿起来，在菲利普周围做出滑稽可笑的拐腿模样，一边跑一边尖着嗓门又是叫，又是笑。他们找到了一种新的娱乐方式，完全沉浸在它的乐趣之中，快活得简直找不着北，更是笑得要岔气了。有个孩子上前用脚绊了菲利普一下，菲利普就像平时那样，重重地跌在地上，膝盖也擦破了。等他好不容易从地上爬起时，他们笑得更欢、更大声了。一个男孩从背后突袭，猛推了菲利普一把。要不是另一个男孩从旁拉了他一把，他毫无疑问又要摔在地上了。到现在，游戏早已被他们抛到脑后，大伙只想拿菲利普的残疾找乐子。有个孩子更是脑洞大开，想出一个古里古怪的左摇右摆的瘸腿模样，让其他人觉得异常滑稽可笑，好几个孩子为此笑得直打滚，横七竖八地躺在地上。菲利普这时已完全吓呆了，实在不明白同学们为什么要这样百般捉弄和嘲笑他。他的心咚咚乱跳，直跳得他喘不过气来。自出生以来，他还从未受过这么大的惊吓。他呆愣愣地傻站在那儿一动不动，任凭那些男孩子在他周围跑来跑去，一边做怪样子一边哄笑不止。他们冲着他大喊大叫，激他来抓他们，但菲利普无动于衷。他再也不想让他们看到自己奔跑的样子了。他用尽了全身力气，才阻止自己不哭出来。

铃声突然响起，大家又全都奔涌向教室。菲利普的膝盖在流血，头发蓬乱，衣衫不整，浑身是土。有那么几分钟，赖斯先生一度无法控制课堂秩序。刚才那种异乎寻常的新玩法仍叫孩子们兴奋不已；菲利普发现一两个同学还在偷偷打量他的脚，慌忙把脚缩到长凳下面。

下午安排学生踢足球，但沃森先生在菲利普吃过午饭正往外走时拦住了他。“我猜你不会踢足球吧，凯里？”他问菲利普。

菲利普自觉脸红了。“不会，先生。”

“那就不用踢了。不过，你最好还是去球场。你能走到那里的，对吧？”

菲利普不知道球场在哪儿，他仍旧回答说：“能的，先生。”

同学们在赖斯先生的带领下出发了，后者瞥见菲利普没换衣服，便问他为什么不去踢球。

“沃森先生说我不用踢球，先生。”菲利普回答说。

“为什么？”

菲利普周围都是人，大家好奇地看着他。这让菲利普顿生羞耻之感，垂下了眼眸，默然无声。其他人替他回答说：“他是瘸子，先生。”

“噢，我明白了。”

赖斯先生还很年轻，一年前刚取得学位。此时此刻，他感到非常尴尬，本能地想向菲利普道歉，但又羞于开口，只好粗着嗓子冲其他学生大声吆喝："我说，孩子们，你们还在等什么？还不快走！"

有些学生已经出发，留下来的同学听他这一呵斥也都三三两两地结伴走了。

"你最好和我一起走，凯里。"赖斯老师说，"你还不认得路，对吧？"

菲利普猜到了他的好意，喉头禁不住一阵哽咽。"我走不了多快，先生。"

"那我就慢慢地走。"老师微笑着说。

菲利普的心向这个面色红润、长相普通的年轻人敞开了。他说了句温柔体贴的话，菲利普突然觉得没那么难过了。

晚上，他们脱衣上床睡觉时，那个叫"辛格"的男孩却从自己的小卧室跑出来，把头伸进菲利普的卧室。"我说，把你的脚伸出来给我们看看！"他说。

"不。"菲利普回答道。赶紧跳上床，把脚裹起来。

"别对我说'不'！"辛格说，"过来，梅森！"

隔壁卧室的男孩正在拐角处探头探脑，一听到叫唤，立即闪身进来。他们朝菲利普走过去，试图扯掉裹着他的毯子，但菲利普死命揪得紧紧的。

"你们为什么就不肯放过我？"菲利普喊叫起来。

辛格抓住一把刷子，用刷子背敲打菲利普牢牢抓住毯子的手。菲利普大叫起来。

"你为什么就不能安安静静地把脚伸出来让我们看看？"

"我就不！"绝望之中，菲利普握紧拳头，朝那个折磨他的孩子揍了过去。但他势单力薄，被辛格一把抓住胳膊反扭起来。

“噢，别，别！”菲利普说，“你会把我胳膊扭断的。”

“那就乖乖停下来，把脚伸出来给我们看。”

菲利普边喘气边呜咽了一声。辛格又使劲扭了一下他胳膊，疼得菲利普实在受不住了。

“好吧，我给你们看！”菲利普说。

他把脚伸了出来。辛格仍扭着菲利普的手腕不放，好奇地打量着那只畸形足。

“是不是好恶心？”梅森说。

又有一个孩子进来了，伸过头来凑热闹。“啊呸！”他满脸厌恶地啐了一口说。

“就像我说的，怪透了。”辛格说着，做了一个鬼脸，“这玩意儿硬不硬？”他用食指尖碰了碰那只脚，一副小心谨慎的模样，好似它有着独立生命意识一样。突然，他们听到沃森先生踩在楼梯上的沉重脚步声，赶紧把毯子扔回给菲利普，兔子似的蹿回自己的卧室。沃森先生走进宿舍。他只需踮起脚尖，就可以从挂着绿色门帘的竿子上方看到里面的动静。他查看了两三间学生卧室，见小男孩们都已安然入睡，便熄灯走了出去。

辛格叫唤菲利普，但菲利普没有答应。此刻，他正用牙紧紧咬着枕头，好不让人听到他的啜泣声。他流泪，并不是因为他们给他带来的痛苦，也不是因为给他们看到自己的跛脚而遭受的羞辱。他哭，是因为他恼恨自己，就这么受不起折磨，乖乖把脚伸出去给人瞧。

此刻，他切身感受到了生活的痛苦与不幸。在孩子幼稚的思想看来，这种痛苦与不幸似乎会永远延续下去。毫无缘由地，他忽然就记起那个寒冷的早晨，艾玛把他从被窝抱到母亲身边。自那以后，他从未再回想当时的情景。但此时此刻，他似乎又感觉到了那种依偎在母亲身边、还被她抱在怀里的温暖。他忽然觉得，这一切都是梦——母亲的离世，牧师宅邸的生活，还有这两天遭受的不幸——这一切的一切都不过是一场梦，而当他明天早晨醒来，一定又回到了家里。菲利普这样想着，眼泪渐渐地干了。他现在太不幸了！所以，这一切一定只是一个梦！他亲爱的妈妈一定还活着！艾玛要不了多久就会上楼睡觉！菲利普睡着了。然而，第二天早晨，唤醒他的还是一阵叮叮当当的铃声，第一眼看到的仍是小卧室那道绿色门帘。

第十二章

随着时光流逝，菲利普的残疾不再让孩子们感兴趣了，就像某个孩子的红头发或另一个孩子的过度肥胖一样被大家接受了。然而，经过这段时间折磨的菲利普却变得异常敏感。只要能不跑，他就再也不在人前奔跑。因为他知道一旦跑起来，瘸腿的毛病就会愈发显眼。他不仅不跑，就是平常走路，也采取一种非常奇怪的方式。在大家面前，他尽可能站在那儿不动，把跛脚藏在另一只脚后面，以免引人注目。他还经常留神任何有可能影射他跛脚的蛛丝马迹。因为没法加入其他孩子的游戏，他们的生活对他来说依然很陌生。他只能站在圈子外看他们做游戏或进行其他活动；他觉得，他们和自己之间似乎横着一道无形的障碍。有时候，孩子们似乎认为，他不能同大家伙儿一起踢足球全是他的错；而菲利普在这件事上也想不出办法让孩子们懂得并理解自己的难处。菲利普大部分时间都被孤立了，形单影只的他只能顾影自怜。他本是个有些健谈的人，现在却渐渐变得沉默起来，开始思索自己和别人的不同。

宿舍里最大的男孩辛格，非常不喜欢菲利普。就身高来讲，菲利普算是同龄人中比较矮小的，故而得经常忍受各种虐待。大约过了半个学期，学校开始风行“笔尖”的游戏。这个游戏需要两名玩家，用钢笔尖在桌上或长凳上争赢斗胜。玩家须用指甲推动自己的钢笔尖，好让它压到对方的笔尖上去，而对手一面设法阻拦，一面努力使自己的压到对方的笔尖上去。谁成功了，就朝自己的拇指肉球上哈口气，然后用拇指使劲按压两支笔尖，要是拇指能够成功粘起两支笔尖，那它们就都归你。很快，男孩中再也不见其他游戏的踪影，到处都在玩“笔尖”游戏。那些技高手巧的孩子赢得了大量笔尖。没过多久，沃森先生判定这是一种赌博，严厉禁止再玩这个游戏，还收缴了孩子们手中所有的笔尖。菲利普非常擅长玩这个游戏，赢笔尖对他来说手到拈来。怀着沉重的心情，他交出了自己的战利品。但他一直手痒，很想再玩一把。几天之后，他在去足球场的路上，不由得冲进一家商店，花一便士买了几支丁字形钢笔尖。他也不把笔尖包起来，就随手散放在口袋里，不时摸上一摸，好过过手瘾。辛格很快发现菲利普手上有好些笔尖。他按要求上缴了，却偷偷藏下一枚号称“大帅”的特大笔尖。这支笔尖几乎攻无不克，战无不胜。良机在即，他怎么也不愿白白错过，非要把菲利普的丁字形笔尖赢到手不可。菲利普尽管知道用小笔尖和他对阵，无疑身处劣势，但他生性爱冒险，愿意放手一搏。再说他也知道，辛格是绝不允许他拒绝比赛的。一周没玩了，现在重操旧业，他心头不禁生出一股慷慨激昂奔赴战场的兴奋之情。菲利普很快输掉两支小笔尖，辛格欢呼叫好。到了第三个回合，“大帅”不知怎么滑到一边，菲利普抓住机会，迎头将自己的丁字形笔尖压了过去。菲利普满腔尽是赢得大战后的喜悦之情。

就在此时，沃森先生一脚跨了进来。“你们在干什么？”他问。

他来回扫视着辛格和菲利普，但两人都没有答话。

“你们难道不知道我已明令禁止玩这个愚蠢游戏吗？”

菲利普的心飞速乱跳。他知道接下来会面临怎样的惩罚，因此十分害怕，但害怕中又掺杂了一丝兴奋和得意。他还从未被鞭打过。当然，那一定很痛，但事过之后，未必不可借机在其他孩子面前吹嘘一番。

“到我书房来!”校长转身离去。

两人并排紧随其后。辛格小声对菲利普嘀咕：“这下我们完了。”

沃森先生指着辛格说：“俯身过来!”

菲利普脸色煞白，看见辛格每挨一鞭子，身子就抽搐一下，第三鞭之后就哇哇大哭起来。紧接而至，又是三鞭子。“好了，起来吧。”

辛格站起身，眼泪像小溪一样汩汩滚落脸颊。

菲利普上前一步，沃森先生目视他好一会儿才说：“我不会用藤条抽你。你才来，而且，我也不想打一个跛子。走吧！你俩都走吧！今后别再淘气了。”

待两人回到教室时，一群孩子正围在那儿等着，他们已通过神秘的小道消息得知发生了什么事。同学们迫不及待地朝辛格问这问那。辛格面对他们，双脸因为鞭笞之痛涨得通红，脸颊上还留着斑斑泪痕。他扭头看向站在身后不远处的菲利普。“就因为他是个跛子，就能免受皮肉之苦!”他愤怒地吼道。

菲利普默然无声地站着，脸猛地一下红了。他感觉到，同学们望向他的眼神里满是鄙视。

“你被打了几鞭子?”一个男孩问辛格。

辛格没有回答，他一肚子怒火呢。“别再叫我和你玩‘笔尖’了!”他朝着菲利普狂吼，“你可真幸运，什么风险也不用担!”

“我没请你和我玩。”

“你没有?!”他猛地伸出脚，一下子把菲利普绊倒在地。菲利普本就站不大稳，这一绊，更是重重跌在地上。

“你个瘸子！”辛格骂了一句。

这学期剩下的时间里，辛格可着劲儿折磨菲利普。尽管菲利普竭力避免碰见他，奈何学校弹丸之地，实在太小，两人总是狭路相逢。菲利普尝试着和他友好相处，甚至不惜放下身段，买把小刀巴结他。小刀，辛格倒是收下了，但还是不肯放过他。有一两次，菲利普实在忍无可忍，一时冲动就朝这个比他大得多的男孩挥拳踢脚。但辛格实在太强壮了，菲利普无助落败，仍是挨了一场少不到哪儿去的折磨，最后还得哀求讨饶。就是这一点，特别让菲利普难以释怀：他受不了要道歉求放过的屈辱，但每当疼痛超过肉体所能忍受的极限时，又不得不讨饶求生。雪上加霜的是，这种苦难日子似乎还没个尽头。辛格才十一岁，要等到十三岁才会升到高年级。菲利普意识到，还要和这个折磨他的大魔头共处两年。在此期间，他是躲也躲不了，逃也逃不掉。菲利普只有埋头学习或上床睡觉时才能感到一丝快乐。那种奇怪的感觉不断地在他心头重现：眼前的生活，连同它的所有不幸与苦难，都不过是一场梦！他终将会在某天早晨醒来，发现躺在伦敦自家住所的小床上。

第十三章

两年一晃而过，菲利普快十二岁了。他已升入预科高级班，成绩在班里名列前茅，总不出前三名。圣诞节后，几个男孩就要升级到初中部了；到那时，他就会成为班里的领袖级人物。他多次得奖，斩获了一大堆奖品，都是些没什么价值的书籍——纸张质地很差，装帧倒很精致考究，封面还饰有学校的徽章。以菲利普现如今的地位，再也没人敢来欺负他，而他也不再整天愁容不展。因为他的身体缺陷，同学们并不嫉妒他的成功。

“要知道，奖品对他来说唾手可得。”他们说，“毕竟，他除了读书还能干什么呢!”

菲利普不再像从前那样害怕沃森先生了。他习惯了校长的大嗓门；每当校长那颇有分量的大胖手按在肩膀上时，菲利普都隐约觉得那是一种爱抚的表示。他的记性非常好，而记性好往往比头脑聪明更有助于学业进步。菲利普知道，沃森先生希望他在预科毕业时能获得奖学金。

菲利普经过这两年的洗礼，已成长得极具自我意识。对于刚出生的婴儿来说，身体和周围的物体没什么两样，根本意识不到身体乃自身一部分；玩弄自己的脚趾时绝不会认为它比一旁的拨浪鼓与自身联系更为密切。渐渐地，通过一次又一次切身的疼痛体验，婴儿才意识到自身肉体的存在。而对于一个人来说，他同样要经过类似的切肤之痛，才能逐渐生出自我意识。不同的是，尽管人人都能意识到肉体是独立而完整的机体；但并非人人都能意识到自我也是完整而独立的个性存在。随着青春期的到来，大多数人都会产生一种与他人不合群的疏离感，但这种感觉并不总会发展到本人能明显意识到。蜂群里的蜜蜂很少有强烈的自我意识，而人也只有像这样，才能成为生活的幸运儿。因为这样的人最有可能获得幸福：大家共同参与活动，融为一体；他们的快乐之所以成为快乐，是因为快乐与共，幸福同享。你可以经常看到他们的身影——圣灵节后第一个礼拜一，他们在汉普斯特德·希斯公园翩翩共舞；足球比赛中，他们一起呐喊加油；皇家列队巡游时，他们从蓓尔美尔街①俱乐部窗口为其欢呼喝彩。正是因为有

---

① 蓓尔美尔街（Pall Mall），伦敦的一条大街，以俱乐部众多而出名。

这样一群人存在，人类才被称为群居动物。菲利普因为跛足而不断遭人讥笑嘲讽，逐渐失去孩提时的幼稚纯真，进而辛酸地意识到自我的存在。他的情况非常特殊，无法沿用现成的为人处世的法则来处理当前的个人状况，尽管这些法则在一般情况下还是很能见效的。因此，菲利普不得不自我思考，探寻出路。他读了很多书，脑子里塞满了各种各样的事理和意象。但因他对这些东西只是一知半解，反而因此生出许多奇思妙想。他为人羞涩，在这种痛苦背后，某些东西正在他的心灵深处生根发芽，他朦朦胧胧地意识到自我个性的存在。有时候，这也让他觉得甚为奇怪；他的一些言行举止连自己都大惑不解，即便事后回想起来，也犹如独自飘荡在无边无际的大海一样感觉茫然无措。

学校有个叫卢亚德的男孩，菲利普和他渐渐建立起了友谊。有一天，两人正在教室里玩，卢亚德拿起菲利普的乌木笔杆耍起戏法来。

“别玩这种荒唐把戏！”菲利普说，“你会把笔杆折断的。”

“那我不玩了。”男孩话音未落，笔杆已“啪”的一声折成两截。卢亚德沮丧不安地看着菲利普。“呃，非常对不起。”

眼泪从菲利普的面颊滚落下来，但他什么都没说。

“我说你这是怎么了？”卢亚德有些吃惊地说，“我会赔给你一支一模一样的笔。”

“我并不是在乎这支笔杆。”菲利普嗓音颤抖地说，“只因为它是妈妈送给我的，就在她临终前。”

“真的非常对不起，凯里。”

“没关系，这也不是你的错。”菲利普拿过折成两截的笔杆，出神地凝视着它们。他努力压抑着不发出抽泣之声，但心里实在悲痛欲绝。然而，他也不知道自己这是怎么了，明明这支笔是他上次在布莱克斯达布尔度假时花一两个便士买来的。他实在不知道自己为什么要平白无故地编出这么一个哀婉动人的故事来。牧师家虔诚敬神的气氛和学校浓厚的宗教教育让菲利普有颗敏感的良心；在如此环境的潜移默化下，菲利普不知不觉形成了这样一种认识：魔鬼无时无刻不在窥探，伺机吞噬他永生不灭的灵魂。因此，尽管他并不比大多数男孩要更为诚实，但菲利普没有一次说谎不受良心折磨的。这会儿，他再细细思量刚才那一幕，不禁十分痛心懊悔，所以下定决心，一定要告诉卢亚德整个故事都是他杜撰出来的。尽管丢脸蒙羞是他在这个世上最害怕遭遇的事情，但有那么两三天，他想到自身的丢脸行为能彰显上帝的荣耀之光，想到向上帝诚心忏悔那种苦中含乐的心情，不禁还有些沾沾自喜。但他并未将自己的忏悔之意完全付诸行动，而是采取了比较令他好受和易行的办法来抚慰自己的良心：只向全能的上帝表达自己的忏悔。然而他还是不明白，怎么会被自己编造的故事那样由衷地感动了呢。从他那从没洗净过的脸颊上流下的泪水，确实是饱含真情的悲伤之泪。随即，也不知是出于怎样的巧合，他突然由此联想到艾玛告诉他母亲去世时的场景。当时，尽管他已泣不成声，却坚持要进房间向沃特金小姐道别，而他这样做的目的就是让她们看见他的悲痛和哀伤，进而对他百般怜爱。

第十四章

接着，宗教热席卷了整个学校，掀起一股虔诚向教的滔天巨浪。学校里再也听不到粗鄙不堪的脏话，低年级学生的顽皮捣蛋被视为蓄意作恶；而年龄较大的孩子就像中世纪上议院非神职世俗议员一样，以自己的势力威压强迫弱小者弃恶向善。

菲利普本就躁动不安的内心渴望探索新事物，在这场浪潮中变得十分虔诚。不久，他听说有机会加入“圣经联合会”，便写信去伦敦询问详情。那边回信说，要填一张表，写清申请人姓名、年龄和学校；还在一份神圣庄严的宣誓书上签字，保证每晚念诵《圣经》一章，持续一年。此外，再交半克朗会费，并说会费是为了证明申请人入会的诚心，也是为了分担联合会的神职开支。菲利普按要求寄去文函和会费，随后收到联合会寄来价值约一便士的日历。上面注明了每天规定要念诵的经文；还收到随附的一张纸，一面印有“好牧人”耶稣基督和羊羔的图画，另一面是用红线框精心装饰起来的一小段祷词，每天念诵《圣经》前得先吟诵它。

每天晚上，菲利普以最快的速度脱掉衣服，以便有时间在煤气灯熄灭前完成诵经任务。他勤勤恳恳地诵读经文，但就像平时读书那样不做任何思辨，对描写残酷不仁、欺骗作假、忘恩负义、欺诈失信及狡猾诡诈的故事不做任何评判与思考，只是一路念过去。这些恶行陋习若在现实生活中会吓得他心惊胆战，在阅读中却被他不做任何褒贬、不加任何思辨地从脑海里浮光掠影般一闪而过。在他看来，这些恶行陋习全都是在上帝旨意下犯的。“圣经联合会”的诵经办法是交替诵读《旧约》和《新约》。一天晚上，菲利普读到耶稣基督说：“你们若有信心，不疑惑，不但能行无花果树上所行之事，就是对这座山说，‘你挪开此地，投在海里’，也必成就。你们祷告什么，只要信，就必得着。”①

诵读的时候，这段话并没给他留下特别印象。但说来也巧，两三天后，也就是礼拜天，教士也把这段话选为布道祷词。照理说，即便菲利普想洗耳恭听布道，也是不可能了。国王学校的学生坐在唱诗班的席位上，布道堂设在教堂十字形耳堂角落处，讲道者几乎完全背对

---

① 本段祷词见《马太福音》第二十一章第二十一节至二十二节。

学生。不仅如此，这样远的距离，除非讲道者有洪亮的嗓音以及具备高超的演说技巧，唱诗班席位上的人才能听清楚他的讲话。然而，根据长久以来的用人习惯，挑选坎特伯雷大教堂任职教士的主要依据是学识的渊博程度，而不是任何有助于处理大教堂事务的实际才能。尽管有如此种种的“本不可能”，菲利普还是清晰地听见了这段祷词。或许是不久前刚读过，突然之间，菲利普觉得它是专门针对自己的。接下来的布道，菲利普都不再听了，大部分时间都在思考琢磨这段祷词。当晚一上床，他就迫不及待地将《福音书》翻到祷词那一页。尽管菲利普向来对书上的内容深信不疑，却早就感觉到《圣经》明明说的是这个意思，却神乎其神地有着另外的寓意。学校没什么人是他愿意去请教的，他就把这个问题放在心里，直到圣诞节回家度假时才找机会提出来。那天吃罢晚饭、晚祷已毕，凯里太太像平常那样清点着玛丽·安拿进来的鸡蛋，并给每个鸡蛋标上日期。菲利普站在桌旁，假装百无聊赖地随意翻看《圣经》。

“我说，威廉伯伯，这段话真是这个意思吗？”菲利普的手指点在经文上，装出一副不经意间读到的样子。

凯里先生抬眼从眼镜上方看过去。他正手持《布莱克斯达布尔时报》在火前烘烤。晚上报纸送来时，印刷用的油墨还未干透，牧师总要把报纸烘上十分钟才浏览。“是哪一节？”他问。

“哦，就是‘只要有信心就能移动大山’那段。”

“如果《圣经》是这样说的，那就是如此，菲利普。”凯里太太温柔地说道，并顺手挎起餐具篮。

菲利普望着大伯，等他作答。

“这是一个关于信念的问题。”

“你的意思是说，只要一个人真心相信自己能移动大山，就能移动大山？”

“只要诚心感动上帝，就能借助上帝的恩惠做到。”

“好了，你该向大伯道晚安了，菲利普。”路易莎伯母说，“你总不会想今晚就去移动大山吧?”

菲利普让大伯在自己前额亲了一下，便在凯里太太之前上楼睡觉去了。他已经得到了自己想要知道的信息。小卧室冷得像冰窖，菲利普换睡衣时冻得直打哆嗦。然而，他一直觉得，在艰苦的环境中祷告更合乎上帝的心意。双手双脚的冰冷僵硬正是献给万能之主的祭品。今晚，他跪倒在地，双手掩面，全身心向上帝祈祷，希望跛脚能健康无恙。同移动大山相比，这实在微不足道了。他知道，只要上帝愿意，举手投足之间就能办到。至于他的诚心，那绝对是实打实的。第二天早晨，菲利普以同样的请求结束了祷告，还为神迹的显现挑好了日子。

“啊，上帝，假如怜悯和仁慈出于您的意愿，就请降福于您虔诚的追随者，让我在返校前一天晚上有双好脚吧。”

能把请愿编成一句固定的词儿，让菲利普欣喜无比。牧师一向在祷告后总要静默片刻才起身，菲利普就趁着这当儿在客厅又把心愿复述了。睡觉前，他穿着睡衣，冻得浑身直打哆嗦地又把心愿说了。他相信上帝能让自己如愿以偿的。破天荒头一次，他带着急切的心情希望假期快点结束。想到大伯看见自己一步三级跑下楼时那副吃惊的样子，再想到早餐后路易莎伯母会带着自己急匆匆买回一双新靴，菲利普就禁不住在心里乐开了花。还有学校的同学，见到他肯定也会大吃一惊。

“你好啊，凯里。你的脚怎么不瘸了?”

“哦，现在好了呗。”他会随便应付一句，仿佛那是世上最自然不过的事。

到时候，他就可以踢足球了。菲利普仿佛看到自己跑啊，跑啊，比任何男孩都快——想到激动处，他的心都要跳出来了。到复活节结束时，学校会举行运动会，他就可以去参加各种田径赛；他甚至都能想象自己飞身跨栏的情景。能像正常人一样生活实在太美妙了，再也不会被不知道他残疾的新生满脸好奇地盯着看了，再也不用在夏天脱衣洗澡时千般防范、万般小心，好瞅准机会一下把脚塞进水里。

菲利普全心全意祈求上帝，不受一丝一毫怀疑的侵袭。他对上帝说过的话坚信不疑。返校前那天晚上，他准备上床睡觉时激动得浑身颤抖不止。地面积了厚厚一层白雪，连路易莎伯母也异乎寻常地奢侈了一回，在卧室生了火。菲利普的小房间实在太冷，冻得手指发僵，费了好大劲才解开领扣，牙齿更是冻得咯咯作响。他忽然心生一念，觉得自己必须做些异乎寻常的事来吸引上帝的注意。于是，他挪开床前的小地毯，跪在冰凉的地板上；接着脑海里又是灵光一闪，觉得睡衣是那样绵软柔滑，可能惹得造物主不快，就干脆脱掉睡衣，浑身赤裸地祷告。做完祷告爬上床时，他冻得蜷缩在被窝里，好一阵睡不着。终于睡着时，却是那样的香甜。第二天早晨玛丽·安给他端进热水来时不得不使劲摇晃，才把他弄醒。玛丽·安一边拉开窗帘，一边和他说话。菲利普没有回答，睁眼的一刹那就想到了今天早晨就是见证神迹的时间。他的心因此满是快乐与感激，第一本能反应就是伸手去摸那只已完好和正常的脚，但这么做似乎是在怀疑上帝的仁慈。他知道，自己的脚肯定好了。思来想去，他终于拿定主意，用右脚脚趾碰了碰左脚。这一碰不要紧，惊得他急忙伸手去摸。

就在玛丽·安进餐厅祈祷时，菲利普一瘸一拐地下了楼，坐在饭桌前用餐。

“你今天早晨怎么这么安静，菲利普？”过了一会儿，路易莎伯母问道。

“他这会儿正在想学校明天的丰盛早餐呢！”

菲利普回答时显然说的是毫不相干的事。他这种答非所问的态度一向惹得大伯恼怒不已，牧师斥之为“心不在焉的坏习惯”。

“假设一个人诚心向上帝恳求某事，”菲利普说，“且笃信它一定会发生——哦，我是指像移动大山这样的事，也是诚心实意向上帝祈祷，但结果并没有发生，那说明了什么呢？”

“真是个怪孩子！”路易莎伯母说，“两三周前，你就问过移动大山的事啦！”

“说明你心还不够诚，志还不够坚。”威廉大伯回答说。

菲利普接受了这个解释。如果上帝还没把他治好，那一定是他的心还不够诚。但他不知道，究竟还要怎样才能更为诚心。也许是因为留给上帝显现神迹的时间还不够充足吧。毕竟，他只给了上帝十九天的时间。过了一两天，菲利普又开始祈祷了，这次他把时间定在复活节。那是圣子复活的荣耀之日，上帝高兴之下兴许就会更加怜悯世人。为了能心想事成，菲利普又想了其他办法：每当看到新月或有斑纹的马，就开始祈愿；他还留神夜空划过的流星。有一次短暂离校回家休假正碰上牧师家吃鸡，和路易莎伯母扯如愿骨①时得到了长骨，他就此又复述了心愿。不知不觉地，菲利普又向所属种族最早信奉的诸神祈祷起来。这些神祇要比以色列信奉的上帝有着更为久远的历史。他不厌其烦地向全能之主诉说着自己的祈祷；白天零散的时间里只要想起来，他就一遍一遍地向上帝祈祷，总是一成不变的祷词。他觉得，向上帝诉说祷告内容时言词始终如一是非常重要的。然而过了一阵子，他又觉得这回的信念还是不够坚定。他无法抵御那席卷他的

---

① 如愿骨（the Lucky Bone）：这是一种非常古老的占卜祈福方法。当两个人都有秘密想达成的愿望时，可以找一块动物的锁骨，例如鸡的锁骨，然后两个人在心里默念自己的愿望，让意愿充满所拿的锁骨。接着，两人拿住骨头的两端用力拉，直到V字形的骨头断开。拿到较长骨头的那个人就能实现愿望。

种种疑虑。最后，他将亲身经历归纳成一个普遍规律："我觉得，没人能诚心到让上帝满意的地步。"他说。

这就像过去保姆给他讲的盐的妙用一样。保姆说，只要你能把盐放在鸟的尾巴上，不管是什么鸟，你都能抓住它了。有一次，他还真的带了一小包盐去肯辛顿公园，却怎么也无法接近鸟儿，把盐放在它们的尾巴上。还没到复活节，菲利普就放弃了向上帝祷告让脚变好的努力。他对大伯生出了一肚子怨气，觉得他干吗要把自己拉扯进这种事情里来。《圣经》关于移动大山的篇章，正是这种情况：明明说的是一回事，却有着另外的寓意。他觉得，大伯给他开了一个很实在的玩笑。

第十五章

菲利普十三岁升入坎特伯雷国王学校。该校颇以源远流长的历史而骄傲和自豪，可以直接追溯到"诺曼征服"① 前成立的修道院学校②。那时，奥古斯丁教团的修士开设了基础学科，教授入门知识。

---

① 诺曼征服（1066 年）：是英国历史上的著名事件。这是一场法国诺曼底公爵威廉同英国王位继承者哈罗德进行的一场战争。战争以威廉的胜利而告终，对英国历史产生了深远影响。

② 由神职人员组成的教学机构，最初给修士和修女上课，后来才扩展成接收一般民众的学校。学校教授七艺，或称三门普通学科（数学、辩证法、修辞学）和四门高级学科（算术、几何学、天文学、音乐）。

就像该类其他学校一样，修道院被摧毁后便由国王亨利八世①的官员整顿重建，学校由此而被命名为“国王学校”。从此以后，学校在宗教教学和实用教学之间采取折中办法，开始招收当地上流人士及肯特郡各行各业人士的子弟，向他们提供足以应付日常生活所需的实用技能教育。学校有一两个舞文弄墨的毕业后成为誉满天下的文人。他们最初以诗人身份驰骋文坛，真是天赋异禀，才华横溢，也就莎士比亚这样的大文豪才略胜一筹。这些诗人最后专事散文写作，其中蕴含的人生观影响之深远，就连菲利普这一代都饱受惠泽。学校还造就了一两个超群绝伦的律师。不过，如今的社会杰出律师随处可见，这一两个也就不足为奇了。此外，学校还培养出了一两个战功赫赫的军人。然而，国王学校自脱离修道会后三百年间，主要还是为教会培养大量人才，包括主教、教长、教士，尤其培养了大量乡村牧师。有些在校学生的父亲、祖父和曾祖父都曾在这儿接受过教育。现在，他们都无一例外地当上了坎特伯雷主教教区各分教教区的牧师。这些学生一进校门，就带着子承父业的决心，期望能成为牧师。尽管如此，还是有迹象表明，即使在这些人身上，变化也在悄然发生。有孩子把家里听到的话在学校闲聊，说如今教会已不复往昔——问题倒不在于教会的俸禄微薄，而是现在申领圣职的人良莠不齐。有两三个男孩就知道，有些助理牧师的父亲还是做买卖的。这些孩子宣称，宁愿去殖民地谋生（那时，殖民地仍是英国找不到出路的人的最后希望），也不要在出身卑微低贱的家伙手里当助理牧师。在国王学校，也像在布莱克斯达布尔的牧师住宅一样，买卖人就是没有田产的倒霉家伙（有田产的

① 英国都铎王朝的第二任君主（1509－1547）。在位期间，将英国主教立为英国国教会大主教，使英国教会脱离罗马教廷，自己成为英格兰最高宗教领袖，并解散修道院，使英国王室的权力因此达到顶峰。

乡绅和普通有教养的土地所有者有着细微差别），以及没有从事专供绅士选择的四大职业①的人。国王学校大约一百五十位走读生家长要么是当地上流人士，要么是驻扎在兵站的军官，父亲是商人的孩子总觉得低人一等。

学校顽固的教师容不得半点新理念，会对偶尔在《泰晤士报》和《卫报》看到的新思想嗤之以鼻，一心指望国王学校恪守老传统。废弃不用的语言被不厌其烦地一遍一遍地教给学生，一丝不苟。日后生活中只要想到荷马和维吉尔，学生就觉得索然寡味。尽管也有胆大妄为的思想先驱在教员公共休息室用餐时提出，数学这一学科的重要性正在与日俱增，大多数教员还是认为，这种学科哪能同高雅的古典文学相提并论。学校既不教授德文也不教授化学，至于法语课，那是年级主任的专利。比起外国教员，本国的年级主任更能维持好课堂秩序；再说，他们对法语语法的掌握绝不逊色任何法国人。至于遇上法国布洛涅餐馆侍者不懂英文时他们连杯咖啡都喝不上的事，似乎无关紧要。地理课的教学主要是让学生画地图。孩子们非常喜欢这门课，尤其是讲到多山国家时，画一画安第斯山脉或亚平宁山脉就能把课堂时间打发掉一大半。学校教师都是毕业于牛津或剑桥大学的未婚圣职人员。要是有人心血来潮想要结婚了，就得听任牧师会的安排，接受一个俸禄微薄的职务。多年以来，还没有教师愿意离开坎特伯雷这样具有高尚情趣和良好教养的社交圈。这个社交圈不仅由于当地骑兵站的存在而颇富尚武精神，还有着浓厚的宗教色彩，哪有人愿意离开它去开始乡村教区枯燥单调的生活呢。学校教师都已人到中年了。

另一方面，国王学校的校长必须结婚；校长主持学校事务，直到

① 一般指经过高等教育及特殊训练才能从事的牧师、律师、医生以及建筑师等职业。

年迈体衰，无力操持为止。校长退休时，不仅会被授予一份普通教师连想都不敢想的丰厚酬劳，还会被授予牧师会荣誉会员的称号。

然而，就在菲利普升入国王学校前一年，学校发生了一个重大变化。一段时间以来，大家有目共睹，任职二十五年的校长——弗莱明博士耳聋眼花，显然无力再为上帝效劳，为其增光添彩了。此时，恰巧城郊有个年薪六百镑的肥缺空出来，牧师会便建议他接受这份美差。实际也在向他暗示，是时候光荣退休了。靠着这样一份收入，他可以舒舒服服地在家调养身体，颐养天年。两三位一直觊觎这个肥缺的助理牧师免不得在妻子面前大发牢骚：这样的教区工作只有年轻力壮、精力充沛的人才能胜任；现在竟交给一个对教区工作一无所知、一味中饱私囊的老头子，真是一桩叫人可耻可鄙的丑事！不过，尚未领受牧师圣职的教士的牢骚和抱怨是难以上达大教堂牧师会天听的。至于教区教民，对此根本无从置喙，自然也无人去征询他们的意见了。卫斯理公会派①和浸礼宗教徒②在乡村又都有自己的小教堂。

弗莱明博士这事就如此处理了，当前任务是找到新的校长继任者。从现任教师中挑选校长的话，是有违学校传统的。事实上，全体教员一致同意推举沃森先生，也就是预备学校的校长来担任国王学校校长。他是预备学校的，不能算作国王学校的教师（挑选他当校长不违背学校传统）；再说，他们认识沃森先生二十年了，不存在惹人嫌的潜在危险。但牧师会的决定出乎意料让他们大吃一惊，被选中的继任者是个姓帕金斯的家伙。一开始，谁也不知道帕金斯是谁。何况这

① 卫斯理公会派：英国神学家约翰·卫斯理（John Wesley，1703－1791）创立基督教新教卫斯理宗。该教会主张圣洁生活和改善社会，注重在群众中进行传教活动。

② 浸礼宗：是17世纪从英国清教徒独立派中分离出来的一个主要宗派，因其施洗方式为全身浸入水中而得名。

个名字也没给人留下什么好印象。大家还未从吃惊中回过神来就猛然意识到：帕金斯，不就是布店老板帕金斯的儿子吗！弗莱明博士直到晚餐开始前一刻，才将消息通知全校教师。从言行举止可以看出，这位老校长也是不胜惶恐。听到通知的教师们几乎一声不响地只顾埋头吃饭，谁也不提校长继任之事。直到仆人们离开餐厅，他们这才七嘴八舌地议论开了。在场的教师究竟姓甚名谁，说不说都无关紧要，但学校好几届学生都尊称他们为“叹息者”“黑焦油”“瞌睡虫”“唾沫爷”和“神气鬼”。

他们全都认识汤姆·帕金斯。首当其冲的是，这个人根本算不上出身高贵的绅士，他有什么样的过去大家都了然于心。孩提时期，他又瘦又小，肤色黝黑，一头乱蓬蓬的黑发，大眼睛圆溜溜的。这副形象让他看上去活像吉普赛人。念书时，他是个走读生，拿着学校最高标准的奖学金，学费什么的一个子儿也不用掏。当然，他确实才思敏捷，一年一度的授奖演讲日手上总是捧满了奖品。那会儿，汤姆·帕金斯简直是国王学校的形象大使。这会儿，教师们不无苦涩地回想起当年他们怎样提心吊胆，生怕这个金凤凰会去努力争夺规模较大的公学的奖学金，从而飞出他们的手掌心。弗莱明博士甚至还跑去拜托帕金斯那开布店的父亲——大家都还记得他家开在圣凯瑟琳大街的“帕金斯－库珀”布店——希望汤姆进入牛津大学前一直留在国王学校学习。国王学校是“帕金斯－库珀”布店最大的主顾，老帕金斯先生自然受宠若惊，满口答应了校长的请求。汤姆·帕金斯继续走着他的康庄大道。弗莱明博士记得，他是记忆中在古典文学方面最出类拔萃的学生。帕金斯离校时，带走了学校所能提供的最高奖学金。他还获得了一份马格达兰学院的奖学金，由此开始大学的光辉生涯。校刊一年又一年地不断刊登帕金斯获得的各种荣誉。当他两门功课都获得第一时，弗莱明博士还亲自写了几句赞词登在校刊扉页上。自打“帕金斯－库珀”布店遭逢厄运后，他们就更满意帕金斯取得的各种学业成就了。那时，库珀常常酗酒，喝得烂醉如泥。就在汤姆·帕金斯即将获得学位的关键时刻，两位布店老板递交了破产申请。后来，汤姆·帕金斯适时领了圣职，从此迈入非常适合他的行业。他先后在威灵顿公学和拉格比公学担任副校长。

但庆贺他在其他学校取得的成就和在自己的地盘接受他的领导，可完全是两码事。“黑焦油”先生经常罚他抄书，“唾沫爷”先生还打过他几耳光。他们简直想象不出，牧师会怎么犯这样的错误，派帕金斯担任国王学校的校长。别指望大家能忘记，帕金斯可是破产布店老板的儿子，而库珀酗酒的陋习无疑又增添了一丝不光彩。大家心中明白，坎特伯雷教长为了表示对自己提议的候选人的热情支持，说不定还会邀请帕金斯共进晚餐。可教会辖区举行的令人愉快的小宴会要是有汤姆·帕金斯坐在桌边，还能像往常那样让人赏心悦目吗？兵站方面会作何反应呢？根本别指望军官和上流人士会接纳帕金斯成为圈子里的一员。他的就任会给学校造成难以估量的损失。家长肯定会不满，到时大批学生要求退学也不会是什么令人惊讶的怪事。还有，到时大家还得尊称他“帕金斯先生”——这多么有伤尊严啊！教师们真想集体递交辞呈，以示对这一任命的抗议。但万一牧师会安之若素，果真接受辞呈，他们岂非得不偿失？想到这里，大家又只得作罢。

“唯一的法子就是，有个心理准备，好应付将来的变化。”说这话的是“叹息者”。他已在五年级从事了二十五年的教学工作。至于教学能力，那简直是无能到了无与伦比的程度。

等教师们真的见到新校长，心也没能就此稍安一点。弗莱明博士邀请他和大家共进午餐。如今的帕金斯已是三十二岁的成人了，又高又瘦，但那副粗野邋遢的样子还和教师们记忆中的小男孩一模一样。

衣服做工粗糙，胡乱套在身上——一副寒酸相。头发还像从前那样又黑又长，显然从未学会怎样梳理头发。每次一有动作，就有一缕头发滑落在脑门。这时，他就猛一挥手，把那缕头发从眼睛上撩开。他脸上胡子拉碴，黑乎乎的一片，都快长到颧骨上了。他和教师们说起话来甚是从容自在，好像离开他们不过一两周。显而易见，他很高兴见到他们。他似乎丝毫没意识到如今所处的地位有些奇妙和特殊，似乎也没注意到被人称作“帕金斯先生”有何不妥。

等他跟大家道别时，有个教师纯属没话找话，随口飙了一句：“你这留的赶火车的时间也太充足了点儿。”

“我想四处转转，顺便看看那个布店。”他语气欢快地回答说。

在场之人明显感到尴尬不已。大家心里暗想，这家伙怎么像个二愣子似的如此直话直说，一点儿不懂变通。更糟糕的是，弗莱明博士还没听清楚他说的是什么，太太只好对着他的耳朵大声喊道：“他想四处转转，好看看他父亲的老铺子！”

在场所有人除了汤姆·帕金斯，谁都听出了这话里的羞辱之意。帕金斯转身问弗莱明太太：“那个铺子现在归谁啦，您知道吗？”

弗莱明太太气得满肚子火气，差点儿说不出话来。“还是个布商接手了呗。”弗莱明太太悻悻道，“一个姓格鲁夫的。我们现在不去那家店铺买东西了。”

“不知道他肯不肯让我进去看看。”

“我想，如果你告诉他你是谁，他会让你进去的。”

一直到晚餐结束，大家才在教员公共休息室提起萦绕在每个人脑海里的事。“叹息者”最先开口说：“大家觉得我们这位新头儿如何？”

他们回味着午餐时的交谈。其实也算不上交谈，不过是一个人的独白，就帕金斯在那儿喋喋不休。他说起话来语速飞快，嗓音低沉而洪亮，只听一个个词儿像滔滔不绝的江水从他嘴里喷涌而出；间或咧嘴一笑，笑声短促，样子古怪，露出一口大白牙；思绪从这个话题跳到那个，转换之快，让听者无从琢磨二者之间的联系，也就很难跟上他的节奏。他谈到了教学法——再自然不过的——却长篇大论地说了一通德国的现代理论。这可是教师们闻所未闻的话题，故而听得他们疑虑重重。他谈起古典文学，随即话题跳到他去过希腊，接着又扯到考古学，还说他曾花了整整一个冬天去挖古董。听众们实在不明白，挖古董对于老师教学生如何通过考试能有什么帮助。他还谈起了政治。听到他竟把比肯斯菲尔德勋爵①和亚西比德②放在一起比较，不禁觉得太奇怪了。他还谈到格莱斯顿先生③和地方自治，大家这才恍然大悟，原来他是个自由党人——众人顿时心里沉甸甸的。他还谈到德国哲学和法国小说。教师们都认为，一个兴趣变化多样的人是不可能在学术上造诣精深的。

最后，还是“瞌睡虫”把大家对帕金斯的总体印象归纳成一句话。教师们都觉得，他总结得很精辟、犀利。“瞌睡虫”是三年级高班老师，生性是个软骨头，总是低垂着眼皮。他个头很高，有气无力的样子，动作缓慢倦怠，给人一种精神不振的印象。大家给他起的绰号可真是名副其实，贴切得很。“他是个性情冲动的狂热之徒。”“瞌睡虫”说。

冲动，狂热，乃是缺乏教养的表现，绝非绅士应有的性情与气

① 本杰明·迪斯雷利是第一代比肯斯菲尔德伯爵（Benjamin Disraeli, 1st Earl of Beaconsfield, 1804 – 1881）英国保守党领袖、三届内阁财政大臣，两度出任英国首相。

② 亚西比德（公元前450 – 公元前404年），古雅典将军、政治家，苏格拉底的好友。

③ 威廉·尤尔特·格莱斯顿（William Ewart Gladstone, 1809 – 1898）英国政治家，曾作为自由党人四次出任英国首相，两次提出地方自治法案，均遭上议院否决。

度。这让大家联想到救世军震耳欲聋的军号声和令鼓声。冲动、狂热，意味着变化无常。这些思想顽固的教师们想到学校优良的老传统已是岌岌可危，不由得惊出一身鸡皮疙瘩，觉得前途堪忧，不敢直视。

“他越来越像吉普赛人了。”有人打破沉默说。

“我不禁怀疑，教长和牧师会选定此人是否知道他是激进分子。”另一人语气不快地抱怨说。

此番谈论就此终止了，大家心烦意乱，没心思说下去了。

一周后，“黑焦油”和“叹息者”结伴同行，去牧师会礼堂参加一年一度的颁奖典礼。一向毒舌的“黑焦油”向伙伴感叹说：“好吧，事到如今，我们也参加过不少颁奖典礼了，是不？我在想，咱们还能不能熬到下次。”

“叹息者”比往常更加多愁善感，回答道：“只要给安排个稍微好点的谋生之处，我也就不在乎什么时候退休了。”

第十六章

时光流逝，眨眼又是一年。等菲利普升入国王学校时，老顽固依然坚守在自己的阵地上。尽管他们顽固不化、百般阻挠，学校还是发生了很多新变化。不过，事情仍然很棘手，他们那种顽固劲儿还是很难对付——表面屈从新校长的思想主张，掩藏在内里的仍是固执己见。低年级法语课仍由年级主任教，但学校另行聘请了教师。他是海德堡大学语言学博士毕业，曾在法国某公立中学执教三年。在国王学校，他一面教高年级法语课，一面还给不喜欢希腊语的学生开设德语课。此外，学校还聘请了一位老师系统讲授数学。而在过去，人们一向认为数学无需如此费心耗神。两位新教师都是未领圣职的俗世之人。这是一场名副其实的重大变革。他们初来任教时，老教师满腹怀疑，觉得他们靠不住。学校还新建了实验室，开设了军训课。大家都议论纷纷，说学校这下可是变得面目全非啦！天晓得帕金斯那杂乱无章的脑袋瓜里还会冒出什么新花样！国王学校和一般公学一样，校舍面积狭小，最多只能招收两百个寄宿生；学校还紧靠大教堂，无法扩建。教堂周边地区除了一栋教师宿舍，其余全给大教堂的教士们据为己有了，没有一丝一毫的空间可供扩建。但帕金斯先生精心构思了一个宏伟计划，倘若能付诸实施，足以将现有规模扩大一倍——他想把伦敦的孩子吸引到这里来上学。他觉得这是双边利好的事：一方面，伦敦学生和肯特郡孩子多些接触自然不乏益处；另一方面，孤陋寡闻的乡村孩子也可趁此多加磨练，开阔视野，拓展知识。

"可这违背了我们的老传统。""叹息者"听了帕金斯先生的建议后说，"我们对伦敦来的孩子一向严加防范，以免带坏我们的学生。"

"一派胡言！"帕金斯先生说。

过去还从未有人当着这位年级主任的面斥责他的话是一派胡言，他打算也说句刻薄话顶回去，譬如含沙射影地提一提布料、衣袜之类的事儿，当他还在搜肠刮肚、冥思苦想时，冲动鲁莽的帕金斯先生肆无忌惮地朝他展开了言语攻击："教堂辖区的房子——您一结婚，我马上设法让牧师会再在上面加高两层。那样的话，我们就有多余的房间用作宿舍和书斋了；您太太还可以给您搭把手。"

这话可听得这位年纪一大把的老牧师倒抽了一口凉气。他为什么要结婚？他都五十七岁了！哪有人五十七岁还结婚的呢！他这样行将就木的人，总不该还要从头开始，去养家糊口、整理房舍吧？他一点儿也不想结婚。如果非要他在结婚和迁居乡村之间选择，他宁可尽快退休。他现在只想平和宁静地安享晚年。“我可没想过要结婚。”他说。

帕金斯先生用他那明亮有神的大黑眼睛盯着对方，即使眸子里忽隐忽现一丝狡黠，可怜的“叹息者”也绝对察觉不到。“真遗憾！您就不能帮我个忙结婚算了？这样，我在教长和牧师会那里建议翻新和加高您的房子就更有话说了。”

说到这里，得提一提帕金斯先生最不受欢迎的一项革新，就是他那套时不时要和其他老师调课的做法。他嘴上客气地说这是需要对方帮忙的事，但这个忙根本就容不得对方拒绝。这种做法照“黑焦油”先生，也就是特纳先生的说法，有辱双方的尊严。帕金斯先生也不提前打个招呼，等到早祷结束时突然对某位教师说：“不知道您是否介意替我上一下今天上午十一点钟六年级的课？我们换换，可以吗？”

教师们不知道这在其他学校是否常见，不过可以肯定的是，在坎特伯雷绝对前所未有。这种换课有点儿怪异。第一个遭受换课待遇的是特纳先生。他事先把消息透露给班里的学生，说校长会给他们上那天的拉丁课。他还假设，兴许学生问校长一两个问题，以免自己像个一窍不通的大傻瓜。在此假设下，特纳先生特地在历史课下课前留出一刻钟，把拉丁课要学的李维①的一段文章详细地讲了一遍。然而，等他再回来上课时，看见帕金斯先生的打分记录不免大吃一惊：班上两个尖子生似乎表现非常糟糕，而平时不显眼的学生倒得了满分。他问班上最聪明的孩子爱尔德里奇究竟是怎么回事，学生闷闷不乐地回答说：“帕金斯先生没让我们解释课文，而是问我们知不知道戈登将军②。”

特纳先生吃惊地看着爱尔德里奇。孩子显然都觉得受了委屈，对

---

① 蒂托·李维（拉丁语 Titus Livius，公元前 59 年 – 公元 17 年）是古罗马著名的历史学家。

② 查理·乔治·戈登（Charles George Gordon，1833 – 1885），维多利亚时代的英国工兵上将，第二次鸦片战争期间任英国侵略军军官。

于他们嘴里不说但谁都能瞧得出的不满情绪，特纳先生不禁也产生了共鸣。他也瞧不出戈登将军和李维究竟有何联系。后来，他冒险借着开玩笑的当儿和帕金斯提起了此事。“您问爱尔德里奇对于戈登将军都知道些什么，可把他问得迷惑不已啊，还吓了一跳呢！”他努力挤出一丝微笑对校长说。

帕金斯先生哈哈大笑。“我见他们已学到凯乌斯·格拉胡斯①的《土地法》，很好奇他们是否知道爱尔兰的土地纠纷，哪知他们对爱尔兰的了解仅限于都柏林位于利菲河畔。所以，我就问了一下他们是否听说过戈登将军。”

这个可怕的事实就此公之于众：新上司原来热衷于“常识”。他怀疑现行学科考试的实用性，觉得学生只是事到临头才抱佛脚，死记硬背以应付考试。

“叹息者”的担忧与日俱增。他脑袋里挥之不去的阴影是，帕金斯先生说不定哪天就会逼他定下婚期。此外，他还十分恼恨这位学校领导人对古典文学的态度。毋庸置疑，校长是个满腹经纶的学者，眼下正忙于写作关于拉丁文学谱系的论著。这完全是正统的学术工作。他每次谈起论著，言辞之轻率，似乎不过是茶余饭后在消磨时间，根本没什么重大价值。就好比桌球，只是他的娱乐消遣，无须严谨对待。再说到“唾沫爷”，这位三年级中班的老师，脾气也是一天天越来越坏了。

进入国王学校后，菲利普被安排在他的班里。这位 B. B. 戈登天生就不是当老师的料：毫无耐心，还特别暴躁易怒；再加上长期以来

---

① 凯乌斯·格拉胡斯（公元前 158 – 公元前 122），古罗马政治家，毕生致力于政治改革。本文提到的《土地法》，最早是其兄弟韦里乌斯·格拉胡斯提出来的。

根本无人过问他教学究竟如何，而他整日面对的又都是年幼的学生，无人敢挑战他的权威，他早就丧失了自控能力。上起课来，他往往在暴跳如雷中开始，又在火冒三丈中结束。他中等个儿，身材臃肿，浅茶色头发剪得非常短，已开始变白；还蓄着一撮硬邦邦的小胡子。一张大脸盘上，五官不甚分明，长着一双小小的蓝眼睛。脸上红光满面，但生起气来立马变成猪肝色，他又是惯爱发脾气的。指甲被他咬得都快包不住肉了。学生胆战心惊地解释课文时，坐在讲台前的他常常气得直发抖。这时，他就会狠咬自己的指甲。关于他虐待学生的传闻闹得沸沸扬扬，不过，或许也有夸张成分。两年前，学校曾发生引起普遍骚动的事。据说，曾有家长放话要上法院起诉。原因是这位“唾沫爷”用书很暴力地扇打一个姓沃尔特斯的孩子，孩子的耳朵被打坏了，听力受到严重影响，最后不得不退学。孩子的父亲就住在坎特伯雷，城里许多人为之愤愤不平，当地报纸还报道过。但沃尔特斯先生毕竟只是酿酒商，受到的同情也是有限的。班上余下的孩子尽管打心眼里讨厌老师，但出于再清楚不过的原因，在暴力事件中还是站在了他这一边——不仅对外界干涉校内事务十分愤慨，还竭尽所能地刁难留在学校的沃尔特斯的弟弟。不过，戈登先生差点儿因此被放逐到乡下。辛苦地避过此劫后，他再也不敢揍学生了。教师对学生打手心的权利也被收回，“唾沫爷”再也不能用教鞭抽打讲台，来彰显自己的怒火了。他现在发泄怒火，最多也就是抓住学生的肩膀使劲摇晃一下。不过，对于调皮捣蛋、犟头倔脑的孩子，他还是要处以体罚的。他让他们站在那里，伸出一只胳膊举着任何一件东西，时间从十分钟到半小时不等；而骂起学生来依然唾沫横飞，直把人骂个狗血喷头才算罢休。

对于菲利普这样怯懦和害羞的孩子，恐怕再也找不到比“唾沫爷”更糟糕的老师了。菲利普这次进国王学校，倒比第一次见沃森先生稍微少了些忧惧之心。这儿有很多学生他都认识，从前和他在预科学校都相处过。他觉得自己长大了点，本能地认为，周围学生越多，他的残疾就越不会引人注目。谁料想进校第一天，戈登先生就让他心生恐惧。而这位夫子也很快察觉出哪些学生怕他，同时似乎因为这察觉愈发不待见他们。菲利普过去非常喜欢上课，总觉得时间眨眼就过去了；现在上课都是心惊胆战，觉得度时如年，无比煎熬。老师提问时，他宁可傻傻地呆坐在那里，也不愿冒险作答，免得答错了还得受老师狂风骤雨般臭骂一顿。每次轮到他站起来解释课文，他都会觉得头昏脑涨，脸色煞白，像得了重病似的。他仅有的快乐时光就是帕金斯先生来上课的时候。对于这位热衷常识的校长，菲利普颇能投其所好，回应校长的热情。菲利普读过各种各样稀奇古怪的书，很多都是超越了他这个年龄的。通常，帕金斯先生会提出一个问题，让它在学生中兜一圈，但无人能回答。这时，校长就会在菲利普面前停下来，面含微笑地对菲利普说（那一微笑可真叫菲利普欣喜若狂）：“现在，我们请凯里给大家说说！”

菲利普在此种情况下获得的高分让戈登先生更为愤怒。有一天，该菲利普做翻译练习了。老夫子坐在那儿，一面恶狠狠地瞪着他，一面愤怒地咬大拇指，情绪十分糟糕。菲利普开始说话，声音低低的。

“别咕咕哝哝的！”老夫子吼叫了一声。

菲利普喉咙里像被什么卡住似的。

“继续说！继续！继续！”老夫子一连吼叫三声，一声比一声大。他把菲利普脑袋里学到的东西都吓到了九霄云外了，搞得他只能茫然瞪着书本。戈登先生开始喘粗气了。“你要是不知道，为何不直说？你到底知不知道？上次解释课文时，你倒是听没听进去？你为什么不说话？说啊，你个笨蛋，说啊！”老夫子抓住椅子的扶手，抓得死紧，好似要抑制朝菲利普扑过去的冲动。学生们都知道，过去他常一把掐住学生的脖子，掐得他们快要窒息了才放手。这会儿老夫子额头青筋毕露，脸色阴沉，充满了危险的气息，简直成了一个疯子。

菲利普前一天还对这篇文章理解得十分透彻，现在却什么也想不起来了。“我不知道。”他喘了一口气说。

“你为什么不知道？我这就一个字、一个字地解释一遍，看你是真不知道还是假不知道！”

菲利普站在那里一声不吭，脸色煞白，浑身直抖，脑袋垂得低低的，都快要垂到课本上了。

老夫子的呼吸变得又粗又重，简直到了鼻息如雷的地步。“校长说你很聪明，真不知道他是从哪里瞧出来的！常识啊！”他凶恶地大笑起来，“你这个笨蛋，真不知道到了他的班上该拿你怎么办！”他对“笨蛋”这个词非常满意，一连声地扯着大嗓门重复道，“笨蛋！笨蛋！一个跛脚的大笨蛋！”

这么发泄一通后，戈登先生总算稍稍缓和下来了。他看见菲利普的脸猛地涨得通红，就吩咐他去把记过本取过来。菲利普放下手中的《凯撒纪事》，默默地走了出去。黑色封面的记过本是用来记录犯错学生的名字的。名字在上面出现三次，就意味着要挨一顿鞭笞。

菲利普走进校长住所，在他书房门上敲了敲。帕金斯先生正坐在桌前。“先生，能把记过本给我吗？”

“就在那儿！”帕金斯先生点了点头，示意记过本的位置。又说，“你干了什么不该干的事啦？”

“我不知道，先生。”

帕金斯先生快速扫了菲利普一眼，没说什么，又埋头工作了。菲利普拿起记过本，走了出去。几分钟后，菲利普又把记过本送了回来。

“给我看看！”校长说，“戈登先生因为你‘粗野无礼’给你记了一过。这是怎么回事呢？”

“我不知道，先生。戈登先生说我是一个跛脚笨蛋。”

帕金斯先生又扫了一眼菲利普，想瞧瞧这孩子的回答是否暗含讽刺之意。但他只看见菲利普惊魂未定，脸色苍白，眼里满是惊恐与痛苦之色。帕金斯先生站起身来，放下记过本，顺手取过几张照片。“今天上午，一个朋友给我寄来几张雅典的风景照。”他漫不经心地说道，“瞧，这就是雅典卫城。①”

他开始给菲利普讲解照片上的风景。经他这么一番解释与描绘，画面上的断壁残垣顿时变得生动起来。他还把狄奥尼索斯②露天剧场指给菲利普看，并解释当时观众如何按等级就座，又提到观众从哪儿极目远眺，可以看到蔚蓝色的爱琴海。然后，他突然话题一转说：“我还记得那会儿在戈登先生班上上课时，他常常叫我‘站柜台的吉普赛人’。”

菲利普的全副心思都集中在图片上，还没来得及思索校长这句话的含义，帕金斯先生又给他看了一张萨拉米斯岛③的图片，还用手指描绘给他看（一只手指的指甲有道细细的黑边）当年希腊、波斯两国战舰的阵容和部署。

---

① 希腊最杰出的古建筑群，为宗教、政治的中心地。面积约四平方公里，位于雅典市中心的卫城山丘上。始建于公元前580年。卫城中最早的建筑是雅典娜神庙和其他宗教建筑。

② 希腊神话中的酒神。

③ 希腊的一座岛屿。公元前480年，希腊曾在此大败波斯军队。萨拉米斯战役是历史上第一次大规模的海上战役。

第十七章

接下来的两年对菲利普来说，虽过得单调乏味，也不失自在悠然。他受到的欺凌并不比个头和他相仿的孩子多，身体残疾使他不能参加活动和游戏。因此，他对大家来说，是个无关紧要的小人物。而这正是菲利普求之不得的。他默默无闻地踽踽独行。他跟随“瞌睡虫”先生在三年级高班上了两个学期。这位“瞌睡虫”先生成天耷拉着眼皮，一副萎靡不振的样子，似乎对什么都厌倦无聊。他干着自己的工作，虽不至玩忽职守，但总是心不在焉。他心地善良，性情温和，还带着点儿傻气。他坚信学生都是品行端正的好孩子。他认为，作为教师，要使学生诚实守信，第一重要的是教师自己脑中一刻也不能产生“学生会撒谎”的念头。他还对此引经据典说，“种瓜得瓜，种豆得豆”。三年级高班的日子很容易混。譬如解释课文，还未轮到某个人，他就知道到时候自己要解释哪几行，再借助同窗手中传来传去作弊用的注释本，两分钟内就能将一切搞定。再比如，老师课堂提问时，你可以在下面偷偷把拉丁语语法书摊开在膝头。即使在十好几个学生的作业本上同时发现一模一样的错误，还都是些令人难以置信的错误，“瞌睡虫”先生也不觉得有什么好奇怪的。他对考试不大有信心。他发现，学生的考试成绩不像平时在课堂上表现的那样出色——这虽然令人有点失望，倒也无关大局。到时，他们照样会升级。学生们虽然没学到多少知识，却学会了怎样厚颜无耻地弄虚作假。这种本领对他们今后的生活来说，兴许比懂点儿拉丁文用处更大呢。

然后，他们落入“黑焦油”先生手里，归他授课管教了。“黑焦油”先生就是特纳先生。学校的老夫子中，属他最有活力。他个头矮小，挺着个大肚子，原本墨黑的胡须现在开始变得花白，皮肤还是黑不溜秋的。穿上牧师服的“黑焦油”先生，形象的确有几分“焦油桶”的味道。要是听到自己的绰号从哪个孩子嘴里蹦出来，他就按规矩罚他们抄五百行字。然而，在教堂园区举行的宴会上，他经常拿自己的绰号开些小玩笑。他是学校那群老夫子中最世俗化的老师，外出赴宴比谁都勤。他交往的人们也不限于神职人员。孩子们将他视为无节操的癞皮狗。一到假期，这位先生就脱下牧师服，有人曾看到他在瑞士穿了一套花里胡哨的花呢衣服。他喜欢美酒，享受大餐，还被人看到在皇家餐厅与一位女士（可能是他的近亲）同桌进餐。自此以后，好几届学生都认为他是个纵酒欢宴的老匹夫。那些传得绘声绘色的细节描述足以表明，人性堕落之说不容置疑。

特纳先生粗略估算了一下，要花整整一个学期才能好好整顿这些在三年级高班待过的学生。他时不时给学生漏点儿口风，狡猾地暗示他们，他非常清楚同事班里是个怎样的状况。他好脾气地应对着这一切。在他眼中，这些无法无天的小家伙只在非常确信谎言会露出马脚时才会懂得收敛。学生的荣誉感是他们那个圈子所独有的，完全不适用于和老师打交道。等他们知道调皮捣蛋不会带来任何好处时，就会尽量少惹麻烦。特纳先生非常为自己班级自豪，尽管他已年届五十五，却仍像初来学校任教时热衷于使班级在考试中胜出。和众多肥胖患者一样，他也有肝气失调的毛病，容易上火，不过脾气来得快去得也快。学生们很快发现，在他疾言厉色的训斥下，掩藏的是诸多好意。他不耐烦应付呆头呆脑的笨蛋，但对任何他怀疑外表任性但实际内藏灵慧的学生却能谆谆教诲，不厌其烦。他喜欢邀请学生来喝茶。尽管学生们总是发誓说，饮茶时从未见特纳先生端出蛋糕和松饼之类的点心——因为当时流行的看法是，特纳先生如此肥胖，说明他是个大胃王，爱贪享美食，而贪享美食则说明他肚里多了几条绦虫——但他们还是很乐意接受他的邀请。

菲利普现在过得更顺心了。学校空间有限，只有高年级才可享用宿舍。在这之前，他一直住在集体大宿舍里。大家都在里面吃饭，低年级学生还在那儿预习功课——乱糟糟的一片，让菲利普隐约生出一丝恶心。和大家在一起，有时让菲利普焦躁不安，他热切渴望能独自待会儿。他经常一人漫步去乡村。那儿有条小溪，两旁立着修剪过枝丫的大树，溪水潺潺流过绿油油的田野。菲利普沿着溪岸信步闲逛，觉得十分快乐，虽然他也不明白这是为什么。走累了，他就脸朝下躺在草坪上，看着鲦鱼和蝌蚪在水里欢快地游来游去。每当闲庭信步在教堂园区，菲利普都能享受到一种特殊的满足感。园区中央是一片草坪，夏天学生们在那儿练习网球。余下的季节里，周围都十分恬静。孩子们有时手挽手在那里漫步，偶尔还有个别勤奋好学的孩子一边慢慢踱着步子，一边嘴里不停地念叨着要背诵的知识，眼睛还若有所思地凝望着某处。一群白嘴乌鸦栖息在参天的大榆树上，凄厉的哀鸣让空气中回荡着忧郁的音符。草坪一边矗立着大教堂，雄伟庄严的中央塔楼直耸云霄。菲利普此时还不知究竟何为“美”，但每当抬头仰望大教堂时，心里总会生出一丝不明所以又矛盾纠结的喜悦之情。当他有了书房后（那是俯瞰贫民窟的方寸之地，由四个学生共享），他买了一张大教堂的图片订在自己书桌上方的墙壁上。有时他站在四年级的教室里临窗远眺，发现自己能从所视之景中领略到一番新的情趣。从教室能看到一片历史悠久的草地，经过精心修剪，周围的树木枝繁叶茂、郁郁葱葱。这番景色让菲利普心中生出一种奇怪的感情，却不知道那是喜还是悲。那是美感绽放的第一丝曙光。伴随着这一丝美感的萌芽，菲利普身上还发生了其他变化。他变声了。这种变化不是他自身所能控制的，喉咙里会自动发出奇怪的腔调。

然后，他开始去校长的书房上课。这是为孩子施坚信礼准备的课程，时间设在下午茶后。菲利普对上帝的虔诚之行没能经受住时间考验，他已很久不在晚上诵念《圣经》了。但现在，在帕金斯先生的影响下，再加上身体的新变化让他焦躁不安，菲利普竟旧念重生，恢复了对上帝的热情，并为此痛斥自己有始无终，在思想上腐化堕落。在他的精神世界里，地狱之火正在眼前熊熊燃烧。他的所作所为比起异教徒来，实在好不到哪儿去。假如就在这样的状态下死去，他的灵魂就会永远迷失在炼狱中。

他坚信，痛苦是永恒的。这远远胜过他对幸福永恒的坚信。想到自己面临的种种危险，他不禁战栗起来。

那天在戈登先生班上受到的辱骂，是菲利普最不能忍受的。正在他痛苦不已时，帕金斯先生和颜悦色地和他谈了谈。从那以后，菲利普就对校长生出了忠犬对主人的眷恋。他绞尽脑汁地去讨好校长，可总是徒劳无功。校长嘴里偶然吐露的赞赏之语哪怕再微不足道，也会被菲利普视若珍宝。

每当菲利普去校长那静谧的书房参加小团体授课时，都预备随时缴械投降，全身心拜倒在他脚下。他坐在那儿，目不转睛地盯着校长那双炯炯有神的眼睛，嘴巴半张半开，脑袋微微前倾，唯恐听漏一个词。周围环境的平淡无奇，将他们正在上的课愈发衬托得妙趣横生。校长也常常被自己所讲解的课题的奇妙之处所震撼，他就会将面前的书往前一推，双手交叉，紧贴在心口，好似要平息剧烈的心跳，嘴里则开始讲述扑朔迷离的宗教故事。有时，菲利普并不理解那些内容，也不想去理解；他迷迷糊糊地觉得，只要能感受那种气氛就够了。在那时的他看来，黑发散乱、面容苍白的校长就像敢上言直谏国王要尽职尽责的以色列预言家一样；而当菲利普想到救世主耶稣基督时，又似乎看到主长着同样的黑眼睛，面颊也同样苍白。

帕金斯先生对待自己的这部分工作十分严谨。平时他言辞诙谐、谈吐幽默，引得其他教师都怀疑校长生性浮华轻率。但在上述工作中，他总是非常严肃、认真，任谁也说不出一个不是来。校长每天日理万机，不仅要找时间处理每一件事，还能定期抽出十五到二十分钟接待准备接受坚信礼的孩子。他想让孩子们认识到，这是他们人生道路上有意识迈出的严肃的一步，且是至关重要的第一步。他努力探索孩子们的灵魂深处，想要把自己炽热的献身精神灌注进他们的心灵。他觉得菲利普尽管表面羞怯，内里却可能蕴含着和他同样的激情。在他看来，菲利普所散发出来的气质，在本质上带有浓厚的虔诚敬神精神。有一天，他突然中断正在和菲利普谈论的话题，转而问道："你有没有想过将来要干什么？"

"大伯想让我申领圣职。"菲利普回答说。

"那你自己呢？"

菲利普转开眼睛，羞于回答说自己不配侍奉上帝的话。

"我不知道，这世界上还有哪种生活能像我们这样满溢幸福的。我真希望自己能让你认识到，这是一种多么美妙的荣幸。世人固然能以各种各样的身份侍奉上帝，但我们却比他们离上帝更近一些。我并不想左右你的决定。不过，要是你拿定主意——啊，就在那一瞬之间，你就会感受到上帝永远不会抛弃你的快乐与欣慰。"

菲利普没有答话，但校长从他的眼神能看出，这孩子对自己努力要传达的隐意已是了然于心了。"你要是继续像现在这样用功读书，要不了多久就会发现，你将成为学校的顶尖人才。那样的话，等你毕业时，拿奖学金是绝对没问题的。你自己可有什么财产？"

"大伯告诉我，等我年满二十一岁，每年可有一百镑的收入。"

"那你可算得上富人了。我当时可是一无所有。"校长沉吟了半晌，随即拿起一支铅笔在面前的吸墨纸上漫不经心地画着线条，并接着说，“我恐怕你将来选择职业的范围相当有限呢，你自然没法做那些有体力要求的活儿。”

菲利普脸红到了头发根。只要一提到跛脚，他就是这副样子。帕金斯先生神情严肃地看着他：“我在想，你是不是对自己的不幸过于敏感了。你可曾想到要为此感谢上帝?”

菲利普猛然抬起头来。他双唇紧闭，想着自己如何相信大家跟他说的，一连几个月不断祈求上帝能像治愈麻风病人和盲人那样治好自己的跛足。

“只要你在遭遇不幸时心怀敌意，那它永远只能给你带来耻辱。倘若你将它视为一枚十字架，而它之所以要你来背，是因为你的双肩足够强大有力、背得动它，而这正是上帝对你的青睐，它就会成为你快乐而不是痛苦的源泉了。”他看得出来菲利普十分抵触这个话题，便放他走了。

之后，菲利普仔细琢磨了校长说的每句话，顿时如醍醐灌顶，杂念全消，一心只想着即将到来的坚信礼，并因此整个人都沉浸在让人心醉神迷的神秘的狂喜中。他的灵魂似已脱离肉体束缚，而他也似乎开始了全新的生活。他带着满腔热情，立志要进入完美之境。他想要把全副身心都献给上帝。他已经吃了秤砣铁了心，将来一定要领圣职、当牧师。当这个伟大的日子终于到来时，他又惊又喜，几乎不能自控。他为此所做的一切准备，包括读的那些书，尤其是校长令人折服和倾倒的一番教诲，都深深感化了他的灵魂。有个想法一直在折磨他。他知道自己需要单独走过圣坛，他害怕在大庭广众之下那么明显地暴露自己的跛足，到时候面对的不仅是参加仪式的全校师生，还有许多陌生人，包括本城人士以及特地赶来参加儿子坚信礼的家长。然而，当那一刻真的到来时，他突然觉得自己可以以愉快的心情去承受身体带来的羞辱。菲利普一瘸一拐地走过圣坛，在大教堂神圣庄严的穹顶下，他的身影显得那么渺小，那么微不足道，但他正有意识地将自己的残疾作为一份祭品，奉献给怜爱他的上帝。

第十八章

但菲利普不可能长久活在空气稀薄的山顶，上回满怀宗教热情时的那种状况又重现了。因为他深切感受到信仰的魅力，因为他心中渴望自我牺牲的激情之火熊熊燃烧，绽放出了宝石般的华彩，所以他本身的实际力量显得不足以支撑他实现那伟大目标。澎湃的激情把他搞得精疲力竭。他的灵魂突然像遭遇百年难遇的大旱灾一样，完全枯竭了。他开始忘记那无时无刻无处不在的上帝身影，虽然仍在按时祈祷、做礼拜，但也渐渐流于形式。一开始他还责备自己的这种懈怠，而对地狱之火的恐惧还能驱使他重新振作起来，但激情已燃烧殆尽，渐渐地，生活中其他有趣的事情分散了他的注意力。

菲利普没有什么朋友。他嗜好读书的习惯把他孤立了起来：读书成了他人生如此不可或缺的一部分，以至于他只要和人一起待一段时间，就会变得倦怠和烦躁。他觉得自己遍览群书、知识渊博，为此自视甚高，看不起旁人；他思维敏捷，又不懂掩饰，对于同伴蠢笨无知的鄙视之情往往溢于言表。同学们指责他狂妄自大。再说，菲利普的出色之处对他们来说，都被视为无关紧要的才能，所以大家常常讽刺他，凭什么这么自以为是。菲利普渐渐养成一种辛辣的幽默感，发现自己在挖苦人这一方面颇有妙语高招，一开口就能触动对方的痛处。他口出讽语，不过是觉得这样很有趣，根本没意识到它们有多么伤人。当他发现受害者为此真心实意地嫌恶起他来，不禁又大为受伤。初上学那会儿遭受的种种羞辱让他对同学生出一种畏惧心理，且始终不能完全摆脱这种心理阴影，人前总是一副羞涩怯懦、沉默寡言的样子。尽管他尽一切可能疏远同学，不与他们为伍，内心却百般渴望能和他们打成一片。对有些孩子来说，成为众人欢迎的人物实在不是什么难事。菲利普遥遥站在远处，对那些孩子崇拜得五体投地。尽管他挖苦起这些孩子来会更加不留情面，尽管他常常当众取笑他们，让其丢尽颜面，可在内心里，他宁愿拿自己的一切去换取他们的地位。事实上，他心甘情愿成为学校最迟钝、最蠢笨的学生，只要能四肢健全就行。菲利普渐渐养成一种怪癖，总把自己想象成某个他特别满意和崇拜的孩子。他想象着把自己的灵魂扔进那个孩子的身体，用对方的声音说话，用对方的心开怀大笑；想象自己是在做着那个孩子所做的一切事。他的想象如此形象逼真，以至于有那么一刻，似乎觉得他真的不是自己了。就这样，他多次享受着幻想带来的快乐。

施过坚信礼后，学校放圣诞假。假期一过，新学期伊始，菲利普就搬到了新宿舍。和他共享此处的孩子中有一个叫罗斯的。他和菲利普同年级，菲利普对他总是又敬佩又嫉妒。他长得并不好看。瞧那双大掌和那副大骨架就知道，他将来准是个大高个儿。尽管上帝把他造得很粗陋，那双眼睛却生得十分迷人。每当他哈哈大笑时（他经常哈哈大笑），眼角周围的皮肤就会皱起来，样子十分有趣。罗斯既不太聪明也不是很笨，学习成绩还不错，游戏活动更是得心应手。他既受老师们青睐，又深受同学们欢迎，而他本人，也喜欢周围的每一个人。

菲利普被安排进新房间后第一时间就发现，那几个相处了三个学期的室友对他很冷淡。想到自己是个半道而来的侵入者，菲利普紧张不安。他已学会藏起自己的真情实感，在室友们看来，他不过是个沉默寡言、安分守己的人。面对罗斯时，菲利普就像其他人一样很少能抵御他的魅力，变得比平常更羞涩，更冒失了。而罗斯呢，不知道是不是由于见到菲利普这副羞涩忸怩的态度就情不自禁地想在他身上试试自己的魅力，还是纯粹出于一片好心，反正第一个把菲利普拉入了他们的生活圈。一天，相当突然地，他问菲利普是否愿意和他一起去足球场。

菲利普立马涨红了脸。“我没法走得像你那样快。”他说。

“废话，走吧!”

正当他们要出发时，有个学生从房间门口伸进头来，邀请罗斯和他一起去。

“没法和你一起。”他说，“我已经答应了凯里。”

“别为我操心。”菲利普忙说道，“我不介意。”

“废话。”罗斯说。他用那双温厚和善的眼睛瞧着菲利普，随即哈哈大笑起来。菲利普顿时觉得一股奇妙的颤抖袭过心头。

没过多久，两人的友谊就像一般男孩之间那样迅速升温，成为形影不离的好朋友。其他人对两人之间这种突如其来的亲密友谊感到好奇，问罗斯究竟看出菲利普有什么好。

“噢，我也不知道。”他回答说，“说真的，他这个人还不错。”

不久，这也成为大家习以为常的事：两人经常手挽手地去教堂，以及在教堂园区漫步，聊天——一个在场，另一个必定也在。找罗斯的男孩都会托凯里捎口信，就好像承认罗斯已非他莫属。一开始，菲利普还颇有自制力，尽量不让自己在巨大的幸福面前得意忘形。渐渐地，他先前对命运的怀疑在令人激动的幸福面前，已被忘得干干净净了。他觉得，罗斯是迄今为止自己见过的最为了不起的人物。他爱不释手的那些书，现在也变得无关紧要了；眼前当然有更重要的事等着他去做，哪还顾得上书呢。无事可干时，罗斯的朋友有时会来宿舍喝茶，闲坐。罗斯生性爱热闹，从不放过说俏皮话的机会，发现菲利普是个非常正派的人。菲利普自是因此开心无比。

期末最后一天，两人约定返校时该乘哪趟火车，以便能在火车站碰头，回校前先去城里喝杯茶。菲利普带着沉重的心情回家了。整个假期，他满脑子都是罗斯，对两人下学期会一起做什么浮想联翩。他觉得牧师家里的生活乏味透顶。假期最后一天，凯里大伯照例以开玩笑的口吻问他那个老问题："嗯，就要回学校了，感觉开心不?"

菲利普兴高采烈地应了一声："开心极了!"

为了确保能和罗斯在火车站见面，菲利普搭乘了一趟比原本约定早一班的火车。他在月台等了将近一小时。从法弗沙姆开来的火车进站时，菲利普激动地随火车跑起来了。他知道，罗斯一定会在法弗沙姆换车过来。但罗斯没有出现。他跟搬运工打听过下趟火车几时进站，然后等了起来，却还是失望而返。他又冷又饿，只得穿越小巷和贫民窟，抄近道回学校。哪知到了竟发现罗斯人已在宿舍，正和六七个同学天南海北地闲侃。那些同学随意而坐，凡是能坐的地方都坐着一个人。罗斯很热情地和菲利普握手，后者却脸色阴沉。他意识到，罗斯早已忘记了两人之间的约定。

"我说，你怎么来这么晚?"罗斯问，"我还以为你不来了呢。"

"你四点半就在火车站了。"另一个男孩说，"我到的时候看见你了。"

菲利普脸色微红，不想让罗斯知道自己在火车站傻等他。

"我得照顾家里的一个朋友。"菲利普随口编了个谎言，"我要给她送行。"

然而，不管怎样，朋友爽约还是让他有点郁郁不乐。菲利普坐在那儿一声不吭，有人和他说话时，也只是简短单调地应付一句。他打定主意，等两人独处时，一定要问问罗斯是怎么回事。但等人陆续离开后，罗斯立马走过去，坐在菲利普懒洋洋地躺着的那把椅子的扶手上。“我说，咱们这学期还住在同一间宿舍，真叫人高兴啊！妙极了，是不?”

他似乎是真心高兴见到菲利普，这叫菲利普满肚子的烦恼与郁气顿时烟消云散。两人随即热烈地谈起他们都感兴趣的千百种事来，好像分开还不到五分钟似的。

第十九章

一开始，菲利普对罗斯伸出的友谊之手感激涕零，根本没想到还要对他有什么要求。他随遇而安，享受生活。但没过多久，他发现罗斯对谁都温和友善，就开始心怀怨恨起来。他想要建立一种更为专一独属的友谊，心态也随之改变，将原来作为恩惠接受的友谊视为独有的权利。他嫉妒地看着罗斯和其他人交往，尽管知道有些无理取闹，还是禁不住讽刺、挖苦罗斯。要是罗斯在别的宿舍和那些蠢蛋待上个把小时再回来时，菲利普就会紧皱眉头，甩脸子给他看。菲利普会一整天都郁郁寡欢，因为罗斯要么没注意他在耍脾气，要么就故意忽视它。这叫菲利普更感痛苦和伤心。尽管心里一直都知道这样做傻透了，但菲利普还是禁不住一而再、再而三地与罗斯斗嘴，吵架，然后两个人一连几天都不说话。然而，菲利普又熬不住长时间对罗斯生气，即使有时候明确知道自己占理儿，也会低声下气地向罗斯赔礼道歉。然后，两个人就重归于好，一周里都和和气气地像从前那样做好朋友。但友谊的最好时光已一去不复返，菲利普能够感觉到，罗斯现在之所以还和他一起漫步，要么是往常的习惯使然，要么是害怕他生气、发怒。他们已不像从前那样有很多话说，罗斯常常感到厌烦。菲利普觉得自己的瘸腿开始引起罗斯不快了。

学期快结束时，有两三个学生得了猩红热。学校里一时议论纷纷，要求大家都放假回家，以免感染疫病。但患者被隔离起来，也没人再遭侵害，大家因此觉得，这次疫病应该就此止步了。被疾病侵袭的学生之一就是菲利普，整个复活节假期他都是在医院度过的。夏季学期开始时，他被送回牧师家，好呼吸点新鲜空气。尽管医生再三保证，菲利普的病已过了传染期，但牧师迎回侄子时仍心存怀疑。他觉得医生关于侄子要在海边疗养恢复的建议很欠考虑，但又不得不让孩子回家来住，因为实在别无他处可去。

菲利普养了半个学期才回学校。彼时，他已经忘记了和罗斯之间的争吵，只记得他是自己最好的朋友。他知道自己过去的行为很蠢，下定决心以后要通情达理些。在他养病期间，罗斯曾寄来几封短信，每封信的末尾都写着“快点回来吧”。菲利普觉得，罗斯一定像自己期望看见他一样迫切期望看到自己。

菲利普回校后发现，由于六年级有个同学死于猩红热，宿舍有了变动，罗斯不再和他住一起了。这真叫人失望又心痛！菲利普到校后第一时间就仓促奔去罗斯宿舍，他正坐在书桌前和一个姓亨特的男孩一起做功课。菲利普进门时，罗斯恰巧转过身来。“我的天，是谁啊？”他大叫出声，然后定睛一看，发现是菲利普，又道，“噢，原来是你啊！”

菲利普尴尬地停住脚。“我觉得应该过来看看你。”

“我们正在做功课。”

亨特这时插话说：“你什么时候到的？”

“五分钟之前。”

罗斯和亨特坐在那儿看着菲利普，似乎觉得他打扰到了他们。很明显，他们希望他快点离开。

菲利普脸色涨红了。“我这就走了。你做完功课也到我那里看看吧!”他对罗斯说。

“好的。”

菲利普带上门，一瘸一拐地走回自己宿舍，觉得大为伤心。罗斯看到他，别说高兴了，几乎都有些发怒，似乎他俩不过是多见过几次面的熟人罢了。菲利普坐在宿舍苦等，一刻都不敢离开，生怕罗斯造访时不在。然而，罗斯一直未露面。第二天早上，等他进去做祈祷时发现，罗斯和亨特正手挽手地在那儿唱歌。别人把他走后的情形一五一十地都告诉了他。菲利普忘了，就学生生活来说，三个月可是相当长的一段时间。尽管在这段时间里他离群索居、别无波澜，罗斯却是生活在熙来攘往、瞬息变幻的尘世之中。菲利普走了，亨特正好补了缺。菲利普发现，罗斯一直在悄无声息地避开他，但他不是那种逆来顺受、有话也憋在肚子里的人。他在等待机会，直到有一天确定只有罗斯一个人在宿舍，便走了进去。“我可以进来吗?”他问。

罗斯尴尬地瞪着他，心里有些冒火。“你想进来就进来。”

“你可真好!”菲利普语带讽刺地说。

“你来干什么?”

“我就是想问问，为什么自打我回来后你就变得这么让人讨厌了?”

“噢，别说蠢话了!”罗斯说。

“我不知道你瞧上了亨特哪一点。”

“那是我的事。”

菲利普垂下眼睑，满肚子的话却不知从何说起。他害怕做出什么丢脸的事来。这时，罗斯站起身来：“我要去体育馆了。”他说。

等他走到门口时，菲利普强迫自己再次开口：“我说，罗斯，别变成一个十足残忍的凶兽。”

“哼，见鬼去吧！”罗斯嘭的一声甩上门，把菲利普一个人留在那儿。

菲利普气得浑身直哆嗦。他走回宿舍，脑子里一遍遍回想着刚才的对话。他现在非常怨恨罗斯，一心想要伤害他，想着自己可以找些事来讽刺、挖苦他。他沉思着，这场友谊就此结束了，脑袋里不停地想象着他人说三道四地议论来、议论去的场景。他敏感的性情让他老是看到别人言谈举止中的嘲讽和诧异，而事实上，他们根本没心思去注意他。他独自想象着别人私底下怎么议论这事。

“不管怎样，两人之间瞧着就长久不了。真不知道他到底有没有和凯里好上过，那可是个讨厌的笨蛋！”

为了显得毫不在意，菲利普突然和一个他一向讨厌且鄙视的孩子打得火热。这位同学叫夏普，从伦敦来的，浑身带着粗野无礼的气息。他长得很胖，嘴上留着刚长出来的小胡子，两道浓眉在鼻梁上方扭到了一起。软绵绵的一双手，举止斯文得和他年龄极不相称，说话带点伦敦腔。他属于那种行动迟钝而不愿参加任何活动的学生。他绞尽脑汁、挖空心思地编造借口，好逃避学校规定参加的活动。老师和同学都隐隐有些不喜欢这孩子。现在，菲利普主动和他交往，纯粹是心高气傲想要找回面子。再过几个学期，夏普就要去德国待一年。他讨厌上学，并将此视为不得不忍受的有失尊严的苦差事，直到长大成人、涉足外面的世界才能摆脱。伦敦是他一切关心的所在，关于假期在伦敦的活动，他有一肚子精彩的故事可讲。他说话柔声细气，嗓音低沉，听他讲话，周围似乎都能升起伦敦大街夜生活的熙攘之音。菲利普听得一边心醉神迷，一边又反感和生厌。在形象生动的想象里，他似乎看到剧院门前汹涌的人潮；看到了廉价餐馆和酒吧里灯光灿烂炫目，半醉不醉的男人正坐在高脚凳上和侍女插科打诨；看到了街灯下影影绰绰的人群，神秘地来来往往，寻欢作乐。夏普把从霍利威尔街买来的廉价小说借给菲利普看。菲利普躲在方寸宿舍里，读得既心怀恐惧又带着不可思议的奇妙之感。

有一次，罗斯试图和菲利普讲和。他是个温和友善的小伙子，不喜欢与任何人为敌。“我说凯里，你为何这样傻呢？和我断交对你有什么好处呢？”

“我不明白你这是什么意思。”菲利普回答说。

“好吧，我瞧不出咱俩有什么理由不说话。”

“你让我觉得厌烦。”菲利普说，

“那随你便吧。”罗斯耸耸肩，走了。

菲利普面无血色。每次被感动时都这样，一颗心激烈地狂跳。罗斯走后，他突然感觉痛苦得快要死了。他不明白自己为什么要那样说话，他原本宁愿放弃一切，只要能和罗斯重归于好。他恨自己为何非要和罗斯斗嘴。现在，看到自己给罗斯带来了痛苦，菲利普非常惭愧。但彼时彼刻，他也控制不住自己，好似有魔鬼缠身一样逼他说出违背本心的刻薄话，而他本想主动上前和他握手言欢的。然而，想要伤害罗斯的欲望太强烈了，他要为自己忍受的痛苦和羞辱报仇雪恨。这是自尊心在作祟，而这又是多么愚蠢啊！他知道罗斯根本不会在意，自己却会因此备受折磨。这时，他脑子里突然冒出这样一个想法——去找罗斯，对他说：“对不起，我干了蠢事！一时冲动，控制不住！我们和好吧！”

但他知道自己永远不会这么做，怕罗斯会笑他。他很生自己的气。不一会儿夏普进来时，菲利普逮住机会找茬和他吵了一架。菲利普具有一种揭他人伤疤的残忍本能，总能一语中的地说出直插人心窝的大实话，因而很是招人怨恨。

但这次，最后亮剑的却是夏普。“我刚才听到罗斯和梅勒说起你。”他说，“梅勒说，你为什么不踹他一脚，那能教会他好好懂规矩。罗斯说，我才不屑这么干呢，该死的瘸子！”

这一下，菲利普的脸涨得像猪肝色，一句话也说不出来，好像喉咙口有什么东西堵住了，就快要噎死了。

第二十章

菲利普已升入六年级，却满心厌恶校园生活，再也不顾昔日的宏伟目标，丝毫不在意成绩是好还是坏。每天早晨一醒来，他一颗心都沉甸甸的。因为这意味着他又要熬过枯燥乏味的一天。他心思懒怠，干什么都觉得烦，因为这些全都是别人让他做的。学校的限制性规章制度让他觉得恼怒，厌烦。这倒不是因为不合理，而是因为它们本身就是限制人身心行动的条条框框。光是这一点，就叫人讨厌。他渴望自由，讨厌老师一再重复他知道的东西，讨厌老师为照顾笨学生翻来覆去地讲他一眼就看懂了的课程。

上帕金斯先生的课，听不听都随自己的意。菲利普顿时激情重现，满脑子另有所思。六年级教室设在一座经过修缮的老修道院内，教室有一扇哥特风格的窗户。上课时，菲利普就把这窗户画了又画，以此消烦解闷。有时，他还凭着脑海里的记忆信手描绘出大教堂的主塔楼以及通往教堂园区的甬道。他还挺有几分绘画的天赋。路易莎伯母年轻时画过一些水彩画，现在还藏有几本画册。里面全是她描绘的教堂、古桥以及田舍风光。牧师宅邸举行茶会时，她还常把这些画拿出来给客人们看。有一次，她还将一个颜料盒作为圣诞礼物送给菲利普。菲利普学画画，就是从临摹伯母的水彩画开始的。他的临摹相当逼真，效果出人意料。不久，他就开始构思作画了。凯里太太鼓励菲利普画画，好让他再也无心于调皮捣蛋之事了；而且，说不定这些画作还能送出去义卖呢。有两三幅画还被装裱了起来，挂在他自己的卧室里。

有一天上午的课刚结束，菲利普正懒散地闲荡出教室时，帕金斯先生叫住了他。“我想和你聊聊，凯里。”菲利普等待他的下文。帕金斯先生一面用细瘦的手指捋着胡子，一面盯着菲利普，似乎在思索要对他说些什么好。“你怎么搞的，凯里？”他突然开口问道。

菲利普的脸刷的一下子红了，飞快瞥了一眼校长先生。但他现在已非常了解校长的脾气，并不答话，而是等他继续说下去。

“我对你最近的表现很不满意。老是一副漫不经心、魂不守舍的样子，似乎对学业毫无兴趣！功课也是做得马马虎虎，成绩非常差！”

“我很抱歉，先生。”菲利普说。

“这就是你要说的？”

菲利普闷闷不乐地瞪着地面。他怎能回答说自己无聊得要死！

“你知不知道，你这学期没进步反而退步了？你的成绩报告单我不会给你好评的。”

菲利普心想，要是校长先生知道成绩报告单私下是被如何对待的，不知会作何感想。成绩报告单早餐时送达，凯里先生漠不关心地扫一眼，就把它递给菲利普。“这是你的成绩报告单，你最好看看上面都说了什么。”他一边说，一边动手去剥旧书目录册上的封面包纸。

菲利普浏览了一遍。

“评语好吗？”路易莎伯母问。

“没有我应得的那么好。”菲利普微笑着答道，并把报告单递给伯母。

“等我戴上眼镜再看。”她说。早餐后玛丽·安进来说，肉店掌柜来了，路易莎伯母自然也就不记得成绩报告单这回事了。

这时，帕金斯先生又开口说了下去："我对你非常失望。我也不明白这是怎么回事。我知道，只要你肯上心，就总能做好。现在的问题是，你似乎根本就不想学好。我原本还想着下学期让你当班长呢，但现在我觉得还是有待观察，等等再说吧。"

菲利普再次红了脸，不喜欢这种被跳过不考虑的感觉，紧抿着嘴唇。

"还有一点：你现在必须开始为奖学金着想了。除非你转变态度，从此刻苦学习；否则，你什么也得不到。"

菲利普被这番训导搞得有些恼火，既生校长的气，也生自己的气。"我想，我不打算去牛津念书了。"他说。

"为什么？我还以为你想领圣职、当牧师呢。"

"我改变主意了。"

"为什么？"

菲利普没有回答。帕金斯先生一如往常那样摆出一个招牌性的古怪姿势：像佩鲁基诺画①里的人物一样，若有所思地捋着胡须。他打量着菲利普，似乎试图去理解他。但过了一会儿，却突然告诉菲利普可以走了。

显然，校长并不满意他。一周后的一个晚上，菲利普去他书房交作业，他又继续了上次的谈话。不过改变了方式，不再以校长的身份训斥孩子，而是站在普通人的角度和他谈心。校长先生似乎并不在意菲利普学业的好坏，也不在意在众多强大对手的激烈竞争中、菲利普获得去牛津深造所必需的奖学金的机会微乎其微；现在最重要的是，菲利普为何会改变对日后生活的打算。帕金斯先生想重燃菲利普献身

---

① 佩鲁基诺（1450－1523）是15世纪意大利著名的壁画家。

圣职的激情。他极其巧妙地在菲利普的情感上下功夫。这么做相对来说比较容易，因为帕金斯先生自己也动了真情。菲利普改变主意，让帕金斯先生痛苦而忧伤。他真心觉得，菲利普这是在糟践获得人生幸福的机会，还出于他不知道的原因。校长的声音颇富感染力。菲利普向来易被他人情感所打动，他本人也是情感丰富之人，尽管外表常常不动声色。他的脸一半由于生性如此，一边出于这些年学校生活习惯使然，总是波澜不惊，很少显露内心的情感，除了快速地红一下脸。此时此刻，菲利普被校长的一番肺腑之言深深打动了，由衷地感激校长的关心，想到自己的所作所为给校长带来了痛苦，不禁深受良心折磨，觉得愧疚不安。想到帕金斯先生作为一校之长，有整个学校的事需要操心，却居然还肯费心思在他身上，菲利普不禁有些受宠若惊，飘飘然起来。与此同时，他又觉得内心深处似乎还有什么像站在他肘边的陌生人一样，竭力抓住这么一句话不放："我偏不！我偏不！我偏不！"

他觉得自己正在沉沦，对自己的软弱感到无能为力。那种软弱正在他内心里不断翻涌膨胀，就像一只浸在满盆水里的空瓶，水正在不停地往里灌。他咬紧牙关，一遍又一遍地对自己念叨着："我偏不！我偏不！我偏不！"

最后，帕金斯先生伸手按在菲利普的肩头。"我不愿影响你的个人决定。"他说，"你必须自己拿定主意。向全能的上帝祈祷吧，请他给你帮助，为你指点迷津吧。"

菲利普从校长办公室走出来时，外面正下着毛毛细雨。他走在那条通往教堂园区的甬道上，四周一个人影都没有，白嘴乌鸦在大榆树上寂然无声。他走得很慢，觉得有点热，正好淋点雨。他又重新思索起帕金斯先生说过的每一句话。现在，他已从狂热的状态中摆脱出来了，可以冷静地好好思考一番了。他很庆幸自己刚才没有屈服。

黑暗之中，他只能隐约看到大教堂巍峨的轮廓：他现在憎恶这座教堂，因为他被逼在那儿参加各种各样无比冗长的宗教仪式，枯燥而令人厌烦。圣歌唱起来简直没完没了，而你得一直那么单调乏味地站着。布道时，低沉的声音嗡嗡响，听都听不清楚，想动的时候还不能动，得一直正襟危坐着，身体都要痉挛了。接着，菲利普又联想到布莱克斯达布尔每个礼拜天早晚两次的祈祷仪式来。无甚陈设的教堂里冷得要死，空气里弥漫着润发油和衣服浆洗过的味道。助理牧师要布道一次，他大伯还要布道一次。随着日渐长大，菲利普也越来越清楚大伯的为人了。菲利普是个正直而偏激的人，不懂一个人作为牧师时诚诚恳恳地讲出一堆大道理；但作为一个实实在在的人时，却从来不能将自己说的大道理身体力行。这种言行不一的欺骗行为让他大为光火。在他看来，大伯是个怯懦又自私的人，人生的主要目标就是少惹麻烦。

帕金斯先生给他讲过献身上帝、终身虔诚侍奉上帝的生活的种种美好，但菲利普心里非常清楚东英吉利①的牧师们过着怎样的生活——他的家乡就在那里。离布莱克斯达布尔不远，有个怀特斯通教区，那儿的牧师是个单身汉，最近为了不让自己闲得慌，竟开始插田种地。当地报纸经常报道该牧师在郡法院一会儿同这个人一会儿同那个人打官司的情景——不是雇工控告他不发工资，就是他指控商人欺骗他。还爆出丑闻说，他的奶牛一直吃不饱，饱受饥饿折磨。人们议论纷纷，一致认为应对该牧师采取处罚措施。还有一位费尔尼教区的牧师，是一个蓄着大胡子、颇有几分男权气概的角色：妻子因受不了他的残酷虐待而被迫离开，还给左邻右舍诉说了他的种种不道德。还有临海的那个小村庄，那里的苏尔勒教区牧师每晚都被人看到在小酒

① 英国英格兰东部地区，包括诺福克郡和萨福克郡。

店鬼混。小酒店离他的牧师住宅仅一箭之遥。那一带的教区执事经常登门向凯里先生求教。那儿没什么有识之士可以交谈，只能和小农民或渔民瞎聊。在漫长的冬夜，狂风呼啸而过，鞭打在光秃秃的树枝上，发出凄凉而单调的哀嚎；放眼四野，一片荒芜，只有翻耕过的土地裸露着。贫苦随处可见，没有能解决实质问题的活可干。人性中的各种偏执怪癖都暴露无遗，没什么可以抑制得了。他们变得心胸狭窄，脾气古怪。凡此种种，菲利普都心知肚明。但在他偏执的年幼思想里，菲利普并不将此作为反驳校长关于牧师美好生活的理由。一想到要过这样的生活，他就不寒而栗。因此，他要走出来，去到五彩斑斓的大千世界。

第二十一章

帕金斯先生很快发现自己的那番话没对菲利普产生任何作用，那个学期余下的时间里就没再理菲利普的事。学期末了，校长先生写了一份言辞犀利的报告单。报告单寄到家时，路易莎伯母问他上面评价如何，菲利普嬉皮笑脸地答道："糟透了。"

"真的?"牧师说，"那我得再看看。"

"您觉得我继续在坎特伯雷上学真的好吗？我觉得还是去德国待一阵子比较好。"

"你怎么会生出这样的想法?"路易莎伯母问。

"您不觉得这是个更好的主意吗?"

夏普已经离开国王学校，并从汉诺威给菲利普写了信来。他才是真正开始生活了啊！菲利普每每想到这里，就愈加焦躁不安，感觉学校那样的牢笼生活一年都不想熬了。

“那样的话，你就得不到奖学金了。”

“不管怎样，我现在也没机会争什么奖学金了。再说，我也不觉得自己特别想去牛津上学。”

“但你将来不是要当牧师的吗，菲利普？”路易莎伯母惊慌地叫起来。

“我老早就放弃那种想法了。”

凯里太太满眼惊愕地瞪着菲利普，但她一向自制力甚好，便转身给菲利普的大伯又倒了一杯茶。三人都沉默不语。不一会儿，菲利普看见眼泪沿着伯母的双颊缓缓落下来。他的心猛地痛如刀绞，因为他给伯母带来了痛苦。她穿着黑色紧身衣裙，那是在街那头的裁缝店做的，脸上布满皱纹，眼睛黯淡无光而又尽显疲惫，头发尽管已灰白，却仍按年轻时的发式梳成一圈圈略显轻浮的小发卷。这样的伯母看起来虽滑稽可笑，却又莫名地让人觉得可怜而可叹。菲利普还是头一回注意到这一点。

之后，当牧师关起书房门和助理牧师谈话时，菲利普伸出胳膊搂住伯母的腰。“对不起，让您操心了，路易莎伯母！”他说，“如果上帝没有召唤我为他服务，即使我勉强领了圣职，也没什么益处，是不是？”

“我太失望了，菲利普。”她呜咽着说，“我心里早就是这么打算的。我以为你将来可以成为大伯的助理牧师，等我们大限来了——毕竟，我们不能永远活下去，是不是？等那时候，你就可以接替大伯了。”

菲利普惊恐万分，浑身瑟瑟发抖，一颗小心就像误入罗网的鸽子一样拼命扑棱。伯母把头搁在他肩膀上，柔声哭了起来。

“希望您能劝服威廉大伯，让我离开坎特伯雷。那里让我厌恶得要死。”

但这位布莱克斯达布尔的牧师可不是那种轻易会改变自己决定的人。一直以来的计划都是，菲利普要在国王学校待到十八岁，然后去牛津进修。无论如何，牧师都不会听任菲利普此时离去。他事前没有透露一星半点儿消息，而这学期的学费不管怎样还得照付。

“那您是不是现在通知一下学校，说我圣诞节就要离开了?”经过长时间的群强舌战之后，菲利普最后这样说道。

“我会给帕金斯先生写信说说这事儿，看看他有什么意见。”

“啊，上帝，我真希望自己已经二十一岁了！干什么都得听别人指示，真是糟透了!”

“菲利普，你不能这么和你大伯说话。”凯里太太温柔地提醒他。

“难道您瞧不出来吗？那个帕金斯想让我留下来！他管得太多了，想让学校每个学生都按他的意愿行事。”

“你为什么不想去牛津?”

“我又不准备进教会，那干吗还要去牛津?”

“你用不着进教会，你已经是牧师家的人了!”牧师说。

“那就是说已经领圣职了?”菲利普不耐烦地回了一句。

“那你将来想做什么呢，菲利普?”凯里太太问道。

“我也不知道。我还没拿定主意。但不管将来我干什么，多学门外语总是有好处的。我在德国学到的东西，肯定比待在学校那个鬼地方学到的多!”

菲利普当然不会说，他觉得牛津仅仅是他学校生活的一种继续，好不到哪里去。他由衷地希望能主宰自己的生活。再说，去牛津有可能遇到那些老同学，而他可是想着要远离他们的。他觉得自己的学校生活完全是一个失败，他想踏上新的道路，一切重新开始。

所谓“无巧不成书”，菲利普想去德国的打算和最近在布莱克斯达布尔人们热切议论的某些观点竟然不谋而合。有时候，医生的朋友会来他家小住，总会带来外界的各种新消息；那些八月来海边度假的游人，也自有一套观察事物的方式。牧师也听说过，有人认为过去那种老式教育如今已不大管用，他年轻时不被重视的现代语却日趋变得重要。牧师有点犹豫不决：他的一个弟弟曾因没通过某些考试而被送去德国。虽说开创了先例，后因伤寒客死他乡。因此，不能否认此种尝试实在充满危险。经过无数次言语交锋，叔侄最后达成一致意见：菲利普再回坎特伯雷就读一学期，然后离开。菲利普并不十分满意此次达成的协议。然而，他刚回学校没几天，校长就对他说："我收到一封你大伯的来信。看来你似乎想去德国，你大伯问我对这事有何看法。"

菲利普惊得目瞪口呆，监护人竟然说话不算数。这可真叫他火冒三丈。"我觉得此事已成定局，先生。"他说。

"远着呢！我已写信告诉你大伯说，我认为让你从这儿离开是最大的错误。"

菲利普火急火燎地坐下来，给大伯写了封言辞激烈的信，根本顾不上用词是否合适。他实在太愤怒了，躺在床上辗转反侧，直到深夜才睡着。第二天一大早醒来，又开始琢磨他们怎能如此对待自己。菲利普心急如焚地等着大伯回信，等得很不耐烦了。两三天后，回信寄到了。信是路易莎伯母写的，措辞婉转，字里行间满溢着痛苦，说菲利普不该写那些东西给大伯，说大伯为此甚为烦恼和痛苦。信里还提到，菲利普这样写太不厚道了，完全玷污了基督精神。要知道，他们呕心沥血地只想为他好，况且他们年纪比他大得多，究竟什么对他才是最好的自然能判断得更为分明。菲利普捏紧拳头，这种话他听得多了，丝毫看不出有何可信的——他们根本不像自己那样了解实际情况，凭什么就想当然地认为多长几岁就多几分智慧呢！信的末尾还提到，凯里先生已撤回了给学校的退学申请。

菲利普怒火难消，一直憋到第二周的半日假。学校的半日假一般安排在礼拜二和礼拜四，礼拜六下午他们都得去大教堂做礼拜。那天上完课，六年级其他同学都走了，只有菲利普一人留了下来。

“下午我想回一趟布莱克斯达布尔，行吗，先生?”菲利普问。

“不行!”校长拒绝得很干脆。

“我要和大伯说一件非常重要的事。”

“你没听见我说‘不行’吗?”

菲利普二话不说，扭头走了出去。他羞怒交加，心里难过得直想吐。他一再蒙受羞辱，先是不得不开口求人的羞辱，再是一口被回绝的羞辱。他现在非常痛恨校长。面对这样独断专行的作风，菲利普心中怒火翻滚，再也不计后果，吃罢午饭，径直沿着他熟悉的近道奔去火车站，恰好赶上一列开往布莱克斯达布尔的火车。他走进牧师家，看见大伯和伯母正在餐厅里坐着。

“哟，你这是打哪儿冒出来的?”牧师问。很明显，他并不是很高兴见到菲利普，看上去还有点焦虑不安。

“我觉得应该找您谈谈关于我离校的事。我在这儿时您明明亲口答应了的，怎么一周后就食言了。我想知道，您这样出尔反尔究竟是什么意思?”

自己竟然这样口无遮拦，大胆地直接道出心中的想法，让菲利普不免感到有点害怕。但他早已下定决心该说些什么，尽管心在怦怦乱跳，还是强迫自己说了出来。

“你下午回来请过假吗?”

“没有。我向帕金斯先生请假，被他拒绝了。您要是愿意写信告诉他我在这儿，保准会让我挨一顿臭骂。”

凯里太太坐在一旁做编织活，此刻双手颤抖不止。她不习惯这种场面，叔侄争吵让她有如芒刺在背，手足无措，坐立不安。

“要是我写信告诉他，那也是你自作孽，找罪受。”凯里先生说。

“您要是想打小报告，一定能干得很漂亮！毕竟，您已给帕金斯先生写过信了，想必这次轻车熟路了吧。”菲利普这么说可实在有点傻，正好给了牧师求之不得的脱身机会。

“我不准备再坐在这儿，任你以下犯上地冲我胡说八道！”牧师端着架子，中气十足地说。他站起身，快速走出餐厅，进了书房。菲利普听到他砰的一声关上房门，还上了锁。

“啊，上帝，真希望我已经二十一岁了！像这样受制于人，真是糟透了！”

路易莎伯母开始轻声哭泣。“噢，菲利普，你不该那样和你大伯说话的。快进去和他道歉。”

“我没感到一丁点儿歉意。他这是巧借优势，手段卑劣。让我继续留在学校，明明就是白白浪费钱财。不过，他有什么好在乎的呢，那又不是他的钱。让一些什么都不懂的监护人来管制我，真是太残忍了！”

“菲利普！”

有如滔滔江水，菲利普正要一股脑儿地倾泻心中怒火，骤然听得这声叫唤，猛地止住闸门。那是心碎的悲鸣！他没意识到自己刚才说了多么伤人的话。

“菲利普，你怎能这样没良心？你知道我们这样做只是为你好。我们知道自己没经验，也没法装作自己养过孩子，这才写信去问帕金斯先生意见。”她语声哽咽，一时说不下去，顿了顿才又道，“我努力像母亲那样照顾你，把你当亲儿子一样爱。”

她瘦小的身躯在巨大的悲痛中显得飘摇欲坠，古板的神态里充斥着哀婉动人的忧伤。菲利普深受触动，喉咙一阵哽咽，眼泪顿时涌了上来。“真心对不起！”他说，“我不是存心要这样可恶的。”

菲利普在伯母身旁跪下，伸出胳膊抱住她，吻着她那被泪水浸湿、满布皱纹的憔悴双颊。她悲痛地一声连着一声抽泣，菲利普蓦地生出一股怜悯之情，想着她的一生就这样被浪费掉了。她从未像现在这样不加抑制地宣泄过。

“我是真心想对你好，菲利普！可又不知道怎样做才能让你知道我的心。我膝下无子，就像你幼年丧母一样，都是很惨，很糟啊！”

菲利普忘记了自己的满腔怒火，忘记了自己心事重重，只想着怎样安慰伯母。他一边结结巴巴地软语劝慰，一边笨手笨脚地用手抚摸着她的身子。这时，钟声响起。菲利普明白得马上动身去赶火车了。这是唯一能让他及时回到坎特伯雷参加夜晚点名的火车。等他在火车车厢一角坐下才发现，回来这一趟什么都没干成。他非常恼恨自己竟然如此懦弱无能。不过就是牧师态度有些傲慢自大，伯母又流了几滴眼泪，结果就搞得自己忘了回来的初衷。他真是鄙视自己。菲利普不知道老两口后来是怎样商量的，反正又一封信寄给了校长。

帕金斯先生读后不耐烦地耸耸肩，就把信给了菲利普。上面写道：

亲爱的帕金斯先生：

原谅我再次因菲利普的事儿打扰您！作为监护人，我和他伯母实在被这事儿搅得心神不安。他似乎非常急于离开学校，他伯母认为他过得非常不开心。我们不是他的亲生父母，对究竟应该怎么做也是束手无策。他似乎认为自己在学业上表现并不好，觉得继续留在学校纯属浪费金钱。您要是能拨冗和他详谈，敝人将不胜感激。倘若他还是坚持自己的想法，也许还是按我原来的打算让他在圣诞节离校为好。

您非常忠实的

威廉·凯里

菲利普把信交还校长，心里因胜利而自豪，好一阵激动不已。他终于得偿所愿，心下非常满意。他的意志战胜了其他人的意志。

“要是像这样，你大伯再收到一封你的信又要改变主意，我又何必再费心巴力地花半个小时复信呢。”校长颇为恼怒地说。

菲利普什么都没说，尽管面上波澜不惊，却无法掩饰眸子里忽隐忽现的亮光。帕金斯先生察觉到了他的眼神，不禁露出一丝微笑。“你赢了，是吧?”他说。

菲利普这下直接喜上眉梢，再也隐藏不住内心的狂喜与得意。

“你是真的急于离开学校吗?”

“是的，先生。”

“你在这儿不开心吗?”

菲利普脸色一红，本能地讨厌任何试图刺探他内心真情实感的举动。“噢，我不知道，先生。”

帕金斯先生一边慢慢捋着胡子，一边若有所思地看着菲利普。后来，仿佛自言自语道：“当然，学校是为普通人开设的。打个比方说，在这里，所有的洞都是圆的，不管一个桩子是何种形状，都得把它楔进洞里。谁也没时间去为那些灵慧聪颖的学生劳心费神。”接着，他突然开始冲菲利普说，“听着，我有个建议，你不妨听听。这学期也没几天了，就算再待一个学期，也不至于会要你的命。假如你真的想去德国，最好别在圣诞节走，还是等过完复活节再说。春天出远门总比大冬天要舒服得多。如果下学期期末你还是想要走，那我绝不会拦你。你觉得如何?”

“非常感谢您，先生。”

菲利普非常高兴能获得余下三个月的自由时间，并不介意还要待上一个学期。想到自己复活节前就可以永久解脱束缚，顿时觉得学校看起来也不再像从前那样有如牢笼了。他快乐得心花怒放。那天晚上，在学校小教堂里他环顾四周，看到男孩按年级规规矩矩地站在指定地点，想到自己用不了多久就再也不会看见他们了，不禁心生满意之情，咯咯窃笑起来。他现在几乎都能带着友好的心情看待他们了。他的目光停在罗斯身上。罗斯恪尽职守地履行着班长职责，一心想成为学校有影响力的风云人物。那天晚上轮到罗斯朗读课文，他读得非常好。想到自己将与他各奔前程，永远摆脱他，菲利普的脸上再次绽放出笑容。再过六个月，不论罗斯是身材高大还是四肢健全，与他菲利普有什么关系呢？罗斯当班长也好，成为耶稣十一门徒的首席弟子也罢，对他菲利普来说又有何意义可言呢？菲利普转眸看向那些穿着教士服的老夫子。除了戈登两年前死于中风，其他人都还在。菲利普现在明白，这是一群多么可怜的人——或许除了特纳，至少他身上还有点人味。想到自己竟然一直受着这样一群人的管制，菲利普觉得一阵痛心。再过六个月，这些人对他来说也无关紧要了。届时，他们的赞赏对他来说一文不值，没有任何意义；至于训斥，大可耸耸肩，全然不予理会了。

菲利普已学会了控制情感，做到喜怒不形于色了。尽管他仍为自己的羞涩内向所苦恼，但内心里时常情绪激昂，甚至有些兴高采烈。尽管他瘸着一条腿，为人拘谨，沉默寡言而又克制有度，但内心里的欢乐却在放声高歌。他自我感觉走路也轻快了许多，各种各样的想法在脑海里载歌载舞，形形色色的幻想在追逐嬉闹，不亦乐乎，简直让他无法控制，它们的来来去去让他喜不自胜。现在，他心情畅快，可以用功读书了，决心在本学期余下的几周里把荒废多时的学业重新补回来。他天资聪颖，脑子转得快，对于运用自己的智慧去做事感到怡然自乐。期末考试中，他表现非常好。帕金斯先生对此只给了一句简单评语，那是他给菲利普评讲作文时说的。帕金斯先生做了一般性批注后，说："看来你已下定决心不再干傻事了，是吧？"他对菲利普咧嘴一笑，露出闪闪发光的大白牙。

菲利普则垂下眼眸，尴尬地微微一笑。有五六个学生原本希望能瓜分学校夏季学期结束时颁发的各种奖品和奖状，不再把菲利普当劲敌，哪知菲利普甚为优秀，他们为此又开始惴惴不安起来。菲利普知道自己会在复活节离开，与他们根本构不成任何意义上的竞争对手，却始终守口如瓶，没把消息透露给任何人，故意让他们担惊受怕。罗斯常以法语好自诩——曾在法国度过两三次假——还想把牧师会教长颁发的英语作文奖收入囊中，却发现菲利普在这两个科目上的表现远胜自己，不免有些灰心丧气。菲利普将这一切都看在眼里，暗暗觉得大快人心。还有一个叫诺顿的同学，除非能拿到学校奖学金，否则没法进牛津深造，问菲利普是否有意争夺奖学金。

"怎么，难道你有意见？"菲利普回了一句。

这种把他人未来捏在自己手中的感觉，想想就让菲利普觉得快乐。把各种各样的奖励都收归自己的掌控之下，再不屑地施舍给他人，这种做法颇富浪漫色彩。岁月如梭，预定离校的日子终于到来，菲利普去和帕金斯先生道别。

"你不是真要离开这里吧？"

校长显而易见的吃惊神态让菲利普顿时沉下脸来。"您说过不会再阻拦我的，先生。"

"我原本以为那不过是你一时心血来潮，觉得不如暂时迁就一下好。现在我知道了，你既顽固倔强又自以为是。你究竟为什么这样鬼迷心窍，非得现在离开？不管怎样，都只剩一个学期了。马格达兰学院的奖学金对你来说，已是唾手可得。不仅如此，我们学校颁发的奖金半数都可能归你。"

菲利普面带愠怒地看着校长，觉得自己又被人耍了。但帕金斯先生已做出承诺，现在必须言而有信。

“你会在伦敦过得非常开心，不必立刻决定今后该干什么。我真不知道，你到底有没有意识到对于任何聪明人来说，那儿的生活有多么惬意!”

“我已安排好一切去德国了，先生。”菲利普说。

“安排好了就不能改变吗?”帕金斯先生问，脸上挂着一丝嘲弄的笑意，“失去你这样的学生，我感到非常遗憾。在学校，勤奋用工的笨学生往往比懒散的聪明学生更能取得优异的学习成绩。不过，要是聪明学生肯用功，那又会怎样呢? 就会像你这个学期所表现的这样。”

菲利普脸红得非常厉害。他还不习惯听赞扬的话。此前，可从来没人夸他聪明。

校长把手按在菲利普的肩膀上。“你知道，把知识硬塞进笨学生的脑子里去是一桩非常乏味的苦差事。恰巧遇到一个差不多无师自通的聪明学生，讲解知识时你话音未落，他就已经懂了。那时候，教书就是世界上最振奋人心的乐事。”

校长的青睐让菲利普坚定的心有所消融。在此之前，他从未想过自己的去留问题对校长来说如此要紧。他深受感动，大大满足了虚荣心。以辉煌的成绩给中学时代画上完美的句号，再去牛津深造，想想也确实不错。菲利普眼前闪过一幕幕大学的生活场景——有的是从回校参加“国王学校校友体育比赛”的前辈口中了解到的，有的是从同学们在宿舍朗读大学校友的书信中听到的，他感到羞愧——假如现在缴械投降，做出让步，那他在自己眼里就是一个十足的大傻帽儿。大伯会因校长的计谋得逞而窃笑。那些奖品虽然唾手可得，他却嗤之以鼻，想来个颇富戏剧色彩的大施舍，现在突然去和原本要施与的普通人争个你死我活，岂非太掉价、太没品了? 此时此刻，只要谁再来些规劝，恰好能让菲利普挽回点面子，他一定会对帕金斯先生言听计从了。然而，他内心这些矛盾纠结的情感丝毫未表露在脸上，脸色一直平静无波，只浮着一层愠怒。“我想还是离开的好，先生。”菲利普说。

帕金斯先生，就像那些凭借个人影响来办事的大多数男人一样，看到自己的劝说不能产生立竿见影的效果就变得有点不耐烦了。他还有一大堆事情要处理，哪能再把时间浪费在一个孩子身上。何况这孩子在他看来已冥顽不灵到了不可救药的地步。“很好，我答应过，假如你执意要走，就放你走。现在，我履行诺言，让你走。你什么时候去德国?”

菲利普的心狂跳不止。这一仗可算是打赢了，但是不是输了会更好呢——菲利普也不知道。“五月初就走，先生。”他回答说。

“你回来时一定要来看看我们。”校长伸出手道别。

假如他再给一次机会，菲利普一定会改变主意的。但校长似乎觉得这事已是铁板钉钉，没有任何转圜余地了。

菲利普走了出去，中学生涯就此结束了。他自由了。菲利普原本以为获得自由的那一刻会欣喜若狂，并为此等得有些迫不及待，可当这一刻终于到来时，那种愉悦之情丝毫不见了踪影。他在教堂园区慢慢走着，心头感到无限沮丧与压抑。现在，他真心希望自己没干出这种蠢事。他现在不想离开了，但心里很清楚自己绝不可能再跑去校长那里说他愿意留下来。那是他永远都不会让自己蒙受的羞辱。他想知道自己做的究竟对不对。他对自己，对周围的一切都感到不满。菲利普情绪低落，有气无力地自问：求之不得时执意苦求，求而得之时又懊悔不该执意如此，是否就是人之常情呢?

第二十二章

菲利普的大伯有个老朋友叫威尔金森小姐。她人住在柏林，是牧师的女儿。这位小姐的父亲是林肯郡某村庄的教区长，凯里先生就是在这位牧师手下度过助理牧师最后任期的。父亲去世后，她为生活所迫，先后在法国和德国许多地方当过家庭教师。她和凯里太太保持通信往来，还曾在布莱克斯达布尔牧师家度过两三次假。凯里夫妇家有个不成文的老规矩——不常走动的客人来凯里家住时都会付点膳宿费，这位威尔金森小姐来访时也不例外。

当事态已变得非常明显，与其违背菲利普的愿望，还不如顺着他的好，凯里太太便写信向这位小姐请教。威尔金森小姐回信说，海德堡是个学习德语的好地方，菲利普可以寄居在欧林教授夫人家里。那是一个非常舒服的住处，菲利普只需每周付三十马克膳宿费。欧林教授在当地一所高中任教，可以亲自指导菲利普学习德语。

菲利普是在五月的一个早晨到达海德堡的。他把行李往手推车上一搁，便随着搬运工走出了火车站。天空蔚蓝澄澈，他们走过的那条道树叶茂密，郁郁葱葱，空气中飘荡着新鲜的味道。菲利普乍然步入新的生活天地，置身于陌生人之间，不禁有些羞涩和怯懦。羞涩之外，他的胸腔里还萦绕着巨大的喜悦之情。没人来车站接他，这让他有点闷闷不乐。当搬运工把他领到一座白色的大房子前就兀自走了时，菲利普突然心生畏缩。一个衣衫不整的小伙子把他领进门，并带至客厅。客厅让一个家具大套装塞得满满的，家具上都盖着绿色天鹅绒。客厅中央是一个圆桌，上面放着一束养在清水里的鲜花，一根羊排骨似的装饰纸带把鲜花紧紧扎在一起；花束周围井井有条地摆放着皮封面的书籍。屋里有股霉味。

不一会儿，教授夫人带着一身饭菜味走进客厅。她是个身材矮小但非常结实的女人，头发梳得很齐整，脸蛋红扑扑的，一双小眼睛珠子似的闪闪发光，浑身洋溢着一股热情。她握住菲利普的双手，问起威尔金森小姐的近况。威尔金森小姐来她家做过两次客，住了几个星期。她用的是德文，间或夹杂着几句蹩脚的英语。菲利普没法让她知道，自己和沃尔金森小姐不熟。接着，她的两个女儿出现了。在菲利普看来，两位小姐似乎不小了，或许没超过二十五岁。大女儿名叫特克拉，和妈妈一样是个矮个儿，神态也有几分相似，甚至更添了几分精明，不过脸蛋长得非常漂亮，有一头乌黑浓密的秀发。小女儿名叫安娜，个子倒高，但长相普通，脸上带着甜甜的微笑。光凭这点，菲利普就觉得妹妹更讨人喜欢。彼此寒暄几分钟后，教授夫人将菲利普带到他的房间便离开了。房间在顶层角楼上，俯视着街心花园的一片密林。床支在房间的凹处，坐在书桌旁看这个房间，会觉得一点儿也不像卧室。菲利普打开行李，把带来的书都掏出来摆好。他终于能够当自己的家，做自己的主了。

一点钟时铃声响起，唤菲利普下去吃午饭。他走进客厅，发现里面已是高朋满座。教授夫人把菲利普介绍给丈夫——一个高个子中年人，大大的脑袋，满头金发已渐趋灰白，蓝蓝的眼睛目光柔和。他用准确无误但早已过时的古英语和菲利普交谈。显然，他的英语是通过钻研英国古典文学而非日常交谈学到的。听他说出菲利普仅在莎士比亚戏剧里才能听到的词汇，真是有点怪异。教授夫人并不把自己经营的公寓叫作廉租公寓，而称作寄居之家。不过，这两者究竟有何区别，或许只有咬文嚼字的形而上学究凭借他们那明察秋毫的洞察力才能辨别出来。当大家在狭长而昏暗的客厅外套间坐下来用餐时，菲利普显得非常腼腆和羞涩。他发现在座的共有十六人。教授夫人坐在桌子一端，正在切肉。为菲利普开门的笨小子负责端汤上菜，侍候客人进餐。他粗手笨脚的，把盘子碰得叮叮当当响个不停。尽管他努力飞快地来回穿梭，还是照顾不过来，前面的人都吃完了，后面的人还没看到菜影。教授夫人坚持大家进餐时讲德语，即使忸怩不安的菲利普有勇气开口说话，也被迫闭紧嘴巴，打量起这些将与之一起生活的人们。教授夫人身旁坐着几个老太太，菲利普并未将注意力过多浪费在她们身上。餐桌上有两个年轻的金发姑娘，一个非常漂亮，菲利普听见别人称呼她们为“海德薇格小姐”和“凯西莉小姐”。凯西莉小姐脑后拖条长辫。两人并排坐着，一面窃窃私语，一面发出压抑的笑声，还时不时瞥一眼菲利普。其中一位不知道低声说了什么，两人都咯咯笑起来了。菲利普尴尬得脸红耳赤，觉得她们在拿自己开玩笑。她们旁边坐着一个中国人，黄黄的脸上带着友好的笑容，在大学研究西方现状。他说起话来语速非常快，带着奇怪的口音，两个姑娘并不总能听懂他在说什么。那时，她们就会哈哈大笑，他也好脾气地跟着笑起来，笑得那双细细的杏眼几乎都眯成一条缝了。还有两三个美国人，穿着黑外套，皮肤枯黄干燥，是研究神学的学生。菲利普在他们蹩脚的德语中听出了新英格兰的口音，不由得怀疑地扫了他们一眼。菲利普所受的教育让他形成这样一种观点：美国人都是些狂妄任性、做事喜欢孤注一掷的野蛮人。

吃完饭，他们回到客厅，在套有绿天鹅绒的椅子上坐了一会儿。安娜小姐问菲利普是否愿意和他们一起散步。

菲利普接受了邀请。这可真是极其庞大的散步队伍：教授夫人的两个女儿、另外两个女孩、一个美国学生，还有菲利普。菲利普走在安娜和海德薇格旁边，有些局促不安。他并不认识几个女孩。在布莱克斯达布尔，只有农女和商女，菲利普不过知道名字，碰过几次面，但他羞羞答答的，总觉得她们在笑话他的残疾。牧师和凯里太太自视高人一等，与卑微低下的农民有着质的差别，菲利普也欣然接受了这一观点。医生倒是有两个女儿，年纪比菲利普大得多，在他还是小男孩的时候就相继嫁给了医生的两个助理。在学校，有些男孩认识两三个胆量有余但庄重不足的姑娘，还被传出骇人听闻的绯闻。不过那很可能出于男性的想入非非，故意编出些颇富吸引力的爱情故事。菲利普总是装出一副清高和不屑的神态，借此掩饰传闻带给他的震惊与惧怕。幻想与读过的书籍在他心中激起一股追求拜伦式风度的欲望，想以此来对待女性。他一方面拘于病态的羞涩心理，一方面又确信自己应该展现出勇敢无畏的骑士风度，结果被两种极端矛盾的心理折磨得死去活来。此时此刻，他虽然觉得正是展现自己聪明机智、幽默风趣的时候，脑袋里却一片空白，绞尽脑汁也想不出该说点什么。教授夫人的女儿安娜小姐出于主人的责任，不时和菲利普交谈几句；另一个女孩却甚少开口，只是用晶莹闪亮的明媚秋波时不时瞟一眼菲利普，偶尔还在他不明所以时大笑出声。菲利普觉得自己在她眼中一定滑稽极了。他们沿着山麓在松林中悠闲漫步，松树散发的阵阵沁人心脾的幽香让菲利普觉得神清气爽。天气暖洋洋的，碧空万里无云。最后，他们来到一处高地，放眼望去，只见沐浴在阳光中的莱茵河谷美景向远方层层铺展。乡村风光绵延无尽，远处的城市遥遥一影，全都沉浸在金光闪闪的暖阳中。其间更有莱茵河曲折蜿蜒，宛如银色的缎带横贯四野。在菲利普熟悉的肯特郡那一角天地，很少见到这等一马平川的开阔。那里只有临海远眺，才能看到无边无际的广阔之景。眼前这一望无际的陆地风光让他生出一种奇特的、言语难以描绘的震颤之感，一种兴高采烈的喜悦之情油然而生。尽管他自己并不清楚，但这是他人生第一次真正领略到“美”，并未因身处异国他乡而被稀释冲淡。他们坐在长椅上——只有他们三个，其余人继续往前走了。身边的两个女孩用德语快速交谈着，菲利普对她们的近在咫尺无动于衷，只是尽情饱览眼前的瑰丽美景。

“上帝啊，我真开心！”菲利普无意识中喃喃出声。

第二十三章

菲利普偶尔也会想起坎特伯雷国王学校。每当忆起从前他们某时某刻正在做些什么时就禁不住暗暗发笑；时不时地还梦见自己仍在那儿，睁眼醒来却躺在角楼的小房间里，心内骤然涌起一股极大的满足感。躺在床上，他就可以看到蔚蓝天空飘着的朵朵白云——他完全沉醉在自由的快乐中。他想睡觉的时候就睡觉，乐意起床的时候就起床，没人命令他做任何事。他突然觉得，今后再也不必违心撒谎，混日子了。

根据安排，欧林教授教菲利普拉丁文和德文，一个法国人每天来给他上法语课。此外，教授夫人还推荐了一个英国人教他数学。这个英国人叫沃顿，目前在海德堡大学攻读语言学。菲利普每天上午去他那儿上课。他住在一栋破房子的顶楼，房间又脏又乱，各种怪味混在一起，十分刺鼻。菲利普每天十点到，这位仁兄通常在睡觉。接着，他一个鲤鱼打挺地跳起来，套上肮脏睡衣，趿上拖鞋，一边吃着简单的早餐，一边开始上课了。他个子很矮，啤酒喝得过多而变得有些大腹便便，胡子又密又长，头发乱蓬蓬的。他来德国五年了，已被日耳曼人同化，很有德国人的感觉了。他取得过剑桥学位，但提起这所大学时总是语带嘲讽，等他获得海德堡大学博士学位后就要返回英国，开始教书匠的生涯。一想到这样的生活前景，他就不胜惶恐。他非常喜欢德国大学的生活，无拘无束，快乐自在，还有佳朋好友相随相伴。他是大学生联合会的会员，答应带菲利普参加大学生啤酒晚会。他囊中羞涩，也不对菲利普掩饰自己的窘迫，直言不讳地说他给菲利普上课直接关系到午饭是吃肉以饱口福还是啃面包和干乳酪充饥。有时，他晚上狂饮无度，第二天早晨起来时头疼欲裂，连杯咖啡都喝不下，教课时自然是头昏脑涨，无精打采。为了应付这种场合，他在床底下藏了几瓶啤酒，只要喝上一杯酒，再抽上一支烟，就能承受种种生活重担了。

“解酒还须酒来解!”他常常一面这么说，一面小心翼翼地给自己倒酒，以免泡沫太多，让他久等才能喝上。

然后，他就给菲利普胡侃海吹海德堡大学的那些事，学生联合会的派系争执啊，决斗啊，这个或那个教授的优缺点啊，如此等等。菲利普从他这里学到的人情世故比数学知识多得多。有时，沃顿会突然往椅背一靠，笑着说：“瞧瞧我们，今天什么也没干。你就不必付我上课费啦!”

“噢，没关系。”菲利普说。

沃顿讲的既新颖又有趣，菲利普觉得比三角学更重要。说实在的，这门学科他从来就没搞懂过。对现在的他来说，生活就像打开了一扇窗，他借此机会可以透过窗子往里窥视，一边偷看，一边心里狂跳不止。

“不，你还是留着你的臭钱吧。”沃顿说。

“那你的午饭怎么办呢?”菲利普面带微笑说。他非常清楚老师的经济状况。

沃顿甚至要求他把每节两先令的课时费从一月一付改为每周一付，理由是这样算起来可以少点麻烦。

“噢，别管什么午饭不午饭的。喝瓶啤酒充饥好了，又不是头一遭这么干了。我喝完酒后，思维比任何时候都敏捷。”说罢，他一骨碌钻到床底下（床单由于不经常换洗，已变得灰不拉叽的），又掏出一瓶啤酒来。菲利普年纪小，还不懂得生活中许多的比如酒这样的妙事，就拒绝和他把盏碰杯，他只好自饮自斟了。

“你打算在这里待多久？”沃顿问。

两人干脆扯掉教数学的幌子，毫无负担地畅聊起来。

“哦，我也不知道。大概待一年吧。家人想让我回牛津念书。”

沃顿耸耸肩，以示鄙视。菲利普这还是平生第一次看到，有人对这所高等学府如此嗤之以鼻。

“你为什么要去那儿？无非是去镀一层金，变成人人称赞的乖学生罢了。你为什么不在这儿读大学？只待一年起不了多大作用，得待够五年。你要知道，人生只有两大幸事：思想自由和行动自由。在法国，你可以享受行动自由，想做什么就做什么，谁也不会来管你，代价是你得与其他人思想一致。而在德国，你必须和他人行为一致，但愿意怎么想就可以怎么想。这两样都很宝贵，就我个人来说，更偏向思想自由。但在英国，你两样都得不到，完全被根深蒂固的老传统牢牢束缚住了。你既不能自由自在地想你所想，也不能无拘无束地为你所为。这是因为，英国是个民主的国家。我恐怕美国的情况更糟糕。”

他小心翼翼地往后靠。他坐的椅子有条腿不结实，摇摇晃晃的，要是他正在高谈阔论、口若悬河地大讲道理时突然一屁股倒在地上，岂不大煞风景。

“我今年就该回英国了，但只要能挣点钱果腹，别饿得身体和灵魂分了家，话都说不出来，我就还要在这儿待上一年。但那之后，我就得回去了。届时，我就不得不和这里的一切说拜拜啦！”他伸出胳膊在肮脏不堪的阁楼小室四下挥舞，把周围的一切都囊括进将来拜拜的对象：乱七八糟的床，衣服随便丢在地上，靠墙是一排空啤酒瓶，各处角落都堆着断线少面的破书。“回国后找个地方大学教语言学，课余打打网球，参加茶会什么的。”他猛地顿住话头，带着探寻的目光打量着菲利普。看到对方穿戴整齐，衣领干干净净，头发梳得纹丝不乱，不禁惊呼出声：“噢，我的上帝！我的确得好好洗洗了！”

菲利普的脸蓦地涨红了，觉得自己因穿着打扮而受到了一种难以忍受的指责。他最近开始注意着装修饰，还从英国带来了几条经过仔细挑选的精致领带。

夏天俨然以征服者的姿态驾临人间。每天都是艳阳当空的绚丽天气。天空浸着盛气凌人的高贵蓝，像马刺一样刺激着人的神经。街心花园的那片树木青翠欲滴，浓郁的颜色带着粗犷与原始的天然美。还有那一排排的房屋，在阳光的照耀下散发出令人眼花缭乱的白光，刺得人眼睛生疼。有时，从沃顿那里回来，菲利普就座在街心花园的长椅上，在树荫下享受丝丝凉爽的同时，还能欣赏阳光透过树叶缝隙落在地上的斑驳影子，交织成一幅幅光影妙图。他的灵魂也随着光线一起欢快舞动，整个身心都沉浸在忙里偷闲的惬意中。有时，菲利普在这座古老城市的街头漫步闲逛，带着敬畏的目光打量大学生联合会的学生。他们脸上有着一道道深深的伤痕，戴着五颜六色的帽子，雄赳赳、气昂昂地阔步前行。下午，他和教授夫人住宅里的女孩子一道沿山麓闲游。有时，他们沿着河岸向上游走去，然后在某个绿树浓荫的露天啤酒馆喝下午茶。晚上，他们在市立公园走来走去，聆听乐队的演奏。

菲利普很快就搞清楚了屋里人们所关切的闲话趣事。教授的大女儿——特克拉小姐和一个英国人订了婚。这个英国人曾在教授家住了十二个月，专门学习德语，现已回国。两人的婚礼本定于年底举行，不料年轻人来信说他那住在斯劳、经营印度橡胶生意的父亲不同意这门亲事，惹得特克拉小姐经常暗自垂泪。有时可以看到母女俩细细咀嚼那心不甘情不愿的爱人寄来的信，眼神严肃，嘴唇抿得紧紧的。特克拉擅长水彩画，有时会在菲利普和另一个女孩陪同下，一起去户外写生，画几幅小风景画。美丽的海德薇格小姐也有感情上的烦恼。她是柏林一个商人的女儿，有位风流倜傥的轻骑兵拜倒在她的石榴裙下。这个情郎还是个贵族呢，但情郎的父母反对他娶一个像她这种身份的女子为妻。海德薇格小姐就被送到海德堡来了，好将情郎忘掉。然而，她无论如何都忘不了自己的爱人，继续和他保持书信往来，她的情郎也使出浑身解数，企图让那棒打鸳鸯的父亲改变主意。海德薇格小姐脸上带着迷人的红晕，把这一切都告诉了菲利普，一边说还一边连声发出娇柔动听的叹息。她还把那个风流倜傥的中尉的照片拿出来给菲利普看了。在教授夫人家借住的所有女孩中，菲利普最喜欢这位小姐。每次外出散步时，他总要设法走在她身边。当大家拿他这种明显的偏爱开玩笑时，菲利普的脸会红到耳朵根。在海德薇格小姐面前，他破天荒第一次对异性吐露了心声。可惜的是，事情的发生纯属偶然。晚上如不外出，年轻的小姐们就在铺满绿天鹅绒的客厅里唱唱小曲儿，一向能发挥自身长处的安娜小姐就卖力地为她们弹琴伴奏。海德薇格小姐最喜欢的一首歌叫《Ich Liebe Dich》（《我爱你》）。一天晚上，唱完这首歌后她来到阳台，菲利普就站在她的身侧，抬头仰望满天繁星，忽然想要发表自己对这首歌的感受："Ich Liebe Dich。"他的德语结结巴巴，说完这句就停下来绞尽脑汁去想那些能表达自己意思的词。

实际上，他只停顿了片刻就准备继续说下去，这时海德薇格小姐开口说："Ach，Herr Carey，Sie mussen mir nicht du sagen——您不能用第二人称单数和我说这样的话。"①

① 此两处，原文都是先说德文，再用英文将同样的意思表达出来。下文亦同。

菲利普觉得从头到脚都臊热起来了。他本无勇气做出如此亲密举动，一时也想不出该说些什么。要是跟她解释所说并非所想，而只是提到一首歌的歌名罢了，又未免对人家姑娘太无礼了。“Enntschuldigen Sie。”他说，“请您原谅。”①

“没关系。”她低声说，嫣然一笑，轻轻拉住菲利普的手，用力握了一下，然后转身走回客厅去了。

第二天，菲利普觉得太尴尬了，一时连话都不敢和她说。性情羞涩的他尽一切可能躲着她。姑娘们像往常邀请他去散步时，菲利普推脱有事，婉言谢绝了。然而，海德薇格小姐瞅准机会，趁他独自一人时说：“你干吗这个样子呢?”她温和地说，“你知道，我并没有因昨晚你说的话而生气。你要是爱上我了，也不是你能控制的。我还有些受宠若惊呢。尽管我还没有同赫尔曼正式订婚，但我绝不会再爱上其他人了，我已将自己视作他的新娘了。”

菲利普再一次红透了脸。他摆出一副求爱遭到拒绝的样子：“希望你能幸福。”他说。

第二十四章

欧林教授每天给菲利普上一节课。他列了一张书单，规定他要读哪些书，以便为最后研读巨著《浮士德》做好准备。与此同时，欧林教授独具匠心，打授课一开始就教菲利普一个莎士比亚戏剧的德译

① 此两处，原文都是先说德文，再用英文将同样的意思表达出来。下文亦同。

本。在国内学校时，他就读过莎翁剧作。那时候，歌德在德国盛极一时。尽管他对爱国主义持相当傲慢的态度，但歌德作为民族诗人，大为德国人接受和追捧。自一八七〇年普法战争以来，他似乎越发成为了民族团结的光辉人物之一。狂热的人们听到火炮轰击格拉沃洛特①的隆隆声，似乎沉醉在瓦尔普吉斯之夜②的狂欢与豪饮中。然而，伟大作家的标志之一就是，不同的人可以从其作品里汲取不同的灵感与启发。欧林教授虽然憎恶普鲁士人，却对歌德佩服得五体投地。只有他那些颇富威严和庄重色彩的作品，才能为头脑清醒的人们提供一个能抵御当代人狂攻猛击的庇护所。近来，一个戏剧家的大名在海德堡甚是广为人知。去年冬天，他的一个剧本在剧院上演，惹得议论纷纷，褒贬不一：追随者高声喝彩，而正派人士圈里则响起了一片嘘声。在教授夫人的长桌上，菲利普不止一次听到大家谈论此事。一遇如此情形，欧林教授就会一反常态，失去往日的镇定自若，一边用拳头捶打桌子，一边用他那低沉悦耳的嗓音大吼大叫，以此溺毙所有反对意见——那出戏纯属胡说八道！是一片污言秽语的无稽之谈！他不得不强迫自己才能把戏看完，却说不出自己是更为无聊还是更加恶心。要是剧院将来都沦落到演这种戏的地步，那合该警察介入，把剧院全都封了算了。欧林教授并非古板拘谨的老学究。他在皇家剧院看笑剧表演时，机智诙谐的插科打诨虽然伤风败俗，也让他和观众哈哈大笑。上面谈到的那出戏除了污言秽语，什么也没有了。他做出一个强调性的夸张手势，然后捏住鼻子，从牙缝里嘘出一声口哨。那出戏就是家庭的毁灭，道德的沦丧，德意志的崩溃。

---

① 格拉沃洛特：法国地名。这里曾爆发“格拉沃洛特－圣普里瓦战役”(Battle of Gravelotte)，是普法战争中的一次重要会战，普军大败法军。

② 传说每年4月30日到5月1日之间的夜晚，魔鬼和女巫们会在布罗肯山山顶举行狂欢节，“瓦尔普吉斯之夜”即成为魔鬼狂欢节的代名词。

“听我说，阿道夫!”教授夫人从桌子另一边喊道，“镇定一些!”

他朝太太扬手示意。欧林教授是个软性子，日常生活中，没征求太太意见前从不敢自作主张。“不，海伦，你听我说!”他大声嚷嚷，“我宁愿女儿就死在我脚下，也不愿她们去看那些无耻之徒演的垃圾!”他说的那出戏是易卜生的《玩偶之家》。欧林教授将他和理查德·瓦格纳①归为一类。但提及后者，教授并不会火冒三丈，而是会好脾气地哈哈大笑。瓦格纳是冒充内行的江湖骗子，却是个成功的江湖骗子。单凭这一点，就颇有几分喜剧意味，足以惹人发笑和玩味。

“Verruckter Kerl！一个疯子!”他说。

他看过《罗恩格林》②。这出歌剧勉强过得去，虽然有点单调和沉闷，但还不至于太糟。但《齐格弗里德》③！欧林教授一提到这部歌剧，就把头往手上一靠，捧腹大笑起来。它从头到尾，一个美妙悦耳的旋律都没有！他可以想象，假如理查德·瓦格纳本人就坐在剧院包厢里，见观众在一本正经地观看，一定会笑得腮帮子疼！这是十九世纪最大的骗局!

欧林教授把他的那杯啤酒举到嘴边，脑袋后仰，一饮而尽。然后，他用手背抹抹嘴，说：“告诉你，年轻人！不出十九世纪，瓦格纳就会像小羊羔一样归于尘土，被人忘得一干二净！啊，瓦格纳！我

---

① 威廉·理查德·瓦格纳（Wilhelm Richard Wagner，1813－1883），德国作曲家，著名的古典音乐大师。

② 德国作曲家瓦格纳创作的一部三幕浪漫歌剧，属于童话歌剧。

③《齐格弗里德》（Siegfried）：德国音乐家瓦格纳著名的连篇乐剧《尼伯龙根的指环》中的第三联，由三幕构成。这部乐剧在《尼贝龙根的指环》中是最具有英雄性格的，也最具朴素抒情的牧歌风味，音乐洋溢着生机与活力。

宁愿拿他所有作品去换一部多尼采蒂①的歌剧!”

第二十五章

菲利普的这些老师中，最古怪的莫过于法语老师了。这位迪可罗先生来自日内瓦，是个高个子老头儿，肤色蜡黄，双颊凹陷，灰白的头发又稀又长。他穿着破破烂烂的黑衣服，胳膊肘那里有几个破洞，裤子磨破了，亚麻布内衣也脏兮兮的，菲利普从没见过他衣领有干净的时候。他说话不多，上课时认真尽责，但没有激情，每天踩着点来踩着点走。他收取的课时费非常少。这位老先生沉默寡言，菲利普关于他的一些情况全是从他人那儿了解到的。据说，他曾在反对教皇的斗争中和加里波第②并肩战斗过，最后满心厌恶地离开了意大利。他看到自己为争取自由所做的一切努力，换来的不过是一副枷锁。后来，不知又因犯了什么政治罪而被驱逐出日内瓦。看到这样一个人物，菲利普困惑不已的同时又十分惊诧，他这幅形象看起来一点儿也不像革命家。他说话声音低沉，待人接物彬彬有礼；不请他坐，他从来不会主动坐下；有时偶然在大街上遇到菲利普，还会摘下帽子行个地道的手势礼。他从不放声大笑，甚至连微笑也没有。要是有人比菲利普的想象更具完整性，准会把当年的迪可罗先生想象成具有远大前

① 意大利作曲家，浪漫主义歌剧乐派的代表人物，以创作的快速、多产而著称。他的代表作有《爱的甘醇》《唐帕斯卡莱》《拉美莫尔的露契亚》。

② 朱塞佩·加里波第（1807－1882）：意大利爱国志士及军人，献身于意大利统一运动，亲自领导了许多军事战役，是意大利建国三杰之一。

程的青年才俊。他一定是一八四八年才步入成年期的，而那个时候，国王们一想到他们法国兄弟的下场便如芒在背，坐立不安。也许，那股席卷了整个欧洲的为争取自由而斗争的狂热激情在每个人的胸腔都点燃了一把无与伦比的烈火，势如破竹一般，扫除一七八九年革命后的反动逆流中死灰复燃的专制主义和高压暴政。大家不妨设想一下：迪可罗先生热衷人类平等和人权理论，到处与人讨论、争辩，在巴黎街垒后挺胸战斗，在米兰的奥地利骑兵面前疾驰飞奔，在这儿锒铛下狱，又在那儿遭驱逐流放，却总是满怀希望。“自由”这个词像是具有无限魔力，支撑着他不断前进。直到最后，他被疾病、饥饿和衰老压垮，除了给几个穷学生上几节课赚点儿口粮，再无其他谋生手段。与此同时他还发现，自己栖身的这座干净整洁的小城备受专制独裁暴政的蹂躏与践踏，恶劣程度远比欧洲其他城市严重。或许，在他沉默寡言的外表下掩藏的是对人类的蔑视，因为同胞早已将他年轻时背负的远大理想抛诸脑后，沉湎于庸庸碌碌的安闲舒适中；也或许，三十年的革命生涯已使他懂得，人类是不配享有自由的。他至此幡然醒悟，自己一生为之追逐和奋斗的目标原来并不值得探求；再或许，他已经身心俱疲，对周围一切都漠不关心，只等死亡来解脱。

一天，菲利普在他这个年纪所特有的率直性情驱使下，张口问他是否真的曾和加里波第并肩战斗过。老头儿似乎一点儿没觉得这个问题有什么重要意义，以平日里低沉的声调十分平静地答道：“是的，先生。”

“他们说你参加过公社。”

“是吗？我们还是开始上课吧！”

他翻开书本，菲利普开始心惊胆颤地翻译那段他此前准备过的课文。

有一天，迪可罗先生像是身体疼痛难忍，极其勉强地爬完几级楼梯，一到菲利普房间就一屁股倒在椅子上，蜡黄的脸扭歪着，额头沁出一颗颗豆大的汗珠，努力想缓过劲来。

“恐怕您生病了。”菲利普说。

“没关系。”

菲利普看得出他正在深受折磨，上完课便问他是否歇息几天，好了再上课。

“不！”老头儿用他那平稳低沉的声音说，“只要我还能撑得住，就继续上课。”

菲利普只要一提到钱就有一种病态的紧张感。此时此刻，他满脸涨红。“但这不会对您造成任何影响，”菲利普说，“我还是会照付课时费的。您要是不介意，我现在就把下周的课时费提前付给您。”

迪可罗先生每小时收取十八便士。菲利普从口袋里掏出一枚十马克的硬币，不好意思地把它放在桌子上，竭尽全力不让老头儿觉得自己像个乞丐。

“既然这样，我想，还是等身体好些了再来上课吧。”他收下那枚硬币，仍像往常那样一丝不苟地鞠了个躬就辞别而去，再无其他表示。

“日安，先生。”

菲利普隐隐有些失望。他如此慷慨解囊，原本期望迪可罗先生会千恩万谢，甚至感恩戴德，哪知他收下这笔赠金时那么理所当然。菲利普对此颇感吃惊。他还太年轻，不懂得受惠者知恩求报的心理要比施惠者施恩图报的心理淡得多。五六天后，迪可罗先生又来上课了。他步履愈发踉跄，身子非常虚弱，不过看似已经挺过这场重病了。他还像过去那样沉默寡言，仍然带着神秘的色彩和淡漠疏离的表情，穿着邋里邋遢的衣服。一直到下课了，他才提起自己生病的事。那时，他已打开门，正欲离开时却停住了脚，犹犹豫豫的，好像有难言之隐。“要不是您给的钱，我早就饿死了。我全靠那点钱糊口。”

他庄重而略带些奉承地鞠了一躬，随即离去。菲利普觉得喉头有些哽咽了，似乎多少明白老人在绝望中的痛苦挣扎。就在他觉得生活如此美好时，对这位老人来说，却是多么艰难啊。

第二十六章

菲利普已在海德堡待了三个月了。一天早晨，教授夫人告诉他，有个名叫海沃德的英国人将会住进来。当天晚上吃饭时，菲利普就看见了那张新面孔。连日来，屋里的人们都沉浸在兴奋中。首先，经过教授夫人母女俩低三下四的祈求，再加上隐约里别有深意的恐吓威胁，以及天知道还耍了些什么阴谋诡计，与特克拉小姐订婚的英国青年的父母总算邀请她去英国看望他们了。启程时，她随身带了一部水彩画集，有意炫耀一下自己有多么多才多艺；另外，她还带去一大捆情书，以证明英国青年在情海中陷得有多深。一周之后，海德薇格小姐又带着灿烂的笑容宣布：她的意中人，那位轻骑兵中尉，就要偕同双亲前来海德堡。中尉的父母一方面被儿子的死缠烂打搞得精疲力竭，另一方面对海德薇格小姐父亲准备的丰厚嫁妆动了心，终于同意来海德堡和少女见见面，彼此熟悉熟悉。会面的结果令人皆大欢喜，海德薇格小姐心满意足地将情人领到市立公园，让欧林教授家所有住客都一睹了风采。坐在桌子上首、靠近教授夫人的几位老太太一向端庄沉静，今晚却似乎有些心烦意乱。当海德薇格小姐说她将马上启程回家举行正式的订婚仪式时，教授太太毫不吝啬地说要请大家喝草莓酒。欧林教授颇为自己能调制出这种清香淡雅的佳酿而自豪。晚饭后，客厅圆桌上被隆重地摆上一大钵掺有苏打水的白葡萄酒，酒里还漂着香草和野生草莓。安娜小姐拿菲利普打趣，说他暗恋的小姐就要离开了，菲利普浑身不自在，情绪甚是低落。海德薇格小姐唱了好几首歌，安娜小姐演奏了《婚礼进行曲》，教授唱了一曲《莱茵河上的卫士》。沉浸在如此欢乐气氛中的菲利普，几乎没怎么注意新来的房客。晚饭时他俩原本面对面坐着，但菲利普忙于和海德薇格小姐聊天，新来的住客不懂德语就只好闷头吃饭了。菲利普注意到他系了一条淡蓝色领带，单凭这一点，就对他陡然生厌。新房客二十六岁，白皙清秀，留着长长的卷发，还不时抬手随意抚弄一下头发。他长着一双大蓝眼睛，不过是那种极淡的蓝，看起来似已满是倦意。胡子刮得干干净净，嘴唇很薄，整张嘴的形状却生得很美。安娜小姐对相面术很感兴趣，她让菲利普注意到他的头颅外形很匀称，但脸庞下半部分欠缺力道。她评价说，那颗脑袋是思想家的脑袋，但下巴缺乏个性。这位注定要当一辈子老处女的安娜小姐颧骨生得很高，还长着一个奇形怪状的大鼻子，非常看重一个人的性格如何。两人正在谈论新来的房客时，哪知他已离开大伙儿，站在一旁冷眼观看这一群闹哄哄的人，表情愉悦而略带几分目中无人的轻蔑之意。他身材修长，站在那里刻意摆出一副优雅气派的姿态。威克斯，那几个美国学生中的一个见他独自站在一旁，便走上前去和他交谈起来。两人形成了颇为怪异的对比：美国人穿戴整洁，上身穿黑色外套，下身着椒盐色的裤子，瘦瘦的个子干干瘪瘪的，神情举止带着传教士般的虚情假意；英国人则身着宽松的花呢衣服，四肢壮硕，举止慢条斯理。

菲利普直到第二天才和新来者说话。午饭前，两人发现就他们站在客厅阳台上。海沃德和他打招呼说：“你是英国人吧？”

“是的。”

“这儿的伙食总像昨晚那样差吗？”

“差不多都是这个样子。”

“糟透了，对吧?”

“糟透了。”

菲利普一点儿没觉得食物有什么不好。事实上，他不但吃得津津有味，还吃得很多。但他可不想让人觉得自己在饮食方面太缺乏鉴赏力，以至于把难以下咽的食物当作美味佳肴。

特克拉小姐去英国了，妹妹就得多承担一些家务活，再也抽不出时间去外面长途散步了。凯西莉小姐，就是那位把金发扎成长辫、一张笑脸上长着个翘鼻子的小姐，近来也常闭门独处，不太愿意和人交往。海德薇格小姐也走了，经常陪他们外出散步的美国人威克斯去德国南部旅行去了。菲利普孑然一人，大部分时间都是孤身独影。海沃德虽有心和他结交，但菲利普有个不幸的坏毛病：由于生性羞涩，或者说由于继承了史前穴居人的某些特征而生的返祖现象——与人初次相识时总是心生厌烦，只有随着时间慢慢推移，彼此变得熟悉起来才能克服初识时的坏印象。这一点，让他很难为人所接近。对于海沃德的友好表示，菲利普每每忸忸怩怩，好不尴尬。有一天，海沃德邀请他去散步，他不得已答应了，只因实在想不出合适的借口来婉拒。他照例是常用的道歉话，内心对自己控制不住的脸红十分恼火，故意大笑出声来掩饰自己的窘态。

“我恐怕走不了多快啊!”

“老天爷，我又不是和谁打赌比赛走得快的！我喜欢慢悠悠地逛一逛。您难道不记得《马里乌斯》里的佩特①说，悠然漫步乃是刺激交谈最好的兴奋剂!”

菲利普是一个很称职的聆听者。尽管他也经常能想到些珠言妙

① 瓦尔特·佩特（Walter Horatio Pater，1839－1894）英国作家、批评家。《马里乌斯》是他创作的长篇历史小说。

语，却往往都是时机已过才想起来。海伍德非常健谈，换成任何比菲利普稍富经验的人或许都会觉得，海伍德就是喜欢人家听他高谈阔论。他那种目空一切的傲慢态度，着实让菲利普印象深刻。看着自己视为近乎神圣不可侵犯的诸多事务竟被他在不经意间就鄙视了，菲利普在心生钦佩的同时不免感到有点畏惧和惊骇。他痛斥世人盲目迷恋体育运动，将投身于各种各样体育运动的人一概视之为“猎奖者”。菲利普没有意识到，海沃德这是五十步笑百步，以他对一种文化事务的迷恋来控诉他人对另一种文化事务的迷恋。

他们信步逛到古堡，坐在古堡前那可以俯瞰整个城镇的露天平台上。古城坐落在风光秀丽的内卡河畔，有一种令人舒服的亲切友好气息。袅袅青烟盘桓在烟囱上方，化成一片淡蓝的雾霭；高耸的屋顶和教堂的尖塔赋予小城一种赏心悦目的中世纪古雅风味。整个小城弥漫着家的气息，暖人心窝。海沃德谈到了“理查·弗维莱尔”① 和“包法利夫人”②，谈到了“魏尔伦”③、“但丁”和“马修·阿诺德”④。那个时候，菲茨杰拉德翻译的欧玛尔·海亚姆⑤的诗集只有少数蒙上帝选中的特权阶层才知晓，海沃德却能将诗篇一一背诵给菲利普听。他很喜欢背诵诗篇——自己写的，或他人写的——以平铺直叙的语调吟诵出来。当他们回家时，菲利普对海沃德的不信任感已全然转变为狂热的钦佩。

---

① 英国维多利亚时代小说家、诗人乔治·梅瑞狄斯所写小说《理查·弗维莱尔的苦难》中的人物。

②《包法利夫人》是法国19世纪现实主义文学大师福楼拜的成名作和代表作。

③ (Paul Verlaine 1844 - 1896)，是法国象征派诗人。

④ (Matthew Arnold) (1822 - 1888) 英国诗人、教育家，评论家。

⑤ (1048 - 1122)，波斯诗人、哲学家、天文学家。

打这以后，他们每天下午都要出去散步。没过多久，菲利普就了解到一些海沃德的情况。他父亲是乡村法官。这位法官去世后，海沃德继承了一笔每年三百镑的遗产。他以优异成绩从查特豪斯学校毕业，当他进剑桥大学深造时，特林尼特学院院长也破格亲自出迎，对他入院学习表示很满意。海沃德雄心勃勃，蓄势待发，准备轰轰烈烈干一番大事。他在最超群绝伦的知识海洋里遨游：满腹激情地研读勃朗宁①著作，却对丁尼生②的作品嗤之以鼻；对雪莱和哈丽特③那段情缘纠葛的每个细节都了如指掌；他还广泛涉猎艺术史（他房间的墙上就挂有 G. F. 华茨，伯恩－琼斯以及波提切利④画作的复制品）；他还创作出了许多优秀而颇富特色的悲观主义诗作。朋友间奔走相告，说海沃德资质聪颖、才华横溢。对人们关于自己将来必定不同凡响及建立一番丰功伟业的预言，海沃德欣然接受。随着时间的推移，他自然而然成为了文学艺术方面的权威。他深受纽曼⑤《自辩书》的影响，罗马天主教别具一格的教义对他敏锐的美感形成了巨大吸引力。要不是惧怕父亲的滔天怒火（他父亲是个思想狭隘、性情耿直的莽

---

① (1812－1889)，英国诗人、剧作家，主要作品有《戏剧抒情诗》(Dramatic Lyrics) 等。

② (1809－1892)，英国维多利亚时代最受欢迎及最具特色的诗人。

③ 哈丽特是雪莱妹妹海伦的好友，对雪莱一见倾心。哈丽特的父亲是个凶残的酒馆老板。十九岁的雪莱为将十六岁的哈丽特从父亲的强权之下解救出来，与她私奔，并和她结了婚。但两人终因兴趣等各方面的不和而分手。后来雪莱爱上玛丽·葛德温。哈丽特投水自杀。

④ G. F. 华茨（1817－1904），英国画家、雕塑家。伯恩·琼斯（1833－1898），新拉斐尔前派（又名牛津会）最重要的画家之一。桑德罗·波提切利（1445－1510），15 世纪末佛罗伦萨著名画家，欧洲文艺复兴早期佛罗伦萨画派的最后一位画家。

⑤ (1801－1890)，英国基督教圣公会内部牛津运动领袖，后改奉天主教。

汉，平时喜欢读麦考利①的作品），他说不定就改教易宗，皈依天主教了。当海沃德只以合格等次毕业时，朋友们都震惊不已。他自己却耸耸肩，巧妙地暗示说他才不愿被考官们玩弄于股掌之上。他的所作所为让人觉得，优等的考试成绩是庸俗的市井之人所追求的。他以豁达而幽默的口吻调侃一次口试经历，说某个戴着离谱项圈的家伙向他提问逻辑学问题。口试冗长乏味到了极点，他突然注意到考官穿了一双松紧带便靴，样式怪异而滑稽，思想便开起小差来了，想起了国王学校哥特式大教堂的壮美。不可否认的是，他确实在剑桥度过了一段美好时光。他在那儿举办过无与伦比的丰盛宴会，和同学们在宿舍谈古论今的情形至今仍然印象深刻，令人难以忘怀。他随口给菲利普引述了当时的谐言妙语："他们告诉我，赫拉克利特②！他们告诉我，你已经死了！"

这会儿，当他再次将话题转到关于考官及其靴子的趣事，并对此加以绘声绘色的叙述，不禁哈哈大笑起来。"那当然是件蠢事。"他说，"不过，蠢事之中也不乏奥妙之义。"

菲利普不无激动地想，这句话真是太了不起了。

此后，海沃德去伦敦攻读法律专业。他在克莱门特法律协会租了几间相当雅致的房间，四面都有护墙板。他设法把这些房间布置得像学校宿舍那样。他的远大理想依稀着眼于政界及官场。他自称辉格党人。有人推荐他加入一个俱乐部。这个俱乐部虽是自由党的，却以绅士气息浓厚著称。海沃德的打算是先在律师界练练身手，小试牛刀一番（他打算处理大法官法庭方面的诉讼事务，它相对来说不那么严苛），一旦万事俱备，就设法竞选各方面条件还不错的选区的议员。

---

①（1800－1859），英国历史学家、作家。

②（约公元前540年－公元前470年）：希腊哲学家，辩证法的奠基人之一。

读书期间他还经常上歌剧院，选择性地结交少数几个趣味相投的风雅名士。他还加入了某个聚餐俱乐部。该俱乐部的格言是：至全、至佳、至美。他同一位比他年长的女士建立了柏拉图式的情谊，女士住在肯辛顿广场。几乎每个下午，他都要和她在套有灯罩的烛光下品茗赏茶，谈论乔治·梅瑞狄斯和瓦尔特·佩特。众所周知，律师协会的考试不论哪个傻瓜都能通过，他也是敷衍了事地应付学业。谁知真到结业考试时，竟然没及格。海沃德认为，这是考官存心和他过不去。同一时间，住在肯辛顿广场的女士告诉他说，她丈夫就要从印度回国休假了。尽管丈夫的为人在各个方面都无可挑剔，但在思想见解上比较平庸，恐怕不能理解有青年男子频繁拜访自己的妻子。海沃德顿时觉得生活里充满了丑恶，想到自己还要再次面对考官的冷嘲热讽，不由得打心眼里厌恶，觉得不如一脚踢开搁在脚边的球，好来个痛快。何况他眼下负债累累！要知道，仅靠每年三百镑的收入就想在伦敦维持一个绅士的体面生活，也实在是比登天还难。他对威尼斯和佛罗伦萨充满向往，它们被约翰·罗斯金①描绘得那么迷人。在他看来，庸俗繁忙的律师界不适合他。他已发现，把自己的大名往门上一贴是远远不够的，招揽不到诉讼事务，而且现代政治似乎欠缺高尚精神。他觉得自己更像诗人。退掉在克莱门特法律协会租住的房间，他动身前往意大利。在佛罗伦萨和罗马分别度过一个冬天后，他正在德国度过异国他乡的第二个夏天，以便日后可以好好拜读歌德原著。

海沃德具有极其可贵的天赋：对文学作品有着发自内心的喜爱，能将自己满腔激情全部倾注其中，与作家感同身受，由此洞悉创作时

① (1819－1900)，英国维多利亚时代主要艺术评论家之一，还是艺术赞助家、制图师、水粉画家和杰出的社会思想家及慈善家。

的精妙所在，藉由作品与作家对话，加以品评赏鉴。菲利普也读过很多书，但大多数时候都是囫囵吞枣，不加鉴别。遇到这么一个可以对他的鉴赏力加以引导、提高他文学品位的文友，真是千载难逢的好机会。菲利普从本城的小图书馆借来各种书籍，凡是海沃德提到过的名篇大作，全都一一细读。阅读时并不总是意趣盎然，但他还是锲而不舍地继续钻研。他自觉太无知、太浅薄，热切希望能有所提升。到了八月底威克斯从德国南部回来时，海沃德对菲利普的影响已根深蒂固。海沃德不喜欢威克斯，对那个美国人的黑外套和椒盐裤子深感遗憾，只要说及对方的新英格兰道德意识，就会不屑地耸耸肩。虽然威克斯对菲利普特别亲切友好，但菲利普还是眉开眼笑地听着海沃德对威克斯的种种诋毁。可当威克斯对海沃德的看法稍微不中听时，他就会大发雷霆。

"你的新朋友看上去像个诗人。"威克斯不无讽刺地说，饱经忧患的唇角带着一丝淡淡的笑。

"他本来就是个诗人！"

"他是这么告诉你的吗？在美国，我们管这号人叫'标准饭桶的样本'。"

"幸好我们不是在美国。"菲利普冷冷地说。

"他多大啦？二十五岁？还成天这样窝在寄宿公寓什么都不干，光知道写诗！"

"你根本不了解他！"菲利普气冲冲地说。

"相反，我很了解他！像他这样的人，我早就见过一百四十七个了。"威克斯眨了一下眼睛。

菲利普不懂美国式幽默，只在那儿噘着嘴，板着一张表情严肃的脸。在菲利普看来，威克斯似乎已届中年，实际上他才三十出头。威克斯体格瘦长，身材单薄，像学者似的有点佝偻；脑袋又大又丑，头发黯淡而稀疏；皮肤呈土黄色；薄薄的嘴唇，细长的鼻子，额骨明显向前凸出——天生一副粗鲁相。他为人处世态度冷漠，行事一丝不苟，既无活力又无激情，个性里偏偏带着一种怪异的轻浮气，总闹得一些思想严肃之人仓皇失措。可威克斯还偏偏天生喜欢和这样的人混在一起。他在海德堡大学攻读神学，作为同胞、一起攻读神学的同学却对他心存芥蒂，总以怀疑的目光看待他。他离经叛道的味儿实在太浓，让人不得不退避三舍，他那奇特古怪的幽默感更让人不敢苟同。

“你怎么可能知道一百四十七个像他这样的人?”菲利普神情严肃地问。

“我在巴黎的拉丁居民区见过这样的人，在柏林、慕尼黑的寄宿公寓也见过此类人。他们还住在佩鲁贾和阿西西①的小旅馆里。在佛罗伦萨，在波提切利的名画前，就成群结队地站着那样的人。在罗马，在西斯廷教堂，所有长椅上都坐有他们那样的人。在意大利，他喝葡萄酒喝到微醺；在德国，他喝啤酒到酩酊大醉。但凡正确的事物，不管是什么，他们都顶礼膜拜；他们还准备在将来某一天写出一部惊人之作。想想吧，一百四十七部巨作正酝酿在一百四十七位大文豪的心头！不幸的是，那一百四十七部巨作没有一部会被付诸笔端，得以成功问世！可地球照样在转动，生活照样在继续!”威克斯说话时表情相当严肃，但结束长篇大论时他的浅色眸子忽闪了几下。

菲利普顿时知道，这位美国人在逗他玩，脸蓦地涨得通红。“你就胡说八道吧!”菲利普怒气冲冲地说。

① 均为意大利城市。

第二十七章

威克斯租了欧林夫人家后面的两个小房间。其中一间被布置成客厅，用来邀请客人，好让人觉得足够舒服。晚饭后，或许出于天生喜欢恶作剧的幽默脾性（他在麻省剑桥城的朋友也深受其苦），威克斯常常邀请菲利普和海沃德进屋闲聊。他十分殷勤周到地接待两人，坚持让他们坐在屋里仅有的两把舒服的椅子上。尽管他自己滴酒不沾，却细心地把几个啤酒瓶放在海沃德的胳膊肘边（菲利普在他这种礼貌细心里瞧出一丝嘲弄）。在唇枪舌剑的激烈辩论中，只要海沃德的烟斗一熄，威克斯就坚持为他用火柴点上。在他们相识的初始阶段，作为盛名远播的高等学府的一员，海沃德总是对威克斯摆出一副屈尊纡贵的姿态，尽管威克斯也是哈佛大学毕业的。当话题偶然转到希腊悲剧作家时，海沃德觉得他在这一方面可以发表一番权威看法，就摆出传道授业解惑而非切磋交流的架势，高谈阔论起来。威克斯带着谦虚的微笑在一旁礼貌地听着，最后才提了一两个问题。他提的这些问题暗藏玄机，表面看起来相当肤浅幼稚，海沃德为此所惑，不明就里地贸然作答。结果可想而知，落入了窘境。威克斯先生先是彬彬有礼地表示反对，接着纠正一个事实性错误，又援引某个鲜为人知的拉丁学家的注释，最后加上德国某个权威的精辟论断——事实已显而易见，他是个学富五车、知识渊博的学者。威克斯就这么面带微笑，一边歉意连连，一边慢条斯理地把海沃德的高论驳得七零八落。他既让海沃德的浅薄显露无遗，又让自己丝毫不失礼貌。他轻描淡写地嘲弄海沃德几句。菲利普看到，海沃德就像个十足的大傻瓜。偏偏他还没有一点儿自知之明，愤怒中的他不依不饶，自我感觉良好地狡辩不止。他不切实际，妄加评论，威克斯在一旁心平气和地予以纠正；他强词夺理，歪曲事实，威克斯又证明他这是多么荒谬绝伦。最后，威克斯终于坦白，他曾在哈佛大学教希腊文学。海沃德对此不屑地一笑了之。

“我也瞧出来了，你当然是像学究那样研究希腊文学的。”他说，“而我是像诗人那样来品读的。”

“那你是否觉得，当你对作品并不十分理解时，它反倒显得更有诗意？我还以为只有在天启教①里，错译才会使原意得以升华呢。”

最后，喝完啤酒的海沃德浑身燥热、衣衫不整地离开了威克斯的房间。他打了一个愤怒的手势，对菲利普说：“那家伙当然是个书呆子，对美毫无真情实感。精确无误是牧师的美德，但我们致力于追求希腊文学的精髓。威克斯就好似这么一个煞风景的角色，他去听鲁宾斯坦②演奏钢琴，结果竟抱怨说人家弹错了几个音符！弹错了音符！只要曲子精妙绝伦，错一个把音符又有什么关系！”

他的这番高论着实让菲利普印象深刻。殊不知，这世间有多少无能之辈正是通过这种强词夺理来寻求安慰的呢！

海沃德对之前在论战中的失败非常不服气，为了夺回丢失的地

① 天启宗教即世界三大一神宗教——犹太教、基督教、伊斯兰教。都反对偶像崇拜、多神崇拜，只信仰一个维护主宰宇宙万物、至高无上的神。本文所提错译之事，似与《圣经》的翻译有关。钦定版圣经（King James Version of the Bible）是由英王詹姆士一世下令翻译的，不仅影响了随后的英文版《圣经》，对英语文学也产生很大影响。小泉八云以作家的感性评诗论文在《英国文学中的〈圣经〉》一文提到，钦定版《圣经》有好些错译之处，但“错译的地方，往往要比原文美丽得多”。

② 阿图尔·鲁宾斯坦（1887－1983），美籍波兰钢琴家。

盘，绝不肯放过威克斯提供的任何机会。所以，威克斯轻而易举就能将海沃德再次拉入论战。尽管海沃德并非看不清楚，他文学上的造诣在美国人面前显得多么不值一提，但出于英国人特有的执拗劲儿以及遭到践踏的虚荣心（也许这两个原因根本就是一码事），他绝不允许自己就此善罢甘休。海沃德似乎在显示自己的幼稚无知、自鸣得意和固执己见中还颇为享受呢。每当海沃德说了什么缺乏逻辑的话，威克斯三言两语就能点出他论证中的荒谬所在，稍作停顿以享受自己的胜利后匆匆转换到另一个话题，好似基督徒宽容慈爱的精神促使他放过已被征服的敌人。有时候，菲利普试图插上几句，好助好友海沃德一臂之力，仍被威克斯驳得一败涂地。不过，威克斯对菲利普的态度和他对海沃德的态度有着天壤之别，对前者他极其礼貌温和，甚至连极度敏感的菲利普也感受不到任何言语上的伤害。感觉到自己显得越来越蠢笨，海沃德时常失去镇静，恶言谩骂起来，幸亏美国人仍是彬彬有礼地满面笑容，才没使论战演变成无谓的争吵。每当海沃德在这种情况下离开威克斯的房间，总要义愤填膺地嘟囔："该死的美国佬！"

一句话泄愤，事情就这么了了。对于一个无法反驳的论点，这句咒骂无疑是最完美的回答。

尽管他们在威克斯的小房间一开始讨论的是各种各样的话题，但最后总会转到宗教上来：神学学生是出于职业兴趣，三句话不离老本行；海沃德之所以欢迎这个话题是因为，再也无需列举让他仓皇失措的硬道理与确凿事实——要知道，当感觉成为衡量事物的标准时，就可以对逻辑嗤之以鼻；而既然逻辑又是你的弱项，那遇到只谈感觉的事又何乐而不为呢！海沃德觉得不花费一番口舌，就很难向菲利普解释清楚自己的信仰问题。但实际上，那是显而易见的（这完全符合菲利普对万事万物蕴含的自然规律的看法）——海沃德是在国教熏陶下长大的。尽管他现在放弃了皈依罗马天主教的念头，但仍对它有情感上的共鸣与认同。他有许多话来赞美罗马天主教的优点。他乐于将罗马天主教盛大华丽的仪式与英国国教简单朴素的仪式相比较，显出他更喜欢前者。他给菲利普看纽曼的《自辩书》，菲利普尽管觉得非常枯燥乏味，但还是坚持读完了。

“读这本书，要欣赏它的风格，而不要过分关注它的内容。”海沃德说。他热情高涨地谈论着祈祷室里的音乐，还就焚香和心诚发表了一番高言妙论。

威克斯静静听着，脸上挂着一丝冷笑。“你该不会觉得这就能证明罗马天主教所信奉的某些事实的可靠性了吧？譬如，约翰·亨利·纽曼写得一手好英语？再譬如，红衣主教曼宁长相俊雅？”

海沃德通过言语向大家暗示，他在灵魂上已历经艰难险阻的洗礼。黑暗有如大海茫茫无际，他就在这样的黑暗之海整整漂泊、挣扎了一整年。他用手指梳理着那波浪形的金发，告诉他们，即使给他五百镑，他也不要再经受那些精神上的痛苦折磨。幸运的是，他最后终于顺利抵达风平浪静的心灵港湾。

“但你究竟信仰什么呢？”菲利普问道，一向不满足于含糊其辞的论断。

“我相信至全、至佳、至美。”海沃德这么说时，修长的四肢怡然舒展，再配上优雅的头部姿势，整个人显得十分潇洒，也使得他刚才说的话更有气势。

“你在人口调查表里就是这么描述你的信仰的？”威克斯语调温和地说。

“我讨厌僵硬死板的教条主义。那太丑，太平淡无奇，毫无韵味。你要是喜欢的话，我可以说，我信奉的是威灵顿公爵和格莱斯顿先生所信奉的那个教。”

“那不就是英国国教。”菲利普说。

“哈，年轻人你可真聪明！”海沃德回敬了一句，脸上的那丝微笑让菲利普闹了个满脸红。菲利普意识到，别人本是用高深的婉转方式说的，那是需要经过言语推敲才能明白其内在含义，自己竟用平淡无奇的话直通通地说了出来，就显得庸俗了。“我属于英国国教，但我喜欢罗马教士身披的金丝绸缎，敬爱他们的禁欲主义，喜欢他们忏悔的方式以及要进炼狱涤罪的教义。置身于幽暗的意大利教堂，沉浸在香烟缭绕、神秘莫测的气氛中，我是全心全意地相信弥撒的神奇魔力的。在威尼斯，我亲眼看到一位渔妇走进教堂时双脚还是赤裸的，她把鱼篓往身旁一扔，双膝往地上一跪，就开始向圣母玛利亚祈祷。我觉得那才是真正的信仰；我怀着同样的信仰，同她一道祈祷。不过，我还信奉阿佛洛狄特、阿波罗以及伟大的潘神。①”他的声音悦耳动听，用词也是经过精挑细选，说出来时几乎带着韵律般的节奏感。

他本想继续说下去，威克斯这时打开了第二瓶啤酒。“再给你倒点酒。”

海沃德转向菲利普，摆出一副略带优越感的姿态。菲利普对此印象非常深刻。“你现在满意了吗？”他问。

菲利普被问得云里雾里，只好承认他满意了。

“可惜你没在信仰中加点儿佛教禅意。这叫我有些失望。”威克斯说，“坦白地说，我有点认同穆罕默德。可你竟无情地把他撇开了，这让我很是遗憾。”

海沃德听后哈哈大笑。他那天晚上心情很好，刚才的精辟言论还

---

① 阿佛洛狄特是古希腊神话中的爱与美之女神。阿波罗是古希腊神话中的光明之神。潘神是古希腊神话中的牧羊神。

如美妙的铃声般回响在耳畔。他一口喝干杯子里的酒。“我并不指望你能理解我。”他回答说，“就你们美国人冷静无情的智慧而言，你们只能采取一种批判的态度，就像爱默生①之流一样。但批判是什么？批判纯粹是一种破坏。破坏，那是任何人都会的，但并非谁都会建设。你就是个书呆子，我亲爱的老伙计。重要的东西在于建设，而我是个富有建设性的人。我是个诗人。”

威克斯盯着海沃德，眼神既严肃认真又带着明朗的笑意。“我想，要是你不介意，我得说你有点醉了。”

“说哪里的话。”海沃德愉快地回答说，“你要想在辩论中不被我击倒，这点酒可还不够。来吧，老兄！我已经向你剖析了我的灵魂！现在轮到你给我们说说你的信仰了。”

威克斯把头侧在一边，看起来好似停歇在栖木上的麻雀。“多年来，我一直在琢磨。我想，我是一位论派②追随者。”

“那是不顺从国教了。”菲利普说。

两人不约而同地大笑起来，海沃德纵声狂笑，威克斯则发出滑稽的咯咯声。菲利普想象不出他们为什么会这样。

“在英国，不顺从国教的人算不得绅士，是吧?”威克斯问。

“嗯，如果你要我直言相告，我得说是的，他们算不上绅士。”菲利普十分生气地回答说。

他讨厌被人笑话，但偏偏他们又笑了起来。

“那你给我说说，什么样的人才算得上绅士。”威克斯问。

“噢，我说不上来。大家都知道绅士是什么样的人。”

---

① 拉尔夫·沃尔多·爱默生（1803－1882），美国思想家、文学家、诗人。

② 基督教派别之一。它反对三位一体的正统基督论，只承认耶稣的人性而否认其神性，认为上帝只是一位而非三位。它还声称，信仰的根据只能是《圣经》和理性，教会和国家无权解释教义。

“你是绅士吗?”

在这个问题上，菲利普从未有过半丝怀疑，但他知道这种事不该由本人来说。“要是一个人告诉你他是绅士，那你绝对可以相信他不是。”菲利普顶撞了一句。

“那我是绅士吗?”

菲利普的坦诚让他很难直接回答这个问题，但他一向不是无礼之人。“嗯，是这样的，你不一样。”他说，“你是美国人，对吧?”

“我觉得我们是不是可以这样认为，只有英国人才算得上绅士?”威克斯表情严肃地问。

菲利普没有反驳他。

“你能再讲得详细点吗?”威克斯问。

菲利普的脸涨得通红。但他一生气也就顾不得是否会做出让自己显得可笑的事了。“我可以给你列举一大堆细节!”菲利普记起大伯说过，要花三代人的时间与精血才能造就一个绅士。常言道，“猪耳朵成不了绸线袋”，就是这么个意思。“首先，他必须是绅士的儿子，去公学读过书，还上牛津或剑桥深造过。”

“这么说，上爱丁堡大学是不行的了?”威克斯问。

“他得像绅士那样讲英语，穿衣着装要正确得体。如果他是绅士，就总能辨别出另一个人是不是绅士。”菲利普越往下说，就越觉得自己的描述苍白无力，站不住脚。但事情本就是这样：他说的是什么意思就是什么意思，他所认识的人全都是这么说的。

“我明白了，我显然算不上绅士。”威克斯说，“可我不明白，为什么我说自己信奉的不是国教，你会那么吃惊。”

“我不太明白一位论派究竟是怎么回事。”菲利普说。

威克斯又摆出那副怪异的姿势，把脑袋往一边一歪，让你几乎觉得他就要像麻雀一样吱吱啁啾了。

"对于一位论派信仰者来说，凡是世人相信的东西，他一概都坚决不信；而对于他不太了解的事务，都深信不疑。"

"我不知道你为什么要这样打趣我。"菲利普说，"我是真的想知道。"

"亲爱的朋友，我这并不是在打趣你。我是经过多年的苦干，经过多年呕心沥血、绞尽脑汁的钻研，才得出那样的结论。"

当菲利普和海沃德起身准备告辞时，威克斯递给菲利普一本小小的平装书。"我想你现在应该非常精通法文了。不知道这本书会不会让你觉得有趣。"

菲利普向他致谢，接过书来。一看书名，原来是勒南写的《耶稣传》①。

第二十八章

无论海沃德还是威克斯，都没想到他们借以打发无所事事的夜晚时光的闲谈，竟会在菲利普活跃的大脑里被颠过来倒过去地深思默想。菲利普从未生出这样的念头——宗教竟是可以随意讨论的事。对他来说，宗教就是英国国教，不信该教教义就是任性妄为的标志，不管今生还是来世，总逃不脱惩罚。他脑子里对不信国教者会遭到何种惩罚也产生过一丝怀疑。或许有一位仁慈的判官把地狱之火留着专门

① 勒南（Ernest Renan，1823－1892），法国史学家、作家。主要著作《耶稣传》（1863）是他的巨著《基督教起源史》（1863－1883）的第一卷。他试图以科学方法研究宗教历史，排除一切神秘色彩。

惩罚伊斯兰教、佛教以及其他宗教的异教徒，而对非国教教派的基督徒和罗马天主教徒则可能宽大为怀，网开一面（尽管这也得付出代价——等他们被迫意识到自己的信仰错误时，得蒙受多大的羞辱啊）。说不定上帝也可能动怜悯之心，宽恕没机会了解真相的人——这也合情合理，因为尽管布道团四处宣传、举办各种各样的活动，但其人力、物力、财力毕竟有限——不过，倘若他们明明有这样的机会，却偏偏熟视无睹（罗马天主教徒和非国教教徒显然属于这一范畴），毋庸置疑，要受到惩罚。很显然，信奉异端邪说者处境极其危险，必定要受惩罚。或许菲利普在这一方面并未经受过多少言语上的教导，但他无疑形成了这样的印象：唯有英国国教的信仰者，才真正有希望获得永恒的幸福。

有一点菲利普倒是听人明确陈述过，不从国教者都是邪恶堕落之徒。可威克斯尽管对菲利普所信仰的一切事物几乎都表示怀疑，却过着基督徒纯洁无瑕的生活。菲利普并未在生活中受到多少关爱与善待，现在却被美国人乐于帮助他的热情深深打动了。有一次，他因感冒在床上躺了三天，威克斯就像慈母一般对他悉心照顾。威克斯身上既没有恶行陋习也不见邪恶凶残，只有真诚与友善。很显然，一个人完全可以拥有高尚的道德情操却不信奉国教。

与此同时，菲利普也明白，有些人之所以坚守自己的信仰不放，纯粹是由于固执己见或自私自利：心里明明知道那种信仰是错的，却故意如此以欺骗他人。为了学习德语，菲利普本已习惯在礼拜天上午参加路德教会礼拜仪式①，但自从海沃德来这儿以后，他又改为跟海

---

① 路德教会是德意志宗教改革运动的产物，由马丁·路德于1529年创立于德国。这一新宗派的建立，标志着基督新教的诞生。

沃德一起去做弥撒①。他注意到，新教教堂内教众寥寥无几，整个集会弥漫着无精打采的倦怠气息；另一方面，耶稣会②教堂内却人满为患，善男信女似乎带着全心全意的虔诚在祷告。他们看上去也不像道貌岸然的伪君子。见到如此鲜明的对比，菲利普不由大吃一惊。他当然知道，路德教会的教义更接近英国国教，以此推理，它该比罗马天主教更接近真理才是啊。大部分信众（做礼拜的几乎都是男信徒）来自德国南部，菲利普禁不住暗想，要是他也出生在德国南部，肯定也会是罗马天主教信徒。他虽出生在英国，但也有可能出生在某个天主教国家；就是在英国，他虽幸好诞生在一个信奉法定国教的家庭，但也有可能诞生在某个信奉卫斯理宗、浸礼宗、循道宗③的家庭。一想到自己出生时冒的巨大危险，菲利普就惊得差点喘不过气来——好险，没投错娘胎！菲利普和那个身材矮小的中国人相处很融洽，每天要和他同桌进餐两次。中国人姓宋，总是面带微笑，平易近人，文雅有礼。要是仅仅因为他是中国人就得下地狱遭受烈火炙烤，岂非太奇怪了！但如果一个人不管有什么信仰，灵魂都能获得救赎，那信奉英国国教似乎也没什么特别的优势。

菲利普一生中还从未像现在这样迷惑过，打算去试探威克斯对此有何见解。他得谨慎小心，因为他对别人的嘲笑非常敏感，而那个美国人谈起英国国教时的尖酸刻薄口吻经常搞得他窘迫不已。没想到的是，威克斯反而使菲利普更加迷惑不解了。威克斯先让菲利普不得不承认，在耶稣会教堂看到的德国南部人士对罗马天主教教义的坚信程

---

① 弥撒是天主教的宗教仪式。

② 天主教主要教会之一。1534 年由西班牙贵族圣依纳爵·罗耀拉创立于巴黎，1540 年经教皇保罗三世批准。

③ 循道宗和卫斯理宗其实是一回事。因为卫斯理宗主张认真研读《圣经》，严格宗教生活，遵循道德规范，故又称为“循道宗”。

度不亚于菲利普对英国国教的坚信程度。从这一点出发，威克斯又引得菲利普不得不承认，伊斯兰教徒和佛教徒也同样对各自的宗教教义深信不疑。由此看来，知道自己是对的并不能说明什么，大家都觉得自己是对的。威克斯无意摧毁这孩子的信仰，他只是因为个人对宗教非常感兴趣，觉得宗教是个引人入胜的话题而已。当他说，凡是别人信仰的东西他一概都要加以怀疑时，倒也千真万确地表达了自己的观点。有一次菲利普问他一个问题。这个问题是菲利普听大伯说的。当时报纸正在激烈讨论某部温和的唯理主义论著，而牧师也在家里谈起了它。“但为什么你的就是对的？而像圣安塞姆和圣奥古斯丁①那样的人却是错的呢?”

“你是说他们是八面玲珑、博学多才的圣人，而你对于我是否是这样的人深表怀疑?”威克斯问。

“是的。”菲利普有些不确定地回答道。照威克斯的理解，他的问题显得相当无礼。

“圣奥古斯丁认为地球是平的，太阳围绕地球转。”

“我不知道这能证明什么。”

“嘿，这证明一代人有一代人的信仰，你应该相信自己这代人的信仰。你的那些圣人生活在笃信信仰力量的时代。在他们的时代，一些在我们看来绝对难以置信的东西却被奉为亘古真理，根本不会遭到怀疑。”

“那你又怎么知道我们现在知道的就是真相呢?”

“我不知道。”

---

① 圣安塞姆（1033－1109）意大利神学家和哲学家。圣奥古斯丁（354－430），天主教圣师，古罗马帝国时期天主教思想家，欧洲中世纪天主教神学、教父哲学的重要代表人物。

菲利普沉思片刻后说：“我不明白，为什么我们今天坚信不疑的东西就不会像他们过去深信的一样，也可能是错的？”

“我也不明白。”

“那你怎么可能还有信仰呢？”

“我不知道。”

菲利普又问威克斯对海沃德的宗教信仰问题有何看法。

“人们总是按照自身的形象来塑造神祇。”威克斯说，“他信奉别致生动的漂亮东西。”

菲利普沉思了半晌，又说：“我不明白，一个人为什么非得信仰上帝。”话一出口，菲利普就意识到自己再也不相信上帝了，就好像一头扎进冷水里，再也透不过气来一样。他瞪着惊恐的眼睛望着威克斯，突然害怕起来，便匆匆忙忙地离开了。

他想要一个人待一会儿。这是他人生中最触目惊心的经历。他需要好好捋一捋思绪。这事使他激动不已，关乎他一辈子（他觉得自己在这个问题上做出的决定一定会对今后的人生道路产生深远影响）；错走一步，就有可能坠入万劫不复的地狱深渊。然而，他愈是深思，就愈是坚信自己现在的想法。尽管接下来的几周里他如饥似渴地研读了几本有助理解怀疑主义的书籍，还是无济于事，反倒更加坚信他内在本能所感受到的东西。事实上，他不再相信上帝并非出于这样或那样的理由，而仅仅因为他根本没有虔诚向教敬神的宗教气质。信仰是外界强加给他的，完全是环境的影响和榜样的召唤作用。新的环境和新的榜样给了他认识自己的机会。他轻而易举就抛弃了童年时代形成的信仰，就像抛弃一件他不再需要的斗篷一样不费吹灰之力。然而，在抛弃信仰的初期，他觉得生活似乎显得陌生而孤独。尽管他从未意识到，信仰一直以来是他生活中经久不衰的支撑，他感到自己像个依靠拐杖走路的人一样，现在突然被迫在没有辅助支撑的情况下独立迈步行走。白天似乎真的越发寒冷，夜晚也真的更加孤独凄凉，但内心的激动让他深受鼓舞，似乎让生活成了一场更加惊心动魄的冒险。没过多久，那根被他扔在一边的拐杖、那件从他肩头滑落的斗篷，就像难以忍受的重担一样，永远从他身上卸去，让他轻松舒服多了。多年来一直强加在他身上的种种宗教仪式，已成为他宗教信仰不可或缺的一部分。他想起过去要诚心背诵的祈祷文和使徒书；想起大教堂里举行的冗长煎熬的礼拜仪式；想起自己在仪式中坐得四肢发痒，恨不能动弹一下；想起当年那些夜晚，他如何沿着泥泞的道路走向布莱克斯达布尔的教区礼拜堂；想起那栋阴暗凄凉的建筑物是多么寒冷刺骨，而自己坐在里面，双脚冻得像冰坨一般，手指僵得无法动弹，周围还弥漫着一股让人恶心呕吐的润发油味道。啊，天啦！他当时是多么无聊啊！当他明白自己已永远摆脱这一切，一颗心禁不住咚咚跳得厉害。

他吃惊于自己竟这样轻而易举就抛弃了上帝。菲利普并不明白，他现在的这种感受乃是内在天性微妙作用的结果，却将其归结于自己聪明才智取得的成果。他为自己感到高兴，甚至有些飘飘然。年轻人一般对不同于自己的处世态度缺乏容忍之力，菲利普也不例外。他对威克斯和海沃德的鄙视可不是一点点，这两人满足于他们称之为信仰上帝的含糊不清的情感。他们在此种情感面前止步不前，不愿跨出在菲利普看来显而易见的一步。一天，他独自登山漫步，以便能饱览秀色，畅游一番。菲利普也不知道，为什么野外景色总让他流连忘返，欢呼雀跃。现在已是秋天，但白天经常是万里无云的好天气，天空似乎闪耀着更为光彩夺目的绚烂之光：大自然好似有意识地要把满腔热情都倾进所剩无几的晴朗日子里。菲利普俯视着眼前那片广袤的平原，它似乎在灿烂的阳光下兴奋地发抖，向视野尽处无限蔓延。远处隐约可见曼海姆的楼房屋顶，更邈远的是沃尔姆斯①朦朦胧胧的淡影。横亘平原的莱茵河在四野洒下闪耀的清光亮彩。宽阔的河面，波光粼粼，像一条流溢金光的华带。菲利普站在那儿，一颗心欢蹦乱跳。他想象着撒旦是如何同耶稣一道站在高山之巅，指给他看人世间的天堂，美景让人心醉神迷。他似乎觉得，眼前铺展开的景色就是整个世界，因此急不可耐地想要一跃而下，尽情去享受尘世的种种欢乐。他摆脱了对沉沦堕落的恐惧，摆脱了世俗偏见的束缚。他可以自由自在地走自己的路，对地狱之火难以忍受的恐惧再也不复存在。突然之间，他意识到自己同时也摆脱了“责任”这个词赋予他的重担。以往由于这个重担，他对自己生活中的一举一动都是小心翼翼，再三思量其后果方敢采取行动。现在，他可以在更为轻松畅快的气氛中自由呼吸。他的所作所为只需对自己负责就行。自由！他终于成为自己的主人了！出于以往的习惯，他无意识中又感谢了他不再信奉的上帝。

菲利普为自己的智慧与勇敢感到无限的骄傲。沉醉在这种情绪中的他不慌不忙地开始了新生活。然而，信仰的丧失，并没像他预想的那样导致其言行举止发生明显变化。尽管他把基督教的信条教理扔到了一边，却从未想过要去批判基督教的道德观。他接受了基督教倡导的各种美德，并且发自内心地认为，要是能因这些美德自身的价值而躬行实践，并不受奖励与惩罚的驱使，岂非更有意义！在教授太太的家里，很少有实践英雄主义的地方，但菲利普表现得比以前更为真诚，还强迫自己要比常人对那几位老女士更为殷勤些。这几位枯燥乏味的老太太有时会跟他闲聊几句。那些文雅的骂人话、感情激烈的形容词——这些体现英语语言特色的东西，菲利普以前总将其作为男子气概的标志，努力培养自己在这方面的语言能力，现在却是煞费苦心

① 曼海姆是德国西南部城市；沃尔姆斯是德国西部城市。

地能避多远就避多远。

既然已经遂心如意地解决了信仰之事，菲利普便想把它抛诸脑后。然而，说起来容易做起来难，他无法阻止心里冒出丝丝悔意，也无法扼杀时不时折磨他的担忧与疑虑。菲利普毕竟还太年轻，结交的朋友又不多，灵魂的永生不灭对他来说并没有什么特别的吸引力，说不信就不信了，也没什么大不了的。然而，有一件事却叫他痛苦不已，甚至到了无法容忍的地步。他虽然告诉自己这样想是无理取闹，虽然试图通过自嘲来排遣这种悲怆情绪，但一想到将再也见不到美丽的母亲了还是禁不住泪流满面。自母亲去世后，随着岁月流逝，他越来越觉得母爱的珍贵。或许由于无数虔诚敬神的先人在潜意识中对他施加的影响，他有时会陷入极度的恐慌中而不能自拔。兴许一切都是真的呢。那儿，就在蔚蓝色的天幕后，真的藏着一位善妒的上帝，要求世人绝对忠实自己，并会用永不熄灭的烈火来惩罚无神论者。每逢这种时候，理智也帮不了他什么忙。他想象着无穷无尽的肉体折磨会给人带来怎样的巨大痛苦，越想就越害怕，浑身汗雨如下，好似得了一场重病。最后，他绝望地自我辩白说："归根结底，这不是我的错。我不能强迫自己去相信。若是上帝果真存在，而且就因为我老老实实地表示自己不相信他就要惩罚我，那我也无话可说了。"

第二十九章

冬天悄然而来。威克斯去柏林听保尔森讲课去了，海沃德开始考虑去南方。菲利普和海沃德每周要上两三次戏院。看戏的目的是为了提高德语水平，这一点倒也值得称赞。菲利普发觉，通过这种方式学习德语，比听牧师讲道要生动有趣多了。他们置身于戏剧的复兴浪潮中。冬季准备上演的剧目中，有好几出易卜生的戏。苏德尔曼①的《荣誉》是新上演的。该戏演出后，在这个宁静的大学城引起了巨大轰动，有的赞不绝口，有的猛烈抨击。其他剧作家接踵而至，奉献了许多在当时新思潮影响下创作的剧本。菲利普大长见识，亲眼见证了诸多剧作中暴露出的人性卑劣的一面。此前，菲利普从未看过戏剧表演（有时候，一些可怜蹩脚的巡演剧团也会来布莱克斯达布尔的议会厅演出，但牧师一则碍于职业，二则觉得戏剧演的都是些粗俗下贱的故事，从不看戏），被舞台上形形色色人物的激情表演深深吸引住了。小小戏院破旧不堪、灯光黯淡，菲利普一走进那里，却觉得心潮澎湃。他很快就对小剧团的特色一清二楚，只要看一下演员角色的分派，就能立刻说出剧中人物的性格特征。不过，这一点儿也不影响他看戏的兴致。在菲利普眼中，戏剧就是真实的生活。那是一种光怪陆离的生活，充斥着黑暗与痛苦折磨。在这样的生活中，各色男女都把内心的邪恶在冷酷无情的观众面前展露无遗：美貌背后藏着堕落腐化的灵魂，道貌岸然的正派人士以德行来掩饰内心深处的丑恶卑劣，色厉内荏的家伙逐渐为自己的软弱所吞噬，诚实之士乃是腐败之徒，贞洁烈女乃是淫荡贱妇。你仿佛置身这样的房间：前一晚，人们在这里纵酒狂欢；清晨，窗户尚未打开，空气污浊不堪，弥漫着啤酒的残味，煤气灯在烟雾缭绕中闪烁摇曳。听不到开怀的大笑声，你至多会对伪君子和蠢蛋发出几声窃笑。剧中人物让人痛苦的台词，听来像因极度羞愤与痛苦、硬从心里挤出来的。

这展现人性肮脏的强烈艺术冲击让菲利普完全沉醉其中，似乎在以另一种方式审视世界；而眼前的真实世界他也迫不及待地想要去了

---

① 苏德尔曼（1857－1928），德国小说家、戏剧家。

解。演出结束后，菲利普会和海沃德一同去小酒馆。里面明亮又暖和，他们可以好好享受一叠三明治，再喝上一杯啤酒。周围都是三五成群的学生，一边谈一边笑。这儿或那儿也能见到一家子都过来的：爸爸、妈妈、几个儿子和一个女儿。有时候女儿说了句时髦的俏皮话，父亲就会往椅子里一靠，开怀大笑起来，气氛极其亲善纯真，有一种让人心情舒畅的家的味道。但菲利普对这一切都视而不见，思绪还停留在刚才看的那出戏上。

“你难道不觉得这就是生活吗?”他激动地说，“你知道，我在这儿待不了多长时间。我想回伦敦，开始过真正的生活。我想要增长阅历。我已经厌烦了老是为生活做准备，我现在就想尝尝生活的滋味。”

有时候，海沃德让菲利普独自回家。对于菲利普热切的追问，海沃德从不正面给出确切回答，而是报以微笑，甚至傻笑，以此暗示那是一桩浪漫的风流韵事。他还引用几行罗塞蒂①的诗，有一次还给菲利普看了一首十四行诗，热情洋溢，辞藻华丽，充满了凄怆哀婉的悲观主义情调。这些诗句被凑合在一起，全为一个名叫特露德的少女而发。海沃德把他肮脏粗鄙的偷欢小冒险涂上一层绚丽夺目的诗意色彩，还自以为有几分伯里克利和菲狄亚斯②的风采。他在描述自己身心所属的小情人时，并没有选用英语中直截了当的表述，而是特意选用了“Hetaira”③ 这个词。白天，菲利普出于好奇心，特地去古桥附近的小街漫步。街旁矗立着一座座整洁的白房子，房子装有绿色的百叶窗。据海沃德说，其中有一座就是特露德小姐的香闺。然而，从门里走出来的女人个个涂脂抹粉，一脸的粗鲁淫荡相，朝菲利普大喊大

---

① 克里斯蒂娜·吉奥尔吉娜·罗塞蒂（1830－1894），英国女诗人。
② 伯里克利（约公元前495－公元前429），古希腊著名政治家。菲狄亚斯（公元前480－公元前430），古希腊著名雕塑家、建筑设计师。
③ Hetaira 在希腊语里是“情人”的意思。

叫，吓得他心惊肉跳。她们还伸出粗糙的手企图把菲利普留下来，吓得他拔腿就逃。他一心想要增长阅历，觉得自己十分幼稚可笑。他到了这个年纪，还没有领略过所有小说都大肆渲染和描绘的“人生中最重要的东西”。不幸的是，他天生具有那种洞悉事物本质的能力，眼前所看到的实际情况与他梦中的幻想有着天壤之别。

他还不知道，人生的旅途中，一个人要历经怎样的荒原、穿过干旱贫瘠之地、翻过艰难险阻之境，才能真正接受现实生活是什么样子。所谓“青春洋溢着幸福”不过是幻觉，是青春已逝之人的幻觉。真正处在青春期的人们知道自己有多么不幸！头脑中充满了不切实际的幻想，都是被强灌进去的；每当接触到真正的生活，都会被撞得遍体鳞伤。他们似乎成了一场阴谋的受害者。他们读的书都是经过精挑细选留下来的理想读物，还有长辈之间的交谈——那些人在健忘的侵蚀下，带着玫瑰色烟雾回忆往事——如此种种，在他们面前展开的是虚假的生活幻象。他们必须自己去发现，那些读过的书，那些听过的故事，全都是谎言！谎言！谎言！而每一次发现，都无异于往已被钉在生活十字架上的肉体再次嵌入一根钉子。不可思议的是，每个历经幻灭之苦的人，由于受到内在难以掌控的庞大力量驱使，又总在不知不觉中再给现实生活增添一层虚幻色彩。对于菲利普来说，世上再没有比与海沃德为伍更糟糕的事了。他是什么见地也没有的人，眼中也看不到任何实质性的东西，不过是透过文学的云雾、以书生的艺术气息观察这个世界。他是个危险人物，不仅自欺欺人，还自欺到信以为真的地步。他把自己耽于肉欲当作追求浪漫爱情，把自己的优柔寡断当作艺术家的气质，还把自己的闲散懒惰当作哲学家的超然物外。所有这一切，他都不觉得是错，而是真心实意地如此认为。虽然海沃德不遗余力地追求高尚文雅，但他的思想实则平庸无奇。由他的眼睛看外面的世界，一切都笼罩在多愁善感的金色迷雾中，轮廓模糊不清，所有东西都比实际生活显得更大些。他撒谎，却从不知道自己在撒谎；当被人点破时，还兀自辩解说，谎言是美丽的。他是个理想主义者。

第三十章

菲利普身心不安，缺乏满足感。海沃德富有诗意的引经据典让他整日胡思乱想，内心里渴望经历一场浪漫爱情。至少，他是这么对自己解释的。

恰巧此时欧林夫人的公寓发生了一件事，使菲利普越发关注有关两性的问题。有两三次，菲利普在山间漫步时碰到凯西莉小姐独自在徘徊。经过她身边时，他朝她鞠躬行礼后又往前走，没出几步路，又碰到了那个中国人。菲利普当时没作他想。然而，一天晚上他在回家的路上——当时暮色已临——隐约瞧见两个人离他非常近。听到他的脚步声，那两人迅速分开了。虽然菲利普在夜色中看得不太清楚，但几乎可以肯定他们就是凯西莉小姐和宋先生。两人如此迅速地分开了，说明刚才他们是手挽着手走的。菲利普迷惑不解又震惊不已。他没怎么关注过凯西莉小姐。她是个长相普通的女孩，一张方脸，五官有些生硬。她应该还没超过十六岁，金色长发仍然编着辫子。晚上用餐时，菲利普好奇地打量她。尽管她近来很少在餐桌上说话，这次却主动和菲利普攀谈起来了。“你今天去哪儿散步了，菲利普？”她问。

“哦，我沿王座山①走了一段。”

① 王座山（Königstuhl），位于德国海德堡。

“我没出去。”她主动说，“有点儿头疼。”

坐在她旁边的中国人这时转过头来：“真遗憾！”他说，“希望你这会儿好点了。”

凯西莉小姐显然心神不安，又问菲利普：“你今天路上遇到的人多吗？”

菲利普撒谎时总是禁不住要脸红：“没有，一个人影都没见着。”

菲利普觉得她的眼睛里闪过宽慰之色。

但很快，两人之间一定发生了毋庸置疑之事。住在教授夫人公寓里的人们看到两人鬼鬼祟祟，躲在幽暗的地方会面。坐在上席的那几位老太太，开始对这目前已成为丑事一桩的两人议论纷纷。教授夫人又气又恼，但尽力装作什么都没看见。此时已是冬天，没法像夏天那样容易就让公寓住满房客。宋先生是个非常好的房客：他在底层租了两个房间，每餐都要喝一瓶摩泽尔白葡萄酒。教授夫人每瓶收他三个马克，加起来可是一大笔进项。其他房客都不喝葡萄酒，有的甚至连啤酒都不喝。她也不想失去凯西莉小姐这样的房客。凯西莉小姐的父母在南美洲做生意，为了答谢教授夫人对凯西莉小姐慈母般的悉心照顾，他们在付费方面可是相当豪爽。教授夫人心里清楚得很，假如她写信告诉小姐住在柏林的伯父，他会立即把小姐带走的。不过，让教授夫人满意的是，她可以在餐桌上目光严厉地瞪他们几眼。尽管她不敢对中国男人太过粗鲁无礼，却可以对凯西莉小姐恶声恶气，以此发泄几分怨气。但那三位老太太却不肯善罢甘休。她们中有两个是寡妇，另一个是长得有点像男人的荷兰老处女。虽然她们付的膳宿费少得可怜，还总是惹出一大堆麻烦，好在她们是永久租住，教授夫人也只好多加忍耐。三位老太太去找教授夫人，义正词严地要求她采取措施，说他们那种行为太丢人现眼，搞得整栋公寓的房客都没脸见人了。教授夫人使出浑身解数竭力招架，时而固执己见地坚持跟对方说理，时而大发脾气、暴跳如雷，时而一把鼻涕一把眼泪地苦苦哀求，但都无济于事，全被三位老太太一一击败。最后，教授夫人突然摆出一副义愤填膺的讨伐架势，表明她决意了结此事。

午饭后，教授夫人将凯西莉小姐带到自己卧房，神情严肃地准备同她好好谈谈。然而，令教授夫人吃惊的是，凯西莉小姐竟如此厚颜无耻，公然道明她想怎么做就怎么做，如果乐意和中国人一起散步，她瞧不出这关别人什么事——这纯粹是她自己的私事嘛。教授夫人威胁说要写信告诉她的伯父。

“海因里希伯父肯定会将我送到柏林某户人家去过冬。这对我来说，简直求之不得。反正，宋先生也会去柏林。”

教授夫人开始放声大哭，眼泪沿着粗糙红润的胖脸蛋滚落下来。

凯西莉小姐还是不忘讥笑她：“那就意味着，有三间房子整个冬天都会空着。”她说。

接着，教授夫人改变策略，想通过温言软语触动凯西莉小姐天性中柔软的那一面。教授夫人夸凯西莉小姐既仁慈善良，又通情达理，还懂得忍耐谦让；说自己不再拿她当小孩子看待，而当她是个已经长大成熟的淑女。教授夫人还解释说，事情本不会这么糟，全都是那个中国人的错，想想他的黄皮肤、塌鼻子、猪一样的小眼睛，才是整件事令人发指的关键所在。那副尊容，想想就让人恶心。

“别，请别说了！”凯西莉小姐一面喘着粗气，一面说，“我不想听任何人说他不好的话。”

“但你不是认真的吧？”欧林太太倒抽一口凉气。

“我爱他！我爱他！我爱他！”

“我的上帝呀！”

教授夫人大惊失色地瞪着凯西莉小姐。她原以为这一切无非是女孩子淘气闹着玩，一场因为年幼无知而干的傻事罢了。但现在，女孩子话里洋溢的情感已经说明一切。凯西莉小姐目光灼灼地审视了教授夫人一会儿，然后耸耸肩，走出了房间。

欧林夫人将这段谈话的细节都闷在心里，谁也没说。过了一两天，她把餐桌的席位调整了一番。她问宋先生是否愿意坐到她这一边来，一向温文尔雅的宋先生欣然同意。凯西莉对这一改变满不在乎。察觉他们的关系在这栋公寓已是人尽皆知，两人越发不顾羞耻，再也不将他们一起散步的事藏着掖着，而是每天下午公然出双入对地去山里漫步。显而易见，他们不在乎旁人的闲言碎语。最后，甚至连一向温和平静的欧林教授也受不了了，坚持要妻子好好和中国人谈谈。教授夫人这回把宋先生拉到一边，苦口婆心地劝他：你这是在败坏人家姑娘的声誉，你的这番行为给整栋公寓都带来了危害，你必须明白你的所作所为错得有多么离谱，又有多么不道德。然而，她得到的却是面带微笑的矢口否认。宋先生说他根本不知道她说的是什么，他从来没关注过凯西莉小姐，也没和她一起散过步，所有这一切都是无中生有，实在荒诞不经。

“啊，宋先生，你怎么能这么说呢？你可被人一再看到和凯西莉小姐在一起。”

“不，你搞错了。事情不是那样的。”

他始终面带微笑地看着教授夫人，露出一口整齐洁白的小细牙。他自始至终都镇定自若，否认一切。他厚颜无耻而又以一种无动于衷的温和态度拒不承认。最后，教授夫人终于火冒三丈地说，人家女孩已经承认爱上他了。宋先生还是无动于衷，脸上仍然挂着微笑。“胡说！胡说！根本没这回事！”

教授夫人从他嘴里掏不出半点实情。天气变得越来越糟糕，霜雪交加。等冰雪融化，又是一连好几天，让人觉得无精打采，外出散步也不再那么有趣。一天晚上，菲利普刚上完教授的德语课，正站在客厅和教授夫人说话。还没说上几句，就见安娜急匆匆跑了进来。

“妈妈，凯西莉在哪里?”她问。

“我想应该在她房间吧。”

“她房间没亮灯。”

教授夫人发出一声惊呼，神情沮丧地望着女儿。那些浮现在安娜脑海里的念头同样也闪现在教授夫人的脑海里。

“打铃叫埃米尔过来。”她粗着嗓子说。

埃米尔就是那个在餐桌旁侍候的笨小子，大部分家务活都由他干。他走了进来。

“埃米尔，去楼下宋先生的屋子看看。别敲门，要是有人在，你就说是来看看火炉的。”

埃米尔迟钝的脸上没出现一丝半点儿惊讶神情。他慢腾腾地走下楼去。

教授夫人和安娜让门开着，留神细听楼下的动静。不一会儿，她们听见埃米尔上楼的声音，便叫住他。“那儿有人吗?”教授夫人问。

“有，宋先生在房间里。”

“他是一个人吗?”

一丝狡黠的微笑爬过他的嘴角。“不，凯西莉小姐也在那儿。”

“啊，真不知羞耻!”教授夫人惊叫出声。

现在，埃米尔脸上绽放出一个大大的微笑。“凯西莉小姐每天晚上都在那儿，一待就是几个小时。”

教授夫人开始绞扭起双手来。“啊，真可恶！你为什么不告诉我?”

“这又不关我什么事。”他一边回答，一边慢悠悠地耸了耸肩。

“我想他们一定给了你不少封口费吧。去！去!”

他左摇右晃，迈着笨拙的步伐朝门口走去。

“他们必须走，妈妈。”安娜说。

“那谁来付房租呢？税单眼看就要到期了。他们必须走，你说得倒轻巧！如果他们真走了，我拿什么来付账。”她转向菲利普，眼泪像小溪一般淌过脸颊，“噢，凯里先生，你不会把刚才听到的话说出去的，是吧？要是让福斯特小姐”——就是那位荷兰老处女——“要是让她知道了，她会立即离开的。要是他们都走了，我就得关门了。我没钱经营下去了。”

“我当然什么都不会说。”

“她要是还留在这儿，那我绝不会再和她说话了。”安娜说。

那天晚上吃饭的时候，凯西莉小姐按时入席，脸色比平常略红些，带着一股执拗的神情。但宋先生没有出现。有那么一会儿菲利普想，他这是有意躲开如今审判似的尴尬局面吧。可宋先生最后还是来了，满脸堆笑，不住地为自己来晚了道歉，一双眼睛随着道歉转个不停。他还是像往常那样，坚持要给教授夫人倒一杯自己订的摩泽尔白葡萄酒，还给福斯特小姐也倒了一杯。屋内非常热，炉子整天烧着，窗户又不怎么打开。埃米尔跌跌撞撞地奔来跑去，但不知怎的，还是及时侍候到每一个人，秩序丝毫不见乱。三位老太太坐在那儿沉默不语，满脸都是显而易见的责难表情。教授夫人似乎还没从刚才那场大哭中恢复过来。她丈夫一言不发，神情压抑。大家都懒得开口。菲利普隐约觉得，这群经常和他同桌共餐的人身上似乎散发出一种可怕的气息。在餐厅那两盏吊灯的映照下，他们看上去似乎与往常有些不同。菲利普有些惴惴不安。有一次，他不经意碰上凯西莉小姐的目光，觉得对方满是仇恨与鄙视地看着自己。屋子里的空气沉闷得令人窒息。似乎那对情侣间迸发出的肮脏激情搅得整栋公寓里的人都心神不安。周围弥漫着一种堕落的东方气息；线香袅袅，幽香间或可闻；还有私情暗度陈仓的神秘味儿。这一切，似乎压得人直喘粗气。菲利普觉得额头青筋直跳，不明白究竟是什么怪异奇妙的感情搞得他如此心慌意乱。他似乎觉得有什么东西对他产生了无限吸引力，却又让他反感和恐惧。

这种局面一直延续了好几天，空气中弥漫着令人作呕的病态气息，大家感到周围充斥着不合常理的情欲，小小公寓中每个人的神经都绷得紧紧的，恶劣情绪像要一触即发。只有宋先生丝毫不受影响，仍像从前那样面带微笑，那样亲切友善，那样温文尔雅。谁也辨别不出他的那种态度究竟是文化教养的胜利，还是东方人对于被征服的西方人的一种蔑视之情。凯西莉继续招摇过市，带着一股愤世嫉俗的神情。最后，甚至教授夫人都受不了这种局面。她突然被一种惊恐之感牢牢抓住。欧林教授用极其严峻的坦率口吻向她暗示，这一起人尽皆知的私通事件会带来怎样可怕的后果。这桩丑事是纸包不住火的，到时说不定会闹得满城沸沸扬扬，她就得亲眼瞧着自己在海德堡的好名声连同经营的寄宿公寓的好声誉毁于一旦。由于某种原因，兴许是财迷心窍，她竟从未想到这种可能性。而现在，她又被这巨大的恐惧搞得方寸大乱，几乎忍不住立时就要把那姑娘撵出去。幸亏安娜还尚存理智，给柏林的伯父写了封措辞严谨的信，建议他将凯西莉带走。

既然已痛下决心要撵走这两个房客，教授夫人再也无法抑制那一肚子的怒火——要知道她已经忍得够久的了，现在非得好好发泄一通不可。现在她想对凯西莉说什么就说什么，再也不用有所顾忌了。

“我已经给你伯父写信了，凯西莉，叫他把你带走。我没法让你再在我的房子里住下去了。”

注意到姑娘的脸色顿时惨白如纸，教授夫人的一双小圆眼睛禁不住闪闪发亮。“你真不知羞耻！不知羞耻！”她继续说道。她把凯西莉臭骂了一顿。

“你都对海因里希伯父说了些什么，教授夫人？”姑娘问，原先招摇过市的炫耀态度一瞬之间消失不见。

“哦，他到时会告诉你的。明天就能收到他的回信了。”

第二天，为了能当众羞辱凯西莉，教授夫人故意在吃晚饭的时候朝着坐在桌子下首的小姐大声嚷嚷。

“我收到了你伯父的来信，凯西莉。你今天晚上收拾好东西，我们明天早晨送你上火车。他会亲自到柏林的中央车站去接你的。”

教授夫人看到宋先生仍是满脸微笑，不顾她再三拒绝，还是坚持给她倒了一杯白葡萄酒。教授夫人这顿晚饭吃得津津有味。这场战役最后以她的胜利告终，但她胜得非常不明智，甚至可以说得不偿失。就寝之前，她把仆人唤来。“埃米尔，要是凯西莉小姐的行李已经收拾好了，你最好今晚就把它送到楼下去。车站搬运工明天早饭之前就会来取走的。”

仆人依从命令走开了，但没过一会儿又回来了。“凯西莉小姐不在她的房间，手提包也不见了。”

教授夫人惊叫一声，急匆匆奔过去：凯西莉的房间里，行李箱放在地板上，已经捆好而且也锁好了。但手提包不见了，帽子和斗篷也不见了。梳妆台上空空的，什么都没剩下。教授夫人喘着粗气，飞奔下楼，一路跑进中国人的房间。这二十年来，她动作还从未如此利索过，搞得埃米尔不得不在她背后连声呼喊，要她小心，别摔倒。她顾不得敲门，径直闯进房间。房间空无一人！行李也不在了！那扇通往花园的门仍然开着，说明行李是从那儿运走的。桌上放着一个信封，里面有几张钞票，算是这个月的膳宿费；另外还有一笔过得去的小费。教授夫人由于刚才的疾步飞奔，这时突然支撑不住，嘴里不断发出呻吟，肥胖的身子颓然倒进沙发里。毋庸置疑，那对情人私奔了。埃米尔依然是那副迟钝、无动于衷的样子。

第三十一章

海沃德口口声声说明天就动身去南方，已经一个月了。但一想到整理行装的各种麻烦以及旅途的枯燥乏味，他又下不定决心了。结果行期一周周往后拖延，直到圣诞节前大家都忙着过节，才迫不得已准备动身。他受不了日耳曼人欢庆节日的方式，只要一想到节日期间他们放荡不羁、纵饮无度的闹腾场面，就是一身鸡皮疙瘩。为了不引人注目，他打算趁圣诞节前夜悄悄离开。

菲利普送走海沃德时心里并无遗憾，因为他生性是个爽快直率之人，见到有人犹豫不决拿不定主意，就会冒火。尽管他深受海沃德影响，也绝不会认为优柔寡断能为一个人的感性魅力增光添彩。再加上，海沃德总是对他刻板直接的处事方式隐隐约约透露出一丝嘲讽，菲利普也心怀不满。他们保持书信往来。海沃德是个写信高手。他对自己的这一才能非常清楚，写信时可谓煞费苦心。他的气质里具有一种容纳性，对于感受到的各种美具有很强的接受能力，他能将淡雅精妙的意大利气息融入到他从罗马写来的信中。他认为这座古罗马人建造的城市有点流于庸俗，只是沾光于罗马帝国的衰落而显得与众不同。不过，教皇们的罗马①却引起了他心中的情感共鸣，在他精挑细选的措辞里，洛可可式建筑②的精巧华美跃然纸上。海沃德信里还谈

① “教皇们的罗马”指的是梵蒂冈。

② 洛可可式建筑风格于18世纪20年代产生于法国并流行于欧洲，是在巴洛克式建筑的基础上发展起来的，基本特点是纤弱娇媚、华丽精巧、甜腻温柔、纷繁琐细。

到古典优雅的教堂音乐和阿尔巴诺群山的锦绣风光，谈到缕缕熏香的催人欲眠，还谈到让人心醉神迷的雨夜街景：人行道上灯影摇曳，街灯散发出梦幻般迷离的微光。这些令人惊叹的书信，他说不定原封不动地抄寄给了诸多好友。他当然不知道它们怎样扰乱了菲利普那一湾平静的心湖，它们让菲利普现在的生活显得多么平淡乏味啊！随着春天的到来，海沃德诗兴大发，激情上涌，建议菲利普也该去意大利，他在海德堡纯粹浪费光阴。德国人举止粗野，生活平淡无奇。生活在那样拘谨呆板的环境中，一个人的灵魂怎能得到升华呢？在托斯卡纳①，春天已将鲜花洒满大地，而菲利普已经十九岁了。快来吧，他们可以一起在翁布里亚②诸山城闲游漫步。那些山城的名字，菲利普常在心头轻吟浅唱。凯西莉小姐和情人也去了意大利。一想到这对情侣，菲利普就深感焦躁不安，却又不明所以。他咒骂自己的命运，因为他连去意大利的旅费也没有。他知道大伯除了按之前的协议每月寄给他十五镑，多一个子儿也不会给的。他不善理财，过不了那种克勤克俭的生活。扣除膳宿费和学费后，大伯寄给他的生活费也剩不下几个钱。他发现，同海沃德外出实在是很大一笔花销。海沃德经常提议远足，还要去看戏，间或喝瓶啤酒。这样一来，菲利普一个月的生活费就花了个精光。他这个年纪的人总会干些傻事，愣是不肯承认自己囊中羞涩，根本无力铺张浪费。

幸好海沃德只是偶尔寄信来，菲利普还能静下心来过他勤勉的穷学生日子。他入了海德堡大学，上了一两门课。库诺·费舍那时正当红，在那年冬天做了一系列关于叔本华③的出色演讲。菲利普就此被

① 托斯卡纳是意大利中部一个大区。

② 翁布里亚在意大利中部地区。

③ 亚瑟·叔本华（1788－1860），德国著名哲学家，唯意志主义的创始人和主要代表之一。对于人生，持悲观主义观点。

引进哲学大门。菲利普的思想比较实际，接触到这些抽象理论，学得有些吃力。然而，他在聆听先验哲学的专题演讲时，却出乎意料地听得十分入迷。就像看走钢索的舞者在深渊边缘做出各种危险动作，菲利普连大气都不敢喘，觉得十分扣人心弦。这一课题的悲观主义情调深深吸引了这个年轻人。他相信自己即将进入的世界冷酷无情，充斥着不幸与黑暗。但这并没有消减他急于踏进社会的热情。随着时间推移，作为菲利普监护人的信使——凯里太太，向菲利普转达了监护人的意见：是时候回英国了。菲利普兴高采烈地同意了。将来要干什么，他现在得拿定主意了。要是菲利普七月底动身离开海德堡，他们八月就可以好好商谈一番；到时若能做出妥善安排，倒也是个好时机。

离开德国的日期确定后，凯里太太又给菲利普写了封信，提醒他不要忘了威尔金森小姐——承蒙她的善意推荐，菲利普才在海德堡的欧林夫人家找到住宿地。信中还告诉菲利普，威尔金森小姐准备来布莱克斯达布尔与他们共度几周。信中预计她将在某月某日自弗拉辛①渡海，要是菲利普也能在这天动身，就可以和她结伴同行，也好在回布莱克斯达布尔的路上好好照顾她。生性羞涩的菲利普赶紧写信推脱，说他要迟个一两天才能走。他想象着自己如何在人海中寻找威尔金森小姐，还得尴尬地跑上前去询问人家是否就是威尔金森小姐（他极有可能认错人，遭人冷脸奚落）。哦，还有最后一件难办的事：火车上，他到底该同她多多交谈呢还是可以把她丢在一边，只管自己看书。

菲利普终于离开了海德堡。这三个月以来，他什么也没想，满脑子都在考虑自己的未来，离开时并无遗憾和不舍之情。他从没觉得自己在那里有多开心。安娜小姐送给他一本《小号手冯·塞林格》，菲

---

① 位于荷兰西南部，是沃尔切伦岛上一海港。

利普回赠她一册威廉·莫里斯①的著作。两人都非常明智地没有去翻阅对方赠送的礼物。

第三十二章

菲利普见到伯父、伯母时大吃一惊。他从未注意到，他们竟已是这般年老了。牧师对待他的态度还和从前一样，不至于和蔼可亲，也不至于漠不关心。他长胖了一点，头顶又秃了些，白发也更多了。菲利普觉得，大伯是多么的微如蝼蚁啊，脸上流露出内心的软弱与任性。路易莎伯母将菲利普一把拉进怀里，亲热地吻他，激动的泪水不断滚落面颊。菲利普深受感动，又觉得有些尴尬和难为情。他并不知道伯母疼爱自己到了心坎里。

“噢，自你走后，时间似乎变得漫长起来，菲利普。”她抽噎着说。她摩挲着他的双手，眼含喜悦地端详着他的脸。“你长大了，如今俨然一个大人了。”

他上唇边已隐约可见一层软毛。菲利普买了一把剃须刀，不时小心翼翼地将光滑的下巴上的软毛剃掉。

“没了你，我们在家好寂寞啊！”接着，她颤抖着声音不好意思地问，“你应该很高兴回到家里，是不？”

“那当然咯！”

她的身子那样单薄，看起来就像个透明人。她抱在菲利普脖子上

① 威廉·莫里斯是19世纪英国设计师、诗人、早期社会主义活动家及自学成才的工匠。

的两条胳膊骨瘦如柴，让人不禁联想到小鸡的骨头来。那张憔悴的脸上，天，皱纹是如此沟壑纵横！她满头白发，仍按年轻时流行的样式梳成一圈圈小发卷，看起来既古怪又可怜。那干瘪瘦小的身躯就好似秋天的一片枯叶，等第一阵秋风起时，就会被吹得无影无踪。菲利普意识到，他们这两个默默无闻的小人物已经走到人生尽头：他们属于过去的时代，正在耐心而又相当麻木地等待死神的降临。而他却是活力四射、年轻气壮，渴望刺激与冒险，看到他们这样庸碌地虚度时光，实在无法不惊骇。他们一生无所作为，离世后便会像从未在这世界活过一般，不留半点痕迹。他对路易莎伯母顿生怜悯之心，突然因为她疼爱自己而疼爱起她来。

这时，威尔金森小姐走进屋来。刚才她十分周到地避开了，好让凯里夫妇有机会同侄子亲热一会儿。“这位是威尔金森小姐，菲利普。”凯里太太介绍说。

“浪子回家啦！”她边说边伸出手来，“我给浪子带来了一朵玫瑰花。把它别在衣扣上吧！”

她脸上带着欢快的笑意，把刚才在花园里摘的玫瑰花别在菲利普上衣的纽扣眼里。菲利普脸涨得通红，觉得自己显得很蠢。他知道，威尔金森小姐是威廉大伯从前教区长的女儿，他也认识很多牧师的女儿。这些小姐穿的衣服在裁剪上很差劲，靴子是又结实又粗重的那种。她们穿的衣服通常都是黑色。菲利普早先在布莱克斯达布尔待的那些年，钢花还没传到东英吉利来，牧师家的太太小姐们也不喜欢穿红着绿。她们的头发都是随便梳梳，一点儿不精致；身着的亚麻布衣服散发出一股浆洗过后的刺鼻味道。她们认为女性魅力的外露有失体统，因而无论老幼，全都是一成不变的打扮。这让她们看起来全像一个模子里刻出来的。与教会的亲密关系让她们有些妄自尊大，对待其他人不免有些盛气凌人。

威尔金森小姐却与众不同。她身着一袭雪白的平纹细布长袍，上面印有鲜艳的小花束图案，脚蹬一双尖头高跟鞋，再配上一双长筒网状丝袜。在经验不足的菲利普看来，这身打扮曼妙无比，并没有看出她的连衣裙是艳丽的廉价货。她的头发经过精心梳理，前额中央垂着一缕光滑的发卷，乌黑发亮，发卷紧实而牢固，看起来似乎永远也不会乱。她的眼睛又黑又大，鼻子略呈鹰钩形，侧影虽有几分猛禽的凶相，但从正面看却十分讨人喜欢。她喜欢笑，但由于嘴太大，笑的时候总努力不露出那一口又大又黄的牙齿来。但令菲利普最为尴尬的是，她脸上涂了厚厚一层脂粉。菲利普对女士行为举止的看法向来一丝不苟，认为有教养的淑女万万不可浓妆艳抹。不过，话得说回来，威尔金森小姐当然是位有教养的小姐。她是牧师的女儿，而牧师则是有着良好教养的绅士。

菲利普打定主意，绝不去喜欢她。她说话带点法国腔，菲利普不知道她为什么要这样，她明明生于英格兰内陆，长于英格兰内陆。菲利普觉得她笑起来非常不自然，有点矫揉造作；她忸怩作态、卖弄风情的俏皮劲儿也让他恼怒不已。两三天以来，他心怀敌意，一言不发，但威尔金森小姐显然没注意到他的态度。她几乎只和菲利普交谈，不断就某些问题征求菲利普的理性判断。这种做法自然讨人喜欢，还逗他发笑。而对自己感兴趣的人菲利普一向无法抗拒：他颇有几分口才，能时不时飙出一句妙趣横生的俏皮话。现在碰上一位能欣赏自己这种才能的倾听者，菲利普怎能不高兴呢。牧师和凯里太太都没有幽默感，无论菲利普说什么都不能引得他们展颜一笑。随着他和威尔金森小姐越来越熟稔，菲利普不再害羞，渐渐有点喜欢她了。他发觉她的法语腔别有风味，在医生举办的花园宴会上，她比任何人都打扮得漂亮。单单她那一身蓝底大白圆点的软绸裙，就叫菲利普心里生出一种酥麻的感觉。

“我敢肯定，他们准会认为你有失身份。”他笑着对她说。

“我毕生的梦想就是能被人看作恣意放荡的轻佻女子。”她回答说。

有一天，菲利普趁威尔金森小姐在自己房间的当儿，问路易莎伯母她年龄几何。

“噢，亲爱的，你永远不能问一位女士的年龄。不过有一点是肯定的，你要是和她结婚，她年纪可嫌大了点。”

牧师胖胖的脸颊上慢慢浮起一丝笑意。“她可不是什么垂髫少女，路易莎。”他说，“我们在林肯郡的那会儿，她就差不多长成大姑娘了。而那是二十年前的事了。那会儿，她背后还拖着一根大辫子呢。”

“她那时或许还不满十岁。”菲利普说。

“比十岁大。”路易莎伯母说。

“我想差不多有二十岁。”牧师说。

“噢，不，威廉，至多不超过十六七岁。”

“那这么说，她已经三十多了。”菲利普说。

就在这时候，威尔金森小姐迈着轻快的步伐从楼梯上下来，嘴里还哼着本杰明·戈达德的曲子。她戴着帽子，约好和菲利普一块儿出去散步。她伸出手来，让菲利普帮她扣手套上的纽扣。他并不精于此道，显得笨手笨脚的。虽有几分尴尬，但他还是显示了良好的骑士风度。现在，他们之间的谈话已非常顺畅，几乎信手拈来。他们一边闲游漫步，一边谈论着各种各样的事情。她给菲利普讲起在柏林的生活，菲利普则给她说起在海德堡的游学经历。随着他的讲述，过去似乎无关紧要的琐事，现在谈起来也新添了一种乐趣。他描述了欧林太太家住的各色房客以及海沃德和威克斯之间的那几次谈话。那些似乎有着重大意义的谈话现在却被菲利普略加歪曲，让两位当事人显得荒谬可笑。威尔金森小姐的笑声大大取悦了菲利普。

“我要被你吓坏啦！”她说，“好一张巧嘴，说着这般尖刻的话。”接着，她又打趣地问菲利普在海德堡可有什么艳遇。菲利普想都没想，直接坦承没有。但威尔金森小姐绝不相信他。“你可真是守口如瓶！”她说，“在你这种年纪，怎么可能呢？”

菲利普脸颊绯红，哈哈大笑。“你想知道的太多了。”他说。

“噢，我也觉得是。”她满脸得意地笑起来，“瞧你脸都红啦！”

她竟认为他是个风月场中的老手，这让菲利普好不得意。为了使她相信自己确实有种种风流韵事要隐瞒，菲利普赶紧转换了话题。内心里，他却对自己生出一股恼怒，恨自己咋就没有风花雪月过呢。根本没机会啊！

威尔金森小姐对自己的命运颇为不满。她对不得不亲自谋生心生怨恨，并给菲利普讲了一个长长的故事：她本可以从母亲一个叔叔那里继承一笔财产，哪知他竟和厨娘结了婚，还把遗嘱改了。她话里话外有所暗示，家里曾经过着相当奢华的生活。她将自己当年在林肯郡策马闲游、乘车进进出出的富家小姐生活，同目前仰人鼻息的潦倒处境作了一番对比。事后菲利普向路易莎伯母提及此事时，伯母说的让菲利普困惑不已。伯母告诉菲利普，当年她认识威尔金森一家时，他们充其量也只有一匹小马驹和一辆寒酸的双轮马车。至于她妈妈那个有钱的叔父，路易莎伯母倒是听说过，但他不仅结过婚，还在埃米莉（也就是威尔金森小姐）出生前就有了孩子，埃米莉根本就没任何希望可以继承遗产。威尔金森小姐眼下在柏林谋生，但一提起那儿，她几乎没一句好话。她抱怨德国生活的粗俗不堪，满含痛苦地将它和绚丽多姿的巴黎进行了对比。她在巴黎待了许多年，但没确切地说几年。她在一个肖像画家家里当家庭教师。那是一个时髦的上流人家，画家娶了犹太富家女。在那儿，她有幸遇到许多名门显贵，还一口气报出了一大串人名，听得菲利普赞叹不已。法兰西喜剧院的几位著名演员经常到主人家来做客，就餐时，科克兰①就坐在她身边并对她说，他还从未见过哪个外国人能说这么纯正地道的法语。阿尔丰斯·都德②还赠给她一本《萨福③诗选》，原本答应亲笔把她的芳名写在上面，但她忘记提醒他了。不管怎样，她还是非常珍视这本诗选，说可以借给菲利普一看。还有那位莫泊桑，威尔金森小姐提起他时发出一阵潺潺溪水般的动听笑声，同时意味深长地瞅着菲利普。呵，那是怎样的一个人！不过，作为作家，却是相当的了不起！海沃德曾讲到过莫泊桑，他的名声对菲利普来说并不陌生。

“他向你求爱了吗?”他问道。

说来好笑，话到喉咙眼儿时似乎卡在那儿了，菲利普最终还是把它说了出来。他现在挺喜欢威尔金森小姐的，和她闲聊时，心里常常生出一股震颤，但他还是很难想象有人会向她求爱。

“瞧你问的!”她惊叫起来，“可怜的居伊，他向遇到的每个女人都求爱。他这个脾气怎么也改不了。”她轻轻叹息一声，似乎在满怀柔情地回忆往事。“他是个有魅力的男人。”她轻声嘀咕了一句。

比菲利普阅历稍微丰富的人自能猜出那种可能的相遇场景：大名鼎鼎的作家应邀前来赴宴，女教师庄重沉稳地带着两个身材高挑的女学生走进来。主人向客人介绍：“我们的英国小姐。”

“小姐，你好!”席间，大作家同男女主人一番畅聊，被介绍为英国小姐的女教师默默坐在一边。

但对菲利普来说，威尔金森小姐的那番话却唤起了更为浪漫的绮丽遐思。“快给我说说他的事吧!”他激动地说。

---

① 科克兰（1841－1909），法国名演员。
② 阿尔丰斯·都德，19世纪法国著名的现实主义小说家。
③ 古希腊著名的女抒情诗人。

“也没什么好说的。”她说的倒是实话，可那神情似在说：哪怕写上三大厚本，也讲不完这其中的艳史秘闻呢。“你可不能这么打破砂锅问到底呀!”

她开始谈论起巴黎来。她喜欢那儿的林荫大道和绿树繁花。每一条街道都那么优雅迷人、美不胜收，香榭丽舍大道两旁种植的树木更是与他处不同，别具特色。他们这会儿正坐在公路边的栅栏石阶上，威尔金森小姐望着面前那棵挺拔葱茏的大榆树，面露鄙夷之色。还有那儿的剧院，戏剧内容精彩绝伦，演员的演技无与伦比。福约太太，也就是她教的那两个女学生的母亲要去裁制新衣时，常由她陪同前往。

“啊，穷人是多么的悲惨不幸啊!”她大声嚷嚷，“漂亮优雅的时装只有巴黎人才懂得如何穿着，我却买不起！可怜的福约太太，她根本就没有身材可言。有时候，裁缝会在我耳边轻声低语：‘哎，小姐，要是她能有您这样的身段就好了’。”

菲利普这才注意到威尔金森小姐体态健壮丰满，她本人还颇为以此自傲。

“英国的男人太蠢了，只看女人的脸蛋。法国人才是个懂得爱情的民族，他们知道身材远比相貌重要。”

菲利普从未想过这些事，但他现在注意到威尔金森小姐的脚踝又粗壮又难看，便赶紧把目光移开。“你应该去法国。你为什么不去法国待上一年？你可以学法语，那会让你变得 Deniaiser①。”

“那是什么意思?”她脸上露出一丝狡黠的笑意。

“你得去翻字典查查那是什么意思。英国男人不懂如何对待女人，羞羞答答的。男人要是羞羞答答的，可滑稽了。他们不懂得如何向女人求爱，甚至要赞美一个女人多么迷人时还傻啦吧唧的。”

---

① Deniaiser，法语，意为“老练些”。

菲利普觉得自己滑稽可笑。很明显，威尔金森小姐希望他不要像眼前这个样子对待她。他这时倒也乐意说些殷勤的奉承话或来几句诙谐幽默的妙语，可就是想不出来啊。等他好不容易想出一句，却又怕说出来会给自己丢丑。最后，他还是没胆开那个口。

“哎，我爱巴黎。”威尔金森小姐叹了一口气，“但我不得不去柏林。我在福约家一直待到两个女儿出嫁。之后，就没理由再待下去了。然后，在巴黎一时又找不到事做。柏林倒有个空缺，就是我现在干的这个差事。他们是福约太太的亲戚，我就接受了。我在布里达街有个小公寓，在五楼。那儿实在毫无体面可言。你知道布里达街，是吧——那些个女人，你知道的。”

菲利普点点头，根本不明白她说的是什么意思，不过还是能隐约猜出一点儿。他心里有些焦虑不安，生怕她会觉得自己太年幼无知。

“但我不在乎。我这个人很开朗，是吧?”她说话喜欢插一两句法语①，也确实说得不错。“我在那儿还有一段奇遇呢。”她骤然顿住话头，菲利普催促她快点往下说。“你也不肯把在海德堡的风流艳遇讲给我听呢。”她说。

“那些都实在毫无新意可言嘛。”菲利普辩解道。

“要是凯里太太知道我们在谈论这种事，真不知道会怎样想。”

“你该不会觉得我会告诉她这种事吧?”

“那你能发誓不说吗?”

等他发誓保证不说，她就给他说起了她楼上住的那个艺术生如何如何。但她突然中断话头，插嘴说：“你为什么不去学艺术？你画的挺不错呀。”

“还差得远呢。”

---

① 小说原文中，威尔金森小姐说话经常夹杂法语。

“好不好得由别人来评判。就我来说，我相信你有成为一名伟大艺术家的潜能。”

“你难道想象不出威廉叔叔那张脸会有多难看吗，要是我突然跑去告诉他我想去巴黎学画画！”

“自己的事你总能自己做主的吧?”

“你可别想拿这话来打发我，还是继续讲你的故事吧。”

威尔金森小姐轻轻一笑，就继续她的故事了。她在楼梯上偶遇过几次那个艺术生，并没特别留心他，只看见他长着一双漂亮眼睛，还彬彬有礼地朝她脱帽致意。有一天，她发现门缝里塞进来一封信，是他写的。信上说，他已经暗恋她好几个月了，刻意在楼梯那里等着她经过，好看看她的倩影。天啊，那是一封甜蜜动人的情书！她当然没有回信。不过，天底下有哪个女人不会因此奉承感到开心呢！第二天，又送来一封信！这封信写得妙极了，情意绵绵，感人肺腑。后来，她在楼梯上再和他相遇时，都不知道眼睛该往哪儿看了。每天都有信送来，他在信中恳求与她相会。他说他晚上来，大约九点左右，她手足无措，不知道该怎么办才好。他当然见不到她，或许他会一直按门铃，但她绝不会打开门。然而，就在她神经紧绷、等待门铃叮叮当当作响时，他却出其不意地站到了她面前——原来她进来时忘记锁门了。

“命中注定我会见到你。”

“后来呢?”菲利普追问道。

“没有后来了，故事到此结束啦!”威尔金森小姐一面回答，一面发出一串银铃般的笑声。

菲利普半晌说不出话来。他的一颗心此刻跳得非常快，各种陌生而怪异的情绪似乎在他心田里你推我搡，熙熙攘攘闹成一片。他在想象中似乎看到那幽暗的楼梯，还有楼梯上那一次次邂逅。他十分佩服写信人的胆量——老天，他永远也不敢那么做——还佩服他竟然能一声不响，几乎神不知鬼不觉地进了她的房间。在他看来，这才是风流韵事浪漫的真谛所在。

“他长相如何?”

“噢，非常英俊。是个迷人的小伙子。”

“你现在还同他往来吗?”菲利普问这话时，心里微微生出一股酸溜溜的愠怒。

“他待我糟透了。男人全都一个样！你们都是些没良心的东西，全都是!”

“这一点我可不知道。”菲利普不无尴尬地说。

“我们回家去吧。”威尔金森小姐说。

第三十三章

菲利普没法忘记威尔金森小姐的故事，它已经在他脑海里挥之不去了。尽管她关键时刻收住了话头，但一切都已不言而喻，菲利普有点震惊。这种事对已婚女子来说当然无所谓。他读过不少法国小说，知道这类风流韵事在法国确实不足为奇。但威尔金森小姐是英国人，还是未婚女子，父亲还是个牧师。接着，一个念头突然窜进菲利普的脑海：或许那个艺术生既不是她的第一个情人，也不是她最后一个。这样一想，菲利普禁不住倒抽一口凉气：他还从未这样去看待威尔金森小姐；竟然有人向她求爱，太叫人难以置信了。在他天真的思想里，菲利普并不怀疑她故事的真实性，就像他从不怀疑书里的内容一样。他生气的是，这样美妙的事为什么总是落不到他的头上。要是威尔金森小姐坚持要他讲述他在海德堡的猎艳经历，而他又什么都讲不出来，该多么丢脸啊！没错，他有些瞎编乱造的本事，但一点儿也没把握能让她相信自己是惯混风月场的老手。女人天生直觉敏锐，书上看到的都是如此。她也许轻而易举就能发现他在撒谎。想到她会在心里暗暗笑话他，菲利普顿时羞恼得满面通红。

威尔金森小姐一面弹着钢琴，一面慵懒地唱着歌。她唱的是马斯奈①、本杰明·戈达德和奥古斯塔·霍姆斯谱写的歌曲，菲利普听着非常新鲜。两人就这样一个弹唱、一个听，在钢琴边消磨了许多时光。有一天，威尔金森小姐想知道菲利普是否有副好嗓子，坚持让他试唱一曲。听完后，她夸赞他的男中音十分美妙悦耳，提议要教他唱歌。一开始，菲利普出于腼腆害羞的天性拒绝了，但她一再坚持。每天早餐后，只要方便，她就教他一小时。她颇有当老师的天赋，毋庸置疑，是个出色的家庭教师。她教学有方，诲人不倦。她讲课时虽然仍保留浓厚的法国腔，但甜腻的嗲劲儿消失不见了。她受不了半句废话，断然的语气中带有几分绝对权威的味道。学生注意力只要一不集中，或者想要马马虎虎糊弄过去，她就会本能地加以抑制和纠正。她知道自己的职责所在，逼着菲利普勤加练习。

课程一结束，她毫不费力地又恢复那一脸迷人的微笑，语气也重新变得柔软动听。她轻而易举就从教师的角色跳出来了，但菲利普没办法如此轻易地卸掉为人学生的重担。她上课时留给他的印象和她讲个人风流故事时带给他的感觉有点格格不入，他更加细致地观察她。菲利普发觉，比起早上的威尔金森小姐，他更喜欢晚上的她。早晨，她脸上的皱纹清晰可见，脖子上的皮肤也有点粗糙。他真希望她能把脖子遮起来，但那时天气很暖和，而她上衣的领口又开得很低。她非

① 儒勒·马斯奈（Jules Massenet），法国作曲家，多产。除了偶尔写些器乐作品和歌曲，主要活动领域在歌剧，特别是喜剧歌剧。

常喜欢穿白色衣服，而上午穿这种颜色对她来说实在很不合适。一到晚上，她就显得妩媚动人：她穿着几乎像是晚礼服一样的长裙，脖子上戴着石榴石项链，长裙前胸和两肘上镶嵌的蕾丝花边让她显得特别柔媚，十分讨人喜欢。她身上喷的香水散发着一种独特的异国情调，搅得人心里痒痒的（在布莱克斯达布尔，除了古龙香水，人们不用别的；且只在礼拜天或头疼时才喷上几滴）。

菲利普为计算她的年龄伤透了脑筋。他把二十和十七加在一起，却总得不出一个满意的结果来。他不止一次问路易莎伯母，为什么她认为威尔金森小姐已经三十七岁了——看上去还不满三十岁呢。众所周知，外国女子要比英国女子老得快。威尔金森小姐长期生活在国外，差不多也算得上外国人了。菲利普个人觉得，她还不满二十六岁。

“她可不止那个年纪。”路易莎伯母说。

菲利普对凯里夫妇所陈述内容的准确性持怀疑态度。他们唯一记得清楚的是，在林肯郡最后一次见到威尔金森小姐时她还没把头发盘起来。可不是嘛，她那时或许才十二岁呢。那是好多年前的事了，而牧师的记忆力一向不大靠得住。虽说是二十年前，但人们喜欢用整数，很可能是十八年或十七年前的事。十七加十二，只不过二十九嘛。岂有此理，二十九岁就算老吗？安东尼为爱美人克莉奥佩特拉而抛弃江山时，埃及女王已经四十八岁了①。

那是个晴朗的夏季。每天都很热，碧空万里无云，由于近海，暑

① 公元前43年，安东尼同渥大维·凯撒和莱皮德斯为古罗马三大执政官。审判逃犯时，安东尼要召见埃及女王克莉奥佩特拉，问她援助叛徒之罪。克莉奥佩特拉虽迅速赶来，却盛装泛舟于河上，引得万人空巷，去观赏她的绝世天资。入夜，克莉奥佩特拉由亲信卫士卷在毯子里，偷偷送到安东尼的堡垒。安东尼自此沉迷于女王的美色而无暇国家大事。

气稍有减弱。空气中弥漫着让人情绪高涨的愉悦气息，置身于八月的艳阳下，也不会觉得熏烤难受，反而生出一股兴奋劲儿。花园有个小池塘，喷泉飞溅，睡莲盛开，金鱼浮在水面懒懒地晒着太阳。午饭后，菲利普和威尔金森小姐常常带着小地毯和坐垫来到池边，躺在草地上，躲在那一排高高的玫瑰花篱浓荫处。整个下午，他们在那儿或闲聊，或看书，间或还抽支烟。牧师不准在屋里抽烟，认为抽烟是令人厌恶的陋习。他还经常说，任何人沦为某一嗜好的奴隶，就是可耻，却忘了自己已沦为下午茶的奴隶了。

有一天，威尔金森小姐给菲利普看《波希米亚人的生涯》①，是她在牧师书房里翻找书籍时偶然发现的。它被凯里先生连带一批廉价书买了回来，束之高阁达十年之久。

穆戈的这部杰作情节引人入胜，文笔拙劣，内容荒诞不经。菲利普才开始读，就被它的魔力深深吸引住了，灵魂随书中的一幕幕场景欢快起舞：描写饥饿的画面用词诙谐，引人发笑；关于卑劣行径的刻画栩栩如生，别具一格；肮脏污秽的偷情行为经作家修饰点缀，显得多情浪漫；矫揉造作的无病呻吟经作家润色渲染，立刻变成柔肠百转，感人至深。鲁道夫和咪咪，穆塞塔和舒奥纳②，穿着路易·菲利普时代③的奇装异服，在拉丁区阴郁灰暗的街道上闲游乱逛，时而避身于这个小阁楼，时而又蛰居在那个小阁楼；舔着眼泪，挂着微笑，没心没肺地醉生梦死，及时行乐而不计后果。谁能不被他们吸引？只有等你具备更为深沉的鉴赏力再回过头来看这本书，才会发现他们的寻欢作乐是多么的粗俗下流！他们的思想是多么庸俗不堪！你才会感

① 法国剧作家亨利·穆戈的小说（Scènes De La Viee Bohème），曾被改编为歌剧，由普契尼作曲。

② 四人均为小说中的主要人物。

③ 法国国王（1830－1848）。

到，那一伙纵欢行乐的不羁之徒不论作为艺术家还是普通人都一无是处，丁点儿价值都没有。但眼下，菲利普却读得如痴如醉。

“你现在希望去的是巴黎而不是伦敦了吧?”威尔金森小姐问，对他的痴迷之情不无讥笑。

“即便我现在打算去巴黎，也来不及了。”菲利普回答说。

从德国回来的这两周，菲利普曾和大伯多次讨论自己的前途问题。菲利普坚决不愿去牛津上大学，再加上他现在根本没任何机会获得奖学金，就连凯里先生也得出结论，他确实上不起大学。菲利普的全部财产只有两千镑。尽管这笔钱以百分之五的利息投资于抵押业了，但他无法靠利息过日子。现在那笔钱又减少了点。大学一年最低的生活费也要两百镑，花这样一笔巨款去念书简直荒唐至极。即使在牛津读上三年大学，也不见得就能立即挣钱养活自己。菲利普急于直接去伦敦谋生计。凯里太太认为，一个绅士只能从四种行业中寻求就业机会：陆军、海军、司法和教会。她还加上医疗业，小叔子就是干这一行的。不过，凯里太太还记得，她年轻的时候，谁也不把医生当作绅士。四大行业中前两项根本不用考虑，而菲利普本人又坚决反对领圣职，剩下的唯一出路就只有进司法界了。本地医生建议，如今很多有身份的绅士都进了工程行业，但凯里太太当即表示反对：“我可不想让菲利普去干买卖。”

“是啊，但他总得有个职业。”牧师回答说。

“那为什么不让他像他父亲那样去当个医生?”

“我讨厌当医生。”菲利普说。

凯里太太听到菲利普这么说，并不感到遗憾。既然他不打算去牛津读书，进司法界似乎也是没门的事——凯里夫妇觉得，要在司法界干出点名堂，学位是不可或缺的——三人合计来合计去，最后还是决定让菲利普去给某个律师当见习生。他们给家庭律师艾伯特·尼克松写信，问他愿不愿意收菲利普为学徒。这位家庭律师和凯里牧师同是亨利・凯里生前指定的遗嘱执行人。隔了一两天家庭律师寄来复信，说他门下目前没有空缺，且对他们的整个计划很不赞成。这个行业已人满为患，一个人要是没有资本支撑，没有关系网运作，至多也只能当个律师事务所管理职员。他建议菲利普去当特许会计师。不论牧师还是他太太都不知道特许会计师是个怎样的行当，而菲利普本人也从未听说过有谁是当特许会计师的。律师又来信解释说，现代商业发展和企业的日渐增多，导致许多会计师事务所的形成，这些会计师负责帮客户审核账目以及管理财务，他们建立的那一套规范有序又高效的财务管理制度是旧式财务管理所欠缺的。自从几年前取得皇家特许之后，这个行业越来越受人尊重，不仅收入丰厚，重要性也与日俱增。一个给艾伯特・尼克松管理财务达三十年之久的会计师事务所恰好有个见习生的空缺，他们愿意收下菲利普，学费三百镑。其中一半将在五年合同期内以工资的形式付还本人。尽管听起来前景并不怎么激动人心，但菲利普觉得自己必须下定决心干点什么。他再三权衡，对伦敦生活的向往之情还是战胜了心头那一丝退缩之意。凯里牧师去信询问尼克松先生，这个行业是不是适合有身份之人干的体面职业。尼克松先生回信说，自从获得皇家特许状后，许多读过公学和大学的年轻人都投身于这一行业。此外，要是菲利普不喜欢这份工作，一年之后想要离开，赫伯特・卡特（就是那位会计师）愿意归还一半的合同费用。如此一来，事情就这么定了。根据安排，菲利普应于九月十五那天开始工作。

“眼下还有一个月可以逍遥。”菲利普说。

“到那时，你将走向自由，而我却回归桎梏。”威尔金森小姐回应说。她的假期六周，到时只比菲利普早一两天离开布莱克斯达布尔。“不知道我们以后是否还会相见。”她说。

“我瞧不出为什么不可以。”

“别这样一本正经地说些干巴巴的大实话。我还从没见过像你这样不动感情的人。”

菲利普的脸骤然涨得通红，生怕威尔金森小姐会把他看成懦夫：毕竟她是年纪轻轻的女子，有时还挺漂亮的，而他也快二十岁了。要是两人的交谈仅限于艺术和文学，未免有点可笑。他应该向她求爱。他们谈论过许多爱情的话题，比如说，布里达街的那个艺术生；再比如巴黎肖像画家，她在他家住了很久，画家还请她做模特，且狂热追求她，吓得她不得不借故推脱，再也不敢给他当模特了。很显然，威尔金森小姐对这类献殷勤的玩意儿早就习以为常。此时此刻，戴着大草帽的她显得非常迷人。那是一个炎热的下午，是有史以来最热的一天，她的上唇挂着一串豆大的汗珠。菲利普想起了凯西莉小姐和宋先生。他以前想起凯西莉时毫无爱慕之情，她长得实在太过平常，但现在回想起来，两人之间的私情似乎颇富浪漫气息。眼下，好好的机会就摆在菲利普面前，他也可以来一次浪漫艳遇。威尔金森小姐几乎可以算作法国人了，这就给一场可能的艳遇增添了几分奇情异趣。当他晚上躺在床上时，或者白天独自在花园看书时，一想到此事，就禁不住一阵激动。但当他亲眼看见威尔金森小姐时，场景似乎就不那么香艳动人了。

不管怎么说，在她讲了那些风流韵事之后，要是他也向她求爱，她应该不至于多么吃惊吧。菲利普还觉得，她一定对自己至今仍无任何行动迹象感到怪异无比。或许这只是他一时的幻觉。不过近一两天来，他不止一次地在她的目光里隐约察觉出一丝鄙夷的神色。

“你呆呆地在想什么呢?”威尔金森小姐眼含笑意，盯着他说。

“我不会告诉你的。”菲利普回答说。

他在想，自己应该就在此时此地吻她——不知道她是不是正期待他这么做呢。但毕竟没有任何前奏，怎能这样鲁莽行事呢！她不以为自己疯了才怪呢，说不定还会赏自己一个大耳刮子。也许，她还会跑到大伯面前去告状。真不知道宋先生是怎么和凯西莉小姐开始的。要是她真去找大伯告状，那就糟透了。他知道大伯是个什么样的人——大伯准会告诉医生和约西亚·格拉夫斯。那样，他就会在众人面前成为十足的大傻瓜。路易莎伯母一再坚持说，威尔金森小姐已经三十七岁了！想到自己会遭受怎样的嘲笑与奚落，菲利普吓得直哆嗦——他们会说她已经老得足够当他妈妈了！

“瞧你又呆想什么啊?”威尔金森小姐仍是满含笑意说。

“我在想你。”菲利普鼓起勇气，大胆回了一句。无论如何，他这话可说得滴水不漏，算不上什么大罪。

“想我什么呢?”

“噢，你问得太多了。”

“你个淘气鬼!”威尔金森小姐说。

又来了！每次他好不容易鼓起勇气，她都要说些煞风景的话，让人忘不了她那家庭教师的身份。他唱歌练习时要是达不到她满意的程度，就会开玩笑地骂他淘气鬼。这次，菲利普可是相当生气了。“我真希望你不要把我当小孩看待。”

“你生气了吗?”

“非常生气。”

“我不是故意的。”她伸出手，他抓住了。近来有一两次他们晚上握手道别时，菲利普似乎感到她轻轻捏了一下他的手；这回再没什么好怀疑的了。

他不太知道接下来应该说什么。此刻，冒险的机会终于来了。要是错失这等良机，他就真成了一个大傻瓜！然而，这场景似乎有点过于普通，菲利普本期望会更多一点醉人气氛才是。他读过许多关于爱情的浪漫描写，但他现在一点儿也没有小说家们描写的内心情感激动上涌的感觉；也并没有被一股股情爱热浪冲得神魂颠倒，站都站不稳。而且，威尔金森小姐也不是他理想的情人。他幻想中的意中人是那样妩媚动人：一双含羞带怯的大眼睛，皮肤像雪花石膏似的光洁润滑。他想象着自己如何把脸埋在她那如涟漪一般浓密的红棕色头发里。他可没法想象自己会把脸埋在威尔金森小姐的头发里。要知道，这位小姐的头发总让他觉得有点黏黏糊糊的。不过，话得说回来，能偷一次情也足够让人心花怒放了。他为自己即将成功的征服之举感到由衷地自豪，激动之下，身体都不禁有些颤抖起来。他是完全靠自己把她诱到手的。菲利普下定决心，一定要亲吻威尔金森小姐，但不是在这个时候，而是要等到晚上，在幽暗的地方比较方便一些。只要亲了她，以后的事也就水到渠成了。就在今晚，他一定要亲吻她。为了表示自己的决心，他还发了誓。

他已经胸有成竹，一切都计划好了。晚饭后他建议两人到花园里去散步，威尔金森小姐同意了。两人肩并肩地在花园里漫步，菲利普非常紧张，也不知怎的，话说来说去总是引不到点子上去。他本打算第一步要做的是用手揽住她的腰，但她一直喋喋不休地说着下周要举行的赛舟会。他总不能突然伸出手搂住她吧。他巧妙地把她引向花园最幽暗的地方，可人到了，勇气却不知所向了。他们在长椅上坐下时，菲利普真的下定决心了。这就是亲吻她的大好时机。可威尔金森小姐却说这里肯定有地蜈蚣，坚持要往前走。他们又在花园里转了一圈，菲利普这次给自己下了死命令，一定要在转到长椅之前断然采取行动。然而，等他们从屋前经过时，却看见凯里太太站在门口。

“年轻人，不觉得是时候进来了吗？夜里寒气重，我敢说对你们的身体没好处。”

“或许我们还是进去的好。”菲利普说，“我不想让你着凉。”

菲利普此话一出，可真是大大松了一口气，今晚再也没心思瞎折腾什么了。等他独自回到房间时，却对自己火冒三丈。真是个大笨蛋！他非常肯定威尔金森小姐正期待自己的吻，要不然绝不会去花园的。她总是说，只有法国人才知道如何对待女人。菲利普读过很多法国小说。他要是法国人，一定会紧紧抱住她，热情洋溢地告诉她自己有多喜欢她，会把双唇紧紧贴在她的粉颈上。他不明白，为什么法国人总喜欢亲吻女士的脖子。他可从来没瞧出颈脖有什么吸引人的。当然，法国人干这些事的时候相对要容易些，语言可是帮了大忙，菲利普总觉得用英语说那些热情洋溢的情话听上去有点滑稽可笑。他现在真希望自己从没打算攻陷威尔金森小姐的贞操。他们开始相处的那两周，日子过得多么愉快惬意啊！而现在，他却觉得痛苦不堪。但他主意已定，绝不能就此罢休。要是就此缴械投降，他会一辈子瞧不起自己。他铁了心，非要在明天晚上亲到她不可。

第二天，菲利普起床时看到外面正下雨，脑海里冒出的第一个念头就是今晚去不了花园了。早餐时，他心情非常好。威尔金森小姐让玛丽·安进来说，她头痛不能起床。她直到喝下午茶才出现，穿着一套合身的晨衣，脸色有些苍白。但等到吃晚饭的时候，她已经完全恢复了精神，大家在愉快的气氛中用完了餐。做完祷告后，她说要立即上床休息，并跟凯里太太亲吻道别。然后，她转身对着菲利普："天啊！"她惊呼出声，"我差点也要亲亲你了。"

"那为什么不呢？"他说。

她笑出声来，并伸出手。毫无疑问地，她紧紧捏了一下他的手。

第二天，晴朗的天空不见一丝乌云，经过雨水冲洗的花园，空气分外清新芬芳。菲利普去海边游泳，回来后美美地吃了一顿丰盛的午餐。下午，牧师宅邸举行网球聚会，威尔金森小姐穿上自己最漂亮的衣服盛装出席。她穿衣打扮确实很在行，菲利普没法不注意到，站在助理牧师的妻子和医生已出嫁的女儿旁边，她显得多么优雅端庄。她在腰带上别了两支玫瑰花，坐在草坪边上的花园椅里，打着一把红色的遮阳伞，光影洒在她的脸颊上，十分迷人。菲利普喜欢打网球。发球技术不错，因为跑起来不灵便，他打球时离网很近。尽管有只脚是瘸的，但他动作非常迅速，很少有球能逃得开他的掌控。他兴高采烈，因为每局球都赢了。喝茶时，他坐在威尔金森小姐脚边，浑身冒热汗，气喘吁吁。

“法兰绒很适合你。”她说，“你今天下午看上去真帅。”

菲利普开心得脸都红了。“我也可以诚实地回赞你一句：你美得让人神魂颠倒。”

她噙着笑意，一双乌黑的眸子久久盯着菲利普。

晚饭后，他坚持要她出去散步。

“难道你今天还没锻炼够？”

“今晚花园的夜色一定十分迷人，星星全都出来了。”菲利普情绪高亢。

“你知道吗，为了你，凯里太太还怪我来着。”当他们漫步经过菜园时，威尔金森小姐说，“她说我不该跟你调情。”

“你和我调情了吗？我怎么没注意到？”

“她不过是开玩笑罢了。”

“昨晚你太不厚道了，竟然不肯吻我。”

“你也不看看我说那话时，你大伯脸上是什么表情！”

“只是这个原因就阻止你那么做吗？”

“我吻别人时可不喜欢有目击证人。”

“现在可没有任何目击证人。”

菲利普搂住她的腰，亲吻了她的双唇。她只是嫣然一笑，丝毫没有退缩之意。一切进行得相当自然，菲利普很为自己感到自豪。他说过他一定会做到，现在已经做到了。这真是世界上最容易做到的事情。他真希望自己以前也这样干过。他又亲了她一下。

“啊，你不该这样。”她说。

“为什么？”

“因为我太喜欢了。”她莞尔一笑。

第三十四章

第二天吃过午饭，他们带着小毛毯和坐垫来到喷水池边。虽然带着书，但谁也没有心思翻开。威尔金森小姐舒舒服服坐好后，打开了那把红色的遮阳伞。菲利普现在一点儿也不害羞了，可一开始威尔金森小姐不让他吻她。

“昨晚我实在错得离谱。”她说，“我怎么也睡不着，觉得自己实在大错特错了。”

“胡说！”他叫了起来，“我敢肯定你昨晚一定睡得很香。”

“要是你大伯知道这事了，他会怎么说？”

“根本没理由让他知道啊。”他朝她探身过来，一颗心怦怦直跳。

“你为什么想要吻我？”

他知道自己应该回答：“因为我爱你。”但就是说不出口。

“你觉得呢？”他反问道。

她满眼笑意地凝视着他，同时用指尖轻轻抚摸他的脸。“你的脸多么光滑啊！”她嘟囔了一句。

“此刻，我真想好好刮刮脸。”菲利普发现，要说一些浪漫的肉麻情话还真是困难。意识到这一点，还真让他惊讶不已。他发现沉默反倒比言语更能帮自己的忙，可以用目光来传达言语所无法表达的情感。

威尔金森小姐叹息一声：“你到底喜不喜欢我?”

“当然喜欢，喜欢极了!”这回他再凑上去吻她时，她没有拒绝。菲利普装出一副满腔热烈爱意的样子，成功扮演了一个疯狂追求者的角色。他自认为演得还不错。

“我开始有些怕你了。”威尔金森小姐说。

“晚饭后你会出来散步的，对吧?”他语带恳求地说。

“除非你答应要规规矩矩的。”

“随你说什么，我都答应。”菲利普这下可真是引火烧身了，这股情欲之火原本只是他半真半假装出来的。下午茶的时候，他一脸兴高采烈的神情丝毫不加掩饰，威尔金森小姐紧张不安地看着他。

“你那双发亮的眼睛真不该如此。”她后来寻着机会对他说，“你路易莎伯母会怎么想呢?”

“我才不管她怎么想呢!”

威尔金森小姐颇为满足地呵呵一笑。刚吃完晚饭，菲利普就对她说：“陪我去抽根烟吧!”

“你为什么就不能让威尔金森小姐好好休息休息?”凯里太太说，“别忘了她可不像你这样年轻。”

“噢，我倒是想出去走走呢，凯里太太。”她说道，语气颇有些尖酸不悦。

“午饭后走一走，晚饭后歇一歇。”牧师说。

“你伯母是个挺好的人，就是有时不免让人心烦气躁。”他们出了屋子，刚关上侧门，威尔金森小姐就这么说了一句。

菲利普扔掉刚点燃的香烟，张开胳膊猛地将她搂住。她试图推开他。“你答应过会规规矩矩的，菲利普。”

“你该不会真觉得我会信守那样的承诺吧?”

“别在离房子这么近的地方，菲利普。”她说，“你想一想，要是有人突然出来怎么办?”

菲利普把她领到菜园那里。这会儿绝没人上这儿来，威尔金森小姐倒没想起地蜈蚣这回事儿。他热烈地激吻她。有一点叫菲利普困惑不已：早上，他一点儿也不喜欢她；中午，只是觉得她还勉强可以；可到了晚上，只要一触碰她的手，他整颗心都激动地颤抖了起来。那些情意绵绵的话叫他怎么也想不到竟然会出自他之口，若是大白天的，他是绝对说不出来的。他听着自己口吐绵绵情话，沾沾自喜的同时也不甚惊讶。

“你说的情话多么美妙动听啊!”她说。

他自己也是这么想的。“噢，要是我能把心中燃烧的激情一股脑儿都倾诉给你，该多好!”他饱含激情地喃喃自语。

真是其乐无穷！这是他玩过的最为惊险刺激的游戏。其美妙乐趣就在于他所说的那些话差不多就是他的真实感受，只是略微夸张了一点点。看到这些话在她身上产生的效果，菲利普不仅觉得极为有趣还兴奋不已。最后，她显然费了好大劲才恋恋不舍地开口说，她要回屋去了。

“噢，别现在就走呀。”他恳求道。

“我必须得回去了。”她嘟嘟囔囔道，“我感到害怕。”

菲利普的直觉突然告诉他，眼前该怎样做才是最正确的选择。“我现在还不能进去，要留在这儿好好想一想。我双颊像火烧一样发烫，需要吹点夜风冷静冷静。晚安。”

他一本正经地伸出手，她默默无声地握住了。他觉得她在竭力遏制自己不发出抽泣之声。啊，棒极了！他一个人在黑黢黢的园子里颇为无聊地待了一段时间，想想时间差不多了便进了屋，发现威尔金森小姐回房睡觉了。

自此之后，两人之间的关系变得非同一般。第二天和第三天，菲利普俨然热恋中的情人。他美滋滋地发现，威尔金森小姐已经爱上他了：她不仅用英语这么跟他说，还用法语这么对他说。她向他倾诉钦慕之情。过去从未有人亲口告诉菲利普说他长着一双多么迷人的眼睛，双唇多么性感。他过去很少在个人形象上劳心费神，现在一有机会就要照照镜子欣赏自己一番，觉得甚为满意。同她接吻的时候，感受到那股让她灵魂震颤的激情，菲利普觉得真是妙不可言。他经常亲吻她，因为他发觉这比说些缠绵甜蜜的情话要容易得多——尽管他本能地觉得她渴望自己能在她耳边说些动人情话。即使现在说些已为她倾倒之类的话，仍叫菲利普觉得非常愚蠢可笑。他真希望此时能有个人听他好好吹嘘一番，他将非常乐意说出偷香窃玉的种种细节。有时候，她会说些莫名其妙的话，一副神神秘秘的样子，听得他云里雾里，完全不明所以。菲利普真希望海沃德在这儿。那样的话，就可以向他请教她那些话究竟是什么意思，下一步最好采取什么行动。是速战速决呢还是任其自然，菲利普自己拿不定主意。眼前只剩下三周了。

“一想到假期就要结束，我就受不了。”她说，“我痛得心都要碎了。或许，我们将从此再也不能相见了。”

“你要是果真有一点点在乎我，就不会对我这么狠心。”他轻声低语。

“噢，你为什么还不满足？我们这样不是挺好的吗？男人全都是这副样子，得陇望蜀，永远都不会满足。”

然而，他死缠着她不放。她最后只得说：“你难道看不出来这不可能吗？我们怎么能在这儿呢？”

他提出各种各样的实行计划，但她说什么也不肯试试。“我可不敢冒这个险。万一被你伯母发现，那可就了不得了!”

一两天之后，他想出一个绝妙的办法。“听着，要是你礼拜天晚上推说头疼，愿意留下来看家，路易莎伯母就会上教堂去。”

一般情况下，凯里太太在礼拜天晚上都会留下来看家，好让玛丽·安可以去教堂。如果有机会参加晚祷，她还是非常乐意接受的。

菲利普在德国时已改变对基督教的看法，却觉得没必要告知亲戚们，也不指望能获得他们的理解，看起来还是默不作声地去教堂做礼拜好，省得给自己找麻烦。但他只在早晨去一次，并将这看成对大众偏见优雅得体的让步。他拒绝晚上再去第二次，并将这视为坚决维护思想自由的恰当表现。

当他提出这个建议的时候，威尔金森小姐半晌没说话。然后，她摇摇头。“不，我不能那么做。”她说。

然而，到礼拜天喝下午茶的时候，她却让菲利普大吃了一惊。“我想，我今晚去不了教堂了。”她突然说，“我头疼得厉害。”

凯里太太忧心忡忡，坚持要给威尔金森小姐服用她自己经常喝的“头疼药剂”。威尔金森小姐对她的好意表示感谢，一喝完下午茶就说要回房躺下。

“你确定什么也不需要吗?”凯里太太焦心地问。

“非常确定。谢谢。”

“要是这样的话，我可要上教堂去了。我平时很少有机会晚上去。”

“噢，去吧。放心去就是了!”

“还有我在家呢。”菲利普说，“要是威尔金森小姐需要点什么，可以叫我呀。”

“你最好把客厅的门开着，菲利普。威尔金森小姐打铃的时候，你就能听见了。”

“那是当然！”菲利普说。

六点后，家里就只剩下菲利普和威尔金森小姐了。菲利普有些心慌意乱，十分懊丧，真心希望自己没提这么个馊主意。但现在悔之晚矣，他必须好好利用好不容易创造的机会。否则，威尔金森小姐怎么看他呢！他走进门厅，凝神细听，什么声音也没有。他在想，威尔金森小姐是不是真的头疼。或许，她早就将他的提议忘得一干二净了。这让他的心在痛苦中翻滚。他尽量轻手轻脚地爬上楼梯，可还是发出了咯吱一声响。这可把他吓个半死，赶紧收住脚。他总算来到威尔金森小姐的卧室门口，先是站在门外侧耳静听了一会儿，然后把手搭在门把上又等了一会儿。在他看来，自己至少等了五分钟，迟迟拿不定主意，搭在门把上的手不住地哆嗦。要不是怕事后生出种种懊悔，他早就一溜烟跑了。现在这情形就好比站在游泳池最高一层的跳台上：你从下面看没什么大不了的，等你真的站在高处瞪着下面的池水时，整颗心都沉了下去。逼你跳下去的唯一动力就是耻辱——你一步步爬上高台，又吓得懦弱地一步步走下去，是怎样的耻辱！菲利普鼓足勇气，轻轻转动门把手，一步步挪了进去。他觉得自己浑身颤抖，好似风中一片残叶。

威尔金森小姐站在梳妆台旁，背对着门，一听到开门声就迅速转过身来。“哦，是你啊。你来干什么？”

她已脱掉裙子和上衣，只穿着衬裙站在那儿。衬裙非常短，只到靴子上面。衬裙上半部分是黑色的，是用一种亮闪闪的材料做成的，下面是一圈红色的荷叶边。她上身穿着短袖白色印花紧身衬衣。那副滑稽可笑的怪模样看得菲利普的心凉透了，她从未像此刻这样毫无吸引力可言。但事到如今，一切都已经太迟了。菲利普关掉身后的门，并上了锁。

第三十五章

菲利普第二天早晨醒得非常早。尽管他躺在床上辗转反侧，一整夜都睡不安稳，但此刻舒展双腿，看着从软百叶窗帘里透进来的阳光在地板上交织成的光影图案时，还是心满意足地吁了口气。他有些得意洋洋，开始想威尔金森小姐的事。她要菲利普叫自己艾米丽，但不知怎的，菲利普就是叫不出来，始终将她当作威尔金森小姐。既然唤她威尔金森小姐要挨骂，菲利普干脆避免叫她的名字。孩提时，菲利普经常听人提起路易莎伯母还有个妹妹，是海军军官的遗孀。这位遗孀被称作艾米丽姨妈。现在要用艾米丽称呼威尔金森小姐，让菲利普很不舒服，又想不出其他更适合她的称呼。她从一开始就是威尔金森小姐，这个称呼似乎与菲利普对她的印象密不可分。他眉头微皱，不知怎的，现在总是看到她最糟糕的地方。他忘不了昨晚她身穿衬衣、衬裙陡然转过身来那一瞬间他心里所产生的沮丧之感。他还记得她的皮肤略显粗糙，脖子上的褶皱又深又长。这些不好的印象让他的幸福感顿时消失得无影无踪。他又估算了一下她的年龄，瞧不出她怎么还不满四十岁。如此一来，这段风流韵事就显得极其荒谬可笑。她长相本就普通，又人老珠黄。他反应迅速的幻想顿时将她的形象展现在他的眼前：满脸褶子，容颜憔悴，全靠浓浓的脂粉来遮掩；那一身打扮就其身份而言，未免显得过于艳丽花哨，就其年龄而言，未免又有扮嫩之嫌。他打了一个寒颤，猛地觉得自己再也不想看到她了。还要去亲吻她？简直想想都觉得恶心。他被自己的所作所为骇得心惊胆颤——难道这就是爱情？

他花了尽可能长的时间来穿衣着装，好推迟同她见面。延迟一刻是一刻，等他最后不得不走进客厅时，心情简直沉郁到了极点。祷告已结束，大家坐在桌边吃早餐。

“懒骨头！”威尔金森小姐心情很好地骂了一句。

他看着她，心里略感安慰地松了口气。她背靠窗坐在那里，还真是秀色可餐。菲利普奇怪自己刚才为什么把她想得那么糟糕，他的自我满足感又回来了。

她的巨大变化让菲利普大吃一惊。刚吃罢早饭，她就迫不及待地说她爱他，那饱含深情的声音颤抖得厉害。一会儿之后，他俩去客厅上歌唱课，她在琴凳上坐定，一行音阶只弹到一半，就仰起头说：“抱抱我！”

菲利普刚弯下身子，她就张开双臂一把搂住他的脖子。这滋味可真不大好受，因为她把他抱得又紧又用劲，差点没把他勒死。

“啊，我爱你！我爱你！我爱你！”她操着夸张的法国腔大叫。

菲利普真希望她能说英语。“我说，不知道你想过没有，园丁随时都可能从窗户前经过。”

“啊，我不在乎那个园丁！我不在乎！我才不在乎呢！”

菲利普觉得眼前这一幕像极了法国小说里的场景，不知道为什么，这让他心中的怒火慢慢燃了起来。最后他终于忍不住说：“嗯，我想去海边走走，顺便泡个澡。”

“噢，今天早晨可不许你离开我。为什么偏偏是今天早晨呢？”

菲利普十分不明白为什么今天早晨不行。不过，这也无所谓。“你想要我留下来吗？”他微笑着问。

“啊，亲爱的！不，你还是去吧，去吧！我要想象一下你搏击海浪、在咸咸的广阔海水里舒展四肢的样子。”

他拿起帽子，悠然离去。“真是蠢娘们的傻话！”他暗自这么想。

但他心里其实觉得挺满意，挺开心，挺沾沾自喜。她显然已深深迷恋上自己。他一瘸一拐地走在布莱克斯达布尔的大街上，带着目中无人的傲慢神情打量着过往行人。他认识挺多人，微笑着向他们点头致意，心里想着要是让他们知道自己的猎艳奇遇，该多好啊！他真的非常非常想有人能知道。他想要写信告诉海沃德，并且开始在脑海里构思起来。他会在信里谈到花园和玫瑰，还有那位娇俏玲珑的法国女教师。她就像玫瑰花丛中一朵别具风韵的仙葩奇株，艳香袭人，带着堕落的妖冶气息。他会说她是法国人，因为——嗯，她在法国住了那么多年，差不多能算得上法国人了。再说，要是一五一十地将整件事和盘道出，岂非有失风雅？他要告诉海沃德两人初次相遇的情形：她穿着一袭优雅精致的薄纱长裙，还赠给他一枝鲜花。他还挖空心思地编了一首优美细腻的小诗：阳光点燃爱情的烈焰，海水激荡爱情的魔练，更有星辰添以诗情画意的沧海桑田，在古色古香的牧师花园，精雅的玉砌雕栏，正适合结此良缘。他的情人颇有几分梅瑞狄斯笔下人物的风采，虽比不上露西·弗维莱尔，也比不上克拉拉·米德尔顿①，但她千娇百媚的迷人丽颜却是言语不能形容的。菲利普的心怦怦跳得很快，浮想联翩，并为之心醉神迷。当他游完泳爬回海滩、浑身滴着水、冷得直打哆嗦地钻进活动式游泳更衣车时，又开始遐思万千起来。他想着自己钟爱的情人。在给海沃德的信里，他要这样来描绘她：小巧可爱的鼻子，棕色的大眼睛，一头棕色头发又细密又柔软，把脸埋在这样的长发里真叫人爱不释手，她的皮肤像象牙一样洁白无瑕，像阳光一样泛着莹润的光泽，双颊就像红玫瑰一样娇艳欲

① 乔治·梅瑞狄斯是英国维多利亚时代的小说家、诗人。露西·弗维莱尔是其小说《理查·弗维莱尔的苦难》中的人物。克拉拉·米德尔顿是其小说《利己主义者》中的人物。

滴。她芳龄几何啊？也许十八岁吧。他唤她米塞特。她的笑声就像潺潺小溪一样悦耳动听；说起话来声音之轻柔婉转，胜过他听过的最甜美的乐声。

“想什么想得这么入迷？”

菲利普猛然停下脚步，他原本正慢慢往家走去。

“我在四分之一英里外的地方就朝你挥手了。瞧你这副魂不守舍的样子！”威尔金森小姐正站在他的面前，瞧着他吃惊的样子禁不住哈哈大笑。

“我想来看看你，所以就等在路上了。”

“你真好。”

“我吓到你了吗？”

“有一点。”他承认道。

他到底还是给海沃德写了一封信，有八页之长。

余下的两周时光过得非常快。尽管每天晚上吃完饭去花园散步时，威尔金森小姐都要感叹一句又是一天过去了，但菲利普情绪太过亢奋，丝毫没因她这种想法而沮丧。一天晚上，威尔金森小姐提议说，要是她能辞掉柏林的工作而在伦敦找个差事，该多好啊！这样，他们就可以经常幽会了。菲利普虽然嘴上说着要是能那样真是太好了，内心里却并没因这种前景而感到丝毫激动。他正满心期待能在伦敦开启精彩的新生活，真心不希望受到任何牵绊。他在讲述今后对她的打算时语气太过随便，使得威尔金森小姐一眼就看出来他心里恨不能早早离开的好。

“你要是真爱我，就不会这样和我说话。”她大叫起来。

他大吃一惊，赶紧闭口不再言语。

“我多傻啊！”她喃喃自语。

叫他吃惊的是，他竟然看见她在哭。菲利普心肠很软，见不得任何人痛苦哭泣。“噢，对不起！真的非常对不起！我做错了什么？别哭呀！”

“噢，菲利普，别离开我！你不明白，你对我来说有着怎样的重要意义。我的人生如此悲惨不幸，是你让我获得了快乐与幸福。”

他默默地吻着她。她的声音里确实满溢痛苦，让他感到害怕。他从没想到，她的那些话全都出自真心实意，是非常、非常认真的情感表达。

“真的很对不起。你知道我是多么喜欢你。我真希望你能来伦敦。”

“你知道我来不了。那儿几乎不可能找到工作，而我也讨厌英国的生活。”

菲利普被她的悲痛所感动，几乎意识不到自己只是在扮演某种角色，他抱住她，越抱越紧。她的泪水取悦了他，让他隐隐生出一丝得意，激烈地吻她。这回倒是出于一片真情。

但一两天之后，她当众发作了一次。牧师宅邸举行了一场网球聚会，来宾中有两位年轻姑娘，她们的父亲是印度驻军的退休少校，最近才在布莱克斯达布尔定居下来。两人都长得十分漂亮，姐姐和菲利普同龄，妹妹要小上一两岁。姐妹花惯于与青年男子交往，满肚子关于印度的奇闻逸事（拉迪亚德·吉卜林①的短篇小说风靡于世，几乎人手一册）。姐妹俩和菲利普打打闹闹，而菲利普也是乐不可支，觉得姐妹俩带来了一股让他兴奋的新鲜劲。要知道，布莱克斯达布尔的年轻小姐对待牧师侄子的态度过于严肃认真，不苟言笑。他像是魔鬼附身似的，竟肆无忌惮地和两个姑娘调起情来。这儿只有菲利普这么一个年轻男子，姐妹俩也乐意与他打情骂俏。巧的是，这两姐妹网球

---

① 拉迪亚德·吉卜林（1865－1936），英国小说家、诗人，出生于印度孟买。

都打得非常不错，而菲利普本就觉得和威尔金森小姐拍来拍去地打球很不过瘾（她来布莱克斯达布尔后才开始学打网球）。等他安排茶点后的比赛阵容时，便建议先由威尔金森小姐和助理牧师搭档，同助理牧师的太太对阵，然后再交由他来对付新来的人。他在奥康纳大小姐身边坐下，压低声音对她说："先把蠢笨的门外汉干掉，我们就可以痛痛快快地厮杀一番了。"

威尔金森小姐显然偷听到了他的话，把球拍往地上一扔，说自己头疼得厉害，转身就走了。在场的人们都看得出来她这是闹脾气了。菲利普看到她竟然当众耍小性，心中十分恼火。他们撇开她，重新调整了比赛阵容。但没过一会儿，凯里太太就来唤菲利普了。

"菲利普，你伤害了艾米丽。她回房了，这会儿正哭呢。"

"哭什么？"

"哦，似乎是什么蠢笨门外汉的事儿。快去找她，跟他说你不是有意无礼的！好孩子，快去！"

"好吧。"他敲敲威尔金森小姐的房门，但没人应声，便兀自走了进去。他发现她脸朝下扑在床上，正哭得伤心。他轻抚她的肩头："我说，你这究竟是怎么了？"

"别管我！我再也不想和你说话了。"

"我做了什么？要是我伤了你的心，那真是对不起。我不是有意的。听我说，快起来吧。"

"噢，我太伤心了。你怎么能对我这样残忍？你知道我讨厌那个蠢游戏。我之所以参加，完全是因为我想和你一起打球。"她站起身朝梳妆台走去，但不忘迅速朝镜子里瞟一眼，才一把倒在椅子上。她把手帕揉成个小球，轻轻擦拭眼角。"我已经给了你一个女人最珍贵的东西——噢，我这样做是多么傻啊——你一点儿感激都没有。你一定是个没心肝的人。你怎么能这么残忍地折磨我，就在我眼皮底下和那些粗俗的野丫头眉来眼去。我们只剩下一周了，你连这么点时间都不肯给我吗?”

菲利普站在那儿，脸色相当沉郁地看着她，觉得她的行为像个不懂事的孩子一样幼稚可笑。她竟当着陌生客人的面耍脾气，让他极其恼火。“但你知道，我根本不在乎那两位奥康纳小姐的。你究竟凭什么认为我喜欢她们呢?”

威尔金森小姐收起手帕，施脂抹粉的脸被眼泪搞得一塌糊涂，头发也有些乱蓬蓬的。此时此刻，白裙子穿在她身上实在太糟践了。她用饱含深情的饥渴眼光盯着菲利普：“因为你和她才只有二十岁，”她嘶哑地说，“而我已经老了。”

菲利普脸涨得通红，移开了视线。她那满溢痛苦的声调让他生出一股怪异的不安感觉来，他真心希望自己从未跟威尔金森小姐有过任何纠缠。“我并不想让你伤心。”他神色尴尬地说，“你最好还是下去看看朋友们。他们会奇怪你这是怎么了。”

“好吧。”

总算可以离开她了，菲利普感到很开心。

这一番争吵很快就和解了。但在所剩不多的几天里，菲利普有时不胜厌烦。除了即将来临的新生活，他什么都不想谈。可一提到将来，威尔金森小姐就止不住抹眼泪。一开始，她的哭泣还让他深有触动，觉得自己是个残忍无情之徒，便加倍证明自己对她的满腔热情将永远不会熄灭。可现在，他的耐心耗尽，心中恼怒不已：如果她还是个不谙世事的少女倒还情有可原，可像她这样一个成熟的大龄女人还总是哭哭啼啼的，简直愚蠢可笑。她总是不断提醒他，他对她的给予欠缺感激之情，而这感情债是他永远也还不清的。既然她一再强调这一点，他也愿意承认，但他真的不明白为什么是自己更该感激她，而不是她感激自己呢。她期待他将情人的义务履行到各个方面，而菲利普发觉这实在令人讨厌：他一向习惯于只身独处，有时候还是他的切身之需；可在威尔金森小姐看来，他须整天在她身边耳鬓厮磨，对于她的传唤要随叫随到，否则便是没心肝、没情义。奥康纳姊妹曾邀他俩一起喝茶，菲利普当然愿意去。威尔金森小姐却说，她只剩下五天时间了，这五天里他整个人都属于她独有。这听起来挺美的，做起来却实在无聊得很。威尔金森小姐在菲利普耳边絮絮叨叨，说法国人要是爱上美丽优雅的女士——就像菲利普现在同她的这种关系，他们会如何心思细腻，如何考虑周到，如何温柔体贴。她不吝言辞地赞美法国男人，夸他们谦恭有礼，殷勤慷慨，满腹自我牺牲精神，并且感觉敏锐，为人得体。威尔金森小姐的要求还真是多啊！

菲利普听她一一列举完美情人的必备品质，不禁暗暗庆幸她幸好住在柏林。

“你会给我写信的，是不？要每天都给我写信。你做的一切都要让我知道，不得有任何隐瞒。”

“到时候我说不定会忙得脚不沾地。”他回答说，“我会尽量常给你写信。”

她猛地伸出胳膊搂住他的脖子，又热烈又激动。她的这种热恋表示，有时搞得菲利普尴尬不已。他宁愿她冷淡一点，别这么热情似火。她的暗示那么露骨，真让他有点震惊，同他心目中女性的端庄贤淑相差甚远。

终于到了威尔金森小姐归程的这一天。她下楼来吃早饭，面色苍白，心情沉郁，身穿一件经久耐磨的黑白格子旅行装，俨然至一个精明能干的家庭女教师。菲利普沉默不语，不知道这种场合应该说些什么才合适，生怕出言不慎，惹得威尔金森小姐当着大伯的面哭闹一场。昨晚他们在花园已道过别，现在看来也没机会互诉离别之情了，菲利普感到很放心。早饭后他一直待在餐厅没出去，以防威尔金森小姐忍不住在楼梯上吻他。他不想让玛丽·安逮到任何有损两人声誉的暧昧场景。玛丽·安是个很难缠的中年女人，一张嘴巴非常厉害，说话尖锐又锋利。玛丽·安不喜欢威尔金森小姐，说她是偷嘴的老馋猫。路易莎伯母身体不舒服，不能去火车站，就只有牧师和菲利普去给威尔金森小姐送行了。就在火车快要开动的时候，她探出身子吻了一下凯里先生。“我也得吻一下你，菲利普。”她说。

“好吧。”菲利普脸面通红地说。他站在月台上，身子僵硬而直挺，威尔金森小姐蜻蜓点水般飞快吻了他一下。火车开动了，威尔金森小姐颓然倒在车厢角落里，郁郁寡欢地大哭起来。走回牧师宅邸的路上，菲利普着实舒了口气，感觉整个人都轻松了不少。

“嗯，你们把她平平安安送走了?”他们到家的时候，路易莎伯母问道。

“送走了。她简直哭成了泪人，非要吻我和菲利普。”

“哦，这样啊。不过，她那把年纪吻一下也没什么危险。”凯里太太说着，指向餐具柜，“那儿有你的一封信，菲利普。随着第二班邮车送来的。”

信是海沃德寄来的，内容如下：

亲爱的老弟：

收到你的信，我立即动笔回复了。我冒昧把你的信读给我一位好友听了。她是个十分迷人的女子，对文学和艺术有着敏锐鉴赏力。她的帮助以及与我在文学艺术上的情感共鸣对我而言，弥足珍贵。我俩一致认为，你的信情真爱切，十分委婉动人，句句都出自内心的真实感受。你不知道，字里行间透露出多少令人愉快的天真烂漫的爱情气息。正因为你身处热恋之中，写信时就像诗人在挥毫泼墨。啊，亲爱的老弟！说真的，我切实感受到了你火热的青春激情。你那犹如散文诗般的字句皆出于内心的真情实感，宛如音乐一般深深打动了听者的心弦。你一定十分幸福！我真希望自己也能在场，像个看不见的透明人一样躲在让人心醉神迷的花园里，看着你俩手挽手，像达佛涅斯和克洛伊①一样漫步在百花丛中。我可以看到你，我的达佛涅斯老弟，双眼中闪烁着初恋的光芒，整个人变得非常温柔，完全沉醉在热恋中；而你怀里的克洛伊，那么年轻，那么温柔，那么娇嫩，发誓她绝不同意——但最后还是同意了。玫瑰、紫罗兰和忍冬花！啊，我的朋友，我真嫉妒你呀！想到你的初恋就像一首纯洁的诗，怎不叫人高兴呢！珍惜良辰美景吧！不朽的众神已将最为珍贵的礼物赐给了你！这种既甜蜜又泛着淡淡哀伤的回忆将萦绕在你心间，直到生命最后一刻。你今后将再也享受不到这样无忧无虑的幸福了。初恋是人一生恋情中最为美好的际遇，她漂亮，你年轻，整个世界都是你俩的。当你怀着值得钦慕的纯真之情向我倾诉，你把脸埋在她长长的秀发里时，我感觉我的整个脉搏都跳得更快了。我敢肯定，那一定是一头柔软纤美的栗色秀发，好似刚刚染了一层金色般光洁发亮。我真想让你俩并肩坐在枝叶茂密的大树下，一起阅读《罗密欧和朱丽叶》。然后，我要你双膝跪下，代表我亲吻那留有她芳足香印的一方土地，

① 达佛涅斯是希腊神话中赫耳墨斯和一位山林水泽神女之子，是希腊牧神，被希腊人视为田园诗歌的创始人。达佛涅斯和克洛伊是古希腊田园传奇故事中天真无邪的恋人。

并转告她，这是一个诗人对她光彩照人的艳丽青春以及对你坚贞不渝的爱情所表示的一份敬意。

你永远的，

G. 埃瑟里奇·海沃德

“都胡说八道了些什么！”菲利普看完信，骂了一句。

说来也真是蹊跷得很，威尔金森小姐也曾建议两人一起看《罗密欧和朱丽叶》，但菲利普坚决拒绝了。接着，他把信放入口袋，一阵莫可名状的极度痛苦骤然袭上心头，因为现实与理想竟是如此地天差地别。

第三十六章

几天之后，菲利普去了伦敦。助理牧师推荐他住在巴恩斯，菲利普去信租赁了一套房间，每周十四个先令。他到达的时候天色已晚。女房东是个古怪滑稽的小老太婆，身材干瘪，满脸深深的皱纹，给菲利普准备了傍晚茶点。客厅内大部分空间都让餐具柜和一张方桌占据了，靠墙放着一个铺有马尾衬的沙发，壁炉边相应地放了一把扶手椅：椅背上套有白布罩；因为椅面弹簧坏了，上面还放了个硬靠垫。

菲利普吃完茶点后打开行李，放置好书籍。随后，他想坐下来看看书，但情绪低落，根本没心思进行。寂静无声的街道让他略感不适，觉得一个人好孤单。

第二天他起来得很早，穿上燕尾服，戴上礼帽。这顶帽子还是他在学校念书时戴的，实在破旧得很。他打定主意，在去事务所的途中买一顶新的。买完帽子后，他发觉时间还很充裕，便沿着河岸信步往前走。赫伯特·卡特公司的办公地点在法院大道附近的小街上，菲利普问了两三次路。他发现过路行人老是盯着他看，便特地摘下帽子，看看是否一时疏忽把标签留在了上面。等他到了公司，举手敲门时，竟无人回应。他看了看表，发现才刚九点半，心想可能来得太早了，就转身走开了。十分钟后再回来时，有个打杂的小伙子出来开了门。他长着一个长鼻子，满脸青春疙瘩豆，一口苏格兰腔。菲利普问起赫伯特·卡特先生，小伙子回答说老板还没来。

“他什么时候来?”

“十点到十点半之间。”

“那我还是等等好了。”菲利普说。

“你有什么事吗?”勤杂工问。

菲利普有点紧张不安，但试图以调侃的口吻掩饰自己的真情实感:“是这样。要是你不反对，我要在贵处工作。”

“噢，你是新来的见习生吧? 请进来! 古德沃西先生一会儿就到。”

菲利普走了进去，一边走一边注意到自称初级文员的勤杂工和他差不多年纪，此刻正盯着他的脚在看。菲利普脸涨得通红，赶忙坐下来，把跛脚藏在另一只脚后面。他四下打量房间：室内光线非常暗淡，肮脏得很，整个房间就靠屋顶天窗透进来的几丝光线。屋里有三排办公桌，桌前放着高脚凳。壁炉架上挂着一张脏兮兮的雕版印画，上面是拳击赛的场面。不一会儿，办事员陆续来上班了。他们扫了一眼菲利普，压低声音问勤杂工（菲利普听见勤杂工叫麦克道格尔）他是谁。

一声哨响，麦克道格尔站起身来。“古德沃西先生来了! 他负责管理这里的职员。要不要我进去告诉他你来了?”

"好的，麻烦你了。"菲利普说。

勤杂工走了出去，不一会儿就回来了。"请随我来这边，好吗？"

菲利普跟着他穿过走廊来到另一间狭小的办公室，里面几乎没什么家具和摆设。一个又矮小又瘦削的男人站在那儿，背靠壁炉。他的比中等身材还矮了一大截，脑袋却非常大，看起来就像松松垮垮地挂在身体上一样。这让他整个人显得怪模怪样，丑陋不堪。他的五官长得非常开，一点儿没有立体感，一双黯淡无光的浅色眼睛往外凸出，头上长着几根稀稀疏疏的淡黄毛发，胡子和腮须分布很不均匀，该长须发的地方偏偏寸发不生，皮肤苍白而微泛黄色。他向菲利普伸出手来，同时咧嘴一笑，露出一口极其严重的蛀牙。他说话时，纡尊降贵的神态中偏偏又流露出几分羞怯畏缩之意，那样子就像明明知道自己不是什么了不得的大人物却非要装出举足轻重的架势来。他希望菲利普能爱上这份工作，虽然有许多单调乏味的地方，但一旦习惯了就会觉得趣味无穷，还能赚钱。这才是最主要的，对不？他哈哈大笑起来，高人一等的优越感与羞怯畏缩之态交织在一起，显得十分怪异。

"卡特先生一会儿就到了。"他说，"他周一早晨有时会稍晚些。等他来了，我会叫你的。我得先给你找点事干。你学过记账或会计吗？"

"恐怕没有。"菲利普回答说。

"料你也没学过。就我来说，学校从来不教学生能真正派上商业用途的知识。"他思索片刻又接着说，"我想，我知道该让你干点什么了。"他走进隔壁房间，过一会儿再出来时手里抱着一个大的硬纸板箱，里面乱七八糟塞满了一大堆信。他让菲利普先把这些信件分类，再按写信人姓氏的字母顺序整理好。

"我带你去见习生通常办公的房间。那儿有个很好的小伙子，名字叫'华生'，是华生·克莱格·汤普森公司酿酒老板的儿子。他要在我们这儿学习一年。”

古德沃西先生领着菲利普穿过又脏又暗的办公室（现在大约有六到八个职员在办公），走进后面一个狭窄的套间，是用一面大玻璃板从大房间隔出来的。华生正靠在椅背上看《运动员》杂志。他是个健壮魁梧的年轻人，衣着很精致。古德沃西先生进来时，他才把头从杂志上抬起来。他对这位主管直呼其名，以此显示自己的身份非同一般。主管对他这种带有放肆的亲密劲儿挺反感，意有所指地称呼他为“华生先生”，但华生本人不仅没意识到这是一种指责，反而将其视为对自己绅士气派的一种恭维。

“我瞧他们已经取消了里戈雷托的赛马资格。”房间里只有他俩时，他赶紧对菲利普说道。

“是吗？”菲利普对赛马一无所知。

他望着华生那一身精致华丽的衣服，不由得心生惊叹。他的燕尾服非常合身，脖子上的大领结中央别着一枚制作精巧、价格昂贵的领针。壁炉架上放着他的礼帽，像钟一样的造型，别致而漂亮，还闪闪发光。相比之下，菲利普觉得自己真是衣衫褴褛。华生开始谈起狩猎，说在这样一间地狱般糟糕的办公室里浪费光阴真是无聊透顶，他只能在周六回去打猎。接着，他话头一转，又谈起了射击，说许多制作精巧的邀请函像雪片似的从全国各地朝他飞来，但他碍于目前的工作自然只能一一拒绝。在这儿真是倒霉透顶，好在他无需忍耐太长时间，只消在这个牢笼里磨上一年就可以进商界闯荡了。到那时，他要每周打四天猎，还要出席所有的射击比赛。

“你要在这儿待上五年，是不？”他一边说，手一边朝这个小房间四下挥舞，以此示意就是这么个地方。

“我想是吧。”菲利普说。

“我敢肯定日后还有相处的机会。你知道，卡特负责管理我们的账务。”

菲利普有点被这位青年绅士纡尊降贵的气场震慑住了。在布莱克斯达布尔，人们虽对酿酒业不至于公开嘲讽，但总带有几分鄙夷之情，牧师也常常拿酿酒业开些小玩笑。等菲利普发现眼前的华生不仅是个举足轻重的大人物，还如此气度不凡，真是不由大吃一惊。他在温彻斯特和牛津上过学，并在交谈中反复提到这一点，着实让菲利普印象深刻。当他了解到菲利普教育的详细经过时，高高在上的优越感就愈发明显了。

“当然，一个人要是没进过公学，你说的学校还是不错的第二选择，是不？”

菲利普向他问起事务所里其他人的情况。

“噢，你知道，我才不愿多耗心思在他们身上。”华生说，“卡特那老家伙还不错。我们时不时邀请他来一起用餐。余下的人都是些粗俗下贱胚。”说罢，他开始处理手头事务。

菲利普也动手整理信件。过了一会儿，古德沃西先生进来说，卡特先生到了。他把菲利普领到自己办公室旁的一间大办公室。房间里放着一张大办公桌，两把大扶手椅，地板上铺着土耳其地毯，四面墙上都用体育图片贴起来做装饰。卡特先生坐在办公桌旁，看到菲利普进来，便站起身和他握手。他穿着长军大衣，看起来像个军人。他的胡子上过蜡，灰白的头发短而齐整，昂首挺胸，腰杆笔直，说话风趣爽快。他住在恩菲尔德，是个体育迷，喜欢晴朗宜人的乡村生活。他是赫特福德郡义勇骑兵队的军官，还是保守党协会的主席。当地一名权贵说，绝没有人会把他看作伦敦人，他听说后觉得自己这辈子总算没白活。他同菲利普随意交谈起来，态度和蔼可亲：古德沃西先生会好好照顾他的；华生是个不错的小伙子，是个地道的绅士，还是个出色的猎手——菲利普打猎吗？真可惜，这可是绅士们玩的上等体育运动；他现在没多少机会去狩猎了，该留给儿子去享受啦；他儿子在剑桥读书，以前进过拉格比——著名的拉格比公学①，那儿培养的全是品学兼优的好学生；再过一两年，他儿子也会来这里见习；那时菲利普就会有个好伙伴，菲利普准会喜欢他儿子的，他可是个技艺精湛的户外运动爱好者；他希望菲利普能不断进步，喜欢这份工作；他会给见习生上业务课，菲利普千万不要错过了；他们这一行正处在迅速发展期，需要招揽有真才实学的体面人士——好了，好了，就这样吧！有古德沃西先生在那儿，菲利普要是还有什么想知道的，可以向他请教——哦，对了，你字写得怎么样——噢，算了，古德沃西先生会处理这件事的。

这种举止高雅的绅士风度，让菲利普深深为之折服。在东英吉利，对于哪些人是上流绅士，那些人不是，大家都心知肚明，但绅士自己是从来不会谈论此事的。

第三十七章

起初，菲利普对工作充满新鲜感，觉得趣味盎然。卡特先生口述信函，菲利普执笔。此外，他还得精心誊写财务报表。卡特先生希望把公司办得更具上流气派，打字之类的工作一概不愿沾手，对于速记也没有好感。勤杂工会速记，但只有古德沃西先生会发挥他这门特长。菲利普经常跟一位深富经验的办事员去为某家公司查账，他对哪些客户需要毕恭毕敬，而哪些客户经济困窘，渐渐知道得一清二楚。

① 拉格比公学创建于1567年，是英格兰最古老的公学之一。

大家不时交给他一列列长长的数字让他统计。为了应付第一次考试，他还要去听课。古德沃西先生一再对他说，这份工作一开始有些枯燥乏味，但慢慢就习惯了。菲利普六点钟下班，步行穿过一条河来到滑铁卢区。到达寓所时，晚饭已准备好了。晚上他就待在家里看书。星期六下午，他会去国家美术馆逛逛。海沃德曾推荐他看一本游览指南，是根据罗斯金的作品编撰而成的。菲利普手拿指南，不知疲倦地从一间陈列室转到另一间：先是仔细研读批评家对某幅名画的评论，然后按部就班地依据批评家的思路，努力从画中看出和批评家同样的东西来。星期天的时间就不好打发了，他在伦敦一个人也不认识，常常只好形单影只地苦挨过去。某个星期天，律师尼克松先生邀请他去汉普斯特德做客，菲利普同一伙活力四射的陌生人度过了愉快的一天。他饱餐了一顿美食，还喝了不少好酒，最后还去野外溜达了一圈。临走的时候，他还收到主人礼仪性的邀请，让他随时过来玩。但他生恐自己的突然造访会给主人家添麻烦，一直等候正式邀请。自然不必说，他是再也等不到的。尼克松家经常宾客云集，谁还会记得那个孤独而沉默的年轻人呢。再说，要受到尼克松家的热情邀请，他的价码还真是太低了。因此，他星期天总是很晚才起床，然后沿着河边的纤道散步。流经巴恩斯的泰晤士河，河水污浊而肮脏，随着海潮时涨时落。那儿既看不到水闸上游一带让人目酣神醉的迷人风光，也看不到伦敦大桥下那种白浪滔滔的壮观盛景。下午，他在公共用地四周闲逛。那儿也灰不拉叽的，脏得要命。这公共用地既不属于乡村，也算不上城镇，地上开的金雀花发育不良，长得又矮又小，遍地都是文明世界扔出来的垃圾。每个星期六晚上他都要去看场戏，在顶层楼座门边兴奋地站上个把小时。博物馆关门之后，去 A. B. C. 咖啡馆吃饭还太早，要回巴恩斯似乎又有些瞎折腾，如何打发时间的重担沉沉压在他肩头。他或是沿着证券街瞎逛，或是在伯灵顿拱道上闲游，走累了就去公园坐坐，碰上雨天就去圣马丁街的公共图书馆看书。他打量着路上来来往往的行人，羡慕他们都有亲朋好友陪伴。有时这种羡慕会演变成怨恨，因为他们是那么幸福，他却如此不幸。他从未想到，置身于熙来攘往的大城市竟会感到如此孤独寂寞。有时他站在顶层楼座门边看戏，旁边的看客想同他攀谈几句，但菲利普出于乡下人对陌生人固有的怀疑，答话时爱理不理的样子根本没法让对方再深入交谈下去。戏结束后，他只得把种种观感憋在肚子里，匆匆穿过大桥回到滑铁卢区。等进了房间——为了能省几个钱，里面连个火都没生——他的心冰冷到了极点。生活如此悲惨凄凉，真是让人觉得可怕。他开始厌恶起这间出租屋，厌恶在这里孤单一人度过的漫漫长夜。有时他感到如此孤独凄凉，连书也看不进去，只得一个小时又一个小时地瞪着壁炉发愣，沉浸在巨大的痛苦与不幸中。

他来伦敦已有三月。除了在汉普斯特德度过的星期天，菲利普几乎没和人说过话，交谈也限于事务所的同事。一天晚上，华生邀他去餐厅吃饭，饭后又上杂耍剧场，但菲利普有些畏畏缩缩的，浑身不舒服。华生口若悬河，谈的都是菲利普不感兴趣的东西。尽管他将华生看作庸俗的市侩之徒，但又情不自禁地羡慕他。他非常气愤，华生显然根本不把他的文化学识放在眼里。他开始根据华生谈论自己的方式来评估他人眼里的自己，最后竟连他也开始鄙视自己的学识和造诣了。而在此之前，这些东西对他来说并非无足轻重的。他生平第一次感到贫穷给人带来的羞辱。大伯每月给他寄来十四镑，而他需要添置许多衣服。身上的晚礼服只花了五个几尼，他可不敢告诉华生这是在河滨街买的。华生说过，全伦敦真正的裁缝只有一家。

“我想你不会跳舞吧。”一天，华生边这么说，边扫了一眼菲利普的瘸腿。

“不会。”菲利普说。

“真可惜！有人邀请我带几个会跳舞的青年男子参加舞会。要不然，我满可以介绍你认识几个有趣的小妞。”

有一两次，菲利普一想到要回巴恩斯就觉得无比厌恶，便留在市里，在伦敦西区①一直晃荡到深夜，最后来到一家正在举办宴会的豪宅前。他混在一伙寒酸的人群里，站在仆役背后看着络绎不绝的来宾，倾听着从窗户里飘出的音乐。有时一对男女不顾夜深天寒，来到阳台站一会儿，呼吸呼吸新鲜空气。菲利普把他们想象成热恋的情侣，赶紧转身，沿着街道继续一瘸一拐地往前走，心情十分沉重。他永远也站不到那个男人的位置，觉得天底下没有哪个女子会真心不嫌弃他的残疾。

这让他想起了威尔金森小姐。然而，即使想到她，菲利普心里还是觉得不满意。两人分手时约定，在菲利普告诉她确切地址前，她将信寄到切尔林克罗斯邮局。等菲利普去邮局取信时，竟一下子收到了三封。她用的是蓝信纸，紫罗兰色的墨水，信是用法语写的。菲利普真是不解她为什么就不能像个有点脑子的女人一样用英语写。尽管信写得深情款款，却丝毫打动不了菲利普的心，因为那些遣词造句让他想起了法国小说。她责怪菲利普为什么不给她写信，他回信时以工作忙为借口向她解释。他还真不知道这封回信该怎么开头，既不愿称呼她为“我最珍爱的人”，也不愿称呼她为“我的甜心小宝贝”，更加讨厌称呼她为“艾米丽”，思索来思索去，最后捡了“亲爱的”这么一个称呼。就这么一个词孤零零杵在那儿，看上去不仅极其怪异，还有点愚蠢可笑，但他还是不管不顾地就那么着了。这是他写的第一封情书，他也意识到信写得平淡乏味。他原本觉得该说些甜言蜜语来表达自己汹涌炽热的情感，说他无时无刻不在思念她，说他多么渴望亲

① 伦敦西区基本上是豪华住宅区。

吻她那一双洁白细腻的柔荑，说他一想到她那娇艳欲滴的红唇便觉得心尖颤抖不已；但出于难以言表的羞怯朴实作风，他并没有这么写，而只是向她描述了新住所以及办公情况。下一班邮车带来了她的回信，满纸都是愤怒而心碎的责备之词：他怎么能这样冷酷无情？他难道不知道她在苦苦等待他的回信？她把一个女人的全部都奉献给了他，而得到的就是这样的报酬！他是不是已经厌倦了她？接着，因为他好几天没有回信，威尔金森小姐的信像雪片一般飞来，对他一番狂轰滥炸。她无法忍受他的薄情寡义；她望眼欲穿地盼着他的回信，却一次次失望伤心；她夜夜流泪不止，直到哭累才睡过去；她一身病态满脸憔悴，每个看见她的人都议论纷纷。要是菲利普不再爱她了，为什么不直说呢？接着她又说，要是没有他，她也没法活了，只好自杀来摆脱情恋之苦。她责备他冷酷无情、自私自利、忘恩负义。所有这些都是用法语写的，菲利普虽然知道她是拿这门语言来炫耀，但还是对信里传递的伤心之词感到忧心忡忡。他并不想让她痛苦。没过多久，她写信来说她再也受不了异地相思之苦，会设法到伦敦来过圣诞节。菲利普赶紧回信说，她要能来，再好不过了，只可惜他早已与朋友约好到乡间去过圣诞节，总不能临时变卦不守信用吧。她回信说，她并不想死皮赖脸地硬缠着他，他明显是不想见她，这让她觉得大为受伤，从未想过他会如此残酷地对待她的一片痴情。她的信写得情深深意绵绵，十分凄怆哀婉，菲利普依稀可见信纸上的泪痕。然后，他一冲动就回信说，自己罪该万死，求她一定来这儿过圣诞节。信寄出后，菲利普一直忐忑不安，直到收到她的来信说眼下实在无法过来，才松了一口气。这之后，一收到她的来信，菲利普一颗心就往下沉，迟迟不敢拆阅。他知道信里都会写些什么，无非就是各种愤怒的责备之词，再不就是哀婉动人的恳求。读这些信让他觉得自己十足一个薄情寡义的负心汉，但他真看不出自己究竟有什么错处要受她如此指责。他一天天往后拖，就是不愿提笔复信。接着，她又寄来一封信，说她相思成疾病倒了，内心感到无比的孤独与凄楚。

“上帝啊，当初真不该摊上她啊！”菲利普感叹说。

菲利普非常佩服华生，因为他处理起这类事来简直轻而易举。华生和巡回剧团的一个姑娘勾搭上了，他关于这段风流韵事的描绘听得菲利普嫉妒不已又惊愕无比。但过了一段时间，华生就移情别恋了。一天，他将两人决裂的经过讲给菲利普听。

“我认为在这种事上藕断丝连没什么好处，就直接告诉那女的，我受够你啦。”他说。

“她难道没有大吵大闹？”菲利普问。

“那当然是免不了的，你也知道这种事。但我对她说，别跟我来这一套，一点用也没有。”

“那她哭了吗？”

“她开始哭了，但我最受不了哭哭啼啼的娘们，当即就对她说，还是赶紧滚的好。”

随着年岁的增长，菲利普的幽默感也日渐敏锐。“那她滚了吗？”他笑着问。

“嗯，除此之外她也别无他法了，不是吗？”

圣诞节一天天地越来越近。整个十一月，凯里太太都在生病，医生建议她和牧师最好在圣诞节前后去康沃尔郡待几周，让她好好调养调养。这样一来，菲利普就没了去处，只好在出租屋内过一个人的圣诞节。在海沃德的影响下，菲利普极力劝说自己，那一套喜迎圣诞节的活动既庸俗不堪又粗野无节制，故而打定主意不去理会这个节日。可真到了这一天，周围家家户户喜气洋洋的气氛还是让他生出一种客居他乡的伤感来。节日那天，房东太太和丈夫要同已出嫁的女儿团聚，菲利普为了不给他们添麻烦，主动提出到外面吃饭。将近正午，他才去伦敦的凯迪餐馆，独自吃了片火鸡肉和圣诞节布丁。饭后没事可干的他便到西敏寺大教堂去做午祷。条条大街都是空荡荡的，偶尔碰到三两行人也并非闲游慢逛的，全都行色匆匆，带着明确的目标赶往某个地方，几乎瞧不到什么人在踽踽独行。在菲利普看来，他们全都很幸福，唯独自己形单影只，人生中从未像现在这样举目无亲，无依无靠。他原打算不管怎样都要在街上把这一天消磨掉，再到某个餐馆吃顿晚饭。但他在街上待不下去了，无法面对人们那兴高采烈的场景——他们说说笑笑，玩玩闹闹，让他心里不是滋味。他返回滑铁卢区，路过西敏桥大道时买了火腿和几个肉馅饼，回了巴恩斯。他独自在凄凉冷清的小出租屋里胡乱吞了些食物充饥，漫漫长夜就借读书来打发了，满腔愁苦忧思几乎难以忍受。

节后回事务所上班，听华生描绘自己是如何精彩地度过这个短暂的节日，菲利普愈发觉得心酸。他家来了几位活泼可爱的女孩子，晚饭后，他们把客厅腾挪出来，开了个舞会。

“我一直玩到三点才上床睡觉，都不知道是怎么爬到床上的。我的老天爷，整个人喝得醉醺醺的。”

菲利普最后鼓足勇气，不顾一切地问：“人们在伦敦是怎样结交朋友的?”

华生惊讶地望着他，觉得有趣的同时又暗含几分鄙夷。“噢，我也不知道，就这么认识了呗。你要是去跳舞，想结交多少朋友都可以。”

菲利普对华生满心厌恶，却愿意牺牲自己的一切来换取华生的地位。昔年在学校里生出的那种感觉又在心头悄悄复燃，他努力想象自己钻进别人的皮囊——他要是华生，会过上什么样的生活。

第三十八章

到了年底，有一大堆的活要干。菲利普跟着一个叫汤普森的办事员四处奔波，每天从早到晚干着单调机械的工作，负责把账本上的开支项目一条条报出，那个办事员负责核对。有时候，菲利普还得把几页数字进行汇总。他天生没有数学头脑，工作进展慢得像蜗牛，还错误百出，搞得汤普森火冒三丈。这位同事瘦瘦长长，年龄在四十岁左右，脸色蜡黄，乌黑的头发，胡子乱蓬蓬的，双颊凹陷，鼻子两侧有很深的皱纹。因为菲利普是个见习生，汤普森不喜欢他。这小子只不过因为付得起三百个几尼，就能在这儿贴一层金，保不准以后还有飞黄腾达的机会。而他自己，尽管经验丰富，尽管能力超群，却一辈子只能当个每周三十五先令的苦逼办事员，永无出人头地的希望。他养着一大家子，被生活的重担压得直不起腰来，因而变得暴躁易怒。他在菲利普身上感觉到了一股傲气，对此心怀怨恨。因为比菲利普多念了几年书，常报之以冷嘲热讽。他嘲笑菲利普的发音，不能原谅菲利普没有伦敦腔。每逢和菲利普讲话时，会故意把 h 发得特别响，以示讽刺挖苦之意。一开始，他的态度不过有些粗暴无礼，叫人反感罢了，但当他发现菲利普没有做会计的天赋时就专以羞辱他为乐。他的言语攻击虽不高明，还显得有些愚蠢，却足以伤害菲利普的自尊心。菲利普出于自卫，就逆着自己的本性，故意装得高人一等。

“今早洗澡了？”一天，汤普森看到菲利普上班迟到，这么问他。菲利普已不像之前那样守时了。

“是的。难道你没洗？”

“没有。我又不是什么上流绅士，不过一个小职员罢了。我只在周六晚上洗澡。”

“我想，这就是你在礼拜一比平时更惹人讨厌的缘故吧。”

“今天能否劳您大驾把这几笔款子简单加一加？我是不是对一个懂拉丁文和希腊语的大绅士要求太多了？”

“你这种想要讽刺别人的尝试实在太蹩脚了！”

菲利普也无法欺骗自己，其他小职员尽管俸禄微薄、举止粗鲁，可确实比他更顶用。有一两次，就连古德沃西先生也对他失去了耐心。“你现在真该长进点了！”他训斥道，“你还不如勤杂工聪明伶俐！”

菲利普脸色阴沉地听着，他讨厌受人责备。有时候，古德沃西先生不满意他誊抄的账目，又叫其他职员重抄一遍，菲利普觉得这是对自己极大的侮辱。一开始，他因为觉得新鲜，勉强还能忍受这份工作；但渐渐地，它变得越来越让人厌烦。尤其是当菲利普发现自己根本不是干这个的料时，更是开始憎恨起它来。所以，下面这种情况就变成常态了：当他本该处理分配给自己的任务时，却随手拿过事务所的便笺，在上面瞎涂乱画，把时间都浪费在这个上面了。他给华生画了许多素描，但凡能想象出来的姿态全都画了。菲利普的这一绘画天赋给华生留下了深刻印象。一天华生心血来潮，把这些画带回家去了。第二天再来上班时，带来了全家人的赞誉。

“我真奇怪，你怎么不去当个画家！”他说，“当然，那玩意儿发不了财。”

巧的是，卡特先生两三天后到华生家吃饭，这些素描也给他看了。第二天早晨，他就把菲利普叫到跟前。菲利普平时很少看见他，站在那儿对他颇有几分惧意。

“听着，年轻人，你在上班时间之外干些什么我管不着。我看到了你画的素描，那可全是画在事务所便笺上的；古德沃西先生也告诉我，你有些懒散和懈怠。作为见习生，要是没有一副精神抖擞的干劲，对你一点儿好处也没有。这是体面的职业，我们正在招揽一大批有学识、有才干的人进来。要干这一行，就得……”他想找个比较生动贴切的词来结束训话，一时又找不到，最后只得草草收场，“要干这一行，就得有干劲。”

要不是有约在先——要是他不喜欢这份工作，就可以在一年后离开，拿回所付合同费用的半数——菲利普说不定还真要就此熬下去了。他觉得自己适合干点更高级的工作，而不是整天汇总账目。然而，这种低劣的工作他偏偏干得这么差劲，说来也真是丢人。和汤普森那种粗鄙的人怄气斗嘴，更让他心烦气躁。三月份的时候，华生在事务所的一年见习期满了。尽管菲利普并不怎么待见他，但见他走了还是不免生出几丝惋惜之情。事务所的其他职员都不喜欢他俩，因为他俩所属的阶层要比他们稍高一点。这一事实，无形中把两人捆成一根绳上的蚂蚱。菲利普只要想到还得和这群枯燥乏味的家伙待上四年，一颗心就直往下沉。他原本期望到了伦敦就能过上绚丽多姿的精彩生活，却没想到伦敦什么也没给他。他现在痛恨这座城市。他举目无亲，什么人也不认识，也不知道怎样和人结交。到哪儿都是形单影只，他对此已是厌恶之极。他开始觉得，自己再也没法忍受这种生活了。夜晚他躺在床上，心里想着要是永远不再看到那脏兮兮的事务所，永远不再看到里面的那群家伙，从此离开这个死气沉沉的出租屋，该是多么美妙啊！

春天里，一件憾事降临到菲利普头上，让他觉得大为失望。海沃德说他意欲到伦敦消度春日，菲利普对此翘首以盼，一心指望能尽快见到他。菲利普最近读了太多的书，脑子里也塞满了太多的奇思怪想，很想找个人好好讨论讨论。而他认识的人里面，谁也不对抽象事务感兴趣。想到很快就会有人来和他开怀畅谈，菲利普兴奋得无以言表。哪知海沃德来信说，意大利今年的春光无限好，比以往哪年都秀丽可爱，实在舍不得走开。这让菲利普一颗兴奋激动的心如坠冰窖，觉得无比凄惨。海沃德信中又追问菲利普为什么不到意大利来。江山如此多娇，菲利普却硬把自己关在办公室浪费青春，何益之有？信中接着写道：我真好奇你怎么受得了那种生活。我现在一想到舰队街和林肯旅馆，就恶心得浑身直颤。这世上只有两种东西让人活有所值，那就是爱情和艺术。我简直无法想象你龟缩在办公室埋头整理账务是个什么样子！你是不是还头戴礼帽，手拿雨伞和小黑公文包？我的感觉是：一个人应将人生视作一场冒险；应像火焰一般熊熊燃烧，绽放出宝石一般的华彩，活得轰轰烈烈；一个人应当敢于冒险，应当不惧任何艰难险阻，勇于寻求危险与刺激。你为什么不去巴黎学艺术？我一直认为你有艺术天赋。

一段时间以来，菲利普的脑海里也模模糊糊地翻滚着这种想法，现在海沃德也如此建议，真有点英雄所见略同的味道。一开始的时候，这种想法还让菲利普大吃一惊，但他又禁不住要去想。经过反复思索掂量，他觉得这是摆脱目前悲惨处境的唯一出路。他们全都认为自己天赋异禀：在海德堡，人们对他的水彩画赞不绝口；威尔金森小姐更是一再夸他画得非常好；即使华生一家那样的陌生人也对他的素描惊叹不已。《波希米亚人的生涯》一书给他留下了深刻印象。他把它带到伦敦来了，心情极度压抑的时候只要读上几页，就仿佛穿越到追欢逐乐的小阁楼，置身于鲁道夫那一群人中，看他们欢歌起舞，谈情说爱。他开始向往巴黎，就像他从前向往伦敦一样，不怕幻想再次破灭。他渴望浪漫爱情，渴望美丽人生，而这些在巴黎似乎都能找到。他对绘画充满激情与热爱，没理由不能和别人画得一样好。他写信给威尔金森小姐，问她生活在巴黎要多少钱。她回信告诉他，一年八十英镑就能轻松对付过去。她热烈支持他的计划，说他这么好的才华绝不该浪费在办公室。她还颇富戏剧色彩地问他，明明有望成为大艺术家的人何苦要埋没自己去当个小职员？她恳求菲利普一定要相信自己，指出这是非常重要的。但菲利普生性谨慎。海沃德所谓人生应当去冒险的话，他当然有资本说，他手中镀有金边的股票每年能生出三百镑的利息，而菲利普的全部财产加在一起也不过八百镑。他犹豫不决。

所谓无巧不成书，古德沃西先生有一天突然问他是否愿意去巴黎。该事务所替圣安娜大街一家酒店管理账务。那是一家英国公司开的酒店，古德沃西先生和一个职员每年要去那儿办公两次。常去的职员恰巧病倒了，而事务所业务繁忙，一时间抽调不出其他人手。古德沃西先生想到了菲利普，因为他在不在这儿都没多大区别，况且合同也规定他有权要求承担一两件最能体现本职业乐趣的差事。这对菲利普来说自然是喜从天降。

“虽说白天一整天都得工作，”古德沃西先生说，“但晚上就任由我们支配啦。巴黎毕竟是巴黎。”他狡黠一笑，“酒店服务很周到，一日三餐全由他们提供，我们一个子儿也不用花。这种方式去巴黎，我最喜欢——别人花钱，咱们享乐。”

抵达加莱港①时，菲利普看到一群群的行李搬运工不住地指手画脚，一颗心不禁跳得十分欢快。

“这才是真正的生活。”他对自己说。

火车在乡间田野上行驶，窗外的景色让菲利普目不暇接。他很喜欢远处那一片片起起伏伏的沙丘，那种色调似乎比他平生看过的任何美景都更让人欢欣愉悦；纵横交错的水渠沟道、一排排连绵不绝的白杨树看得他心醉神迷。他们出了巴黎的北火车站，坐上一辆摇摇欲

---

① 加莱是法国北部港市。

坠、叮当作响的出租马车，在碎石路上颠簸前行。菲利普呼吸着异国的新鲜空气，觉得它是那么芬芳醉人，几乎忍不住要大声欢呼。他们到达时，经理已在酒店门前等候。他是个结实的矮胖子，一脸和气，说的英语勉强还能忍受。他同古德沃西先生是老朋友了，热情洋溢地欢迎他们的到来。他们在经理专用的雅间里用餐，经理太太也在一旁作陪。洗尘宴在菲利普看来，似乎从没吃过像土豆牛排这么鲜美诱人的佳肴，也从未喝过像法国家常酒这么香醇醉人的美酒了。

古德沃西先生平时是个规行矩步、颇有些体面的事务所头头，但一到了巴黎，也不免露出道貌岸然的一面来。这时的巴黎对他来说，就是个寻欢作乐的人间天堂。他第二天上午就问经理，眼下可有什么“重口味”的东西能让他一饱眼福。他喜欢这些年的巴黎之行，说不时来这儿逛逛，可以免得身心“生锈”。一天的工作结束之后，吃罢晚饭，他就带着菲利普去了红磨坊①和疯狂女郎秀场。当他的目光捕捉到那些色情场面时，一双小眼睛莹莹放光，贼闪闪的，脸上还挂着一丝心照不宣的淫笑。那些专为外国人安排的寻欢作乐场所，他一一都跑了个遍。事后，他却感叹说，堂堂一个国家竟然允许此类淫秽勾当，绝不会有什么好结果。有一回，观看一出夹杂有小型歌舞表演的时事讽刺滑稽剧时，台上出现了一个几乎一丝不挂的女优，古德沃西先生用胳膊肘轻轻捅了一下菲利普，还指给他看剧场内四处招摇闲逛的高级妓女——她们身材丰满，凹凸有致，高大健壮。他领给菲利普看的是一个庸俗淫荡的巴黎，菲利普却用一双被幻觉蒙蔽了的眼睛看着这个光怪陆离的城市。一大早，他就匆匆走出酒店，来到香榭丽舍大道，伫立在协和广场上。时值六月，空气清新馨雅，巴黎像笼了一层银纱般散发出柔和醉人的白光。菲利普感到自己的心飞到了人群之

① 红磨坊是法国巴黎城北蒙马特高地脚下白色广场附近的著名歌舞厅。

中。他想，这儿才是他梦寐以求的浪漫之都。

他们在巴黎待了将近一周，礼拜天才离开。菲利普深夜回到巴恩斯，看着那昏暗肮脏的出租屋，终于拿定主意解约，奔赴巴黎学习艺术。为了不让人觉得他不明事理，他决定在事务所干满一年。到八月间的最后两周，菲利普会有一个假期。他走的时候会告诉赫伯特·卡特，他无意再回事务所。尽管菲利普每天强迫自己到事务所去当一天和尚撞一天钟，却对工作毫无兴趣，哪怕只是装装样子。他满脑子想着将来的事。七月半过后，办公室没什么事要忙，菲利普就借口要去听课好应付第一次考试，经常不去上班。他将这些时间用来泡国家美术馆，大量阅读有关巴黎和绘画的书籍，专注于研究罗斯金，还看了许多瓦萨里①创作的画家传记。他特别喜欢柯勒乔②的故事，并在脑海里幻想自己站在某幅不朽杰作前大声呼喊：我是个画家！他此刻已不再犹疑不定，而是深信自己有成为伟大画家的潜能。

“不管怎样，我总得试试!”他自言自语地说，“人生贵在冒险嘛。”

八月中旬总算到了。卡特先生正在英格兰，主管员负责全权处理事务所的大小事务。自巴黎之行以来，古德沃西先生似乎对菲利普生出了几分好感，而菲利普想着自己很快自由了，也就对这个可笑的小老头多了一丝忍耐力。

“你明天就要去度假了，是吧，凯里?”晚上下班时，他这样问菲利普。

菲利普一整天都在念叨：这可是最后一次坐在这间可恨的办公室里了。“是啊，我一年的见习期终于熬到头了。”

---

① 瓦萨里（1511－1574），意大利画家、美术史家，被誉为世界美术教育奠基人。

② 柯勒乔（1494－1534），本名安托尼奥·阿莱里，是16世纪早期的创新派画家，也是意大利文艺复兴时期最伟大的画家之一。

“我恐怕你的表现并不怎么好，卡特先生对你很不满意。”

“我对卡特先生更不满意呢！”菲利普心情愉快地回了一句。

“我觉得你不应该这么说，凯里。”

“我不打算回来了。咱们有约在先，要是我不喜欢会计这份工作，卡特先生会退还我一半的见习合同费用，我干满一年就可以走人。”

“你不应该如此仓促地决定要走。”

“早在十个月以前，我就厌恶这儿的一切了：我讨厌这里的工作，讨厌这间办公室，讨厌伦敦。我宁可去扫大街，也不愿再在这儿干下去了。”

“好吧，说句大实话，我也觉得你不适合干会计。”

“再见了！”菲利普边说边伸出手来，“我要谢谢您对我的善意照顾。要是我给大家添了麻烦，还请多多海涵。我差不多从一开始就知道自己是干不好这一行的。”

“好吧，要是你心意已决，那就只好说再见了。我不知道你今后有何打算，但不管你什么时候到这一带来，一定要进来看看我们。”

菲利普忍不住发出一声轻笑。“恐怕我这话很不中听，但我真的打心眼里希望再也不要见到你们中的任何一位。”

第三十九章

菲利普将自己的打算告诉了凯里先生，但这位布莱克斯达布尔的牧师说什么也不肯同意。牧师心里有这么一种伟大的见解——一个人不管做什么，都要持之以恒。就像所有软弱无能的人一样，牧师过分强调一个人不应该见异思迁，朝令夕改。

“当初是你选择要去当会计的，谁也没有强迫你。”他说。

“我之所以那么选择是因为，要想进城谋生计，它是唯一的机会。可现在我讨厌伦敦，讨厌那份工作，再也没有什么能诱使我回到那儿去。”

菲利普想要当画家这个念头可把凯里夫妇吓坏了。他们严辞厉色地告诫菲利普，可不要忘了他的父母都是上等人士。画画可不是正经行业，而是放荡不羁之徒干的营生，不仅毫无体面可言，还伤风败俗。而且还要去巴黎！

“只要我在这件事上还有发言权，就绝不会允许你去巴黎讨生活。”牧师态度坚决地说。

那是堕落之地，是罪孽的深渊；是妖艳的淫妇荡娃聚居地，是繁华淫靡的罪恶之都。在那里，人们对下流勾当丝毫不以为耻、反以为荣，四处炫耀——世上再也找不到比它更邪恶的城市了。

“你从小受着良好教育，接受上流社会和基督精神的熏陶，要是放任你去那魔都受种种诱惑，我就辜负了你已故双亲对我的嘱托。”

“好吧，我现在知道自己做不了基督徒，我也开始怀疑自己还算不算上流人士。”菲利普说。

双方你来我往，争论得十分厉害。还有一年，菲利普才能自由支配父亲留下的那一小笔遗产。凯里先生明确提出，此间除非菲利普留在事务所，否则就不给他生活费。菲利普心里明白，他是不打算再留在事务所干会计的了，就得现在离开。这样的话，他还可以收回一半的见习费用。但牧师根本听不进去。菲利普再也按捺不住，冲口而出，说了些很伤人、很让人恼火的话。“你没有任何权利浪费我的钱！”他最后这么说，“毕竟那是我的钱，不是吗？我并不是三岁小孩了，要是我打定主意去巴黎，你想拦也拦不住。你想逼我回伦敦，没门！”

“我能做的就是不给你生活费，除非你去做我认为合适的事。”

“好吧，我才不在乎呢！反正巴黎我是去定了，我可以变卖我的衣服、书籍，还有我父亲的珠宝。”

路易莎伯母默默坐在一边，焦虑不已又痛心疾首。她看得出菲利普已经气昏了头，知道无论自己此时说什么，都只会火上浇油，让他的怒气更盛。最后，牧师宣称再也不想多听一句，端着架子离开了房间。接下来三天，叔侄俩彼此不理不睬。菲利普给海沃德写信询问巴黎的情况，打定主意一收到回信就立即动身。凯里太太翻来覆去地在脑袋里想着这事，觉得菲利普因为怨恨丈夫，连带把自己也怨恨上了。这个想法不停地折磨着她，让她心痛不已。她是真心疼爱菲利普。最后，她主动找菲利普商谈此事。菲利普把自己对伦敦所抱幻想的破灭，以及对未来的憧憬和雄心壮志，全都一股脑儿倾诉给了伯母。凯里太太聚精会神地听着。

“我或许混不出什么名堂来，但至少得让我试试，总会比待在事务所那个鬼地方有出息。我觉得能画，自觉在这方面还有几分天赋。”

她并不像丈夫那样信心满满，坚决认为扼杀侄儿如此强烈的学画冲动没有错。她读过一些伟大画家的传记，画家的父母也反对他们学习艺术，但事实证明这种做法愚蠢之极。再说，一个画家毕竟也能像特许会计师那样具有高尚的道德观，过有德行的生活，为主增添荣耀。“我所害怕的是你去巴黎这件事。”她可怜巴巴地说，“你要是能在伦敦学画，事情也不至于那么糟。”

“我要是学画画，就必须全心全意地认真学。只有在巴黎，才能学到真正的艺术。”

凯里太太根据菲利普的建议给家庭律师写了封信，说菲利普不满意伦敦的工作，要是现在改变主意，不知他对此有何高见。尼克松先生的复信如下：

亲爱的凯里太太，

我已见过赫伯特·卡特先生，恐怕不得不如实相告，菲利普这一年的表现不尽如人意。要是令侄坚决辞职，或许还是趁此机会及早解约为好。我固然大为失望，但正如俗话所说："哪能牛不喝水强按头呢？"

你忠实的，

艾伯特·尼克松

信送给牧师看了，哪知却让他越发固执己见。他愿意让菲利普换职业，比如建议菲利普子承父业去当个医生；菲利普要是执意去巴黎，那就休想从他这儿拿到一星半点儿生活费。"那纯粹是自我放纵、耽于声色的借口罢了。"牧师说。

"听到你指责他人自我放纵，我觉得挺有趣的。"菲利普尖刻地回了一句。

但此时，海沃德的回信到了。信里提到一家旅馆的名字，菲利普每月花三十法郎就能在那儿租到一个房间。信内还随附一张给某美术学校的介绍信。菲利普把信念给凯里太太听，并告诉她打算九月一号动身。

"但你一点儿钱也没有啊？"凯里太太说。

"我打算今天下午去坎特伯雷把珠宝卖了。"他从父亲那里继承了一个带链的金表、两三枚戒指、几个链环以及两枚别针，其中一枚镶嵌有珍珠，或许能卖个大价钱。

"买时是个价，卖时又是个价，差别大得很。"

菲利普笑了笑，因为这是大伯的口头禅。"我知道，但这些东西最差也能卖上一百镑。有了这笔钱，我就可以熬到二十一岁。"

凯里太太没有应声，径直上了楼，戴上那顶黑色小帽去了银行。一小时后她回来了，去找菲利普。发现他正在客厅埋头看书，便走上前去交给他一个信封。

“这是什么?”菲利普问道。

“我给你的一份小礼物。”她有些不好意思地说。

菲利普拆开信封一看，里面有十一张五镑的钞票，还有一个塞满一枚枚金镑①的鼓鼓囊囊的小纸包。

“我不忍心看你卖掉你父亲留给你的珠宝。这是我存在银行的钱，差不多有一百镑了。”

菲利普的脸刷地红了，不知怎的，眼泪突然涌了上来。“噢，亲爱的伯母，这我不能收。”他说，“你太好了！但我怎么也不能忍心收下这笔钱。”

凯里太太结婚时，手头攒有三百镑的私房钱。她小心翼翼地守着这笔钱，丁点儿不舍得乱花，只在碰到意想不到的花费时才拿来救急——或者要捐一笔紧急善款，或者要给丈夫和菲利普买圣诞节和生日礼物时，才肯拿出来用。这些年来，这笔少得可怜的私房钱虽然所剩无几，却还是牧师戏谑的对象，经常拿它来打趣妻子，说她是个富婆，牧师还总把“私房钱”挂在嘴边。

“噢，收下吧，菲利普。都怪我平时太奢侈浪费，现在只剩下这点儿了。不过，你要是肯收下，我会很高兴的。”

“可你自己也很需要啊。”菲利普说。

“不，我想我用不着了。我留着这笔钱，原是防你大伯先我而去。我想要是手头存点钱，一时要用的话，也能稍微对付对付。但我现在已是一脚踏进棺材的人，活不了多久了。”

“噢，亲爱的伯母，千万别这么说！你一定会长生不老的，我可不能没有你啊。”

---

① 面值一英镑的英国金币，1914 年后停用。

“噢，我已经没什么好遗憾的了。”她双手掩面，声音颤抖，半晌说不出话来。接着，她擦干眼泪，带着勇敢的微笑望着菲利普，“一开始，我总是祈求上帝不要先带我去天国，不想你大伯孤零零一人留在世上，不想让他忍受我离去后的种种痛苦。但我现在明白过来了，你大伯不像我，不会把这一切看得那么重要，他比我更期望长寿。我从来就不是他理想中的妻子，我敢说自己要是有个三长两短，他一定会再婚。所以，我希望能先走一步。你不会觉得我这样很自私吧，菲利普？但如果他先去了，我会真的受不了。”

菲利普亲吻着她那瘦瘦的、满是皱纹的脸颊。他不明白，见到这种浓烈深情、刻骨铭心的爱，自己为何会生出一股难以名状的羞愧感。他实在不能理解伯母为何会那么在乎一个如此冷漠无情、自私自利、粗俗任性的男人。菲利普隐约也能看得出，伯母对大伯的冷漠自私心知肚明。尽管她深知这一切，却仍然卑微地爱着他。

“你会收下这笔钱的吧，菲利普?”她一面说，一面温柔地摩挲着他的手，“我知道你没有这笔钱也能应付得过去，但要是你能收下，我会感到莫大的幸福。我一直都想着能为你做点什么。你看，我没生养过孩子。我爱你，就像亲生骨肉一样爱你。你小时候，我几乎还希望你生病呢。尽管我知道这个念头很邪恶，但这样一来，我就可以没日没夜地守在你身边照顾你。可惜你只生了一次病就去上学了。我非常想要帮帮你。这是我今生唯一的机会了。或许某天当你成为伟大的画家时，你也不会忘记我，你会记得是我第一个资助你追求梦想的。”

“你对我真是太好了！”菲利普说，“我心里感激不尽。”

她满是倦意的眼睛里生出一丝笑意。那是纯粹的幸福。“啊，我多么开心啊！”

第四十章

几天之后，凯里太太去车站给菲利普送行。她站在车厢门口，努力克制自己不哭出来。菲利普心里急切，人显得有些焦躁不安，恨不能立刻远走高飞。

“再亲我一下。”她说。

菲利普将身子探出车窗，吻了吻她。火车启动了，她站在小车站的木板月台上，不停地挥舞手绢，直到火车消失在视野之外。她的心情异常沉重，原本回家不过几百码的路程，如今却似遥不可及。她边走边想：菲利普那么迫不及待地想要去外面闯荡，也是人之常情。毕竟他还年轻，未来正在召唤他。可是自己——她咬紧牙关，强忍着不哭出来。她生出一个小小的愿望，默默在心里祈祷，求上帝保佑菲利普，让他免受诱惑误导，赐予他幸福与好运。

菲利普在车厢安顿下来没多久，就把伯母忘在了脑后了，一门心思地想着未来。他已经给奥特夫人，也就是美术学校的联系人去了一封信。海沃德曾向她介绍过情况，菲利普此时口袋里还揣着奥特太太邀他明天去喝茶的请帖。到了巴黎，菲利普雇了一辆小马车，把行李放到车上。马车慢慢向前行进，穿过熙熙攘攘的街道，爬过大桥，驶入拉丁区的狭道陋巷。菲利普已在“两级”旅馆租下一个房间。这家旅馆坐落在离蒙帕纳斯大道不远的破烂小街上，从这里到他学画的阿米特拉诺美术学校还算便利。一位侍者把行李箱搬上五楼，菲利普被领进一个狭小的房间。里面窗户紧闭，一进门就闻到一股霉味。一张大木床占据了房间的大部分，床上挂着大红棱纹平布帐幔。窗户上挂着同样布料制成的厚实窗帘，颜色暗淡，肮脏不堪。五斗橱兼作洗脸架，还有一个厚实而笨重的大衣柜，样式让人联想到贤明的君主路易·菲利普来。墙纸因为年深日久已褪去原来的颜色，呈现出深灰色，不过还能模糊辨认出纸上是印有棕色花环状树叶的图案。在菲利普看来，房间布置得古雅别致，令人陶醉。

尽管已是深夜，菲利普仍兴奋得睡不着。他索性走出旅馆，走上大街，朝灯火辉煌处走去。一路灯光将他引到了火车站。车站前面的广场在几盏弧形灯的照耀下，车水马龙的场景显得生趣盎然，黄色有轨电车似乎从四面八方穿过广场，热闹非凡。菲利普注视着这一切，禁不住快活地哈哈大笑。广场四周都是咖啡馆，他正巧有点口渴，再加上急于想近距离观看形形色色的人们，就在凡尔赛咖啡馆外面的露天小桌旁坐下。夜色迷人，其他桌上都坐满了人。菲利普好奇地打量着周围的人群：这边是家人一起欢聚小酌；那边坐着的一伙男人头戴奇形怪状的帽子，下巴蓄着大胡子，一边粗声大气地高谈阔论，一边手舞足蹈地比着手势；邻座的两个男人看起来有点像画家，菲利普真希望他们旁边坐的女子并不是他们的发妻；背后，他听到几个美国人正在争辩艺术问题。这幅景象让菲利普的灵魂激动得颤抖起来。他就这样坐在那儿，一直到很晚才恋恋不舍地离去，尽管精疲力竭，却开心不已。等他终于爬上床时，头脑却无比清醒，毫无倦意。他侧耳谛听着巴黎夜生活的种种喧嚣之音。

第二天大约下午茶的时间，菲利普动身去贝尔福狮子街，在拉斯帕伊大道向外延伸的新街上找到了奥特夫人的住所。她也是万千蝼蚁般大众中的一个，三十岁左右，没什么显著的身份地位，仪态粗俗，却硬摆出一副贵妇人的派头。她把菲利普介绍给她母亲。没聊一会儿，菲利普就了解到她已在巴黎学了三年美术，又知道她已同丈夫分开，各过各的了。小小的客厅里挂着一两幅她画的肖像画。在缺乏经验的菲利普看来，造诣之高已经到了炉火纯青的地步。

“不知道将来我能否画得像你这样好。”他对奥特夫人感叹了一句。

“呵，我想你准能。”她不无得意地回答，“当然，千里之行，始于足下。什么事也不是一下子就能做好的。”她为人善良细心，特地给了他一家商店的地址，说从那儿可以买到画夹、画纸和炭笔等用品。

“我明天上午九点左右会去阿米特拉诺画室。要是你那时也在，我可以设法帮你安排个好位置，或其他此类事情也可以帮帮你。”

她问菲利普具体想做什么，菲利普觉得不能让她看出自己至今对整件事还模模糊糊，不甚明了。“嗯，我想从素描学起。”他说。

“听你这么说，我很高兴。一般人总是好高骛远，恨不得一口吃个胖子。我在这儿学了两年，才敢碰油画，而且你瞧瞧我都画了些什么。”她瞟了一眼钢琴上方挂的一幅油画，画面黏黏糊糊的，是她母亲的肖像画。“我要是你，在和周围人交往时一定小心谨慎。我从来不和外国人混在一起，一向谨言慎行。”

菲利普对她的忠告表示感谢，但这话让他不仅意外还觉得奇怪，不明白自己为什么要格外小心翼翼。

“我们在这儿仍保留着英国的生活方式。”奥特夫人的母亲此时插话说，之前她几乎没怎么开口。“来这儿的时候，把所有家具都带过来了。”

菲利普四下扫视着房间里的布置：笨重厚实的家具，镶有蕾丝的白窗帘和路易莎伯母夏天在牧师宅邸挂的窗帘一模一样，钢琴和壁炉架上都罩着款式大方的丝绸。菲利普这儿看看那儿瞧瞧，奥特夫人的目光也随着来回转动。“夜晚关上百叶窗的时候，真让人觉得似乎身在英国。”

“我们一日三餐也还保留着在英国的习惯。”她母亲又补充说，“早餐要有肉食，正午时分进中餐。”

菲利普离开奥特太太家，径直奔去买画画用的各种材料了。第二天上午九点，他踩着点来到美术学校，努力装出一副自信满满的样子。奥特夫人先到一步，此时面带微笑，友善地走上前来。菲利普对自己这个新生将会受到什么样的待遇一直忧心不已。他从许多书里读到，初进画室习画的学生往往会受到各种粗野无礼的捉弄，但奥特太太接下来说的一句话让他一直悬着的心顿时放了下来。“哦，这儿可没有那种事。”她说，“你瞧，我们这儿差不多有一半学生是女士。这里是什么样的地方，女士们早就定位好啦。”

画室相当宽敞，空荡荡的，四周灰墙上挂着一幅幅获奖画作。一个模特正坐在椅子上，身上松松垮垮地裹着件宽大的衣衫。她周围站着十来个男女学生，有的在聊天，有的还在埋头素描。此时是模特的第一次休息时间。

“开始的时候，你最好不要尝试太难的东西。”奥特太太说，“把画架放到这边来！你会发现从这个角度看过去，是最容易画的。”

菲利普按照她的指示放好画架。接着，奥特太太就将他介绍给邻座的一个年轻女子：“这位是凯里先生！这位是普莱斯小姐！凯里先生从未学过画画，普莱斯小姐不介意开始的时候提点他一下吧?”说着，她转身朝模特喊道，“摆好姿势！”

模特正在读《小共和国报》，听见奥特夫人的喊声立马扔掉报纸，绷着脸扔掉外套，走上画台。她支开双脚，一动不动地站在那里，双手十指交叉，放在脑袋后面。

“这姿势蠢透了！”普莱斯小姐说，“真不明白他们怎么就选了个这么丑的姿势！”

刚才菲利普进画室时，学生们带着好奇的目光打量他，模特面无表情地瞟了他一眼。此时此刻，再没人注意他了。面前的画架上铺着漂亮的画纸，他却尴尬地瞅着模特，不知该从何处下笔。他从未见过裸体女人。这个模特不再年轻，双乳有些干瘪萎缩，满头黄发黯淡无光，像一蓬烂稻草似的耷拉在前额上，满脸雀斑，大而醒目。菲利普扫了一眼普莱斯小姐的画作。她才画了两天，不过似乎已遇到了麻烦。由于她老是用橡皮擦来擦去，画面已然污七八糟。在菲利普看来，她笔下的人物已完全扭曲变形，看起来怪异无比。

“就这程度，我想我也能做到。”菲利普在心里自言自语。

他从头部开始，打算慢慢一路画下去。但不知怎的，他发现，对着真人模特画人物头像比依凭自己的想象来画要困难得多。他扫了一眼普莱斯小姐。她画得非常投入，认认真真，一丝不苟。她热切地希望自己能画好，连眉头都不由得紧蹙起来，眼里流露出焦躁不安的神情。画室很热，她的额头沁出一颗颗汗珠。普莱斯小姐今年二十六岁，金褐色的头发又浓又密，发质光滑柔软，非常美丽，但在打理上很是随便，只是从前额往后一挽，马马虎虎束在一起。她长着一张大饼脸，五官很是分散，眼睛小小的；肤色苍白，给人一种怪异的病态感，双颊不见一丝血色。她周身弥漫着一股长久未经梳洗的气息，让人不禁怀疑她晚上睡觉是否也是和衣而眠。她生性沉默寡言，为人一丝不苟。第二次休息时，她退后一步，端详着自己的画作。

“真不明白我何苦总是这么改来改去的。”她说，“我本意是要画得尽善尽美。”然后，她转向菲利普，问道，“你画得怎么样？”

“根本画不下去。”菲利普苦笑着应道。

她看了看他的画。“你这么个画法可不成！你得先量好尺寸，在纸上打好轮廓线。”她快速给菲利普示范了一遍。菲利普被她热心诚挚的举动所打动，也对她缺乏优雅温婉气息的行为举止生出了反感。

他非常感激她的提示与指点，重新提笔画了起来。这时，其他学画的人也陆续来到了画室。晚来的人大多是男生，女生总习惯早到。画室在今年这个时节（虽说还为时尚早）已是爆满。过了一会儿，走进来一个年轻男子，黑色的头发稀稀疏疏，鼻子大得惊人，那张脸更是长得让人想起了马脸。他在菲利普身旁坐下，隔着菲利普向普莱斯小姐点头致意。

“你来得可真够晚的！”普莱斯小姐说，“是不是才起床？”

“这样风和日丽的一天，我想我应该躺在床上，好好想象一下外面的景色究竟有多美。”

菲利普会意一笑，普莱斯小姐却是个严肃认真的人，根本没把这话当玩笑。“你这种做法真滑稽。照我想来，天气大好的话正该早早起床，出去欣赏一番才是正理。”

“看来想当个幽默家还真困难啊！”年轻人一本正经地感叹了一句。他看起来似乎并没有立即动笔作画的意思。他端详着画布，正在给画上水彩。这个模特摆的姿势，他昨天就描画好了。他转身对菲利普说：“你是刚从英国来的吧？”

“是的。”

“你是怎么找到阿米特拉诺学校来的？”

“这是我唯一知道的美术学校。”

“但愿你别带着这样的想法来，以为在这儿能学到什么有用的东西，哪怕是一星半点有用的东西。”

“这儿可是全巴黎最好的美术学校。”普莱斯小姐接话说，“它可是唯一认认真真把艺术当回事的学校。”

“难道搞艺术就非得认认真真吗？”年轻人反问道。鉴于普莱斯小姐的回答只是轻蔑地一耸肩，他也就自顾自地往下说了，“问题的关键在于，所有艺术学校都糟糕透顶。它们显然只知道墨守成规，拘泥刻板得要命。这所学校之所以为害稍浅，原因就在于这儿的教学比那些地方都要无能，一个人在这儿什么也学不到——”

“那你为什么还来这儿呢?”菲利普突然打断他，问道。

“我虽已见佳径，却不愿按部就班往前闯。普莱斯小姐知识渊博，想必还记得这句话的拉丁原文怎么说吧。”

“我希望你不要把我扯进你的高谈阔论里，克拉顿先生!”普莱斯小姐毫不客气地说。

“学习绘画的唯一途径，”克拉顿先生无动于衷，丝毫不受干扰，继续说道，“就是租间画室，雇个模特，亲自摸爬滚打去吧。”

“这看起来似乎并不难。”菲利普说。

“可需要钱啊!”克拉顿回了一句。

克拉顿开始动笔了，菲利普由眼角余光偷偷打量他。只见他高高的个子，瘦得只剩皮包骨，硕大的骨头架子似乎要从没有二两肉的身体里凸出来似的，两只胳膊肘如此尖削，似乎要把破破烂烂的外套袖筒戳破了。裤子靠近屁股那里有所磨损，每只靴子上都打着个难看的补丁。

普莱斯小姐站起身来，走到菲利普的画架前。“如果克拉顿先生肯安静一会儿，我就可以过来帮你。”她说。

“普莱斯小姐不喜欢我，是因为我有几分幽默。”克拉顿一边说，一边若有所思地端详着自己的画布，“她讨厌我，是因为我颇有几分天赋。”克拉顿一本正经地说着，再加上模样古怪的大鼻子，使得他的话更显滑稽可笑。

菲利普禁不住扑哧笑出声来，普莱斯小姐却气得满面通红。“这儿除了你自己，谁也没有因为你的才气指责过你!”

“然而，这儿唯有我的意见对敝人来说最不值一提。”

普莱斯小姐开始评鉴菲利普的画作。她口若悬河，说话不假思索，谈到剖视、结构、平面、线条，以及其他许多菲利普一无所知的东西。她来画室很长时间了，对教师们一再强调的绘画要领烂熟于心。尽管她能指出菲利普画作中的各种毛病，却无法指明该怎么改正这些毛病。

“非常感谢你能这么不厌其烦地指导我。”菲利普说。

“噢，这没什么。”她回答说，不好意思地红了脸，“我初来这里的时候，别人也是这么指导我的。所以，我也愿意这样帮助他人。”

“普莱斯小姐想要暗示的是，她肯向你传道授业解惑，纯粹出于责任感，而非你本人有什么魅力。”克拉顿说。

普莱斯小姐愤怒地瞪了他一眼，又继续回去画画了。

时钟敲响十二点，模特如释重负地大叫一声，从画台上走下来。

普莱斯小姐收拾好东西。“我们中有些人要去格拉维耶餐馆吃午饭。”她对菲利普说，并瞟了一眼克拉顿，“我一向是回家吃午饭的。”

“你要是乐意敝人陪同，我倒可以带你去格拉维耶餐馆。”克拉顿说。

菲利普向克拉顿道了谢，准备离开。他正往出走时，奥特太太过来问他进展如何。“范妮·普莱斯可有帮你?”她问，“我特意把你安排在那个位置。我很清楚，只要她乐意，还是能帮你一把的。那姑娘虽不怎么讨人喜欢，脾气又坏，自己也根本画不好，但她懂得一些作画的窍门。只要她不嫌麻烦，倒是对新人大有帮助。”

他们沿大街往下走，克拉顿对菲利普说：“你可给范妮·普莱斯留下了深刻印象，最好小心点!”

菲利普哈哈大笑。在他所认识的人中，范妮·普莱斯可是他最没打算留下什么深刻印象的人。他们来到一家便宜的小餐馆。里面已有几个画室学生在用餐，克拉顿在一张餐桌旁坐下。那张桌子旁已经坐了三四个男子。在这家小餐馆，花一个法郎就可以享受到一个鸡蛋、一碟肉、奶酪以及一小瓶酒。要喝咖啡的话，则需另付钱。他们就坐在人行道上，黄色电车在大街上来回穿梭，叮叮当当的铃声响个不停。

“顺便问一下，你贵姓?”他们就座时，克拉顿突然发问。

“凯里。”

“请允许我给大家介绍一位值得信赖的老朋友——贵姓凯里。”克拉顿一本正经地说，“这位是弗拉纳根先生！这位是劳森先生!”

在座的人哄堂大笑，然后又继续各自的交谈。他们天南海北，无所不谈，都是你说你的我说我的，根本没人去听对方在说什么，只顾自己噼里啪啦说一通。他们谈到去年夏天去过的地方，谈到形形色色的画室，谈到各种各样的美术学校，还提到许多对菲利普来说还很陌生的名字——莫奈、马奈、雷诺阿、毕沙罗、德加①，等等。菲利普聚精会神地听着，尽管觉得自己有点格格不入，没法融到大家的谈话中去，还是兴奋不已。时光飞逝，似乎不过眨眼工夫，克拉顿就站起来说：“你晚上要是愿意来，准能在这儿找到我。你会发现这里是拉丁区最好的餐馆，花不了几个钱，就能让你患上消化不良症。”

---

① 克劳德·莫奈（Claude Monet，1840－1926），法国画家，印象派代表人物和创始人之一。爱德华·马奈（édouard Manet，1832－1883），法国画家，19世纪印象主义奠基人之一，深具革新精神。皮耶尔·奥古斯特·雷诺阿（Pierre－Auguste Renoir，1841－1919），法国印象画派的著名画家。卡米耶·毕沙罗（Camille Pissarro，1830－1903）法国印象派大师。埃德加·德加（Edgar Degas，1834－1917）法国印象派重要画家。

第四十一章

菲利普沿着蒙帕纳斯大道信步闲逛。眼前的巴黎和他上次春天来这里给圣·乔治酒店核算账务看到的截然不同。每每想到那段生活经历，菲利普就不寒而栗，但当时的所见所闻倒和他想象中的外省城镇相差无几。周围弥漫着随和的气息，阳光明媚，视野开阔，让人不禁有飘飘欲仙的白日梦的感觉。树木修剪得整整齐齐，白亮亮的房屋闪着生动鲜明的活力，宽阔的街道——一切的一切，让人赏心悦目。菲利普觉得自己已完全适应这里的生活，就像在家一样。他沿着大道慢慢悠悠地闲逛，打量着来来往往的行人。在他看来，即使是最普通平凡的巴黎人，比如束着鲜红宽腰带、套着肥大臃肿裤子的工人们，再比如身材矮小的士兵，虽然制服早已褪色，但仍然魅力不减，所有这些人身上似乎都散发着高贵优雅的气息。没走多久，他来到天文台大街，看到眼前宏伟壮观但又不失细腻典雅的街景，不由得叹为观止。他又来到卢森堡花园：孩子们在玩耍嬉戏，头发上束着长丝带的保姆则在一旁三两成群地缓步闲游；公务在身的大忙人们夹着公文包匆匆而过；青少年穿着各种各样千奇百怪的衣服逛来逛去。各色景观有条有理，精巧雅致。自然景观虽经人为布置与修饰，却更加尽善尽美。由此看来，自然风光若不经人工雕凿，反倒失之于粗鄙。眼前的美景让菲利普心醉神迷。他曾经读过许多关于这一风景胜地的诸般描绘，如今身临其境，怎能不欢欣雀跃，兴奋不已呢。对于他来说，这里算得上源远流长的文艺荟萃之地。他深感敬畏，又觉其乐无穷，就像老学究初次见到多姿多彩、明媚迤逦的斯巴达平原一样。

偶一抬眼，他恰巧看到普莱斯小姐独自坐在长椅上。他犹豫着要不要上前打个招呼。他此刻根本不想看到熟人，何况她那粗野的举止与他所感受到的欢乐气氛着实不协调。但他凭直觉认为，她是个极端敏感、极容易感到冒犯的人，既然她看到了自己，还是和她打声招呼方显不失礼貌。

“你在这儿干什么呢?”她见菲利普走过来，便如此问道。

“散心。你呢?”

“哦，我每天下午四点到五点都要上这儿来。我觉得一直埋头工作不见得有什么大的成效。”

“我能在这儿坐会儿吗?”他问。

“你要是想坐便坐。”

“这话听起来可显得不大热忱啊。”菲利普笑着说。

“我这个人天生不会说漂亮话。”

菲利普觉得有些窘迫不安，便点燃一支烟，默不作声起来。

“关于我的画，克拉顿有没有说什么?”她冷不丁地突然问道。

“没有，我印象里他没说什么。”菲利普说。

“你知道，他这个人根本没有真才实学。他自以为是个天才，其实纯粹是瞎胡扯。别的不说，懒就懒死了。天才应不辞辛苦，呕心沥血才行。最最要紧的是，要有坚持不懈的毅力和恒心。毕竟，世上无难事，只怕有心人嘛。”她说话时情绪之激昂，实属罕见。她头戴水手式黑草帽，上身穿一件不太干净的白衬衫，下面配一条棕色裙子。她没有戴手套，而那双手真该好好洗洗了。她毫无魅力可言，一点儿也引不起别人的兴致。菲利普悔不当初，真不该和她打招呼。他摸不透普莱斯小姐是希望他留下呢，还是巴不得他赶紧滚蛋。

“我愿意尽一切所能帮助你。”她突然冒出这么一句，搞得人丈二和尚摸不着头脑，“我深深体味到它是多么难。”

“谢谢你！”菲利普说。过了一会儿又道，“一起去喝杯茶，怎么样？”

她快速地瞟了他一眼，脸色绯红。她脸色涨红时，那苍白的肌肤顿时变得色彩斑驳，怪模怪样的，看起来就像变质的奶油草莓似的。“不，谢谢。你想，我干吗要去用茶点呢？我刚吃过午饭。”

“我觉得可以消磨时间。”菲利普说。

“你要是闲得慌，根本不必顾忌我。我不介意一个人待在这儿。”

正在此时，有两个男子从旁经过。他们穿着棕色棉绒上衣，裤子肥肥大大，头戴巴斯克便帽。两人都年纪轻轻，却蓄着胡子。

“我说，那些是艺术生吧？”菲利普问，“活脱脱从《波希米亚人的生涯》中走出来的人物。”

“他们是美国佬。”普莱斯小姐语带鄙夷地说，“法国人三十年前就不穿那种东西了。可从遥远的美国西部来的美国佬一到巴黎就赶紧买了，还穿着去拍照。他们在艺术之境的造诣也就仅限于此了。不过，这对他们来说无关紧要，反正有的是钱。”

菲利普倒对美国人新颖别致的大胆打扮挺喜欢，认为这体现了艺术家浪漫的气质。普莱斯小姐问他现在几点了。“我必须得赶回画室了。”她说，“你要去上素描课吗？”

菲利普根本不知道还有素描课。普莱斯小姐告诉他，每天晚上五点到六点画室有模特坐台，任何想去画画的人都可以去，只要付五十生丁①就可。这是个非常好的练习机会。“我觉得你目前的水平还够不上，最好过段时间再去。”

“为什么不能去试试，反正无事可干。”他们站起身来，朝画室走去。菲利普从普莱斯小姐的神情举止中猜不出她是愿意和自己一块

① 法国货币，等于法郎的百分之一。

儿走呢，还是要单独前往。说实在的，他纯粹由于不知如何脱身才尴尬地一路同行的。但她不愿主动开口，回答他的问话也是爱理不理，毫无礼貌和教养可言。

一个男人站在画室门口，手里托着一只大盘，每个进去的人都往里投半个法郎。画室挤满了人，比上午还要多，但英国人和美国人不再占大多数，女子的比例也大为减少。菲利普觉得，这么一大帮子人，和他想象的作画场面大相径庭。屋里非常暖和，空气很快就变得污浊不堪。这回的模特是个老头，蓄着一大把花白的胡子。菲利普试图练习一下上午学到的绘画技巧，结果却画得很糟。他这才明白，他的绘画技能根本没有想象的那么好。菲利普嫉妒地扫了一眼身旁几个习画者的作品，心中暗想，不知自己是否有一天也能像他们那样将炭笔运用得游刃有余。一小时很快就过去了。菲利普不愿再麻烦普莱斯小姐，特地找了一个离她比较远的位置。然而，等素描课结束、他从她身边经过时，普莱斯小姐却突然问他画得怎样。

“不怎么好。”他微笑着回答。

“要是刚才你肯屈尊坐在我旁边，我倒是可以给你指点一二。我想，你这个人还挺自命不凡的。”

“不，不是那样的。我只是怕你嫌我妨碍了你。”

“等我真那样想的时候，就会直截了当地告诉你的。”

菲利普发现，她正以其特有的粗野无礼的方式向他伸出援助之手。“嗯，那明天就麻烦你多多提携了。”

“我不嫌麻烦。”她回答说。

菲利普走出画室，思索着该如何打发晚饭前的时间。他急于干点特立独行的事。苦艾酒！当然有必要尝尝。于是，他闲散地朝车站走去，在一家咖啡馆的露天席位上坐下来，要了一杯苦艾酒。他抿了一口，恶心得要吐，心里却不无得意。他发现这种酒虽然令人作呕，但让人精神极佳；几口酒下肚，就让他浑身每一个毛孔都觉得自己已是投身艺术的学生。再加上他是空腹喝酒，更是来了兴头。他打量着周围的人群，颇有四海之内皆兄弟的感觉。他开心极了。等他来到格拉维耶餐馆时，克拉顿所在的桌子旁已坐满了人。一见菲利普一瘸一拐地走过来，他就大声向他打招呼。他们给菲利普腾出一点儿地。晚饭相当朴素，只有一碗汤、一碟肉，再加上水果、奶酪和半瓶酒。但菲利普根本没注意自己吃了什么，一门心思地只顾打量桌边一起用餐的人。弗拉纳根也在座。他是个美国人，年纪挺轻，满是快活之色的脸上长着短短的翘鼻子，嘴巴总是笑得合不拢。他身穿花色大胆炫目的诺福克夹克衫，脖子上围着蓝色硬领巾，头上戴顶怪模怪样的花呢帽。那时候，印象派在拉丁区居于统治地位。不过，它也是最近才在与老画派的较量中取胜的。卡罗吕斯·迪朗、布格柔①仍然受人追捧，被用来对抗马奈、莫奈和德加等人。欣赏老一派画家的作品仍然被视为情趣高雅的标志。惠斯勒②独具慧眼，创作的颇具鉴赏力的带有日本风采的组画对英国画家以及他本国的同胞产生了深远影响。古典大师们受到新标准的考验。几个世纪以来，深受世人崇敬的拉斐尔现在却成为聪明伶俐的年轻人嘲笑的对象。他们宁愿用拉斐尔所有作品去换一幅委拉斯开兹③的菲利普四世头像。这幅头像目前陈列在国家美术馆。菲利普发现，谈论艺术已成为风尚。午餐时遇到的劳森也

① 卡罗吕斯·迪朗（1837－1917），法国画家。布格柔（1826－1905），法国学院派画家。

② 惠斯勒（1834－1903），美国画家。曾环游法国，后因毕业作品被沙龙所拒，愤而离开法国，出走英国。他对日本浮世绘和屏风画的装饰化手法深感兴趣。

③ 委拉斯开兹（1599－1660），文艺复兴后期西班牙最伟大的画家，擅长肖像画。曾有人嫉妒地对他说："委拉斯开兹只会画人头，别的就一无所长了。"

在场，就坐在他对面。他是个瘦削的年轻人，满脸雀斑，满头红发，长着一双非常明亮有神的绿眼睛。菲利普坐下后，劳森一直目不转睛地打量他，这会儿突然开口说道："拉斐尔只有在临摹他人作品时才让人勉强忍受。比如，他临摹彼鲁齐诺和平图里乔①的那些画就挺招人喜欢。但当他企图追求拉斐尔的画风时，就只是个——"他轻蔑地一耸肩，才又道，"——拉斐尔。"

劳森说话如此放肆，让菲利普大吃一惊，但他不必应答。这时弗拉纳根突然不耐烦地插嘴了："啊，让艺术见鬼去吧！"他大声嚷嚷，"我们有杜松子酒，还是开怀畅饮、不醉不归的好！"

"你昨晚已经不醉不归了，弗拉纳根。"劳森说。

"昨晚是昨晚，我说的是今晚。"他回答，"如此良宵美景、趣味无穷的巴黎，成天只想着艺术，艺术！"他说话带着浓厚的西部口音。"喔唷，人生得意须尽欢，莫使金樽空对月呀！"他集中全力，砰的一声将拳头砸在桌子上，"叫我说，让艺术见鬼去吧！"

"你说就说了，还一遍遍地唠叨个没完，烦死人了。"克拉顿语气严厉地说。

桌旁还坐有一个美国人。他的穿着打扮，和菲利普下午在卢森堡花园见到的衣着夸张的小伙子十分相似。他长相英俊，瘦削的脸庞带着禁欲主义者的严肃气质，一双眼睛黑溜溜的。他穿的那一身奇装异服倒有点像个闯劲十足的海盗，那一头乌黑的头发非常多，时不时地滑下来遮住眼睛。他最常做的一个动作就是颇富戏剧色彩地把头往后

① 彼鲁齐诺（1446－1523）。意大利画家。拉斐尔年少时师从翁勃利亚派画家彼鲁齐诺学画。平图里乔（1454－1513），意大利著名画家，以壁画的强烈装饰风格著称，曾协助彼鲁齐诺完成西斯廷教堂的壁画。

一扬，将那几缕长发甩开。他开始谈论马奈的名画《奥林匹亚》①。这幅画当时陈列在卢森堡美术馆。“我今天在那幅画前站了一个小时。不怕告诉你，真心觉得不怎么好。”

劳森放下刀叉，绿眼睛里燃烧着怒火，气得简直要透不过气来了。不难看出，他正竭力让自己冷静下来。“听一个头脑未开化的野小子在这儿大放厥词，还真是有趣。”他说，“你能不能告诉我们，为什么觉得这幅画不好？”

美国人还没来得及作答，就有人怒气冲冲地插嘴道：“你的意思是说，你看着那幅栩栩如生的肌理刻画，竟能说那不是一幅好画？”

“我并没有那么说。我觉得右边的乳房画得还不错。”

“去你的右乳房！”劳森扯着嗓门大声嚷嚷，“整幅画乃是艺术界的奇迹！”他开始细细描绘那幅画的美。但在格拉维耶的餐桌上，长篇大论的人只能自我陶醉罢了，根本无人听他的。

美国人怒气冲天地打断他。“你该不会觉得那幅画的头部画得很好吧？”

劳森此时情绪激动，脸色都有些发白了，却又开始为它的头部技巧拨乱反正。克拉顿原本面带幽默性的嘲笑之色一直沉默不语地坐在那里，此时却突然插话进来：“就把那颗脑袋让给他好了。我们不需要那颗脑袋。这样也无损于此画的技艺精湛。”

“好，我就把那颗脑袋让给你！”劳森大声嚷道，“提着脑袋见鬼去吧，你！”

“可那条黑线又是怎么回事？”美国人大声叫道，同时胜利地一

---

① 印象主义画家马奈在《奥林匹亚》中，用一种可以在平面上展现整个身体的角度来表现裸体，既不求充分表现立体感，也不求半立体感，而是采取了独特的压缩式立体感，身体却更富有体积感。

扬手，将那缕差点儿掉进他自个儿汤里的长发往后一撩。“大千世界，无奇不有！可就是没见过哪些物体周围圈着黑线的。”

“啊，上帝呀！快降下天火，将这亵渎神明的家伙吞噬吧！”劳森说，“大自然和这幅画有什么相干？谁也不知道自然界有什么，没有什么！世人是通过艺术家的眼睛来观察大自然的。啊哟！多少个世纪以来，世人看到，马在跳跃篱笆时四条腿可是全都伸展开的。啊，皇天在上，先生！马腿确实是伸展开的呀！世人一直以为影子是黑色的，直到莫奈发现影子其实是五颜六色的。啊，皇天在上，先生！影子确实是黑的呀！如果我们选择黑线条来勾勒物体，那世人就会看到黑色的轮廓线。这样的话，黑线条就是真实存在的。如果我们要把草画成红色，把牛画成蓝色，世人也就看到它们是红色和蓝色的了。啊，皇天在上，它们的确有可能变成红色和蓝色的啊！”

“让艺术见鬼去吧！”弗拉纳根嘟囔了一句，“我只想要杜松子酒。”

劳森没注意到这声干扰。“现在请注意，当《奥林匹亚》在巴黎美术展览会上亮相时，左拉——在凡夫俗子的冷嘲热讽中，在毫无创新能力的庸才画师、墨守成规的老学究以及公众一片唏嘘声中——宣布说：‘我期待会有那么一天，马奈的画将陈列在卢浮宫①，就挂在安格尔②的《女奴》对面。相比之下，技高一筹的并不是《女奴》。’《奥林匹亚》会挂在那儿的。我看每一天都在朝着那个日子迈进。不出十年，《奥林匹亚》肯定会挂在卢浮宫的。”

“休想！”美国人大叫一声，突然两手并用，把头发死命往后一撩，似乎想要一劳永逸地解决这个问题。“不出十年，那幅画就会销

① 卢浮宫，位于法国巴黎，旧时为王宫，1793年起辟为国家艺术博物馆。
② 安格尔（1780－1867），法国新古典主义画派代表人物。

声匿迹。它不过是一时之作，也就流行一阵子罢了。任何画作要是缺少实质内容，就不可能长盛不衰。以此衡量，马奈的那幅画相差何止十万八千里。”

“那什么是实质内容?”

“没有融入道德色彩的画作就算不上伟大的画作，就无法获得世人永久的敬仰。”

“啊，我的天啊!”劳森满腔愤怒地咆哮起来，“我就知道是这样!他看重的是道德寓意!”他十指合拢，做出祈祷上苍的样子，“噢，克里斯托弗·哥伦布!克里斯托弗·哥伦布!你发现美洲大陆的时候，可知道自己都干了些什么呀?”

“罗斯金说——”

还没等他说出下一个字，克拉顿突然飞扬跋扈地用刀柄猛敲桌面。“先生们!”他语气严肃地说，硕大的鼻子因为过分激动而明显地隆起一道道褶皱，“刚才有人提到一个名字，我从来没想到会在正派的上流社会听到它。言论自由固然是好事，但也得掌握分寸，适可而止才是。你要是想谈谈布格柔，倒也无妨：这个名字听上去虽然有点倒胃口，却不失趣味，能引人发笑。但我们万不可让罗斯金、G. F. 瓦茨和E. B. 琼斯这样一群人的名字来玷污我们端庄正派、谈吐有度的双唇!”

“顺便问一下，罗斯金是谁?”弗拉纳根问道。

“维多利亚时代的伟大人物之一，英式创作风格的大师。”

“罗斯金的风格就是金玉其外，败絮其中。”劳森说，“再者，让维多利亚时代的伟大人物统统见鬼去吧!每次我一翻开报纸，只要看到某个维多利亚大人物去世的讣告就要感谢上苍，终于又少了一个。他们唯一的天赋就是长寿。任何一个艺术家，都不应该在四十岁后还死赖在这世上不走。一个人到了那个年纪，最好的作品都已完成，之后所做的不过是重复之前的东西。诸位难道不认为济慈、雪莱、伯宁顿①和拜伦等人早早离世，不是交上了人世间最大的好运了吗？假如史文朋②在出版第一卷《诗歌和民谣》那天就殒落人世，我们会觉得他是个多么了不起的天才啊！”

这番话可是成功取悦了在座的各位，因为这里都是些不到二十四岁的年轻人。大家即刻兴致勃勃地议论开来。这回倒是难得地意见一致起来，各人畅所欲言地大肆侃了一通。有人提议把四十院士的所有作品都拿来，燃起一堆熊熊的篝火。维多利亚时代的伟人们凡年满四十者，都要扔进火里。这个主意赢得一阵欢呼和喝彩。卡莱尔、罗斯金、丁尼生、勃朗宁、G. F. 瓦茨、E. B. 琼斯、狄更斯和萨克雷③等人被匆匆抛进烈焰之中。格莱斯顿先生、约翰·布莱特和科布登④也同样难逃烈焰的吞噬。说到乔治·梅瑞狄斯，曾有过短暂的争执；但马修·阿诺德和爱默生则被痛痛快快地投入大火中。最后轮到瓦尔特·佩特了。

“别扔瓦尔特·佩特。”菲利普嘟囔了一句。

劳森瞪着那双绿眼睛，打量他一阵，然后点点头。“你说的对，只有瓦尔特·佩特一人证明了《蒙娜丽莎》的真正价值。你知道克朗肖吗？他和佩特非常熟悉。”

“谁是克朗肖？”菲利普问。

---

① 伯宁顿（1801－1828），英国画家，以水彩风景画和历史画著名。

② 维多利亚中期著名诗人。

③ 托马斯·卡莱尔（1795－1881），苏格兰评论家、讽刺作家、历史学家。作品在维多利亚时代颇具影响力。狄更斯（1812－1870），19世纪英国批判现实主义小说家。萨克雷（1811－1863），与狄更斯齐名，维多利亚时代小说家。其他人物见前文注释。

④ 约翰·布莱特（1811－1889）和理查德·科布登（1804－1865）均为英国著名政治家。

“克朗肖是个诗人，他就住在这儿。大家伙去丁香园如何？”

丁香园是一家咖啡馆，他们晚饭后常去那儿。晚上九点以后至第二天凌晨两点以前，准能在那儿找到克朗肖。但弗拉纳根听了一晚上的文艺畅谈早已够了，看劳森如此建议，便转向菲利普。“嘿，伙计，我们还是去有姑娘的地方乐乐吧。”他说，“就去蒙帕纳斯游乐场，来些杜松子酒。”

“我还是愿意去见见克朗肖，让自己有个清醒的脑子好。”菲利普笑哈哈地说。

第四十二章

大家商讨来商讨去，自是骚乱了一阵。最后，弗拉纳根和另外两三人去了歌舞杂耍剧场，菲利普则跟着克拉顿和劳森，缓缓朝丁香园走去。

“你一定要去蒙帕纳斯游乐场看看！”劳森对菲利普说，“那可是巴黎最可爱的地方之一。我还打算哪天去把那里的场景画下来呢。”

菲利普在海沃德的影响下，一直以鄙视的态度来看待歌舞杂耍剧场。但他不知道此时在巴黎，它们的艺术潜能才刚刚被挖掘出来。新颖别致的灯光设计——暗红与淡金交织在一起，重重叠叠的暗影，还有形形色色的装饰线条，都为艺术创作提供了新的主题。拉丁区一半的画室都陈列有本地这家或那家剧场的写生画。文人在画家的激发下，突然全都凑进来寻找一段段表演、一个个节目里的艺术价值。红鼻子的滑稽演员顿时被捧上天，说他们表演得非常到位，把各色人物演得活灵活现；肥胖的女歌手声嘶力竭地嚎叫了二十年还是名不见经传，却突然被人慧眼识珠，发觉她们的演唱声情并茂，把滑稽可笑之处全都以独具特色的唱腔表现得淋漓尽致。还有些文人在耍狗类杂技中获得了美感享受，另一些人则搜肠刮肚、不吝言辞地大加称赞魔术师和飞车演员的精湛绝技。观众也跟着沾了光，成为舆论界寻求情感共鸣的对象。菲利普持有和海沃德相似的观念，向来鄙视一窝蜂的闹哄哄的芸芸众生；他也像生性孤傲的人那样洁身自好，独来独往，对市井之徒乖张荒诞的行径深恶痛绝。但此时克拉顿和劳森却激情澎湃地大谈特谈大众的种种表现，绘声绘色地描述着巴黎各类集市上熙熙攘攘的人群：真是川流不息，人声鼎沸；在乙炔灯闪烁的强光之下，人们的脸半隐半现；喇叭响亮而刺耳的嘟嘟声、汽笛尖锐的嘀嘀声、人群嘈杂的嗡嗡声交织在一起，沸反盈天。他们所说的这一切，让菲利普既新鲜又陌生。他们向他介绍克朗肖的情况。“你有没有读过他的作品?”

“没有。”菲利普回答说。

“他的作品发表在《黄皮书》上。”

他们对待克朗肖的态度就像一般画家看待作家那样，因为他在绘画方面是个门外汉而存有几分鄙视，又因为他从事的毕竟也是艺术而存有几分宽容，还因为他所运用的艺术媒介让他们心生不安而存有几分敬畏。“他是个与众不同的家伙。开始时你可能会有点失望，只有等他喝醉了，才能展现出出类拔萃的一面。”

“麻烦的是，”克拉顿补充说，“他得喝好久才能醉。”

等他们到达咖啡馆的时候，劳森告诉菲利普还得往里再走走。秋日的空气里并没有刺骨的寒意，但克朗肖有一种病态的畏风心理，即使在最温暖的天气里，也要坐到里面。

“凡是值得结交的有识之士，他全都认得。”劳森解释说，“他过去和佩特、奥斯卡·王尔德①相交甚密；现在和马拉美②这类名流也经常来往。”

他们寻找的目标此刻正坐在咖啡馆被遮蔽、最密不透风的角落里。他穿着外套，衣领向上翻起，帽檐压得低低的，一直盖到脑门上，唯恐着了冷风。他身材魁梧，人长得健壮结实却不肥胖，圆圆的脸上蓄着小胡子，一双眼睛小小的，甚至有些呆滞无光。与魁梧的身躯比起来，脑袋似乎显得不够大，看起来就好像一粒豌豆放在鸡蛋上，极不稳当。他正在跟一个法国人玩多米诺骨牌，看到来人也不出声打招呼，只淡淡一笑，似乎为了给来人腾挪出点空间而顺手把餐桌上一小堆茶碟往边上推了推——他手边有多少只茶碟，就说明他已喝下了多少杯酒。当人把菲利普介绍给他时，他只是点点头，又继续玩他的牌去了。菲利普的法语虽然不怎么样，可还是听得出克朗肖的法语很糟糕，亏他还在巴黎混了这么多年。最后，他终于往后一靠，露出胜利的微笑。“你输给我了！”他说道（发音可真是糟透了），“跑堂的！”他大声召唤侍者，然后转头对菲利普说，“你刚从英国来？可看过板球赛？”

这个突如其来的问题搞得菲利普迷惑不已。

“克朗肖对这二十年来一流板球队的球技可是知道得一清二楚。”劳森笑嘻嘻地说。

玩牌的法国人离开他们，到另一张餐桌找自己的朋友去了。克朗肖开始评论肯特队和兰开夏队球技的相对优点。克朗肖有许多与众不同的特质——说起话来慢声细语，态度懒洋洋的，就是其中之一。他

---

① 奥斯卡·王尔德（1854－1900），作家与艺术家，唯美主义代表人物，19世纪80年代美学运动的主力和90年代颓废派运动的先驱。

② 斯特芳·马拉美（1842－1898），法国象征主义诗人和散文家。

给他们讲最后一次看板球赛的情况，并按击球顺序将整个比赛过程描述了一遍。“板球赛是我来巴黎后唯一不舍的东西。”他喝完侍者端来的啤酒感叹道，“这儿一场板球赛也看不到。”

菲利普大失所望。劳森急于向菲利普炫耀一下这位拉丁区的名流，但看克朗肖目前这个样子，不禁变得有点不耐烦起来。那天晚上，克朗肖细啜慢饮，迟迟不见醉意。不过，他身边的那一堆茶碟表明，他至少是诚心实意地想要把自己灌醉的。克拉顿看着眼前这种场面，觉得颇为有趣。在克拉顿看来，克朗肖这样不厌其详地讲述板球赛方面的知识，无疑有些炫耀卖弄的意味。他就是喜欢讲些明显让人厌烦的东西来逗弄人家。

克拉顿抛出一个问题：“你最近见过马拉美吗？”

克朗肖慢条斯理地打量他，像是正在脑海里反复咀嚼这个问题。他并没有立即回答，而是拿起一只茶碟轻轻敲着大理石桌面。“把我的威士忌拿来！”他大声喊道。然后转向菲利普说，“我在这儿存了一瓶威士忌。要是每次喝那么一点儿就要掏五十生丁，我可付不起。”

侍者拿来酒，克朗肖接过来对着灯光细看。“被人喝过。侍者，谁偷喝了我的威士忌？”

“没人喝过，克朗肖先生。”

“昨晚上我可是特地做了记号，你瞧瞧这儿！”

“先生的确做了记号，可之后照喝不误。先生这样做记号，岂不是白白浪费时间！”侍者是个天性快活的人，和克朗肖混得很熟。

克朗肖目光灼灼地盯着他。“如果你像贵族和绅士那样用名誉发誓，保证除了我谁也没有偷喝过我的威士忌，我就接受你的说法。”

这句话被他不加任何修饰和调整，生搬硬套地翻译成法语，听来十分有趣，柜台那边的女掌柜忍不住扑哧笑出声来。“这人真逗！”她轻轻嘟囔了一句。

克朗肖听到这话立即朝她挤眉弄眼，还郑重其事地冲她飞吻了一下。女掌柜已届中年，长得健壮结实，一副女总管派头。看到克朗肖那个样子，一耸肩了之。“别害怕，太太！”他缓慢而吃力地说，“被四十五岁的人吸引，还心怀感激——我可是早过了那个年龄了。”他给自己倒出一些威士忌，又掺了点苏打水，慢慢地喝干。然后，用手背抹抹嘴。“他讲得绘形绘色。”

劳森和克拉顿明白，克朗肖这句话是对刚才有关马拉美的提问而言的。每个星期二晚上，诗人都要接待文人和画家，而克朗肖经常会去参加这样的小聚会。诗人能言善辩，在座的人不论向他提出什么问题，他都能予以巧妙回答。很显然，克朗肖最近也去参加过。

“他讲得是挺绘声绘色的，但全都是废话。他谈论艺术的口气就好像那是世界上最重要的东西一样。”

“要不是那样，我们还来这里干什么呢?”菲利普问。

“你来这儿有何贵干，我可不知道。那又不关我什么事。但艺术是件奢侈品。人们重视的只有自我保护和传宗接代。只有在这两种本能得到满足后，他们才有心思搞些娱乐消遣。那时候，就该作家、画家和诗人来提供了。”克朗肖停下来喝了口酒。二十年来，他一直在思考这样一个问题：自己喜欢喝酒究竟是因为酒能助长谈话的兴致呢，还是因为他喜欢高谈阔论而总让他口干舌燥，所以才想喝酒。他接着说：“我昨天写了首诗。”

没等人请，他就自个儿主动朗诵起来。他缓慢吟诵着，一边还伸出中指打着节拍。诗兴许是好诗，但不巧的是，恰在那时走进来一位年轻女郎。她浓妆艳抹，双唇涂得血红，光彩照人的双颊显然并非其平庸姿色的本来面貌；她把睫毛和眉毛都涂得漆黑，还把眼睑全都抹上一层张扬醒目的蓝色，一直延伸到眼角处，上下构成一个三角形，样子古怪而有趣；一头黑发经过精心梳理，从耳朵上方往后挽，此种发型在克莱奥·德·梅罗德小姐的影响下深受欢迎。

菲利普的目光只围着她打转。克朗肖朗诵完了，宽容地朝菲利普微微一笑。“你刚才没在听啊。”他说。

“哦，不。我听着呢。”

“我并不怪你，因为这恰恰证明了我刚才所言非虚。没有爱情，何谈艺术？刚才你只顾目不转睛地凝视着那迷人的艳丽女郎，却对我的好诗无动于衷。为此，我要向你表示敬意，并为你欢呼喝彩。”

她从他们桌边经过时，克朗肖一把抓住她的胳膊。“过来坐在我身边，亲爱的宝贝！让我们演一出神圣的爱情喜剧。”

“该死的，让我安静会儿!”说着，她用力将他推到一边，趾高气扬地走了。

“艺术!”他一边说，一边挥舞了一下手臂，“无非是有创造才能的家伙在酒足饭饱、享受够了女人之后，为逃避生活的沉闷乏味而创造出的避难所。”克朗肖又把自己的杯子倒满，接着长篇大论起来。他嗓音圆润洪亮，吐字清晰，小心谨慎地选用措辞。他将颇具哲理与智慧的珠言妙语和愚蠢无聊的胡言乱语混杂在一切，让人听得瞠目结舌。他一会儿正经八百地拿听众打趣，一会儿又嬉皮笑脸地给予他们合情合理的明智建议。他谈到艺术、文学和人生，时而虔诚恳切，时而污言秽语，时而兴高采烈，时而泪流满面。他显然已酩酊大醉，接着又背起诗歌来——他自己的和弥尔顿①的，他自己的和雪莱的，他自己的和基特·马洛②的。

最后，劳森感到精疲力竭，起身回家去了。

“我也要走了。”菲利普说。

---

① 约翰·弥尔顿（1608－1674），英国诗人。

② 基特·马洛，即克里斯托弗·马洛（1564－1593），英国诗人、剧作家。

克拉顿，他们几个人中最沉默的一位，留下来继续听克朗肖在那里瞎掰乱扯，嘴角一直挂着一丝讥笑。

劳森陪菲利普回到旅馆，互道了晚安。菲利普虽然爬上了床，却睡不着。别人扔给他的新奇荒诞之说这会儿在脑海里不停地翻腾跳跃，他满腹豪情壮志，觉得身上潜藏着巨大力量——人生从未像现在这样自信过。“我知道，我定会成为一名伟大的艺术家。”他自言自语道，“我感到了骨子里的召唤。”当另一个念头在脑海里一闪而过时，他不禁浑身颤抖。但即使对自己，他也不愿把这个念头从嘴里说出来。“上帝为证，我相信自己是个有天赋的人。”事实上，他已然醉了。但鉴于他喝下肚的不过一杯啤酒，使他沉醉其中的只可能是比酒精更为危险和厉害的迷幻剂。

第四十三章

授课教师每周二、五上午来阿米特拉诺画室评讲学生的画作。在法国，画家的收入少得可怜，除非他设法赚些外快——给人作肖像画，争取美国富豪的资助。就连声名显著的大画家也乐于每周花上两三个小时到画室去做兼职老师，以此增加收入。在巴黎，像这样的画室多得数不胜数。星期二这天，米歇尔·罗林会来阿米特拉诺画室授课。他是个上了年纪的画家，虽然胡子一片花白，但气色很好。他曾为市政府画过许多装饰画，但这些画此时却成为他指导的那些学生嘲笑的对象。他是安格尔的弟子，对于艺术的进步无动于衷，不耐烦马奈、德加、莫奈和西斯莱①这伙人的名字，一听就火冒三丈。但作为教师，他的确很优秀：温和有礼，循循善诱，善于答疑解惑。另一方面，周五光顾画室的富瓦内教师却是个不好相与的。他长得瘦小干瘪，满口蛀牙，一脸肝气失调的样子，一把灰胡子乱糟糟的，目露凶光，说起话来声音尖锐刺耳，语调里带着挖苦之意。他曾有几幅画被卢森堡美术馆买走了，二十五岁时踌躇满志，期待有朝一日能成就一番伟大事业。只可惜他的艺术才华只是青春活力的一时迸发，而非根植于他本身的真实本质。二十年来，除了不断重复早年给他带来成功的风景画，他一无所成。当人们指责他的作品千篇一律时，他反驳说："柯罗②一辈子只画一样东西，为什么我就不能呢？"他嫉妒每一个人的成功，对印象派画家有罕见的痛恨之情。他将自己的失败归咎于艺术的疯狂时尚与浪潮，公众（该死的畜生）在这股浪潮的推动下全被印象派作品迷得神魂颠倒。米歇尔·罗林对印象派画家的鄙视，最多也不过斥责他们是"江湖骗子"；但到了富瓦内这里，却要被骂个狗血喷头，"恶棍"和"流氓"算是最轻缓文雅的词了。他以诋毁他们的私生活为乐，用含讥带讽的幽默口吻，加以各种侮辱淫秽的细节描绘，抨击他们出身的合法性，非难他们婚姻关系的纯洁性。为了使不堪入耳的辱骂之词更加尖刻辛辣，他还借用东方的比喻手法和东方的强调语态。即使在检查学生作业时，他也毫不掩饰对学生的鄙视之情。学生们对他又恨又怕；女生常被他残酷无情的当面嘲讽搞得直哭鼻子，最后又免不了遭他一顿奚落。尽管学生们被他骂得惨不忍睹，最后受不了而群起抗议，可也无可奈何，他照样留在画室任

---

① 阿尔弗莱德·西斯莱（1839－1899），生于巴黎，父母都是英国人。西斯莱是印象派画家。

② 柯罗（1796－1875），法国写实主义风景画家。

教。毋庸置疑，他是全巴黎最好的美术教师之一。有时候，维持学校教务的老模特斗胆规劝他几句，但在这位傲慢无礼、蛮横暴烈的画家面前，他的谆谆劝诫很快就变为卑躬屈膝的连声道歉。

菲利普迎头碰上的就是这位富瓦内教师。菲利普来到画室时，他已经在里面了。他一个画架、一个画架地巡视过去，奥特太太陪在一旁充当他的翻译。遇到不懂法语的学生，便由她代劳解说。范妮·普莱斯坐在菲利普旁边，画得很卖力。她的脸紧张得发青，还时不时停下来把双手在上衣上擦擦，手心都急出汗了。突然，她转头向菲利普望过来，双眉紧缩，沉着脸，似乎想以此掩饰内心的焦虑不安。“你觉得还行吗?”她一边问，一边点头示意她的画。

菲利普站起身，凑过来看她的画。不看不知道，一看吓一跳。他觉得她一定是毫无眼光可言，画成这么个不成形的样子，人家都要绝望了，她还敢问画得还行不。“我要是能画得有你一半好，也就知足了。”他言不由衷地敷衍说。

“你可不能这样定位过高，要知道你才来。你现在就想和我画得一样好，岂不是想得太多了？我来这里已有两年了。”

范妮·普莱斯的话实在把菲利普雷住了。她那股自负劲儿还真是大得吓人。菲利普发现，画室里的人都不喜欢她，虽然那股不喜欢不至于表现得过分无礼。现在看来也不奇怪，她似乎特别喜欢出口伤人。

“我向奥特太太抱怨了几句富瓦内。”她现在终于肯吐露实情了，“上两周他看都没看我的画。他每回差不多要在奥特太太身上花费半个小时，还不是因为她是这儿的司库。可不管怎么说，我在学费上也没比人少付一分钱。再说，我觉得我的钱和别人的钱也一样好使吧。我就不明白了，为什么我得到的关注就要比别人少。”她再次拿起炭笔，但没过一会儿又扔下了，嘴里发出一声抱怨。“我现在没法再画了，紧张得要命。”

她看向富瓦内，他正同奥特太太一起朝他们这边走来。奥特太太脾气温和，才智平庸却自鸣得意，周身带着一股自命不凡的气息。富瓦内在一个穿着邋遢的英国姑娘画架前坐下来。这姑娘名叫露丝·查理斯，人长得娇小玲珑，漂亮的黑眼睛虽然看着呆呆的，却潜藏激情；瘦瘦的脸蛋带着严肃认真的表情，十分性感，皮肤就像经年日久的象牙一般富于光泽。这副神态韵致，正是当时深受伯恩·琼斯影响的切尔西①少女所蓄意培养的。富瓦内此时似乎心情还不错，并没有和她多说什么，而是直接拿起炭笔，刷刷几下子点出她的错误所在。等他起身的时候，查理斯小姐高兴得满脸都绽放出光彩。富瓦内走到克拉顿跟前，这时菲利普也有点紧张起来。好在奥特太太答应过会设法周旋，让他能好过点。富瓦内在克拉顿的习作前站了一会儿，只是一个劲儿地咬着大拇指，一言不发。接着，心不在焉地把他咬下的小小一块皮吐在画布上。“这条线画得不错。”他终于开口说道，一边用拇指点着那根他欣赏的线条，“你已经入门了，知道怎样开始画画了。”

克拉顿没有搭腔，只是带着他惯有的不把世人观点放在眼里的嘲弄神情看着这位画师。

“我现在开始觉得，你至少还是有几分才气的。”

奥特太太一向不喜欢克拉顿，听了这话便把嘴一噘。她可没瞧出画里有什么了不起的地方。富瓦内坐下身子，详细地讲起作画技巧来。奥特太太则在一旁站得又累，听得又厌烦了。克拉顿什么也没说，只是时不时地点点头。富瓦内很满意，感觉到克拉顿已经抓住了他讲解的精髓，且悟出了其中的道理。在场大多数人虽然也在聚精会神地听他讲，但显然永远都不得要领。然后，富瓦内站起身，朝菲利

---

① 英国伦敦市西南部旧区自治市，许多艺术家和作家居于此地。

普走来。

“他才来两天，”奥特太太赶紧解释说，“是个新手，从未学过画画。”

“不说也看得出。”他先是用法语说了这么一句，接着又用英语重复道，“不说也看得出。”

他继续往前走，奥特太太压低声音对他说：“这就是我同你提起过的年轻女士。”

他看着她，眼神好像她是什么令人厌恶至极的野兽似的。随即，他说话的声音也变得像锉刀般格外刺耳。“你似乎觉得我对你的关注不够，是吧？你不是一直在司库面前抱怨个不休吗？好吧，这就给我看看你想要我多加关注的那幅大作吧。”

范妮·普莱斯的脸涨得通红，病态的皮肤下血液似乎变成一种奇怪的紫色。她没有做声，只是指向面前的那幅画，她这一周都在画它。

富瓦内坐下来。“好吧，你希望我对你说些什么呢？你是不是想要我称赞这是幅好画？没门！你是不是想要我夸它画得还不错？想得美！你是不是想要我说它勉强还有些可取之处？一无是处！你是不是想要我告诉你毛病在哪儿？整幅画都是毛病！你是不是想要我告诉你现在该怎么办？撕了呗！你现在可满意了？”

普莱斯小姐脸色惨白。她怒火中烧，因为他竟当着奥特太太的面如此羞辱她。虽然她来法国很久了，完全听得懂法语，却开口说不出几个词来。“他根本没权利这样对我。我的钱也和别人的钱一样好使。我付钱是让他来教我的。可他这哪是在教我！”她用英语说道。

“她说了些什么？她说了些什么？”富瓦内一连声地问。

奥特太太犹犹豫豫，不敢翻译给他听。普莱斯小姐用自己蹩脚的法语又说了一遍：“我出学费是要你来教我的。”

“他妈的，老子教不了你！教头骆驼也比教你容易！”他转向奥特太太说，“问问她，她学画是为了陶冶身心，还是指望它挣钱过活？”

“我将作为一个真正的画家挣钱谋生。”普莱斯小姐回答说。

“那么，我有责任告诉你：你这纯粹是在浪费时间！你毫无天赋。这倒也没什么，现如今，天才哪能满大街跑呢？问题是你根本没有悟性，一丝聪明劲儿也没有，直到现在还一窍未开。你来这里多久了？一个五岁的孩子只上两堂课，也比你画得好。我只想奉劝你一句，趁早放弃这无谓的尝试吧，毫无希望了。恐怕你当个打杂女工也比当个画家要更适合谋生。瞧！”他随手抓起一截炭笔。哪知刚在纸上起笔，就断掉了。他咒骂了一声，继续用断头画了几笔，笔下的线条苍劲有力。他画得飞快，边画边讲，边讲边骂，口吐恶言。“瞧，你画的那两只胳膊还不一样长！还有膝盖，那是什么奇形怪状的东西！我刚才和你说了，五岁的孩子画得都比你好。你瞧，就你画的这两条腿，那人物怎么站得住呀？还有那只脚！”他每吐出一个词，那支怒气冲冲的笔就在画上留下一个记号。眨眼之间，范妮·普莱斯花了那么多时间、呕心沥血创作出来的一幅画就给涂得面目全非，再也认不出来原本的样子了，画面上横七竖八的条条杠杠和乱七八糟的斑斑点点全交织在一起。最后，他把炭笔一扔，站起身来。“听我的劝告，小姐！还是去试试学点裁缝手艺吧！”说着，他看了看表，“已经十二点了。先生们，下周见！”

普莱斯小姐慢慢收拾自己的东西。菲利普故意落在其他人后面，想宽慰她几句。然而，他寻思半天，也只想出这么一句话：“我说，真为你难过！那个粗鄙的家伙真是糟透了！”

谁知她竟怒气冲冲地朝他发飙了：“你等在后面，就为了跟我说这个！什么时候我需要你的同情，会主动请你施舍的。但是现在，请别挡道！”她径直从他身边走出画室。

菲利普耸耸肩，一瘸一拐地去格拉维耶餐馆吃午饭。“她活该！”当菲利普把刚才发生的事告诉劳森时，劳森这么说，“臭脾气的贱人！”劳森特别怕挨批评。为了逃避批评，从来不在富瓦内来上课时去画室。“我不需要别人对我的画作指手画脚。”他说，“我知道自己画的是好还是坏。”

“你的意思是说，你不喜欢听到别人对你的大作发表批评之词吧。”克拉顿干巴巴地顶了一句。

下午，菲利普想去卢森堡美术馆看看那里的藏画，不巧在穿过花园时看到范妮·普莱斯坐在她的老位置上。他先前完全是出于好心，想说几句合意的话安慰她，哪知她竟狗咬吕洞宾。菲利普想起她朝自己发火时的粗鲁样子，心里好不懊丧，这会儿经过时故意对她视而不见。没想到她立刻站起身，朝他走过来。“你这是准备就此不理我了？”她问。

“不，当然不是。我只是觉得或许你不想被人打扰。”

“你去哪？”

“我想去看看马奈的画，老是听人说起那幅名画。”

“你要我陪你去吗？我对卢森堡美术馆非常熟悉，可以领你去看那些出类拔萃的名作。”

菲利普明白她这是不愿意直接道歉，想以此来弥补自己的过失。“那真是太感谢你了，我巴不得呢。”

“要是你想自己去，不必勉强答应我。”她半信半疑地说。

“我不想一个人去。”

他们朝美术馆走去。那里正在展出卡耶博特的私人藏画。这是美术生首次有机会随心所欲地尽情研究印象派画家的作品。以前，只有在拉斐特街迪朗－吕埃尔的画店（这个生意人和自以为比搞艺术的人高出一等的英国同行不一样，总乐意为穷学生提供方便，随他们的便想看什么就看什么）或私人寓所内，才有幸看得到这些作品。他的寓所每逢周二对外开放，入场券也不难搞到。在那儿，你可以看到许多蜚声世界的名画。到了美术馆，普莱斯小姐径直把菲利普领到马奈的《奥林匹亚》跟前。菲利普默默地看着画，震惊不已。

“你喜欢它吗?”普莱斯小姐问。

“我不知道。”他茫然无措地回答。

“你可以相信我的话，或许除了惠斯勒为母亲画的肖像画，这幅画就是美术馆最卓绝的展品了。”她没再做声，好让他有时间仔细揣摩这幅杰作的妙处。过了一会儿，她才带他去看另一幅描绘火车站的画。“瞧，这是莫奈的画。”她说，“画的是圣扎拉尔火车站。”

“但画面上的铁轨怎么不是平行的呢?”菲利普说。

“那有什么关系?”她反问道，语气里带着傲慢。

菲利普自愧不如。范妮·普莱斯重拾目前在各画室议论不休的话题，毫不费力地就让菲利普对她学识的渊博留下了深刻印象。她继续给菲利普讲解馆内的画作，虽说态度傲慢自大，但也不乏深刻见解。她向他展示画家在画里想要表达什么，并指点他该从哪些方面着手探索。她说话时不停地用大拇指比划着。她所讲的一切对菲利普来说都很新鲜，听得津津有味，同时也感到迷茫和困惑。在此之前，他一直崇拜瓦茨和伯恩·琼斯——前者美妙绚丽的色彩调配、后者精工雕琢的绘画手法，完全满足了他的审美需求。他们作品中散发出的朦胧的理想主义，还有作品主题中蕴含的哲学性怀疑，都与他在埋头精读细研罗斯金著作时所领悟到的艺术功能完全吻合。此时此刻，眼前所看到的东西却截然不同：这里的作品毫无道德上的感染力，揣摩这些作品也无助于人们去追求更纯洁、更高尚的生活。他感到困惑不已。最后他说：“你瞧，我脑袋已经死机了，再也吸收不了什么有益的东西了。我们还是找条长凳坐坐吧?”

"也是，艺术这东西得慢慢来，哪能一口气吃个胖子呢。"普莱斯小姐回答说。

等他们来到美术馆外面时，菲利普对她陪自己来看画，还不厌其烦地讲解，一再表示深深的感谢。

"噢，这没什么。"她有些不通情理地说，"我这样做是因为自己也乐在其中。你要是愿意，我们明天可以去卢浮宫看看。之后，再带你去迪朗－吕埃尔的画店逛逛。"

"你对我真是太好了。"

"你不像其他人那样厌憎我。"

"是吗？"他笑道。

"他们以为能把我从画室赶走，没门！我想要在那里待多久，就待多久。今天上午发生的事，还不是露西·奥特搞的鬼。我就知道是她。她一直都很讨厌我，肯定以为这样一来我就得卷铺盖走人。我敢说，她巴不得我早点滚蛋才好呢。她怕我知道她太多的秘密。"普莱斯小姐转弯抹角讲了一个晦涩难懂的长故事，潜在意思无非说，别看奥特太太这么个身材矮小又单调乏味的女人，表面上装出一副端庄正派的样子，背地里其实是个人尽可夫的荡妇，常和野汉子私通。后来，她又讲到露丝·查理斯，就是上午富瓦内夸奖的那个姑娘。"她和画室里的每个男人都有一腿，简直就像街头拉客的妓女一样。而且，她脏得要命，一个月都不洗一次澡。我敢打包票，我说的全是事实。"

菲利普听得心里很不舒服。关于查理斯小姐的各种流言蜚语，他也有所耳闻。但要怀疑奥特太太——她还和母亲住在一起——要怀疑她的操守问题，未免显得荒谬可笑。走在他身旁的这个女人，竟然这样明目张胆地扯出弥天大谎来恶意中伤他人，真真是把菲利普吓坏了。

“我才不在乎他们说什么，我照样走自己的路。我知道自己有天赋，是当画家的料。我宁可自杀，也不会放弃画画。噢，反正我又不是第一个遭受这样待遇的人。不是经常有这样的例子吗——某个在学校经常遭同学嘲笑的人，最后证明反而是那一群庸才中唯一的天才。艺术是我唯一在乎的东西，我愿意把我的一生都献给它。唯一的问题就在于坚持到底，永不放弃。”这就是她对自己的评价，谁要是胆敢发出不同见解，就会被她视为动机不纯，别有用心。她十分憎恶克拉顿，并告诉菲利普，他这位朋友并没有什么真才实学，他的画华而不实，肤浅得很。他一辈子也休想画出像模像样的东西来。至于劳森，她的说法是这样的：“惹人厌的小畜生，一头红发，还满脸雀斑！对富瓦内怕得要死，连画都不敢让他看。不管怎样，我可没像他那样畏畏缩缩，不是吗？我才不在乎富瓦内说我什么，我心里很清楚自己是真正的艺术家。”

走到她住的那条街，菲利普如释重负地大舒了一口气，赶紧告辞离开了。

第四十四章

尽管如此，当接下来的周末普莱斯小姐提出带他参观卢浮宫时，菲利普还是欣然接受了。她将《蒙娜丽莎》指给他看。菲利普看着这幅名画，心里略感失望。瓦尔特·佩特曾就这幅画写过一些评论，他的珠言妙语无疑给这幅誉满天下的杰作又平添了几分光彩。菲利普当时一遍遍诵读他的评论，直到稔熟于心。此刻，他把那段话背给普莱斯小姐听。

“那纯粹是卖弄文字。”她说，语气里带着几分不屑，“你一定要远离那些文人的影响。”她又把伦勃朗①的名画指给他看，还介绍了许多与这些作品有关的东西，倒也讲得恰如其分。她站在《埃墨斯村的信徒》前。“你要是知道这幅画美在哪里，”她说，“也算是对画画多少摸出点门道了。”她又指了指安格尔的《女奴》和《泉》。范妮·普莱斯是个独断专裁的向导，由不得菲利普去看他自己想看的，而是企图迫使他赞赏她所推崇的作品。她学画到了极度痴迷的地步，简直让人觉得有点走火入魔了。

当菲利普从美术馆长廊的一个窗口经过时，见到外面的杜伊勒里宫在明媚的阳光照耀下显得那么绚丽多姿，散发出一种深厚高雅的文化气息，宛如拉斐尔画里的风景一般，不禁发出一声喝彩：“我的天，真是太美了！咱们在这儿欣赏一会儿吧！”

普莱斯小姐却没什么反应，淡淡地回答道：“嗯，待一会儿也无妨。不过别忘了，我们来这里是看画的。”

秋风送爽，沉浸在这样舒适自在的景色中，菲利普颇觉心旷神怡。此时将近正午，两人站在卢浮宫宽大的庭院内，菲利普真想像弗拉纳根那样大喊：“让艺术见鬼去吧！”“我说，咱们去米歇尔大街找家馆子随便吃点什么，怎么样？”菲利普提议说。

普莱斯小姐眼露怀疑地看着他。“我已在家里备好了午饭。”她回答说。

“那有什么关系？你可以明天吃呀。你就让我请你一回吧。”

“我不知道你有什么理由非要请我不可。”

“我就是乐意请。”菲利普笑着说。

---

① 伦勃朗（1606－1669），荷兰著名画家。画作题材广泛，擅长肖像画、风景画、风俗画、宗教画、历史画等。

他们过了河，来到圣米歇尔大街的拐角处，那儿有家餐馆。“我们进去吧。”

“不，我不要进去。这家馆子看起来好贵。”她毅然决然地朝前走，菲利普只好跟上去。没走几步，又来到一家小餐馆前。人行道的遮阳棚下面，有十几个客人在吃午饭。餐馆的窗玻璃上用大大的白色字体写着：午餐供应，一点二五法郎（酒钱在内）。

“我们再也找不到比这更便宜的午餐了。况且看起来还挺不错。”两人在一张空桌前坐下，等侍者送上煎蛋卷。那是菜单上的第一道菜。菲利普兴致勃勃地打量着过往行人，心已飞向他们。他虽然有点疲倦，但非常开心。“快看，那个穿着宽大短外套的家伙妙极了！”他瞟了一眼普莱斯小姐，惊讶地发现她根本没理会眼前的过往行人，而是眼眸低垂，盯着自己的盘子，两颗豆大的泪珠正从脸颊滚落下来。“你这究竟是怎么了？”他惊呼道。

“你要是再对我说一个字，我就立即起身离开。”她回答说。

菲利普完全糊涂了，困惑不已。幸好侍者送来了煎蛋卷，菲利普把它分成两半，一人一份吃了起来。菲利普尽量说些无关紧要的话来调节气氛，而普莱斯小姐似乎也竭力配合，不愿搞得太僵。但这顿饭还是吃得让人扫兴。菲利普吃饭本就挑剔，此刻看到普莱斯小姐进餐的样子，更是胃口尽失。她一边吃，还一边吧唧吧唧地发出老大的响声，狼吞虎咽的吃相真有点像动物园里饿极了的野兽。这还不算，更可怕的是，她每吃完一道菜，都要用面包片在盘底擦来擦去，直到把盘子擦得雪白锃亮才肯罢手。那样子，就像一滴肉汁她都舍不得放过。等他们吃卡门贝尔奶酪时，她连外皮都不肯放过，看得菲利普直想作呕。即使几天没吃饭的饿鬼，也不会像她这样饥不择食。

普莱斯小姐的情绪变化莫测，让人无从琢磨。也许今天道别时她还是客客气气的，但菲利普拿不准明天她是否会突然翻脸不认人，朝自己吹胡子瞪眼。但他确实从她那儿学到许多东西。虽然她自己画不好，但凡可以传授的绘画知识她全都知道。多亏有她在一旁经常提点，菲利普这才在绘画方面有所进步。奥特太太也给过他不少帮助。有时候，查理斯小姐也会来品评他的习作，并指出其中的不足之处。另外，菲利普还从劳森喋喋不休的高谈阔论及克拉顿提供的良好范本中受益匪浅。然而，范妮·普莱斯小姐最恨菲利普接受除自己以外的其他人的建议。每当菲利普同他人交谈后再去向她求助，总被她粗暴地一口回绝。

劳森、克拉顿、弗拉纳根等人总拿她来打趣菲利普。“小心点，老伙计！”他们会说，“她爱上你啦。”

“胡说八道！”菲利普大笑着回答。

普莱斯小姐这样的人也会坠入情网？这种想法实在荒谬可笑。菲利普只要想到她那丑陋的长相，那乱蓬蓬的头发，那双脏兮兮的手，还有她一年穿到头的棕色衣服破破烂烂不说，还全是脏点——他只要一想到这些，就禁不住浑身直起鸡皮疙瘩。菲利普想，她也许手头拮据，可这儿谁不是勒紧裤腰带过日子呢。她至少可以把自己搞得干净点。就拿那件衣服来说，拿根针，用条线，总能补得齐整些吧。

菲利普认识了不少人，开始将自己对人们的印象分门别类。他如今已不像当年在海德堡时那样天真无知了（那段岁月在他看来，似乎已过去很久很久），而是对人性生出一种更为深思熟虑的兴趣，倾向于在一旁细细观察，并暗暗做出评判。他发现很难了解克拉顿这个人。这三个月以来，他每天都会见到克拉顿，可对他的了解不比第一天相识时好多少。画室对克拉顿的普遍印象是：此人颇有几分才干。大家都说他将来必能大展宏图，成就伟业。他自己也这么认为，至于具体要做些什么，不论他自己还是别人，都说不出个所以然来。来阿米特拉诺画室前，他曾在好几个画室待过：“朱立昂”画室、“美艺”

室，以及“马克弗松”画室。他在阿米特拉诺画室待的时间最长。他发现自己在这儿更是无拘无束，没怎么受人干扰。他既不喜欢展示自己的作品，也不像其他学画的年轻人那样不是寻求他人意见就是向他人提出意见。据说，他在“首次战役”路有间小画室，工作在那里，睡觉也在那里。他在小画室藏有精妙佳作，只要有人劝得动他公展一次，他肯定会一举成名。他雇不起模特，只搞些静物写生。劳森经常谈起他的盘中苹果画，赞不绝口，声称那绝对是不可多得的杰作。由于他要求甚高又总爱吹毛求疵，意欲描绘连他自己都没能理解透彻的东西，所以从整体来说，他经常不满意自己的作品。有时他觉得作品中某一部分，譬如说，一幅人体画的前臂或腿足、静物写生中的一个玻璃杯或酒杯什么的还算让他满意，他就会把它们从画布上剪下来单独保存，而把剩下的画面全都毁掉。如此一来，谁要是想要欣赏他的大作，他就可以如实奉告：他没有一幅完整的画可以给人观赏。他在布列塔尼曾遇到过一位鲜为人知的画家。那是一个十分古怪的家伙，原是证券经纪人，直到中年才开始画画①。克拉顿深受此人作品的影响。他正打算抛弃印象派的画法，不辞辛劳，另辟蹊径，不仅要开创出全新的绘画手法，还要摸索出观察事物的新视角。菲利普感到克拉顿身上确实有一股不可思议的古怪独创力。

不论在格拉维耶餐馆还是凡尔赛或丁香园咖啡馆消磨的无数个夜晚，克拉顿都显得沉默寡言。他悄无声息地坐在一边，憔悴枯瘦的脸上带着讥讽的神情，只在有机会抛出一两句俏皮话时才一开金口。他喜欢嘲笑别人，要是在座的人中有谁可以成为他尽情发挥讽刺才能的

① 布列塔尼是法国西北部地区。此处所讲的画家指法国后印象派画家保罗·高更（1848－1903）。毛姆后来根据他的生平事迹，创作出另一部长篇小说《月亮与六便士》。

靶子，便是他最为兴高采烈的时候。除了绘画，他几乎不谈别的东西，也只在一两个他认为值得一谈的人面前才肯发表高见。菲利普有时禁不住要怀疑克拉顿身上是否果真有非比寻常的才能：他的沉默寡言，他那副憔悴枯槁的面容，以及那辛辣的幽默口吻，似乎都在暗示他很有个性。但这些也有可能是他掩饰腹内草莽的巧妙伪装呢。

比起克拉顿，菲利普倒是很快和劳森混熟了。兴趣广泛这一点，让劳森很容易就成为讨人喜欢的玩伴。劳森博览群书，同学中间很少有人能和他媲美。尽管他收入微薄，却很喜欢买书，也乐意把书借给人看。菲利普有机会熟识福楼拜、巴尔扎克，还有魏尔伦、埃雷迪亚和维利埃·德利尔·亚当①等人。他们经常一起去剧院，有时还去歌剧院，坐在顶层楼座看喜剧。奥代翁剧场离他们住地非常近，在朋友热情的影响下，菲利普很快迷上了路易十四时期的悲剧以及铿锵有力的亚历山大体诗歌②。在泰特布街经常举行的红色音乐会③上，他们只需七十五生丁就能听到精彩绝伦的音乐。有时候，经过一番讨价还价，兴许还能喝上点酒，比如说，抱怨座位不怎么舒服啦，场内太拥挤啦，满是烟味的空气憋得人透不过气来啦，虽然这两个激情澎湃的年轻人根本不在乎这些，但用来讨些酒喝还是不错的借口。有时他们也去比利埃舞厅玩玩。逢上这种场合，弗拉纳根也会去。他容易激

---

① 巴尔扎克（1799－1850），法国著名小说家、著作家。魏尔伦（1844－1896），法国象征派诗人。埃雷迪亚（1842－1905）与维利埃·德利尔·亚当（1840－1889），均为法国诗人。

② 法国诗歌的常用题材，起源于12世纪中期朗贝尔·勒道尔和亚历山大·德·贝尔内合写的诗作《亚历山大的故事》。该故事诗中的诗句每行均是十二个音节（区别于韵律学当中的音步），故此得名“亚历山大诗体”。

③ 指现代派音乐家在咖啡馆、酒吧等地举行的音乐会。法语“红色”一词带有“新颖别致”的意味。

动，还爱闹腾，对什么都兴致勃勃，那股快活劲常常逗得菲利普和劳森开怀大笑。他舞跳得非常好，每次进舞厅还不到十分钟，劳森就能同刚刚结识的妙龄售货女郎翩翩共舞。

他们这伙人谁都想有个情妇。情妇就好比巴黎艺术生的随身装饰品。有个情妇，就会赢得伙伴们肃然起敬，本人也有了吹嘘的资本。难就难在他们根本没有足够的闲钱养情妇，尽管他们振振有词地辩解说，法国女郎个个聪明绝顶，即使养个情妇，也不一定比单身过日子就增加多少开支。可惜持有他们这种观点的妙龄女郎还真是寥寥无几啊。所以，他们最大程度的满足也就限于，怀揣着羡慕嫉妒恨的复杂心情大骂那些臭婊子趋炎附势，瞧不起他们这些穷学生，而去攀附功成名就的画家。那情景真是，在巴黎找个情妇简直比登天还难！有一次，劳森好不容易结识了一个年轻小妞，还同人家定下了约会。在接下来的二十四小时里，他兴奋得坐立不安，逢人便唾沫横飞地大肆夸耀那小妞如何迷人，但到了约定时间，却死活不见她人影。他一直等到天色很晚才赶来格拉维耶餐馆，气急败坏地骂道："该死，又被放了鸽子！我真不明白她们为什么就不喜欢我！莫非嫌我法语讲得不够好，还是不喜欢我的红头发？来巴黎都一年多了，却连个妹子都没把到，真是窝囊透了！"

"你路子不对。"弗拉纳根说。弗拉纳根情场得意，艳遇无数，能列出一长串的辉煌把妹史来，真是让人嫉妒不已。尽管他们可以不相信他说的全是真话，但在证据面前，他们又不得不承认他说的也不全是假话。不过，弗拉纳根寻求的并不是那种天长地久的爱情。他只能在巴黎待两年：虽然成功说服亲人允许他来巴黎学画而不是上大学，但两年一过，就得回西雅图继承父业。他早就下定决心及时行乐，尽兴玩耍，所以他谈情说爱并不讲求矢志不渝，而是为了猎艳寻奇，愈多愈好。

"真不知道你是怎么把那些娘们搞到手的。"劳森愤愤不平地说。

"那有什么难的，小宝贝!"弗拉纳根回答说，"只要找准目标，径直上就行了呗。真正难的是事后怎么甩掉她们。那时，你可真需要耍点手段才行。"

菲利普忙着学画，忙着读书，忙着上戏院，忙着听别人谈天说地，哪还有什么心思找女人。他想等自己法语说得再流利些，想找妹子，时间还不多的是。他已有一年多没见威尔金森小姐了。就在准备离开布莱克斯达布尔的前夕，他收到一封她的来信。可来巴黎的最初几个星期他忙得不可开交，根本没工夫回信。不久，她又寄来一封信，菲利普知道信里肯定满是责备之词，而不巧他当时又没那个心情去拆阅，干脆把信搁在一边，准备过后再看。哪知就此忘了个一干二净。直到一个月后的某一天，他拉开抽屉想要找双没有破洞的袜子才发现那封信。沮丧不安地看着还未拆阅的信，想到威尔金森小姐准是伤心至极，他就觉得自己真是个残酷冷血的负心汉。但转念一想，她现在兴许熬过来了，至少已熬过了最痛苦的时刻，又不由得松了一口气。况且，他觉得女人通常喜欢夸大其词，言过其实；同样的事由男人来表述，肯定就没那么严重了。再说，他已经下定决心，无论如何都不会再与她相见。他已经好长时间没给她写信了，现在又何必再来提笔复信呢?他打定主意不再去看那封信。"我敢肯定她再也不会写信来了。"他自言自语地说，"她一定看得出我们之间已经结束了。毕竟，她已老得足以当我妈妈了，也该有点自知之明了。"有那么一两个小时，他心里还是觉得不太舒服。他采取的这种断然绝交的态度无疑是正确的，但对整件事情的处理方式禁不住生出些不满来。不过，威尔金森小姐果真没再写信来，也没突然出现在巴黎，让他成为同学们的笑柄。他还真担心她会来。不过，这种担心实显得有些荒唐。没过多久，他就把她忘得一干二净了。与此同时，他也毫不含糊地抛弃了旧时崇拜的偶像。想当初，印象派的作品让他多么震惊啊！可如今，这份震惊已转化为钦佩。菲利普发现，自己也像其他人那样理直气壮地谈论马奈、莫奈和德加等画家的过人之处。他买了两张大师名作的仿制品，一幅是安格尔的《女奴》，一幅是《奥林匹亚》，并把它们钉在脸盆架的上方。这样，他修面剃须的时候就可以仔细琢磨大师画里的精妙之处。他现在非常确信，在莫奈之前，根本没有真正的风景画可言。当他站在伦勃朗的《埃墨斯村的信徒》或委拉斯开兹的《被跳蚤咬破鼻子的女士》等名画前，他感到全副身心都为之震颤。“被跳蚤咬破鼻子”当然不是那位女士的真实姓名，但她正是因为有了这个名号才在格拉维耶餐馆名声大噪。这个名号使得这幅画的精妙之处得以凸显，尽管画中人长着一副令人反感的怪模样。菲利普已把罗斯金、伯恩·琼斯和瓦茨等人，连同他来巴黎时的那身打扮——硬边圆顶礼帽以及精致的蓝底白点领带，全都抛到一边去了。现在，他最炫的打扮是戴一顶宽边软帽，系着轻盈松滑的黑领巾，再穿一件裁剪式样颇带几分浪漫气息的短斗篷。他在蒙帕纳斯大道上悠然漫步，那副怡然自得的神态就好像他一生下来就熟识这地方似的。凭着一股不屈不挠的坚韧劲儿，他居然也学会了喝苦艾酒，且不再感到讨厌。他开始留长发，原本还打算在下巴上蓄起胡子，无奈天地无情，历来就对年轻人一时的异想天开不加理会，他也只得作罢了。

第四十五章

菲利普很快发现，弥漫在他朋友身上的灵气其实来自克朗肖。劳森那一套似是而非的怪论是从克朗肖那里搬来的，就连那位不遗余力地想要特立独行的克拉顿在发表高见时，也会不知不觉引用那位老人的措辞。他们在餐桌上大肆讨论的是克朗肖的一些想法；他们评判是非曲直的标准，则更是以克朗肖的权威见解为基础。他们无意间会对他流露出几分敬意，为了抵消这一态度，他们故意嘲笑他性格上的缺点，为他的恶习怪癖哀叹不已。“不用说，可怜的老克朗肖再也干不出什么大事啦！”他们说，“这老头已不可救药。”

事实上，也只有他们这几个人欣赏他的才华，且颇为以此为傲。尽管出于年轻人对中年人愚蠢行为的鄙视，他们在谈到他时总摆出一副更为高明的神态，但仍然将与克朗肖的交往视为一件能为自己增光添彩的事，毕竟在这个推崇一枝独秀的时代结交这么一个才华杰出的人物也是很长面子的事。克朗肖从不来格拉维耶餐馆。这四年来，克朗肖一直和一个女人同居，只有劳森曾见过她。他们住的公寓又小又脏，位于六楼，是大奥古斯丁街最为破旧不堪的一栋公寓，境况甚为糟糕。有一次，劳森兴致勃勃地描绘了那间公寓里乱七八糟、遍地垃圾的情形。“臭气熏天啊！简直要把脑袋熏爆了！”

“吃饭的时候不要说这些，劳森。”有人劝阻说。

劳森正讲得起劲，哪停得住嘴，硬是继续把曾钻进他鼻孔的种种气味绘声绘色、详详细细地描述了一遍。他还惟妙惟肖地将那个给他开门的女人描述了一番。讲的时候，别提有多兴奋了。她很年轻，肤色黝黑，小巧玲珑的身材凹凸有致，满头黑发看起来好像随时都有可能散开。她只邋里邋遢地裹了件上衣，连紧身胸衣都没穿。那红润的面颊，那大而性感的嘴唇，还有那光彩照人、散发着诱惑的双眸，让人不禁联想到陈列在卢浮宫的弗兰兹·海尔斯①的名画《波希米亚女子》。她浑身都透着一股勾魂摄魄的风骚劲儿，既让人兴趣大发，又

---

① 弗兰兹·海尔斯（1580－1668），荷兰肖像画家。

令人不胜惊骇。一个穿得破破烂烂、好久没清洗过的婴儿正趴在地板上玩耍。那个荡妇背着克朗肖，同拉丁区一些最下贱、最不成器的野小子鬼混，几乎是人尽皆知的事。然而，有着那等聪明才智的克朗肖，对于美有着极致追求的克朗肖，竟然和这等货色的女人搅在一起，真叫这群天真的青年百思不得其解，亏他们还经常在咖啡桌旁汲取克朗肖的智慧才学呢。然而，克朗肖却似乎特别欣赏她的污言秽语，还常常把她骇人听闻的脏话转述给人听。他调侃地称她为“我那位管家婆”。克朗肖穷得叮当响，就靠给一两家英文报纸撰写画展评论勉强糊口，有时还搞点翻译。他曾经在巴黎某英文报干过，后来因为好酒贪杯被解雇，不过仍不时为这家报纸干点零活，比如，报道特鲁沃饭店举行的拍卖会啊，或是介绍歌舞杂耍剧场上演的滑稽剧什么的。巴黎的生活已深入他的骨髓，尽管他在这儿已尝尽凄凉、困苦与艰辛，却不愿舍弃这里而换世界任何其他地方生活。他一年到头都守在巴黎，即使在盛夏酷暑，每个他认识的人都到外地度假去了，他也不愿意离开，只有圣米歇尔大街那方圆一英里之地才能让他过得舒心自在。但奇怪的是，他至今连句像样的法语都还没学会。他穿着从“漂亮的园丁”商场买来的劣等衣衫，始终是一副英国佬的气派，大概至死也改不了啦。

他真是生错了时代。倘若在一个半世纪以前，他一定能混得风生水起，功成名就。那时候，能说会道就是行走社交界的通行证。单凭这一点，他就可以随意结交名流，把酒尽欢。

“我要是生在十九世纪该多好！”他默默对自己说，“我需要的是一个能庇护我的赞助人。那样的话，我就能靠他的捐助出版诗集，并把它献给某个达官贵人。我多么希望能为伯爵夫人的狮子狗写些押韵的两行诗。我的灵魂迫切渴望能与富贵人家的侍女来场风花雪月，同主教大人畅谈一番。”他随即引用浪漫诗人罗拉①的诗句：“我来到一个太古老的国家，来得太迟了。”他喜欢看到新面孔，对菲利普颇有好感。因为菲利普在谈话中似乎有着常人难以企及的技巧：说话不多不少，恰到好处，既能启发谈话接续下去，又不影响对方高谈阔论。菲利普被克朗肖迷住了，但并没意识到克朗肖大多在旧调重弹，很少冒出新意。克朗肖的谈吐个性鲜明，自有一股惹人好奇的妙力。他嗓音洪亮悦耳，而阐明事理的方式更是独具魅力，让青年们难以抵抗。他说的每一句话似乎都惹人深思，劳森和菲利普回家路上常常为了讨论克朗肖随口提出的观点而在各自寄宿的旅馆之间逡巡、徘徊。菲利普身上有一种年轻人急于看到成果的热切心理。当他看到克朗肖的诗作有负众望时，不免有点惊惶不解。克朗肖的诗作从未结集出版过，大部分都发表在期刊上。菲利普不知软磨硬泡了多久，才让克朗肖带来一卷从《黄皮书》《星期六评论》及其他杂志上撕下来的纸，每页纸上都刊登着他的一首诗。菲利普发现大多数诗作不是使他联想到亨里②便是史文朋，不由大吃一惊。克朗肖能把他人的诗作改头换面成自己独具特色的东西，也还真需花费一番心血。菲利普把自己对克朗肖的失望透露给了劳森。谁知劳森这个大嘴巴粗心大意就捅了出去，待下次菲利普再去丁香园时，诗人圆滑地笑问他：“听说你认为我的诗不怎么样啊?”

菲利普尴尬不已。“这话从何说起!”他回答说，“我非常喜欢读你的诗。”

“不必照顾我的感受。”他将胖手一挥，回答说，“就连我自己对那些诗作也没怎么过分看重。生活是用来过的，而不是用来写的。我

---

① 罗拉（1300－1349），英国中世纪神秘主义诗人。

② 威廉·欧内斯特·亨里（1849－1903），英国作家、编辑和文学评论家。

的目标是探索生活所提供的各种各样的经历，从生活的瞬息中捕捉到它所激发的情感效应。我把写作看成一种优雅的技艺，是用来增添而不是吸收现实生活的乐趣。至于后世如何评说——让他们见鬼去吧！”

菲利普笑而不语。明眼人都看得出来，这位艺术家一生不过是在纸上瞎涂乱画，从未写出过真正像样的诗作。克朗肖若有所思地打量菲利普，然后往杯子里倒满酒，又打发侍者去拿盒烟来。“你听我这么议论，一定觉得十分好笑。你知道我是个穷光蛋，和一个粗鄙淫荡的骚婆娘住在小阁楼里。那骚货背着我偷男人，和理发师、酒保之流滚在一起。我还为英国读者翻译品位低劣的书籍，为不值一提的鬼画符写评论文章——那些画，就算拿来骂骂它取乐都不够格呢。但请你告诉我，什么才是生活的真谛？”

“嗯，这是一个很难回答的问题。我看还是你自己来吧。”

“不，除非你自己去挖掘，否则便没任何意义。你觉得你活在世上是为了什么？”

菲利普从没问过自己这样的问题，思索了一会儿才回答道：“噢，我不知道。许是为了尽职尽责，好好发挥自己的才能，同时避免伤害他人。”

“简而言之就是，以德报德是吧？”

“我想是的。”

“基督徒的品性！”

“不，才不是呢。”菲利普有些愤怒地说，“这和基督徒的品性没有任何关系，完全是道德精髓。”

“但世上根本没有‘道德精髓’这种东西！”

“要真是那样，假设你因喝醉了酒而把钱包落在这儿，恰巧被我捡到，那你凭什么认为我该还给你？总不会是因为害怕警察吧！”

“那是因为你怕造孽会下地狱，也是因为积德有望升天堂。”

“可我既不信有地狱，也不信有天堂。”

“那倒也有可能。康德在构思‘绝对命令’这一伦理学原则①时，也是什么都不信的。你是把宗教教义抛到了一边，却保留了建立在宗教教义基础之上的伦理观。从各个方面来说，你内里仍是个基督徒。天堂要真是有上帝，你一定会因此受到奖励的。全能的上帝可不至于像教会宣传的那般愚蠢。只要你遵守他的法规，我想他根本不在乎你信不信他。”

“要是我落下钱包，你同样会还给我的呀。”菲利普说。

“我还给你，可不是因为‘道德精髓’，而仅仅因为我害怕警察。”

“这种事无疑大海捞针，警察怎么可能找得出你来！”

“我的祖先在文明之邦住得太久了，久到对于警察的畏惧深深扎根于我的骨髓中。然而，我的那位管家婆可不会有片刻的犹豫。你或许要将她归于罪犯一类；但根本不是这样，她只是跳出了世俗偏见而已。”

“同时也抛弃了荣誉、美德、良知、正直，以及诸如此类的一切一切。”菲利普说。

“你造过孽吗？”

“我不知道。也许有吧。”

“瞧你说话的腔调，活像个不从国教的牧师。我可从来没造过孽。”克朗肖裹着破烂不堪的大衣，衣领竖起，帽檐压得很低，红光满面的胖脸上一双小眼睛亮闪闪的——模样实在滑稽。

---

① 绝对命令是德国哲学家康德的伦理学原则，用以表达普遍道德规律和最高行为原则的术语。“命令”即支配行为的理性观念。其经典表述为，除非愿意自己的准则变为普遍规律，否则你不应该行动。

只是菲利普此时太郑重其事了，根本没觉得这有什么好笑。“难道你从未做过后悔之事吗？”

“既然我要做的是不可避免的，又有什么好后悔的呢？”克朗肖反问道。

“你这可是宿命论的调调。”

“人们总抱有这样一种幻觉，以为自己的意志是自由的。这种幻觉是如此根深蒂固，以至于连我都准备接受了。为人处世时，我就像有着自由意志的人一样采取各种行动。但任何行为一旦付诸实施，你就能明显认识到，它其实是各种恒久存在的宇宙力量共同作用的结果。我根本无力阻止行动的发生。要是干了好事，我也无权邀功请赏；要是干了坏事，我也无义务接受任何非难。”

“我脑袋有点晕了。”菲利普说。

“喝点威士忌吧！”克朗肖一边说，一边将酒瓶递过去，“没什么比威士忌更能让脑袋清醒的了。你要是总喝啤酒，脑袋准会变得迟钝。”

菲利普摇摇头，克朗肖又继续说道：“你这个人不赖，可惜竟不喝酒。清醒实在于你我的谈话无益。不过，我刚才说的好事与坏事——”菲利普明白他又接上了刚才的话题，“完全是套用传统的说法。我并不赋予那两个词任何个人意义。我可不愿将人类的行为分个三六九等，认为一些行为值得称赞，另一些行为就是腐化堕落。对我来说，善与恶根本没有任何重要意义。我既不赞许，也不指责，而是全盘接受。我就是衡量万事万物的标准，我就是宇宙的中心。”

“但这世上总还有一两个其他人吧。”菲利普顶了他一句。

“我说话只是为了我。只有当我的活动受到他人限制时，才意识到他们的存在。在每个人周围，也同样有个小宇宙在围绕，而每个人就是自己小宇宙的中心。我个人力量的强弱，划定了我对他们的权限范围。只要在我力所能及的权限范围内，我想做什么就可以做什么。人类是群居动物，我们才组成一个社会，生活在一起。而社会是靠力量，也就是靠武力（即警察）以及公众舆论力量（即格朗迪太太①）来维系的，一个人面前就出现了‘社会阵营’和‘自我阵营’两大势力。双方都是致力于自我保存的有机体。两大阵营那是力对力的较量。孤立无援的我只能接受社会。不过，这种接受也并非不情愿。作为弱者的我只要纳了税，就可以换得社会的保护，免受强者的欺凌。我屈从于社会制定的法律准则，却是因为我不得不屈服，我内心里并不承认它的正义性。我根本不知道何谓正义，我只认可力量。譬如说，警察保护我，但我也为此纳了税。再譬如说，我生活在强制服兵役的国家里，虽然国家的军队保护了我的房子和土地不受敌国的侵犯，但我也为此服兵役了。如此种种也就是说，我和社会已经两清了，根本不欠它什么。余下的事，我就要靠自己的谋略与社会的力量巧妙周旋了。社会出于自我保存的本能而制定法律，要是我违反了，就会被投进监狱，甚至会被处死。它有力量这么做，因而也就有了这份权力。假如触犯法律，我会接受国家的报复，但我绝不会将这看成惩罚，也不会觉得自己真做了什么错事。社会用名誉、财富以及同胞们的褒奖作钓饵，想诱使我为它效劳。可我根本不在乎他们的好评，更鄙视那些荣誉。虽然没有万贯家资，我照样过得好日子。”

“假如人人都像你这样想，社会岂不会立马土崩瓦解？”

“别人和我有什么干系，我只关心自己。天下熙熙，皆为利来；天下攘攘，皆为利往。反正大多数人都是受利益驱使才去干事的，他们干的这些事总会直接或间接给我带来便利，而我不过乐享其成

---

① 英国18世纪剧作家莫尔顿喜剧中的人物。后来，该名字多用来指代心胸狭隘、拘泥礼节、爱搬弄是非之人。

罢了。”

“在我看来，你这种看待事物的方式实在太自私了。”

“难不成你竟认为人们做事全无利己目的？”

“是的。”

“那不可能。等你年纪再大点就会发现，要使世界成为勉强还能忍受的生活之地，首先要做的就是承认人性自私是必然的。你要求人家大公无私，无非希望他们为你牺牲自己的欲望。你这种要求岂不荒谬至极？他们凭什么要为你牺牲？当你肯承认这个事实——每个人在这世界上都是为自己而活，就不会向你的同胞要求太多。这样一来，他们不会让你失望，而你也能以更为宽恕的态度看待他们。人生在世，无非寻求一件事——享乐！”

“不，不，不！”菲利普大叫起来。

克朗肖发出一阵咯咯的笑声。“你这样子就像一匹受到惊吓的小马驹。而这不过因为我用了一个你们基督徒不以为然的词。你们将价值观分为不同等级，而处在这个等级最底端的就是享乐。一提到自我满足、责任、宽容和诚实这类词，你们就禁不住身心颤抖。你们将享乐视为肉体上的感官享受。为你们制造了这一道德观念的可怜奴仆们鄙视肉体满足，因为他们很少能享受到这种乐趣。我要是把‘享乐’换成‘快乐’，你就不会吓成这个样子了。因为‘快乐’没那么骇人听闻，它带给你的感受就是，让你的思想一下子从伊壁鸠鲁①的猪圈飞到他美丽的花园。但我宁愿用‘享乐’这个词。就我观察所得，人们活着就是以追求享乐为目的。这可比他们以快乐为目的确切得多。你们所信奉的每一美德之后都有享乐的影子。人们执行某些行动，是因为这些行动对他们来说有益。但假如与此同时它们也有益于

---

① 公元前342至前270，古希腊唯物主义哲学家。

他人，就会被认为是道德高尚的表现。譬如说，如果一个人能从施舍中享受到乐趣，那他就是慈悲之人；如果一个人能从帮助他人中享受到乐趣，那他就是乐善好施之人；如果一个人能从服务社会中享受到乐趣，那他就是有公德心之人。但你为了自我能享受到乐趣而给一个乞丐两便士和我为了自我能享受到乐趣而再喝掉一杯加苏打水的威士忌，从根本上来说是一回事。所以说，我和你一样，并不是什么招摇撞骗的伪君子——我既不为寻求自我享乐欢呼喝彩，也不要求你要对此赞许有加。”

“难道你从来就没意识到，人们有时也会做些自己并不想做的事？”

“不，你这种提问的方式有点蠢。你的意思无非是，人们有时会选择接受即时的痛苦而非即时的快乐。你这样反对和你提出反对的方式一样蠢。的确，人们有时会选择接受即时的痛苦而非即时的快乐，但这仅仅因为痛苦只是当下痛苦，他们以此期望能在将来收获更大的乐趣与享受。享乐通常会给人一种错觉，但在享乐计算上的错误并不能作为对规则本身的驳斥。你之所以感到困惑是因为，你还没能走出这种观念束缚，还在认为享乐只是肉体上的感觉享受。孩子，你要明白，一个人为自己的祖国牺牲是因为他喜欢这样；一个人选择吃泡菜也是因为喜欢吃。这两种行为都是出于当事人确定无疑地喜欢这样做。人类要是宁愿选择承受痛苦，而不愿选择享乐——要是存在这种可能，人类早就灭亡了。”

“要真是这样，”菲利普大叫道，“那活着还有什么意思？没了责任，没了善与美，那我们为什么还要被送来这个世界？”

“瑰丽的东方文明给我们提供了答案。”克朗肖笑着说。他抬手指向两个刚推开咖啡馆大门、带进来一股冷风的流动小商贩。他们是地中海东岸一带的阿拉伯人，是来兜售廉价小地毯的，两人胳膊下都夹着一捆毛毯。这是一个星期六的夜晚，咖啡馆挤满了人。他们在一张张餐桌间穿梭。屋内空气混浊不堪，烟雾缭绕，还夹杂着人们身上散发出的臭气。他们的到来，似乎给店堂增添一丝神秘气息。两人都是欧洲人打扮，穿的衣服破破烂烂，薄薄的大衣绒毛都磨光了，头上却戴着土耳其无檐毡帽，冻得脸色发青。一个已到中年，蓄着黑胡子；另一个是年约十八岁的小伙子，满脸深深的痘印，还是个独眼。他们经过克朗肖和菲利普的身边。

“伟大的真主阿拉，穆罕默德是代神发言的先知。”克朗肖声情并茂地说。

中年人走在前面，脸上带着谄媚的笑，那模样就像惯于挨揍的杂种狗。他朝门口斜了一眼，偷偷摸摸而又十分麻利地掏出一张春宫图。

“你是亚历山大港的商人马萨埃德·迪恩，还是从遥远的巴格达带来这些货物的？噢，我的大叔，你旁边的独眼小伙子，我看他真有点像谢赫拉莎德①给她主子讲的三个国王的故事里的国王呢？”

商贩尽管一句也没听懂克朗肖的话，却笑得更加巴结，像变魔术似的掏出一个檀香盒。

“不，还是给我们看看东方织布机织出的名贵织品吧。”克朗肖说，“我想借此说明一个道理，并为我的故事润色润色。”

东方人展开一张红黄相间的桌布，上面的图案奇形怪状，粗俗丑陋之极。“三十五法郎。”他说。

“哟，大叔，这块桌布既非出自撒马尔罕织匠之手，也非布哈拉染坊上的色②。”

① 谢赫拉莎德是《天方夜谭》中的苏丹新娘，因善讲悬念故事而免于一死。

② 撒马尔罕是中亚最古老的城市之一，丝绸之路上重要的枢纽城市。布哈拉是中亚古老城市之一，在丝绸之路兴盛的年代，是沟通东西方文明的商路上一颗闪亮的明珠。

“二十五法郎。”商贩脸上堆着谄媚的笑。

“谁知道是哪个鬼地方的货色！说不定还是产自我的老家伯明翰呢。”

“十五法郎。”大胡子商贩摇尾乞怜道。

“快给我走吧，伙计！”克朗肖说，“但愿野驴到你姥姥的坟上撒泡尿、拉堆屎才好呢！”

东方人无动于衷，但不再谄笑，拿着货物走向另一个餐桌。

克朗肖转向菲利普。“你去过克鲁尼①那个博物馆吗？在那儿，你可以看到色调最为精致典雅的波斯地毯，繁复的花纹图案极其美丽，可真是光彩夺目啊！透过这些地毯，你可以感受到东方的神秘韵味，感受到它的声色之美，还可以领略到哈菲兹②的玫瑰和欧玛尔的酒杯。其实，到时你看到的将远远不止这些。你刚才不是问活着的意义所在吗？去看看波斯地毯吧，说不定哪天就会找到答案。”

“你这是在故弄玄虚。”菲利普说。

“我只是喝醉了。”克朗肖回答说。

第四十六章

菲利普发现，在巴黎生活并不像当初听人说的那样便宜。到二月份，他已将当初带来的钱花掉一大部分了。他生性高傲，自然不肯向

① 克鲁尼中世纪博物馆位于法国巴黎，以珍藏古波斯挂毯、地毯闻名。
② 哈菲兹（1320－1389），波斯诗人，在大量诗篇中咏叹春天、鲜花等。欧玛尔也是波斯诗人。详见前文注释。

作为监护人的伯父求助，也不想让路易莎伯母知道他目前的窘境。他十分确信，要是路易莎伯母知道了，一定会竭力省吃俭用，自掏腰包给他寄点钱来。菲利普明白，伯母力不从心，私房钱里根本挤不出几个子儿来。好在再熬上三个月，他就到了法定年龄，就可以自由支配继承来的小笔财产了。他变卖了几件父亲留下来的小饰物，打算以此来度过困境。

差不多也是在这时候，劳森建议他们合伙租间画室。那间画室目前是空着的，坐落在拉斯佩尔大街的岔路上。租金非常便宜，画室还自带一间屋子，可以当卧室。菲利普每天上午都要去学校上课，劳森就可以独享画室，不愁再被人打扰。劳森一再从一个学校换到另一个学校，最后得出结论，还是最适合独自奋战。他建议雇个模特，每周来三四天。菲利普一开始因为开支问题有些犹豫不决，后来经过两人的一番细算（他们都迫不及待地想有自己的画室，估算时是非常注重实际的），发现租间画室也不见得比住在旅馆多出多少花费。虽然房租和请门房来打扫的清洁费加起来比以前稍高些，但自己做早餐可以省下些花费来。要是在一两年前，菲利普肯定不愿和人共住一间房，他对自己的跛脚过于敏感，但现在这种病态心理已渐趋消散。在巴黎，他的残疾似乎没什么打紧。尽管他一刻也没忘记这一缺陷，却没再感到人们老是盯着它看了。

他俩搬进合租房，还买了两张床、一个洗脸盆架和几把椅子，生平头一次感到拥有自属领地的喜悦。乔迁后的第一天晚上，在这间他们称之为“家”的房间里，两人躺在各自的床上兴奋得睡不着觉，一直聊到凌晨三点。第二天早上，他们发现，穿着睡衣生火煮咖啡，再细饮慢啜，是一件让人如此快活的趣事，菲利普差不多将近十一点才匆匆赶到阿米特拉诺画室。他兴高采烈，向范妮·普莱斯点头致意。“画得怎样？”他语气轻快地问道。

“这和你有什么关系?”她回了一句。

菲利普禁不住哈哈大笑。“何必这么粗暴。我只是想显得礼貌点罢了。”

“我不需要你的礼貌。”

“那你觉得和我吵架有意义吗?”菲利普语气温和地问道,“说句老实话,愿意和你说话的人可真是少之又少呢。”

“那是我的事,不是吗?”

“的确。”

菲利普开始练习画画,心里却隐隐在想,范妮·普莱斯干吗把自己弄得这么惹人讨厌。他早已得出结论,自己一点儿也不喜欢她。大家都不喜欢她,只是维持表面的礼貌。这还是因为畏惧她那张毒舌,怕她在人前背后说些污言秽语。但菲利普那天心情很好,好到他连普莱斯小姐的感受都想照顾照顾。平时,他只需要点手腕就能使她由阴转晴,现在他又想故技重施。“真希望你能过来看看我的画!瞧我画得这乱七八糟的样子!”

“不好意思,我现在有更重要的事要做。”

菲利普吃惊地瞪着她。唯一能指望她乐意做的事就是不吝赐教,他还以为自己只要开口求教,她准会欣然应允的呢。

没想到,她压低嗓门,怒气冲冲地继续说:“现在劳森走了,你就退而求其次找我来了。真是多谢你的抬举!不过,你还是另请高明吧,我可不想捡别人的破烂。”

劳森天生就有当老师的气质,每逢有了新发现,总是很热心地传授给别人。因为他说的时候很快乐,听的人也颇为受益。菲利普不知不觉就养成了坐在劳森身边的习惯。他从未想到,范妮·普莱斯会因此醋意大发,看着他接受别人的指教而怒火直冒。

“你初来乍到时谁也不认识,自然乐意找我。”她酸溜溜地说,

“可你一交上新朋友，就把我弃到一边，就像扔旧手套一样。”她不无得意地把这个老掉牙的比喻又重复了一遍，“就像扔旧手套！好吧，反正我也不在乎。可你休想再把我当个大傻瓜一样耍弄。”

她的这番话未必所言皆虚，被戳着痛处的菲利普不由得恼羞成怒，脑子里想到什么登时就脱口而出：“见鬼！我向你讨教不过是因为你喜欢说教！”

她倒抽一口气，突然向菲利普投来饱含痛苦的一瞥，接着两行眼泪就沿面颊滚落下来，看上去既邋遢又怪异。菲利普不知道她这一新神态是什么意思，就继续埋头作画去了。他心神不安，深感内疚，却不愿跑去跟她说声对不起，表明自己很抱歉给她带来痛苦。因为他怕她会逮住这个机会，冷言冷语地好好挖苦一番。接下来的两三周，她对菲利普不理不睬，一句话都不和他说。菲利普见她这样，原本还有些愧疚不安，但等克服与她断交的不适后，反倒为从这段棘手的友谊中解脱出来而大松一口气。以前，她总露出一副菲利普非她莫属的神气，搞得菲利普有些惊慌失措。她确实是个“与众不同”的女人。每天上午八点就来画室，模特刚站好姿势，她就立即动手作画。从不停歇，也不和人说话，一小时又一小时地攻克着她根本无力解决的难题，直到十二点钟铃声敲响才肯离开画室。然而，她的画却真是毫无希望。大多数年轻人只要来画室学几个月，都会有些小进步。连他们最普通的小进步，她都远远赶不上。她每天都穿着那身丑陋至极的棕色衣服，衣服边沿还留着上次下雨粘上的泥点。菲利普初次见她时那衣服上的破烂处，至今未有缝补。有一天，她朝菲利普走来，红着脸问待会儿能否和他说几句话。

“当然可以。你想说多少都可以。”菲利普微笑着回答，“十二点我留下来等你。”课程结束后，菲利普朝她走过去。

“你能稍微陪我走一程吗？”她问，眼睛尴尬地瞟向别处，根本不敢看菲利普。

“当然可以。”两人默默地走了两三分钟。

“你可记得你那天对我说的话?”她突然问道。

“哎，我说，我们还是别吵的好。”菲利普说，“那真的没什么意义。”

她急促而痛苦地猛吸一口气。“我不想和你吵架。你是我在巴黎唯一的朋友。我原以为你挺喜欢我的呢。我觉得，咱俩在某种程度上有些像。我被你吸引住了——你知道我的意思吧，就是被你的跛脚吸引住了。”

菲利普的脸涨得通红，本能地想装出正常人走路的样子来，不再一瘸一拐的。他不喜欢任何人提及他的残疾。他知道范妮·普莱斯这番话是什么意思：她人长得丑，又邋遢；而他呢，是个瘸子，所以他们之间理当同病相怜。他心里对她十分恼火，却强忍着没吭声。

“你说你向我讨教，只是因为我喜欢说教。难道你觉得我的画没有一丝可取之处吗?”

“我只看过你在阿米特拉诺画室画的。就凭那些画，很难下定论。”

“不知道你愿不愿意过来看看我其他的画作。我从来没邀人看过，但我愿意给你看看。”

“谢谢你的好意，我很想去看看。”

“我住的地方离这里很近。”她带着几分歉意说，“只要走十分钟就到了。”

“嗯，好啊。”菲利普说。

他们沿着大道走，接着拐入一条侧街，然后领菲利普走进一条小巷。这里比刚才那条侧街更显穷困和糟糕，小巷房屋的底层都是廉价商铺。最后总算到了。他们爬了一层又一层楼梯。她打开锁着的门，两人进入一个颇为狭窄的小阁楼。阁楼的房顶是斜着的，有一扇小窗。窗户关得严严的，屋里弥漫着一股霉味。天气很冷，屋里却没生火，也看不出有生过火的迹象。床上乱七八糟，屋里有一把椅子、一个兼做洗脸盆架的五斗柜，还有一个廉价画架，就是全部家具。这地方本来就够脏的了，再加上到处乱丢的东西，更显得脏乱不堪，看得直叫人恶心。壁炉架上四散堆着颜料和画笔，还搁有一个杯子、一个脏兮兮的盘子，以及一把茶壶。

“你要是站到那边去，我就可以把画摊放在椅子上。这样，你就可以看得更清楚些。”她给菲利普看了二十张大约长十八厘米、宽十二厘米的小幅油画。她把画摊开在椅子上，看完一幅再换一幅。每换一幅，都要留神瞧瞧菲利普的表情。菲利普每看一幅，就点点头。“你是挺喜欢这些画的吧？”过了一会儿，她急切地问道。

“我想先把它们都看完了，”他回答说，“再谈谈我的想法。”菲利普正努力使自己镇定下来。说实话，他内心可真是惊恐万状，根本不知道该说些什么。这些画不仅画法拙劣，油彩也上得乱七八糟，像是不懂美术的外行人涂上去的，根本没有调配色彩的眼力。此外，画面毫无明暗层次对比，透视也画得奇形怪状，甚是荒唐可笑，看上去就像五岁小孩画的。然而，孩子的画还有些天真烂漫的意趣，至少会努力把自己看到的东西照模照样地描下来，眼前这些画的制造者只能是一个思想粗鄙不堪、脑袋里满满当当塞的都是庸俗画品的人。菲利普还记得她曾热情洋溢地谈论过莫奈和印象派画家，但眼前这些作品却是承袭了学院派最拙劣的传统。

“喏，”她最后说，“就是这些了。”

虽说菲利普并不见得比别人更诚实，但要他故意撒一个弥天大谎，还真是有些困难。他说出下面这句评论时，脸一直红到了耳朵根。“我觉得它们真是太赞了。”

她那苍白而不健康的双颊上隐隐浮起一丝红晕，嘴角也微微翘起。“你知道，假如你心里并不这么认为，就没必要这么说。我只想听真话。”

“但我心里确实是这么认为的。”

“你难道就不能给点批评意见？这些画中，总有那么几幅你该不像其他那样喜欢的吧。”

菲利普绝望地四下扫视起来。他瞥见一幅风景画，是业余爱好者最喜欢画的秀丽风景“小品”：一座古桥，一栋墙壁上爬满青藤的农舍，还有绿树成荫的堤岸。“我对绘画的奥义不是很了解。”菲利普说，“那幅画究竟有什么价值和寓意，我倒是不大明白。”

她的脸顿时涨得通红，迅速拿起那幅画，背面朝着菲利普。“我不知道你为什么偏偏要讥笑这幅画。这可是我画得最好的一幅。我非常确信自己画里的价值和寓意没什么问题。毕竟，价值和寓意这种东西只可意会不可言传，你能懂就懂，不懂我也没法教你。”

“我觉得它们都很赞。”菲利普又重申刚才的观点。

她满意地看着那些画。“我觉得这些画都拿得出手，没什么好让我难为情的。”

菲利普看了看表。“嗯，时候不早了。我请你吃顿便饭，怎么样？”

“我这里已经准备好了午饭。”

菲利普却没看到一丝午饭的痕迹，又想到或许他走了，门房就会把饭送上来吧。他现在只想快点离开，屋里的霉味把他熏得头昏脑涨的。

第四十七章

三月份，大家都情绪高涨起来，纷纷忙着为一年一度的巴黎艺展投递画稿。与众不同的克拉顿自然依照他特有的作风，没准备参展作品，还把劳森送去的两幅头像画大肆嘲讽了一番。那两幅画显然出自学生之手，是直接对比着模特、依葫芦画瓢绘制的，但画面倒也不失力度。然而，追求完美的克拉顿根本不能容忍这样不温不火的作品。他耸耸肩对劳森说，家丑不可外扬，你这些连画室大门都拿不出去的作品还要送去艺术展供人观瞻，真是不知天高地厚。即使后来那两幅头像画被画展处接受了，他的鄙视之情仍丝毫未减。弗拉纳根也去碰了碰运气，却被拒绝了。奥特太太送去一幅《母亲的肖像》。那是画技熟练、无可指摘的二流作品，被挂在一个颇佳的位置。

菲利普自离开海德堡就没见过海沃德。他来巴黎小住几天，正好赶上菲利普和劳森在自己的小画室举行的聚会，是为了庆祝劳森的画作喜得参展。菲利普一直很盼望能再次见到海沃德，但真等见了面，却不禁有点失望。海沃德的相貌发生了些许变化：昔日细密金发如今已稀稀拉拉；随着英俊容颜的迅速凋零，人也变得干瘪瘪的没一点生气；蓝眼睛失去了昔日的光彩，连带着整个五官都无精打采。然而，他在思想上却似乎没什么变化。曾让十八岁的菲利普大为叹服的文化素养对如今二十一岁的他来说，似乎只能激起轻蔑之情。菲利普自己也发生了很大变化，对往日有关艺术、人生和文学的见解如今已甚为鄙夷不屑，也无法容忍至今还死守着如此观点的人。他丝毫没有意识到多么想要在海沃德面前卖弄一番。当他领着海沃德参观美术馆时，把自己不过刚刚接受的革命性观点一股脑儿灌给海沃德。他把海沃德领到马奈的《奥林匹亚》面前，用颇带戏剧性的口吻说："我愿意以所有古典大师的作品——当然，委拉斯开兹、伦勃朗和维米尔①除外——来换取眼前的杰作。"

"谁是维米尔?"海沃德问。

"噢，我亲爱的老伙计，你连维米尔都不知道？你莫非不是从文明之邦来的？连维米尔都不知道，那你就不用活啦！他是唯一具有现代派画风的古典大师。"他把海沃德从卢森堡展览馆死拉硬拽地拖了出来，催他赶紧上卢浮宫去。

"这里就没有其他画了吗?"海沃德带着游客唯恐有所遗漏的认真态度问。

"剩下的都是些无关紧要的东西，以后你可以带着导游手册来看。"

等他们到了卢浮宫后，菲利普领着他径直步入长廊。"我想看看'永恒的微笑'②。"海沃德说。

"噢，我亲爱的老伙计，那不过是文人捧出来的。"菲利普回答说。

最后，两人来到一个小房间。菲利普在维米尔·凡·戴尔夫特的《花边女工》前停下来。"瞧，这就是卢浮宫最好的藏品，真像出自马奈之手。"菲利普一边竖起富有表现力的大拇指，一边口若悬河地详述起这幅杰作的迷人之处。他把各大画室风行的行话全给搬了出来，其效果极具震撼力。

---

① 约翰内斯·维米尔（1632－1675），是荷兰优秀的风俗画家，被视作"荷兰小画派"的代表人物。代表作有《戴珍珠耳环的少女》《花边女工》。

②"永恒的微笑"即达·芬奇的名画《蒙娜丽莎》。

“我不确定自己在那幅画中看到了如此精妙之处。”海沃德说。

“那当然咯。这可是画家的作品。”菲利普说，“我非常确信，门外汉是看不出什么名堂来的。”

“谁看不出?”海沃德问。

“门外汉。”

同大多数艺术爱好者一样，海沃德满心渴望自己能表现得当，不被人看出破绽来。倘若对方含糊其辞，不敢断然发表见解，他就要摆出权威的架势来说教一番；倘若对方旁征博引，说得理直气壮，他就做出虚心求教的样子。菲利普胸有成竹的气度让海沃德不由得惊叹折服，乖乖接受了他的言下之意：只有画家才能评论一幅画的优劣，论断纵使狂傲也绝不会不得要领。

一两天后，菲利普和劳森举办了聚会。克朗肖这回也破例赏光，同意前来尝尝他们制作的食物。查理斯小姐主动提出要来帮忙做菜。她对自己的同类不感兴趣，婉拒了他们意欲邀请其他女客来陪她的好意。出席聚会的有克拉顿、弗拉纳根、波特和另外两位客人。屋里没什么家具，只好把模特站台拿来充当餐桌，客人们随自己的喜好，愿意坐在旅行皮箱上面的就坐皮箱上面，不愿意的就坐地上。菜肴有查理斯小姐做的蔬菜肉汤，有从街角买来的烤羊腿——送到时还热气腾腾的，散发出让人食指大动的诱人香味（查理斯小姐已炖好土豆，画室还散发出一股油煎胡萝卜的香味。那可是查理斯小姐的拿手好菜），之后是克朗肖自告奋勇做的白兰地烧梨。最后一道菜是一块巨无霸布里干酪——此时正摆在临窗的位置，给芳香四溢的画室更添诱人香气。克朗肖位居首席，坐在一只旅行皮箱上，盘起两条腿，活像一位土耳其权贵。尽管生着炉火的小画室内热得很，但他出于习惯，还是裹着大衣，衣领竖起，头上仍戴着硬边礼帽。他心满意足地望着眼前的四大瓶意大利西昂蒂葡萄酒出神。四瓶葡萄酒排成一行，中间还夹着一瓶威士忌。克朗肖说，这一场景让他联想到四个肥胖臃肿的太监守护着一位窈窕秀美的切尔克斯少女①。海沃德为了不让在座的人感到拘束，特意穿了套花呢便装，脖子上系着“三一堂”牌领带。他这副英式打扮看上去颇为古里古怪。在座的人对他彬彬有礼，十分客气。他们一边喝着蔬菜肉汤，一边谈论着天气和政治局势。

等烤羊腿上桌时，席间出现片刻冷场。接着，查理斯小姐点燃一支烟。“兰蓬泽尔，兰蓬泽尔，把你的头发放下来吧。”她突然甩出这么一句。她动作优雅地解开发带，一头秀发随之散落到肩上。她又晃了晃脑袋。“我总觉得把头发放下来比较舒服。”她有一双棕色的大眼睛，瘦瘦的脸庞上带着禁欲主义者严肃认真的神情，皮肤苍白，额头很宽。这神态和风韵，真让人以为她是从伯恩·琼斯的画里走出来的呢。她的双手非常娇美，指节纤细修长，只可惜指端被尼古丁熏得蜡黄。她身着曳地百褶长裙，裙上紫色与绿色交相辉映，浑身散发出肯辛顿大街淑女们特有的浪漫气息。她的美虽然有些轻浮放荡，仍不失为人间尤物。她性格好，人也挺善良，只是矫情的样子有些肤浅。这时忽听得一阵敲门声，众人都欢呼起来。查理斯小姐起身去开门。她接过羊腿，高高托举过头顶，仿佛盛在盘子里的是施洗者圣约翰的头颅。她嘴里仍叼着那支烟，跨着神圣庄严的步伐往前走。

“万岁，希罗底②的女儿！”克朗肖大喊一声。

在座的人们都津津有味地啃着羊腿。看到面色苍白的女士竟有如

---

① 切尔克斯人住在俄国高加索北部地区。该部族的女子以美貌著称。

② 希罗底是《圣经》中犹太希律王的王后。他们的女儿莎乐美是倾国倾城的美人。施洗者约翰因触怒王后而被怀恨在心。一次宴会上，希律王答应，只要莎乐美公主跳一支七面纱舞就满足她的所有愿望。受母亲蛊惑的莎乐美献罢舞就说：“请把施洗约翰的头放在盘子里，拿来给我。”王虽不愿意，但因金口已开，最后不得已杀死约翰。

此好的胃口，大家更觉得有趣了。克拉顿和波特分坐在她两边。席上每个人心里都明白，她绝不会在这两人面前行为失当，卖弄起风情来。对于大多数男子，要不了六个星期，她就感到厌倦了。不过，她非常懂得事后如何应付这些拜倒在她石榴裙下的多情郎。她爱过他们，后来虽说不爱了，但并不因此而对他们怀有任何怨恨，仍然同他们友好相处，却不过分亲昵。现在，她时不时地用饱含忧郁之色的大眼睛瞥一眼劳森。白兰地烧梨非常成功，大家都很喜欢。其一是因为菜里有白兰地，其二是因为查理斯小姐坚持要大家蘸着奶酪吃。

“我真不知道这道菜是美味可口呢，还是让人恶心得要吐。”她在充分品尝以后评论说。听她这么一说，咖啡和法国白兰地被飞速端上来，以防出现什么不合时宜的后果。

然后，酒足饭饱的大家伙们舒舒服服地坐在那里抽起烟来。露丝·查理斯举手投足之间都要故意显露她那艺术家的风雅和气度。此时，她姿态优美地依傍克朗肖而坐，并把精致优雅的头靠在他的肩上。她若有所思地凝望空中，像要望穿那深邃幽暗的时间黑洞，并时不时地朝劳森投去长长的一瞥，眼神忧郁而饱含忧思，然后深深叹了一口气。

夏天倏然而至，躁动不安的年轻人再也坐不住了。蔚蓝澄澈的天空吸引他们去海边戏浪；和煦微风拂过大道上的梧桐树叶，发出低低的叹息声，吸引他们到乡间漫游。人人都打算离开巴黎。他们讨论着该带多大尺寸的画布最合适；备足了写生用的画板；喋喋不休地争论着布列塔尼风景胜地的美妙之处。最后，弗拉纳根和波特到孔卡尔诺去了；奥特太太和她母亲，生性喜欢可以一览无余的自然风光，去了蓬达旺；菲利普和劳森打定主意要去枫丹白露森林①。查理斯小姐知道莫雷②有家挺不错的旅馆，而且莫雷也有很多地方值得画上一画。重要的是，莫雷离巴黎很近，不论菲利普还是劳森，对车费并非不放在心上。露丝·查理斯也要去那儿，劳森就冒出要在野外给她画一幅肖像画的念头。那时候，巴黎艺展随处可见这类肖像画：某人坐在阳光明媚的花园里，双眼闪闪发亮，绿叶在阳光的照耀下，在他们脸上投下斑驳的光影。他们邀请克拉顿一起去，但克拉顿想要独自消夏。他刚刚发现了塞尚，急着要去普罗旺斯。他喜欢有着层层叠叠的厚厚云层堆积的天空，偶尔透露出一星半点给人热感的蓝色，似乎像汗珠一样从云朵里冒出来；还有那尘土飞扬的白色宽阔大道，因日晒褪色而渐至苍白的屋顶；以及被热浪炙烤成灰色的橄榄树。

就在他们准备动身前一天，上午下课后，菲利普一边收拾东西，一边兴冲冲地对范妮·普莱斯说："我明天就要走啦！"

"去哪儿？"她赶紧追问道，"你不会是要离开这儿吧？"她沉下脸来。

"我要去消夏。你呢？"

"不，我就待在巴黎。我还以为你也要待在这儿呢。我原本期望……"她蓦地收住话头，耸了耸肩。

"但夏天这儿不是太热了吗？对你的身体也不好呀。"

---

① 孔卡尔诺在巴黎以西539公里，是个渔港，也是度假胜地。蓬达旺是法国比斯开河口的一个小镇，19世纪末有很多画家来到这里，如今是个画廊集聚地。枫丹白露，是法国巴黎大都会地区内的一个市镇，位于巴黎市中心东南偏南55公里处。枫丹白露风景绮丽，森林茂盛，古迹众多，是著名的旅游胜地。

② 莫雷是一座位于卢万河畔、建筑优美典雅的小镇，建于12世纪。是法国小镇与乡村别具特色的结合。

“好像你多关心我身体好还是坏似的。你要去哪儿？”

“莫雷。”

“查理斯也要去那儿。你该不会是和她一起去吧？”

“劳森和我一起去。她的确也是去那儿，但跟不跟我们一起走就不知道了。”

她喉咙里低低地咕噜一声，一张大饼脸憋得通红，表情十分阴郁。“真不要脸！我还以为你是个正派人，大概是这儿硕果仅存的正派人呢。她和克拉顿、波特以及弗拉纳根都鬼混过，甚至和富瓦内那老家伙都有一腿——他才那么不辞辛劳地帮助她。现在又轮到你们两个。可真叫我恶心！”

“噢，别胡说八道了！她可是个相当正经的姑娘，大家差不多都把她当男子看待。”

“啊，别跟我狡辩！别跟我狡辩！”

“但这和你又有什么关系？”菲利普问道，“我要去那儿消夏，根本和你一毛钱关系都没有。”

“我对此是多么期待啊！”她喘着粗气，像是自言自语道，“我还以为你没钱出去呢。到时候，这儿再没其他人，我们两个就可以一起画画，一起出去走走、看看。”说到这里，她的思绪又猛地跳回到露丝·查理斯身上。“那个肮脏的小贱人，”她大声喊起来，“连跟我说话都不配！”

菲利普看着她，心情有些沉重。他不是那种以为全世界的女孩都会爱上自己的男人。相反，他由于十分在意自己的残疾，并对此相当敏感，在女人面前总感到窘迫不安，显得笨手笨脚。要不是因为爱，他不知道这番情绪发泄还能有什么别的意思。范妮·普莱斯穿着脏兮兮的棕色衣裙，头发凌乱，都遮到了脸上，浑身邋里邋遢，腮帮子上还挂着两道愤怒的泪水。菲利普看着这样一个女子站在跟前，反感之极。他朝门口扫了一眼，本能地期望这时能进来一个人，好结束眼前这种场景。“非常对不起。”他说。

“你和他们都是一路货色。能掏走的，全掏走了，连声谢谢都不说。你现在知道的这些东西都是我教给你的，其他人谁也不会这么费心巴力地帮你。富瓦内关心过你吗？我可以明明白白告诉你——你就算在这儿学上一千年，也绝不会有什么出息。你根本没有任何天赋，连一丝创意也无。可不光是我这么说——他们大家都这么认为。你这一辈子也甭想当画家。”

“那也不关你什么事，是吧?”菲利普脸色通红地说。

“噢，你以为我说的是气话。不信你去问问克拉顿，去问问劳森，去问问查理斯！你永远成不了画家！永远！永远！你根本没有画画的天赋!”

菲利普耸耸肩，走了出去。她在他后面大喊：“永远！永远！永远!”

那时节，莫雷还是个只有一条街道的老式小镇，紧靠枫丹白露森林边沿。金盾旅馆还保留着王政时代的遗风，面朝蜿蜒曲折的卢万河。查理斯小姐租下的房间有个可以俯瞰河流的小阳台。从那里可以看到一座古桥及其加固过的桥口通道，景色十分迷人。他们每天晚上吃过饭就坐在这儿，喝咖啡，抽烟，谈艺术。离这儿不远，有条汇入卢万河的运河，河面狭窄，两岸种着白杨树。工作一天后，他们常沿着河岸散步。整个白天，他们都用来画画。跟同时代的大多数青年一样，他们唯恐去画那些诗情画意的美景，对于小镇展现在眼前的显而易见的绮丽风光反而不屑一顾，偏偏去寻求质朴无华的景物。凡是眼前可见的秀丽风光，他们一概视如敝履。西斯莱和莫奈曾画过这里白杨掩映的运河，他们也跃跃欲试，想画一幅具有典型法国特色的风景画，可又畏惧眼前景色所具有的形态美，只好刻意去回避它。八面玲珑的查理斯小姐为了使画面新颖别致，不落俗套，故意把树顶部分略去。尽管劳森一向鄙视女子艺术，此次却不得不为查理斯小姐的聪明灵巧所折服。劳森也生出个绝妙主意，将一块蓝色的美尼尔巧克力大广告牌作为画的前景，以此显示他对巧克力包装的深恶痛绝。

菲利普现在开始画油画了。当他首次使用这种讨人喜欢的艺术媒介时，浑身兴奋得直颤栗。早晨，他带着小画盒和劳森一道外出，然后坐在他身旁，专心致志地开始涂抹起来。他画得很入迷，根本没意识到他这纯粹是在复制。他深受这位朋友的影响，以至于可以说他是透过朋友的眼睛来观察世界的。劳森作画爱用低色调，绿宝石似的翠绿草地在他们眼中成了深色的天鹅绒；而晴朗明媚的天空则在他们的笔下变成沉郁阴暗的深蓝色。整个七月晴日连连，酷热难耐，热浪似乎要把菲利普的心田烤焦了，他感到身软无力，精神萎靡，根本没法工作，脑子里千奇百怪的想法闹哄哄的。早晨，他常常躲在白杨树荫下，念几行诗，然后精神恍惚地胡思乱想半小时。有时候，他租来一辆叮当响的破自行车，沿着尘土飞扬的小路往森林里骑去，然后捡一块林中空地躺下，满脑子浪漫的幻想。他仿佛看到华托①笔下欢快活泼、无忧无虑的淑女们在骑士的陪伴下，在参天巨树间徘徊漫步，轻声细语，彼此漫不经心地交谈着，说些让人陶醉的趣事，不知怎的，又似乎总是笼罩在莫可名状的恐惧中。

整个旅馆除了已界中年的法国胖妇人，就只有他们几个了。女人颇似拉伯雷②笔下的人物，不时发出淫荡的大笑声。她白天常在河边

---

① 华托（1684－1721）是18世纪法国洛可可艺术最重要的画家。洛可可艺术是流行于法国宫廷浮华柔媚、内容贫乏的艺术运动。华托多数作品描绘贵族的闲逸生活，反映了他们精神上的空虚。

② 拉伯雷（1495－1553），文艺复兴时期法国最杰出的人文主义作家之一，代表作有长篇小说《巨人传》。

打发，耐心颇佳地钓着她永远也钓不上来的鱼。菲利普有时会走上前去和她聊几句。他发现她过去是干那一行的，该行在我们这一代最臭名昭著的要数华伦太太①了。赚足了钱的她现在过着中产阶级安安静静的生活。她给菲利普讲了些淫秽下流的色情故事。“你一定要去塞维利亚②看看！”她说（还能讲几句蹩脚的英语），“那儿的女人是世界上最漂亮的。”她朝菲利普抛了个媚眼，又点头示意。她那胖得叠成三层的下巴，还有鼓出来的大肚子，随着大笑声在不断颤动。

天气热得要命，晚上几乎难以入睡。热浪仿佛已形如实体般在树间凝滞不散。不舍得离开星光灿烂的夜景，三个人都坐在查理斯的阳台上，静默不语。一小时又一小时里，谁都懒得说一句话，沉浸在宁静的夜色中。他们聆听着河水在那里低语，直到教堂的钟声敲响一下，两下，有时甚至是三下，才拖着疲惫不堪的身子爬上床。菲利普突然意识到，露丝·查理斯和劳森是情人关系。这一点，他是凭直觉从姑娘凝望年轻画家的眼神以及从后者散发出的占有气息中领悟到的。菲利普同他们坐在一块儿，总觉得他们在眉目传情，仿佛空气也因为渗透进某种奇妙的东西而变得有质感了。这个发现可真出乎意外，让他大吃一惊。他一向将查理斯小姐视为好伙伴，虽然喜欢和她聊天，却从没想过和她建立更深一层的关系。一个星期天，他们三人提着茶点篮，走进森林。当他们来到一个绿树环抱的理想之所时，查理斯小姐坚持要在这满富田园风光的林中空地脱下鞋袜来。那双脚本来挺迷人的，只可惜太大了些，而且两只脚的第三个脚趾都长着一个大鸡眼。菲利普暗暗觉得，这就是她为何走路显得有点滑稽可笑的缘

① 华伦太太是萧伯纳的代表剧作《华伦夫人的职业》中的人物，以开设妓院为业。

② 西班牙旅游胜地，是西班牙西南部古都和工商业、文化中心。

故。可现在，菲利普对她的看法却发生了翻天覆地的改变。她那双大眼睛，还有橄榄色的肌肤，都散发出女性所特有的温柔气息。菲利普觉得自己真是个大傻瓜，竟没发现她是这样的妩媚动人。他感觉她有点儿鄙视自己，因为迟钝，竟没发现眼前一直有个大美女。他带着这样的思绪，又觉得劳森身上似乎也散发出高人一等的优越感来。他嫉妒劳森。不过倒也不是嫉妒他本人，而是嫉妒他的爱情。菲利普真希望能站在劳森的位置，感受他在爱情滋养下的心跳。他心烦意乱，唯恐爱情与他擦肩而过。他渴望有股爱情浪涛向他猛然袭来，把他卷走；但愿这股汹涌澎湃的浪涛把他淹没，让他无力挣脱，任凭它将自己带至何方。查理斯小姐和劳森现在对他来说似乎有点不同了，常常陪伴在他们身边让他觉得烦躁不安。他对自己非常不满，一心想要的东西，生活偏偏不给。他心神不定，满是焦虑忧郁，觉得自己在虚掷青春。

法国胖女人很快就瞧出这对情人之间的关系，与菲利普谈及此事时毫无顾忌，言语十分露骨。“那么你，”她说，脸上带着她这一行特有的微笑——靠激起同胞淫欲而养肥自己的微笑，“你有女朋友吗?”

“没有。”菲利普满面通红地说。

“怎么会没有呢？你可到了谈情说爱的年龄啊。”

菲利普耸耸肩，手里拿着一卷魏尔伦的诗集，信步而去了。他试着去读几行诗，奈何胸中燃烧的情欲之火太旺盛了。他想起弗拉纳根给他讲过的男人们偷香窃玉的风流行径来：鬼鬼祟祟地摸入深巷幽室，装饰着乌特勒支①天鹅绒的客厅，涂脂抹粉的妓女为了金钱故作风雅。想到这里，菲利普禁不住打了个寒颤。他往草地上一躺，就像

① 荷兰中部城市。

刚从睡梦中醒来的幼兽那样四仰八叉地伸展着四肢。潺潺的溪水声，白杨树在微风中发出的沙沙声，还有那蔚蓝的天空，这一切似乎都叫菲利普难以忍受。他渴望爱情，并坠入这种渴望中不能自拔。他想入非非，似乎感到有温暖的唇瓣在吻他，还有一双柔软的手搂着他的脖子。他想象着躺在露丝·查理斯的怀里，想到她那对深邃的黑眸和光滑细嫩的肌肤——他竟让这样大好的冒险机会白白地从指间滑走，可不是疯了吗！既然劳森都这么干了，那为何他不可呢？不过，菲利普只在看不见她的时候，比如晚上躺在床上睡不着或白天躺在运河边无所事事地瞎想时，才会有这样的欲念。等真的看见她，感觉就突然变了，既不想把她搂在怀里，也无法想象会去亲吻她。说来也真是奇怪：她不在跟前时，他觉得她千娇百媚，一心只想着她那双迷人的眼睛和那略显苍白的奶白色娇靥。真和她在一起了，他就只看到她胸部平平，嘴里还有几颗蛀牙，更是忘不了她脚趾上的鸡眼。他真是搞不懂自己，是不是因为畸形的视觉观念似乎过于夸大佳人的瑕疵而让他只有佳人不在跟前时才能迸发爱慕，一旦有机会和佳人当面相处，反而觉得厌恶呢。

气候变换，宣布漫漫长夏已过去。大家因此都返回巴黎，菲利普心里一点儿也不遗憾假期的结束。

第四十八章

菲利普回到阿米特拉诺画室，发现范妮·普莱斯已不在那儿学画了。她专用柜的钥匙也已交还学校。菲利普向奥特太太打听她的情况，奥特太太双肩一耸，说她很可能回英国去了。菲利普听了，如释重负。她那臭脾气实在搞得他厌烦不已。更叫人难以忍受的是：菲利普作画时，她定要在一旁指手画脚；不听从她的规劝时，她便认为是有意藐视她，不将她的意见当回事。菲利普自觉早已不是当初那个什么都不懂的笨小子，她却对他这种感受置若罔闻，根本不能理解。自此之后没多久，菲利普便将她忘得一干二净。他正在苦攻油画，满腹激情，画得不亦乐乎。他希望能画出颇有分量的作品来，好参加明年的巴黎艺展。劳森正在画一幅查理斯小姐的肖像画。这位小姐颇为上画，凡是折倒在她魅力之下的年轻人都为她画过肖像画。她天生一副慵懒的神态，再加上喜欢卖弄风骚，倒是一个绝佳的模特人选。她也颇富这一方面的专业知识，正好可以从旁提些有益的建议。由于她对艺术的热情主要是渴望过上艺术家的生活，即便疏于学业，她也满不在乎。她喜欢画室的热闹气氛，还有机会大量抽烟。她以低沉而悦耳的声音谈论着艺术之爱和爱之艺术。但这两者究竟有何区别，她自己也不甚了了。

劳森一直不辞辛劳地画着那幅肖像画。他夜以继日地埋头苦干，一连画上好几天，直到再也支撑不住才停手，却又在之后把画好的部分全刮掉。幸好是查理斯，换作其他人，早被他耗尽了耐心。最后，画面被他搞得一团糟，再也无望补救。“现在唯一能做的就是换块新的画布，从头再来！”他说，“这回我可清楚得很自己想要什么了，所以花不了多长时间。”

菲利普当时也在场。查理斯小姐对他说：“你为什么不也为我画一张？你边观摩劳森先生，边自己画，一定能学到很多东西。”

查理斯小姐总以姓氏称呼情人。这也是体现她矜持、优雅的地方。

“要是劳森不介意，我当然乐意之至啊！”

“我才不在乎呢！”

菲利普这还是头一次画肖像画。虽说开始时有点忐忑不安，却不无得意。他坐在劳森旁边，一边观摩他如何画，一边自己画。有劳森这个样板给他对照，还有劳森和查理斯小姐免费在一旁知无不言、言无不尽地提点，菲利普自觉受益匪浅。最后，劳森终于完成大作，并请克拉顿来批评指教。克拉顿刚回巴黎。他从普罗旺斯一路漫游到西班牙，想去马德里见识见识委拉斯开兹的画作，接着去了托莱多。他在托莱多待了三个月，回来后嘴里老念叨他们年轻人听来很觉陌生的名字：埃尔·格列柯。他对这个名叫埃尔·格列柯①的画家十分推崇，甚多溢美之词。大家从他的言语里听出来，要想研习这位画家的作品，就只能去托莱多。

“噢，是他呀。我听说过这个人。”劳森说，“他是个古典大师，特色在于他画得同现代派一样糟糕。”

克拉顿比以往更加沉默寡言了，此时也不作答，只是眼带讥讽地望着劳森。

“你不给我们展示一下从西班牙带回来的大作吗？”

“我在西班牙根本没画画，忙得要命。”

“那你都忙什么了？”

“我想事情去了，忙着理清思绪。我相信自己已经同印象派走到头了。我觉得要不了几年，印象派的作品就会显得空洞浅薄。我想来个大扫除，把之前学到的全都清扫干净，重新开始。我回来后，就把之前画的东西全都销毁了。现在我的画室除了一个画架、颜料以及一

---

① 埃尔·格列柯（1541－1614），原名多米尼克斯·希奥托科普罗斯。出生于希腊的克里特岛，三十六岁移居西班牙。他是西班牙绘画的开拓者，是文艺复兴时期著名的幻想风格主义画家。他是一位肖像画家，特别擅长宗教画，并为托莱多以及其他地方的教堂创作了众多的祭坛画。

些干净的画布，什么都没有了。”

“那你有何打算呢？”

“目前还不太清楚，只是对自己想要的东西有个模糊的概念。”他说起话来慢条斯理，神态古里古怪，好像在竖着耳朵竭力去听某种勉强可闻的声音。他身上似乎蕴含着连他自己都不理解的神秘力量，这股力量正在隐隐挣扎着寻求宣泄口。他的那副劲头让人过目难忘。劳森虽然嘴上请克拉顿不吝赐教，心里却十分害怕受到他的批评，便摆出一副很鄙视克拉顿见解的架势，自以为这样就可以让对方指责的力度大打折扣。菲利普在一旁看得清楚，再也没有比克拉顿的赞赏更能让劳森开心的了。克拉顿盯着那张肖像画，半晌一言不发，接着瞟了一眼菲利普放在画架上的作品。“那是什么？”他问。

“噢，我也尝试了一下肖像画。”

“依样画葫芦！”他嘟囔了一句。

他又转过去看劳森的画布。菲利普的脸涨得通红，却没说话。

“嗯，你觉得如何？”劳森终于忍不住开口问道。

“很有立体感。”克拉顿说，“我觉得画得挺好。”

“色彩明暗对比还行吗？”

“很好。”

劳森脸上漾起喜悦的笑意，像落水狗一样抖动着自己的衣服。“嘿嘿，我真高兴你喜欢这幅画。”

“才不呢！我觉得这幅画毫无意思。”

劳森沉下脸来，惊愕地望着克拉顿，不明白他这是什么意思。克拉顿不善表达，说起话来似乎十分费劲，而且杂乱无章、结结巴巴、啰里啰嗦。虽然他这番话说得毫无条理，菲利普却很熟悉其背景内容，还是能琢磨出他的意思来。克拉顿从不读书。他这些话最初是从克朗肖那儿听来的，当时印象不深，留在了记忆里。最近这些话突然从脑海里冒出来，给他以新的启迪：对于优秀的画家，有两大主要描绘对象：描绘人及体现其所思所想。印象派专注于其他方面，尽管妙笔生花，把人物画得惟妙惟肖，但像十八世纪英国肖像画家那样很少费心琢磨其人内心深处的所思所想。

“倘若你真朝那方面发展，你的画就过于强调故事性了。”劳森插嘴说，“还是让我像马奈那样去画人物好了。什么内心深处的所思所想，见鬼去吧！”

“你要是能用马奈的画法在他所擅长的领域打败他，那自然好。可你根本难以望其项背。你现在所推崇的绘画领域早已被人挖干，根本淘不出新东西来了。它已是明日黄花，你又怎能期盼在业已干涸的领域滋养自己的创作呢？你得从这个领域退出来，另辟蹊径。我也是在看了格列柯的作品后才茅塞顿开，感到我们对肖像画的认识还远远不够。”

“那岂不是又回到罗斯金那一套上去了？”劳森嚷道。

“不——你看，他喜欢道德说教，可我对此毫不在乎。说教根本没用，伦理以及诸如此类的东西都没用。真正举足轻重的是激情和情感。最伟大的肖像画家不仅能将人物外貌画得栩栩如生，还能将人物内心深处所思所想表现得细致入微。伦勃朗和埃尔·格列柯就是这样的画家。只有二流画家才只注重描摹人物的外貌。幽谷中的百合花即使没有香味，也是赏心悦目的；但要能散发出阵阵馨香，就更是锦上添花了。那幅画——”他指着劳森的肖像画，“嗯，画法不错，立体感也可以，就是太墨守成规了，没一点儿新意。理应通过线条的勾勒和立体描摹，让人一眼就看出画中女子是个风骚放荡的娘们。画得像、画得准固然不错，但埃尔·格列柯笔下的人物却身高八尺。因为非如此便不能表现其要传达的意趣。”

“去他妈的埃尔·格列柯！”劳森说，“我们连他的大作都没看到过，却在这儿大嚼其人如何，有什么意义！”

克拉顿耸耸肩，默默点上一支烟，走开了。菲利普和劳森两人你看看我，我看看你。“他讲的也不无道理。”菲利普说。

劳森瞪着自己的画，心情十分糟糕。“除了把亲眼所见的东西依样描画下来，究竟还有什么别的办法可以体现一个人内心深处的所思所想？”

差不多就是这时候，菲利普交了一个新朋友。周一上午，模特要到学校集合，接受选拔，被选中的本周就留下来工作。这天，一个年轻男子被选中。他显然不是专业模特。菲利普被他摆的姿势吸引住了：他跨上站台，两脚成直角站得稳稳当当，双拳紧握，头部以挑衅者的姿态前倾。这个姿势将他完美的身材凸显无遗。他身上没有一丝赘肉，浑身隆起的肌肉像钢铁浇筑一般充满力量。头发剪得很短，头型很美，下巴上留着短胡须，一双眼睛又大又黑，两道眉毛又粗又浓。他一连几小时都保持这个姿势，不见丝毫疲劳。他的神情里混杂着羞赧与坚毅。他精力充沛、神采奕奕的气息激起了菲利普浪漫的遐想。等他工作完毕，菲利普看着穿上衣服的他，觉得他像一个衣衫褴褛的国王。他沉默寡言，不怎么爱说话。过了一两天，奥特太太告诉菲利普，模特是西班牙人，从未干过这一行。“我想，他是为生活所迫吧？”菲利普说。

“你注意到他的衣服了吗？那可是非常整洁体面的，我说的对不对？”

事有凑巧，在阿米特拉诺画室学画的美国人波特此时要去意大利待几个月，愿意把画室借给菲利普。菲利普喜出望外。劳森颇为专横霸道的指点方式已让菲利普有点不耐烦了，他正想一个人画画呢。周末，他跑到模特跟前，借口还没画完，问他愿不愿意去自己那儿多当一天模特。

“我不是模特。”西班牙人回答说，“我下周有其他事要做。”

“不如现在一起和我去吃午饭吧！我们可以边吃边商量。”菲利普说。见对方犹豫不决，他笑着又说，“我又不会吃了你。”

模特耸耸肩，同意了。两人便一道去了一家小饭馆。西班牙人的法语说得很糟糕，语速又快，很难听懂。菲利普费尽心思，和他谈得还算投机。菲利普发现，他原来是个作家，是到巴黎来写小说的。为了解决温饱问题，凡是身无分文的人用来救急的差事他全都干过：给人上课；翻译，凡能揽到手的，不管什么都翻译，不过主要还是商务翻译；最后，不得不靠出卖健美的体型来赚钱。干模特收入还不错，他这周赚的钱够他花上两周的了。他对菲利普说，两法郎就能将一天轻松应付过去，让菲利普惊异不已。不过，靠出卖色相来赚钱着实让他觉得十分羞耻。他将当模特视为堕落。这种堕落，只有饥饿才让它情有可原。菲利普解释说，他并不需要画整个身子，只需画头部；只是希望能画张他的肖像画，好参加下届巴黎艺展。

“但你为什么想要画我呢？”西班牙人问。

菲利普回答说，自己对他的头型很感兴趣，觉得能画出一幅不错的肖像画来。

“我抽不出时间。写作时的一分一秒我都很吝啬，绝不愿意用来做别的。”

“但我只会占用你下午的时间。我上午在学校画画。不管怎么说，坐着给我当模特总比翻译法律文件好得多吧？”

有一段时间，拉丁区来自不同国家的学生之间相处得亲密无间。可惜已成历史，如今被当作传奇了。那种四海皆兄弟的亲密时光早已过去，如今各国的学生差不多像东方城市居民一样各自为伍。在朱立昂画室或美术学院，一个法国学生要是和外国学生来往，就会让本国同胞不满，进而遭受挤兑。而一个外来的英国人要想与旅居城市的当地居民交朋友，哪怕只是来个点头之交，也是困难重重。事实上，许多学生尽管在巴黎生活了五年之久，学到的法语也就仅够商店购物而已。他们虽然人在巴黎，却过着典型的英式生活，就像一直工作、学习在南肯辛顿一样。

菲利普一向热心追求浪漫事物，现在有了和西班牙人接触的机会，自然不肯放过。他凭着三寸不烂之舌，动用全部说服力，意图击败对方的不情愿。

“我来告诉你这事怎么办。”西班牙人最后说道，“我会给你当模特，不过不是为了钱，而是为了我自个儿的乐趣。”

菲利普劝他接受报酬，但他坚决不收。最后两人终于敲定，他下周一下午一点过来。他递给菲利普一张名片，上面印着他的大名：米格尔·阿胡里亚。

米格尔定期过来当模特，拒收报酬，却时不时向菲利普借上五十法郎。菲利普实际的花费，要比按正常程序付他工钱多得多。不过，这种方式让西班牙人很满意，不再因此觉得是在干下贱活挣钱。他的西班牙国籍让菲利普将他当作浪漫民族的代表，执意请他谈谈塞维利亚和格拉纳达①，谈谈委拉斯开兹和卡尔德隆②。但米格尔根本没耐心谈论自己国家的灿烂文化，也像许多同胞一样，将法国视为唯一的人才辈出之地，将巴黎视作世界的中心。“西班牙已死！”他嚷道，“那里没有作家，没有艺术，什么也没有。”

渐渐地，米格尔以其民族所特有的浮夸华丽辞藻，向菲利普披露了他的豪情壮志。他正在创作一部长篇小说，希望能借此一炮而红。

---

① 格拉纳达是西班牙著名旅游景点。

② 卡尔德隆（1600 – 1681），西班牙剧作家、诗人。

他深受左拉①影响，将小说背景设置在巴黎。他将故事情节详详细细地讲给菲利普听。菲利普听后觉得内容粗俗肤浅，情节设置愚蠢，有关淫秽色情的描写非常幼稚（“这就是生活，我的朋友！这就是生活！”他大叫道）——而这愈发衬托出故事的庸俗老套。他已写了两年，在难以想象的困境中苦熬，舍弃了当初将他吸引到巴黎来的种种生活乐趣，为了艺术忍饥挨饿，锲而不舍，坚韧不拔，什么也阻挡不了他攀登艺术高峰的决心。这种工苦食淡的努力还真是颇富献身精神。

“你为什么不写西班牙呢？”菲利普大声问道，“那会有趣得多。你熟悉那儿的生活。”

“巴黎是唯一值得写的地方。巴黎就是生活。”

一天，他带来部分手稿，用他那蹩脚的法语边念边翻译。他自己兴奋得不得了，菲利普却听得云里雾里。他还一连念了好几段，写得可真是糟透了。菲利普看着自己的画，迷惑不已：那宽阔眉宇后潜藏的思想竟是如此庸俗肤浅，那熠熠生辉的眼睛除了看到生活显而易见的表象，其他什么也没看到。菲利普对肖像画很不满意，每次临到结束时，差不多总要把之前已画好的部分刮掉。旨在表现人物内心深处的所思所想——这种目标固然无可厚非，可假如呈现在你眼前的人物是各种矛盾的集合体，谁又能知道他所想所思是什么呢？菲利普挺喜欢米格尔，看到他如此呕心沥血却劳而无功，不免为他难过。要成为一名优秀作家，他是万事俱备，只欠东风——没有天赋。菲利普凝视着自己的画作，谁又能晓得这里是蕴含着才华还是纯粹在浪费光阴呢？很显然，意志上锲而不舍根本帮不了你，自信满满也并无任何意

① 爱弥尔·左拉（1840－1902），19世纪后半期法国重要的批判现实主义作家。

义。菲利普想到了范妮·普莱斯：她对自己的才华坚信不疑，不屈不挠的意志也令人叹服。“倘若我果真觉得自己成不了什么大器，宁愿放弃画画。”菲利普说，“当个二流画家有什么用。”

一天早上他正要出门，看门人把他叫住，说有他的信。平时除了路易莎伯母，偶尔还有海沃德，就没人会给他写信了。这封信的笔迹，他从未见过。信上内容如下：

收到这封信请速来，我再也受不了了。请单独前来。要是由别人来碰我的身子，我可想都不敢想。我想把一切都留给你。

范·普莱斯

我已经三天没吃过任何东西了。

菲利普突然感到一阵恐慌，浑身毛骨悚然。他急匆匆赶往她的住所。她竟然还留在巴黎，可真叫他震惊不已。他好几个月没看到她了，还以为她早已回英国了呢。一赶到那儿，他就问门房她在不在。

“在的，我两天没看到她出来了。”

菲利普急奔上楼，敲门时却无人应答。他大声叫唤着她的名字。房门锁着，他弯腰一看，发现钥匙从里面插在锁孔里。“我的天呐，但愿她没干出什么傻事来。”他失声大叫。

他又匆匆跑到楼下对门房说，她肯定在房间。他刚收到她的来信，担心出了什么意外。他建议把门撬开。门房起初沉着脸，根本不愿意听，此时知道事情的严重性，又吓得惊慌失措。他担负不起破门而入的责任，坚持要把警察请来。他们一块去了警署，又去找了锁匠。菲利普了解到普莱斯小姐还欠着上个季度的房租，元旦那天也没给门房送礼物，而门房依据惯例，认为理所应当从房客那里收到元旦佳节的礼物。他们四人一起上了楼，又敲了敲门，还是无人应答。锁匠动手开锁，大家终于进了房间。菲利普忍不住发出一声惨叫，本能地用手捂住眼睛。那可怜的女人脖子上套着绳索，自尽身亡了——绳索的另一端套在天花板的钩子上。这钩子是先前某个房客用来挂床帘的。她当时把小床挪开，站在椅子上，然后把椅子踢开上吊了。椅子现在就横倒在地板上。他们割断绳索，把她放下来。她的身子早已冰凉，毫无生息了。

第四十九章

就菲利普从各个渠道了解到的情况来看，范妮·普莱斯的境遇十分凄惨。女学生中间最常抱怨的一点是，范妮·普莱斯从不和她们一起上餐馆热热闹闹地吃饭。原因其实显而易见：她穷困潦倒，哪有钱上馆子。菲利普想起他初来巴黎时两人一起吃过午饭，当时她那饿死鬼似的吃相还叫他恶心不已，现在才终于明白她之所以狼吞虎咽，不过是因为饿极了。门房告诉菲利普她平时都吃些什么：每天给她留一瓶牛奶，她自己买条面包。中午从学校回来就啃半条面包，喝半瓶牛奶；剩下的留来当晚饭。日复一日，她天天如此。想到她生前忍饥挨饿，怎样遭罪，菲利普不由得一阵心酸。她从来没让任何人知道，她比他们都穷。但显然，她最后已到了身无分文的地步，连去画室的学费都拿不出。她那小小的房间几乎没什么家具，除了总是穿着的破破烂烂的棕色裙子，也没什么衣物。菲利普在她的遗物中翻找着，希望能找到一些亲友的地址，好通知他们这一噩耗。他发现一张纸上写满了他的名字，顿时大惊失色，心里十分不是滋味。他想，她或许真的爱上了自己。眼前骤然浮现她那穿着棕色衣裙悬在天花板上的瘦骨嶙峋的尸体，不禁一阵颤栗。要是她心里真有他，为什么不向他求助呢？他当然乐意竭尽所能地帮助她。菲利普心里悔恨交加，她明明对自己有着特殊的情感，他却故意视而不见，当作根本没那回事。现在再回味她遗书上的那几行字，真是让人无限悲哀：要是由别人来碰我的身子，我可想都不敢想。她是给活活饿死的。

菲利普终于找到一封落款为“你亲爱的哥哥，艾伯特”的信。信是两三周前从英国瑟比顿某街寄来的，信中拒绝了借款五镑的请求。写信人说，自己要养家糊口，得为妻子儿女着想，借钱给她根本不合乎情理，并劝范妮·普莱斯回伦敦设法谋个差事。菲利普给艾伯特·普莱斯发了封电报。没过多久，就收到了回复：“痛心之至。商务繁忙，不便请假。是否非来不可？普莱斯。”

菲利普又去了封简短明了的电报，请求他务必赶来。第二天早上，一个陌生人出现在他的画室外。

“我是普莱斯。”菲利普把门打开，对方这么自我介绍道。来人略带几分粗俗之气，穿一身黑衣服，圆顶礼帽上镶了条带子。他那粗笨相倒有点像范妮，下巴上的胡须又短又硬，一口伦敦腔。菲利普请他进来。在菲利普向他讲述事情的详细经过以及自己如何应对时，普莱斯不住地斜着眼睛四下打量。“我不用再去看她的遗体了吧？”艾伯特·普莱斯问道，“我的神经脆弱得很，受不了一点儿刺激。”他渐渐打开了话匣子。他是个橡胶商，娶了老婆，并生了三个孩子。范妮原本是个家庭教师，他实在搞不明白她放着好好的差事不干，非要跑到巴黎来。“我和普莱斯太太都劝她说，巴黎可不是姑娘家该待的地方。而且，搞艺术也赚不了钱——历来搞艺术的都赚不了钱。”显而易见，兄妹俩的关系并不是很好。他对她的自杀心怀怨恨，并将此视为对他最后的伤害。他可不喜欢被人说妹妹是给贫困逼上绝路的，似乎有辱门楣。一个想法突然袭上心头，觉得她这样做是不是出于某种更为体面的原因。“我想，她总不会和哪个男人惹上什么麻烦了吧?你知道我的意思。在巴黎，这种事很常见。她或许是为了保全自己的名声，不得已才这么做的呢。”

菲利普感到自己的脸烧得通红，不由得暗暗在心里咒骂自己不争气。普莱斯那闪着锐利光芒的小眼睛似乎在怀疑菲利普和他妹妹有什么私情。“我坚信令妹品行端正，操守完美无瑕。”菲利普不无尖刻地回道，“她自寻短见，是因为她快要饿死了。”

“呃，您这么说可让她的家人很不好受啊，凯里先生。她只消给我写封信就好了，我自然不会让自己的妹妹忍饥挨饿的。”

菲利普之所以能找到这位兄长的地址，就是因为看了那封他拒绝借钱的信。不过，菲利普一耸肩了之，心想当面揭他的丑又有什么用呢。他讨厌这个矮小的男人，只希望能尽快完事。艾伯特·普莱斯也希望尽快把事情办完，好回伦敦去。他们来到可怜的范妮生前住的小房间。艾伯特·普莱斯打量着那些画和家具。“我可不想充当艺术行家。”他说，“不过，我想这些画应该能卖几个钱，是不是?”

“一文不值。”菲利普说。

“这些家具值不了十个先令。”

艾伯特·普莱斯对法语一窍不通，凡事都得菲利普亲力亲为。看来还得经过一道道没完没了的手续，才能让那可怜的遗体入土为安:得从这儿取到证件，再送那儿签字盖章，还得求见不少官员。菲利普一连三天从早忙到晚，几乎脚不沾地。最后，他总算和艾伯特·普莱斯跟随在灵车后面，朝蒙帕纳斯公墓走去。

“我原本想把丧事办得更体面些，”艾伯特·普莱斯说，“但没必要太浪费钱。”

灰蒙蒙的早晨，寒气刺骨，简短的葬礼甚是潦草，让人感到分外凄凉。葬礼上，和范妮·普莱斯同在画室学习的同学也来了五六个，还有奥特太太。她来，是因为觉得自己身为司库，有责任参加学生的葬礼。露丝·查理斯来则是因为她有颗善良的心。还有劳森、克拉顿和弗拉纳根，这些人在她生前都不喜欢她。菲利普放眼望去，只见墓地到处碑石林立，有的简陋可怜，有的粗鄙庸俗，有的华丽耀眼，有的丑陋不堪。菲利普看着，看着，不由得一阵哆嗦。眼前这片景象好不凄凉，让让悲哀，让人骇然。等他们从墓地出来时，艾伯特·普莱斯要菲利普陪他一起吃午饭。菲利普一来对他厌恶至极，二来又十分困顿疲倦——要知道，他这几天根本没睡好，老是梦见范妮·普莱斯穿着那身破旧的棕色衣裙、高悬在天花板上的惨状——虽然很想拒绝，却想不出什么借口来。

“你带我去个地方，让我们能正常吃一顿丰盛的午餐。这些天来遭受的种种事儿，可真叫我脆弱的神经受不了了。”

“拉夫纽餐厅是这附近最好的餐馆。”菲利普回答说。

艾伯特·普莱斯舒舒服服地在铺有天鹅绒的椅子上坐好，如释重负地长舒了一口气。他点了分量大而丰盛的午餐，外加一瓶酒。“嘿，我真高兴，事情总算办完了。”他巧妙地问了几个问题，菲利普略加思索就发现，他这是想打听画家在巴黎的私生活。尽管他一本正经地哀叹画家的私生活糟透了，实际上却如饥似渴地想要听到他想象中画家们所过的那种纵欲放荡的生活，越详细越好。他那闪烁着狡黠的眼神，还有窃笑时小心翼翼的深有城府的样子，无一不在暗示：菲利普可不够坦白，对于这一点他可是心知肚明；他是个见过世面的人，对这类暗史秘闻并非一无所知。他问菲利普，是否去过蒙马特等地——那里从圣殿酒吧到皇家交易所，一路全是寻欢找乐的胜地。他真想说自己去过红磨坊歌舞厅呢。他们这顿午饭吃得非常尽兴，丰盛的菜肴美味可口，香醇的美酒醉人心窝。艾伯特·普莱斯酒足饭饱之后，兴致更高了。“我们再喝点白兰地吧?”咖啡端上来时，他这么说道，“挥霍一把也无所谓。”他搓搓手，说道：“你知道，我一时还真想在这儿待一晚，明天再回伦敦呢。今晚咱俩一起逛逛，你意下如何?”

“要是想让我今晚带你去蒙马特，那你还是见鬼去吧!”菲利普说。

“我想，我并不是那个意思。”他回答得那么严肃认真，倒把菲利普逗笑了。

“再说，那种地方对你的神经可是最糟糕的了。”菲利普一本正经地说。

艾伯特·普莱斯最后得出结论，认为自己最好还是搭乘下午四点的火车回伦敦。不一会儿后，他就和菲利普告别了。“好了，再见吧，老弟!”他说，“我和你说，过些日子我还会设法到巴黎来一趟的。到时候再来拜访你，咱们尽情去狂欢一把。”

菲利普那天下午感到非常的烦躁不安，索性跳上一辆公共汽车，过到河那边的迪朗-吕埃尔画店看看有没有新作展出。从画店出来，他沿着大街漫无目的地闲逛。那天寒风刺骨，冷气袭人。行人裹紧大衣，缩着身子，想抵御寒气的侵袭。他们行色匆匆，绷着脸，一副忧心忡忡的样子。此刻，在蒙帕纳斯公墓那白色墓碑林立下的土地里，定像冰窖一样阴寒刺骨。菲利普感到自己在这人世间孑然无依，竟不可思议地生出浓烈的乡愁，真想找个人来陪陪。可这个时候，克朗肖在工作，克拉顿一向不欢迎别人登门造访，劳森正忙着给露丝·查理斯画另一幅肖像画，自然不希望遭人打扰。于是，他打算去看看弗拉纳根。菲利普发现他正在画画，却很乐意丢下工作和人聊天。画室又舒服又暖和，这个美国学生比他们大多数人都有钱。弗拉纳根忙着给两人沏茶，菲利普审视着那两幅他准备送往巴黎艺展的肖像。

“虽说送画去参展未免有些莽撞，”弗拉纳根说，“但我才不管呢，反正我就是要送去。你是不是觉得它们画得糟透了？”

“没我想象的那么糟。”菲利普说。

事实上，这两幅画的巧妙之处简直让人震惊。凡是难以处理的地方都被作画人以娴熟的技巧避开了，调色上彩的方式很大胆，让人感到瞠目结舌的同时更觉韵味无穷，十分具有吸引力。弗拉纳根既无精深的绘画知识，也无卓绝的绘画技巧，却像个毕生都从事绘画的大画家一样信手挥毫，随性而作。“如果规定每幅画的欣赏时间不得超过三十秒，那你就是一代宗师啦，弗拉纳根。”菲利普笑着说。

年轻人之间并没有过度吹捧奉承、阿谀拍马的习气。“在我们美国，大家都是惜时如金的大忙人，谁也抽不出三十秒以上的时间看一幅画。”弗拉纳根大笑着说。

弗拉纳根虽是世界上最漫不经心的人，却有一副好心肠，温柔体贴不但叫人意想不到，还让人觉得异常难能可贵。不论何时有谁生了病，他都会挺身而出充当看护。他身上洋溢着的快活劲儿对病人来说，比任何药都有用。就像他的许多同胞一样，身为美国人的他并不像英国人那样害怕表露情感，并不因怕被人说成多愁善感而竭力把感情藏起来。在他看来，情感流露乃人之天性，没什么可笑的。对于困境中的朋友，他那情感充溢的同情之心总让他们倍加感激。他看出菲利普被这几天的遭遇搞得甚为沮丧压抑，便纵情说呀，笑呀，闹个没完，真心实意地想让菲利普高兴起来。他故意用夸张的美国腔说话——他知道这点总会让英国人捧腹大笑——滔滔不绝地东扯西拉；他浮想联翩，情绪高涨，说得兴高采烈。时间流逝，到了用餐的点，他们一起到外面吃饭；饭后又去蒙帕纳斯游乐场，那是弗拉纳根最喜欢去的娱乐场所。晚上，他的兴头更足了。他喝了许多酒，那副忘乎所以的醉态与其说是酒力所致，还不如说是他精力充沛的快活劲使然。他提议去比利埃舞厅，菲利普累过头反倒不想睡了，欣然同意前往。他们在靠近舞池的平台上找了张桌子坐下。这儿地势稍高，他们可以边喝啤酒，边看人跳舞。不一会儿，弗拉纳根瞧见一个朋友，便狂喊一声，越过栅栏，跳到他们正在跳舞的舞池里。菲利普审视着周围的人群。比利埃舞厅并非上流人士出入之地。这是星期四晚上，舞厅里挤满了人，有许多来自各个学院的大学生，但绝大多数还是小职员或商店伙计。他们穿着日常制服，现成的花呢上衣或式样古怪的燕尾服，还都戴着帽子。下班后把帽子也一并戴来了，跳舞时无处可放，就只好戴在头上了。有些女人看上去像是佣人，有些是浓妆艳抹的轻佻女人，但大多数是售货员。她们身上穿着河那边时髦款式的廉价仿制品。那些轻佻女人要么模仿歌舞杂耍剧场里的艺人打扮得花枝招展，要么刻意模仿红极一时的舞蹈演员的模样——眼皮上抹着厚厚的黑色眼影，双颊涂得红艳艳的。舞厅里的白色大灯悬得很低，明晃晃的灯光使得人脸上的光影愈发浓黑。在这样耀眼的强光下，所有线条似乎都显得僵硬死板，周围的色调更是给衬得粗俗不堪。整个舞厅是一片污七八糟的景象。菲利普靠在栅栏上，目不转睛地瞪着台下，耳朵早已自动屏蔽掉音乐声。舞池里的人跳得如痴如醉，忘乎所以。他们在舞池里慢慢转着圈，很少说话，全副精神都集中在跳舞上。屋里热得要命，人们脸上闪着亮晶晶的汗珠。在菲利普看来，他们此刻已扔掉用来提防别人的假面具，已退掉貌岸然的假皮囊。菲利普现在看到的，就是他们的本来面目。真叫人不可思议，在卸去一切伪装的时刻，他们全都露出了动物的本性：有的像狐狸那样狡猾奸诈，有的像狼那样贪得无厌，有的长着羊那样愚蠢的长脸。他们的皮肤显得气色很差，这是因为他们过着不健康的生活，吃着没营养的食物。低俗的生活趣味，让他们的面容显得呆笨迟钝，只有那双小眼睛闪烁着犹疑不定的光芒。那是躲躲闪闪的阴险狡诈之光。他们的言行举止没有任何高贵之处。你可以感觉到，对所有这些人来说，生活不过就是鸡毛蒜皮的琐事和利欲熏心的邪念罢了。舞厅里空气十分污浊，弥漫着人身体散发出来的汗臭味。他们跳得热火朝天，就好像深受体内某种怪异力量的驱使。可在菲利普看来，真正驱使他们的是对享乐的狂热追求。他们不顾一切地想要逃避这个满是恐怖惨状的现实世界。克朗肖说驱使人盲目向前的唯一动机就是追求享乐，而这个动机如此强烈，又似乎剥夺了它所有的乐趣。他们一路匆匆前行，就像被暴风裹着一样身不由己，绝望无助，既不知道为什么要前行，也不知道将要前行到哪里，只是被迫盲目地向前。命运之神凌驾于他们之上。他们不住地跳呀，跳呀，就像脚下是亘古永恒的黑暗深渊。他们的缄默中隐隐透露出一股惊恐，就好像他们给生活吓破了胆，连发言权也被剥夺了，以至于内心的呐喊、尖叫到了嗓子眼又被吞了回去。他们的眼神凶狠而冷酷。尽管他们被自己的兽欲搞得扭曲变形，尽管脸上挂着卑鄙无耻，尽管内心变得冷酷无情，尽管最糟糕的还在于愚蠢无知，然而跳得像着了魔一样的眼神里流露出的痛苦让这群浑浑噩噩之徒显得既可憎又可怜。菲利普厌恶他们的同时，内心又感到刺痛，对他们寄予无限的同情。

他从衣帽间取出大衣，踏进寒冷刺骨的夜色中。

第五十章

这一不幸事件总是萦绕在菲利普的脑海，挥之不去。最让他纠结的是，范妮多年来呕心沥血地勤学苦练，到头来竟是白辛苦一场。没人比她更刻苦，也没人比她更执著。她对自己的能力坚信不疑，但很显然，自信根本不意味着什么。菲利普所有的朋友都自信满满，至于其他人，比如米格尔·阿胡里亚，亦复如是。这个西班牙人从事写作，忍饥挨饿，坚韧不拔，像孤注一掷的英雄般极具献身精神，可写出来的东西却浅薄琐屑，不值一读。这种付出与成果的鲜明对比，真是震得菲利普心惊胆战。菲利普昔年辛酸的学校生活唤起了他内心的自我剖析能力。他的这一怪癖在不知不觉中就像吸毒一样积重难返，越来越难以根除。如今，这种怪癖再次发作，让他强烈地想要剖析自己的内心情感。艺术对他的影响和对别人的影响是大为不同的，对此他不能视而不见。一幅佳作能直接打动劳森的心弦。他是凭直觉来欣赏作品的。弗拉纳根凭感觉就能感知到的东西在菲利普那里，却非得经过一番思索才能有所领悟。菲利普是通过理性思考来欣赏作品的。他由此禁不住想，假如自己身上也有那种艺术家气质（他讨厌这么表达，可又想不出其他说法），就会像他们那样，也能以感性而非理性的方式欣赏到美。他开始怀疑自己的才华是否只是有些表面的手上功夫，让他能够准确无误地描绘出物体，可这根本不是什么才华。他现在也学得像别人那样，鄙视画家只有技巧上的聪明劲。至关重要的是，能欣赏作品，在绘画的过程中有所感受。劳森作画所特有的方式乃是本性使然，尽管作为习画的学生，他免不了各种模仿，因而也就易于受到各种影响。可即便如此，他的作品里仍闪耀着鲜明的个性色彩。菲利普凝视着自己画的那幅露丝·查理斯的肖像画，画到现在已三月有余，可他这才意识到它不过是劳森作品的忠实翻版而已。他感觉自己就像块不毛之地一样寸草不生，毫无自己的东西。他是用脑子来作画的，而他不得不承认，真正有价值的画作，无一不是心灵孕育出来的果实。

他没有什么钱，总共还不到一千六百镑，须得克勤克俭，精打细算地过日子。十年之内，他别指望能挣到一分钱。纵观画史长河，一无收益的画家比比皆是。他得甘于清贫。要是哪天能创作出一幅不朽的传世之作，即使穷苦潦倒一辈子也还值得，怕就怕在他至多只有当个二流画家的出息。倘若牺牲了青春韶华，舍弃了生活的种种乐趣，错过了人生其他方面有所成就的大好机缘，到头来只修成个二流画家，这样真的值得吗？那些生活在巴黎的外国画家过的是什么样的生活，他对此太清楚了：他们被圈在方寸之地，社交圈极其狭窄，过着闭塞的生活。他知道有些画家为了一举成名，呕心沥血二十年如一日，最后仍然出不了名，只落得终日借酒浇愁的悲惨境地。范妮的悬梁自尽，触动了菲利普回忆的大门。他想起曾听说过的骇人听闻的故事——这个或那个画家，为了摆脱绝望之境，如何寻了短见。他还想起了画室老师言辞讥讽地给可怜的范妮提出的忠告。她要是听从他的忠告，早点放弃这无望的尝试，或许并不至于落得那样凄惨的下场。

菲利普完成米格尔·阿胡里亚的肖像画后，下定决心要把它送去参加巴黎艺展。弗拉纳根也打算送两幅去。菲利普觉得，自己画得和弗拉纳根不相上下了。他在这幅画上花费了不少心思，自信它一定有闪光之处。尽管他在审视那幅画时的确感到有什么地方不对头，可一时也说不出个所以然来。但只要眼前看不到那幅画，便又会情绪高涨起来，不再垂头丧气地想着它的不尽如人意。他把画送去参展，却被退了回来。起初他并不怎么介意，因为他事先已给自己打好预防针，各种自我麻痹地劝说入选的可能性微乎其微。几天后，弗拉纳根兴冲冲地跑进来告诉劳森和菲利普，他送去参展的两幅画中有一幅中选了。菲利普面无表情地向他表示祝贺，沉浸在喜悦中的弗拉纳根根本没注意到菲利普话音里情不自禁流露出来的讥诮之意。机敏的劳森顿时辨出菲利普话里带刺，不由得好奇地瞟了他一眼。劳森知道自己送去的画入选不成问题，一两天前就知道了，他对菲利普的态度隐隐感到不满。接着，他就被菲利普的举动搞得吃了一惊：菲利普等那个美国人后脚一踏出门，突然向劳森提出一个问题。“你要是处在我这个境地，是不是就此洗手不干了?”

“你这是什么意思?”

“我在想，当个二流画家是否值得。你知道，换个行业，比如说当医生或商人吧，即便庸庸碌碌混一辈子也没甚关系，你依然可以养家糊口，可以继续应付生活。要是一辈子只能画出些二流作品，那有什么意义呢?”

劳森挺喜欢菲利普的，此刻以为菲利普是因参展画作遭拒而心情沮丧，便竭力宽慰他。众所周知，有些被巴黎画展拒绝的作品后来不是成了名扬四海的佳作吗？菲利普这是头一次送画参展，被拒绝也并非不合情理。至于弗拉纳根的中选，那很容易解释：他的画虽然肤浅，华而不实，却绚丽耀眼。这正是那些死气沉沉的评审员所赏识的优点。菲利普越听越不耐烦。劳森竟然以为他是被这等微不足道的挫折搞得灰心丧气，而没意识到他这般沮丧是因为从根本上对自己的能力丧失了信心。这让菲利普觉得，劳森未免太把人看扁了。

近来，克拉顿似乎有意疏远在格拉维耶餐馆进餐的友人，过起孤家寡人的生活来。弗拉纳根说，他一定是和哪个姑娘坠入了爱河。但从克拉顿不苟言笑的严肃神情里，一点儿也看不出热恋的迹象。菲利普心想，他将自己与朋友隔绝起来，更有可能是为了好好理清脑子里的新想法。

有一天晚上，其他人离开餐馆去看戏了，只剩菲利普独自坐在那里。恰巧克拉顿进来点餐，两人便聊开了。菲利普发现，克拉顿比平时健谈，也不像平时那样冷嘲热讽了，便决定好好利用一下他的好心情。“嗯，我挺想请你去看看我的习作，”菲利普试探着说，“特别想聆听一下阁下的教诲。”

“不，我可不想去。”

“为什么呢?”菲利普红着脸问。

他们相互之间经常提出这种请求，谁也没想过要拒绝。克拉顿耸耸肩。“人们请你批评指正，实际上只想要表扬。再说，提出批评又有何益？你画得是好是坏，又有什么要紧？”

“对我可关系大着呢！”

“非也！一个人之所以作画，是因为他非画不可。这就像人体的某种机能，和其他机能一样不得不发挥作用。不过，只有少数人才有这种机能罢了。一个人作画纯粹是为了自己，你要不让他画，他说不定会自杀。想想吧，为了能在画布上抹出个样子来，天知道你花了多长时间，又耗了多少心血。可结果如何呢？送去参展的作品十有八九要被退回来。就算接受了，也不过是人们经过时十秒的关注。要是你运气好，碰巧哪个头脑空空的无知笨蛋把你的画买了去，挂在他自家墙上。可那又如何呢？他对你的画就像对自己的餐桌一样难得瞧上一眼。批评向来对画家一无用处。批评只从客观角度进行赏鉴，而凡属客观的东西，都不是画家要操心的。”克拉顿用手蒙住眼睛，好像这样他就能集中精力到自己想要说的话上。“画家从他所看的事物中获得某种独特感受后，便不由自主地想要把它表达出来。他也不知道为什么会这样，反正唯有用线条和色彩才能表现出那种感受。就像音乐家一样，音乐家只要读上一两行文字，脑子里就会自然而然地呈现出某种音符的组合。他也不知道为什么偏偏就是这几个词或那几个词会在他心里唤起这种或那种音符组合，反正就这样发生了。我还可以给你讲出理由，说明批评毫无意义。大画家总是迫使世人按照他观察事物的方式来观察自然和世界，但下个时代的某位画家可能以另一种方式来观察世界，而此时公众却仍按前辈而非这位画家的眼光来评断他的作品。巴比松派画家教我们的先辈以某种方式来观察树木，但当莫奈出现时，他的画法与之大为不同。人们就说，树木可不是那个样子的。这些人从未想过，画家选择以何种方式观察树木，树木就是什么样子。作画是把内心的感受用外在的形式表现出来——假如我们能迫使世人接受我们眼里所见之物，那我们就会被称之为大画家；假如不能呢，我们就会被忽略掉，湮灭于无闻。但我们仍是我们，无论伟大还是渺小，于我们自身来说，都无任何意义。我们的作品画成之后会遭受怎样的待遇，并不重要。我们在作画的过程中，已经获得了所能获得的一切。”

谈话暂时停下来，克拉顿开始大快朵颐，狼吞虎咽一般把面前的食物一扫而光。菲利普边抽着廉价雪茄，边仔细观察克拉顿。他那棱角分明的粗犷头颅仿佛是用顽石雕刻而成，还是雕刻家的凿子特别难以驾驭的那种顽石。这样的头颅，再配上一头粗硬厚密的黑发，硕大无朋的鼻子和宽阔的下颚骨，说明他是个很有主见的倔家伙。可菲利普禁不住怀疑，在这等刚硬强劲的面具下，是否藏着某种特别怪异的软弱呢。克拉顿不愿意展示自己的作品，或许纯粹是虚荣心在作怪。只要想想可能受到批评，他就受不了。他也不愿将自己置于任何可能被巴黎艺展拒绝的风险中。他想要被世人当作大师来看待，又不敢冒险把作品拿出来同他人较量，唯恐相形之下会逊人一筹，因此降低他对自己的评价。菲利普和他相识的这十八个月以来，只见克拉顿变得越来越牙尖嘴利，出口常是冷嘲热讽。虽然是他不愿站出来和同伴们公开比试，可对同伴们轻而易举获得的成功常常满腹怒气。他受不了劳森。菲利普和他们初相识那会儿，他们两个可是亲密无间的好友，可现在两人之间的友谊已形同虚设。“劳森？还好吧。”他语带轻蔑地说，“日后他回英国去当个时髦的肖像画家，一年挣个万把英镑，不到四十岁就能戴上皇家艺术协会会员的桂冠啦。只消动动手，给显贵名流多画几幅肖像就行了呗！”

菲利普也试着想象了一下，他看到二十年后的克拉顿尖酸刻薄、孑然一身、粗野无礼、默默无闻，仍旧死守在巴黎。因为巴黎的生活已深入他的骨髓，融入他的血液之中。他凭着伶牙俐齿，也掌控着一个志同道合的小圈子。他与自己为敌，也与周围的世界为敌，继续执迷不悟地追求他永远也达不到的艺术完美之境，说不定最后心灰意冷，沦为酒鬼。近来，菲利普脑袋里总是萦绕着这个想法，心神难安：既然人生只有一次，那就得有所成就，不能碌碌无为地虚度，但他并不认为只有富甲天下、名垂青史才算没白来这世上走一遭。可究竟怎样才算没虚度此生，他也说不清楚。兴许是要丰富人生阅历，做到人尽其才吧。但不管从哪方面来说，显然克拉顿的人生似乎已注定以失败告终，除非他日后能画出几幅不朽的杰作来。菲利普想起克朗肖用波斯地毯做的怪比喻，近来他经常回味这个比喻。当时克朗肖像农牧神那样故弄玄虚，硬是不肯把他的意思说清楚，只是重复道：除非你能悟出其中的道理，否则毫无意义。菲利普对是否要继续艺术生涯犹豫不决，归根结底是因为他希望人生能有所成就，不被蹉跎过去。

克拉顿这时又继续说了："你可还记得我和你说起的我在布列塔尼遇到的家伙？前几天，我在这儿又碰见他了。他正打算去塔希提岛。他已完全破产，成了身无分文的穷光蛋。他原是个 Brasseur D'affaires。我想，就是你们英语中'股票经纪人'的意思。他有老婆有家室，收入也颇高，可还是心甘情愿地抛弃了这一切，只想当个画家。他就这么一走了之，在布列塔尼安顿下来，开始画画。他身上的钱花得一个子儿都不剩，差点没饿死。"

"那他的老婆、孩子呢？"菲利普问道。

"噢，那自然是抛下了，任她们忍饥挨饿去呗。"

"听起来可真是无情无义。"

"哈哈，我亲爱的老弟，你要是想当个绅士，就甭想成为艺术家。这两者可是风马牛不相及的。你或许听说过有人为了赡养老母，不惜粗制滥造些蹩脚作品来赚取钱财——好吧，这表明他们的确是个好儿子，但这可成不了乱搞艺术的理由。他们只能算商人。真正的艺术家宁可把老娘送去救济院，也不会低头去赚钱。我认识这儿的一位作家。他告诉我，老婆分娩时不幸去世了。他深爱着妻子，她的离世让他痛不欲生。可当坐在床沿上看着爱妻的生命一点点流逝时，他发现自己竟在脑海里偷偷记录下了她弥留时的表情、她说遗言时的腔调，以及他自己当时的切身感受。这恐怕非绅士所为吧，是不是？”

“但你那位朋友可是个优秀的画家？”菲利普问道。

“不，现在还算不上。他绘画的风格颇似毕沙罗，还没有挖掘出自己的特色。不过，他对色彩调配和画面装饰很有感觉。但那不是问题的关键所在，至关重要的是，要心有所想、魂有所感。而这一点，他无疑是有的。他那样对待老婆孩子，十足一个卑鄙小人。他在行事上一直都是十足的卑鄙小人。即使对帮助过他的人（有时候，他全靠朋友的善意相助才不至于饿死），他的那种方式也像畜生一样恶劣可恨。可他恰恰是一位了不起的艺术家。”

菲利普思索着克拉顿嘴里这位艺术家的为人处世，为了能在画布上展现出世界赋予他的情感感受，竟不惜牺牲一切，包括舒适、家庭、金钱、爱情、名誉和责任。这还真是惊人壮举，菲利普就没有这种气魄。刚才想到克朗肖，菲利普忽然意识到自己一周都没见到他了。克拉顿离开后，他便朝咖啡馆走去，心里确信能在那儿找到那位作家。他初到巴黎的那些时日，菲利普简直把克朗肖所说的话当作《福音书》一样信奉。但菲利普是个讲究实际的人，渐渐对克朗肖毫无行动力的空头理论变得不耐烦起来。克朗肖那薄薄一卷诗集对于他所过的穷困潦倒的生活来说，算不得成果丰硕。菲利普出身于中产阶级，没法把中产阶级的本能思想从品行中去除掉。克朗肖穷得叮当响，东一榔头西一棒子地做做这个、做做那个，勉强度日。他不是蜷缩在脏乱不堪的小阁楼，就是在咖啡馆桌边狂饮无度，过着两点一线的乏味生活。如此种种，皆与菲利普心中有关体面的看法相冲突。以克朗肖的机敏，不可能不知道，这位年轻人对自己颇有微辞，自然也就要回敬菲利普几句。他讽刺菲利普市侩、庸俗。那种讽刺有时候是嬉皮笑脸地开玩笑，但很多时候却十分尖锐刺耳。

“你是个商人，”他对菲利普说，“你想把人生投资在统一公债①上。这样，你就可以稳稳当当地到手三分年利。我可是个挥霍无度的败家子，很快就能把钱花个精光。就算我还剩一口气，也要把最后一个子花光再去见上帝。”

这个比喻让菲利普十分恼火，这种说法有着一箭双雕的功效：不仅给说者的处世态度增添几分浪漫色彩，还诋毁了菲利普的处世原则。菲利普本能地想要为自己辩解几句，一时又想不出该说些什么。但是今晚，菲利普心里有些悬而未决的事很想和克朗肖谈谈。幸运的是，当时很晚了，克朗肖桌边那一堆茶碟（有多少只茶碟就意味着他已灌下多少杯酒）暗示他已准备就绪，就要开始对人生世事发表独到见解了。“我在想，你是否能给我一些建议。”菲利普突然开口说。

“你不会接受的，是吧?”

菲利普不耐烦地耸耸肩。“我深信自己在画画上不会有多大出息，而且认为当个二流画家没什么意思，正在考虑洗手不干。”

“为什么不干了?”

菲利普犹豫片刻后才回答道：“我想，是因为我热爱生活吧。”

克朗肖平和宁静的圆脸骤然神色大变，嘴角瞬间瘪下来，眼窝深陷，双眼黯然失色。他似乎在眨眼之间就不可思议地变得又驼又老了。“就是因为这个?”他叫喊出来，朝他们身处的咖啡馆四周扫了一眼。说真的，他的声音也开始颤抖起来。“你要真能脱身出去，就

---

① 英国政府1751年开始发行的长期债券。

趁早吧！别等为时晚矣。”

菲利普惊愕地瞪着克朗肖。但这种动情的场面常使菲利普羞涩不安，不由得垂下眼眸。他知道，呈现于眼前的正是一部人生失败的悲剧。两人都沉默不语。菲利普想，克朗肖此时一定在审视着自己的人生，也许他想到了自己充满灿烂希望的青春时代，当时可真是满腹豪情壮志，只可惜后来人生的种种坎坷失意、郁郁不得志，一点点吞噬掉了昔日梦想与希望的光辉，徒留下凄惨苍白的杯盏之欢，还有渺茫无望的黯淡未来。菲利普的眼神停留在那一小堆茶碟上，知道克朗肖此时也正在凝视它们。

第五十一章

时光如流沙，转眼两个月已悄悄从指缝间滑过。

菲利普经过一番思考，似乎从眼前这桩桩事情中悟出一个道理：真正的画家、作家和音乐家身上都蕴含着一股力量，驱使他们全部身心投入工作，生活也就不可避免地要从属于艺术事业。他们明明屈从于某种影响，却从未意识到自己像傀儡一样任由本能驱使与摆弄，生活从他们指间悄然滑走，一辈子就像没活过一样。菲利普却觉得，人生，就应该五彩斑斓地活着，而不是用诸多色彩在画布上涂抹。他要探寻人生各种各样的经历，紧握生命每一瞬间供养的激情。最后，他下定决心采取行动，并准备承担后果。决心既定，他打算立即付诸行动。幸运的是，明天上午正是富瓦内来学校讲课的日子，菲利普决定直截了当地向他请教：自己是否应该继续学画？他从未忘记范妮·普莱斯收到的残忍忠告。虽然听起来逆耳，却利于行。范妮的影子始终停留在菲利普的脑海，怎么也挥之不去。没有了她的画室，显得陌生而怪异。时不时地，不是哪个女生画画的手势就是哪个女生说话的腔调，会突然吓菲利普一大跳，让他想起范妮来。虽然她已不在人世，却比在世时有着更强的存在感。菲利普常常梦见她，有时还会吓得尖叫着醒来。想着她生前一定遭够了罪，吃尽了苦，菲利普就觉得骇然可怖。

菲利普知道，富瓦内来画室上课时总要在奥德萨街的一家小饭馆吃午饭。他匆匆消灭自己的午饭，好赶去等在小饭馆外面，等候他出来。菲利普在车水马龙的街上来回踱步，最后总算看见富瓦内低头朝他这边走过来。心里十分紧张，但他还是迫使自己走上前去。“抱歉，先生！稍微耽搁您一会儿，我有几句话想和您说。”

富瓦内迅速瞟了他一眼，认出了他，但脸上毫无招呼人的笑意。“说吧。”他说道。

“我在这儿跟着您学画差不多已有两年了，想请您坦率地告诉我，您觉得我还有继续学下去的价值吗？”菲利普的声音有些颤抖。

富瓦内头也不抬地继续往前走。菲利普在一旁偷偷观察他的脸色，却见上面没有任何表情。“我不明白你的意思。”

“我没有什么钱。要是没有绘画的天赋，我想还是趁早干点别的好。”

“你难道不知道自己有没有天赋？”

“我那些朋友全都自以为很有天赋，可我知道，有些人是大错特错了。”

富瓦内那尖酸刻薄的嘴上隐隐漾起一丝笑意，问道：“你就住在这附近？”

菲利普将画室的地址告诉他。富瓦内转过身子。“我们这就去你那儿，你得给我看看你的作品。”

“现在?”菲利普尖叫一声。

“有何不可?”

菲利普找不到反驳的理由。他默不作声地走在画家旁边，提心吊胆，惴惴不安，万万没想到富瓦内竟会立时三刻就要去看他的画作。菲利普真想问问，他是否介意改天再去或自己改天把画送到他画室去。这样，他也好有个时间准备。菲利普心慌得厉害，六神无主，浑身直打哆嗦。在他的内心深处，他希望富瓦内看他的画作时脸上会浮起难得一见的笑容，然后握住他的手说：“不错呀！好好干，小伙子！你有那个天分，真的很有天分！”菲利普直想得心花怒放起来，真叫人松一口气！那该是怎样的欢欣啊！从此，他就可以信心满满，勇往直前了。只要他能终有所成，艰辛、困苦、失望，这些统统都不算什么！他一直勤学苦练，要是到头来一番心血竟是白干一场，那种残酷才叫人捶胸顿足呢。他猛地一惊，想起自己曾听范妮·普莱斯也这么说过。走到住所跟前，菲利普已完全笼罩在恐惧之中，整个人都战战兢兢。他要是有那个胆，真想请富瓦内回去。他现在不想知道事实真相了。他们往里走，看门人递给菲利普一封信。菲利普扫了一眼信封，认出是大伯的笔迹。富瓦内随着他上楼去。菲利普想不出该说些什么，富瓦内也沉默不语。这种悄无声息的寂静比什么都更让人惊慌和紧张。教授坐了下来，菲利普什么也没说，只是把被艺展退回来的画放在富瓦内面前。富瓦内点点头，也没有说话。接着，菲利普又给富瓦内看了两幅他给露丝·查理斯画的肖像、两三幅在莫雷画的风景画，还有其他几幅素描。

“就是这些。”菲利普一边说，一边紧张地笑了笑。

富瓦内卷了一支烟，然后点上。“你没什么私人财产，是吧?”他终于开口问道。

“很少。”菲利普回答，心里突然感到一阵寒意，“不足以维持生活。”

“这世上再没有比要时刻操心生计更丢脸的事了。对那些视金钱如粪土的人，我只有鄙视。他们要么是伪君子，要么就是傻蛋。金钱就好比第六感，没有它，你就休想让其他五种感官充分发挥作用。没有足够收入，生活的各种机遇可能就被毁掉一半。人生在世，唯一要小心翼翼的就是绝不能为赚一先令而付出高于一先令的代价。你或许常常听到这种论调，说贫穷是对艺术家最好的磨练。说这种话的人从没亲身尝过贫穷的滋味，不知道贫穷会让人变得多么卑贱，会让人遭受没完没了的羞辱，折断人飞翔的翅膀，甚至像癌症一样侵蚀人的灵魂。艺术家所需的并非腰缠万贯，而是刚好足够可以维持尊严，让其能心无旁骛地工作，做个大方、爽直的自立之人。艺术家，无论舞文弄墨的，还是着色上彩的，只要他完全靠艺术维持生计，我就真是打心眼里觉得他可怜。”

菲利普默默将刚才拿出来的画收起来。“听您话里的意思，恐怕觉得我根本没什么机会吧。”

富瓦内先生微微耸了耸肩。“你手上功夫不错，有股巧劲。只要你肯勤学苦练，坚持不懈，绝对有理由成为一个工于雕琢、不乏能力的画家。你将会发现，比你画得差的人多如牛毛；同时也会发现，和你不相上下的人也数不胜数。在你给我看的那些画里，我没看到任何灵气逼人的痕迹，只看到勤勉和智慧。你永远也只能当个普通画家。”

菲利普迫使自己尽量做出镇静的回答。“劳您如此费心，真的不知该怎么谢您才好。总之，感激不尽。”

富瓦内先生站起身来，似乎要走，但又改变主意，停下来拍着菲利普的肩膀说：“若你真要征询我的意见，我得说，拿出勇气，快刀斩乱麻，还是去其他行业碰碰运气吧！这话听起来有些冷酷无情，但我这么和你说吧：假如我在你这种年纪，也有人给我以忠告并让我得以听从的话，我情愿把自己在这世上拥有的一切都送给他。”

菲利普抬起头，惊讶地望着他。画家嘴角微翘，勉强挤出一丝笑意来，但眼神依然肃穆忧郁。“等你发现自己平庸无能却追悔莫及时，才叫痛心疾首呢！到那种时候，可不利于改善一个人的性情气质啊。”他说出最后几个字时微微一笑，随即快速走出房间。

菲利普机械地拿起大伯的信。看到大伯的字迹，他有些心神不宁，以往总是路易莎伯母给他写信的。最近三个月以来，伯母一直生病，菲利普曾提出要回英国看看她，但她担心会扰乱他的学习便婉拒了。她不愿意给菲利普添麻烦，说等到八月份再看吧，希望到时候他能回牧师宅邸住上个两三周。万一病势转危，她会通知菲利普的，她不想在没见到菲利普之前就离开人世。现在来信的是伯父，那伯母一定是病得连笔都拿不动了。菲利普打开信，里面写道：

亲爱的菲利普：

我万分悲痛地通知你这一噩耗：你亲爱的伯母已于今日凌晨与世长辞。虽然她去得很突然，却很宁静。由于病情急转直下，竟至来不及唤你至跟前。她对此早有充分准备，安然遵从我主耶稣基督的神圣意志，平静度过人世最后一程，深信自己会受到主的赐福，重生于天国。你要是能来参加葬礼，你伯母一定倍感欣慰。我相信，你一定能尽快赶回来。眼下自然有一大堆事务压在我的肩头，亟待处理，我却心伤神乱。相信你定能帮我解决一切烦忧。

你亲爱的大伯，

威廉·凯里

第五十二章

菲利普第二天就赶回布莱克斯达布尔。自从母亲离世后，他还未失去过任何关系亲密的人。伯母的仙逝有如当头一棒，他惊痛交加的同时也莫名地感到恐惧，有生以来第一次认识到自己也终将难逃一死。他无法想象，没有了伯母的陪伴，没有了这位爱他、侍候他四十年如一日的贤妻，大伯的生活将会变成什么样子。他猜想大伯定然沉浸在无限的悲伤中，哀哀欲绝，整个人都垮掉了。想到要在这种情况下与大伯骤然相见，菲利普就觉得忧惧不已。他知道自己在这种场合说不出什么顶用的话，就在心里反复念叨着几段合适得体的吊慰之词。

菲利普从侧门走进牧师宅邸，一路来到餐厅。威廉大伯正在读报。“你的火车晚点了。”他抬起头说。

菲利普原准备好好宣泄一下自己的哀戚之情，哪知大伯竟是这种就事论事的平淡开场词，不免大吃一惊。大伯虽然情绪低沉抑郁，但还算镇静，随手将报纸递给菲利普。“《布莱克斯达布尔时报》登有一小段关于她的文章，写得挺好。”他说。

“你想上去看看她吗？”菲利普点点头。

两人一起走上楼去。路易莎伯母躺在大床中央，遗体周围满是鲜花。

“你愿意为她小小祈祷一番吗？”牧师说着，屈膝跪下。

菲利普心里知道大伯希望自己也能如此，便跟着跪下。端详着那张干瘪皱缩的小脸庞，他心里只有这样一种感触：年华虚度，浪费如斯！

片刻之后，凯里先生干咳一声，站起身来，指向床脚边的花圈。“那是乡绅大人送来的。”他说。声音低沉，像是正身处教堂做礼拜一样。语气却让人觉得，身为牧师的凯里先生此刻颇为轻松自在。“我想，茶点应该已经准备好了。”

他们再次回到餐厅，紧闭的百叶窗让房间显得有些阴暗。牧师坐在桌尾妻子常坐的位置倒茶，动作规范到位，颇合礼仪。菲利普暗自觉得，他们理应什么都吃不下才是，但当他瞧见大伯的胃口丝毫没受影响时，不禁像平时那样痛痛快快地大嚼起来。有那么一会儿，两人谁也没说话。菲利普一脸哀伤地吃着美味可口的蛋糕，觉得神情举止中透露出一股哀伤气息方为不失得体。

“世事变化之大，与我当助理牧师那会儿真是恍如隔世啊！”过了一会儿，牧师开口说，“我年轻的时候，吊丧的人总能拿到一副黑手套和一块蒙在帽子上的黑绸。可怜的路易莎常拿黑绸来做衣服，还总是说，参加十二回葬礼，就能做成一件新衣服了。”然后，他告诉菲利普已有哪些人送花圈过来，说现在已收到二十四个；佛尔尼镇牧师的妻子罗林森太太去世时，曾收到过三十二个花圈。不过，明天极可能有很多花圈送来。送葬的队伍要十一点才从牧师宅邸出发，他们肯定能轻而易举胜过罗林森太太。路易莎向来不喜欢罗林森太太。“我要亲自主持葬礼。我答应过路易莎，绝不让其他人插手安葬的事儿。”

当牧师拿起第二块蛋糕时，菲利普朝他投去不满的目光。在这种情况下竟还要吃两块蛋糕，他觉得大伯过于贪享口福了。

“玛丽·安做的蛋糕真是首屈一指。恐怕以后再没人能做出这么好的蛋糕了。”

“她不会离开的吧？”菲利普惊叫出声。

从菲利普记事起，玛丽·安就在牧师家做工。她从没忘记过菲利普的生日，总会设法在那天送他件把小玩意儿。虽然礼物没什么价值，这份情谊却令人感动。菲利普打心眼里喜欢她。

“她是要离开。”凯里先生回答说，“我觉得家里只有个姑娘家不太好。”

“我的老天爷，她一定有四十多岁啦！”

“是啊，我知道她有这把年纪了。不过，她近来有点惹人厌，管得实在太宽了。我觉得，这是打发她走的好机会。”

“这种机会以后倒的确不太可能有了。”菲利普说。

菲利普掏出一支烟来，大伯在他要点燃时阻止了他。“还是葬礼之后再抽吧，菲利普。”大伯温和地说。

“好。”菲利普说。

“只要你可怜的路易莎伯母还在楼上，在这屋子抽烟就显得对她不太尊敬。”

葬礼结束后，银行经理兼教会执事的约西亚·格拉夫斯又回牧师宅邸共进午餐。百叶窗此时已经打开，菲利普不知怎地，感到如释重负，虽然他本意并非如此。遗体停放在屋子里总让他觉得不太舒服。这位可怜的妇人生前温和善良，当她了无知觉地躺在楼上，身体是那样冰冷而僵硬时，却似乎给活着的人施加了一种邪恶不祥的影响。这个念头让菲利普惊骇不已。大约有一两分钟，菲利普发现餐厅只剩下他和教会执事两人。“我希望你能留下来陪陪你大伯。”他说，“我想，此时不应丢下他一人在这里。”

“我暂时还没有什么明确打算。”菲利普回答说，“他要是想让我留下来，我很乐意尽这份孝心的。”

进餐时，教会执事为了宽慰不幸丧偶的丈夫，谈起了布莱克斯达布尔最近发生的一起火灾。它烧毁了卫斯理公会教堂的部分建筑。

“我听说他们没保过火险。”执事说着，脸上隐隐露出一丝笑意。

“没保过火险那也无甚关系。”牧师说，“反正到时候重建教堂，他们还不是想要募集到多少钱就能募集到多少。那些非国教教民总是随时准备应召捐款。”

“我瞧见霍尔登也送来了花圈。”

霍尔登是本地非国教教会牧师。尽管凯里先生看在耶稣是为拯救他们双方而献身的分上，在街上碰到霍尔登时也会点头致意，却从没和他说过话。

“我想，这一回算是风光大葬了。”牧师说，“总共有四十一个花圈。你送来的那个非常漂亮，我和菲利普都很喜欢。”

“算不得什么。”银行家说。其实，当他注意到自己送的花圈比其他人的都大时，心里挺得意，觉得花圈看上去非常气派。他们开始议论起参加葬礼的人来。由于举行葬礼，镇上有些商店甚至都停止营业了。教会执事从口袋里掏出一张告示，上面印着：“兹因参加凯里太太的葬礼，本店下午一时前暂不营业。”

“这是我的主意。”执事说。

“他们这样做，真是细心周到。”牧师说，“可怜的路易莎在天之灵也会感激不尽的。”

菲利普只顾低头吃饭。玛丽·安把那天当成了主日，正在享用烤鸡和鹅莓馅饼。

“我想，你还没考虑过竖墓碑的事吧?”教会执事说。

“不，我已经考虑好了。我打算弄个朴素大方的石头十字架。路易莎向来不喜招摇。”

“我觉得十字架是最合适不过的了。要是你正在考虑碑文，觉得这句如何：伴在基督之侧，幸福岂非无边?”

牧师噘起了嘴。执事简直就是俾斯麦在世，事事都想独断专横。

牧师不喜欢那句碑文，觉得似乎在有意诋毁自己。“我觉得不该那么着。我还是更喜欢这句：主所施与的业已带走。”

“噢，你喜欢这个？这句在我看来，似乎有点冷酷无情。”

牧师语气尖酸地回敬了一句，而格拉夫斯先生答话的腔调在这位鳏夫听来，太不适合此时的场景，实在霸道得过分。要是他这个做丈夫的还不能为亡妻的墓碑选定墓志铭，还成何体统！气氛一时搞得有些僵，后来话题便转到教区事务上来。菲利普跑到花园去抽烟。他坐在长凳上，突然歇斯底里地放声大笑起来。几天之后，大伯表示，希望菲利普能在布莱克斯达布尔多住几周。

“好的，我心里也是如此想。”菲利普说。

“我想，你九月份再回巴黎，应该可以的吧？”

菲利普没有回答。他最近经常思索富瓦内给他讲的那番话，还是拿不定主意，就不太想谈未来的事。放弃美术未尝不是幸事，他深信自己在这方面绝不可能达到出类拔萃的地步。但不幸的是，似乎只有他自己才这么想，别人会以为他这是知难而退，自甘认输，而他不愿意承认自己是个败将。他生性顽固倔强，有时明知自己在某方面不见得有天赋，却偏要和命运争斗一番，非要在那方面搞出点成绩不可。想到自己会成为朋友们取笑的对象，他就受不了。这种心理本来使他很难毅然决然地放弃美术，但环境的改变让他看待事物的方式也突然发生了改变。他也像许多人那样，发现一跨过英吉利海峡，原本似乎至关重要的事情骤然变得无关紧要起来；原来那样让人如痴如醉、让他根本舍不得离开的生活，现在也似乎变得荒谬乏味起来。他心里被一股强烈的厌恶感占据：厌恶那里的咖啡馆；厌恶那里的饭馆，还有那做得乱七八糟的食物；厌恶那伙人穷困潦倒的生活方式。他不再在乎朋友们会怎么样议论他。言辞犀利的克朗肖也好，体面可敬的奥特太太也好，矫揉造作的露丝·查理斯也好，争吵不休的劳森和克拉顿也好——所有这些人，都让菲利普厌恶不已。他给劳森去了一封信，请他把自己的行李寄过来。一周之后，行李送到。当他把帆布包解开，发现自己竟能无动于衷地打量那些画作，丝毫不见感情波动。注意到这一心理，他觉得十分有趣，但大伯急于看到他的画作。虽然当初他极力反对菲利普去巴黎学画，事已至此，他也就安然处之了。他对艺术生在巴黎的生活情况很感兴趣，不断地向菲利普问这问那。事实上，他对侄儿颇为引以为傲，因为侄儿现在是个画家。有人来做客时，牧师总是想方设法引菲利普说话。菲利普拿给他看的那几张画模特的习作，让牧师爱不释手。菲利普把米格尔·阿胡里亚的肖像画放在牧师面前。“你为什么要画他呢?”凯里先生问。

“噢，我需要一个模特，而他的头恰巧让我感兴趣。”

“既然在这儿也没什么事干，你为何不给我画幅肖像画呢?”

“坐在那儿不动，让人画像，你会很烦的。”

“我觉得自己挺喜欢的呢。”

“那我们可得走着瞧了。”

菲利普觉得，大伯爱慕虚荣，还真是有趣。很显然，他心里非常渴望把自己的肖像画早日完成。现在机会就摆在眼前，还是有得无失的大好机会，可不能白白放过。接下来的两三天，他不时搞些小暗示。他责怪菲利普太懒，老是问他什么时候可以动手工作。后来，他逢人便说菲利普要给自己画像了。最后，等来了一个下雨天。早饭后，凯里先生对菲利普说：“我说今天上午就动手给我画像吧，你觉得怎样?”

菲利普放下正在读的书，把身子往椅背一靠。“我已经放弃画画了。”他说。

“为什么?”他大伯吃惊地问道。

“我觉得当个二流画家没什么意义；我也早已得出结论，在这方面不会有更大出息。”

“你可真叫我吃惊。你去巴黎之前，还相当肯定自己是个天才呢。”

“我自以为是罢了。”菲利普说。

“我还以为你终于选定一桩能够有点自尊心、坚持到底的事业呢。现在看来，你就是没毅力，缺乏不屈不挠的精神。”

菲利普有点生气，大伯竟然一点儿也没瞧出他决定放弃需要多么大的勇气。

“滚石长不了苔藓。”牧师又继续说道。菲利普最讨厌这句谚语。在他看来，它毫无意义。早在菲利普离开会计事务所前夕，大伯同他争论时就一而再地拿它来教训人。很显然，他这位监护人又回想起了当时的场景。“你知道吧，你已不再是小孩了，必须开始考虑怎么安顿下来。当初你坚持要当会计师，后来觉得腻烦，又想当画家；现在一时兴起，又想改变主意。说明你这个人……”他迟疑了一下，想考虑这究竟说明了性格上的哪些缺陷，不料被菲利普抢过话头说了下去。

“优柔寡断；能力差，不堪大任；缺乏远见；没决心，少毅力。”

牧师猛地抬头，朝侄儿快速扫了一眼，看看他是不是在嘲笑自己。菲利普脸上的表情十分严肃认真，眼睛却一眨一眨的，惹得牧师大为恼火。菲利普真不该这么玩世不恭，好歹正经一点儿。牧师觉得应该好好教训侄儿一顿才是。“从今以后，你钱财上的事和我一点也没关系，你可以自己做主了。不过，我还是想提醒你一句，你的钱并不是多得花不完。不幸的是，你还身患残疾。这可让你挣钱谋生变得不太容易。”

菲利普现在明白了，不论是谁，只要同他发火，首当其冲，就要提一提他的跛脚。而他对整个人类的看法就是基于这一事实：几乎没人能抵得住诱惑——不去戳人家的痛处。他已经练出来了，即使有人当面提到他的残疾，他也不会露出丝毫受伤的痕迹。菲利普小时候常为自己动不动脸红而深受折磨，现在连这一点也能控制自如了。“你说得不错。”菲利普回答说，“我钱财上的事再也和你无干了。我怎么挣钱、花钱都是我的事，可以自己当家做主了。”

“别的不说，就说当初你坚决要学画，我可是反对得没错吧！这一点上，你可得承认我的明智。”

“这我可不晓得那么多。我敢说，一个人自己去摸爬滚打，即便犯错，也比遵从别人的建议去做人家认为对的事要受益更多。不过，我已经闯荡过一阵子了，现在倒也不介意安顿下来。”

“安顿下来干什么呢?”

菲利普对于这个问题还没准备好。事实上，他还没最后拿定主意。他脑子里盘算过十来种职业。

“你现在最适合的就是继承父业，去当个医生。”

“怪哉，怪哉，我也正是这么想的。”

在如此之多的行业中，他之所以会想到医生这一行，主要是因为医生这个职业似乎有更大的人身自由。在办公室苦熬日子的经历让他下定决心，再也不干任何与办公室沾边的工作。不过，他刚才对牧师的回答几乎是无意识脱口而出的，是人在随机应变的本能驱动下做出的机敏应答。他竟然在偶然中以这样意外的方式下定了决心，菲利普想想，竟觉得挺有趣。他当即决定，秋季要进父亲就职的医院学习。

“这么说，你在巴黎的那两年时间就算白白浪费了?”

“这我可说不准。这两年我过得很快乐，还学到了一两件有用的技能。”

“那是什么?”

菲利普沉吟片刻，接下来的回答不无几分惹恼人的意图。“我学会了如何观察手，过去我从未好好观察过。我还学会了如何以天空为背景来观察房屋和树木，而不单单观察房屋和树木本身。而且，我还懂得了影子并不是黑色的，而是五颜六色的。”

“我想，你自以为很聪明吧！但在我听来，你思想傲慢，言辞无礼，相当空虚和愚蠢。”

第五十三章

凯里先生拿着报纸，回书房去了。菲利普换了个位置，坐到大伯刚才坐的椅子上（房间里唯一舒服的椅子），望着窗外的倾盆大雨出神。即使在这样凄清阴郁的天气里，那片连绵到视野尽头的翠绿田野仍然蕴含着一种安宁恬静的气息。这一田园景色散发出令人倍感亲切的迷人魅力，菲利普不记得之前有过这样的感受了。两年的法国生活开拓了他的视野，让他能够察觉到家乡美之所在。

想起大伯的话，他脸上不由漾起一丝笑意。他思想傲慢、言辞无礼，从某种意义来说，还是件幸事呢。他开始意识到，双亲早亡让他遭受了多么大的损失。这是他人生道路上一个与众不同之处，使他没法像其他人那样看待世事。父母对子女之爱是世界上唯一不掺杂任何利益关系的无私之爱。他成长于陌生人中，并尽自己所能往好的方向成长。但别人待他往往既无耐心，又缺乏宽容。他颇为自己的自制力感到自豪。他的这股自制力，完全是在伙伴们的冷嘲热讽中锤炼出来的。到头来，却反被他们说成为愤世嫉俗、冷酷无情。他在行为举止上已学会遇事不惊、泰然处之，大多数情况下都能做到从容不迫。久而久之，他就再也没法直白地表露自己的情感了。人们说他是个冷血动物，可他心里明白，自己完全是个受情感支配的感性之人。他人不经意间的善意行为就能深深触动他，让他感激得连话都不敢说，生怕让人听出自己激动的颤抖之音。他想起了学生时代的辛酸生活，想起了那时所遭受的种种屈辱，想起了同学们对他的讥笑奚落如何造成了他唯恐在外人面前出丑的病态心理。最后，他还想起自己始终感到孤独落寞，想到自己踏入社会后一边是丰富的想象里对人生充满各种憧憬，一边是现实生活的冷酷无情。这种天壤之别，让他尽尝幻灭之苦与失望之痛。尽管如此，他还是能客观地审视自己，并引以为趣，微笑相对。“天啊，我要是不傲慢无礼，早去上吊自杀啦！”他心情愉悦地感叹道。

他的思绪又回到刚才大伯问他在巴黎都学到了什么时自己的回答上。实际上，他学到的东西远比告诉大伯的多得多。同克朗肖的谈话，深深印在他的脑海里。克朗肖曾经说过的一句话虽然很平常，却让菲利普有醍醐灌顶之感。“我亲爱的伙计，”克朗肖说，“世上根本没有‘道德精髓’这种东西！”菲利普当初不再信仰基督教时，颇有如释重负之感。在此之前，他的一举一动都与不朽灵魂的幸福安宁息息相关，他对此不敢有丝毫懈怠。在此之后，那种深受其束缚的责任感抛开了，他感到身心轻松，无比自由。但现在他知道，这只是幻觉。他是在宗教熏陶下长大的，尽管抛弃了宗教，却把宗教不可或缺的道德观念完整无损地保留了下来。他下定决心，今后凡事都要独立思考，绝不受任何偏见左右。他把有关美德与堕落的陈腐观念以及有关善与恶的现存法则，全都从脑子里清除出去，希望能以此找到自己的生活准则来。他不知道准则这种东西是否有必要。这也是他想要搞清楚的事情之一。很显然，许多看起来似乎挺有道理的事之所以如此，是因为他自小就被如此教育的。他虽然读了很多书，却不怎么有助于解决他的问题，因为这些书全都建立在基督教道德观念之上。即使一再强调自己不信基督教的作者，也只有在创作出一套和基督登山宝训①相一致的道德系统来，才能得到最终的满足。一部鸿篇巨制如只为劝服世人依照道德模范规行矩步，似乎也根本不值一读。菲利普想要弄清楚，自己究竟该如何为人处世。他觉得能把握住自己，不受周围舆论左右，不随世俗浮沉。与此同时，他还得继续生活下去。在确立一套处世理论之前，他先给自己制定了一条临时性的准则："依循自己的意愿随心过活，适当留神立于街角的警察。"

他认为自己在巴黎最大的收获就是精神上的彻底解放，觉得自己终于完全自由了。他断断续续读了很多哲学著作，想着接下来还有几个月的闲暇时光，就觉得陶陶然，美滋滋。他开始博览群书，怀着激动的心情涉猎各种学说体系，以期从中找到能够指导他制定行为准则的指南。他觉得自己好像在未知之国游历的行者一样，跋山涉水，勇往直前，一路所见的奇景壮观让他心潮澎湃，如痴如醉。他读着各种哲学著作，就像别人阅读纯文学作品一样百感交集。当他在意境高雅的字里行间发现早已模糊感受到的东西时，心就禁不住怦怦直跳。他的思想比较现实，行走在抽象领域便觉得有些吃力。即便在他无法领悟作者的论辩推理时，能跟随作者迂回曲折的思路在玄奥艰深的思想世界边沿巧妙穿行，也能享受到一番奇趣。有时候，伟大哲学家们似乎没什么好对他说的；有时候，他又认出一位智者，与智者的思想共舞让他有宾至如归的感觉。他仿佛深入中非腹地的探险家，突然闯入一片广袤无垠的高地，只见参天巨树高耸其间，巨树脚下的草地连绵不绝。如此景观，让他恍惚之间以为身在英国公园之中。菲利普喜欢

① 指《马太福音》中耶稣在山上所说的话，其内容构成基督教的基本教义。

托马斯·霍布斯①富有生命力且通俗易懂的见解；斯宾诺莎②则让他充满敬畏。在此之前，他还从未接触过思想如此高洁庄严、无与伦比、一丝不苟的哲学家。这让他联想起罗丹的雕塑——《青铜时代》③。他对它满腔敬意。还有休谟④，这位让人着迷的哲学家的怀疑主义也轻轻拨动了菲利普的心弦。菲利普十分喜欢他明晰易懂的论辩风格，似乎能把错综复杂的思想编织成富有节奏感和韵律感的简洁语言。他在阅读休谟的著作时就像在欣赏小说故事，嘴角挂着愉快的笑意。然而，在所有这些书中，他就是找不到自己想要的东西。他似乎从哪里读到过这么一句话：一个人究竟是柏拉图主义者还是亚里士多德的信徒，是禁欲主义者还是享乐主义者，是生来就注定的。而乔治·亨利·刘易斯⑤的人生经历则证明，每个哲学家的思想都与他的为人密不可分（除此之外，他的经历还告诉世人，哲学无非一场空谈）。只要了解哲学家为人是怎样的，就可以在很大程度上猜测出他会阐述怎样的哲学思想。看来，你按照某种方式行事，并非因为你以这种方式思考，而是你之所以按照某种方式思考，乃因为你是被某种方式造就的，真理与此毫不相干。事实上，世界根本就没有真理这种

---

① 托马斯·霍布斯（1588－1679），英国政治家、哲学家，创立了机械唯物主义的完整体系。

② 巴鲁赫·斯宾诺莎（1632－1677），荷兰哲学家，西方近代哲学史上重要的理性主义者。

③ 奥古斯特·罗丹（1840－1917），法国雕塑艺术家，被认为是19世纪和20世纪初最伟大的现实主义雕塑艺术家。《青铜时代》是其依据真实人物塑造的男子裸体雕塑，手法写实，以“青铜时代”为题，象征人类的启蒙时代，现藏于法国卢森堡公园。

④ 大卫·休谟（1711－1776），苏格兰哲学家、经济学家和历史学家，被视为苏格兰启蒙运动以及西方哲学最重要的人物之一。

⑤ 乔治·亨利·刘易斯（1817－1878），英国文学批评家、随笔作家和哲学家。

东西。每个人都是自己的哲学家，过去那些先贤大哲精心创造出的详尽复杂的哲学理论体系，只对作者本身行之有效。

由此可见，问题的关键在于搞清楚你自己是什么样的人。这一点搞清楚了，你的哲学体系也就自发形成了。在菲利普看来，有三件事必须清楚：人与其赖以生存的世界的关系；人与其生活在一起的他人的关系；以及人与自己的关系。菲利普煞费苦心，制定了一个学习计划。

生活在国外有这样一个好处：你既能身临其境地接触到当地人的风俗习惯，又能作为外来人在一旁客观地加以观察，从而发现被当地人实践且深以为不可或缺的风俗习惯，其实并无遵从的必要。你不可能注意不到这种情况：那些对你来说不证自明的信条，在外国人眼里却显得荒唐可笑。菲利普先在德国生活过一年，又在巴黎待了很长一段时间，就为他接受怀疑论学说做好了思想准备。故而当这种学说摆在面前时，他顿时如遇知音，畅快不已。他看到，世间事物本无善恶之分，只是为了适应某种目的而存在的。他读了《物种起源》，许多使他迷茫困惑的问题似乎迎刃而解了。他现在就像一个探险家，先是推断某些自然特征必定会自我展现出来，然后溯流而上，果然不出所料地在大河某处发现一条支流。那儿有肥沃富饶的原野，居民人口密集，远处便是层峦叠嶂的群山。每当有了重大发现，世人日后总会奇怪：为何这样重大的发现当时没有立即为人们接受？即使对接受者来说，这些发现所产生的影响也是微乎其微的，又是为什么呢？《物种起源》最早的读者虽然在理性上接受了它的观点，在作为行动基础的情感体系上却不为所动。从这本巨著问世到菲利普出生，中间整整隔了一代人，书中许多使上代人不胜惊骇的内容渐渐为这一代所接受，菲利普尽可以怀着轻松愉悦的心情来研读它。那种壮观激烈的生存竞争让菲利普深深震撼；这种生存竞争所显露出的道德准则，似乎同他的思想倾向暗相吻合。他心里喃喃自语，强权即公理。在这种斗争中，作为有机体的社会自成一方，有着发展及自我保护的法律规章，而个人则立于斗争的另一方。凡是有利于社会的行为，都被称颂为道德高尚的善举；凡是不利于社会的行为，都被斥责为道德败坏的恶行。所谓善与恶，无非就是这个意思。而所谓罪孽，实在是自由人应加以摆脱的偏见。在与个人的斗争中，社会有三种武器：法律规章、公众舆论以及自我良心谴责。前两者，可由人使诡计、玩谋略来取胜。诡计、谋略是弱者对抗强者的唯一武器。只要弱者通过诡计、谋略将罪孽加以粉饰，宣布已查明事实真相，公众舆论就不成问题了，反倒还能为己所用。但“自我良心谴责”却是“内鬼”，在每个人内心中为社会而战，有时甚至给个人致命一击，让他做出荒唐可笑的自我牺牲，结果只是成全了敌人的成功与昌盛。很显然，这两者之间的斗争是不可调和的：国家和有自我意识的个人。前者利用个人为自己服务，要是个人胆敢阻挠国家行事，就会遭到国家蹂躏；相反，要是个人忠实地服务于国家，就会得到国家的表彰、奖金以及荣誉。而后者，唯有独立才显强大。在与国家的斗争中，通过付出金钱或服务的方式来换取某些利益，但这只是个人为了生存方便，并非出于义务。个人对国家的奖励毫不在乎，只求国家别来烦扰自己。他就像一个独行侠，之所以拿着大头目的通行证，是因为它让他免于麻烦，心里却在鄙视束缚人的派系团体。一个自由人所为之事是无对错之分的，想做什么就可以做什么——只要他能做到。他所蕴含的力量，是衡量他道德是非的唯一准则。他可以认可国家的法律，也可以在触犯法律时无需有罪恶感。但如果他因触犯法律而受到惩罚，那在接受惩罚时也无需带着深仇大恨，社会也有其自身的力量。

在菲利普看来，如果个人行为不存在对错之分，良心也就随之失去了约束力。他发出胜利的呐喊，一把抓住这个吃里扒外的叛徒，将它从胸膛里狠狠摔出去。但他并没有比从前更接近人生的真谛。这个大千世界为何存在于此？芸芸众生又是为什么而活？这些问题仍像从前一样令他费解。当然，原因肯定是有的。他想起了克朗肖那个波斯地毯的比喻。克朗肖将这个比喻作为对生活之谜的解答，还故弄玄虚地加了一句：除非你自己悟出其中道理，否则便不能称其为答案。

“鬼才知道他那是什么意思！”菲利普笑骂道。

就这样，在九月份最后的一天，急于实施这些新的处世哲学的菲利普带着一千六百镑财产，拖着那条瘸腿，再次出发前往伦敦，开启他人生的第三段征途。

第五十四章

菲利普在给会计师当学徒之前，曾通过了一次考试。这次考试足以成为他进入医学院学习的资格证明。他选定了圣卢克医学院，他父亲当年就是那儿的学生。夏季学期结束前，他抽出一天时间去了趟伦敦，去找学校的干事。他从干事那儿拿到一张寄宿房间一览表，接着在一栋昏暗肮脏的房子里找了个安顿之所。住在这儿有个好处，不消两分钟就能走到医院。

“你得准备好一份解剖材料。”干事对菲利普说，“最好先从解剖人腿入手。学生们一般都是这么做的，似乎认为人腿比较容易解剖。”

菲利普发现自己要上的第一堂课便是解剖学，十一点开始。大约十点半，他一瘸一拐地穿过马路，朝医学院走去，心里有点小紧张。一进校门，就看见布告栏里张贴有几张通告，有课程表、足球赛预定日期等。他不慌不忙地看着，努力装出一副闲适自在的样子。青年人和小伙子们三三两两走进校门，边在文件架上翻找信件，边和人闲聊。然后，沿着楼梯朝地下室走去。那儿是学生阅览室。菲利普看见几个学生正在漫无目的地闲逛，脸上带着羞怯的神情四处张望，便猜测这些人也和他一样是初次来这里的。待看完一张张通告，他发现自己来到一扇玻璃门前。里面很显然是陈列馆。离上课还有二十分钟，菲利普便走了进去。里面陈列着各种病理标本。不一会儿，一个约摸十八岁的小伙子朝他走过来。“我说，你是一年级的吗？”他问道。

“是的。”菲利普回答道。

“你知道上课的教室在哪儿吗？快十一点啦！”

“那我们最好现在就去找找。”

他们走出陈列室，进入一条黑暗狭长的通道。通道的墙壁粉刷成深浅两种红色。他们看到，一些年轻人也在往前走，便猜测教室就在前面。来到门前写有“解剖学讲堂”的阶梯式教室前，菲利普发现里面坐了很多人。座位呈阶梯状排列。就在他进门时，一位工友走进来，将一杯水放在教室前边的讲台上，随即又拿来一个骨盆和左右两块股骨。又进来许多学生，在座位上坐定。到十一点的时候，教室差不多坐满了。总共约有六十名学生，大多数都比菲利普年轻许多，是些嘴上无毛的十八岁小伙子，但也有几个年纪大的。菲利普注意到一个大高个子，蓄着火红的胡子，年龄三十岁左右；还有一个长着满头黑发的矮个子，年纪只比前者小一两岁；还有一个眼镜男，胡子已然灰白。

讲师卡梅伦先生走进来。他五官端正，长相英俊，头发已染上一层银霜。他开始点名，把那一长串名单从头念到底。接着，是一段简短的开场白。他的嗓音悦耳动听，说话斟字酌句，似乎颇为自己慎重严谨的作风暗感得意。他提到一两本书，建议学生买来看看；还建议他们买一副骨架。他热情洋溢地谈论着解剖学，说它对外科学习至关重要，还说懂点解剖学也有助于提高艺术鉴赏力。菲利普聚精会神地听着。他后来听人说，卡梅伦先生还给皇家艺术学院的学生上课。他曾侨居日本多年，在东京大学任过教，自以为在领悟美这一方面独具慧眼。“今后你们要学很多冗长乏味的东西。”他在结束开场白时这么说，脸上挂着温和的微笑，“一旦通过结业考试，你们便会忘得一干二净。然而，就解剖学来说，学完丢掉总比从没学过好。”他拿起骨盆，开始讲课，条理清晰，娓娓动听。

在病理标本陈列馆和菲利普搭过话的小伙子，上课时就坐在他身边。下课后，他提议两人一起去解剖实训室。菲利普和他走入幽长的通道，一个工友告诉他们解剖实训室在哪儿。一走进解剖室，菲利普立即明白过来，刚才在通道里闻到的刺鼻味道是怎么回事。他点燃烟斗。工友见此，发出一声短促的笑。“你很快就会习惯这股味道的。我现在已经闻不到了。”他问了菲利普的姓名，接着朝布告牌上的列表扫了一眼。“你分到一条腿——四号。”

菲利普看到，写有他名字的括号里还有另一个人的名字。“这是什么意思?”他问道。

“眼下人体不够用，只好两人合用一份。”

解剖实训室很宽敞，也像通道那样漆成两色——上半部分是鲜艳的橙红色，下半部分的护墙板则是暗淡的赤褐色。沿房间的纵向两侧，每隔一段距离都放置了一块铁板，铁板与墙壁相交成直角。每块铁板都像盛肉的盆子那样有凹槽，每个凹槽里都躺着一具尸体。大部分都是男尸。尸体由于长期浸泡在防腐剂里，变得十分黝黑，皮肤看上去几乎像皮革一样。尸体骨瘦如柴，皱缩得不成样子。工友把菲利普领到一块铁板跟前，那儿站着一个年轻人。“你就是凯里吧?”年轻人开口问道。

“是的。”

“噢，那就是咱俩合用大腿咯。是个男的。咱俩还真走运，是吧?”

“此话怎讲?”菲利普问。

“学生一般都更喜欢解剖男尸。”工友说，“女的往往有厚厚一层脂肪。”

菲利普审视着眼前的尸体，四肢瘦得脱了形，肋骨全都鼓凸出来，外面的皮肤绷得紧紧的。死者四十五岁左右，下巴上略显灰白的胡须有些稀薄，脑壳上稀稀拉拉长着的几根头发已全无光泽，双眼紧闭，下颚塌陷。菲利普怎么也想象不出躺在这儿的曾是个大活人，反倒觉得一排排尸体就这么横躺在这儿真是阴森可怖，让人毛骨悚然。

“我想，我大概下午两点开始解剖。”与菲利普合伙解剖的年轻人说。

“好的，我到时会来的。”菲利普前一天买好了一盒必不可少的解剖器具。这会儿，他分到一只储物柜。他朝和他一起进解剖室的小伙子望了一眼，只见他脸色惨白如纸。“这滋味不好受吧?”菲利普问他。

“我还从未见过死人。”

两人沿着走廊一直走到校门口，菲利普想起了范妮·普莱斯。那个悬梁自尽的女子，是他见到的第一个死人。他到现在还记得，当时的惨状给了他怎样怪异的感受。活人和死人之间存在着无法测量的横沟，就好像他们并非同一物种一样。想想也真是怪异无比，就在不久前，这些人还在说话走动、吃喝笑谈呢。死人身上似乎有一种令人惊骇和恐惧的东西，让你禁不住觉得，他们兴许真会在活人身上邪魅作祟呢。

“去吃点东西怎么样?”新朋友对菲利普说。

他们走入地下室。那儿有一个光线昏暗的房间，被布置成餐厅的模样。不过，食物却是应有尽有，学生在这儿同样能吃到外面空气流通的面包店提供的各种食品。吃东西的时候（菲利普要了黄油烤饼和一杯巧克力），菲利普了解到这位伙伴叫邓斯福德。他气色很好，长着一双快活的蓝眼睛，满头黑色卷发。虽然长得大手大脚，但说话慢条斯理，动作不疾不徐。他刚从克里夫顿来伦敦。“你是不是在读联合课程①？”他问菲利普。

“是的，我想尽快取得行医资格。”

“我也读联合课程。不过，日后我想成为皇家外科协会会员。我打算主攻外科。”

大多数学生学的都是内外科医协会联合委员会规定的课程。不过，一些有着雄心壮志或勤奋好学的学生还要继续攻读一段时间，直到取得伦敦大学的学位。就在菲利普入职圣卢克医院前不久，学校规章发生了改变：一八九二年秋季前登记实行的四年制现已改为五年制。关于学习计划，邓斯福德早有打算，告诉菲利普学校课程的一般安排：“第一轮联合课程”考试包括生物学、解剖学和化学三门学科；可以分科分期参加考试；大多数学生在入学三月后参加生物学考试。生物学是新近增加的必修课程，不要求学得那么精深，略知一二就行了。

菲利普回到解剖实训室已迟到几分钟，忘记购买解剖用的护袖了。许多人在埋头工作了，他的伙伴早已准时动手解剖，此刻正忙于解剖皮肤神经。有两个人正在解剖第二条腿。更多的人正在解剖手臂。“你不介意我先开始了吧？”

“当然不介意。继续干吧！”

菲利普拿起书，翻到画有人腿解剖图的地方，仔细查看需要在解

① 指英国内外科医协会联合委员会所规定的医学院课程。

剖过程中了解什么。“你还真是个解剖好手啊！”菲利普说。

“噢，我做过很多动物解剖实验。你知道，读预科的时候就得这么干。”

解剖台上的众人叽叽呱呱，话语声不断，有谈工作的，有预测足球联赛前景的，也有议论解剖示范和各种讲座的。菲利普感到自己要大好多，他们都还是些毛头小子。但年纪这种东西不是以岁数来衡量的，而是以见识来衡量的。和他一起做解剖实验的年轻人名叫纽森，在解剖方面颇为游刃有余。也许觉得卖弄一下学问并没有什么不好意思的，就非常详细地给菲利普讲解他是怎么操作的。菲利普尽管满腹经纶，也不得不在一旁洗耳恭听。随后，他拿起解剖刀和镊子，动手解剖起来；纽森则在一旁看着。“碰上这么一个芦柴棒，真是太好了！”纽森一面擦手，一面说，“这家伙可能一个月都没吃到什么东西了。”

“真想知道他是怎么死的。”菲利普嘟囔一声。

“噢，这我可不知道。老家伙嘛，我想大多是饿死的……嘿，当心点，别把那根动脉切断了。”

“‘别把那根动脉切断了’——说得倒轻巧！”正在解剖另一条腿的学生发表议论了，“可这个老蠢货的动脉长错地方啦。”

“动脉总是长错地方。”纽森说，“所谓‘正常’，就是你在实践中永远碰不到的东西。要不然，干吗称其为‘正常’呢。”

“别闹啦！”菲利普说，“不然，我就要割到手了。”

“你要是割破手，”见多识广的纽森说，“得立即用消毒剂冲洗。这一点你可一定得当心。去年有个家伙只是稍微给刺了一下，没当回事，结果感染上了败血症。”

“后来没事吧？”

“噢，怎么会没事呢，不到一周就挂了。我还特地去太平间看了他一眼。”

到吃茶点的时候，菲利普已累得腰酸背痛。午饭吃得太少，他早就盼着茶点了。手上有股怪味，就是上午在通道里首次闻到的那种味道。他觉得，手里的松饼吃起来也有那股味。

“噢，你很快就会习惯的。”纽森说，“日后要是闻不到那股美妙的解剖室臭味，你还会相当寂寞呢。”

“我可不想让那股臭味坏了我的胃口。”菲利普说着，又在松饼之后塞进一块蛋糕。

第五十五章

菲利普对医学生生活的看法就像普通公众一样，是建立在查尔斯·狄更斯十九世纪中期所描绘的生活画面之上的。但他很快发现，狄更斯笔下的鲍勃·沙耶①就算真有其人，也与现实中的医学生大相径庭。

投身医学界的人可谓鱼龙混杂，良莠不齐，自然不乏懒惰又冒失的家伙。这些人以为学医是件轻松事儿，就漫不经心地在学校瞎混几年；然后要么钱财告罄，要么怒其不争的父母拒绝再供养他们，无可奈何之下只得灰溜溜地离开医学院。也有些人觉得考试实在难以应付，接二连三败北，勇气也就丧失殆尽。一跨进那令人望而生畏的联

①《匹克威克外传》是狄更斯的第一部长篇小说，写老绅士匹克威克及友人到英国各地漫游的故事。鲍勃·沙耶是这部小说中的人物，是一名医科学生。

合委员会大楼，就吓得心胆俱丧，先前倒背如流的知识顷刻间忘得一干二净。年复一年，始终是后生晚辈打趣的对象。最后，有些人好不容易勉强通过药剂师学会的考试，还是没法跃过龙门的可怜家伙只好去当医生助手，成日小心翼翼地看雇主脸色行事。他们穷困潦倒，借酒浇愁，天知道最后会落个什么结局。但大多数学生都是勤奋刻苦的年轻小伙子，出身于中产阶级家庭，父母每月给的生活费足以维持早已习惯的体面生活。许多学生的父辈本就是行医的，一副行家的派头。他们的事业路线早已规划好了：资格一旦混到手，便申请个医院的职位练练手（或许当个随船医生，去远东跑一趟），然后就回家乡和父亲一道挂牌行医，在乡村安度一生。至于那一两个被视为超群绝伦的尖子生，自然是每年领取理所应当的各种奖品、奖金，到时受聘于院方，担任这样或那样的职务，成为医院的头面人物，最后在哈利街开设私人诊所，成为这科或那科专家。他们功成名就，光耀门楣，尽享人世富贵荣华。

诸多行业中，唯有行医没有年龄限制，谁都可以试试身手，兴许还有机会以此养家糊口。就拿菲利普那个年级来说吧，有三四人早已过了青春岁月。有人当过海军，据说因酗酒被军队开除了。他三十来岁，脸色红润，举止鲁莽粗率，说话粗声大气。另一位已成家，有两个孩子，被一个不负责任的律师所累，赔光了财产。他弯腰驼背，仿佛全世界的重担都压在了他身上。他默不作声地埋头学医，显然发现到了这把年纪很难再把知识塞进脑子，总是想得慢、忘得快。看着他这样劳而无功，真叫人痛心。

菲利普把自己的小屋整理得舒舒服服，书籍码得整整齐齐，墙上挂着他所有的那几幅画与素描。他的楼上，即有客厅的那一层，住着一个姓格里菲斯的五年级学生。菲利普很少见他，一来因为他大部分时间都忙在医院病房里，二来因为他上过牛津大学。在大学待过的学生都自成一伙，采用年轻人惯用的那套做法，常常聚在一起，故意将时运欠佳者拒之圈外，让其自知低人一等。他们那种奥林匹斯山上众神一样拒人千里之外的高傲和疏离态度，让其余学生都受不了。格里菲斯是个高个子，长着一头浓密的红色卷发，蓝眼睛，白皮肤，双唇红润饱满。他是那种人见人爱的幸运儿，整天兴高采烈，浑身散发着一股快活劲儿。他可以摆弄几下钢琴，还可以有滋有味地唱几首滑稽歌。夜复一夜，菲利普独自在房间读书，都能听到楼上的格里菲斯和朋友们开怀大笑，吵嚷个不停。菲利普回想起在巴黎度过的令人愉快的夜晚：画室里，劳森、弗拉纳根、克拉顿和他坐在一块儿，时而谈论艺术与道德，时而讲讲眼下遇到的风流韵事，时而畅想未来如何名满天下。菲利普想得心烦意乱，好不懊丧。他发现一时逞英雄倒是容易得很，但要承担这一时之勇所引起的后果却十分困难。雪上加霜的是，目前所学的东西在他看来似乎十分枯燥乏味。解剖示范讲师的提问让他不胜厌烦，听课时精神不集中，思想老开小差。解剖学是枯燥乏味的学科，尽叫人死记硬背数不胜数的事实描述了。解剖实验也让他觉得无比厌烦。他根本瞧不出不辞辛劳地解剖神经和动脉有何作用，直接从书本的图表或病理学陈列馆的标本上不仅能确切知晓神经和动脉的位置，还省事得多。

菲利普偶然之下也交了几个朋友，但不是深交，他似乎根本没什么特别的东西要对同伴讲的。有时，他对他们关心的事务也尽量表示兴趣，可又觉得他们认为自己这是屈尊俯就。菲利普不是那种人：只管自己口若悬河地说着感兴趣的事，根本不管听者是否厌烦。有个同学听说菲利普曾在巴黎学过画，便以为两人情趣相投，试图聊聊艺术。但菲利普对观点不一致的想法毫无耐心，很快就发现对方说的不过是些陈词滥调，也就不是“嗯”便是“哦”地敷衍了事。菲利普想讨大家喜欢，又不肯主动接近，怕受冷遇而不敢向人献殷勤。他生性羞涩，此时仍十分腼腆，又不愿给人瞧出来，便故意表现得冷若冰霜，沉默寡言，好掩饰内心的羞涩。他此时的境况和在国王学校的经历相差无几。幸好这儿的医科学生生活挺自由，他尽可以独来独往，少与人为伍。

菲利普渐渐和邓斯福德成为朋友。不过，这倒并非出自菲利普的主动努力。邓斯福德就是他在开学时认识的那个气色好、身体壮实的小伙子。邓斯福德之所以爱和菲利普为伴，只因菲利普是他在圣卢克医院认识的第一个人。邓斯福德在伦敦没什么亲朋好友，周六晚上已习惯和菲利普一起去歌舞杂耍剧场，或者去戏院，站在顶层楼座看戏。他虽然有点蠢笨，但脾气很好，从不动怒。他总说些显而易见的事，菲利普每每就此取笑他，他也只是一笑了之。他的笑容非常亲切温和。尽管菲利普拿他当笑柄，心里其实挺喜欢他的。菲利普觉得他的坦率十分有趣，也喜欢他随和的脾性。邓斯福德身上的迷人之处，正是菲利普强烈意识到自己缺乏的。他们常去国会街的一家店里喝茶，邓斯福德喜欢店里一个年轻的女服务员。菲利普没发现那位女士有何魅力可言——又瘦又高，既没丰乳又没肥臀，像个男孩。“要是在巴黎，谁也不会瞧她一眼。”菲利普语气轻蔑地说。

“她的脸长得多漂亮啊！”邓斯福德说。

“脸又有什么关系？”

她五官生得小巧端正，蓝眼睛，低而宽阔的前额——莱顿勋爵、阿尔玛·泰德默①以及其他数不胜数的维多利亚女王时代的画家，都劝服世人接受这种低而宽阔的前额乃是典型的希腊美。她的头发似乎挺多，被煞费苦心地在前额梳理成一种她称之为“亚历山大刘海”

① 莱顿勋爵（1830－1896）、阿尔玛·泰德默（1836－1912）均为英国画家。

的发式。她患有严重的贫血症，两片薄薄的嘴唇很是苍白，柔软娇嫩的肌肤隐隐呈现淡青色，即使在双颊上也看不到一丝血色。牙齿倒是很漂亮。她竭尽全力不让工作糟践那双手——纤细白软的小手。工作时，她总带着一副不耐烦的神色。

邓斯福德在女人面前显得很腼腆，直到现在还未能和她搭上话。他央求菲利普帮帮他。“你只要替我牵个头，”他说，“以后我就能自个儿搞定了。”

为了不让邓斯福德扫兴，菲利普就主动和她搭讪，但她爱答不理。她心里已有谱，觉得他们不过是些毛头小子，估计还在念书，对他们不感兴趣。邓斯福德注意到，有个长着浅茶色头发、蓄着一小撮浓密胡须的男人颇得她的青睐。那个男人看起来像德国人，每次他一进店，她总是殷勤招待；而菲利普他们要想点什么，非得两三遍才能将她唤来。对于素不相识的客人，她冷若冰霜，傲慢无礼。要是她正和朋友谈话，急匆匆的顾客不论唤她多少遍，她也不予理睬。对于来店里用点心的女客，她更是有一套独到的应付本事：态度傲慢，但拿捏得恰到好处，既能惹她们心里不痛快，又不至于激怒她们到经理那里告状。有一天，邓斯福德告诉菲利普，她叫米尔德里德。他听到店里一个女服务员这么叫她。“这名字可真令人作呕！”菲利普说。

“怎么作呕了？”邓斯福德反问道，“我倒挺喜欢的。”

“听起来既矫揉造作又自命不凡①。”

碰巧这天德国人没来，当她端着茶点过来的时候，菲利普笑着说：“你那位朋友今天没来呢。”

“我不知道你这是什么意思。”她语气冰冷地说。

---

① 米尔德里德，女子名，意为温柔、和善。此处，女服务员人与名不符，故而菲利普这么说。

“我是指那个留着浅茶色胡须的权贵。他莫不是抛下你找别人去了吧?”

“有些人还是少管闲事为妙。”她反唇相讥。说罢，便扔下他们离开了。有那么一会儿，店里没有别的客人要侍候，她就坐下来，翻看一位顾客落下的晚报。

“瞧你个傻瓜，怎么把她惹恼了。”邓斯福德说。

“我可不在乎她摆什么臭架子。”菲利普回答说。他嘴上虽这么说，心里却暗自恼火。他本想取悦这个女人，哪知弄巧成拙，反把人家惹恼了。等他买单时，又冒险搭话，意欲借此拉上关系。“你这是要和我们翻脸不讲话了吗?”菲利普微笑着说。

“我在这里是要侍候客人点单的，对他们没什么好说的，也不想听他们对我说什么。”她把一张标明应付款项的小票往桌上一搁，便走回先前坐的桌子去了。菲利普气得满脸通红。

“她这是以眼还眼呢，凯里。”等他们走到外面，邓斯福德说道。

“没教养的臭婊子!”菲利普骂道，“我以后再也不来这儿了。”

菲利普对邓斯福德颇有左右力，足以让他随自己到其他地方用茶。邓斯福德很快又暗恋上了另一个年轻女子。女侍者的冷落怠慢让菲利普始终难以释怀。假如她能彬彬有礼地对待他，他根本就不会把这样的女人放在心上。但她显然很讨厌他，这可伤了菲利普的自尊心。他那股想要报复她的冲动根本难以遏制，又受不了这样的自己，觉得为芝麻大点事竟愤愤不平至此，真是小肚鸡肠。他一连坚持了三四天，赌气不再去那家店，可还是没能把报复她的念头压下去。最后，他得出结论，还是去见她一面最省事。只要见上一面，他肯定再也不会想起她来了。一天下午，菲利普假装要去赴约，丢下邓斯福德，径直奔去那家他发誓再也不进去的点心店，心里一点也不为自己的意志薄弱感到羞愧。他一进店门就看到了那个女侍者，便在一张属于她照管的餐桌边坐下。他真希望她能开口问问自己为什么一周都没来了，谁知她走过来等他点茶时什么也没说。他刚才明明听她对其他顾客说："您还是第一次光顾小店哩！"从她的神情举止里，一点儿也看不出她认识他的迹象。为了试探她是否真的忘了自己，等她端茶来时，菲利普问道："你今天晚上看到我的朋友了吗？"

"没有。他好几天没来了。"

菲利普本想以此为由头多和她说些话，不知怎的却异常紧张起来，根本想不出要说些什么。她也没给他这个机会，扭身就走了。菲利普一直等到要买单的时候，才又找到搭讪的机会。"天气真遭，是吧？"他说。话一出口，他就羞愧无比，真不知道自己准备来准备去，临了怎么就冒出这么一句话。竟在女侍者面前窘迫到如此地步，菲利普真是百思不得其解。

"反正一整天都待在店里，天气好坏对我来说又有什么关系。"

她腔调里那种傲慢无礼的劲儿特别让菲利普生气，真恨不得狠狠挖苦她一句。可话到嘴边，又被他强吞了回去。"上帝呀，真希望这女人能说出一句厚颜无耻的话来！"菲利普气冲冲地暗自嘀咕，"那样，我就可以到经理那里告她一状，让她卷铺盖滚蛋。那可是她罪有应得呀！"

第五十六章

她就像刻在菲利普脑海里一样，驱之不去。菲利普对自己的愚蠢行为觉得又好气又好笑：那么个微不足道的女服务员，还是个严重贫血症患者，自己堂堂七尺男儿竟如此斤斤计较那些个鸡毛蒜皮的事，岂非荒谬至极嘛！可他就是不甘心，像蒙受了什么奇耻大辱似的憋屈。尽管除了邓斯福德就没人知道这件丢人的事，再说他肯定早忘了这档子事，可菲利普就是觉得，只要一天不报仇雪恨，心里就一天不得安宁。他思来想去，不知究竟该怎么办才好。最后他打定主意，每天都要去店里晃悠一番。显而易见，他已给她留下了不好的印象。他以为要消除这种印象，自己还是有那个才智的。今后在她面前一定要字斟句酌，慎言谨语，说的话要做到即使最敏感的人听了也不觉得冒犯。他也确实这么做了，但毫无效果。他进店时总要道声“晚上好”，她也一样回答。有一次，他故意不说，想看看她是否会主动问好，结果她什么都没说。菲利普暗自在心里牢骚了一句，而他发牢骚的那个说法尽管经常被用到女性身上，但在文雅的上流社会却很少用来谈论她们。尽管菲利普心里这么翻江倒海，面上却平静无波地要了份茶点。他下定决心一句话也不说，临走时扬长而去，连平时那句“晚安”也不说。他又立誓再也不去那家店了。可到第二天吃茶点的时候，他又变得焦躁不安，坐立不定。他尽量去想别的事情，可就是控制不住思绪。没办法，他最后只得绝望地自我安慰：“想去就去呗！没理由跟自己过不去啊！”他这样挣扎来挣扎去，花了好长一段时间，等最后真正走进那家店时，已快七点了。

“我还以为你今天不来了呢。”菲利普坐下来时，姑娘说道。

菲利普觉得自己的心要从胸膛里跳出来了，脸蓦地涨得通红。“有事耽搁了，没法早来。”

“我想，是在外面和人胡闹吧。”

“还不至于那么糟糕。”

“你还是个学生，对吧?”

“是的。”

就说这么几句，似乎满足了她的好奇心，人便走开了。时间已不早，她照管的几张餐桌上已无客人，便埋头看起小说来，全神贯注。

那时候，市面上还没流行廉价的复制品小说。只有没出息的雇佣文人专门为受教育不多的市民定期炮制廉价小说，供他们消遣解闷。菲利普喜不自胜。她总算主动和自己打招呼了。风水轮流转，很快就会转到他这边来了。到时候他可要大显身手，好好说说自己对她是个什么看法。要是能把满肚子鄙夷之情尽情宣泄一通，那才叫大大的好呢！他打量着她。不错，她的侧影是挺美的。说来也真是不可思议，她那个阶层的英国姑娘常具有完美无缺的轮廓线条，精致得让人忘了呼吸。然而，她的侧影美则美矣，却给人一种冰冷之感，仿佛是用大理石雕刻出来的，隐隐泛着青色的娇嫩肌肤给人一种病态之感。所有女侍者都是一模一样的打扮：身着黑色平布衣，腰系白围裙，臂裹袖套，头戴小帽。菲利普从口袋掏出半张白纸，给她画了幅速写——彼时，她正埋头看书，边看还边默念着。等离开时，菲利普把这张小像留在了桌子上。

想不到他这招妙计还真管用。第二天，菲利普进来时，她朝他嫣然一笑。“真不知道你还会画画。”她说。

“我在巴黎学过两年美术。”

“昨晚你留下来的那张画，我拿去给女经理看了，她大吃一惊。那画的是我吧？”

“是的。”菲利普说。

当她去给他端茶点时，另一个女侍者走上前来。“我看到你给罗杰斯小姐画的那张画了，可真像。”她说。

这是菲利普第一次听到她的姓氏。等他结账时，就用这个姓招呼她。

“看来你知道我名字了。”她走上前来，说道。

“你朋友向我讲起那张画时提到了你的芳名。”

“她那是想要你给她也画一张。你可千万别画！这种事只要开了头，就得没完没了地画下去，她们全都等着你画一张。”接着，她话头一转，毫无征兆地继续道，“过去常同你来的年轻小伙子去哪了？他已经离开了吗？”

“没想到你还记得他。”菲利普说。

“他是个帅气的小伙子。”

菲利普觉得心里生出一股怪怪的感觉。那感觉，他自己也说不清，道不明。邓斯福德长着一头讨人喜欢的卷发，脸上气色很好，笑起来很迷人。想起邓斯福德的这些优点，他心里真是不无嫉妒。“噢，他恋爱啦！”菲利普呵呵一笑。

他一瘸一拐地往家走，一路上反复回味着刚才的每一句话。她现在已对他相当友好了。以后有机会，他打算为她画一幅更精致的素描，相信她一定会很喜欢。她那张脸蛋叫人感兴趣，侧面轮廓很可爱，那因贫血而微微泛青的皮肤也异乎寻常地让人着迷。这颜色像什么呢，菲利普左思右想。起初他想到绿豆汤，但立刻气呼呼地把这个念头赶跑了；继而又想到黄玫瑰花蕾的花瓣，是那种还未绽放就被人撕扯下来的花瓣。菲利普现在对她已毫无恶感了。“她毕竟还不算差。”他低声自语。

当初竟因她说的几句话就气得不得了，可真傻，都是自己的错。那时，她并非故意不友善，都怪自己没给人家留个好印象——说实在的，他这也不是第一次给人留下坏印象了。估计这都成习惯了。他对自己那幅画的成功得意不已。现在既然知道他还有这么一项才能，她自然会对他青睐有加。第二天，菲利普心神不宁，坐立不安，想去点心店用午餐，但知道店里客人一定很多，米尔德里德根本没工夫和他闲谈。他在此之前已设法不再和邓斯福德一起去喝茶了。四点半的时候（他看了十二次手表），菲利普准时走进店里。

米尔德里德背对着菲利普，正一边坐下来，一边和德国佬交谈。

之前，菲利普每天都要看到这个德国佬，可最近两周都没看到他。不知道德国佬说了些什么，米尔德里德咯咯笑个不停。菲利普觉得她笑得好粗野，不禁打了个寒颤。菲利普唤了她一声，但她没理会。他又唤了一声，甚为焦躁，气呼呼地用手杖噼噼啪啪地敲打着桌子。米尔德里德脸色阴沉地走了过来。

“你好！”菲利普说。

“看你火急火燎的样子！”她俯视着菲利普。

一脸的傲慢之色，菲利普再熟悉不过了。“我说，你这是怎么回事？”他问道。

“你要是能爽快地点单，我这就去给你端过来。我总不能一晚上都站在这儿闲聊吧！”

“茶和烤面包。”菲利普简短地应了一句，被她搞得满肚子怒火。他随身带着一份《星》报，等她端来茶点时，便故意装作埋头看报了。“你要是现在就把账单开出来，一会儿我就不必再劳烦你了。”他冷冷地说道。

米尔德里德随手开了账单，往桌上一放，扭身就往德国佬那边走去。不一会儿，他俩就谈得兴致勃勃了。那个德国人中等个子，长着典型的日耳曼民族的圆脑袋，脸色蜡黄，胡子又多又密，身穿燕尾服和灰裤子，胸前挂着粗大无比的金表链。菲利普觉得其他女侍者的目光在他和那一对身上瞟来瞟去，还不时地交换着意味深长的眼神，甚至觉得她们肯定在笑话他。想到这儿，他全身血液沸腾。他现在打心眼里憎恨死了米尔德里德。他知道最好再也别上这家点心店来了，可想到自己竟被她搞得狼狈不堪到如此地步，怎能咽下这口恶气！他盘算着一个不错的计策，定要给她点颜色瞧瞧，好让她知道我菲利普根本就瞧不起你。第二天，菲利普换了张餐桌坐下，向另一个女侍者要了茶点。米尔德里德的朋友这会儿也在店里，她只顾和他说话，根本没注意菲利普。等菲利普出去的时候，特地选了个她不得不从他面前经过的时刻。可等他俩擦肩而过时，菲利普故意对她漠然无视，就像从不认识她似的。一连三四天，他都这么做，盼望着她会找机会和他说点什么。他想，她可能会问他为什么最近一直不去她照管的餐桌就座。菲利普早已准备好怎么回答，反正满是对她的嫌恶之情。他明知自己这样费心巴力实在荒谬又可笑，可就是管不住自己。他再次败得体无完肤。后来，德国佬突然不见了。菲利普依旧坐在别的餐桌上，米尔德里德对他仍是不管不顾。菲利普突然醒悟过来，无论自己怎么做，她都会这样无动于衷的。像他这样下去，哪怕等到世界末日，也不会产生什么效果。“我跟你没完!”菲利普自言自语。

第二天，他又坐回原来的老位置。等米尔德里德走上前来，向她道了声“晚上好”，好像他并没忽视她达一周之久似的。菲利普脸上很平静，心里却不可抑制地狂蹦乱跳。那时候，音乐喜剧刚刚获得大众喜爱，菲利普料定米尔德里德很乐意去看一场。“我说，”他突然开口道，“不知你是否肯赏脸和我共进晚餐，再去看场《纽约美女》。我可以搞到两张正厅前座的戏票。”他故意加上最后一句，目的是诱她上钩。他知道，女侍们上剧院一般都坐在正厅后座，即使有男士带着，也很少有机会坐到比楼上环座更贵的席位上去。

米尔德里德那张苍白的脸上不见丝毫表情变化。“我无所谓。”她说。

“那你什么时候有空?”

“我周四下班比较早。”

他们商量怎么碰头。米尔德里德同姨母住在赫尼希尔区。戏八点钟开场，他们得在七点用晚餐。她建议菲利普在维多利亚车站的二等候车室等她，脸上瞧不见一丝欢快的表情。明明是她在接受邀请，看上去倒像她在屈尊帮人忙似的。菲利普心里隐隐感到恼怒。

第五十七章

菲利普到达维多利亚车站时，比米尔德里德约定的将近早了半个小时。他坐在二等候车室左等右盼，迟迟不见她的踪影。他开始变得焦躁不安，便起身走入车站，望着从郊区驶来的一列列火车。她定下的时间早已过了，还是没见人影。菲利普等得很不耐烦，跑去另外几间候车室，在那里的人群中细细寻找。突然，他的心怦地猛跳了一下。“原来你在这儿啊！我还以为你不来了呢！”

“早知道要等这么久，我才不高兴来呢。我差不多在想，还是回家算了。”

“你说在二等候车室碰面的呀。”

“我可没那么说。既然我可以坐在一等候车室，干吗要退而求其次呢？你说是不？”

尽管菲利普确信自己当时没听错，也懒得再辩解，索性闭嘴什么也不说了。他俩上了一辆出租马车。“我们去哪儿吃饭？”她问。

“我想去阿德尔菲饭店，你觉得如何？”

“上哪儿都行，我无所谓。”米尔德里德没好气地说。刚才她空等了好半天，满肚子不高兴。这会儿菲利普想和她说话，她哼哼唧唧，爱答不理。

她身披长斗篷，布料粗糙，颜色深暗，头上裹着针钩披巾。他们走进饭店，在一张餐桌旁坐定。她环顾四周，十分满意。餐桌上的烛灯全都罩着红色灯罩，饭店装饰得金碧辉煌。在一面面大玻璃镜的映衬下，更显得奢华富丽，气派无比。“我从未来过这儿。”朝菲利普粲然一笑，脱下斗篷。

菲利普瞧见她里面穿着淡蓝色方领裙，头发比以往梳得更精致了。他点了香槟。酒菜端上桌时，米尔德里德的眼睛里闪耀着璀璨的光芒。“你会喝醉的。”她说。

“就因为我点了香槟吗？”他满不在乎地反问，那口吻好像他从来非香槟不喝似的。

“那天你邀我上戏院，可真让我大吃一惊。”

谈话不怎么顺畅。米尔德里德似乎没什么要说的，而菲利普则因没法提起她的兴致而惴惴不安。她心不在焉地听着菲利普说话，眼睛却忙着打量其他客人，神情举止里丝毫不掩饰她对他不感兴趣。菲利普开了一两个小玩笑，她却当了真，朝他板起脸来。只有在菲利普谈起点心店里其他女侍时，她才显得稍微活跃些。她非常受不了店里的女经理，详详细细地给菲利普描述女经理的种种不端行为。

“我们就是犯冲。尤其她那副臭架子，真叫人受不了。有时候，我真想当着她的面抖出她以为我不知道的丑事。”

“是什么事呢？”菲利普问。

“我无意中知道，她时不时跟一个男人到伊斯特本①去度周末。我们店里一个姑娘的已婚姐姐有一次同丈夫去伊斯特本，碰巧瞧见女经理也在那儿。女经理和她住在同一旅店。别看她手上戴着婚戒，至少我知道她根本没结过婚。”

菲利普给她的杯子倒满香槟，希望能借着酒劲儿让她变得温柔亲切点，心中急于让这次小约会能以成功告终。他注意到，她拿餐刀的姿势就像握笔杆一样，而她饮酒时则微微翘起兰花指。菲利普不断变换着话题，就希望能和她聊得热络些，可她总是兴致平平的样子。这

① 是英格兰东南部港口城市。

让他不禁想起她在店里和德国佬谈笑风生、兴趣盎然的欢快劲儿，真叫人火冒三丈。吃完晚饭，他们一起去戏院。菲利普是个颇有文化修养的年轻人，很鄙视音乐喜剧这类东西。他觉得剧里的戏谑庸俗下流，曲调又太平淡无奇。在他看来，法国的音乐喜剧要好得多。然而，米尔德里德却看得乐不可支，直笑得腮帮子疼，还时不时瞟菲利普一眼，分明想同他交换一下其中的无穷乐趣。有时，她还乐得手舞足蹈，连连拍手叫好。“这是我第七次来这里。”第一幕结束后，她说，“即使再来七次，我也不介意。”米尔德里德对周围头等座里的女人很感兴趣。她指给菲利普看，哪些女人涂脂抹粉了，哪些女人戴的是假发。“伦敦西区的女人真是可怕！”她说，“真受不了她们怎么能把那种玩意儿箍在头上。”她抚摸自己的秀发，“我的头发可是货真价实的，每一根都是。”

剧场里没一个是她看得上眼的。不管提到哪个，她都要说几句坏话。这让菲利普有些惴惴不安。他想，明天她就会告诉店里女侍，自己带她出去玩过，却让她无聊得要死。他并不喜欢米尔德里德，但不知为什么就是想和她在一起。回家的路上，菲利普说道：“但愿你今天玩得还算开心！”

“相当开心。”

“哪天晚上你愿意再出来和我走走吗？”

“我无所谓。”她总是这副满不在乎的口气。

那漠不关心的冷淡神情简直要把他气疯了。“这话听起来好像你根本不在乎出不出来呀。”

“噢，你不带我去，其他人会带我去。我从来就不愁没人陪着上剧院。”

菲利普感觉很无语。来到车站，他朝售票处走去。

“我有月票。”她说。

“我想要是你不介意，还是让我送你回家吧。现在已经挺晚的了。”

“噢，要是你高兴这样，那我不介意。”

菲利普给她买了张单程头等票，给自己买了张往返票。

“嗯，我得说，你不是个小气鬼。”在菲利普推开车门时，她说。

乘客陆续走进车厢，两人根本没法说话。菲利普不知道自己心里是为此感到庆幸还是懊丧。在赫尼希尔下了车，菲利普一直陪她走到她住的那条街的拐角处。

“就送到这儿吧，晚安。”她说着，伸出手来，“你最好别送到我家门口。我知道世人都爱嚼舌根，我可不想听到什么风言风语。”她道了声晚安，旋即快步离去。

他可以看到那条白色披巾飘飞在夜色里。他原本以为她还会转过身来，哪知她头也不回地径直走了。菲利普瞧见她进去的那座房子，便走过去打量了一番。那是一栋普普通通的黄砖小屋，四周收拾得很整洁。这一条街上都是这种小屋。他在外面徘徊了几分钟，没一会儿，顶层窗户里的灯灭了。菲利普慢慢踱回车站。这一晚真是大失所望，他恼怒焦躁，真是苦不堪言。

当他在床上躺下来时，米尔德里德的身影似乎仍旧萦绕在眼前：她坐在车厢角落，头上裹着钩针编织的披巾。还得过几个小时才能见到她，菲利普真不知道该如何熬过这漫长的时间。睡意蒙眬的他想到了那消瘦的娇靥、精致的五官，还有那微微泛青的苍白肌肤。虽说和她在一起他并不开心，但一离开她就不开心。他渴望坐在她身边，凝视着她，抚摸她的胴体，他想要……那念头刚模模糊糊在脑海里冒出来，还未来得及细想，他就清醒过来，脑子里一片澄明……他想要亲吻那没有血色的小嘴，亲吻那两片薄薄的唇瓣。他终于明白过来，自己竟爱上了她。这真是不可思议！

他过去常常幻想和谁坠入爱河，脑子里不止一次浮现这么一幅画面：他看到自己步入舞厅，眼神停留在一小群正在聊天的男女来宾身上。一位女郎转过身来，双眸凝视自己。他觉得心跳加速，喉头有些喘不过气来。与此同时，他知道那位女郎也正兀自娇喘着。他站在那里，浑身动弹不得。她身材修长，肤色黝黑，亭亭玉立，楚楚动人，明眸善睐，像夜空一样深邃迷人，白衣胜雪，点缀在乌黑云鬓上的钻石熠熠生辉。他们的目光交织在一起，彼此眼里只有对方，全然忘记了周围人的存在。他径直朝她走过去，她莲步轻移，迎上前来。两人都觉得，那套正式的介绍之礼不合时宜。他对她说："我这一生只为找寻你。"

"终于等到了你。"她轻声细语。

"你愿意和我共舞吗？"

她扑进他张开的双臂里，两人翩翩起舞（菲利普总把自己想象成双脚正常的人）。她舞姿轻盈，宛若仙子。"和我跳过舞的人中，从来没人跳得像你这么好。"她说。她将原来的安排弃之不顾，整晚都只和菲利普跳舞。

"感谢上天，我一直在等你。"菲利普对她说，"我就知道定会遇见你的。"

舞厅里的人全都惊得目瞪口呆。可他们毫不在乎，丝毫不想掩饰自己内心的激情。最后，他们相携着走进花园。菲利普将一件轻巧的斗篷披在她的香肩上，扶她进了一辆正在等候的马车。他们赶上了午夜去巴黎的火车。车外万籁俱寂，星光璀璨。就在这样的夜色中，他们朝着未知的远方疾驰而去。

他沉浸在昔日的浪漫幻想中，心想自己似乎不可能会爱上米尔德里德·罗杰斯这样的女人呀。她的名字那么古怪可笑；他觉得她长得不够漂亮，瘦弱不堪的样子还很讨厌。就在那天晚上他还注意到，她因为穿上了晚礼服，胸骨都明显地鼓凸出来了。他将她的五官逐一加以审视——他不喜欢她那张嘴，病态的肤色也隐隐让他反感。她姿色平平，毫无俏丽之处。她谈吐乏味，言辞枯燥单调，说来说去就是那么几句，证明她思想空落、精神贫乏。菲利普想起她在观看音乐喜剧时被逗得咯咯直笑——那么粗野，又记起她在举杯喝酒时那小心翼翼翘起的兰花指。她的举止同谈吐一样矫揉造作，令人作呕。他还想起她平日那傲慢无礼的样子，有时真恨不得扇她两巴掌。但突然之间，他也不知道为什么——或许是因为打她的冲动，或许因此联想到她那对漂亮的小耳朵——他被一阵突如其来的感情激流所裹挟，心里生出对她深深的渴望。他想象着如何把她那纤瘦娇弱的胴体紧紧搂在怀里，一边亲吻那苍白的唇瓣，一边用手爱抚那微微泛青的面颊。他想要她。

菲利普一直把爱情想象成令人销魂的温柔乡，总以为一旦获得爱情的滋润，整个世界都会变得像春天般美好。他一直期待着那种令人心醉神迷的幸福。但现在，他感受到的不是幸福，而是心灵的饥渴，是叫人痛苦不堪的欲望，是酸涩蚀骨的烦闷——这种滋味他有生以来还从未尝过。菲利普竭力回想，丘比特之箭是何时射进他心里的。他自己也茫然无所知。他只记得最初两三次进点心店时并无特别之感，可这之后，每进一次，心里就隐隐作痛。他记得那时只要米尔德里德和他说话，就会不可思议地激动到呼吸不了的地步。她不在身边时，他觉得痛苦不堪；而当她来到身边时，又觉得绝望不已。

菲利普像狗那样四仰八叉地躺在床上，暗自惆怅，这种永无休止的心灵痛楚该如何熬过去。

第五十八章

菲利普第二天一早醒来，首先想到的就是米尔德里德。他突然想到自己或许可以去维多利亚车站等她，然后步行送她上班。他飞速刮好脸，三两下套上衣服，出门跳上去车站的公共汽车。七点四十分他到达车站，留神看着一辆辆进站的列车。人们摩肩接踵，争相从车厢里涌出。这么早赶着上班的大多是小职员和店员。他们涌上月台，匆匆前行，有成双结对的，有三五成群的，但大多独自前行。在这大清早，人人脸色苍白，显得十分不好看，还带着一副魂不守舍的恍惚神情。年轻人脚步轻快，仿佛踏在水泥月台上是件乐事；其他人则机械地举步前行，眉头紧皱，满脸焦急。

菲利普终于看到了米尔德里德，便急急地走上前去打招呼。“早上好！”他说，“我觉得应该过来看看你。昨夜看戏那么晚回去，你今天感觉可还好？”

她穿着棕色旧长外套，戴着水手帽。很显然，她不高兴在这儿见到菲利普。“噢，我挺好，可没时间在这儿和你磨叽。”

“你不介意我陪你沿维多利亚街走一程吧？”

“时间不早了，我得抓紧赶路。”她说着，朝菲利普的跛足瞟了一眼。

菲利普的脸涨得通红。“对不起，那我就不耽搁你了。”

“请便。”她继续脚不沾地地往前走。

菲利普带着沉重的心情回家吃早饭。他恨死了米尔德里德，觉得自己这样煞费苦心地讨好她，真是个大蠢蛋。像她这种女人，根本不会把自己放在心上，还一定会对自己的残疾嫌恶不已。菲利普打定主意，下午不再去点心店。可恨的是，他最后还是去了，真是鄙视自己。

瞧见菲利普进来，米尔德里德朝他点头微笑。“我想，今天早晨对你挺失礼的。”她说，“你知道，我根本没想到会在那儿遇见你。真叫人大吃一惊。”

“噢，没关系。”他觉得压在心头的巨石突然给提走了。这么几句略带善意的话，却足以让他感激涕零。“你为何不坐下来？”他说，“反正这会儿又没人要你照应。”

“我不介意坐坐。”

他看着她，却想不出要说些什么。他冥思苦想，绞尽脑汁，急于找到一个话题，好把她留在身边。他想要告诉米尔德里德，她在自己心里占据着多么重要的位置。他这回是真心实意地爱上了，却反倒不知道如何向爱慕的对象表明心迹。“你那位蓄着漂亮胡须的朋友哪儿去了？我最近都没见着他呀。”

“噢，他回伯明翰去了。他在那儿做生意，只偶尔到伦敦来。”

“他爱上你了吧？”

“这你最好去问他本人。”她哈哈笑着说，“我倒是不明白了，他爱不爱我和你有什么关系。”

一句讽刺的话已蹿到舌尖，但他已学会自我克制。“真不知道你为什么要这么说。”他忍了又忍，最后只冒出这么一句。

她用那双满不在乎的眼睛瞅着他。

“看来你并不怎么把我放在心上。”菲利普又加了一句。

“我为什么要放在心上？”

“确实没必要。”菲利普伸手去拿自己的报纸。

“你真是个急脾气。”她一边审视着菲利普的神态，一边说，“极容易生气。”

他微微一笑，带着几分恳求的神情望着米尔德里德。“你能帮我个忙吗？”他问道。

“那得看是什么事情。”

“让我今晚送你去车站。”

“我不介意。”

用完茶点，菲利普离开了，步行回到寓所。八点钟点心店打烊时，他已等在门外了。

“你真是个怪人！”米尔德里德出来时说道，“真搞不懂你。”

“我觉得，真要弄懂也不是什么难事。”菲利普苦涩地回了一句。

“其他女侍看到你在这儿等我吗？”

“我不知道。我也不在乎。”

“你知道吗，她们都在笑话你呢，说你痴情于我。”

“好像你多在乎似的。”他嘟囔了一句。

“瞧吧，你又要跟我斗嘴了。”

到了车站，菲利普买了一张车票，说要送她回家。

“你似乎闲得没事干啊。”她说。

“我想，时间是自己的，爱怎么打发就怎么打发。”他俩似乎是天生的冤家，总是斗嘴不停。

事实是，菲利普恨自己不争气，竟爱上了这么一个女人。她似乎总在羞辱他，而他每受一回冷落怠慢，心里对她的怨恨就增加一分。但在那天晚上，米尔德里德倒挺和善，也比平时健谈。她告诉菲利普，她双亲已逝。她有意让菲利普明白，她工作并非为了挣钱糊口，而纯粹是乐趣，把工作全然当成消遣。“姨妈不喜欢我出来找活干，我尽可以在家里养尊处优。我不想让你认为，我是逼不得已才出来谋生的。”

菲利普心里明白她没说实话。她那个阶层的人就是喜欢摆架子，装体面，而她自然也是如此，才这么遮遮掩掩，以免被人说出挣钱谋生计的实情来。

“我家的亲戚也都是些体面人物。”她说。菲利普脸上闪过一丝笑意，谁知没能逃过米尔德里德的眼睛。“你笑什么?”她立即追问道，“难道你不相信我说的是事实?”

“我当然相信。”他回答说。

她怀疑地审视他。可没过一会儿，又忍不住向菲利普炫耀一下之前的辉煌生活。“我父亲常年备有一辆双轮马车，家里雇有三个仆人：一个厨师、一个女仆，还有一个临时工。院子里种满了美丽的玫瑰花。人们从我家门前经过时总会驻足观赏，打听这是谁家，夸赞玫瑰花真漂亮。和店里那些女侍搅在一起，我当然挺不乐意的。她们实在不属于我习惯打交道的那个阶层，有时我真想不干算了。干点活儿，我倒并不介意——你可别以为我讨厌干活，我就是受不了要和那类人待在一起。”

他们面对面地坐在车厢里，菲利普深表同情地听着米尔德里德絮絮叨叨，十分开心。她的天真幼稚不仅让他觉得有趣，还让他微微有所感动。她的两颊泛着淡淡的红晕，菲利普心想，要是这时能吻一下她的下巴尖，该是多么令人愉快。

“你一走进店来，我就看出你是个地地道道的绅士。你父亲是个干着体面职业的能人吧?”

“他是个医生。”

“谁是体面人，我一眼就能看出来。他们身上总有些与众不同的地方。究竟是什么，我也说不清。反正一看就知道。”

两人一起从车站走出来。“嗯，我想请你再去看出戏。”

“我没意见。”她说。

“你就不能说‘我挺喜欢去’?”

“为什么要那么说?”

“算了。我们还是定个日子吧。你觉得周六晚上如何?”

“行，周六晚上可以。”

接着，他们更为具体地讨论了各种细节，边走边说，不知不觉来到米尔德里德所住街道的拐角处。她伸出手来，菲利普一把握住。“嗯，我真想就叫你‘米尔德里德’。”

“你想叫就叫，我无所谓。”

“那你可不可以叫我‘菲利普’?”

“到时候我要是能想到，就这么叫你。不过，似乎还是叫你‘凯里先生’更自然些。”

菲利普轻轻将她拉向自己，她却往后一缩。“你想干吗?”

“你难道不肯在临别时吻我一下吗?”他低声说。

“好轻狂!”她猛然抽回手，急匆匆朝家里走去。

菲利普买好了周六晚上的票。那天不是米尔德里德早下班的日子，没时间赶回家去换衣服，便在早上走的时候随身带了一件礼服，打算下班后在店里匆匆换上。要是碰上女经理心情好，说不定七点钟就会让她提前走。菲利普答应七点一刻在外面等她。他心急如焚地期盼着约会。他觉得，看完戏后乘马车去车站途中，米尔德里德兴许会让他吻一下的。马车给男人伸手挽住姑娘的腰肢提供了极大的方便(这可是马车比现代出租汽车略胜一筹的地方)。就凭这一乐趣，晚上再怎么破费也值得。哪知到了周六下午，菲利普走进店里喝茶、想进一步确定晚上的约会时，却碰上蓄着漂亮胡须的男人从店里走出来。菲利普已经知道他叫“米勒”，是个入了英国籍的德国人，在英国生活了很多年，连名字都本土化了。菲利普听过他说话，虽然英语说得挺流利和自然，但在语音声调上还是和土生土长的英国人有所区别。菲利普知道他在和米尔德里德调情，对他很是嫉妒。幸亏米尔德里德生性淡漠，让他心里略感安慰。如果她是个活泼开放的姑娘，菲利普估计得郁闷死。他想，既然米尔德里德不易动情，情敌的境遇绝不会比他好到哪里去。但此刻，菲利普一颗心骤然沉了下去。他随即想到，米勒的突然露面可能会影响他热切期盼的这次出行。他走进店里，心里十分忧虑不安。女侍者米尔德里德走上前来，问他要点些什么，随即很快就把他的茶点端上来了。“真是对不起！”她说，脸上确实有几分沮丧，“我今天晚上去不了了。”

“为什么？”菲利普问。

“别为这点小事板着个脸。”她笑着说，“这也怪不得我。我姨妈昨晚病了，不凑巧今天女仆放假。所以，我得留在家里照顾她。总不能把姨妈一个人丢在家里不管吧？”

“没关系。那我们不去看戏，我送你回家好了。”

“但你买票了呀，浪费了多可惜。”

菲利普从口袋里掏出票，故意当着她的面撕碎了。

“你这是干吗？”

“你该不会以为我想自己去看那该死的音乐喜剧吧？我去看那烂玩意儿，还不全是为了你！”

“就算你真是想送我回家，我也不要你送。”

“你这是另有他约吧？”

“我不知道你这是什么意思。天底下男人都一个样，自私自利。你也不例外，就只想到自己。姨妈身体不舒服，总不能怪我吧。”

米尔德里德飞速开好账单，兀自离开了。菲利普还是对女人了解太少，不然他就会知道，遇到这种事儿，哪怕是再显而易见的谎言也得装聋作哑，安然接受。他下定决心，就守在点心店附近，好确认米尔德里德是不是和那德国人有约。这也是他的不幸之处，凡事都要搞个明明白白。七点钟的时候，菲利普站在对面的人行道上东张西望，来回搜寻米勒的身影，但一直没看见他出现。

不出十分钟，米尔德里德从店里出来，身披斗篷，头裹披巾，和那天菲利普带她去沙夫特伯里剧院时的打扮一模一样。很显然，她这并不是要回家去。菲利普躲闪不及，被她看见了。她先是微微一怔，接着径直走上前来。“你在这儿干吗？”她问。

“透透风。”菲利普回答说。

“你在监视我，你这个卑鄙小人！我还以为你是个绅士呢！”

“你觉得绅士会对你这种人感兴趣？”他嘟囔道。虽说冲动是魔鬼，可他就是按捺不住。冲冠一怒为红颜！哪怕把事情闹到不可收拾的地步，也在所不惜。她这样伤害他，他也要以其人之道还治其人之身，狠狠伤害她一下。

“只要我高兴，想改变主意就改变主意。我又没有义务非得和你出去不可。我告诉你，我这就回家了。不许你跟着，更不许监视我。”

“你今天见到米勒了？”

“关你什么事！事实上，你又错了。我根本没看见他。”

“我今天下午看见他了。我走进店里的时候，他正从店里出来。”

“好吧，他来过又怎样？只要我愿意，就可以和他出去。难道我还没这个自由？我不明白，这有你什么置喙的地方。”

“他让你一直等这么久，是不是？”

“那又怎样？我宁愿等他，也不愿你等我。劝你好好想想我的话。现在，你最好还是回家去，忙你的前程大事去吧！”

菲利普的满腔愤怒突然化为遍地绝望，连说话的声音也发起抖来。“我说，别对我这么残忍，米尔德里德。你知道我是多么喜欢你。我的整颗心里装的都是你。难道你就不肯改变主意？我盼星星、盼月亮，好不容易盼到今晚。你瞧，他还没来！这说明他根本不在乎你。

你就不能和我去吃饭吗？我再去买几张车票，你想去哪儿，我们就去哪儿。”

“我告诉你，我不愿意。你再怎么说也是白费力气。我已有打算。只要我一打定主意，就绝不会更改。”

菲利普愣愣地看着她，心碎成片。人行道上川流不息，行人匆匆经过他们身边，街上马车和公共汽车络绎不绝，好一派车水马龙的嘈杂声。他发现米尔德里德的眼睛不停地东张西望，那神情分明是唯恐错过了人群中的米勒。

“我不能再这么继续下去了！”菲利普发出痛苦的呻吟，“这么卑躬屈膝地爱着你太丢人了！我要是现在走了，就再不会回来。除非你今晚跟我走，否则你永远也见不到我了。”

“你似乎以为这么说就会把我吓住吧？实话告诉你，你要是就此走了，我还真要谢天谢地，终于摆脱了。”

“那就再见吧。”他点点头，一瘸一拐地走开了。他走得很慢，满心希望米尔德里德会叫回他。来到第二个灯柱时，菲利普停下脚步，回首张望，心想她或许会招手唤他回去——他愿意忘记先前发生的一切不快，愿意承受一切羞辱——但她早已转身离开，显然根本没把他放在心上。菲利普终于明白，米尔德里德巴不得甩掉他。

第五十九章

那个晚上，菲利普愁肠百结，痛心彻骨。他事先已和房东太太打过招呼，说晚上不回来吃饭，所以房东太太没给他准备吃的，他只得去加蒂餐馆胡乱吃顿便饭。饭后，他回到寓所。楼上格里菲斯那一伙人正在聚会，闹闹哄哄，语笑喧阗。相形之下，菲利普愈发觉得内心的凄苦难以忍受。他干脆走出寓所，去了歌舞杂耍剧场。因为是周六晚上，场内人满为患，他只得站着观看。站了半个小时，两腿酸累不已，加上节目又枯燥乏味，只得又回家来。他试着去读书，却没法集中精神。但他实在有必要用功读书了，再过两周就要生物考试了。尽管考试不是很难，可他近来无心学习，已经落下不少功课，自知没学到什么东西。好在考试只是口头测验，他觉得这两周临阵磨枪，好好努力一番，还是能勉强通过的。他对自己的聪明才智很有信心，可满脑子都是那件事，最后不得不把书本扔到一边，专心致志地思考起来。

他狠狠责备自己晚上不该那么行事。他干吗非要逼她做出选择——要么和他一起吃饭，要么就再也见不到他？话说得这么绝，她当然要拒绝了。他应该考虑到她的自尊心。他这种破釜沉舟的做法，实际上是把自己的退路给断了。菲利普要是能说服自己，她这会儿也正难受着呢，就不会这么痛苦了。可他太了解她了，知道她对自己完全是满不在乎。要是他当时没那么蠢，就该装聋作哑，假装相信她编织出来的谎言。他应该竭力控制自己，既不流露出失望之情，更不该对她发脾气。他实在搞不明白，自己怎么会爱上她。他过去在书里读到过“情人眼里出西施”，可在米尔德里德身上看到的并不是理想化的情人，而是她的本来面目。她既无趣又不聪明，思想还很平庸。尤其是她身上那种粗俗精明的市侩之气，更叫他厌恶不已。她既不温柔似水，也不文雅可人。就像她自我定义的那样，她是个“注重实际”的女人。对一个毫无防备之心的人耍点聪明的小花招，总能惹得她敬佩不已；“恶整”人家总能让她心生快感。想到她进餐时那种装模作样、假充风雅的样子，菲利普禁不住捧腹大笑。她还不能容忍一星半点言语上的粗俗，尽管自己胸无点墨，词汇贫乏，言行举止尽显无礼，还偏偏热衷于装风雅，好用委婉语。譬如，她从来不说“裤子”，而总是以“下装”代替。还有，她觉得挖鼻子有失淑女风范。每逢要挖鼻子的时候，总露出一副迫不得已的神态。她严重贫血，自然也患有消化不良症。她那飞机场一样的平胸，还有那窄小的臀部，很让菲利普觉得索然无味。还有她那俗气的发式，更是叫他厌恶不已。可就是这样，他竟然还是爱上了她。这怎能不叫他厌恶自己，鄙视自己呢。

事实上，他现在已经无可救药了。菲利普现在的这种感受，就像昔年在学校遭大孩子凌辱时一样。他不畏强暴，用尽全力挣扎，直到精疲力竭，再无半分还手之力——他至今还记得那种四肢疲软的奇特感觉，就像全身瘫痪了似的——最后只好束手就擒，任凭他人摆布。那种经历简直生不如死。现在，他又产生了浑身无力、四肢瘫软的感觉。他现在是真心实意地爱上了这个女人，才明白他以前从未真正爱过谁。哪怕她浑身缺点，身体上的也罢，品性上的也罢，他统统都不在乎，甚至觉得连那些缺点也爱上了。不管怎样，那些缺点对他来说根本不算什么。似乎在这一爱情激流中，他自己会怎样根本无关紧要，只觉得深受一股奇异力量的驱使，不断干出一系列既违心又害己的蠢事来。因他生性热衷自由，故而十分痛恨这束缚他的桎梏。想想过去常常期盼能被爱情的激流所裹挟，菲利普不禁觉得自己很可笑。在爱欲面前，他就这样缴械投降了——菲利普诅咒自己竟如此懦弱无能。他思索着这一切究竟是怎么开始的。如果当初他没跟邓斯福德走进那家点心店，今天这一切就不会发生了。这事从头到尾都怪自己。要不是自己那荒唐可笑的虚荣心，何需在那个行为粗鄙、态度恶劣的荡妇身上如此劳心费神。

无论如何，今天晚上发生的这场口角也算把一切都了结了。倘若他还有那么一点点羞耻之心，就不该再回去找她。这种爱搅得他心神不宁，非常想要从这一困境中挣脱出去。这样的爱让他丢尽颜面，自恨自鄙。他必须强制自己不再去想她。过了一会儿，他心中的痛苦定是稍减了几分。他开始回想往事，想起了艾米丽·威尔金森和范妮·普莱斯，不知她们为了他，是否也忍受过他目前所遭受的折磨。他心里不禁深感悔恨。“我那时还不懂爱情是怎么回事。”他自言自语道。

那天夜里，他睡得很不安稳。第二天是星期天，他开始复习生物。他坐在那儿，一本书摊开在面前，为了集中精神，张嘴默念着课文，可念来念去什么也没记住。他发现自己每时每刻都在想着米尔德里德。他把昨天晚上他们吵架的那几句话字字句句地在脑海里回忆了一遍。他不得不竭力强迫自己，才能将思绪拉回到课本上。最后，他实在受不了了，干脆出去散散心。泰晤士河南岸的那几条街，尽管工作日里脏兮兮的，可车水马龙，熙来攘往，多少还有点生气。而到了礼拜天，店铺全都闭门停业，马路上也不见有车辆来往，四周寂静无声，沉闷萧条，给人难以名状的凄凉之感。菲利普觉得这一天好长，像永无尽头。后来实在疲倦不堪，这才昏昏沉沉地睡去。一觉醒来已是礼拜一，他重新迈着坚定的步伐，踏入生活之流。圣诞节已经临近，许多同学都到乡下度假去了（冬季学期在此时有个小长假）。大伯曾邀他回布莱克斯达布尔过圣诞节，但被菲利普婉拒了。他借口要准备考试，可实际上是不愿意离开伦敦，放不下米尔德里德。他落下了太多功课，现在得利用短短的两周时间把按规定需三个月学完的课程全补上。这回，他是真发了狠，刻苦用功起来。一天天地，他发现不去想米尔德里德渐渐变得容易起来。自己竟还有如此自制力，他感到很庆幸。他现在所感受到的痛苦，不再像之前那样痛彻心扉了，而是化为时强时弱的隐痛。就好比从马背上摔下来，尽管浑身淤青，遍体鳞伤，但毕竟没有伤筋断骨，只要不去碰伤口，倒也不会痛得钻心。菲利普发现，他甚至还能带着几分好奇来审视自己近几周的遭遇。他兴趣盎然地剖析自己的情感，觉得所作所为有点搞笑。让他深有感触的是：在那种情况下，一个人究竟怎么想多么无关紧要啊！他那套精心构思出来的个人处世哲学虽然令他甚为满意，却在真正遇到事情时根本帮不上什么忙。菲利普对此困惑不已。

然而有时候，当他在街上看到长相颇似米尔德里德的姑娘时，心脏似乎在那一瞬间停止了跳动。接着，他就会控制不住地匆匆追上去，心里既热切又焦急，最后发现不过是个陌生人。同学们纷纷从乡下度假回来了，他和邓斯福德一起去 A. B. C. 茶餐厅喝茶。熟悉的女侍服映入眼帘，他竟痛苦得说不出话来。他还突发奇想，觉得她说不定已调到她工作的那家公司的另一连锁店，兴许哪天就突然和她不期而遇了。这个想法让他惊慌不已。同时，他又害怕邓斯福德看出自己有心事。他心里装着事，无心说话，只好装出聆听邓斯福德讲话的样子。可他听得简直要发疯了，恨不能朝他怒吼：看在老天的分上，快闭嘴吧！

终于到了考试这一天。轮到菲利普时，他信心满满地走到考官桌前。考官先是问了他三四个问题，然后指给他看各种各样的标本。菲利普没上过几堂课，一被问及书本上没讲到的内容，就呆若木鸡了。他使出浑身解数，尽力遮掩自己的无知，考官也没多加追问。十分钟的考试很快就过去了。他很有把握自己能通过。第二天，当他来到考试大楼看张贴在大门上的成绩时，不由得大吃一惊——竟没在顺利通过考试的名单中找到自己的学号。他震惊不已，把那名单反复看了三遍。邓斯福德此时正站在他身边。“呃，真遗憾，你没通过。”他说。

他之前问过菲利普的学号。菲利普转过头，瞧见邓斯福德满脸灿烂神情，定是通过了。“噢，没关系。”菲利普说，“你通过了，真为你高兴。我还是七月再战吧。”他强作镇定，竭力装出满不在乎的样子。

两人沿泰晤士河堤路回去时，菲利普东扯西拉，尽说些无关紧要的事。邓斯福德出于好心，想帮他分析一下考试失败的原因，菲利普愣是摆出一副漫不经心的样子。内心里，菲利普深觉自尊心受损。邓斯福德，这个一向被他视作虽讨人喜欢却相当蠢笨的家伙竟通过了考试，自己却名落孙山。这个事实，实在让他难以接受。他一向自诩聪明，并引以为傲，现在却一蹶不振。他深深怀疑，是否对自己估计过高。这个冬季学期从开学到现在已有三个月，十月份入学的学生自然而然分化成好几档，哪些学生才华横溢，哪些聪明机灵或勤奋好学，还有哪些是不可雕的朽木，早已泾渭分明。菲利普心里很清楚，他此次考试失败，除了他自己，谁也不会意外。现在是下午茶的时间，他知道很多同学正在医学院的地下室喝茶。顺利通过考试的人肯定欢欣雀跃，不喜欢他的人肯定会朝他投来幸灾乐祸的目光，而没有通过考试的倒霉蛋则会同情他，觉得大家同是天涯沦落人。本能地，菲利普一周内都不想踏进学校。事隔一周后，时过境迁，大家也就淡忘了。可他就是个别扭性子，正因为讨厌现在去，就偏偏要现在进去——他就想自我折磨一下。此时此刻，他的那句座右铭早被忘到九霄云外了：依循自己的意愿随心过活，适当留神立于街角的警察。或者，若要说他正是按此准则行事的，一定是性格中某种怪异的病态因素让他专以自我折磨为乐。

后来，菲利普果真去经受了这场自我强加的折磨。但当他在烟雾缭绕的房间里听够了嘈杂喧闹的谈话、独自步入黑夜时，一阵极度孤寂之感突然袭遍全身。他觉得自己既荒唐可笑又没出息。他迫切需要安慰，再也抵挡不住那股诱惑，迫不及待地想要去见米尔德里德。虽然他苦涩地想到，从她那里得到安慰的可能性微乎其微，但就是想见她，哪怕她一句话都不跟他说。她毕竟是个女侍，有义务服侍他。她是他在这个世界唯一朝思暮想的人，兀自不肯承认这一事实又有何用？装作什么都没发生的样子再去那家点心店当然丢人，但他的自尊心也所剩无几了。尽管他死鸭子嘴硬，愣是不肯承认，可实际上天天都在翘首以盼，希望她能给自己写信。只要把信寄到医学院来，就能送到他手里。这一点她不可能不知道。可她就是不写。显然，她根本不在乎能不能见到他。菲利普不停地对自己念叨："我必须去见她。我必须去见她。"

急于见到她的欲望是如此强烈，以至于连走着去也嫌太慢，就迫不及待地跳上一辆出租马车。他一向克勤克俭，除非万不得已，绝舍不得如此破费。他在店外踌躇不前。过了一两分钟，脑子里忽然闪过一个念头：她会不会已经离开这儿了？心里顿生惊恐。他飞快走进店里，一眼就瞧见了她。他坐下后，她朝他走过来。"请来杯茶，外加一块松饼。"菲利普说道。他几乎连话也说不出来。有那么一刻，他真担心自己会号啕大哭。

"我几乎都要以为你在这世上消失了呢。"她脸上挂着微笑。

微笑！她似乎已将上次吵架的事忘得一干二净了，而菲利普却不知在脑海里翻来覆去咀嚼了多少遍。"我还以为你要是想见我，就会给我写信呢。"他回答说。

"我有太多的事要忙，哪顾得上给你写信。"看来，她的嘴里永远吐不出一句让人听着快慰的话。想到命运竟把自己和这么个女人拴在一起，菲利普不禁暗暗诅咒起来。

她去给他端茶点。"要我陪你坐一两分钟吗？"她端来茶点时说道。

"嗯。"

"你这阵子上哪儿去了？"

"就在伦敦。"

"我还以为你度假去了呢。那你怎么没上这儿来？"

菲利普用他那憔悴而满含深情的眼睛盯着米尔德里德。"你难道不记得我说过再也不见你了?”

“那你现在这是干吗来了?”她似乎急于要他饮下这杯羞辱的苦酒。

不过，菲利普十分了解她的为人，知道她这是有口无心，随便闲聊罢了。然而，尽管她本意并非如此，却深深伤害了菲利普。他没有答话。

“你竟然监视我！这招未免玩得太卑鄙了吧！我一直以为你是个地地道道的绅士呢。”

“别对我这么残忍，米尔德里德！我实在受不了。”

“你真是个怪人，搞不懂你。”

“这还不简单！我就是个该死的大傻瓜，明明知道你根本不在乎我，却还是爱你爱得死心塌地。”

“你要真是个绅士，我觉得你第二天就该来向我道歉。”她竟如此冷酷无情，毫无怜悯之心。

菲利普望着她，心想要是能用那把切松饼的小刀在她脖子上捅一下，该多么痛快。他的解剖学知识足够一刀切断她的颈动脉。但与此同时，他又想吻遍她那苍白瘦削的面颊。“你就不能明白我已疯狂爱上了你吗?”

“你还没请求我原谅呢!”

菲利普脸色惨白如纸。她竟然觉得自己那天一点也没错，现在就是想要折辱他。菲利普向来自尊心很强，有那么一刻真恨不得朝她吼：去死吧，你！可他不敢。情欲已把他折磨得奴颜婢膝。只要能见到她，无论付出什么代价，他都甘之如饴。“非常对不起，米尔德里德！请你原谅我!”他用尽全身力气，才逼自己说出这么一句话。

“既然你这么说了，那我也不妨告诉你，我真希望那天晚上是和你一起出去了。我原本以为米勒是个绅士，现在才知道自己错得离谱。我很快就把他打发走了。”

菲利普几乎喘不过气来了。“米尔德里德，今天晚上你愿意和我一起出去吗？我们找个地方吃饭可好？”

“噢，那可不行。我姨妈还在家等我呢。”

“那我去拍个电报，就说你在店里有事耽搁住了。反正，她又不会知道实情。噢，看在上帝的分上，求你去吧。我已经好久没见到你了，很想和你说说话。”

她低头看着自己的衣服。

“用不着介意这个。我们去找个你穿什么都无所谓的地方。吃完饭，我们再去歌舞杂耍剧场玩。求你答应了吧，那会让我欣喜若狂的。”

她犹豫了片刻。菲利普可怜巴巴地望着她，满眼乞求。

“好吧，我也不介意出去走走。都不记得我有多久没出去过了。”

菲利普好不容易才克制住自己，差点儿没当场抓住她的手热吻起来。

第六十章

两人在索霍区吃的晚饭，菲利普幸福得都要浑身发颤了。一些手头拮据的体面人士最爱去生意兴隆、座无虚席的大众餐馆。这些地方不仅能显示他们不拘小节的名士本色，而且价格便宜，用餐经济实惠。但菲利普要去的并非这种地方，而是一家简陋的小餐馆。店主是个善良和蔼的鲁昂①人，他老婆也帮着照管店里的生意。菲利普是在无意中发现这家餐馆的。他被法国风味的橱窗装饰所吸引：按照通常的习惯，橱窗正中的盘子里装着生牛排，两边放着新鲜蔬菜。餐馆只有一名身着破烂衣衫的法国侍者。他本想在这儿学点英语，可客人全都讲法语。这里的常客有几位轻浮放荡的女人，一两家法国侨民（他们在这里存有自备餐巾），还有几个古里古怪的男人经常进店来匆匆扒些便饭。

菲利普和米尔德里德在这儿可以坐一张餐桌。他让侍者去附近酒馆买了瓶勃艮第葡萄酒，又在这儿点了蔬菜浓汤、陈列在橱窗里的牛排，以及炸马铃薯片和樱桃蛋卷。这儿的菜肴和环境还真有几分浪漫的异国情调。米尔德里德起初有些不以为然："我向来不怎么信任这些外国馆子，谁知道他们拿些什么乱七八糟的东西来做菜。"但她很快就在不知不觉中被感化了。"我喜欢这个地方，菲利普。"她说，"这儿用餐根本不必小心翼翼地在乎规矩礼仪。连把胳膊肘放在餐桌上都没关系，是吧?"

一个高个子走进店里，头发灰白，又长又密，稀疏的几根胡子乱糟糟的。他披了件破旧的斗篷，头上戴着阔边呢帽。他朝菲利普点头致意，因为菲利普之前在这儿见过他。

"他看起来像个无政府主义者。"米尔德里德说。

"他是全欧洲最危险的人物之一。大陆的各处铁牢都曾接待过他。要问他暗杀的人物究竟有多少，只有阎王才知道。无论走到哪里，他口袋中都揣着一颗炸弹。和这样的人说话当然不容易，一言不合，他就掏出炸弹，砰地往桌上一放，叫你开开眼界。"

米尔德里德又惊又骇地望着那人，接着目带怀疑地扫了菲利普一

① 法国北部港口城市。

眼。她瞧见菲利普的眼睛里隐隐有笑意，不禁微微皱起眉来："你这是在捉弄我。"

菲利普忍不住笑出声来，感觉开心极了。但米尔德里德不喜欢被人打趣："我丝毫不觉得说谎有什么好笑的。"

"别生气嘛。"菲利普握住她搁在餐桌上的那只手，轻轻捏了捏。"你太可爱了！即便让我吻你脚下踩过的泥土，我也愿意。"他说。

她那苍白泛青的皮肤让他迷醉不已，而那两片薄薄的没有血色的芳唇简直让他心荡神摇。贫血症让她有点呼吸困难，两片嘴唇经常微微张着。在菲利普看来，这病态反而不可思议地给她的脸蛋增添了几分妩媚。

"你是有点喜欢我的，是不是？"他问。

"嗯，要是不喜欢你，那我干吗还到这儿来？你是个地地道道的绅士，我说的可是实话。"

他们已经吃完饭，开始喝咖啡。省吃俭用早被菲利普丢到爪哇国去了，竟然抽起三便士一支的雪茄来了。

"你一定想象不出，就这样坐在你对面，凝目望着你，对我而言就是多么大的乐趣。我无时无刻不在思念你，朝思暮想地渴望见到你，都要相思成疾了。"

米尔德里德嫣然一笑，两颊泛起淡淡的红晕。平时她一吃完饭，就会闹出各种消化不良的症状，可今天却一点事都没有。她对菲利普似乎颇有好感，连眼神都与平时不同，散发着脉脉柔情。这怎能不叫菲利普心花怒放。他本能地觉得，就这样拜倒在她的石榴裙下，任她摆布操纵，自己实在是有些疯了。要想赢得她的爱，唯一的机会就是现出满不在乎的样子，而绝不能让她察觉到在他胸腔中汹涌澎湃的爱情洪流。否则，她就会利用他的弱点，将其变成情感傀儡。可他现在已被爱情的洪流冲昏了头脑，哪还顾得这许多的小心谨慎。他向她倾诉衷肠，说自从和她分手后忍受了多少痛苦；又说他如何强自挣扎，想要从淹没他的爱情激流中逃脱出来；且一度以为自己成功了，到头来却愈演愈烈、愈陷愈深。他嘴上虽说想要从爱情激流中挣脱出来，心里却很清楚自己根本不想这样。他爱她已经到了不介意任何折磨的地步，恨不能把心掏出来给她。他将自己的缺点在她面前暴露无遗，并且引以为傲。

对菲利普来说，能这样坐在这间温馨简陋的餐馆里就已是无上幸福了。但他知道，米尔德里德喜欢娱乐消遣。她生性好动，根本静不下来。不管到了什么地方，待不了多久，就想去另外的地方。他可不敢让她觉得无聊。“我说，去歌舞杂耍剧场怎么样?”菲利普问道。其实，他心里正飞快地思索着，要是她真心在乎自己，就一定会说宁愿待在这儿。

“我正想着要是打算去剧场，也该走了。”

“那就走吧。”菲利普强忍着性子，好不容易熬到终场。接下来该怎么做，他已是胸有成竹。等到上马车的时候，他装作若无其事的样子顺势去搂她的腰。可伴着一声惊呼，他赶紧把手缩了回去，不知被什么东西扎了一下。

米尔德里德咯咯直笑。“嘿嘿，这就是你没事找事，把手随便乱放的教训。”她说，“男人什么时候伸手过来搂我，可是瞒不过我的，那枚别针总能让他们中招。”

“下次我一定小心点。”菲利普又伸手去搂她的腰。这回，她没反抗。“坐在马车里，实在太舒服了。”菲利普发出一声幸福的感叹。

“还不是因为你占了便宜，所以高兴了。”她顶了一句。

他们沿着圣詹姆士街一路直下，最后拐进公园。菲利普飞快地吻了她一下。他非常害怕惹恼她，鼓足了全部勇气才敢去吻她。而她只是默默把嘴唇转向他，什么也没说。看她那副神情，似乎既不介意，也不喜欢。

“你不知道我想吻你想了有多久。”菲利普嗫嚅着说。

他试着再去吻她，她却把头扭开了。“一次就够了。”她说。

想着再找机会吻她一下，菲利普陪她往赫尼希尔走去。走到她住的那条街道的尽头时，他问道：“能不能再让我吻你一下？”

她面无表情地看着他，然后朝街上扫了一眼，瞧见四周并无人迹：“我不介意。”

菲利普一把将她拉进怀里，狂热地吻着她，但她使劲把他推开了。“当心我的帽子，傻瓜。你真是笨手笨脚的。”她娇嗔道。

第六十一章

从这以后，菲利普每天都要和她见面。他甚至开始午饭也去点心店吃了。但米尔德里德制止了他，说这样会惹来店里女侍的闲言碎语。他只好满足于去那儿用茶点。不过，他总是等在外面，好在她下班后陪她步行到车站。每周有那么一两次，他们会一起出去吃饭。他还送给她一些小礼物，有金手镯、手套、手帕，以及此类的小玩意儿。他的花费越来越大，根本不是他所能承受得起的，但还是身不由已地要去做。只有在他送出礼物时，米尔德里德才会流露出些许温情。她知道每样物品的价格，而她的感激之情也与礼物的价值成正比。菲利普根本不去计较这些。只要米尔德里德主动吻他一下，他就幸福得不知所以，哪还有心思去计较他是怎样获得佳人青睐的。他发现米尔德里德觉得礼拜天在家非常烦闷无聊，便在那天早上跑到赫尼希尔，等在马路尽头和她碰面，然后陪她去教堂。

“我一直都喜欢去教堂。”她说，“看起来非常庄严气派，是不?”

做完礼拜，她回家吃午饭，菲利普则去一家旅馆胡乱吃点东西。下午，他们又去布洛克韦尔公园散步。两人没什么共同话题，菲利普生怕她感到厌烦（她很容易就感到厌烦），只得绞尽脑汁，煞费苦心地搜寻着话题。他心里明明知道，这样的散步双方都得不到什么乐趣，但他就是舍不得离开她，竭尽全力延长散步时间，直到她精疲力竭，大发脾气才罢。菲利普知道，她根本不在乎自己，尽管理智告诉他，这个女人天生冷漠绝情，根本不懂什么叫爱情，可他偏偏痴心妄想，兀自强求从她这儿得到爱。他无权向她提出要求，可还是禁不住这么做。现在，他们的关系变得亲密起来，他发现自己不再像过去那么容易控制得住脾气。他常常被惹得满肚子怒火，不由得说些尖酸刻薄的话。吵架成了家常便饭，每次过后她都对他不理不睬。菲利普没办法，只得缴械投降，卑躬屈膝地去恳求她原谅。菲利普也生自己的气，恨自己竟然这么没骨气。要是看到米尔德里德在店里和其他男人说话，他就嫉妒得怒火中烧。而他一旦打翻醋坛子，就再也控制不住自己。他会故意当众羞辱她一顿，愤愤离去。晚上躺在床上翻来覆去，辗转难眠，被妒火和懊悔交替折磨，苦苦熬过一个不眠之夜。第二天，他又会跑回店里，低声下气地恳求她原谅。

“别生我的气!”他说，“我实在太喜欢你了，控制不住才这样。”

“总有一天，你会闹得回不了头的。”她回答说。

菲利普非常想去她家看看，这样就可以把两人的关系提升到一个新的亲密档次。如此一来，比起她上班时偶然结识的那些人来，他就稳占优势了。可米尔德里德偏偏不让他去；“姨妈会觉得，这太荒唐了。”她说。

菲利普怀疑她不让自己去，不过是因为不想让他看见她姨妈罢了。米尔德里德一直说她姨妈是个有身份的寡妇，丈夫生前是个有体面职业的人（在她眼里，有体面职业就是显赫人物）。但她心里很清楚，她那位好姨妈根本算不上显贵人物，才不敢让菲利普去，害怕会被戳穿。据菲利普估计，姨妈充其量也就是个小商人的寡妇罢了。他知道米尔德里德是个势利眼。他想向她表明心迹，无论她的姨妈是何等卑贱人物，他全然不在乎，可就是不知道如何向她传达这层意思。

一天晚上吃饭的时候，两人爆发了最恶劣的争吵。事情的导火索是，米尔德里德告诉菲利普，有位男士请她去看戏。菲利普听后面色惨白，神情僵硬。“你是不会去的吧?”菲利普问道。

“为什么不去？他可是个非常好的正人君子。”

“只要你说想去哪儿，我都带你去。”

“那是两码事。我总不能天天都围着你转吧。再说，他让我选定看戏的日子，所以只要不是同你外出的日子不就行了嘛，又不会影响到你什么。”

“你要是还有那么一点点羞耻之心，有那么一点点感激之情，就不会这么想去的。”

“我不明白你说的‘感激之情’是什么意思。如果你指的是那些送给我的东西，那你尽可以全都拿回去。谁稀罕那些破玩意儿!”她此刻说话的口吻就像泼妇骂街。不过，她也不是头一遭用这种口吻说话了。“老是和你出去一点意思都没有。‘你爱我吗?’‘你爱我吗?’你就只知道这么问个不停，问得我烦透了。”（菲利普明知道一再追问她这个问题实在愚蠢透顶，可就是管不住自己，非问不可）“噢，我自然是喜欢你的。”她总是这么回答。

“就只是这样吗？我可是全心全意地爱着你啊。”

“我不是那种人，说不了那么肉麻。”

“但愿你能知道，就那么一个词，却能给我莫大的幸福!”

“好吧，我还是那句老话：我天生就是这么个人。谁要是想和我结交，就得接受我原本的样子。要是不喜欢，那就只好委屈他们多忍忍了。”有时候，她说得比这更直截了当。当菲利普问起那个一再追问的问题时，她会说：“天，别又来这一套!”

那时，菲利普就会被她搞得心情沉郁，一句话也不想说，心里恨死了她。但是此刻，菲利普接着说道：“呃，好吧，要是我真让你烦透了，那你为什么还肯屈尊和我一块儿出来呢?”

“可不是我想出来的——这一点我可以向你保证——还不是你死拉硬拽，哄我出来的。”

这句话可大大伤害了菲利普的自尊心，他发疯似的接口说：“你以为我就是那么个任你欺负的烂好人，没人请你吃饭、看戏的时候，就拿我来充数！一旦有人陪了，就巴不得我滚到地狱去！真是谢谢你这么看得起！可我已经受够了当替补，恶心死了!”

“我可不准备继续让人这么说我。现在就请你看清楚，我是多么稀罕你这臭饭!”说罢，她猛地站起身，披上外套，飞速走出餐馆。

菲利普坐着一动不动，下定决心绝不去追她。可十分钟之后，他就坐不住了，急匆匆跳上马车，追她去了。他心里猜测着她应该是乘公共汽车去的维多利亚车站，就乘马车赶去，说不定两人还能同时到达那儿。他一眼就瞧见她站在月台上，便竭力避开她的视线，偷偷跟她搭同一班列车去赫尼希尔。他打算等她快到家了再和她说话，那时她就是想躲也躲不了。大街上灯光璀璨，熙来攘往，好不热闹。她一拐过路口，他就追了上去。“米尔德里德!”他大声呼喊。

她继续往前赶路，既不瞧他一眼，也不答话。菲利普又唤了一声，她这才停下脚步，转身面对他。“你到底想要怎样？我看见你在维多利亚车站四处晃悠。你干吗老缠着我不放?”

“非常对不起！我们讲和，好不好?”

“不，我受够了你那臭脾气和酸醋劲儿。我不喜欢你，从来就没喜欢过你，以后也绝不会喜欢你。我再也不想和你有丝毫瓜葛了，就此一拍两散吧！”她继续快步前行，菲利普得小跑着才能跟上她。

“你从来也不肯设身处地为我想想。”菲利普说，“要是你对一个人满不在乎，那你自然每天都觉得轻松惬意，用不着生气计较什么。可要是你像我这样爱得那么深，就很难控制自己的情绪了。可怜可怜我吧！我不介意你不喜欢我，毕竟感情这东西也没法强求，我只求你让我爱你。”

她只顾往前走，愣是不吭声。眼看再走不了几百码就到家门口了，菲利普心里痛苦不堪，再也顾不得什么自尊心了，低声下气、语无伦次地将心中的爱与悔恨一股脑儿倾倒出来。“只要你这次肯原谅我，我保证今后什么都顺你的意，让你再也没什么好抱怨的。你想和谁出去就和谁出去。只要你在没什么事做的时候能陪陪我，我就心满意足了。”

这次，她停下了脚步。他们已经来到街角，平时总在这儿道别的。“现在请你自便吧！我不会让你走近我家门口的。”

“我不会走的，除非你说已经原谅我了。”

“这一切都叫我受够了，烦得要死！”

菲利普犹豫片刻，本能地觉得可以说些能打动她的话。可真要说出这些话来，他又觉得恶心。“上天对我真是残忍，让我遭受这么多苦。你不知道跛子过的是什么日子。你当然不喜欢我，我也不指望你会喜欢我。”

“菲利普，我不是那个意思。”她慌忙接口说，声音里突然带着几分怜悯，“你知道事情不是你说的那样。”

菲利普还真演上了，声音变得沙哑而低沉。“哎，我可是感觉到了呢。”他说。

她握住菲利普的手，望着他，眼里噙满了泪水。“我可以向你保证，这一点我从没计较过。除了最初一两天，我就再也没往那上面想过。”

他愁眉不展，一声不吭，浑身弥漫着悲哀的气息。他想让她觉得，自己已被无限的悲哀击垮了。

“你知道我是多么喜欢你的，菲利普。只是有时候你有点叫人受不了。我们和好吧。”她将自己的双唇凑过去。菲利普如释重负地长叹一声，吻住了她。“现在你开心了吧?”她问道。

“开心死了。”

她向他道过晚安后，沿着马路急匆匆离去。第二天，他送给她一个小巧的怀表，表上镶有胸针，可以别在外套上。这可是她盼望已久的礼物。三四天后给他端来茶点时，她却说道：“你还记得那天晚上答应过我什么吧？你会信守诺言的，是不?”

“是的。”他很清楚她指的是什么，便对她接下来要说的话已做好了思想准备。“今天晚上，我要和上次跟你提到过的先生一起外出。”

“好吧。希望你能玩得开心。”

“你不介意的吧?”

此刻，他已能将情绪控制得很好了。“我自然是不喜欢。”他微微一笑，说道，“不过，我会尽量控制自己不变得那么讨人厌。”

这次外出让她很是兴奋，也就乐意多说几句。菲利普心里暗自思量：她这么做究竟是为了让他痛苦，还是说她生就冷酷无情，对别人的感情可以置若罔闻？他已经习惯于宽恕她的残忍，并将其归结于她头脑愚钝、行事糊涂。她头脑愚钝，根本察觉不出她伤害了他。“和一个既无想象力又没幽默感的姑娘谈情说爱，真是没多大乐趣。”他一边听她说话，一边暗自在心里思量。不过，正因为她缺乏这两项优点，才使得菲利普总能找到借口原谅她。菲利普觉得，要是自己没认识到这一点，绝不会一次又一次地原谅她给自己带来的痛苦。

“他在蒂沃利剧院订了座。”她说，“他让我选，我就选了那家。

我们还要去皇家餐厅吃饭。他说那是全伦敦最奢华的餐馆。”

“他可是个地地道道的绅士。”菲利普学着米尔德里德的腔调暗自腹诽，但他紧咬牙关，努力克制自己不说出声来。

菲利普跟着去了蒂沃利剧院，瞧见米尔德里德他们坐在正厅前座第二排。她的同伴是个脸面光洁的年轻人，头发梳得油光锃亮，衣服干净齐整，看上去像个旅行推销员。米尔德里德戴着黑色印花帽子，上面插着几根鸵鸟毛，映衬得她十分漂亮。她听着请客的主家说话，脸上带着菲利普所熟悉的淡笑。她一向没什么生动表情，只有粗俗的滑稽闹剧才能逗得她哈哈大笑。不过，菲利普看得出来，她此刻兴致正浓，趣味盎然。他不无酸涩地想，她跟那个华而不实、满身快活劲的家伙还真是般配。米尔德里德迟钝的性子，让她很是欣赏爱说爱笑能闹腾的家伙。菲利普虽说很喜欢和人探讨各种问题，却并不擅长随意闲聊。他的一些朋友，例如劳森，很有一套说笑逗趣的本事，兴之所至，插诨打科信手拈来，叫他敬佩不已的同时，也让他感觉逊人一筹，因此变得更加羞涩和笨拙。凡是他感兴趣的事，米尔德里德偏偏觉得乏味枯燥。她希望听男人谈论足球和赛马，而菲利普对这两样一无所知。能逗女孩子展颜一笑的俏皮话，他一点儿也说不出来。

菲利普一向十分信服印刷成册的东西。为了让自己变得幽默风趣，他便专心致志地研读起《体育时报》来。

第六十二章

菲利普陷落在情欲的激流中，受其摆布操控，但并非心甘情愿。他知道，世事人生很多时候就像过眼云烟，转瞬即逝，而自己的情欲早晚有一天会消失殆尽。他翘首以盼那一天的到来。爱情就好似附在他心上的寄生虫，靠吮吸他的心血来维持那让人又憎又恨的生命。爱情迷得他神魂颠倒，沉醉其中的他对生活中的其他事情再也提不起兴趣。以前，他喜欢去幽静典雅的圣詹姆士公园，常坐在那儿欣赏碧树蓝天交相辉映的美景，就像日本版画那样色彩淡雅、轮廓鲜明。他也常去风景秀丽的泰晤士河畔，看着船舶来回穿梭，在码头停靠起航，一路迷人的水景仿佛有股魔力般让人百看不厌。此外，伦敦变幻莫测的万里云天，也让他生出无限的美好遐想。可如今，美景对他来说淡然无味。只要米尔德里德没有陪在身边，他就身心焦躁，坐立不安。有时候，他觉得去看看画也许可以排遣心中的悲伤，哪知最后竟也像观光客一样在国家美术馆的画廊里匆匆穿行，没有一幅画能震颤他情感的琴弦。他甚至怀疑，自己从前深深迷恋的事物今后再也引不起他的兴趣。他过去求知若渴，喜好读书，现在却觉得满纸荒唐，毫无意义。他将空闲时间全都花费在医学院俱乐部的吸烟室里，不断翻阅数不胜数的期刊。这样的爱情真是折磨人，他恨自己不争气，竟深陷其中而不能自拔。他成了爱情的囚犯，渴望能重获自由。

有时候他一早蒙蒙眬眬地醒来，心中别无所感，灵魂不由得一阵欢欣跳跃，以为自己自由了，再也不受爱情羁绊了。哪知过了一小会儿，等他神志完全清醒了，痛苦又重新回荡在心田，让他明白自己罹患的相思病并未治愈。尽管他疯狂地渴望着米尔德里德，心里却对她很是鄙视。他心里暗自想着，疯狂爱上一个女人的同时又无限鄙视她，世界上再没有比这更折磨人的了。

菲利普一向有剖析自我、探究内心情感的习惯，经过反复自我思量和斟酌，最后得出这样的结论：只有使米尔德里德成为情妇，才能治愈那让他自甘堕落的情欲之疾。将他折磨得死去活来的正是身体上的饥渴。如果这种性饥渴能得到满足，他兴许就能挣脱那已束缚自己到难以忍受的桎梏。他知道米尔德里德在这方面对他丝毫不感兴趣。每当他狂热地亲吻她的时候，她出于本能的厌恶，总是竭尽全力地挣脱开去。这个女人竟然一点儿也没春心荡漾。有时候，他故意讲些在巴黎的风流艳遇，想借此激起她的醋劲，哪知她全然不感兴趣，根本无动于衷。有一两次，他故意坐到其他餐桌上，和别的女侍打情骂俏，可她依旧漠不关心，完全不在乎。菲利普看得出来，她这并不是假装的。“你不介意我今天下午没光顾你的座儿吧?”有一次他陪她去火车站时这么问道，“你照管的那几张桌子似乎全坐满了。”这话并不符合事实，她却懒得戳穿他。就算这些对她来说无所谓，可哪怕她能装出几分在意的样子，菲利普也会感激不尽。要是她再能娇嗔着责备几句，那对菲利普饱经创伤的心灵来说更是莫大的安慰了。“我觉得你每天都坐同一张桌子挺傻的，就应该时不时地光顾一下其他姑娘的座儿。”菲利普越想就越坚信，只有让她完全委身于自己，他才能获得自由。他就像古时候被魔咒变成怪物的骑士，急于找到能让自己恢复健美人形的解药。菲利普仅存一线希望。米尔德里德非常想去巴黎饱饱眼福。对她来说，就像大多数英国人一样，巴黎乃是欢乐与时尚的中心。她听人谈起过卢浮宫附近的商场，在那儿可以买到最时新的商品，而价格只有伦敦一半左右。她有位朋友的蜜月就是在巴黎度过的，在卢浮宫玩了一整天。在巴黎逗留期间，她同丈夫——我的老天爷——天天玩到通宵，不到早晨六点绝不会上床睡觉。还有“红磨坊”，以及其他数不胜数好玩的地方。菲利普心想，哪怕她仅仅为了实现去巴黎的夙愿才心不甘情不愿地委身相就，他也不在乎。只要能满足情欲，无论付出什么代价，他都不在乎。他甚至生出戏剧里那种疯狂念头——给她灌迷药。吃饭时，他不断向她劝酒，想借酒精的作用将她麻醉得意乱情迷，可她偏偏不爱喝酒。尽管她喜欢让菲利普在吃饭的时候点香槟，但这不过是因为它放在餐桌上面子很好看，而她喝下肚的从不超过半杯。她喜欢让大酒杯斟得满满的，然后原封不动地留在餐桌上。“让侍者看看咱们是何等人物。”她说。

菲利普选了一个她看起来特别和善的时机，把这件事提了出来。三月底，他有一场解剖学考试。再过一周就是复活节，到时候米尔德里德会有三天的假期。“我说，你假期何不去巴黎逛逛?”他提议说，“咱们可以尽情玩几天。”

“玩得起吗？得花好大一笔钱呢。”

菲利普已想到这一点，去趟巴黎至少得花二十五镑。这对他来说，确实是笔不小的花费。不过，即便花掉所有的钱，他也愿意把最后一个硬币花在她身上。“那有什么关系！说你愿意去就行了，亲爱的。”

“接下来该怎么办，我倒是想知道。我哪能跟一个没和我结婚的男人到处乱跑？你真不应该出这样的馊主意!”

“那有什么大不了的!”

他将和平街如何瑰丽繁华夸了又夸，将牧羊女舞剧场装饰得如何金碧辉煌赞了又赞，他将卢浮宫和廉价商场形象生动地描述了一遍，绘声绘色地讲述了仙苑餐厅、修道院以及外国游客经常光顾的其他种种游乐场地，他将自己所鄙视的巴黎那俗丽的一面添油抹彩地修饰一番——他拼命恳求米尔德里德与他同游巴黎。

“你看，你总是说爱我爱我，但你要是真的爱我，就该想要娶我的。可你从来也没向我求过婚。”

“你知道我结不起婚啊。毕竟，我才大学一年级，今后六年都休想赚到一个子儿。”

“噢，我不是怪你的意思。即使你跪下来向我求婚，我也不会答应的。”

他曾不止一次地想过结婚的事儿，却不敢贸然跨出这一步。早在巴黎的时候，他就形成了这样一种看法：婚姻乃是俗人遵循的一种习俗，而这种习俗实在荒谬绝伦。他心里很清楚，同她步入婚姻殿堂、从此缔结永恒的夫妻关系，定会把他给毁了。菲利普出身于中产阶级，本能地认为，娶一个点心店女侍为妻实在是非常可怕的一件事。家里放着粗俗低贱的妻子，他如何还能谋到体面的职业。再说，他现在的钱倘若勒紧裤带过日子，勉强还能维持到他取得行医资格。要是结了婚，即使商定不要小孩，他也无力养活妻子。想到克朗肖将自己和一个粗鄙的荡妇绑在一起，菲利普就不寒而栗。他完全可以预见到，爱慕虚荣、思想平庸低劣的米尔德里德将来会变成什么样的人。他绝不可能娶这样的女人为妻。他虽能在理性上如此毅然决然地做出决定，在情感上却觉得无论发生什么，都要将她占为己有。假如非得结婚才能将她弄到手，那他也愿意铤而走险将她娶回来，至于将来的事走一步看一步好了。哪怕将来引发灾难性的后果，他也在所不惜。他脑子里一生出某个念头，那念头就会紧紧将他缠住，怎么也挥之不去，让他再也无心想别的事。菲利普还富有一股非比寻常的强悍力量。这股力量对于凡是他热切想要做的事，都会摆出各种各样的理由来极力促成，让他做得既心安又理得。现在，他就把自己能想到的所有反对这门婚事的正当理由全都一一推翻。他只觉得自己一天比一天更加迷恋米尔德里德，那股得不到满足的情欲之火烧得他既怒又恨。“老天在上，我要是娶了她，绝对要她为我今天遭的这种罪付出代价。”他自言自语道。

最后，他再也忍受不住这种痛苦的折磨。一天晚上，在索霍区的小餐馆（他们已是那里的常客）吃完饭后，菲利普对她说：“嗯，那天晚上你说即使我求婚，你也不会嫁给我。你果真是这个意思？”

“当然，为什么不是真的？”

“因为没有你，我就活不下去。我要你永远都和我在一起。我也尝试过摆脱这种想法，可我做不到。我想要你嫁给我。”

她读过许多小说，自然不会不知道该如何应付眼前这种状况。“真是非常感谢你，菲利普。你的求婚，真是让我受宠若惊。”

“噢，别来这套敷衍人的废话。你会嫁给我的，是不是？”

“你觉得我们在一起会幸福吗？”

“不会。但这又有什么大不了的？”这两句话实非菲利普本愿，却愣是从嘴里冒了出来。

她听了大吃一惊。“好吧，你这个人真有意思。你既然都这么想了，那干吗还要娶我？那天，你可是说了你根本结不起婚的。”

“我想，我还剩有一千四百镑的财产，两个人凑合着过日子，不见得比单身多花钱。咱们省吃俭用，这笔钱应该可以支撑到我取得行医资格。在医院实习一段时间，我就能当上助理医师了。”

“也就是说，你在这六年里一分钱也赚不到。我们得靠四镑左右的钱过一个星期，是吗？”

“只有三镑多一点儿。我还得付学费呢。”

“你当上助理医师后能赚多少钱？”

“每周三镑。”

“你的意思是说，你长年累月地埋头苦读，还把仅有的一点儿老本都搭进去了，到头来却只能换得每周三镑的收入？我觉得那样的话，我的日子也不见得比现在好。”

菲利普一时被噎得说不出话来。“你的意思是不会嫁给我了？”菲利普半晌才声音嘶哑地问道，“在你眼里，我的一片痴情难道什么都不是吗？”

“在这种事上，谁都免不了要为自己打算打算，是不是？我不反对结婚，但如果婚后的生活不见得比现在好，我宁可不结婚。我看不出那样的婚姻有何用。”

“你要是真喜欢我，就不会这么想。”

“或许是吧。”

菲利普又被噎得说不出话来。他喝了杯酒，好咽下喉头的哽咽。

“瞧那个刚走出去的姑娘！”米尔德里德说，“她穿的那身皮衣，是在布里克斯顿的廉价商场买的。上次我去那儿时在橱窗里看到过。”

菲利普冷笑一声。

“你笑什么？”她问，“我说的都是真的。当时我还对姨妈说，我绝不会买那种陈列在橱窗里的便宜货。你花了几个钱，大家都心知肚明。”

“我真搞不懂你。先是伤透了我的心，接着还没喘口气，你就开始东拉西扯地说些毫不相干的废话。”

“你脾气真臭，总是对我发火。”她深感委屈地愤愤不平道，“我没法不去注意那种皮货，因为我对姨妈说——”

“我他妈的才不管你对你姨妈说些什么！”菲利普不耐烦地打断她的话。

“我希望你和我说话的时候别用那些污言秽语，菲利普。你知道我不喜欢听。”

菲利普脸上挤出一丝笑容，眼里却闪烁着怒火。他一时沉默不语，只是面色阴沉地盯着她。他恨这个女人，鄙视她，却又爱她。“我要是还有一丝理智，就再也不会见你。”他终于开口说道，“但愿你知道，爱上你这种女人，让我多么鄙视自己。”

“你这么对我说，可不大合适。”她愠怒地回道。

“是不合适。”他哈哈大笑起来，“我们去看台瞧瞧吧。”

“这就是你古怪的地方，突然在别人意想不到的时候大笑起来。既然我让你那么伤心，你干吗还想带我去看台？我已经准备好回家了。”

“不过是因为没有你在身边，更让我伤心罢了。”

“我真想知道你到底是怎么看我的。”

他放声大笑。“亲爱的，你要是真知道了，就再也不会和我说话啦！”

第六十三章

三月底举行的解剖学考试，菲利普没能通过。考试前，他曾同邓斯福德一块儿复习功课，两人就着菲利普置办的骨架你问我答，我问你答，直到把人体骨骼上的所有机件及各个骨节、骨沟的功用特点搞得一清二楚。哪知进了考场后，菲利普却突然惊慌起来，生怕答错了题，心里越是紧张害怕，笔下就越是不听使唤，错误百出。他知道自己考砸了，第二天甚至懒得跑去考试大楼查看学号是否在过关学生之列。第二次考场失利，确定无疑地将菲利普划归年级既无能又懒散的那一类学生中。

菲利普并不怎么在乎，他还有其他的事要操心。他告诉自己，米尔德里德也是爹生娘养的，也该和正常人一样有七情六欲。问题在于如何唤醒她这些欲望。对于女人，他自有一套理论，认为总能从她们心上打开一丝缺口；只要坚持不懈，她就总会有屈服的一天。关键在于要有耐性，等待时机。首先要控制好自己的脾气；再不时向她们献点殷勤，以侵蚀她们的意志，让她们步步沦陷；趁她们身体疲倦劳累时，对她们加以温存呵护，以此叩开她们的心扉；每当她们在工作中遇到什么烦恼困扰，就让自己成为她们排忧解闷的舒心港湾。菲利普给米尔德里德讲了巴黎旧友的情况，聊到朋友们的友谊以及他们的风流韵事。他描绘的巴黎生活是那样迷人、闲适自在、深富乐趣、毫无庸俗之感。他将咪咪和鲁道夫以及穆塞塔和其他人扣人心弦的迷乱风流史编织进自己对往事的回忆，给米尔德里德讲了一个精彩动听的故事。虽然故事里不乏穷困，但听起来觉得那儿的生活充满诗情画意和欢声笑语，甚至男女之间胡作非为的偷情之事由于洋溢着年华的美好和青春的活力而显得无比浪漫。他从来不直截了当地抨击她的偏见，而是旁侧敲击，暗示她的那些看法皆因孤陋寡闻所致。现在，他不再因她的漫不经心而心烦意乱，也不再因她的冷漠无情而大动肝火。他努力使自己显得温柔有礼，增加自己言谈的幽默风趣。他将自己的脾气控制得很好，再不生气耍性子，绝不提出任何要求，也不再抱怨和发牢骚。即使约会被她放鸽子，他第二天照样笑脸相迎；而当她表示歉意时，他就大度地说没关系。他从来不让她察觉到自己为她受尽了痛苦折磨。他明白自己那狂热的爱恋之苦让她不胜厌烦，现在处处留神，小心翼翼地藏起内心澎湃的情感，绝不让她感到一丝半点的麻烦。他就像一个英雄，为了爱慕的佳人，心甘情愿地自我牺牲。

尽管米尔德里德从来不提及菲利普的这些变化（她从不费心去注意这些），但毕竟还是受到了潜移默化的影响。她更加信任菲利普了，经常和他说些心里话。每每受了小委屈，总要从菲利普这里寻求安慰。她还经常在菲利普面前抱怨诉苦，说店里的女经理、同事或姨妈怎么让她受苦了。她现在已变得非常健谈，尽管絮絮叨叨的都是鸡毛蒜皮的琐事，但菲利普听得津津有味，毫无厌烦之感。“只要你不老是缠着我求爱，我还真是挺喜欢你的呢。”她有一次这么对菲利普说。

“倍感荣幸!”他笑着说。

她并没意识到自己的话让菲利普听得心里猛然一沉，也没意识到他费了怎样的劲才做出如此轻松的回答。“噢，我不介意你时不时吻我一下。反正这又伤不着我什么，还能给你带来快乐。”有时候，她甚至主动要求菲利普带她外出用餐。她肯这么主动，菲利普自然欣喜若狂。“要是对别人，我才不会这么做呢。”她还为自己辩解一句，“但是对你，我知道没关系的。”

“你肯赏脸，实在给了我莫大的快乐。”菲利普微笑着说。

四月底的一个晚上，她让菲利普带她出去吃点什么。“好啊！”他说，“那之后你想去哪儿？”

“噢，我们哪儿都不去，就坐下来聊聊天。你不会介意的吧？”

“当然不介意。”

菲利普觉得，她定是开始有点在乎他了。三个月之前，要是让她整晚都只和他聊天，哪儿也不去，她还不得厌烦死。那天风和日丽，盎然的春意更让菲利普兴致高涨。他现在极易满足。“我说，夏天快到了，真是太好了啊！”菲利普说。此刻，他们正坐在去索霍区的公共汽车顶层。这是米尔德里德主动提议的，说他们不该那么奢侈浪费，每次都坐马车。他随即又道：“每个星期天，我们都可以在泰晤士河畔观光。我们可以自备午餐，带个食品篮。”

她嫣然一笑。菲利普见了倍感鼓舞，一把握住她的小手。她没有挣脱。“我真觉得你开始有点喜欢我了。”他满面含笑。

“你真傻，明知道我喜欢你的。要不然，我干吗还和你来这儿？”

两人现在已是索霍区那家小餐馆的常客了。店主一见他们进来，便微笑致意，小二更是满脸逢迎之色。

“今晚让我来点菜。”米尔德里德说。

菲利普觉得她今晚分外妩媚动人，随手把菜单递给她。她点了几个最爱吃的菜。这家餐馆的菜肴并非种类繁多，所有的菜他们都品尝过多次。菲利普心里乐滋滋的，一会儿凝视着她的双眸，一会儿望着她那完美无瑕的苍白脸颊出神。吃完晚饭，米尔德里德破例抽了支烟。她很少抽烟。“我觉得，一个淑女抽烟挺不雅观的。”她说。她犹豫了片刻，接着又开口道，“我要你今晚带我出来，又让你请我吃饭，你是不是觉得挺吃惊的？”

“我开心还来不及呢。”

“我有话要对你说，菲利普。”

他飞速地瞟了她一眼，心里骤然一沉。不过，他已能很好地控制情绪了。“好呀，有什么就说呗。”他微笑着说。

“你听了不会干出什么蠢事吧？事实上，我快要结婚了。”

“是吗？”菲利普说。除了这句话，他想不出该说些什么。他以前也常在思索这种可能性，还想象过自己到时会作何反应。一想到自己会遭受怎样的绝望折磨，就痛不欲生，恨不得一死了之，估计自己到时候会愤怒得发疯。然而，或许因为之前太过频繁地演练那种绝境之下的情感折磨，事到临头，他反倒只觉得精疲力竭，就好像病入膏肓的人一样，早已奄奄一息，万念俱灰，只求他人别来打扰。

“你知道，我年纪一天天大了。”她说，“今年已经二十四岁，该找个归宿了。”

菲利普沉默不语。他望望坐在柜台后面的掌柜，随后又看向一位女客，目光停留在她帽子上的一根红羽毛上。

米尔德里德有些恼火。“你该向我道喜。”她说。

“是该道喜，可不是吗？我简直不敢相信这是真的。我经常梦到这种情形。你主动要我带你出来吃饭，我还兴奋得不得了呢！没想到竟是这么回事。想想还真是好笑啊。新郎官是谁？”

“米勒。”她回答说，有些脸红。

“米勒？”菲利普震惊得大叫起来，“但你好几个月都没见他了呀！”

“上周有一天他来店里吃午饭，向我求婚了。他是个赚大钱的人，现在每周能进账七镑，以后还会赚得更多。”

菲利普再次沉默不语。他记起来她一直都很喜欢米勒。米勒总能逗得她喜笑颜开，他的外籍出身蕴含着一股奇异的魅力，让米尔德里德不知不觉中就被迷住了。“我想，这也是不可避免的。”他最后开口说道，“自然是谁出价高，就该归谁所有。你们什么时候举行婚礼?”

“就在下周六。我已经发出婚笺了。”

菲利普只觉心里猛然痛如刀绞。“这么快?”

“我们不准备大肆操办，就去登记处领个证就行了。埃米尔喜欢这样。”

菲利普觉得心力交瘁，想尽快离开她，径直躺到床上去。他招呼着结账。“我去叫辆马车送你去维多利亚车站。我相信你不用在车站等多久，就能坐上火车的。”

“你不送我回去了?”

“我想，要是你不介意的话，我就不去了。”

“随你便吧!”她傲慢地说，“我想，明天用茶点的时候还会再见面的吧?”

“不，我想咱俩最好还是一刀两断。我觉得，没理由再自我折磨了。我已经付了马车费。”他朝她点头道别，嘴角勉强挤出一丝微笑，随即跳上公共汽车回家去了。

上床前，他抽了一支烟，疲倦得几乎睁不开眼皮。他没有感到任何痛苦，头一沾上枕头，便陷入熟睡之中。

第六十四章

凌晨三点，菲利普就醒了，怎么也睡不着了。他开始思念米尔德里德。他努力不去想她，可情难自禁，脑海里不时冒出她的身影。就这样反反复复，在“想”与“努力不想”间浮浮沉沉，直搞得他头昏脑涨。米尔德里德要嫁人是不可避免的：姑娘家自己挣钱糊口，会生活得很辛苦。发现有人能给她提供一个温暖舒适的家，她接受也是无可厚非的。菲利普承认，按照米尔德里德的看法，嫁给自己才是疯狂之举呢。只有爱情才能使眼下这种捉襟见肘的贫困生活得以忍受，但她并不爱他。这并非她的过错，不过是又一个他必须接受的事实罢了。菲利普试图说服自己，他告诫自己，到如今深深埋在心底的是那已伤得体无完肤的自尊。他之所以陷入热恋，不过是因为那受伤的虚荣心在作怪。归根结底，很大程度上正是由于虚荣心，他才落得如今悲惨的境地。他鄙视自己，同样鄙视米尔德里德。接着，他为未来做出种种打算，翻来覆去地思考原本一样的计划，并时不时地被回忆所打断。他回想自己亲吻她柔软苍白的面颊时的情形，回想她拖着尾音的软语轻言。实际上，他还有很多事要做。入夏开始，他不仅得开始学习化学，还得准备应付之前失败的两场考试。在医学院的时候，他将自己和朋友隔绝开来，现在却希望能有个人陪陪他。令人开心的是，海沃德碰巧两周前来信说路过伦敦，邀请菲利普一起吃个饭。当时，菲利普不愿受人打扰，婉言谢绝了。海沃德很快就要回伦敦了，在此度过社交季，菲利普决定给他写信。

钟敲八点，谢天谢地，他还能爬得起床。他面色苍白，神情疲倦。但洗过澡、穿好衣服、吃完早饭后，他觉得自己又重新活了过来，心中的痛苦也不再那么难以忍受。今天上午，他不想去听课，便去了陆海军商场，准备给米尔德里德买件结婚礼物。他左挑右选，拿不定主意，最后决定买个化妆包。买包花了二十镑，大大超出了他的支付能力。这个包既眩丽耀眼又俗不可耐，他知道米尔德里德一定能精确估计出包的价格。挑选到这么个礼物，既能让她感到快乐，又能表达自己对她的鄙视——菲利普感到酸涩的同时，又生出一种满足感。

他忧心忡忡地等待米尔德里德成亲的日子。这种等待的痛苦实在难以忍受。当周六早晨收到海沃德的信时，他真是大大松了一口气。信中说，他会在当天早些时候到伦敦，并请菲利普事先帮他找好住处。为情事倍感伤痛的菲利普急于转移注意力，便去查阅时刻表。他找出海沃德唯一可能搭乘的那班车，便赶去车站迎接好友。老友再聚首，自然满腔兴奋。两人将行李寄存在车站，便兴高采烈地走了。海沃德还是老性子，提议先去国家美术馆游览个把小时。他已经有段时间没观赏画作了，说一定得去美术馆扫一眼，好跟上生活的节奏。菲利普已经好几个月找不到人谈论艺术与书籍了。自从去到巴黎，海沃德一直沉浸在法国现代诗人的研究中。而这类诗人多如牛毛，不胜枚举。眼下，海沃德就有几位文坛新星的事儿要讲给菲利普听。两人在美术馆悠然漫步，互相指给对方看自己最喜欢的画作，又从一个话题跳到另一个，谈得十分热烈和激昂。外面，阳光灿烂，微风和煦。

“咱们去公园坐坐吧！”海沃德提议说，“吃过午饭再找住处也不迟。”

公园里春意正浓，甚是醉人。这种日子让人觉得，活着就是幸福。在天空的映衬下，青翠欲滴的树林让人赏心悦目。淡蓝色的天幕上，镶嵌着朵朵白云。河流宛如玉带般装饰着大地，其尽头是一群身着灰色制服的皇家禁卫骑兵队。眼前的美景典雅有序，层次分明，带着一股十八世纪画作般的迷人魅力。这种景色，让人联想到的不是华多，而是让·巴普蒂斯特·佩特①。华多的画太过诗情画意，画里的幽谷密林只有在梦幻虚境中才能看到；而佩特的画则平淡质朴，与眼

① 让·巴普蒂斯特·佩特（1695－1736），法国洛可可风格画家。让·安东尼·华多（1684－1721），法国风俗画家。

前的景色十分相符。菲利普心里不觉一阵轻松。他现在切身感受到，艺术可以将人的心灵从痛苦中解救出来（他看待艺术的方式有如他看待自然一样），而以前他只是从书本上读到过这种感受。

他们去了一家意大利餐馆吃午饭，还点了一瓶意大利红葡萄酒。两人细嚼慢咽，边吃边谈，时而一起回忆海德堡认识的那些人，时而聊聊菲利普在巴黎结交的朋友，时而谈谈书画、道德和人生。突然，菲利普听到大钟连敲三响，记起此时米尔德里德已结婚了，不由得心里一阵刺痛，一时间根本听不见海沃德在说些什么。他将杯子倒满酒，因没喝惯酒，此时酒劲已直冲脑门。这样一了百了也好，至少再不用愁来思去的了。数月以来，他敏捷的头脑一直闲置不用，现在终于可以完全沉醉在谈话中。能有个趣味相投的朋友一起畅谈，菲利普真是感激不尽。“叫我说，咱们还是别把如此大好时光浪费在寻找房间上头。今晚该怎么安排，我来给你计划。你可以明天或下周一再去找房间。”

“好啊，那我们今晚做什么呢?”海沃德答道。

“咱们花一个便士，乘汽船到格林威治去。”海沃德觉得这个主意很诱人，两人便跳上出租马车来到威斯敏斯特大桥，搭上一艘即将离岸的汽船。

菲利普嘴角露出一丝笑意，开口说道：“我还记得当初去巴黎时，克拉顿——我想就是他，还就美发表了长篇大论呢。他说，是画家和诗人将美赋予事物的，是他们创造了美。在他们看来，乔托①的钟楼和工厂的烟囱没什么区别。然而，美丽的事物随着它们唤起一代代人的情感而变得更加绚丽多姿。这就是为什么年代久远的事物要比现代

---

① 乔托（1266－1337），意大利文艺复兴时期杰出的雕刻家、画家和建筑师。

事物更加具有美感的原因。那篇《希腊古瓮颂》① 就比刚问世时更耐人寻味。这是因为千百年来情侣们不断吟诵它，而内心沉郁之人也从诗句中寻求慰藉。”菲利普说罢，让海沃德在欣赏两岸一闪而过的景色时去揣摩他话里的意思。他虽然做出了暗示，却完全撇清了自己，不禁为此感到窃喜。长期以来他过的生活突然在心中激起强烈的反应，让他思绪万千，感慨万分。美妙梦幻的霓灯虹影摇曳出浓郁的伦敦气息，给灰石砌成的建筑物笼上一层淡淡的柔和光彩；那交织着码头与仓库的画面宛如日本版画一样朴素简洁。他们顺流而下，逐波荡漾。辉煌壮丽的河道是大英帝国的标志，越往前越开阔。河面上舟来船往，穿梭不息。想到那些画家和诗人将所有景物描绘得如此多彩多姿，菲利普的心里就充满感激之情。他们乘船漂到伦敦区的河面上，谁能描绘出这种雄伟壮观呢？菲利普遐想无限，激动不已。天知道是什么力量使得人们把这浩瀚的河面想象得风平浪静，使得约翰逊与鲍斯威尔的名字密不可分②，使得老佩皮斯③毅然决然开启个人征程。啊，原来是瑰丽壮观的英国史，是离奇的浪漫际遇和异乎寻常的冒险经历！菲利普双眼发亮，光彩熠熠地望向海沃德。“亲爱的查尔斯·

---

①《希腊古瓮颂》为英国浪漫主义诗人济慈（1795－1821）所作，诗篇以它深刻的思想和丰富的审美内涵吸引了众多读者和批评家。

② 鲍斯威尔（1740－1795），苏格兰作家、现代传记文学的开创者，被誉为“传记之父”。塞缪尔·约翰逊（1709－1784），英国作家、文学评论家和诗人。历经九年编成《英语大辞典》，重要作品有长诗《伦敦》。鲍斯威尔从二十三岁起便与约翰逊成为莫逆之交，立志要把这位文坛巨擘一点一滴挖掘出来，出版了以翔实著称的《约翰逊传》。“鲍斯威尔”现已成为“忠实的传记作家”的代名词。

③ 佩皮斯（1633－1703），英国作家和政治家，著名的《佩皮斯日记》的主人。日记包括对伦敦大火和大瘟疫等的详细描述，成为17世纪最丰富的生活文献。曾任英国皇家海军部长，是英国现代海军的缔造者。

狄更斯。”菲利普喃喃自语，由于察觉到自己的感慨万千而微微一笑。

“你放弃学画，就不感到后悔吗？”海沃德问道。

“不后悔。”

“想来你是喜欢行医？”

“不，我讨厌学医，但没有其他事可做。我也是别无选择啊。头两年功课繁重乏味，真是太可怕了。雪上加霜的是，我一点儿不是当科学家的料，根本没那性情和气质。”

“呃，你可不能老这样换来换去啊！”

“噢，不会的，我会坚持学医。我想，等到了病房，我会更喜欢这一职业。我觉得自己对人比对世界上任何事物都要感兴趣。以我所见，只有行医，才能充分享有自由。脑袋里装着医学知识，再拎上药具箱，就可以到处混口饭吃了。”

“这么说，你是不打算开门诊了？”

“至少在很长一段时间里不会。”菲利普回答说，“一通过医院的任命，我就搭船游历去。我想到东方去看看——马来群岛、暹罗、中国，等等。之后，我会找些零活干。反正总能找到活干的，比如说，印度闹霍乱啦，诸如此类的。我想去看看大千世界。一个手头拮据的人要做到这一点，唯一的办法就是行医。”

说着，说着，他们就来到了格林威治。伊尼戈·琼斯①设计的大楼临河而立，尽显典雅庄严之态。

“嘿，快看！那儿准是可怜的杰克跳下去、在泥里捞硬币的地方。”菲利普说。

---

① 伊尼戈·琼斯（1573－1652），英国古典主义建筑学家。众多作品中，以在格林威治为王后建造的住房（1616－1635，今英国国家海事博物馆）、白厅的宴会大厅（1619－1622，今联合服务博物馆）最为著名。

他们俩在公园里漫无目的地闲逛。衣衫破烂的孩子们正在嬉戏玩耍，吵吵闹闹的声音响彻整个公园。随处可见老水手们坐在那里晒太阳。这儿弥漫着百年前的古朴气息。“你在巴黎白白浪费了两年光阴，似乎有些可惜。”海沃德说。

“白白浪费？瞧那个孩子的动作！瞧那阳光透过树叶缝隙在地上洒下的斑驳光影！再瞧瞧头顶上的蓝天——要是我不到巴黎去，就看不到那样的天空。”

海沃德听出菲利普语声有些哽咽，不禁诧异地望着他。“你怎么啦？”

“没什么，就是发发感慨。让你见笑了。不过，这半年来，我无时无刻不在渴望着能感受到美。”

“你过去一直很讲究实际。现在听你这么说，还真是挺有趣的。”

“去你的，我可不想变得有趣。”菲利普哈哈笑着说，“咱们喝杯浓茶去吧！”

第六十五章

海沃德的来访给菲利普带来莫大益处，缓解了他对米尔德里德的思念。回首往事，菲利普现已满心厌恶。他也弄不明白，过去怎会坠入那种丧尽尊严的爱情中去。每每想起米尔德里德，菲利普就满腔愤恨。正是因为她，才使得自己尊严扫地，蒙羞受耻。现在再想起她，他脑海中只剩下她容貌品行上的种种瑕疵，还被他的想象无限放大。想到自己竟和这样的人有过瓜葛，菲利普就浑身直起鸡皮疙瘩。

“这恰恰证明了我的意志是他妈的多么不堪一击！”菲利普自言

自语。这段冒险经历，就像一个人在社交场合犯下的过错，其程度之严重，无论怎样都无法开脱，唯一的补救办法就是忘记。先前的堕落让他惊骇不已，而意识到这一点，对他大有裨益。他就像一条蜕了皮的蛇，厌恶不已地望着自己过去的躯壳。他为重归自我而欣喜若狂。菲利普认识到，沉迷于世人所谓“爱情”的疯狂中时，他失去了世界上多少其他的乐趣啊。他可是尝够了那种滋味。如果爱情就是那个样子，他宁愿再也不要恋爱了。菲利普将自己的一些经历讲给海沃德听。

“索福克勒斯①不正是这样吗？”他问道，“情欲有如洪水猛兽吞噬着他的心灵，他才祈求有朝一日能挣脱这种束缚，不是吗？”

菲利普俨然重获新生的样子。他贪婪地呼吸着周围的空气，就好像从未呼吸过似的。他像新生儿一般，带着惊喜的心情打量世间万物。他将那段为爱情而疯狂的时期看作自己遭受的半年苦役。

海沃德在伦敦安顿下来没几天，菲利普就收到一封从布莱克斯达布尔寄来的请柬，邀请他去参观某画廊举办的画展。他带上海沃德一同前往。在浏览画展名册时，菲利普发现劳森有一幅画也在参展之列。“我想，请柬就是他送来的。”菲利普说，“我们找他去！他肯定站在自己的画前。”

露丝·查理斯的肖像画被摆放在一个角落里，劳森就站在附近。他头戴一顶柔软的大帽子，身着宽大的浅色服装，置身于前来观展的时髦人群中，显得有些迷惘。他热情地同菲利普打招呼，像往常那样喋喋不休地说起种种事：什么他已搬到伦敦住下啦，什么露丝·查理斯是个荡妇啦，什么他已租到画室啦，什么巴黎气数已尽啦，什么因肖像画获得佣金啦，如此等等。他提议一起去吃个饭，好好聊聊。菲

---

①（公元前495－公元前406），古希腊三大悲剧作家之一。

利普提醒他注意自己的老朋友海沃德。看到劳森被海沃德高雅的着装和堂皇的气派搞得肃然起敬，菲利普觉得甚为有趣。他俩一起奚落劳森，比在菲利普和劳森合租的那间小小陋室还要厉害。

吃饭的时候，劳森继续讲他的新闻：弗拉纳根已回美国去了，克拉顿消失不见了。克拉顿得出结论说，一个人只要同艺术或艺术家扯上关系，就不可能有所作为。唯一的解决办法就是远离他们。为了顺利踏出这一步，克拉顿和他在巴黎的所有朋友都吵了个遍。他养成这么一种才能——总是讲些令人难堪的事实，使他们凭着极其坚韧的性子才忍耐得住。最后他宣布说，已经在巴黎待够了，准备去赫罗纳定居。这座小城位于西班牙北部，是克拉顿在乘车去巴塞罗那的路上偶然发现的，当时就被它深深吸引住了。他现在独自一人住在那儿。“真不知道他能有什么出息。”菲利普说。

克拉顿对人类的思想很感兴趣，执意要表达思想里朦胧晦涩的东西，并为此苦苦挣扎，变得暴躁易怒，吹毛求疵到病态的程度。菲利普隐约觉得自己也是这样。但对他来说，是整体的人生准则使他感到困惑不解。准则是他自我表达的方式。而究竟应该怎样对待准则，他还是心中无数。菲利普没时间继续这番思考，劳森开始将他和露丝·查理斯的风流韵事毫无遮掩地倾倒出来。她甩了他，转而和一个刚从英国来的年轻学生好上了，闹得流言蜚语满天飞。劳森真觉得该有人站出来去拉那个年轻人一把，否则他就要被她毁了。菲利普暗自思忖，劳森最感伤心的恐怕还是两人关系破裂竟发生在他绘制肖像画的过程中。

“女人对艺术缺乏真情实感，”劳森说，“她们只是假装有罢了。”不过，他还是颇为豁达，相当镇静地结语道，“可话得说回来，我毕竟还是凭借她画了四幅肖像画，只是不确定最后一幅是否成功。”这位画家处理他的爱情纠葛竟如此轻松淡定，让菲利普深感羡慕。这十八个月里，劳森过得相当愉快，分文不花就得了个优秀的模特；最后分手时，也没半点心痛。

“克朗肖现在怎么样？”菲利普问道。

“噢，他算是完了。”劳森带着年轻人散漫的玩笑口吻说，“不出半年，他就要挂了。去年冬天，他得了肺炎，在一家英国医院住了七个星期。出院时，医生告诫他，康复的唯一机会就是戒酒。”

“可怜的家伙！”菲利普微微一笑，幸好自己一向是饮食有度的。

“他禁过一段时间，但还是照样去利拉斯店，禁不住呀。不过，他经常只是喝热牛奶或橘子汁，整个人变得非常无趣。”

“我想你没对他隐瞒病情真相吧？”

“噢，他知道。不久前，他又开始喝威士忌了。他说自己老了，用不着改过自新了。他宁愿快快乐乐地活上半年，随心所欲地享受之后离去，也不愿苟延残喘地熬上五年。我想，他现在穷困潦倒真是到了一贫如洗的地步。你瞧，他生病期间一个子儿都没赚到，而那个跟他同居的荡妇又让他吃尽了苦头。”

“我记得初次见到他的时候，可是对他佩服得五体投地。”菲利普说，“我觉得他非常了不起。没想到庸俗的中产阶级德行居然落得如此下场，真是让人恶心。”

“他当然是个没用的人了，迟早会进贫民窟了此残生的。”劳森说。

菲利普感到伤心，因为劳森毫无怜悯之情。当然，因果循环，报应不爽。这事也是克朗肖自作自受。凡事有因必有果，人生的悲剧也就尽在于此。

“啊，我忘了一件事。”劳森说，“就在你刚走不久，克朗肖给你送了一件礼物。我那时以为你还会回来，就没给你寄过来。何况我也认为根本不值得这样大费周章。不过，礼物会和我的行李一起运来伦敦。你想要的话，到时候可以来我的画室取走。”

“你还没告诉我是什么礼物呢。”

“噢，就是块破地毯。我觉得值不了几个钱。有一天，我问他干吗要送这种破烂玩意儿。他告诉我，他是在鲁德雷恩大街一家商店看到的，买下来花了十五个法郎。貌似还是一条波斯地毯。他说你曾问过他生活的意义，那条地毯就是答案。不过，那时他已酩酊大醉了。”

菲利普哈哈大笑。“嗯，是的，我知道了。我会来取那条地毯。那可是他特别得意的一个妙解。他说我必须自己找出答案，否则就毫无意义。”

第六十六章

菲利普的学习进展得非常顺利。他有很多事要做，七月份要参加第一次统考的三个科目的考试，两科是他之前没有通过的。尽管如此，他还是觉得生活充满了乐趣。他交了一个新朋友。劳森在寻找模特的时候，发现了一个在剧院当替角演员的姑娘。为了诱使她当坐台模特，劳森在周末安排了午餐聚会。姑娘还带来了一位女伴。为了凑足四人，菲利普也应邀出席，并被勒令负责照顾女伴。菲利普发现这事并不难，因为女伴很讨人喜欢，不仅健谈，说话还很有趣味。她邀请菲利普到她家去做客，并说她在文森特广场有几间房子，总在五点钟喝下午茶。菲利普还真去了，并受到热情款待。他感到很开心，之后又去登门造访。内斯比特太太不超过二十五岁，身材矮小，脸蛋虽然长得不漂亮，但神情很叫人愉悦。她生得双眼明亮，熠熠生辉，高颧骨，大嘴巴。外貌上鲜明的色彩对比让人不由得想起法国现代派画家创作的肖像画。她的皮肤非常白皙，面颊绯红，浓密的眉毛和头发却乌黑发亮。这种色彩对比产生的效果有点古怪，还有些不自然，但绝不会让人讨厌。她已和丈夫分开了，靠写小说赚取微薄的稿费来维持自己和孩子的生活。有一两个出版商专门出版这种小说。只要她能写，就能有活干。这种小说的稿酬很低，写一篇三万字的小说才给十五英镑。不过，她也满足了。“毕竟，这样的小说，读者只需花两个便士就能读到。”她说，“同样的故事他们百看不厌，我只要换换名字就行。每当厌烦时，想想要付洗衣费、房租，还要给孩子买衣服，就又能坚持下去了。”除此之外，她还去各大剧院找些临时雇员的活干，每周能赚到十六先令到一几尼不等。这样一天下来，她累得精疲力竭，上床倒头便睡。生活虽然艰辛，她却能看得开，极力操持。她极富幽默感，即便身处困境，也能自娱自乐。有时遇到突发情况、身无分文时，就将值不了几个钱的家什送去沃克斯霍尔大桥街上的某家当铺。境况变好之前，就靠面包加黄油度日。但是，她快活的本性却从未被生活吞噬掉。

菲利普对她得过且过的生活很感兴趣，而她绘声绘色地描述着自己那荒诞离奇的生活斗争史，逗得菲利普捧腹大笑。他问她，为什么不尝试着写些更优质的文学作品。但她自知没那个天赋——她那些粗制滥造出来的千字文不仅稿酬勉强还可以接受，也是她所能写出来的最好作品。她除了希望能继续维持眼下这种生活，别无他求。她似乎没什么亲戚，朋友也都和她一样家徒四壁。

“我根本不去想将来会怎样。”她说，“只要手头的钱足以支付三周的房租，还有一两镑能买食物，我就不费心去考虑其他的。要是整天忧心忡忡，既操心眼下，又操心未来，那生活还有什么意思呢？天无绝人之路，就算糟到山穷水尽的地步，我相信还是能柳暗花明的。”

菲利普很快就养成了每天去和内斯比特太太共进茶点的习惯。每次去的时候，他都会带上一块蛋糕或一磅黄油，或者些许茶叶，以免她因“无米之炊”而难堪。他们开始互唤对方的教名。女性的慈悲之情对菲利普来说还是很少有过的新鲜感受，现在有人愿意倾听他的各种苦恼，他感到非常愉快。两人在一起闲聊时，时光总是过得飞快。他毫不掩饰自己对她的欣赏之情，她的陪伴令人感到愉快。他不禁将她和米尔德里德作起比较来：一个是愚昧无知且顽固不化，凡是她不知道的东西一概不感兴趣；另一个则是才思敏捷，有着很高的悟性。想到自己差点终生为米尔德里德那样的女人所累，菲利普的心就骤然沉到谷底。一天晚上，他将自己和米尔德里德的爱情纠葛讲给诺拉听。他这么做，倒不是因为自尊受损而愤愤不平，而是因为诺拉那令人陶醉的同情让他觉得非常舒畅。

“我想，你现在应该彻底解脱了吧。”等菲利普讲完后，她这么说道。

有时，她像阿伯丁木偶似的把头歪在一边，十分有趣。她坐在一张直背椅上，做着针线活儿——她可没时间闲着不做事。菲利普舒舒服服地依偎在她脚旁。“我无法给你形容，这一切都结束了我有多么开心。”菲利普感叹道。

“可怜见的，那段时间你一定过得很糟吧。”她轻声低语，同时把手放在他的肩膀上以示同情。

菲利普猛地抓住那只手吻了起来，但她快速把手抽回去了。“你干吗要这样？”她说着，满面通红。

“你不喜欢这样？”

她凝视着他，双眸闪烁不定；接着，嫣然一笑。“不是的。”她说。

菲利普猛地跪在地上，面对着她。她怔怔地望着他的眼睛，漾着微笑的大嘴巴微微哆嗦。“怎么啦？”她问。

“你知道吗，你就是一个开心果。你对我这么好，我真是太感动了！我好喜欢你！”

“别犯傻啦！”她说。

菲利普抓住她的胳膊，把她拉向自己。她没有反抗，而是微微向前倾着身子。他吻着她的红唇。

“你为什么要这样？”她再次问道。

“因为这样舒服。”

她没有再接话，双眸里却涌上柔情。她用手温柔地摩挲着他的头发。“你知不知道你这样做有多傻。我们是如此要好的朋友，就保持这样的友谊、相处下去不是很好吗？”

“要是你真想让我规矩点，”菲利普回答道，“最好还是别像现在这样抚摸我的脸颊。”

她咯咯一笑，但并没有停止摩挲他的脸颊。“我确实不该这样，是不是？”

菲利普有点惊讶，又有点欣喜，愣愣地凝视着她的双眸。他发现那双眼睛里柔情似水，清澈发亮。那种神情让他心醉神迷，他的心猛然一颤，泪水溢满眼眶。“诺拉，你并不喜欢我，是不是？”他不敢置信地问道。

“你是个聪明孩子，怎么问出这样的蠢问题来。”

“啊，老天爷，我从没想过你会喜欢我。”他伸出双臂搂住她，热烈地吻着她；而她呢，双颊晕红，笑着，叫着，最后心甘情愿地投入他的怀抱。过了一会儿，他松开她，墩身向后坐在自己的脚跟上，好奇地打量着她。“啊，我真是要飞天了！”他说。

“为什么？”

“实在难以置信！”

“高兴吗？”

“欣喜若狂！”他发自内心地大喊起来，“太得意了！太开心了！

太感激了！”

他捉住她的双手，在上面印满他的吻。菲利普从此开始品尝到一种幸福，一种似乎坚实可靠而又恒远持久的幸福。他俩成为情人，但仍然是朋友。诺拉将爱倾注到菲利普身上。同时，她身上的母性本能也因为这种爱而获得满足。她需要一个人让她可以宠溺，可以责备，可以去关心体贴。她有种居家的气质，能在照顾他的身体健康和为他缝缝补补中寻到乐趣。她对他的残疾怀着深切同情，而他本人又对此很敏感，因此，她那颗怜悯之心本能地以柔情脉脉的方式来表达对他的怜爱之情。她还年轻，心性坚强，身体也很健康。对于这样的她来说，奉献自己的爱是再自然不过的。她生性看得开，有着一颗满溢快乐的心。她之所以喜欢菲利普，是因为那些引她发笑的趣事，他也能一起哈哈大笑。她之所以喜欢他，最重要的还是他就是他。

当她将这些想法告诉菲利普时，他回答得十分愉快："胡说八道！你喜欢我，是因为我是个沉默寡言的人，从不插嘴。"菲利普其实根本不爱她，但非常喜欢她，和她在一起很快乐。她絮叨的轶事趣闻，他不仅听得津津有味，更觉妙趣无穷。诺拉重塑了他的自信，宛如在他心灵的伤口上涂抹着愈合的药膏。她是真的关心他，这一点让菲利普颇为欢喜自得。她的勇气，她的乐观，还有她大胆地与命运抗争，都让菲利普钦佩不已。她自有一套处世小哲学，讲究实际且朴实真诚。

"你知道，我不信教堂、牧师之类的，"她说，"但我相信上帝。然而，只要你能做好自己分内之事，只要你能尽己所能救人之急、助人于难，我想上帝并不怎么在乎你其他的。我认为，这世界上还是好人多。而对于不是好人的人，我只能深感遗憾。"

"那以后怎么办呢？"菲利普问道。

"嗯，我自己也不知道。这你是知道的。"她微微一笑，"但我会抱着最美好的希望。不管怎样，不用付房租，不用写小说，我就阿弥陀佛了。”

她有着女性所特有的在奉承别人时察言观色的天赋。她觉得，菲利普因自知无力成为伟大画家而毅然离开巴黎，是非常勇敢的行为。当她热烈地道出自己的钦佩之情时，菲利普听得心花怒放。他一直不太确定，当时的做法究竟是勇敢之举还是缺乏目标的懦弱表现。现在听到她称赞那是英勇之举，菲利普感到非常愉快。她大胆地跟他谈论起他的朋友全都本能地加以回避的问题。“你真傻，竟对你的跛脚如此敏感。”她说。尽管看见他面呈紫色，她还是继续说道，“你知道，人们并没像你这样想的那么多。他们只是在第一次看见你的时候才注意到，之后就忘了。”

菲利普一声不吭。

“你没生我的气吧?”

“没有。”

她伸手攀住他的脖子。“你知道，我之所以提起这个，是因为我爱你。我不想你因为这个而郁郁寡欢。”

“我想，你愿意对我讲什么，就可以讲什么。”菲利普微笑着答道，“我真希望自己能做点什么好让你知道，我对你是多么感激。”

诺拉以一种与众不同的方式照管着菲利普。她绝不让他像狗熊一样暴跳如雷。每当他发脾气的时候，她都会以笑声化解，让菲利普变得更加温文尔雅。

“你想要我做什么都可以。”他有一次这么对她说。

“你不介意?”

“不，只要是你喜欢的，我做什么都可以。”

他有实现了自己想要的那种幸福的感觉。在他看来，一个妻子所能给予丈夫的一切，诺拉都给了他，而他依然可以保持自由。作为朋友，她是那样的迷人，是他前所未有的朋友。她的同情心，他从未在任何一个男人身上找到过。性关系不过是两人友谊中最强有力的纽带。有了它，两人的友谊就完美无缺，但它绝不是至关重要的精髓所在。菲利普因为情欲得到了满足而变得更加温和平静，更容易与人相处。他感觉已牢牢掌握住自我。有时，他想起在那逝去的冬日时光里，自己曾深陷丑陋不堪的情感激流而不能自拔，满心里都是对米尔德里德的憎恶和对自己的痛恨。

他的考试日渐临近，诺拉对考试的关心程度不亚于他。她热心的关怀深深地打动了菲利普，让他觉得十分快乐和满足。诺拉让他答应，一旦得知考试结果，要立即过来告诉她。菲利普这次顺利通过三门考试。当他过去告诉她时，诺拉激动得热泪盈眶。"啊，我真是太高兴了！可真是担心死我了。"

"你个小蠢妞！"菲利普哈哈大笑，但笑声十分哽咽。

谁看到她这副表情会不开怀大笑呢？"那你现在打算做些什么？"她问道。

"我可以问心无愧地度个假期。直到十月份冬季学期开学之前，我都无事可做。"

"我猜你会去布莱克斯达布尔你大伯那儿？"

"你猜错了。我会待在伦敦，和你一起玩。"

"我倒希望你离开。"

"为什么？难道你厌烦我了？"

她哈哈大笑，把手搭在他的肩膀上以示安慰。"因为你最近学习太辛苦了，整个人看上去精疲力竭。你需要呼吸呼吸新鲜空气，好好休息一下。所以，求你去吧。"

他沉默了片刻，满眼爱意地凝视着她。"你知道吗，除了你，我相信谁也不会这样说。你总是为我着想。真想知道你看中了我哪一点。”

“我这一个月来的表现，是否能让你给我的品格打个好分数?”她开心地大笑着说。

“我要说，你为人考虑周到，体贴入微，心地善良，从不苛求别人，从不自寻烦恼，整天无忧无虑，很容易满足。”

“尽说些傻话。”她娇嗔道，“不过，我得跟你说：有这么一种人，他们总能从人生经历中学有所得。这种人为数不多，但我恰巧就是。”

第六十七章

菲利普在布莱克斯达布尔待得很不耐烦，一心渴望返回伦敦。他休假的这两个月里，诺拉频频来信。信都写得很长，笔力浑厚遒劲。信中，她以快乐的幽默笔调叙述着日常琐事：房东太太的家庭忧患，种种妙趣横生的笑料，她在排练时遇到的颇富喜剧色彩的烦恼事（那时，她正在伦敦某剧院一场重要演出中跑龙套），以及她和小说出版商斡旋时的奇特际遇。菲利普在假日时光里博览群书，游泳，打网球，还乘船游览。十月初，他回到伦敦，潜心准备第二次统考。他热切渴望通过考试，因为这意味着繁重乏味的课程学习就此结束。之后，学生就得到医院门诊部实习，同各色男女和病历本打交道。菲利普每天都去看望诺拉。

劳森夏季一直待在普尔①避暑，画了许多海港和海滩的写生画。

① 英国港口城市。

他还受托要画几张肖像画，所以打算一直待在伦敦，直到天气变坏，光线不便作画为止。海沃德此时也在伦敦，他打算去国外过冬，却一周周地磨蹭下去，老是犹豫不决，下不定决心离开。在这两三年间，海沃德有些发福了——自菲利普在海德堡初次见到他以来已有五年时光——还过早地谢了顶。他对此很敏感，故意把头发留得长长的，以遮掩那片难看的头顶地中海。他唯一感到安慰的是，眉毛现在非常具有贵族气派。他的那双蓝眼睛已失去昔日光彩，眼皮松弛下垂，显得无精打采。嘴唇已不像年轻人那样丰润，显得苍白干瘪。对于将来要做的事，他依然说得含糊不清，已不像从前那样信心满满。他意识到朋友们再也不相信他了，因此三两杯威士忌下肚，就变得愁肠满肚，哀哀戚戚。“我是个失败者。”他喃喃自语，“我不适合人生残酷的斗争，唯一能做的就是站到一边，让出道儿，让世俗大众蜂拥向前，为争取自己的利益斗个你死我活。”海沃德给人这样一种印象：失败是比成功更微妙、更具造诣的事。他总是巧妙地暗示，自己这样游离于世俗之外，纯粹是由于厌恶一切平凡而又低贱的东西。他对柏拉图赞不绝口。

“我还以为你早已研究透了柏拉图呢。”菲利普不耐烦地说道。

“是吗？”海沃德扬了扬眉毛，问道。他原本不想详谈这个问题，因为他最近发现沉默是金，效果颇佳。

“我看不出老是翻来覆去地读同样的东西有什么意义。”菲利普说，“那不过是无所事事而自找苦吃罢了。”

“你莫非认为自己智慧无限，对于思想最为深邃渊博的大哲学家只消读一遍，就能理解作品的全部意义？”

“我根本不想理解他，我又不是什么评论家。我对他不感兴趣，不是因为他，而是为我自己着想。”

“那你为什么还读书呢？”

"我读书，一来为了享受快乐。因为读书已成为习惯，不读书就像不吸烟一样让我难受。二来为了认识自我。我读书的时候似乎只是为了饱眼福，但有时也能碰到一段话或者一个词组有些特殊意义，就变成了我的东西了。书中凡是对我有用的，我读一遍就全部吸收了。之后再读上几十遍，也不会有什么新的受益。你要知道，在我看来，一个人就像一朵紧紧闭合的蓓蕾，他所读之书或者所做之事在大多数情况下对他产生不了丝毫作用，但总有些事对他来说具有独特的重要意义，这时蓓蕾就会绽放一片花瓣。如此下去，花瓣一片片开放，最后便绽放成一朵鲜花。"菲利普对这个比喻不甚满意，但也不知道该如何解释他心有所感却并不十分明了的东西。

"你想有所作为，还想出人头地呐。"海沃德耸耸肩膀说，"这是多么的庸俗啊!"

菲利普现在已经非常了解海沃德了。他意志薄弱，爱慕虚荣——虚荣心如此之强，你得时刻小心翼翼，免得让他受伤。他将无所事事与理想主义混为一谈，难以自分。某天，他在劳森画室遇到一个记者。他口若悬河，夸夸其谈，听得记者心醉神迷。一周后，某家报纸的编辑来信建议他写些评论文章。在收到信后的四十八小时里，海沃德一直犹豫不决，因拿不定主意而异常痛苦。长期以来，他一直说着要谋取这样的职位，因此眼下根本没脸断然拒绝。但一想到要去正儿八经地做事，又觉得恐慌。他思来想去，最后还是谢绝了这一建议，这才呼吸顺畅起来。"那会扰乱我自己的工作。"他对菲利普说。

"你有什么工作?"菲利普没好气地问道。

"我的精神生活呀。"海沃德答道。接着，他开始大侃特侃日内瓦教授埃米尔①的人生事迹，满口溢美之词。海沃德说这位教授的聪明才智本可以使他大有作为，但终究无所建树。至于他为什么会一事无成，有何理由与借口，在他去世后，答案立马揭晓于世。人们他那堆文件中发现一本记载翔实、内容精彩绝妙的日记本，答案就藏在这本日记里。海沃德说罢，脸上浮起一丝神秘的笑容。虽说如此，海沃德仍然可以畅谈各类书籍。他的品位高雅，眼光敏锐，对于书中各种各样的观点兴趣不衰。这使得他成为一个非常有趣的伙伴。实际上，这些观点对他来说毫无意义，根本对他产生不了任何影响。他对待这些观点的态度，就像他对待拍卖行里的瓷器一样，兴致勃勃地品鉴着它们的外形和釉料色泽，在脑海里估计它们的价值，然后就收进箱子，束之高阁，再不加理会。

然而，做出重大发现的正是海沃德。一天晚上，在经过充分准备之后，他将菲利普和劳森带到比克街的一家酒馆。这是一家不同凡响的酒馆。不仅因为酒馆本身装饰非比寻常；还因为它有着悠久的历史；更因为这里的鼻烟是全伦敦最好的。酒馆悠久的历史总会让人想起十八世纪的光辉事迹。它们总是引人浮想联翩，生出各种浪漫的幻想。海沃德将他们领进一个宽敞而狭长的大房间。房间里光线昏暗，装饰华丽，墙上挂着巨幅裸体女人画，均是海登②派的巨幅寓言画。房间里烟雾缭绕，空气中弥漫着浓烈的伦敦气息。蒙蒙眬眬之中，画中人物仿佛也丰满了起来，显得栩栩如生，仪态万千，好似她们历来就是这儿的主人一般。黑黝黝的镶板、厚重灰暗的烫金檐口以及红木桌子，都彰显着房间的奢华。沿墙摆放的一张张皮椅，既柔软又舒

① 亨利·弗雷德里克·埃米尔（1821－1881），瑞士哲学家、诗人、批评家。

② 罗伯特·海登（1786－1846），英国画家、作家。

适。正对房间的门上摆着一个公羊头，里面盛有该店鼎鼎有名的鼻烟。

三人点了潘趣酒，一起开怀畅饮。潘趣酒是一种热腾腾的掺有朗姆酒的饮品。这种酒的妙处是笔墨无法形容的，让你的笔尖有种发颤的感觉。笔者如此描绘，未免显得措辞贫乏、过于冷静，根本不足以形象生动地传达出那种妙处。只有浮华辞藻与珠玑言语所产生的让人心醉神迷的魔力，才能激发人无限的想象。这种酒让人热血沸腾，让人犹如醍醐灌顶般头脑澄明。在它的灌溉下，心灵更能健康而茁壮地成长。它不仅能使个人思想开出智慧之花，还能让人欣赏到他人智慧之花的妍丽曼妙。它像音乐一样意味不明，难以捉摸；又像数学那样精确细致，有规律可循。这种酒的妙处数不胜数，其中之一就足以和其他任何东西相媲美：它有着善良之心才有的温暖，但其色香味给人的感觉却是言语所无法形容的。查尔斯·兰姆①以其无穷的智慧来尝试的话，或许会描绘出一幅他那个时代让人迷醉的风俗画。要是拜伦勋爵在《唐璜》② 的一节诗里来描绘这一难以言表的事儿，兴许会写得异常庄严瑰丽。要是奥斯卡·王尔德把伊斯法罕的珠宝镶嵌在拜占廷③的锦缎上，兴许会就此创造出魅惑人心的人间尤物。想想这种情景吧——脑海里回荡着埃拉伽巴路斯④宴会上觥筹交错的情景，盛大

---

① 查尔斯·兰姆（1775－1834），英国散文家、评论家。

②《唐璜》是19世纪英国浪漫主义诗人拜伦的代表长诗之一。诗中通过唐璜的种种浪漫奇遇，描写了欧洲社会的人物百态、山水名城和社会风情，画面波澜壮阔，内容精彩丰富，堪称一座艺术宝库。

③ 伊朗中部城市。拜占廷，古罗马城市，为现今土耳其伊斯坦布尔（君士坦丁堡）的旧称。

④（约203－222），罗马帝国塞维鲁王朝的皇帝，218－222年在位。

的场面让人有眩晕的感觉；耳畔回响着德彪西①精妙细腻的和谐乐章，美妙的乐声里飘荡出已被遗忘的一代用来存放旧衣服、轮状皱领、长筒袜和紧身衣的衣柜所散发出的夹杂霉味的馨香浪漫气息；空气中弥漫着空谷幽兰的淡雅香味以及干酪的甜美气息。置身于如此情景下，一个人怎能不目眩神迷呢?

海沃德在街上遇到剑桥大学的同窗——麦卡利斯特，才发现这家售卖如此珍贵绝伦饮品的酒馆的。麦卡利斯特是股票经纪人，还是哲学家。他每周都会去这家酒馆一次。菲利普、劳森和海沃德也很快形成习惯，每周二晚上必定在此相聚。生活方式的改变使得他们经常光顾这家酒馆，这对于喜好交谈的人来说，自然是个大好机会。麦卡利斯特骨架粗大，但有些横向发展，纵向就显得太矮了，大脸胖乎乎的，说起话来声音十分轻柔。他是康德②的追随者，评判一切事物都要从纯粹理性主义的角度出发。他就喜欢长篇大论地讲述自己的学说和信仰。菲利普怀着极大的兴趣，听得津津有味。他早就得出结论，世上再没有比这种深奥莫测的玄学理论更使他感兴趣的了。不过，他对于这些理论在解决人生实际问题上是否行之有效还不太确信。他在布莱克斯达布尔冥思苦想出来的那套小小的思想准则体系，似乎在他迷恋米尔德里德期间并未发挥作用。理性对于实际生活是否大有助益，菲利普并不是很乐观。在他看来，生活自有其运作规律。他现在还清晰地记得那种将他席卷的炽热情感激流。在它的支配下，他完全无能为力，犹如被绳索牢牢捆在地上一般只好束手就擒。他从书中懂

---

① 阿希尔－克劳德·德彪西（1862－1918），法国人，是19世纪末20世纪初欧洲音乐界颇具影响的作曲家，也是近代“印象主义”音乐的鼻祖。

② 伊曼努尔·康德（1724－1804），德意志著名哲学家，代表作有“三大批判”，即《纯粹理性批判》《实践理性批判》和《判断力批判》。

得了不少道理，但只依据自身经验来对事物作出判断（他不知道自己和他人是否有所不同）。他采取行动，但并不权衡利弊，也不计较得失。然而，整体而言，他始终感到有股不可抗拒的力量在驱使他前进。他采取行动时并非三心二意，而是全力以赴，那股支配他行动的力量似乎和理性风马牛不相及。理性不过是为心灵渴望得到的东西指明获取途径与工具的。

麦卡利斯特提醒菲利普，别忘了“绝对理性”这一著名理念。“你要这样行为，使得你的每一行为都有可能成为所有人的普遍行为准则。”

“那对我来说纯粹是胡扯!”菲利普说。

“你真是胆大包天，竟敢对伊曼努尔·康德出言不逊!”麦卡利斯特驳斥道。

“为什么不可以？对他人言听计从，那是蠢笨的表现。当今世界，盲目崇拜的现象实在糟透了。康德如此思考，并非那些东西就是真理，而是因为他是康德。”

“好吧，那你是怎么看待‘绝对理性’的?”（两人你来我往，仿佛帝国命运就掌握在这种搏击的均衡中）

“它表明一个人可以依据自己的意志自由选择人生道路；还表明，理性是人生旅途中最最可靠的向导。但凭什么理性的指令就要比情感的指令更胜一筹？两者根本是截然不同的嘛。这就是我对‘绝对理性’的看法。”

“看来你是情感的奴隶，而且还是心满意足的奴隶。”

“是奴隶，那也是因为我无可奈何，但绝对不是心满意足。”菲利普大笑着说。

说话的当儿，菲利普回想起驱使他狂追米尔德里德的炽热情感激流。他记得当时是何等地焦灼不安，又是何等地觉得耻辱不堪。“谢天谢地，我终于挣脱出来了！”他在心里暗自感叹。

然而，话虽如此，他还是不太确定这是否就是自己的肺腑之言。处在那种情感激流的支配下，他觉得浑身洋溢着一股奇异的活力，脑子也异乎寻常地机敏。那样的他显得更加生机勃勃，精神抖擞，体内澎湃着一股激情，心里翻滚着一种急不可耐的热情。相比之下，现在的生活就显得单调乏味许多。他每经历一次苦难，作为补偿，情感激流就会增长一分。

菲利普刚才那番冲撞之语却将两人的谈话主题转移到“意志自由”上来了。麦卡利斯特凭借博闻强识的优势，提出一个又一个论据。他的思想在运用辩证法方面颇为游刃有余，越辩越兴奋，逼得菲利普进退两难，不得不做出毁灭性的让步，才得以摆脱尴尬局面。麦卡利斯特一边用缜密的逻辑论证驳得菲利普体无完肤，一边又以权威引证击得菲利普一败涂地。

最后，菲利普只得开口说道：“好吧，别人的事情我是说不了的，我只能说我自己。就我来说，关于意志自由的幻想在脑海里是那样根深蒂固，根本无力摆脱，但我相信那只是幻想。然而，它又恰恰是驱使我采取行动的最强动力之一。在我采取任何行动之前，我都觉得自己是可以自由选择的。我就是在这种思想支配下做事的。但事后我才发现，之所以采取那样的行动，其实是无可避免的。”

“那你由此得出了什么结论呢？”海沃德问道。

“咳，这不明摆着的嘛，后悔是毫无意义的。覆水难收，哭也没用。世间的一切力量，都在迫使水倒出去。”

毛姆经典文库 · 长篇小说

人性的枷锁（下）

Of Human Bondage

［英］威廉 · 萨默塞特 · 毛姆　著
李 娜　译

群众出版社

图书在版编目（CIP）数据

人性的枷锁／［英］威廉·萨默塞特·毛姆著；李娜译．—北京：群众出版社，2016.5

（毛姆经典文库）

ISBN 978－7－5014－5493－8

Ⅰ．①人…　Ⅱ．①威…②李…　Ⅲ．①长篇小说—英国—现代　Ⅳ．①I561.45

中国版本图书馆CIP数据核字（2016）第031060号

毛姆经典文库·长篇小说

人性的枷锁（下）

［英］威廉·萨默塞特·毛姆　著　李　娜　译

出版发行：群众出版社
地　　址：北京市丰台区方庄芳星园三区十五号楼
邮政编码：100078
经　　销：新华书店
印　　刷：北京通天印刷有限责任公司印刷

版　　次：2016年5月第1版
印　　次：2016年5月第1次
印　　张：12
开　　本：880毫米×1230毫米　1/32
字　　数：300千字

书　　号：ISBN 978－7－5014－5493－8
定　　价：68.00元（上、下）

网　　址：www.qzcbs.com
电子邮箱：843195700@qq.com

营销中心电话：010－83903254
读者服务部电话（门市）：010－83903257
警官读者俱乐部电话（网购、邮购）：010－83903253
文艺分社电话：010－83901730　010－83903973

毛姆经典文学语录

月亮和六便士就在眼前。是为一份六便士的生活疲于奔命，还是为仰望心中那轮明月而有所放弃？

良心是我们每个人心头的岗哨。它在那里值勤站岗，监视着我们，以免干出违法的勾当。

改变一个好习惯容易；改变一个坏习惯谈何容易！这是人生的一大悲哀！

养成阅读的习惯等于为自己筑起一个避难所。它几乎可以助你逃避生命中所有灾难。

人们常常发现：一位卸任后的首相当年不过是大言不惭的演说家；一个解甲归田的将军也无非平淡乏味的市井英雄。

一经打击就灰心泄气的人，永远都是失败者。

毛姆经典文学语录

爱情需要有一种软弱无力的感觉，要有体贴爱护的要求，有帮助别人、取悦别人的热情；它是自私的——如无显现，便是巧妙地遮掩起来了；还包含着某种程度的腼腆和怯懦。

我们要容忍他人，如同容忍自己。

一个人落水了，游得好不好无关紧要；要紧的是他得挣扎出去，不然就得淹死。

要抬高一个人，最容易的办法是贬低另一个人。

要知道一个人的本质，让他承担一种责任是最有效的办法。

人们嘴里说的请你批评，但心里要的却是你的赞美。

第六十八章

一天早上，菲利普起床后觉得头晕目眩，再次躺回床上时才突然意识到自己生病了。他觉得四肢酸痛，浑身直打冷颤。房东太太送来早餐时，他朝着打开的房门对她说自己身体不舒服，只要了杯茶和一片烤面包。几分钟过后，又响起叩门声，接着走进来格里菲斯。菲利普和他在同一栋公寓住了一年多，除了在过道上碰到点头致意外，并无其他交集。“我听说你身体不舒服，”格里菲斯说，“觉得应该进来看看你怎么啦?”

菲利普莫名其妙地脸红了（他自己都不知道为什么会这样），轻描淡写地说不打紧，一两个小时就会好了。

“嗯，你最好还是让我给你量量体温。”格里菲斯说。

“没那必要。”菲利普烦躁地答道。

“还是量量的好。”

菲利普把体温计放进嘴里，格里菲斯坐在床边，欢快地说了会儿话，然后把体温计从菲利普嘴里拿出来细看。“看看体温计吧，老兄!你必须卧床休养。我去叫老迪肯来给你瞧瞧。”

“胡说!”菲利普道，“根本没什么大不了的。希望你别为我费心了。”

“谈不上费心。你在发烧，必须卧床休息。你会好好躺着的，对吗?”格里菲斯的神态里带着一股奇异的魅力，显得既严肃又亲切，非常吸引人。

“你这种临床作风真不错!”菲利普呢喃着，微笑着闭上眼睛。

格里菲斯给他抖松枕头，麻利地牵平床单，并帮他把被子掖好。他走进菲利普的起居室寻找虹吸管，没找着，便从自己房间拿来一支。然后，他拉下百叶窗。“现在，你好好睡吧！老迪肯一查完病房，我就领他来这儿。”

似乎过了好几个小时，才有人进来看望菲利普。他感到头痛得像要炸开一样，四肢也像被撕裂一般疼痛不已，真害怕自己会忍不住大叫起来。接着，就听见敲门声，格里菲斯走了进来。他是那样的健康、强壮和快活。“这就是迪肯医生。”他介绍道。

温和的老医生朝前走了几步。菲利普同他只是面熟，并不相识。老医生问了几个问题，简单地检查过，就开始开药方。“你看他这是什么病?”老医生面带微笑地问格里菲斯。

“流行性感冒!”

“没错!”

迪肯医生四下扫视着这间昏暗的出租房。“你不想住进医院去吗?他们会把你安排在单人病房的。你在那儿会得到更好的照顾。”

“我宁愿待在原地不动。”菲利普说。他不想受人打扰，陌生的环境总让他局促不安。他讨厌护士小题大做，在他身边忙活来忙活去，也不喜欢医院沉闷的洁净环境。

“先生，我可以照顾他。”格里菲斯立即接口说。

“嗯，好吧。”他开了药方，嘱咐几句怎么服用，就走了。

“现在，你得一切都听我的。”格里菲斯说，“我现在是日夜全职护士。”

“谢谢你。不过，我应该不会需要什么的。”菲利普说。

格里菲斯把手搭在菲利普的额头。那是一只干燥而带着丝丝凉意的大手，菲利普觉得很舒服。“我这就把药方送到药房去调配，很快就会回来。”他很快就拿回来了药，让菲利普吃了一剂。之后，他就回楼上取书去了。“今天下午我就在你房间里看书，不介意吧？”他下来的时候说道，“我让房门开着，你要是需要什么，就叫我一声。”

当天晚些时候，菲利普从昏昏沉沉的睡梦中醒来，听到起居室有说话的声音。原来是格里菲斯的朋友来看他了。“听我说，你今晚最好别来。”菲利普听格里菲斯说道。过了一两分钟，又进来一个人，发现格里菲斯竟在这儿，非常惊讶。菲利普听到格里菲斯在解释他为什么会在这里。“我正在照顾一位租赁这套房间的二年级学生，可怜的家伙患了流感。今晚不能玩惠斯特①了，老兄。”

过了一会儿，房间里就只剩下格里菲斯了，菲利普便叫他来。“我说，你怎么推掉了晚上的聚会呀？”他问道。

“不是因为你的缘故，是我自己得读外科教科书了。”

“你尽管去好了，我不要紧的，用不着如此费心。”

“没关系。”

菲利普的病情开始恶化。夜里，他变得有些神志不清。直到第二天清晨，他才从极度不适的睡眠中醒来。他瞧见格里菲斯从扶手椅里起身，双膝跪在地上，用手把一块块煤扔进火堆里。格里菲斯里面穿着睡袍，外面披着晨衣。

“你在做什么？”菲利普问道。

“吵醒你了吗？我在生火，本想尽量不弄出声响来。”

“你怎么没躺在床上睡觉？现在几点了？”

“五点左右。我想，晚上还是整夜陪着你好。我搬进来一把扶手椅，怕铺上床垫自己会睡得太死，听不见你需要什么。”

“真希望你别这样把我照顾得太好了！”菲利普嘟囔了一句，“要是把你给传染了，怎么办？”

---

① 一种类似桥牌的四人玩纸牌游戏。

“那就轮到你来照顾我啦，老兄。”格里菲斯笑着说。

早晨，格里菲斯拉开百叶窗，通通风。一夜看护后，现在的他看起来面色苍白，神情疲倦，但仍然兴致高涨。“现在，我来给你洗澡吧。”他欢快地对菲利普说。

“我可以自己洗。”菲利普难为情地说道。

“胡说！要是你躺在医院的小病房里，护士也会来给你洗的，而我可以做得跟护士一样好。”

菲利普身体虚弱，神情倦怠，根本无力反抗，只好听凭格里菲斯给他洗手、洗脸、洗脚、擦胸和搓背。他动作轻柔，让人感觉很舒服。他一边洗，还一边滔滔不绝地说着亲切友好的话。然后，他像医院里做的那样换下床单，抖松枕头，整理好被褥。“真想让阿瑟护士过来看看我的杰作，定会让她大吃一惊！迪肯会早点过来看你的。”

“我真不敢想象你为什么要对我这么好。”菲利普说。

“这对我来说，是个很好的锻炼机会。照顾病人挺有趣的。”格里菲斯把早餐端给菲利普，自己则穿好衣服出去吃了点东西。十点前几分钟，他拿着一串葡萄和一束鲜花回来了。

“你对我真是太好了！”菲利普说。他已在床上躺了五天了。

诺拉和格里菲斯两人轮流照顾他。尽管格里菲斯和菲利普同年，却像颇富幽默感的母亲般照顾着菲利普。他是一个考虑周到的小伙子，性情温和，总能给人以鼓舞。最大的优点还在于他身上洋溢着一种蓬勃的生命力，似乎能给每个接触到他的人带去健康。很多人都很享受母亲或姐姐的宠爱，但菲利普不习惯这一套。然而，这位身强体壮的年轻人身上所散发出的女性柔和气息，却深深打动了菲利普。菲利普的病情渐渐好转。此时的格里菲斯慵懒地坐在菲利普的房间，讲着欢快的风流冒险故事给菲利普解闷。他是个爱拈花惹草的家伙，擅长调情，能同时和三四个女人周旋。讲起他为挣脱苦境而不得不采取的种种手段，真让人回味无穷。他天生就有这样一种才能，把自己经历的一切事都蒙上一层浪漫的魔力色彩。他因债台高筑而到了山穷水尽的地步时，稍微有点价值的东西都被送去典当。但即便如此，他还是设法活得快快乐乐，照旧挥霍无度，慷慨大方。他天生就是个冒险家。他喜欢结交职业可疑、诡计多端、善变狡诈的人。经常出入伦敦各种酒馆的三教九流人士，有很多都同他相识。放荡的女人将他当作朋友，向他倾诉她们人生的烦恼、艰辛和成功。赌棍们知道他手头拮据，不仅请他吃喝，还借给他面值五镑的钞票。他虽然考试屡屡败下阵来，却从不灰心丧气。他遵从父母的劝告，优雅迷人的温顺态度每次都做得恰到好处，使得他在利兹市挂牌行医的父亲大人不忍疾言厉色地朝他发火。“读书方面，我真是不开窍。”他乐呵呵地说，“脑子就是转不动。”生活中实在有太多的乐趣，但有一点是很清楚的：度过那生机勃勃的青春期，最终取得行医资格后，他一定能够在行医这条道路上有所成就。单凭他言行举止里的那股魅力，就能治愈病人。

菲利普崇拜他，就像昔年在学校里崇拜身材高大、品行端正、精神高尚的学生一样。菲利普病愈时，两人已经成为非常要好的朋友。看到格里菲斯似乎喜欢坐在自己的小房间里聊些趣味无穷的乐事，吸掉数不胜数的烟卷，一点点地消磨时间，菲利普心里就生出一种奇异的满足感。有时，菲利普还带他去摄政街的酒馆。海沃德觉得格里菲斯很是蠢笨，劳森则觉得他很有魅力，迫切地想给他画画。格里菲斯生得蓝眼睛、白皮肤，满头卷发，很是入画。他们讨论的东西，他常常一无所知。这时，他就静静地坐在那儿，俊美的脸上挂着温和敦厚的微笑，觉得自己身处此地就已足够增添同伴们的乐趣。当他发现麦卡利斯特是股票经纪人时，迫不及待地请他给自己透露点小窍门。麦卡利斯特面带笑容，一本正经地告诉他，要是他在某时某刻买进某种股票，现在肯定赚大发了。这让菲利普听得垂涎欲滴。他这里花花，那里花花，早已超支了。要是能按麦卡利斯特建议的轻松生财之道小赚一笔，就是再好不过的了。

“下次我一听到好消息就告诉你。”证券经纪人说，“有时，的确会传出好消息。关键在于等待时机。”

菲利普情不自禁地遐想起来，要是能赚进五十镑，该是多么美妙啊！这样，他就可以给诺拉买件御寒的皮大衣——她实在太需要了。他四下扫视着摄政街上琳琅满目的商店，看哪些是他买得起的物品。诺拉值得拥有一切，因为她使他的生活充满欢乐与幸福。

第六十九章

一天下午，菲利普从医院回到寓所，准备同往常一样梳洗打扮一番，好过去和诺拉共进茶点。他刚要掏钥匙开门时，房东太太却猛地把门打开了。“有位女士想要见你。”房东太太说。

“我？”菲利普惊呼出声。他真是感到很惊讶，来人只可能是诺拉，却不知道她为什么会来这里。

“我本不该让她进来的，可她接连来了三趟都没见着你，看上去有点心烦意乱，我就让她在这里等你回来。”

菲利普急忙从喋喋不休的房东太太身边挤过去，一头冲进房间。他感到一阵恶心，来人竟是米尔德里德。她正准备坐下，瞧他进来，又慌忙站起来。她既没有走近他，也没有说话。菲利普被她的到来惊呆了，根本不知道自己在说些什么。“你究竟想怎样？”他问道。

她没有回答，而是开始号啕大哭。她并没有用手捂住眼睛，两手都垂在身侧。此情此景中的她，看起来就像一位苦苦恳求雇用的女仆，神态极其谦卑，甚至有点惹人厌。菲利普说不出心里是个什么滋味，真想转身跑出房间。“我不曾想过还会再见到你。”他终于憋出这么一句。

“我真希望自己死了。”她哽咽着说，仍然站在那儿。

菲利普没去管她。此时此刻，他只想让自己镇定下来，他的双膝在发颤。他瞅着米尔德里德，神情枯槁地呻吟着：“出什么事了?”他说。

“他抛弃了我——就是那个埃米尔。”

菲利普的心怦怦直跳。他此时已意识到，自己仍像从前那样疯狂爱着她。他从来就没停止过对她的爱。她就站在他的面前，是那样的低声下气，那样的谦卑温顺。他真想一把将她拉进自己的怀里，吻遍她那满是泪水的脸颊。啊，这次分手是多么的漫长啊！他都不知道自己是怎样熬过来的。“你最好还是坐下来，我给你拿点喝的。”

他将椅子挪得靠近壁炉一些，米尔德里德一屁股坐了下来。他给她配了杯威士忌苏打水。她一边抽抽噎噎，一边小口喝着。她凝望着他，大眼睛里含悲带戚，有着深深的黑眼圈。她比菲利普上次见到的更瘦削和羸弱，脸色也更苍白。

“真希望我当时答应了你的求婚。”她说。

这句话似乎搅得他心潮起伏不止，菲利普也不知道这是为什么。他没法再像刚才那样强迫自己和她保持距离，而是伸出手来搭在她的肩膀上。“遭遇这样的困境，我真为你难过。”

米尔德里德把头靠在菲利普的胸膛上，哭得歇斯底里。头上的帽子有些碍事，她一把扯了下来。菲利普从未想过她会哭成这样，搂着她，吻了又吻。这似乎使她平静了些。

“你一向都待我很好，菲利普。”她说，“这就是我知道可以来找你的缘故。”

“告诉我究竟发生了什么事。”

“啊，我不能！不能！”她叫喊着，想从他的怀抱里挣脱出去。

他蹲下来跪在她的身旁，把脸颊紧贴着她的。“你难道不知道没有什么不可以对我讲的吗？我永远都不可能为了什么而责怪你。”

她把事情一点点讲给菲利普听，有时候哽咽得厉害，菲利普几乎听不明白她在说什么。“上周一，他到伯明翰去，答应我周四会赶回来。可周四他并没有回来，周五也不见踪影。于是，我就写信问他出了什么事，可他连信也不回。我又写了封信，说要是再收不到回音，就动身去伯明翰找他。然而今天上午，我接到律师来函，说我无权对他提出要求，并且声明我去骚扰他的话，他会依法寻求保护。”

“荒谬！”菲利普大叫起来，“一个男人怎么能这么对待自己的妻子呢！你们是不是吵架了？”

“嗯，是的。周末那天我们大吵了一场。他说讨厌我，但他以前也这么说，最后还是会回头来找我，我当时也没当真。当我告诉他就要生宝宝时，他是那么惊慌失措。我尽可能瞒着他，可再也瞒不住了，不得不告诉他。他说这都是我的错，还说我应该更懂这些事。你听听，他对我说的是些什么话啊！我很快就发现，他根本不是什么正人君子。他就这样抛弃了我，一分钱也没留下。他连房租都没付，我也没钱去付。房东女人就对我说——哎，要是照她说的，我都成骗吃骗住的贼了！”

“我以为你们会租一套公寓呢。”

“他嘴上这么说，但实际上只在海伯里租了一套带家具的房子而已。他就是这样小气抠门，还整天埋怨我铺张浪费。他是一毛不拔的铁公鸡，哪里给了我铺张浪费的资本。”米尔德里德有一种非凡的本领，能将鸡毛蒜皮的琐事和至关重要的大事搅在一起。

菲利普听得困惑不已，整件事情他还是摸不清头绪。“没有男人会是那样的无赖、恶棍。”

“你不了解他。现在，我不想再回到他身边，哪怕他跪下来求我，我也不愿回去了。我当初竟然考虑跟他过，真是愚蠢！而且，他也不像当初说的那样挣得了那么多钱。他谎话连篇，跟我说的都是骗人的鬼话！”

菲利普沉思了一两分钟。她的愁苦与不幸深深地震撼着他的心，菲利普哪能只为自己着想呢。“你想让我到伯明翰去吗？我可以去见他，设法让你俩重归于好。”

“噢，根本不可能。他现在绝不会回心转意的，我知道他。”

“但他必须负担你的生活费。这一点，他是无法推脱的。我不懂这些事，你最好去找个律师问问。”

“我怎么能去呢？我身上一分钱也没有。”

“我来支付这笔费用。我会给律师写封信，就是担任我父亲遗嘱执行人的运动家。你愿意现在和我一起去找他吗？我估计他还在办公室。”

“不，把你写给他的信交给我吧，我单独去找他。”此时，她稍微平静了些。菲利普坐下来把信写好。接着，他又想起她现在身无分文，幸好前天刚兑了张支票，眼下还可以给她五镑。

“你对我真好，菲利普。”她说。

“能为你做些事，我很高兴。”

“你现在还喜欢我吗？”

“当然喜欢，依如从前。”

她将嘴唇凑上去，他吻了吻她。她的这一举动包含着一种情感上的屈服，而他以前从未在她身上看到过这种屈服。就凭这点，他往昔所受的种种痛苦也都值了。待她离去后，菲利普发觉她竟在这儿呆了足足两个小时。他现在非常快乐。“可怜的人儿！可怜的人儿！”他呢喃自语，内心里升腾起前所未有的爱情赤焰。菲利普这一整天都没想到过诺拉，直到八点收到一封电报。还未打开，他就知道电报一定是诺拉来的。

出了什么事？诺拉。

菲利普茫然无措，不知道怎么回复。诺拉此时正在一出戏里担任配角，他可以像往常那样，偶尔在她演戏结束后去接她，两人一起漫步回家。但这天晚上，他整个身心都反对他去见诺拉。他考虑给她写信，可又没办法像往常那样称呼她为“最最亲爱的诺拉”。最后，他下定决心去拍个电报算了。

抱歉，脱不开身。菲利普。

他在脑海里回想着诺拉的样貌。她那高颧骨、面色无光的丑陋小脸，让菲利普生出些许厌恶。一想到她那粗糙的皮肤，菲利普就浑身直起鸡皮疙瘩。他知道电报发出后，还得采取某些措施。不过，有了拍电报这个便宜，他就将之后该采取的行动一拖再拖。第二天，他又发了封电报。

遗憾，不能来。等写信说。

米尔德里德提出下午四点钟过来，菲利普不愿告诉她这个时间不方便。不管怎样，先来后到。她毕竟是先来的那个，菲利普觉得为她抛下诺拉也无可厚非。他心急气躁地等着米尔德里德，站在窗前眺望。一看到她的身影，便亲自跑去开门。“怎样？见到尼克松律师了吗？”

“见到了。”她回答说，“他说那样做没什么用，无法可想。只好我咬紧牙关，独自承受了。”

“你怎么可能承受得了！”菲利普惊呼出声。

她疲惫不堪地坐了下来。

“他有没有给出理由？”菲利普问道。

她递给菲利普一封皱皱巴巴的信。“这是你写的那封信，菲利普。我根本就没用过。昨天，我没法跟你说，真的没法跟你说。埃米尔并没同我结婚，他也没法那么做。因为他已有人妻，还有三个孩子。”

妒火中烧，痛意翻滚，菲利普给这突如其来的情感急流冲得差点垮掉。

“我也不能回姨妈那里了。眼下除了你，我是别无他人可求。”

“那你为什么还要跟他走？”菲利普声音低沉地问道，极力克制着自己，提醒自己要冷静，再冷静。

“我不知道。起初，我并不知道他是个已婚男人。等他把这事告诉我时，我当面教训了他一顿。那之后好几个月，我都没再见到他。当他再次来到店里并向我求婚时，我也不知道中了什么邪，情不自禁就想跟他走。”

“那时你爱他吗？”

“我不知道。他说的那些话，想想都让我禁不住发笑。有件关于他的事儿——他说我永远也不会后悔跟着他，因为他答应每周给我七镑生活费——他说他每周能挣十五镑，可这一切都是骗人的！他根本就挣不到十五镑。那时候，我非常厌恶每天一大早就要赶去店里上班。我和姨妈的关系也不好，她根本不把我当亲戚看，而是当奴婢一样使唤。她说我应该自己整理房间，要是我自己不收拾，就没人会给我收拾。哎，要是那时我没被他的花言巧语蒙蔽该多好啊！可当他走进店里问我是什么想法时，我真是情不自禁啊。”

菲利普从她身边走开，坐到桌子旁，双手掩面，感到深深的耻辱。

“你没生我的气吧，菲利普？”她可怜兮兮地问道。

“没有。”他回答道。同时抬起头，目光却避开她，“我只是觉得深受伤害。”

“为什么？”

“你知道，我当时爱你爱得发疯。但凡能做的，我都做了，就是想能在你心里拥有一席之地。我以为你根本不会爱上任何人。现在得知你竟然为了那个无赖心甘情愿牺牲掉自己的一切，觉得实在令人发指。真不知道你究竟看中了他哪一点。”

“太对不起你了，菲利普。后来，我后悔死了。我向你保证，真的后悔死了。”

菲利普脑海里浮现出埃米尔·米勒的身影：他脸色苍白，给人不健康的感觉；一双蓝眼睛，眼神游移不定，闪烁着诡诈的光芒；面相俗不可耐，透着几分精明；身上总是穿着亮红色的针织马甲。菲利普不由得发出一声叹息。

米尔德里德站起身子，走到菲利普跟前，双手搂住他的脖子。“我永远都不会忘记你曾向我求过婚，菲利普。”他抓住她的手，抬头凝视她。米尔德里德弯下身子，吻着他。“菲利普，要是你现在还想要我，我愿意做任何你喜欢的事。我知道你是个地地道道的绅士。”

他的心猛然僵了一僵，她的这番话让他想吐。“你能这么想真是太好了，但我不能那样做。”

“难道你不爱我了吗？”

“当然爱你，全心全意地爱着你。”

“那为什么不在幸福来临的时候抓住机会好好享受一番呢？你知

道，现在已经没什么可以阻拦我们的了啊。”

菲利普挣脱了米尔德里德的拥抱。“你不懂。自从我认识你的那一刻起，我就疯狂地爱上了你。可是现在——那个男人！很不幸的是，我这个人想象力非常丰富，一想起那件事，我就想吐。”

“你这人真搞笑。”她说。

他再次握住她的手，朝她微微一笑。“你千万别以为我对你没有心怀感激。实际上，我永远也表达不尽对你的感激之情。你要知道，这种情感可比我强悍得多呢。”

“你是个好朋友，菲利普。”

他们继续聊着，聊着聊着，很快就恢复昔日亲密的友谊来。天色渐晚，菲利普提议两人一起去吃饭，再去歌舞杂耍剧场。她想让菲利普再下力劝劝她，她有意要装出与她目前处境相符的姿态来。她本能地感觉到，此时出入娱乐场所与她目前悲痛的心境不相符合。最后，菲利普劝说她看在能让自己高兴的分上一定要去。米尔德里德觉得她这是为了他人的快乐而牺牲自我，这才答应下来。她提出了一个暖人心的建议，让菲利普很高兴。她请求菲利普带她去他们以前经常光顾的索霍区小餐馆。菲利普由此对她充满了无限感激，她的建议表明那家餐馆充满了两人的快乐回忆。在吃饭的过程中，她变得越来越兴奋。从街角那家酒吧买来的勃艮第葡萄酒喝得她心里热乎乎的，竟忘了自己该保持一副忧伤悲痛的表情。菲利普想，此时可以心平气和地和她谈谈她将来的打算了。“我猜想，你身上应该一点钱也没有了吧?”菲利普逮住机会问道。

“只有你昨天给我的那些钱，而且还得从中拿出三镑给房东太太。”

“嗯，我还是再给你一张十镑的先花着。我会尽快去见我的律师，请他给米勒写封信。我敢肯定，总能叫米勒付点钱的。要是我们能从他那里拿到一百英镑，就可以够你维持到小孩出生。”

“我宁可挨饿，也不要他的一分钱。”

“但他这样不管不顾地抛下你，也太可恶了。”

“我总得为自己的自尊考虑考虑吧。”

菲利普觉得有点尴尬。他必须严格节约，才能靠那笔小资产维持到取得医生资格，还得留下一笔钱，好作为他目前就读的医院或别的医院当内科或外科住院医生期间所需的生活费用。但想起米尔德里德给他讲的埃米尔各种各样的吝啬事迹，菲利普就不敢和她争辩，害怕她也会指责自己缺乏慷慨解囊的品性。

“我宁愿挨家挨户去乞讨，也绝不要他一个子儿。很早以前，我就想找点活干干。不过，我目前这种状况也不太适宜去工作。人总得为自己的身体健康考虑考虑，是吧？”

“你现在无需烦忧。”菲利普说，“在你适合工作之前，需要什么尽管告诉我好了，我会给你准备齐全的。”

“我就知道，你是个可以依靠的人。我对埃米尔说，别以为我找不到人帮忙。我告诉他，你是个地地道道的绅士。”

菲利普渐渐搞清楚了两人这次分手是怎么回事。似乎那个家伙的妻子发现他定期去伦敦有出轨行为，就去找丈夫所在公司的头头。她威胁丈夫要和他离婚，而那家公司的头头声称，要是他们真的离婚，就把他解雇了。那个家伙非常喜爱自己的几个孩子，舍不得和孩子们分开。当他必须在妻子和情妇之间做出选择时，自然会选择妻子。他一直忧心忡忡，生怕米尔德里德会怀上孩子而使得这场纠葛变得更加复杂难办。当米尔德里德再也无法隐瞒，不得不将怀孕之事告诉他时，他惊恐万状，故意找茬和米尔德里德大吵了一架，就不管不顾地抛下了她。

“你什么时候生产？”菲利普问道。

“三月初。”

“还有三个月呀。”

接下来该怎么办，很有必要讨论一下。米尔德里德声称她不想再待在海伯里租来的房子里，菲利普也觉得她该离自己近些，好方便他照顾她。他答应明天就去给她找房子。

她提议说，沃克斯霍尔大桥路是个不错的地方。“那里对以后要住的地方来说比较近些。”她说。

“你这是什么意思?”

“是这样，我打算只在那儿住两个月或稍长一点点。之后，我会搬进一栋地地道道的房子。我知道有一处很高雅的地方，住户都是最高阶层。每周只需四个几尼，不要什么额外费用。当然了，医生的诊费得另付。不过，也就只此一项。我的一个朋友曾在那儿住过。管理员是一位一丝不苟的太太。我打算告诉她，我丈夫是驻印度军官，我是为孩子回伦敦来的，因为这里有益母子健康。”

菲利普听她这么说，觉得真是惊世骇俗。她长得小巧而娇弱，脸色是那样苍白，看起来冰冷而文雅。想到这副容貌下竟燃烧着那样的情感，而且如此出人意料。菲利普感到阵阵不明所以的烦忧与不安，脉搏急剧地跳动着。

第七十章

菲利普殷切盼望回到寓所时能收到诺拉的来信，但大失所望。第二天早晨，也没收到她的来信。诺拉这样沉寂无声，让他心烦意乱的同时，又给他敲响了警钟。自从去年六月以来，只要他在伦敦，每天都会和诺拉见面。然而，他现在已连续两天都没去看她，也没写信解释原因，诺拉一定会觉得奇怪。菲利普不禁怀疑，是否很不凑巧地让诺拉瞧见他和米尔德里德在一起了。想到诺拉会因此受伤，伤心难过，菲利普就难以忍受，于是打定主意下午去看她。想到自己竟在不知不觉间和诺拉变得如此亲密，他都有些要埋怨诺拉了。再想到还要继续维持这种关系，菲利普就不胜厌恶。

菲利普给米尔德里德租了两个房间，就在沃克斯霍尔大桥路一栋房子的二楼。环境有点吵，不过，菲利普知道她就喜欢窗外有车水马龙的市声。

“我不喜欢半死不活的街道，住在那种地方，整天看不到一个人影。”米尔德里德说，“还是让我能感受点生活气息好。”

之后，菲利普强迫自己来到文森特广场。举手按门铃的时候，他有些忐忑不安。他感觉待诺拉很不好，为此心神难安。他害怕受到责备，知道诺拉是个急脾气，他讨厌吵吵闹闹的场面。或许，最好还是坦率地跟她说：米尔德里德回来找他了，而他对她依然一往情深，爱得发狂。对此，他深感内疚，对不起诺拉，但心里再也腾不出空间给诺拉。接着，他想到她得知这一消息会多么痛苦，他很清楚诺拉是真心爱他的。以往，诺拉对他的眷恋让他不胜自豪，更是心存无限感激；可现在，这种眷恋却让他觉得棘手难办。她不应该遭受他带来的这种痛苦。他暗暗问自己，现在她会怎样接待自己呢？当他沿着楼梯拾级而上时，各种各样她可能做出的举动一一闪过脑海。他敲着房门，感到脸色瞬间苍白，不知道该如何掩饰内心的紧张不安。诺拉正在埋头奋笔疾书，当菲利普走进房间时却一跃而起。“我听出是你的脚步声。”她叫嚷着，“你这个淘气鬼，近来躲哪里去啦？”她乐不可支地朝他奔来，双手搂住他的脖子。他的到来让她很高兴。菲利普吻了吻她。为了让自己镇定下来，他假装说好想吃茶点。诺拉忙不迭地去生火煮水。“我最近忙得很。”菲利普言语苍白地来了这么一句。

诺拉还像从前那样，神采飞扬地聊开了。她告诉菲利普，有家从未雇用过她的公司也来邀她写小说。这次，她可以拿到十五个几尼呢。“这真是天上掉馅饼啊！我来告诉你，我们该拿这笔钱做什么。来场短途旅行，去牛津市区玩一天，怎么样？我一直都想去看看那里的大学城。”

菲利普凝视着她那双眸子，想看看里面是否隐有责备之意。但那双眼睛依然像从前那样坦率，充溢着快乐的神采：见到了他，她真是喜得眉开眼笑。菲利普的心沉甸甸的，不能在这时告诉她那个残忍的事实。诺拉给她烤了点面包，还切成小块才递给他，简直把他当小孩子一样宠爱。“小坏蛋，吃饱了吗？”她问道。

他微笑着点点头。她给他点了支烟，像往常喜欢的那样走过来坐在他的腿上。她的身子很轻，她往后靠着，依偎在他的怀抱里，发出一声甜蜜的幸福感叹。“给我说点好听的。”她轻声低语。

“说什么呢？”

“你可以想象着说好喜欢我。”

“你知道，我一直都很喜欢你。”

此时此刻，要他说出那残酷的事实，真是于心不忍。无论如何，今天就让她安安静静地享受一天。或许，他可以采取写信的方式告诉她。在信里讲要容易得多。想到她会号啕痛哭，菲利普就觉得难过。诺拉逗引菲利普吻她。然而接吻时，菲利普心里想着的却是米尔德里德，想着她那苍白的薄唇。他无时无刻不在回想着米尔德里德，她就像比影子更充实的合成体一样总是缠着他，如此情景搞得他魂不守舍，神思恍惚。

“你今天怎么这样寡言少语？”诺拉说。

她这个饶舌鬼的特性是两人之间的老玩笑，菲利普回答说：“你总是喋喋不休，不让我插一句嘴。因此，我就习惯不开口了。”

“可是，你也没在听我讲呀！这态度可不好。”

菲利普的脸微微涨红，不禁怀疑内心的秘密是否给她瞧出了迹象。他局促不安地移开自己的眼睛。这天下午，诺拉的身子让他感到讨厌，菲利普不想让她碰到自己。“我的脚麻了。”他说。

“真对不起！”诺拉惊叫着跳起来，“要是实在改不了坐在绅士膝上的习惯，就该减肥了！”

菲利普煞费苦心地站起来跺跺脚，还在房间里走来走去。然后，他站在壁炉跟前。这样，她就没办法再坐在他的腿上了。诺拉说话的时候，菲利普觉得她比米尔德里德强上十倍。和诺拉聊天，他觉得趣味无穷，聊得也更为开心。诺拉比米尔德里德更为聪慧，也更为温柔。她是个贤良、勇敢、正直的小女人。米尔德里德呢？菲利普痛苦不堪地想着，这几个词没一个是她配得上的。要是他还有一丝理智，就该坚定不移地守着诺拉。和诺拉在一起，一定比他和米尔德里德在一起要更为幸福。毕竟，诺拉是真心实意地爱着他的，米尔德里德不过是对他的帮助心存感激。但说来说去，他最看重的还是想要去爱，而不是被爱。他每根神经都渴望着米尔德里德。在他看来，和米尔德里德十分钟的短暂相会，也比和诺拉一起消磨一下午好得多；在米尔德里德那冰冷的双唇上吻上一吻，也比诺拉将全部都奉献给他要更为珍贵。“我情难自禁，”菲利普心里想着，“她已经融进了我的骨髓。”他不在乎米尔德里德的没心没肺、腐化堕落与粗俗不堪，也不在乎她的愚蠢无知与自私贪婪。他就是爱她。他宁愿和这个人过苦日子，也不愿和那个人共享甜蜜。他站起来要走的时候，诺拉漫不经心地说：“呵呵，明天再见，是不？”

“是的。”他应了一声。他心里知道明天根本来不了，因为要帮米尔德里德搬家，就是没勇气说出口。他打定主意，还是发个电报来好了。米尔德里德上午去看了房间，觉得很满意。午饭后，菲利普和她一起去海伯里。她有一只装满衣服的箱子，还有一只装满各种杂物的箱子。这只杂物箱里装有坐垫、灯罩、相框，等等。她要用这些东西把租来的两间房子布置成几分家的样子。此外，她还有两三只大大的硬纸板箱子。不过，这些东西全都塞进四轮马车，也没有碰到车顶。当马车行驶在维多利亚大街时，菲利普整个人都缩进马车后座，以免给碰巧经过这里的诺拉看见。他还没找到机会去发电报，自然不能从沃克斯霍尔大桥路的邮局发。因为那样会使诺拉怀疑他在此区有何贵干。何况他人在那儿，更没理由不去看她。要知道，她住处所在的广场近在咫尺。最后，他决定还是抽出半小时去看看她好。然而，去看她的这个“必要性”让他很是恼火。就是因为诺拉，他才不得不挖空心思想些权宜之计。这种做法下流又可耻，他很生诺拉的气。但和米尔德里德在一起，他就感到心醉神迷，快乐无比。帮她打开行李让他觉得趣味无穷。想到自己帮她找房子，又给她付房租，再帮她安顿下来，这一切都由自己一手操办，菲利普心里就生出一丝美滋滋的占有感。他可舍不得让她耗费力气。菲利普觉得为她做事是一种乐趣，正好她也不愿意做别人乐意为她做的事。他从箱子里拿出她的衣物，一一整理好。见她不再提议外出，便给她拿来拖鞋，并替她脱下靴子。他像仆人一般服侍着女王大人，并为此感到很荣幸。当他双膝跪在地上替她解开靴子上的纽扣时，米尔德里德一边爱怜地抚摸着他的头发，一边说，“你真是太宠我了。”

他抓住她的手吻了起来。“有你在这儿，真是太好了。”

他整理好坐垫，摆放好相框。她还有几只绿色的陶瓶。

“我会给你买些花来插在瓶里。”他说。他四下扫视一遍自己收拾的杰作，觉得非常骄傲。

“我不准备出去了，还是穿件宽松的袍子比较舒服。”她说，“帮我从后面解开纽扣好吗？”

她满不在乎地转过身去，就好像他是个女人一样。他作为男性对她来说，毫无吸引力。然而，这一要求所隐含的亲密关系却叫菲利普心里充满感激。他手指笨拙地解开扣子。“我第一天走进那家店里，可从没想过有一天会为你做这种事。”菲利普勉强挤出一丝微笑说。

“总要有人来做。”米尔德里德答了一句。她走进卧室，套上一件镶满廉价蕾丝花边的天蓝色宽松裙子。

菲利普把她安置在一张沙发上，然后去给她倒茶。“恐怕我不能在这儿和你一起喝茶了。”他满是遗憾地说道，“我有个可恶的约会必须去。不过，半小时后我就会回来。”他原本还在思索如果她问起是什么样的约会，自己该怎么回答，她却没表现出丝毫好奇。租房的时候，他就预订了两人的晚饭，并提出和她共度宁静之夜。他心急火燎地想要快点赶回来，干脆搭乘电车走沃克斯霍尔大桥路。他想一见面就对诺拉讲明，自己只能待几分钟。“嗨，我只有向你问声好的时间，”他一进门就对诺拉说，“我忙得要死。”

诺拉听了，脸色一沉。“怎么了？发生了什么事吗？”

诺拉竟然逼得他不得不撒谎，菲利普对此恼怒不已。他解释说医院正在演习，他必须参加。他知道自己这么说的时候一定脸红了，隐约觉得诺拉好像并不相信自己。这不由得让他更加恼火。

“好吧，你去吧！没关系，”她说，“我等你明天来。”

他呆愣愣地望着她。明天是周末，他一直盼望能和米尔德里德在一起。他对自己说，就是出于最起码的礼貌，他也得那么做，总不能把她一个人孤零零丢在陌生的屋子里吧。“实在对不起，我明天已经有约了。”

他知道眼前这个场景正是他想方设法要避免的，可事情已经开始了。诺拉的脸涨得更红了。“可我已经邀请戈登夫妇来吃午饭了呀！”

这夫妻俩是演员，目前正在外省巡演，周末会到伦敦。“这事我可是一周前就告诉你了。”

“实在不好意思，我忘记了。”他犹豫片刻又说道，“恐怕我来不了。要不，你试着邀请别人？”

“那你明天干什么去？”

“请你不要这样咄咄逼人。”

“难道你不想告诉我？”

“我并不介意告诉你，而是觉得被迫详细交代行踪很让人恼火。”

诺拉脸上的表情突然变了，她极力克制着，走上前去握住菲利普的手。“明天别让我失望，菲利普。我是多么期待能和你共度周末啊！戈登夫妇想要见见你，我们几个一定能玩得很开心。”

“要是能够，我当然乐意来。”

“我不是一个总苛求别人的人，对吧？我并没有常常麻烦你。你就不能不去那个讨厌的约会吗？就这一次，下不例外也不行吗？”

“真是很抱歉，我认为不能这么做。”菲利普面色阴沉地回答道。

“告诉我究竟是什么样的约会？”她甜甜地恳求着。

菲利普抓紧时间编了个理由。“格里菲斯的两个妹妹要来度周末，我们要带她们出去玩玩。”

“就这样？”她高兴地说道，“格里菲斯他们很容易再找人凑伴嘛！”

菲利普真希望时光能倒流，让自己编出个更紧急的借口来。这个借口太拙劣了。“不行，真的很对不起！我不能那样做。我答应过人家，就得信守诺言。”

“但你也答应我了！而且还是首先答应我的！”

“希望你不要这样胡搅蛮缠。”菲利普说。

诺拉顿时火冒三丈。“你不来是因为你根本不想来！真不知道你前些天都在干些什么！你完全变了！”

菲利普低头看了看表。“恐怕我得走了。”他说。

“那你明天真不来了?”

“来不了。”

“要是那样的话，再也不敢劳您大驾光临敝舍了!”她叫嚷着，完全丧失了理智。

“随你的便。”他回答说。

“不敢再耽搁您宝贵的时间了!”她讽刺地补了一句。

菲利普耸耸肩，走了出去。他感到如释重负，事情总算还不是太糟。毕竟没出现要死要活的哭闹场面。一路走来，他庆幸自己真是烧了八辈子高香，这么容易就从风流债中安然脱身。他走进维多利亚大街，买了几束鲜花带给米尔德里德。

两人的小晚宴进行得十分成功。菲利普早先送来一小罐鱼子酱，知道米尔德里德就好这一口。房东太太给他们端来几块炸肉排、蔬菜和一道甜点。菲利普还订了她最爱喝的勃艮第葡萄酒。帘幕四垂，炉火摇曳，灯泡安上了米尔德里德的灯罩。这一切，让房间里弥漫着舒适惬意的气息。“真有一种家的感觉。”菲利普微笑着说。

“我可能会比这更惨，是不是?”她答道。

吃完饭，菲利普把两张扶手椅摆到炉火前，两人就在上面坐了下来。菲利普舒舒服服地抽着烟，一面觉得很开心，一面觉得自己真是慷慨大方。“你明天有什么安排吗?”菲利普问道。

“哦，我要到图尔斯山去。你还记得我干活那家店的女经理吧?嗯，她现在结婚了，邀请我到她那儿玩一天。当然，她以为我也结婚了。”

菲利普的心猛地一沉：“可是，我还推掉了一个邀请呢，为的就是能和你共度周末。”他觉得，如果米尔德里德爱他的话，就会说既然如此，那就陪你好了。他很清楚，要是诺拉，就会毫不犹豫地选择陪自己。

“呃，你这个笨蛋怎能这么做呢！三个多星期以前，我就答应她要去了。”

“但你怎能一个人去呢?”

“噢，我会说埃米尔外出做生意了。女经理的丈夫是从事手套行业的，是个高高在上的傲慢人物。”

菲利普默然无语，痛苦一阵阵滚过心头。

米尔德里德侧目瞥了他一眼。“你不会连这点乐趣都要抱怨我吧，菲利普？你要知道，这是我能够出去走走的最后一个机会了。还不知道要隔多久才会再有这种机会呐。何况，我早就答应了人家呀。”

他拉起她的手，笑着说：“不，亲爱的，我希望你尽情地去玩一趟。我只想要你快乐。”

一本用蓝纸包着的薄书打开着，书页朝下搁在沙发上。菲利普随手拿来翻看。这是一本定价两便士的小说，作者是库特奈·佩吉特。这就是诺拉写小说用的笔名。

“我非常喜欢看他的书。”米尔德里德说，“每本都看过，写得太精妙了。”

菲利普想起诺拉是怎么说自己的。“我在厨娘中间非常受欢迎。她们觉得我谈吐时髦，文笔优雅。”

第七十一章

格里菲斯早先把自己的风流韵事讲给菲利普听，作为这种信任的回报，菲利普也把自己的情爱纠葛详详细细地说给他听了。周末早晨吃完饭后，两人身披晨衣，坐在炉火边抽烟。这时，菲利普又将昨天和诺拉发生的那一幕讲给他听。

格里菲斯祝贺他如此轻松干脆地摆脱了麻烦。“和女人谈情说爱，是世界上最容易不过的事情。”他以过来人的教训口吻说道，“但要从风流债中脱身却很恼人。”

菲利普觉得这样干脆利落地就把事处理好了，真想拍拍胸膛以示了不起。不管怎么说，他总算解脱了。想到米尔德里德在图尔斯山玩得正开心，他就觉得心满意足，因为只要她开心就行了。菲利普并不怨恨米尔德里德抛下他独自去开心。这在他来说，完全是自我牺牲的成人之美，尽管代价是他得暗舔失望、收起失望之情。然而，这种自我牺牲还是在他的心里绽放出了喜悦的光辉。

周一早晨，菲利普发现桌上竟然躺着一封诺拉的来信。

最最亲爱的：

周六那天我不该大发脾气，非常对不起！希望你能原谅我！求你还像往常那样来用下午茶。我爱你。

你的诺拉

菲利普的心骤然沉到谷底，不知道该怎么办才好。他把这封信拿给格里菲斯看。

“你最好别回信。”格里菲斯说。

“噢，我不能。”菲利普叫起来，“想到她会盼我的复信望眼欲穿，我就心里难受得很。你可不知道，坐在那里等呀等、一心盼着邮递员来敲门是个什么滋味。我可是深有体会，不想别人也去遭受那种折磨。”

“我亲爱的伙计，要断绝这种关系，总有个人会遭罪的。你必须咬牙狠下心来，好在那种痛苦不会持续太久。”

菲利普觉得，诺拉不该遭受他带来的那种痛苦。诺拉能忍受多大的痛苦，格里菲斯又怎么能知道呢？他想起米尔德里德告诉他要结婚时，自己是多么痛苦。他绝不想任何人再来遭受他受过的那种苦。

“如果你实在很担心她会痛苦，那就回头找她去。”格里菲斯说。

他站起身来，在房间里焦躁不安地走来走去。他很生诺拉的气，就是她不肯放手才弄成现在这样。诺拉必定早就看出来了，他没有多余的爱可以给她。人们不是都说，女人在这方面总是很敏感，很快就能察觉得出嘛。“你兴许可以帮帮我。”他对格里菲斯说。

“我亲爱的伙计，别这样小题大做啦。你要知道，人总是要过这一关的。或许，她并不像你想象的那样深陷于此。人总是会夸大自己在别人心里的重要性。”他停顿下来，饶有兴趣地望着菲利普。“听我说，你现在唯一能做的就是给她写封信，告诉她你俩的关系结束了。话要说得斩钉截铁，别引起任何误会。虽然这会让她很受伤，可长痛不如短痛，你早日斩断情丝可比拖拖拉拉给她带来的痛苦少。”

菲利普坐下来，写了下面这封信。

亲爱的诺拉：

让你伤心，我很抱歉。但我想，咱们还是让事情就停留在周六那种地步好。既然在一起已毫无乐趣可言，我觉得实在没必要再硬拖下去。你让我走，我依言走了，并不打算再回去。再见。

菲利普·凯里

他把这封信拿给格里菲斯看，并问他写得如何。格里菲斯读完以后，凝视着菲利普，眼神闪烁不定。他并没有说出真实感受。“我觉得，这封信能把事情办妥。”他说。

菲利普出门把信寄走了。那天上午他过得很不舒服，一遍遍想着诺拉收到信后会是什么心情。想到诺拉可能伤心哭泣，菲利普就觉得备受折磨。但与此同时，他又觉得如释重负。想象中的痛苦总比亲眼目睹的痛苦要更为容易忍受，何况他现在可以自由自在、全心全意地爱着米尔德里德了。想到医院工作结束后下午就可以去看望米尔德里德，菲利普兴奋得心都要跳出来了。他像往常一样回到寓所，准备修饰打扮一番。哪知刚把钥匙插进门上的锁眼里，就听到身后响起一道声音：“我可以进来吗？我等你半小时了。”

是诺拉。菲利普顿觉脸红到耳朵根了。她说话的声调欢快，没有一丝怨恨，也没有任何迹象表明他俩曾闹得不愉快。他觉得自己被逼进死胡同了，既害怕又厌恶，但还是勉力挤出一丝微笑。

“可以，进来吧。”他说。菲利普打开门，诺拉先他一步走进起居室。他心中惴惴不安，为使自己镇静下来，递给诺拉一支烟，自己也点了一支。

诺拉望着他，神情灿烂。“你个淘气鬼，为什么要给我写那么一封可怕的信？我要是信以为真，可会痛心彻骨的哟。”

“我是认真的。”菲利普神情严肃地说。

“别犯傻了。那天我是发了脾气，可我写信道歉了呀，你还不满意！瞧，我这不上门当面给你道歉来了吗？当然，你自己的事得你自己做主，我无权对你提出什么要求。任何你不愿意做的事，我绝不强求。”她从椅子上站起来，两手张开着，冲动地向他跑过来。“让我们冰释前嫌，再续情缘吧，菲利普。如果我冒犯了你，我向你道歉。”

他不忍阻止她握住自己的手，可不愿意看她。“恐怕为时已晚。”他说。

她一屁股倒在他身旁的地板上，抱住他的双腿：“菲利普，别犯傻了！我性情急躁，知道伤害了你，可你这样死死抓住不放，也太傻了。搞得我俩都不开心，又有什么好呢！我们的友谊是多么令人愉快啊！”她用手指慢慢摩挲着他的手。“我爱你，菲利普。”

他站起身，躲开她，走到房间的另一端。“实在抱歉，我无能为力。一切都结束了。”

“你的意思是说不再爱我了？”

“恐怕是的。”

“你就是在找个机会把我甩掉，就抓住了那件事，对不对？”

菲利普没有回答。她愣愣地凝视他好一会儿，菲利普觉得这段时间实在难以忍受。她依然坐在地板上，一动未动，背靠着扶手椅。她开始无声哭泣，也不用手捂住脸，豆大的泪珠一颗接着一颗从面颊上滚落下来。她没有抽噎。看到她这样子，真叫人痛苦万分。菲利普转过身去，不敢再看。“伤害了你，我深感抱歉。可我不再爱你了，这也不能怪我。”

她没有做声，只是木然地呆坐在那里，似乎不堪重负，悲哀之极，眼泪像小溪般流过面颊。

要是她痛骂自己一顿，菲利普还觉得好受点。菲利普本想，她脾气上来会控制不住要发火的，而他也准备经受她的雷霆之怒。在思想深处，他觉得两人干脆撕破面皮，痛痛快快地大吵一番，把彼此都骂个狗血喷头，他在某种程度上还能为自己的行为开脱。时间一点点过去了，看到她还在无声哭泣，菲利普被吓倒了。他走进卧室，倒了杯水，俯身到诺拉身边。“喝点水吧？喝了会好受点。”

她神情黯然，机械地把嘴凑到杯子边，喝了两三口水。然后，她仿佛虚脱了一般，低声向菲利普要条手帕。她擦干眼泪：“我当然知道，你从来没像我爱你那样爱过我。”她呻吟着说。

“恐怕事情往往正是如此。”他说，“总有个人去爱，也总有个人被爱。”他想起了米尔德里德，不由得一阵痛苦滚过心头。

诺拉沉默了好一会儿。“我总是那么悲惨不幸，我的人生太可恨了。”她终于开口说道。她并不是在对菲利普说，而是对自己说。

以前，他从未听她抱怨过她和丈夫的生活，也从未听她抱怨过生活的贫困。一直以来，他都很钦佩她毫无惧色地面对世界、直视生活的态度。

“直到后来我遇到了你，你对我那么好。我很佩服你，因为你是那么聪明。而且，能找到一个可以信赖的人，真是天降之福啊！我爱你，却从未想到会是这样的结局。而且，这一点也不是我的错。”她又开始淌眼泪。不过，现在她比较能控制住自己了。她把脸埋在菲利普的手帕里，极力克制自己的情感。“再给我喝些水。”她说，擦干眼泪。“哭得太丢脸了，让你见笑了。我是一点思想准备也没有啊。”

“非常抱歉，诺拉。我希望你知道，我很感激你为我所做的一切。”他真想知道，诺拉究竟看中了自己哪点。

“哎，事情总是这个样子。”她叹了一口气说，“女人不坏，男人不爱。要想男人爱你，就得对他们坏；要是对他们好，你就得遭罪。”诺拉从地板上站起来，说她得走了。她静静地凝视着菲利普许久才叹了口气，说道：“太让人费解了，这一切都算是什么意思？”

菲利普突然下定决心说出一切。“我想，最好还是坦白告诉你！我不想你把我想得太坏。我想让你知道，我也是情难自禁。米尔德里德回来了。”

诺拉涨红了脸。“你为什么不立即告诉我？我自是有权知道。”

“我不敢说。”

她对着镜子照了照，把帽子戴正。“能给我叫辆马车吗？”她说，“我实在没力气走路了。”

菲利普走到门口，叫了一辆路过的两轮双座马车。当她随着他走到街上时，菲利普看到诺拉脸色是那样苍白，不禁大吃一惊。她的步履沉重，好像瞬间就老了似的。她看起来是那样憔悴，菲利普不忍心让她独自回去。“要是你不介意，我送你回去。”

见她默不作声，他便坐进了马车。马车驶过大桥，穿过几条穷街陋巷。他们一路沉默无语，外面的街巷里嬉闹玩耍的孩子们发出阵阵尖叫声。马车到达诺拉门前时，她并没有立即下车，看上去好像集聚不起足够的力气来挪动腿一般。

“希望你能原谅我，诺拉。”菲利普说。

她转头看着菲利普。他发现，那双眼睛里又闪烁着晶莹的泪花，但她嘴角弯了弯，极力挤出一丝微笑。“可怜的家伙，你太担心我了。你不必劳心，我不怪你。我会好起来的。”她飞快地轻抚了一下他的面颊，暗示自己并不怨恨他。然后，她跳下马车，头也不回地走进屋里。

菲利普付了车费后，便朝米尔德里德的寓所走去。他的心情很沉重，对此他也不明所以，直想把自己骂一顿。但是，为什么呢？他不知道自己还能做些什么。路过一家水果店时，他记起米尔德里德喜欢吃葡萄。想到自己记得她的所有嗜好，并能以此表达对她的爱慕之情，菲利普心里就充满感激。

第七十二章

接下来的三个月里，菲利普每天都去看望米尔德里德。他去时随身带着课本，吃过茶点后就埋头学习，米尔德里德躺在沙发上看小说。有时候，他抬起头来，无声地凝视她一会儿，嘴角挂着一丝甜蜜的微笑。米尔德里德每每感觉到他的视线停留在自己身上时就会说：“傻瓜，别尽望着我浪费时间，快继续学习去！”

“独裁的女王！”他心情愉快地答道。

房东太太进来铺桌布准备开饭时，菲利普就放下书本，兴致高昂地同她打趣逗乐。房东太太是个伦敦佬，瘦小的个子，已界中年，伶牙俐齿，颇富幽默感，很会逗人发笑。米尔德里德和房东太太成了好朋友，还把导致自己陷入目前困境的缘由向房东太太进行了详尽但虚假的解释。好心肠的瘦小女人却深受感动，不怕麻烦地要使米尔德里德在这里住得舒适。米尔德里德出于行为正当得体的考虑，建议菲利普以兄长的身份生活。他俩在一起用餐，米尔德里德的胃口变化莫测。每当菲利普订到她喜欢的食物，就非常开心。看到她就坐在对面，菲利普就觉得很陶醉，还时不时握住她的手捏一捏。那纯粹是快乐地情难自禁啊。吃过饭后，米尔德里德坐在靠近壁炉的扶手椅上，菲利普就坐在她身边的地板上，倚着她的双膝，悠然自在地抽烟。他们通常并不说话，有时候，菲利普都会发现她睡着了。那时候，菲利普一动也不敢动，生怕弄醒她。他静静地坐在那儿，慵懒地望着炉火，尽情享受这种幸福。“睡得香吗？”她醒来时，他微笑着问道。

“我根本没睡，”她回答说，“只是闭着眼睛而已。”她从来不会承认自己睡着了。她生性冷淡迟钝，目前这种状况也没让她觉得有多大不便。为了身体健康，她可谓不厌其烦，任何人只要提出有益健康的建议，她都照办不误。为了保健，只要天气好，她每天早晨都出去散步，在外面待上一段时间。天气不太冷时，她就坐在圣詹姆士公园里。一天余下的时光，她都愉快地在沙发上消磨掉，不是读着一本又一本小说，就是和房东太太闲聊唠嗑。她喜欢八卦，且乐此不疲。她不厌其详地给菲利普讲述房东太太的故事，还絮絮叨叨说些其他人的事，比如住在起居室那层楼上的房客以及左邻右舍的奇趣妙闻。她时不时露出惊恐的神色，向菲利普诉说自己害怕分娩的痛苦。想到还有可能因此而撒手人寰，她就不寒而栗。接着，她将房东太太以及住在起居室那层楼上的太太的分娩情况，给菲利普从头到尾详细地描述一番。（其实，米尔德里德并不认识住在起居室那层楼上的太太。“我是那种喜欢独处的人。”米尔德里德说，“可不是随便什么人就去结交的。”）描述分娩细节时，她既说得津津有味，又满是恐惧害怕。但除此以外，她大多数时候对于即将到来的分娩还是很镇静。

“毕竟，我不是第一个生孩子的女人，是不？何况医生还说我不会遇到什么麻烦的。你瞧，我又不是那种天生不会生孩子的女人。”

眼看产期将至，米尔德里德去找了欧文太太。房东太太向她推荐了一位医生。米尔德里德每周去医生那里检查一次，收费十五几尼。“当然咯，我可以和他讨价还价。可这位医生是欧文太太极力推荐的，我觉得因为省一点小钱而坏了大事不值得。”

“只要你开心舒服，我不介意花多少钱。”菲利普说。

不论菲利普为她做什么，米尔德里德都觉得心安理得，仿佛他理当如此。而在菲利普这方面，他就喜欢为她花钱。每给她一张五镑的钞票，都能在他心里激荡起幸福感和自豪感。菲利普给了她许多钱，米尔德里德并不是会节省的女人。“我也不知道钱都去了哪儿。”她自言自语，“就像流水似的，从我指缝里流掉了。”

“没关系。”菲利普说，“只要能为你做点什么，我就很开心。”

她的针线活不太好，所以没给即将出生的小宝宝准备必需的衣物。她告诉菲利普，到时去买几件要比亲自做便宜得多。菲利普手里有几张抵押契据，那就是他的全部钱财了。他最近卖掉了一张，换来五百镑，目前存在银行里，准备投资到更容易获利的行业中去。此刻，他觉得自己异常富有。他们经常在一起谈论未来。菲利普非常希望米尔德里德能把孩子带在身边，但她拒绝这样做，说自己得去挣钱过日子，不带孩子会更容易找到工作。她打算重新回到先前效力的那家公司的连锁店工作，而将孩子送给乡下某个正经女人抚养。“我能找到每周只花七先令六便士就能把孩子照顾好的人家。这样，无论对孩子还是我，都是最好的。”

这在菲利普看来有点不近人情。当他试着和米尔德里德说理时，她便说菲利普是在心疼抚养费。“你大可不必忧心抚养费，”她说，“我不会叫你支付的。”

“你知道，我不在乎花多少钱。”

米尔德里德内心深处巴不得这孩子是死胎。虽然她并没有流露出这种情绪，但菲利普能瞧得出来她就是存着这么个心思。菲利普起初震惊不已，可经过一番自我理论后也不得不承认，鉴于目前的种种状况，倘若事情果真如此，倒也求之不得。

“坐着说这说那倒是不腰疼。”米尔德里德抱怨道，“可是要一个女人独自去谋生，哪是容易之事。要是还带个孩子，更是困难重重了。”

“幸运的是，你还有我可以依靠啊。”菲利普微笑着握住她的手。

“你一直都对我很好，菲利普。”

“噢，尽说些傻话！”

“你可不能说，我对你做的那些事没有表示任何回报啊。”

“皇天在上，我根本不想要你回报什么。如果说我为你做了些什么，那也是因为爱你而心甘情愿的，你什么也不欠我。除非你爱我，否则，我不想要你为我做任何事。”想到米尔德里德竟然把身体看作商品，为了想要的东西就可以满不在乎地拿去交换，菲利普实在惊骇不已。

“但我真想报答你，菲利普。你对我一直都这么好。”

“嗯，再等等也不会损失什么。等你身体好了，我们就去小度几天蜜月。”

“你真淘气!”她笑着娇嗔道。

米尔德里德希望三月初就能把孩子生下来。这样，一等身体恢复，她就可以去海边休养两周。如此一来，菲利普便可以不受干扰地复习和准备考试。之后就是复活节假期，他们早就打算好去巴黎游玩。菲利普滔滔不绝地描述他们巴黎之行该怎么安排。那时节，巴黎可是个让人心旷神怡的好去处。拉丁区有个小旅馆菲利普很熟悉，他们可以在那里订个房间。两人可以去各种各样的小餐馆品尝美味佳肴，还要去戏院，进音乐厅。菲利普还会带她见见自己的朋友，定会让她觉得很有趣。他曾和米尔德里德谈起过克朗肖，到时她就能见到他啦。还有劳森，他去巴黎好几个月了。他们可以逛逛比利埃舞厅，还可以来个短途旅行，比如去凡尔赛、沙特尔①和枫丹白露观光。

“这么一来，可要花一大笔钱呢。”米尔德里德说。

“噢，让花费见鬼去吧！我才不在乎呢！想想我盼星星盼月亮，就盼着和你同游，难道你不知道那对我而言有着怎样的重要意义吗？除了你，我从未爱过任何人，今后也不会再爱上任何人。”

米尔德里德满眼笑意地聆听着菲利普陈述这番火热言辞，他觉得在她眼里看到了一种柔情。这种柔情从未有过，菲利普不由得对她充满感激。她比过去温柔多了。以往她身上令菲利普气恼的傲慢神态，已不复存在。菲利普现在已非常习惯她在自己眼前晃来晃去，对她也很了解，她就不再像从前那样煞费苦心地故作姿态。她不再劳心费神地把头发梳理得很精致，而只是随随便便挽个发髻。她之前总把浓密的刘海梳得整整齐齐，现在却任其随意散着。她的脸庞非常瘦削，这让她的眼睛非常大。双眼周围有着浓浓的黑眼圈，而面颊的苍白让黑

① 法国北部城市，位于巴黎西南。

眼圈显得更为分明，忧郁的神情总是引起人无限怜悯。在她身上，菲利普似乎看到了几分圣母玛利亚的神采。菲利普希望米尔德里德永远都保持这个样子，他现在感到人生从未有过的幸福。

他每晚十点向她道别：一来因为她喜欢早早就寝；二来因为菲利普回去还得用功学习几小时，以弥补之前耽误下来的功课。他通常在离开之前会为她梳理头发。向她道过晚安后，菲利普会像举行仪式般把亲吻献给她。首先，亲亲她的小手（她的手指是那样纤细，指甲是那样娇美，因为她花了很多时间来美甲）；然后，亲亲她已闭上的双眸，先亲右边那只，再亲左边那只；最后，含着她的芳唇一亲再亲。他带着一颗满溢着爱的心回家。他已让自我牺牲精神所吞噬，并为此心神劳损，精疲力竭，因而翘首以盼，希望有机会可以酬劳自己这种牺牲。

不久，米尔德里德该移居私立产科医院了。此时，菲利普只能下午探望她。米尔德里德重新编了个故事，将自己说成军人妻子，丈夫目前随团驻扎在印度；并将菲利普作为小叔子介绍给这家私人医院的女院长。“我说什么都得小心翼翼。”她告诉菲利普，“这儿有位太太，丈夫就在印度民政部工作。”

“我要是你，才不操心这个呢。”菲利普说，“我相信她丈夫和你丈夫是搭乘同一条船去的。”

“什么船？”她天真地问道。

“荷兰人的幽冥飞船①呗！”

---

①《漂泊的荷兰人》是瓦格纳写的歌剧，源自北欧传说。传说从前有个荷兰航行者，不畏风暴巨浪，发誓要绕过好望角。但誓言不幸被魔鬼听到，魔鬼便罚他终生在海上漂流，除非能找到一个女子真心爱他，否则永远不得解脱。魔鬼每七年许他登陆一次，让他去寻觅那愿以忠贞的爱救赎他的女子。菲利普这样说，是为了逗米尔德里德。

米尔德里德顺利产下一名女婴。当菲利普获准进去看她时，婴儿正躺在她身边。产后的米尔德里德非常虚弱，但因为生产的一切事宜都已结束，心情倒很轻松。她将婴儿抱给菲利普看，自己也好奇地看着孩子。“这小东西看上去挺滑稽的，是不？简直不敢相信她是我的孩子。”

新生儿皮肤红通通的，皱皱巴巴的样子古怪极了。菲利普看着，看着，就笑了，不知道该说什么好。他有些尴尬，医院的女看护就站在他身旁。从她瞧自己的目光来看，菲利普觉得她根本就不相信米尔德里德那套颇为复杂的说辞——她觉得菲利普就是孩子的父亲。

“你要给她取个什么名字？”菲利普问道。

“究竟是叫她玛德琳还是塞西莉娅，我有点拿不定主意。”

看护走开了，让他俩单独待几分钟。菲利普于是弯下腰，亲了亲米尔德里德的嘴唇。“生产很顺利地结束了，我太为你高兴了，亲爱的。”

她伸出纤细的胳膊，搂住他的脖子：“你真是好人，亲爱的菲利普。”

“终于觉得你属于我啦。我等你等得太久了，亲爱的。”

听到护士走到门口的声音，菲利普赶忙站起身来。护士走进来，嘴角隐隐挂着一丝笑意。

第七十三章

三周后，米尔德里德带着孩子前往布莱顿，菲利普前往车站给她母女送行。米尔德里德恢复得很快，菲利普发现她的气色比以往任何时候都要好。她打算住在布莱顿一家提供膳食的公寓里，曾和埃米尔·米勒在那里度过了几个周末。她事先写了封信去，说丈夫奉命因生意去德国出差，自己将带着孩子去那儿度假。她自编自演，觉得颇为有趣，且在编造故事的细枝末节方面还挺有想象力。米尔德里德打算在布莱顿找到愿意照管孩子的女人。看到她竟如此冷酷无情，这么快就要摆脱掉孩子，菲利普不胜惊骇。她却辩解说，趁孩子还没习惯自己之前就送到别处养会好得多，还说这是常识。菲利普原本想，她亲自带了两三周的孩子总该能唤醒她的母性本能，并一直期望能借助这一点帮助自己劝她留下孩子，哪知根本就没那回事。米尔德里德对孩子也并非不好，该做的事也都做了。有时候，孩子也给她带来了乐趣，她嘴边也常挂着孩子的事儿。但在心里，她对这孩子满不在乎，没法将孩子想象成自己的一部分。在想象里，她觉得孩子长得像父亲了。她一直在想，等孩子年纪渐长，自己该怎么办。当初怎么就要了这个孩子呢。她每每想到此，就觉得自己傻得透顶，不禁自怨自艾起来。“要是当初能像现在这样想就好了。”她嘟囔着说。她笑话菲利普，因为他为那孩子的幸福操心得不得了，简直到了忧心如焚的地步。“就算你是孩子的亲生父亲，也操心够多了。”她说，“我真想看看埃米尔为这孩子焦急万分的样子。”

菲利普曾听人说过育婴院各种各样虐待婴儿的恐怖故事，还有其他许多不胜惊骇的故事。那些自私狠心的父母将孩子送给别人，可那些人竟是专以虐待孩子为乐的变态。现在，他满脑子都是这些事。

“别傻了！”米尔德里德说，“那些事是当你给养孩子的女人出钱不够时才会发生的。但现在，你每周付这么一大笔钱，她们照顾好孩子对自己也是有好处的呀。”

菲利普坚持要米尔德里德把孩子交给自己没孩子且保证不再抚养其他孩子的人抚育。“别计较工钱。”他说，“我宁愿每周付半个几尼，也不愿让这孩子有任何遭受饥饿或毒打的危险。”

“你真是个有趣的老家伙，菲利普。”她笑着说。

看到孩子如此无助，如此孤立无援、无依无靠，菲利普就觉得好揪心。这个小东西，样子像个丑八怪，还动不动大哭大闹地发脾气。生她的人心怀耻辱与痛苦，而这孩子就是在这样的情况下来到人世的。谁也不想要这孩子，全仗着他这个陌生人去庇护，为她提供吃的和衣服以遮蔽那赤裸裸的身躯。火车快开动时，他亲了亲米尔德里德。他本想也亲亲小家伙的，又害怕米尔德里德会笑话他，只得作罢。“你会给我写信的，亲爱的，是不？我会盼着你回来的——啊，巴不得你早点回来啊！”

“你可要通过考试啊。”

近来为了准备考试，他一直在勤学苦练。眼下还有十天就要考试了，他要做最后的冲刺。他非常急于通过考试：一来可以节省些时间和花费。在过去的四个月里，他花钱如流水，钞票从指间流走的速度快得不可思议。二来，这次考试通过，意味着可以给烦躁乏味的课程学习画上一个句号。之后，学生就该学习药物、产科和外科方面的知识了。这些学科显然比解剖学和生理学要有趣得多。这后两门就是菲利普现在学习的课程。菲利普兴致勃勃地期待着余下的三门课程。他可不想到最后得向米尔德里德坦白自己没通过考试。尽管考试很难，大多数学生第一次尝试都通不过，可菲利普知道要是自己通不过，米尔德里德肯定会看低他。她在表述自己那种想法时，方式可是异乎寻常地让人羞辱难堪。

米尔德里德给他寄来了明信片，说她已安全抵达。菲利普在准备考试的忙碌中抽出半小时，给她写了封长信。嘴上说的时候，他总是有些羞涩，不好意思表达情感。现在握笔在手，他就可以向她倾诉衷肠，把各种各样平时说出来会让他觉得荒谬可笑的事都告诉她。发现这点之后，菲利普将满腔热恋之情、满心爱恋之意全都向她倾倒出来。他从没告诉过她，自己周身每一处都充盈着对她的爱恋之情，以至于他的每个行动、每个念头无不缠绕着对她的爱意。他在信中畅谈了对未来生活的憧憬，细腻地描绘展现在面前的幸福大道，也尽情倾诉了对她的感激之情。他扪心自问，米尔德里德身上究竟有什么给了他这样无穷无尽的快乐（他以前也常常这样问自己，但从未付之言语）。他自己也弄不清楚这是为什么。他知道和她在一起就快乐；当她不在身边，整个世界就突然变得寒冷而灰暗。他只知道每每想起她，他的那颗心啊，似乎在体内急剧膨胀，激动不已地狂蹦乱跳，让他呼吸都变得十分困难（就像那膨胀的心压到了肺似的）。那种情况下，由于想到她而无比欢愉的甜蜜几乎变成了痛苦，他的双腿发颤，虚弱到不可思议的程度，就好像许久没吃东西，饿得浑身无力，四肢酸软，整个人摇摇欲坠似的。他望眼欲穿地盼着她的复信。他并不指望她常来信，他知道写信对她来说不容易。她寄来一封小小的便笺，字迹七扭八歪的，算是对他前四封信的答复。她在信中提到她住的食宿公寓，还提到天气和孩子。她告诉菲利普，她在食宿公寓结识了一位朋友，经常和这位女伴一起在公寓前散步，女伴非常喜欢孩子。信中还提到她周六晚上要去看戏，以及布莱顿现在人满为患。这封便笺让菲利普深受感动，因为里面说的都是她日常生活中确凿无疑的事实。虽然字迹难以辨认，虽然这封便笺只是出于礼节才回复的，但都在菲利普心中激起一种怪诞的欲望。他想纵声大笑，把她搂在怀里亲个够。

他带着愉快的心情，胸有成竹地参加了考试。没有哪张试卷有题目难得倒他的。尽管考试的第二部分是口试，他有些紧张，但还是尽自己所能地做出了恰当回答。他知道这次考得不错。考试成绩一公布，他就给米尔德里德拍了个电报报喜。

回到住处，菲利普发现她写来了一封信，说她认为在布莱顿多待一周会更好。她已找到一位妇人，愿意每周以七先令的工费给她带孩子，她想摸一摸这位妇人的情况。另外，她此次去海边休养，那里的新鲜空气让身心都受益匪浅。再待几天，肯定会给她带来无穷的益处。她实在不愿伸手向菲利普要钱，可要是他回信时能顺便寄点钱，就能解开她的窘境啦。因为她不得不买顶新帽子，总不能和女友出去散步时老戴同一顶帽子啊。要知道，女友穿得可是很讲究呢。有那么一会儿，菲利普满是心酸、痛苦和失望，将通过考试的喜悦都冲到九霄云外去了。“要是她对我的爱有我对她的爱四分之一多，就绝不忍心在外多待一天。”但他很快扼杀了这种想法。自己这样纯粹是自私自利！她的健康当然重于一切。既然他现在也没什么可做，不如去布莱顿和她共度一周。这样，两人就可以天天在一起了。想到这里，他兴奋得心怦怦直跳。要是他突然出现在米尔德里德面前，告诉她自己已在她住的寄宿公寓订了房间，那情景一定非常有趣。他查阅了火车时刻表，但真要付诸行动时，又有些犹豫不定。他不确定米尔德里德是否高兴见到自己。她在布莱顿交了不少朋友，自己是个安静的人，一向寡言少语，而她却活泼好动，喜欢热闹。他意识到，和别人在一起更让米尔德里德觉得有趣。如果他稍微感觉到自己在碍事，一定会因此深受折磨。他害怕冒这个险，甚至都不敢写信暗示她自己目前在城里无所事事，很想去个可以天天见到她的地方待上一周。她知道他眼下没什么事可做，要是真想叫他去，早该写信来说了。要是他提出要去，而她却找种种借口不让他去——这种痛苦，他可不敢贸然尝试。

第二天，他给她写了封信，并随信寄去一张五镑的钞票。信的末尾顺便提到，要是她好心愿于周末见见他，他很乐意跑她那儿一趟，但她不必为此改变之前的任何计划。他心急如焚地等待她的复信。她在来信中说，要是早知道他要来，她也可以做出安排，可她已答应别人周六晚上去歌舞杂耍剧场玩。再说，如果他来寄宿公寓，会招人闲话的。他何不在周日早晨过来，在那儿玩一天呢？这样，他们可以去都市酒店吃午饭，她可以带他去见见像贵妇一样气质不凡的太太——就是这位太太，会接管她的孩子。

转眼已是周日。菲利普感谢天公作美，是个晴朗的好天气。随着列车驶近布莱顿，阳光从车窗透进来，洒下一片温暖的光辉。米尔德里德正在月台上等他。

“你能来接我，真是太开心了！”菲利普一边高声叫嚷着，一边紧紧握住她的手。

“你心里不也盼着我来吗？”

“我当然希望你能来。天，你看起来真是光华照人啊！”

“确实对我的身体大有裨益。我觉得，尽量在这儿待得久些是明智的。食宿公寓那些人都是上流社会的正经人士。怀孕的那几个月都是避不见人的，所以我想现在振奋一下精神。那会儿，有时还真闷死人了。”

戴着新帽子的她显得十分时髦，漂亮。那是一顶黑色的大草帽，上面插满了廉价鲜花。她脖子上围着围巾，质地像是天鹅绒的，随着她的走动，围巾也飘摇翻飞。她仍然很纤瘦，走路的时候有点弯腰驼背（她一向如此）。不过，那双眼睛似乎没从前那么大了。虽说她的皮肤一向没什么血色，但已不像从前那样黯淡泛黄。他们肩并肩地往海边走去。想到好几个月没和她一起散步了，菲利普突然意识到跛脚的存在，便拼命加以掩饰，搞得步履有些僵硬。“见到我你高兴吗？”他问道。此时此刻，爱正在他心里跳着疯狂的舞步。

“当然高兴。你根本不必如此问。”

“顺便说一声，格里菲斯向你送来爱意。”

“真是厚颜无耻！”

菲利普曾和她说过格里菲斯的好多事。他告诉她，格里菲斯有多么花心风流，还将格里菲斯给他讲的风流韵事拿来消遣（格里菲斯可是在菲利普发誓保守秘密的情况下，才讲这些事给他听的）。米尔德里德听他讲的时候有时会装出几分反感，但大多数时候都是一脸好奇的神情。菲利普带着羡慕的口吻，将朋友的俊俏容颜和迷人魅力大肆渲染了一番。“我相信你会像我一样喜欢他的。他整天乐呵呵的，人十分有趣，而且心地非常好。”

菲利普告诉她，在自己和格里菲斯还完全是陌生人的时候，格里菲斯怎样在他生病期间悉心照顾。他这番叙述，将格里菲斯为了他人而甘于自我牺牲的事迹表露无遗。“你会情不自禁地喜欢上他的。”菲利普说。

“我不喜欢长得俊的男人。”米尔德里德说，“在我看来，他们都太自以为是了。”

“他很想认识你。我经常在他面前说起你。”

“你都说些什么呢？”米尔德里德问道。

除了格里菲斯，菲利普就没有对象可以倾诉自己对米尔德里德的深情厚意了。所以，他渐渐地把自己和米尔德里德的所有纠葛都讲给了格里菲斯听了。他给格里菲斯描绘米尔德里德的长相不下五十次，总是满腔深情，不厌其详地将她的容貌特征一一表述出来，不放过任何细节。格里菲斯对她那双纤手是什么模样，她的脸颊有多么苍白，都知道得清清楚楚。每当菲利普说到她那苍白的薄唇是多么诱人时，格里菲斯都会笑话他。“上帝啊，幸好我没那样厉害地迷恋过什么。”格里菲斯感叹说，“要不然，这人生还有什么意思！”

菲利普一笑了之。格里菲斯根本不懂疯狂爱恋的美妙滋味，那就像肉、美酒、空气以及任何人类赖以生存的东西一样不可或缺。格里菲斯知道那姑娘怀孕期间全靠菲利普照顾，现在菲利普还要和她一同在外游玩。“嗯，我得说，你理应得到酬报。”格里菲斯对菲利普说，“你这样照顾她肯定花了不少钱。你还能承担得起，可真是幸运。”

“我哪里承担得起。”菲利普接口说，“不过，我才不在乎呢!”

天色尚早，还不到吃午饭的时候，菲利普和米尔德里德便坐在广场一处避风地，边晒太阳边欣赏过往的人群。有布莱顿的男店员三三两两地结伴而行，边走还边挥舞着手杖；还有一群群布莱顿的女店员迈着欢快的步子，一路洒下银铃般的笑声。他俩一眼就能辨认出人群中哪些人是从伦敦来此游玩一天的。海边带着寒意的空气让伦敦佬满是疲倦的身子为之一振。还有许多身体健壮的犹太女士，穿着裹得紧紧的绸缎衣服，浑身上下珠光宝气。而犹太男人则身材矮小，体态臃肿，说话时总是配以丰富的手势。还有衣着考究的中年绅士来此享受周末，都是住在大旅馆。绅士们享用的早餐太过丰盛，现在拼命走来走去，好等午餐时仍能大快朵颐——要知道，午餐也很丰盛啊。他们互相校准时间，要么聊聊布莱顿博士的趣闻轶事，要么谈谈海边的伦敦风光。一位鼎鼎有名的演员不时走过这儿或那儿，虽然引得人人关注，他却视而不见。有时，他身穿缝有俄国羊羔皮的外套，脚蹬漆皮靴，手里拿着银把手的手杖。有时，他上身着哈里斯牌粗花呢长大衣，下着灯笼裤，后脑勺上挂着顶花呢帽子，悠然自得地溜达着，就像是刚打完猎回来。蔚蓝色的大海平静无波，金色的阳光洒在水面上，景色十分优美。

吃过午饭后，他们便去霍夫区看望将要照看孩子的妇人。妇人住在后街的小房子里。房子虽小，却收拾得干净整洁。妇人名叫哈丁太太，已上了年纪，身体倒很健壮，花白的头发下是一张红润的胖脸。戴着帽子的她显得一脸慈母相，菲利普觉得她看上去很善良。“你不觉得带孩子是令人讨厌的麻烦事吗?”菲利普问她。

哈丁太太解释道，她丈夫是助理牧师，年龄比她大了许多。由于教区牧师都想要年轻力壮的人来当助手，她丈夫很难谋得永久性工作，只有在别人外出度假或生病时才能去临时代理，赚几个小钱。另外，还有个慈善机构给他们提供一笔微薄的养老金。她觉得生活很孤寂，有个孩子照顾也能增添点乐趣。而且，照养孩子的工钱也可以帮助她生活得舒畅些。她保证会让孩子吃得好，养得壮。

“很有夫人范，是不?”两人离开时，米尔德里德问菲利普。

他们回到都市酒店喝茶，米尔德里德喜欢那里的人群和乐队。菲利普有些倦怠，懒得说话。米尔德里德目光灼灼地盯着进店来的女人的衣裙看，菲利普则盯着米尔德里德的脸看。她有特殊而敏锐的鉴赏力，一眼就能看出那些东西值多少钱，然后就向菲利普靠过来，低声报告她的观察结果。“看见那些白鹭羽毛了吗?每根羽毛都要花七个几尼呢。”或者是，“快看那件貂皮大衣，菲利普。那是兔皮，根本不是——貂皮!”她得意地哈哈大笑，“我老远就能认出来。”

菲利普脸上绽放出幸福的微笑。看到她开心，他就觉得快乐。她那胸无城府的直白言语既让他觉得有趣，又让他深受感动。乐队演奏着情意绵绵的伤感音乐，十分美妙动听。

晚饭后，菲利普牵着她的手，朝火车站走去。他将自己为法国之行所做的安排讲给她听，要米尔德里德本周末返回伦敦，但她却说下周六之前回不了伦敦。他已在巴黎一家旅馆订好了房间，热切盼望着能早点去订票。“你不介意坐二等车厢吧?我们可不能太奢侈，只要到了那儿能玩得开心，就比什么都好。”菲利普跟她说起拉丁区已不下百次。他们可以在古老舒适的大街小巷悠然漫步，可以在景色迷人的卢森堡公园里安闲地坐着。当他们在巴黎玩够了，要是天公作美，还可以去枫丹白露游览一番。春天的时候，那里的森林苍翠欲滴，枫丹白露的景色就像音乐那样富有韵致，又像苦甜交织的爱情一样让人着迷，是他见过的最美景色。米尔德里德安静地听着。他转身凝视着她，想看到她眼睛深处蕴含的情感。“你确实是想去的，是不?”他问道。

“我当然想去。”她微笑着答道。

“你不知道我是多么期盼那一天的到来。接下来的这几天，我简直不知道该怎么熬过去，就怕发生点什么事，搅得此行成空。我无法向你诉说我是多么地爱你，有时候，简直要为此急疯了。这下好了，终于，终于……”他戛然而止。

他们已经走到车站，但因为在路上浪费了太多时间，菲利普连告别都来不及，只飞快地吻了她一下，有多快便跑多快地朝入站口奔去。她站在原地没动。他跑起来真是怪里怪气，滑稽又可笑。

第七十四章

接下来的周六，米尔德里德回来了。那天晚上，菲利普一直陪着她。他在剧院订了两个座。晚饭时，两人还喝了香槟。在伦敦这么久以来，她还是头一次这么开心，毫无拘束地享受着生活的种种美妙。戏院散场后，他们坐马车朝他给她租在皮姆利科的寓所驶去。一路上，米尔德里德都缩在菲利普怀里。

“我现在真的相信你是很高兴见到我的。”菲利普说。

米尔德里德没有回答，只是温柔地捏了捏他的手。米尔德里德很少表露爱意，菲利普给她这么一捏，不禁有些心荡神驰起来。“我已邀请格里菲斯明天和我们一起吃饭。”菲利普告诉她说。

“噢，你这么做让我很高兴。我也想见见他。”

周日晚上没什么娱乐场所可以带她去，菲利普怕她和自己待一整天会觉得无聊。格里菲斯是个很有趣的人，晚上有他在一旁添乐助兴，米尔德里德肯定会玩得开心。对于这两人，菲利普都很喜欢，希望他们俩也能相识。他临走时意有所指地对米尔德里德说道：“还剩六天。”

他们将周日一起进餐的地方安排在罗曼诺餐馆的顶层雅座，那里的食物非常美味可口，物超其值。菲利普同米尔德里德先到，只得坐下来等格里菲斯。“这家伙一向不守时。”菲利普说，“他或许正和数不胜数的情人中的某一个在道别呢。”

菲利普话音刚落不久，格里菲斯就到了。他相貌英俊，人长得高高瘦瘦的。脑袋端端正正地挺立于身体之上，给他整个人增添了威风凛凛的征服者姿态，很是引人注目。还有那头卷发，那双充满冒险精神和友好之意的蓝眼睛以及那红润的嘴唇，无不散发着迷人的魅力。菲利普瞧见米尔德里德带着欣赏的表情打量着格里菲斯，心里不禁生出奇妙的满足感。格里菲斯朝他们微笑致意。“我听说过很多你的事。”他在同米尔德里德握手时说。

“你的事，我听的更多。”她回答说。

“她的事也没你那么糟糕。”菲利普补了一句。

“他是不是一直在败坏我的名声呀?”格里菲斯说罢，哈哈大笑。菲利普瞧见米尔德里德注意到格里菲斯的牙齿是多么整齐洁白，他的笑容又是多么迷人。

“你俩应该有老朋友的感觉。”菲利普说，“我给你们说了彼此的很多事。”

今晚，格里菲斯兴高采烈，甚为幽默。他终于通过了结业考试，取得了行医资格，并刚刚被任命为伦敦北部一家医院的住院外科医生。他将于五月初赴任；在此之前，他准备回家度假。这是他在伦敦待的最后一周，打算尽情恣意地玩乐一番。格里菲斯开始讲些轻松欢快的段子，虽说都是些无厘头的搞笑话，菲利普却钦佩不已，就是模仿也模仿不来。他说的那些话多半没什么价值，不过那种欢快劲儿倒是能为他增光添彩。他身上洋溢着一股活力，就像涓涓细流一般随着话语倾泻而出，凡是同他熟识的人，无不深受那股活力的感染，就好比身上流过一股暖流般清晰可知。米尔德里德那种欢天喜地的样子，菲利普前所未见。瞧见自己一手安排的小小聚会如此成功，菲利普心里乐开了花。米尔德里德着实玩得很是尽情尽兴，笑声越来越响亮，完全忘记了斯文与矜持，而这原本都已成了她的第二天性。

过了一会儿，格里菲斯说道："我说，要叫你米勒太太还真是挺难开口的啊。除了米尔德里德，菲利普对你就没用过其他称呼。"

"我想，你如果也叫她米尔德里德，她是不会把你的眼珠子挖出来的。"菲利普大笑着说。

"那她得叫我哈利。"

当他俩聊开了时，菲利普坐在一旁默默地想，看到别人开心是多么美好的感觉。格里菲斯时不时地打趣一下菲利普，当然都是善意的玩笑，因为菲利普总是一本正经的样子，太过严肃认真。

"我觉得他一定很喜欢你，菲利普。"米尔德里德微笑着说。

"他这个老伙计人可是不错。"格里菲斯边接过话来，边抓住菲利普的手欢快地晃动着。

他喜欢菲利普，这一点似乎又给格里菲斯增添了一道魅力。他们都是些饮食有度的人，几杯酒下肚，酒劲立马直冲脑门。格里菲斯的话越来越多，简直到了滔滔不绝、奔涌不止的地步；菲利普虽觉得很有趣，但也不得不恳求他收敛点。格里菲斯很有讲故事的天赋，将富有浪漫色彩的风流韵事和逗人发笑的刺激冒险描述得淋漓尽致。在所有故事中，他都扮演着豪放不羁、幽默风趣的角色。米尔德里德双眼闪着激动的光辉，不断催促他快点讲下去。他便趣闻轶事一桩接一桩地倒了出来。当餐馆里的灯光渐趋熄灭时，米尔德里德这才如梦初醒，大吃一惊。“我的天，今晚过得真快呀！我还以为不到九点半呢！”

他们站起身来，准备离开。道别时，米尔德里德又加了一句：“我明天去菲利普那里喝茶。你要是能来的话，不妨一起。”

“好啊。”格里菲斯微笑着应道。

在他们回皮姆利科的路上，米尔德里德还在念叨着格里菲斯，一路说的都是他。他英俊的容颜、裁剪精美的衣服，还有他的声音和欢快劲儿，都让她深深为之陶醉。

“我很高兴你能喜欢他。”菲利普说，“你可还记得当初对要见他这事儿嗤之以鼻呢?”

“菲利普，我觉得他这么喜欢你，真是个好人。他这个好朋友的确值得你结交。”她朝菲利普仰起脸，让他亲吻。她很少有这种举动。“今晚我过得真开心，菲利普。太感谢你了。”

“别说这样的傻话。”他哈哈大笑，被她的赞赏深深打动了，不禁觉得眼眶有些湿润。

她打开房门，在即将进去之前，又转身对菲利普说：“告诉哈利，我疯狂地爱上了他。”

“好的。”他笑吟吟地答应道，“晚安。”

第二天，当他们正用茶点的时候，格里菲斯进来了。他懒洋洋地坐进扶手椅，那样的长胳膊长腿，却做出如此慢腾腾的动作，颇有一种奇异的性感之美。菲利普依然沉默寡言，另外两人则聊得酣畅淋漓。不过，菲利普觉得很开心。他对那两人充满了爱慕之情。在他看来，两人互相钦慕对方也是很自然的。他并不介意格里菲斯完全吸引了米尔德里德的注意力，而到了晚上，她就是他的了。此时此刻，他就像一位情意绵绵的丈夫，对妻子的爱情忠贞坚信不疑，故而饶有兴趣地看着妻子和陌生人进行无害的调情玩闹。但到了七点半的时候，他看了看表，说道："我们该出去吃晚饭了，米尔德里德。"

谈话停顿下来，格里菲斯一副若有所思的样子。"嗯，我得走了。"他终于开口说道，"没想到已经这么晚了。"

"你今晚有什么安排吗？"米尔德里德问道。

"没有。"

又是一阵沉默。菲利普心中隐隐有些恼火。"我要去洗手间。"菲利普说后，又对米尔德里德说道，"你要不要去洗洗手？"

米尔德里德没有搭理他。"你何不同我们一起去吃饭？"她对格里菲斯说道。

格里菲斯望向菲利普，瞧见他面色阴沉地瞪着自己。"我昨晚和你们吃过饭啦。"他笑着说道，"我要是再去，可就是大灯泡啦！"

"噢，没事的。"米尔德里德坚持道，"请他来吧，菲利普。他去也不会有什么妨碍的，是不？"

"他如果想去就去好了。"

"那好吧。"格里菲斯立即接口说，"我这就去楼上收拾一下。"

格里菲斯后脚刚跨出房间，菲利普就气愤地朝米尔德里德嚷道："你究竟为何非要让他和我们一起吃饭？"

"我忍不住就说了。当他说晚上没什么安排，要是我们什么也不表示，岂非太无礼了？"

"哼，纯粹胡说八道！那你究竟为什么非要问他有无安排？"

米尔德里德抿了抿苍白的嘴唇："有时候我也需要点乐趣。老是单独和你待一起，我会感到腻烦。"

听到格里菲斯下楼发出的重重脚步声，菲利普便转身去卧室梳洗去了。他们就在附近一家意大利餐馆吃晚饭。菲利普面带愠色，一言不发。但他很快就意识到这个样子比起格里菲斯来可是处于劣势，便强迫自己收起这股怒意。他喝了许多酒，借酒来麻木那噬咬他内心的痛苦，还强迫自己不时插上一句话。

米尔德里德似乎对她刚才说的话感到内疚，使尽浑身解数讨菲利普欢心，显得那么温柔体贴，那么情意绵绵。在这种温柔攻势下，菲利普没过一会儿就觉得自己真是个傻瓜，吃什么飞醋啊。晚饭后，他们乘坐马车去杂耍剧场，米尔德里德坐在两位男士中间，主动把手伸出去给菲利普握着。这让他的怒气顿时烟消云散。突然，也不知怎的，他意识到格里菲斯正握着她的另一只手呢。痛苦再次猛烈席卷而来，这次可真是剜心之痛。他惊恐万状，暗问自己（兴许之前他也问过自己这个问题），米尔德里德与格里菲斯是否已坠入爱河。怀疑、愤怒、沮丧、痛苦犹如团团云雾遮挡在眼前，菲利普根本看不见剧场台上在表演什么，但仍然竭力装出若无其事的样子，继续和两人有说有笑。没过一会儿，一种想要自我折磨的奇异欲望控制了他的行动力，他站起身来，说想出去喝点东西。米尔德里德和格里菲斯还没有单独相处过，他想给两人留下独处空间。

“我也去。”格里菲斯说，“快渴死了。”

“别瞎扯啦，你留下来陪陪米尔德里德。”菲利普不知道为什么要这么说。是他亲手将两人撮合到了一起，这使得内心的痛苦更加难以忍受。他并没有去吧台，而是到了阳台。从那里他可以监视他们而不被看见。只见他们已停止看台上的演出，而是笑吟吟地望着对方的眼睛。格里菲斯还像惯常那样兴高采烈地侃侃而谈，米尔德里德则全神贯注地倾听着。菲利普只觉得头疼欲裂，一动不动地站在那儿。他知道再回去就会扫人家的兴，没有他，他们会更为享受，而他却备受折磨，痛苦不堪。时间飞逝，他现在已极度羞于再回他们中间去。他心里很清楚，那谈得很投机的两人根本就已忘了他的存在。他心酸地想起今晚可是自己出钱请他们吃饭，出钱请他们看戏的呢。他俩真把他当天底下最傻的傻蛋耍啊！他羞愤交加，觉得耻辱不堪。他瞧得出来，没有他在那里碍事，那两人玩得多开心啊。他本能地想扔下他们直接回家去，但帽子和外衣还在那儿。再说，他这么一走，少不得以后还得劳心费神地解释个不停。他回到座位上。他觉得，米尔德里德看见自己时眼里隐隐闪过一丝怒意，心顿时沉到谷底。

“你出去好一会儿啦!”格里菲斯脸上堆着欢迎的微笑说。

“我碰到几个熟人，一直在和他们聊天，脱不开身。我想，你俩在一起也不会觉得无聊。”

“我是非常开心啦，”格里菲斯说，“就是不知米尔德里德感觉如何。”

她发出一声短促而颇为得意的笑声，是那样的俗不可耐，听得菲利普不胜惊骇。他提议该回去了。“这样吧，”格里菲斯说，“我和菲利普一起送你回去。”

菲利普怀疑这种安排是米尔德里德事先暗示的，这样一来，她就不必只有自己陪了。在马车里，菲利普没有拉她的手，米尔德里德也没有把手主动伸向他，可他知道她一直都握着格里菲斯的手。他此时只觉得这一切太可怕，太鄙俗了。马车一路向前，菲利普暗暗问自己，不知他俩背着自己都做了哪些幽会的安排。想到这儿，他开始诅咒起自己来，干吗要给他们制造单独相处的时间；可不是自己主动离去，这才给他们创造了机会吗!

“我们也乘马车回去吧。”当马车到达米尔德里德住处时，菲利普这么说道，“我太累了，走不动了。”

回去的路上，格里菲斯依然快乐地高谈阔论，菲利普则爱答不理，可格里菲斯似乎对他的冷淡毫不在意。菲利普觉得，格里菲斯一定已注意到事情有些不对劲了。菲利普越来越沉默，格里菲斯再也无法视而不见，顿时紧张不安起来，不由得收住了话头。菲利普想说点什么，却羞于启齿。但机不可失，时不再来，最好趁此机会把事情真相搞得清清楚楚。菲利普逼着自己开了口：“你爱上米尔德里德了吗?”他突然出声问道。

“我?”格里菲斯哈哈大笑，“今天晚上你这样古里古怪的，就是为了这个？我当然不爱她，亲爱的老兄。”

格里菲斯试着去挽菲利普的胳膊，菲利普抽身移开了。他知道格里菲斯在撒谎。他没法逼迫格里菲斯承认他今晚没有一直握着米尔德里德的手。菲利普突然觉得浑身发软，心力交瘁。“她对你来说无关紧要，哈利。”菲利普说道，“你已经有那么多女人了，求你别把她从我身边抢走。她就是我的命。我已经够悲惨不幸的了。”菲利普声音哽咽，禁不住抽泣起来。他觉得自己丢脸至极，恨不得找个地缝钻进去。

“亲爱的老兄，你知道我是不会做出任何伤害你的事的。我是那样地喜欢你，绝不会去干蠢事的。要是我早知道你是这样想的，我一定会更谨慎行事，明哲保身的。”

“此话当真?”菲利普问道。

“我以名誉担保，我根本不在乎她。”

菲利普如释重负，马车恰好驶到了门口。

第七十五章

第二天，菲利普觉得神清气爽，心情很好。他生怕自己老缠着米尔德里德会让她觉得烦闷，打算晚饭时再去找她。他去接她时她已准备停当，菲利普不由得拿她这次罕见的守时打趣。她穿着他给买的新裙子，他赞叹说真漂亮。

“这裙子得送回去重新改改了，”她说，“穿在身上感觉不对劲。”

“要是你想把这条裙子带去巴黎，就得催促裁缝赶快点。”

“到时定能改好的。”

“只剩下三天了。我们上午十一点出发怎么样？”

“随你便。”

接下来差不多有一整月的时间，她将完完全全为自己所有。菲利普想到这里，不由得带着贪婪的爱慕眼神盯着她看。这样火热的占有欲让菲利普不由得微微一笑。“真不知道我究竟看中了你哪点。”菲利普微笑着说。

“这话说得倒很中听啊。”她答道。她的身子是那样瘦削，几乎都能看见凸出的骨头架子。胸部像男孩子一样平坦无起伏，嘴巴因为双唇苍白而薄窄，显得很丑，皮肤隐隐泛着青色。

“到巴黎后，我要让你使劲吃布劳氏补血丸。”菲利普笑嘻嘻地说，“把你养得白白胖胖的，脸蛋像玫瑰花一样娇艳欲滴。”

“我可不想变胖。”她说。她并未提到格里菲斯。

没过一会儿，等他们吃饭的时候，菲利普自我感觉良好，深信自己能拿得住她，半恶意半玩笑地问道：“昨晚我似乎觉得你和哈利之间眉来眼去，调情很厉害啊？”

“我跟你说过，我已经爱上了他。”她笑着答道。

“我却很高兴地知道他并不爱你。”

“你怎么知道的？”

“我问他了。”

米尔德里德犹豫不决，呆呆地望着菲利普半晌，随之眼眸里绽放出奇异的光彩。“你愿不愿意读一下我今早收到的他的信？”米尔德里德递来一个信封。菲利普认出，那的确是格里菲斯遒劲易辨的字迹。洋洋洒洒，共写了八页。写得非常好，言辞坦率，情感直白，读来令人心醉神迷，正是惯于寻花问柳的男人的杰作。他在信中告诉米尔德里德，自己是多么狂热地爱着她，而且一见钟情，第一眼就被她勾走了魂。他还信誓旦旦地声称自己也不想爱上她，因为知道菲利普是那样喜欢她，但他实在情难自禁。想到菲利普是那样可爱的老伙计，他就为自己这番行为羞愧不已。但这不是他的错，只怨自己的心已被米尔德里德带走，不能自已。他还用甜言蜜语将她大大赞美了一番。最后，他感谢米尔德里德同意第二天和他一道用午餐，并说他翘首以盼与她的相会。菲利普注意到这封信的日期是昨天晚上。格里菲斯一定是在和菲利普道别之后写的。当菲利普以为他在床上睡觉时，他竟然不辞劳苦地跑出去寄信了。

菲利普读信的时候心一个劲儿地怦怦乱跳，觉得恶心不已，但没流露出丝毫惊异的神色。他面带微笑，非常镇静地把信还给了米尔德里德。“午饭吃得好吗？”

“非常好！”她回答时还加重了语气，以示强调。

菲利普感到自己的双手在颤抖，便把它们藏到桌子底下。“你可不能对格里菲斯太认真！他就是个爱拈花惹草的花蝴蝶，这你是知道的。”

她拿着信又看了一眼。“我也是难以自禁。”她说着，故意装出满不在乎的样子，“我不知道自己这是中了什么邪。”

“这可让我很尴尬，是不是？”菲利普说。

她飞速扫了他一眼。“我必须说，你对这事还挺镇静的。”

“你想让我怎么做呢？莫非想让我乱扯头发，歇斯底里发作一通吗？”

“我原本以为你会朝我发火的。”

“可笑的是，我一点儿也没那个意思。我早该知道会发生这种事的。我竟然将你们凑到一起，真是蠢蛋一枚。他哪一点都比我强，这我心里很清楚。他比我性子活泼，长得又帅，谈吐又风趣，总能给你说些让你兴致勃勃的事。”

“我不知道你这么说是什么意思。如果我没颗七窍玲珑心，也不是我能选择的。但我绝不是你想的那样蠢，绝不是，我敢向你保证。年轻的朋友，你这样对我也太自以为是了吧。”

“你想和我吵架吗?”他语气温和地问道。

“不想，但我不懂你为什么要那样对我，就好像我什么也不懂。”

“对不起，我并不是有意要冒犯你，只是想平心静气地把事情说清楚。要是可以，谁也不想把事情搞得一团糟。我瞧见你给他吸引住了，这在我看来也很自然。真正叫我伤心的是，他明知道朋友妻不可欺，明知道我是多么爱你，却还要那样来引诱你。才对我说一点儿也不在乎你，转眼没过五分钟，就给你写了那么一封信。这种做法也太卑鄙无耻了。”

“如果你以为在我面前说他的坏话就可以打消我对他的喜欢，可是大错特错了。”

菲利普久久说不出话来，不知道该怎样才能让米尔德里德明白自己的意思。他想冷静慎重地把事情说清楚，无奈眼下思绪翻滚，心乱如麻，剪不断理还乱。“为一段你知道不会长久的恋情而牺牲掉一切是不值得的。不管怎么说，他对女人的热情历来不超过十天。而你也是个冷血之人。那种一时的沦陷对你来说，又能有什么益处呢。”

“这只是你想当然的看法。”米尔德里德这样刚愎自用的态度，越发叫菲利普难以说清楚。

“如果你爱上了他，也是没有办法的事，我只有极力忍受这种痛苦。你和我，我们一向相处得不错，我没有做出任何伤害过你的事，对吧？我一直都知道你并不爱我，不过你还是喜欢我的。等我们去了巴黎，你就会渐渐忘掉格里菲斯的。只要你决心忘记他，会发现那并不是什么难事。我也值得你为我想想啊。”

米尔德里德没有答话。两人静默无声地吃着饭，气氛越来越凝重，简直压得人喘不过气来。菲利普不得已开始扯些不相关的事，想调和一下。假装没有注意到米尔德里德心不在焉的样子，菲利普自说自话。

米尔德里德只在迫不得已时才敷衍着应付一声，并不主动说话。后来，她突然打断菲利普：“菲利普，我恐怕不能在周六和你一起去巴黎了，医生说我的身体还不适合那么做。”

他心里明知道这是谎话，嘴上却还是问道：“那你几时能去？”

米尔德里德瞥了菲利普一眼，发觉他的脸色惨白、神情僵硬，心里便有些打鼓，迅速转开眼睛。此时，她有点害怕菲利普了。“我还是老实告诉你吧，我没法和你一起去。”

“我猜你也是这么个意思。可你现在改变主意为时已晚，我已经买好票，什么都准备好了。”

“你说过除非我自己想去，你是不会勉强我的。现在我不想去了。”

“我已经改变主意了。我可不想再被人耍，所以你必须去。”

“菲利普，作为朋友，我很喜欢你。可除此以外，我别无他想，也根本没法往那方面想。我对你的喜欢不是那种喜欢，所以我不能和你去巴黎，菲利普。”

“可一周之前你还是挺乐意去的呢。”

“那时候情况不同。”

“就因为那时你还没遇到格里菲斯？”

“你也说了，要是我爱上了他，也是没办法的事。”一丝带着愠怒的阴沉之色浮上她的脸庞，她低着头，两眼瞪着面前的盘子。

菲利普气得脸色发白，真想握紧拳头在她脸上狠揍一番，想象着把她打成熊猫眼的样子。临近的餐桌上坐着两个十八岁的小伙子，时不时扫一眼米尔德里德。菲利普心想，他们是不是在嫉妒自己能和这么漂亮的姑娘共进晚餐，说不定还幻想坐到他这个位置该多好。

最后，米尔德里德打破了这令人压抑的沉默。“即使我和你去，又能有什么好？就算去了，我心心念念的还是他，根本就给不了你多大乐趣。”

“那是我的事。”他回答说。

米尔德里德思索着他话里的意思，不禁双颊绯红。“你这样也太可恶了。”

“什么意思？”

“我还以为你是个地地道道的绅士呢。”

“那你可大错特错了。”他觉得自己的回答很有趣，不禁哈哈大笑了。

“看在上帝的分上，别笑了。”米尔德里德叫起来，“菲利普，我不能和你去，非常对不起。我知道我对你不好，可人不能勉强自己去做不愿意的事儿呀！”

“你麻烦缠身的时候，可是我帮你安排好一切的。莫非这些你都忘了？是我出钱养着你，直到你生完孩子。你看医生，还有其他一切费用，都是我支付的。我出钱供你去布莱顿休养，我出钱给你养孩子，我出钱给你买衣服，你身上穿的一针一线都是我出钱买的。”

“如果你是绅士，就不该把你为我做的事当着我的面一件件数出来。”

“啊哈，我的老天爷呀，闭上你那张臭嘴吧！你凭什么以为我在乎自己是不是绅士？我要真是个绅士，就绝不会把时间浪费在你这种荡妇身上！我他妈的根本不在乎你喜不喜欢我。你这样一再把我当傻子玩弄，实在叫我恶心死了。周六你会高高兴兴地和我一起去巴黎的！否则，后果自负！”

她怒火中烧，烧得双颊通红。等她回敬菲利普的时候，声音冷硬而粗野，但她平时都故作文雅，装出一副柔声细气的样子。“我从来就不喜欢你，从一开始就不喜欢你。都是你将感情强加给我的。你每次问我，我都讨厌得要命。现在我就是饿死，也绝不会要你再碰我一下。”

菲利普想要把盘子里的食物吞下肚，奈何喉头哽咽，肌肉根本不听使唤。他使劲吞下一点喝的，然后点燃一支烟。他浑身每一个部分都在颤抖。他沉默无语，静静地等待她起身离开，但她也沉默无语地坐着不动，眼睛直愣愣地瞪着白色的桌布。要是这时只有他们，他会紧紧把她圈在怀里，狂热地亲吻她。他想象着自己蹂躏她双唇时，她那纤长而雪白的脖子往后仰的情景。他们就这么一言不发地硬扛了一个小时，直到最后菲利普觉得侍者开始好奇地打量他们，才出声要结账。“咱们走吧？”菲利普声调平静地问道。

她没有回答，而是拿起自己的提包和手套，并穿上外套。

“你什么时候再和格里菲斯见面？”

“明天。”她冷冰冰地答道。

“你最好把今天这事和他说说。”

她动作僵硬地打开手提包，看见里面躺着一片纸，便把它掏了出来。“这就是我身上穿的这件衣服的账单。”她支支吾吾地说道。

“那又怎样？”

“我答应明天付钱的。”

“是吗？”

“你这意思是说，你在同意我买衣服后又不打算付钱了？”

“是的。”

“那我叫哈利付。”她说着，脸刷地一下子红了。

“他应该挺乐意帮助你的，可惜此刻他还欠着我七镑。上周他还把显微镜送去典当了，因为他已到了山穷水尽的地步。”

“你不要以为这样就可以把我吓唬住，我完全能够自己挣钱过日子。”

“那再好不过了。我可不打算再给你一分钱。”

她想到周六房租就要到期了，还有孩子的抚养费，但嘴上什么也没说。

两人走出餐馆，来到街上的时候，菲利普问她：“需要我给你叫辆马车吗？我自己打算散散步。”

“我身无分文，下午还得付一笔款子。”

“那走走路对你也没什么坏处。要是明天你想见我，下午茶的那个点我在家。”他摘下帽子向她以示道别，随即闲闲地走开了。走了一会儿，他转身朝后望去，瞧见米尔德里德茫然无助地站在那儿一动不动，瞪着眼前的来往车辆发呆。他又转身回来，笑着把一枚硬币塞进她手里。“这是两先令，够载你回家了。”在米尔德里德出声之前，他匆匆离开了。

第七十六章

第二天下午，菲利普坐在房间里思索着米尔德里德到底会不会来。昨晚他睡得很不好。今天上午，他去了医学院的俱乐部，翻看一张又一张报纸以打发时间。现在是假期，他认识的同学中没有几个留在伦敦，但他还是找到一两个聊了会儿天，还下了一盘棋。如此就将这无聊的时光打发了。午饭后，他感觉很累，整个人精疲力竭不说，还头痛得要命，只好回到寓所躺下。他试着拿本小说看。他一直没有再见到格里菲斯。昨天晚上菲利普回来的时候，他不在家。后来菲利普听见他回来了，但他没像往常那样朝菲利普房间觑一眼，看他是否睡着了。今天早上，菲利普听见他很早就出去了。很明显，格里菲斯在避免同他碰面。突然，耳边传来轻轻一声叩门响，菲利普从床上一跃而起，三步并作两步地跑去开门。

米尔德里德一动不动地站在门口。“进来吧。”菲利普说道，在她身后把门关上。

米尔德里德一屁股坐了下来，犹豫了一下才开口：“谢谢你昨天晚上给我两先令。”她说。

“噢，不客气。”

她朝他淡淡一笑。这使菲利普想到一条因淘气而被揍的小狗为讨主人欢心，而装出一副羞怯谄媚的样子。“我和哈利一起去吃午饭了。”她说。

“是吗?”

“菲利普，如果你周六还想我和你一起去巴黎，那我愿意陪你去。”

一丝胜利的狂喜席卷他的心窝，不过转瞬即逝，接着而来的是疑云顿起。“是因为钱?”他问道。

“部分是。”她回答得很坦白，“哈利自顾不暇，根本帮不了我。他欠了这儿五个星期的房租，还欠了你七镑，裁缝也在催着他要钱。但凡能典当的东西，他都会送去典当了，可他早已把什么都典当完了。为了把那个给我做这件新衣服的女裁缝打发走，就费了我不少神。何况周六还得付房租。而我也没法在五分钟之内就找到工作，总得等一小段时间才能有空缺。”说这番话时，她声音平淡，却带着满腹牢骚，就好像在述说命运的不公，而虽然是不公，但生来也是命的一部分，没奈何也只得忍受。

菲利普没有吭声，她说的这些他心里都很清楚。“你说部分原因是……”他终于开口说道。

“是这样。哈利说，你对我们两个一向都很好。他说，你是他真正的好朋友。而你为我所做的一切，恐怕这世界上再也找不出第二个男人愿意那样做了。他说，我们做人得地道点。正如你说的那样，他自己也说他生性风流，用情不专，不像你这样。所以说，我要是为了他而抛弃你，是十分愚蠢的行为。他是不会长情的，而你会。他自己这样说的。”

“你到底想不想和我去？”菲利普问道。

“我不介意去。”

他看着她，嘴角微微向下撇，露出丝丝凄苦。他到底是胜利了，而且即将得偿所愿。他呵呵一笑，嘲笑自己曾经如何蒙羞忍耻。米尔德里德飞快瞥了他一眼，但没有出声。“我一心一意盼着能和你一同出游。我原本以为，经过了所有这些痛苦与不幸后，我终于要获得幸福……”他说不下去了。

突然，毫无预兆地，米尔德里德开始放声大哭。她坐的那把椅子，诺拉也曾坐在那儿哭过。像诺拉一样，米尔德里德也将脸藏在椅子背后。椅背中间凹陷，两侧微微隆起，她就将头抵在边上隆起的部分。

“我没有女人缘。”菲利普这样想着。

她瘦得皮包骨的身子因为抽泣而不住地颤动着。菲利普还从未见过哪个女人这样歇斯底里地哭过。看着她那个样子，真是让人痛不欲生，菲利普觉得自己的心都给撕裂了。他不知不觉地走到她跟前，伸手搂住她。米尔德里德没有反抗，在这哭得撕心裂肺的时刻，她听任自己享受他的安抚。菲利普在她耳边轻声低语，说着安慰话，但究竟都说了些什么，他自己也不知道。他弯下身子，不断地亲吻她。“你非常难过吗?”他终于出声问道。

“我真希望自己死了。”她呻吟着说，“真希望自己在生产的时候死掉就好了。”

她头上的帽子有点碍事，菲利普帮她摘了下来。他将她的头放在椅子更为舒服的地方，然后起身坐到桌子边，凝视她。“爱情太可怕了，是不?”菲利普说，“可大家还是争先恐后地想跳入爱河。”

过了一会儿，米尔德里德的痛哭声渐渐止住。她精疲力竭地瘫坐在椅子里，头向后仰着，两臂无力地垂在体侧。那古怪的样子，活像画里用来展示衣服的塑料模特。

“我不知道你竟然爱他爱得这么深。”菲利普说。

菲利普很清楚格里菲斯的爱是个什么样子。他将自己想象成格里菲斯，想象自己就在格里菲斯的身体里，用格里菲斯的眼睛去看，用他的手去感受，用他的双唇与她接吻，用他那双笑意盈盈的蓝眼睛望着她笑。因此，菲利普完全能理解格里菲斯的爱。真正让他吃惊的是米尔德里德的感情。他从未想过米尔德里德能有这样炽热的感情。这确确实实是炽热的爱恋之情，毋庸置疑。他觉得，心里似乎有某种东西轰然倒塌，就好像什么东西突然破碎了一样。这让他感到异常虚弱。

“我不想让你不开心。要是你不想去的话，就不必和我去。不管你去不去，我都照样会给你钱。”

她摇了摇头。“不，我说我要去，就会去。”

“你这样爱他爱得死去活来，跟我去了又有什么意义呢?”

“是的，你说得不错，我的确爱得死去活来。我知道这不会长久，正如格里菲斯知道这不会长久一样，可现在……”她顿住了，闭上眼睛，好像就要晕过去似的。

菲利普脑海里冒出一个怪异的想法，不假思索地脱口而出："你为什么不和他一起走？"

"我怎么去得了？你知道我们一分钱也没有。"

"我给你们钱。"

"你？"她坐起身来，盯着菲利普，眼睛里渐渐绽放出光彩，双颊也渐渐红润起来。

"或许最好的办法还是让你们过完这一遭。那样的话，等结束的时候，你就会回到我身边来了。"既已提出这么个建议，菲利普不禁觉得痛苦不堪。然而，这种痛苦的折磨却在他心中激起一种怪异而微妙的感受。

米尔德里德眼睛瞪得大大的，望着他。"噢，我们怎么能用你的钱呢？哈利绝不会同意的。"

"噢，不，他会同意的，只要你去劝劝他。"她的反对让他更加坚持自己的意见，但他心底里实在希望米尔德里德能断然拒绝它。"我会给你五镑。这样，从周六到下周一你就可以到外面玩一趟。这些钱足够了。到了下周一，他就要回家，之后就会去伦敦北部上任。"

"噢，菲利普，这是真的吗？"她绞着手，惊叫起来，"只要你能让我们走，我以后一定会很爱很爱你，要我为你做什么都可以。如果你真能这么做，我相信我之后一定能熬过这段情感的。你真的愿意给我们钱吗？"

"是的。"他说道。

此时，米尔德里德完全变了神情，整个人精神焕发，笑嘻嘻的。菲利普看得出来，她现在是欣喜若狂了。她站起身来，跪在菲利普的身旁，握住他的手。"你真是个好心肠的人，菲利普。你是我见过的最好的人。你不会事后生我的气吧？"

菲利普微笑着摇摇头，可心里是多么的痛苦啊！

“我现在能去告诉哈利这个好消息吗？我能说你并不介意这么做吗？除非你保证这样做没关系，否则他不会同意的。啊，你不知道我是多么爱他！这件事过后，只要你喜欢，我可以为你做任何事。下周一，不管是巴黎还是哪儿，我都愿意和你去。”她站起身来，戴好帽子。

“你要去哪儿?”

“我去问问他是否愿意带我出去玩。”

“现在就去?”

“你想让我留下来吗？要是你想的话，我就留下来。”她重新坐下来。

菲利普却呵呵一笑。“不，没关系。你还是立即就去吧。不过有件事得说清楚：我现在没法见格里菲斯，碰到他的话会叫我很伤心的。去告诉他，我对他没有心怀怨恨，也没有任何不好的感觉，但请他离我远点。”

“好的。”她从椅子上弹起来，飞速戴好手套，“我会把他说的话带给你的。”

“今晚你最好过来和我一起吃饭。”

“可以呀。”她仰起脸等他亲吻。当菲利普将嘴唇附在她的上面时，她伸出胳膊搂住他的脖子。“你真是个可人儿，菲利普。”

几个小时后，她让人送来便笺，说她头疼得厉害，不能和他一起吃晚饭了。这几乎已在菲利普意料之中。他知道，她这是去和格里菲斯一起吃饭了，嫉妒得发疯。可那种突如其来拴住他俩的情欲之火像是从天而降，就好比某个神灵亲自赋予他们的，菲利普对此也是无能为力，不禁生出深深的无助感。他俩爱上彼此，看起来那样自然而然。菲利普将格里菲斯胜过自己的种种长处都看在眼里，并承认自己处在米尔德里德的位置，也会做出她那样的选择。最使他伤心的是格里菲斯的背叛。他们本是那样要好的朋友，格里菲斯也深知自己是多么喜欢米尔德里德，怎么能这样夺朋友所爱呢，应该是大义放手才对呀。

菲利普直到周五才再次见到米尔德里德。不过，这期间要是见到她也会让他恶心。但当她真的出现时，菲利普意识到自己在她心里已没有丝毫位置，那里已全给格里菲斯占满了。他突然恨死了她。他现在终于知道，她和格里菲斯为什么会爱上彼此了。格里菲斯就是个蠢货，噢，简直愚蠢之极！他一直都知道这一点，却故意闭上眼睛装作不知道。格里菲斯人不仅蠢笨，还头脑空空，他那迷人的皮囊下藏着的是一颗极端自私自利的心。利欲熏心之下，格里菲斯为了满足自己的欲望可以牺牲掉任何人。他过的生活是多么的空虚浅薄啊！终日不是在酒吧游荡，就是流连在歌舞剧场，再不就是眠花宿柳，沉醉在温柔乡里。他胸无点墨，从来不读书，除了与女人勾勾搭搭，穿梭于灯红酒绿中，就什么也不懂了。他从没有什么高尚的思想，最常挂在嘴边的一个词就是“漂亮”——那是他能给予男男女女的最高评价。漂亮！难怪他能讨得米尔德里德的欢心，他们根本就是蛇鼠一窝，臭味相投。

菲利普跟米尔德里德谈些对两人来说都无关紧要的事，知道米尔德里德想说说格里菲斯的事儿，但就不给她机会。对于两天前她用一个拙劣的小借口拒绝和他吃晚饭的事，他也闭口不提。他做出一副漫不经心的样子，想让她以为他突然变得对那些事都满不在乎了。他练就了一种奇特的本领，专跟她聊些他知道会让她受伤的小事。但他的话说得丝毫不露锋芒，而是绵里藏针，让她哑巴吃黄连，有苦说不出。最后，她终于忍无可忍，站起身来。“我想，我必须走了。”她说道。

"你还挺忙的哈!"他回了一句。

她伸出手来，他握了握，道声再见，随即为她打开门。他知道她想要说些什么，也知道自己这种冷嘲热讽的态度吓得她不敢开口。他的羞涩常常使他显得神情严峻、态度冷漠，无形中让人生出几分惧意。而他自从发现了这点后，一有机会就如此吓唬人。

"你莫非忘记了曾许诺过我什么?"在菲利普开门之际，米尔德里德终于忍不住开口说道。

"什么许诺?"

"钱呀。"

他说话时那种冷冰冰的态度，使得他的话听起来特别刺耳。米尔德里德刷地红了脸。他知道，此刻她恨死了他，不禁想知道米尔德里德是凭着怎样的毅力才克制住没朝他喷火。他想让她受点罪。

"就是明天要付的衣服钱和房租。就这些，没别的了。哈利说我们不出去了，所以也不需要那笔钱了。"

菲利普的心猛然一跳，不由得松开把手，门随即关上了。"为什么不去?"

"他说我们没有钱，也不能用你的钱。"

菲利普顿觉自己的心被恶魔狠狠蹂躏了一把，就是那个长期潜伏在他体内的想要自我折磨的恶魔。尽管他满心希望格里菲斯和米尔德里德不要一同出去，可在自我折磨的魔力驱动下，还是禁不住要米尔德里德劝说格里菲斯和她一起去。"只要我愿意，我不懂为什么你们不能用我的钱去。"他说。

"我也是这么和他说的。"

"我还以为要是他真心想去，就绝不会犹豫的呢。"

"噢，不是那样的，他当然想去。要是他有钱，他会立即出发的。"

“如果他硬要这样讲究，那我把钱给你好了。”

“我说如果他愿意，这笔钱就算你借给我们的。一旦我们有那个能力，就会立即还给你。”

“这么说，便是你跪在一个男人面前祈求他周末带你出去玩了？这还真是不同寻常啊！”

“是挺不同寻常的，不是吗？”她说着，还厚颜无耻地咯咯一笑。

菲利普听了，直觉浑身一阵恶寒。“那你打算怎么做？”他问道。

“什么也不做。他明天就要回家了，必须走。”

这下菲利普要得救了。没有格里菲斯在这里碍事，他就可以使米尔德里德重回身边。她在伦敦谁也不认识，就只能和他待在一起。只要两人单独在一起，他就能让她很快忘记这段情。如果菲利普就此作罢，不再多说什么，就什么事也不会发生了。但他就是控制不住要受那恶魔的驱使，强烈想要试试他们良心的底线，看看他们到底能对他做出什么样的可怕之事来。只要他略施小计，再次加以引诱，他们就会缴械投降。想到他们到时会堕落到那种无耻地步，那种为了自我享乐而无限牺牲别人的丑态，菲利普就禁不住一阵欢喜。尽管他说的每一个词都让他备受折磨，却在这种自我折磨中尝到一种可怕的乐趣。“就眼下这种情形看来，如果现在不去，就永远也去不成了。”

“我也是这么和他说的。”她说道。

她声音里那种激动让菲利普吃了一惊。紧张不安之下，他开始咬起指甲来了。“你们想去哪儿？”

“噢，去牛津。你知道，他曾在那儿上过大学。他说想领我看看校园。”

菲利普突然记起，有次他提议两人去牛津玩一天，可她死活不肯，说是一想到那里的景致就觉得索然无味。“瞧着你们应该会遇到好天气的，那里现在正是好玩的时候。”

“我已经尽一切所能劝过他了。”

“你为什么不再试试?”

“那我可以说是你想让我们去的吗?”

“我觉得你们不必去那么远的地方。”菲利普说道。

她顿了一两分钟，两眼直愣愣地瞪着他。菲利普强迫自己装出友好的神情。他恨她，鄙视她，却又全心全意地爱着她。“那我就跟你说说我要怎么做了。我会去找他，看他能否做出安排。如果他愿意，那我明天就过来找你拿钱。你什么时候在家?”

“午饭后我在家里等你。”

“好的。”

“我这就把你明天要付的衣服钱和房租给你。”他走到桌边，看看自己还有多少钱。衣服要花六个几尼，还有她的房租和餐费，以及孩子一周的赡养费。他给了她八镑十先令。

“谢谢你。”她说。她拿着他的钱，走了。

第七十七章

在医学院的地下室吃过午饭，菲利普就回了自己房间。这天是周六，房东太太正在打扫楼梯。“格里菲斯先生在吗?”他问道。

“不在，先生。他今天早晨走了，就在你出去没多久后走的。”

“那他还会回来吗?”

“我觉得不会回来了，先生。他带着行李呢。”

菲利普思索着格里菲斯这番举动是什么意思。他拿起一本书读起来。这是他刚从威斯敏斯特公共图书馆借来的伯顿①著的《麦加之行》。他翻到第一页，却根本读不进去，心思全然不在这上面。他时刻都在留神门铃。他不敢想象，格里菲斯就这样丢下米尔德里德回坎伯兰郡老家去了。他在心里念叨着，米尔德里德很快就会回来拿钱的。他咬紧牙关，强逼自己将精神集中到书上来。在他的强力坚持下，那些句子倒是进了他的脑海，却被他此刻所忍受的痛苦扭曲得不成样子了。他打心眼里希望自己没提出那个可怕的要给他们钱的建议。然而，现在虽说木已成舟，他却被折磨得心力交瘁，也没那个勇气再收回来。这倒不是因为米尔德里德的缘故，而是因为他自己。他有一种病态的固执劲儿，只要是决定好的事情就要坚持去做。他发现自己读的那三页书没给他留下任何印象，又倒回去重新开始。哪想到自己反复念着同一句子，直到它像噩梦里的某个场景反复出现在脑海。现在他还有一条出路，那就是出去躲到午夜再回来。那样的话，他们就去不了了。他仿佛看到，他们焦急地每个小时都跑过来问问他在不在家。他机械地重复着那个句子。但他不可以那样做。还是让他们过来拿钱走吧。那样的话，他就能知道一个人究竟能无耻到什么程度。他现在再也读不下去了，眼睛里根本看不见书上都写了些什么。他往椅子后背上一靠，在痛苦中木然地等着米尔德里德。

房东太太走了进来。“米勒太太过来了。你想见见她吗，先生？”

“让她进来吧。”菲利普整理好思绪，竭力振作起来，不想让她看见自己有任何痛苦的迹象。他有种冲动，想要跪下来拉着她的手求她不要去。但他知道，无论怎样做，她都不会动摇的。到时，她肯定

---

① 理查德·弗朗西斯·伯顿爵士（1821－1890），英国军官，著名探险家、语言学家、人类学家。曾以“天生的”穆斯林身份去麦加等地朝觐。

会跑去告诉格里菲斯，菲利普说了什么，又做了什么，那他可真要窘得无地自容了。“嗯，你们的短途旅行商量出什么结果来了？”他强作欢笑地问道。

“我们决定去。哈利就在外面。我告诉过他你不想见他，所以他就没进来碍你的眼。但他想知道是否能进来，就一分钟，和你道个别。”

“不，我不想看见他。”菲利普说道。他看得出来，她根本不在乎自己见不见格里菲斯。现在她既然打着拿钱的主意来了，他就想赶紧把她打发走。“瞧，这就给你五镑！现在你可以走了。”

她接过钱，向他表示谢意，然后转身准备离开。

“你什么时候回来？”

“噢，周一。那时哈利必须回家了。”

他知道自己接下来说的话有失尊严，但他已给嫉妒和情欲击垮了，根本不在乎什么颜面问题。“那我还会见到你的，是吧？”他一时不能自已，声音里流露出乞求之意。

“当然，我一回来就会通知你。”

两人握手道别后，菲利普透过窗帘，眼巴巴地看着她跳上一辆停在门口的四轮马车。车轮滚动，马车前行而去。菲利普倒在床上，把脸埋在手掌里，感觉眼泪就要汹涌而出。他真是要给自己气死了。他握紧拳头，蜷缩起身子，竭力想忍住不哭，可到底没能忍住，还是发出了痛苦的抽泣声。

最后，他终于站起身来，觉得心力交瘁，羞耻不已，便跑去洗了把脸，还给自己调了杯浓烈的威士忌加苏打水。喝过之后，感觉稍微好了点。这时，他蓦地瞥见壁炉架上放的那两张去巴黎的车票，便一把抓过来，愤怒地扔进火堆里。他知道，要是把票送去退了还能换回钱来，可只有把它们毁了才能一消他的心头之气。然后，他走出寓所，想找个人聊聊天，好排解心中的愁苦，但医学院的俱乐部里空无一人。他觉得定要找个人说说话，不然就要疯了。劳森还在国外，他朝海沃德的住处走去。应声出来开门的女仆告诉他，海沃德已上布莱顿消度周末去了。菲利普又朝美术馆走，没想到美术馆也关门了。他心绪不宁，不知道该怎么办才好。这时，他不禁想起格里菲斯和米尔德里德来：两人正在去牛津的火车上，面对面地坐在车厢里，快乐得心花怒放。他又回到寓所，但这里的一切都显得那么可怕。就是在这里，他遭受着痛苦与不幸。他再次试着去读伯顿的那本书。但他眼睛瞪着书本，心里却在不断念叨着：菲利普，你是多么蠢啊！多么蠢啊！正是你自己提出他们应该出去玩一趟的。正是你自己给他们旅费的。正是你自己硬要将钱塞给他们的。这一切都是你自己促成的。当初将格里菲斯介绍给米尔德里德，他就应该能预测到今后会发生什么。他对米尔德里德的狂热爱恋哪能不勾起另一个男人的欲望呢。现在，他们恐怕已经到达牛津了，或许就住在约翰街的某个食宿公寓里。菲利普虽然从来没去过牛津，可格里菲斯却常常在他面前谈起伦敦，所以他很清楚他们都会去哪些地方。他们会去克拉伦登餐馆吃饭。每当要纵饮狂欢的时候，格里菲斯都习惯去这家餐馆。菲利普起身，去查令十字广场附近的餐馆随便吃了点东西。他打定主意要去看场戏，便在吃过东西后奋力挤进剧院正厅后座。剧院正在上演奥斯卡·王尔德的一出戏。他心里想，今晚米尔德里德和格里菲斯是否也会去看戏呢。不管怎样，他们总得想法打发晚上的时间啊！两人都是那么蠢，就喜欢胡扯瞎聊。想到那两人的思想都是那么庸俗，果真是臭味相投，菲利普就觉得开心不已。他心不在焉地看着演出，每幕间歇都要喝点威士忌提神。他没喝惯酒，酒精对他的作用很快，但他越醉却越觉得烦躁苦闷。戏院散场的时候，他又喝了一杯。他没法去睡觉，知道自己睡不着，害怕脑海里会回荡那些鲜明生动的画面。他努力不去想他们。他知道自己喝得太多了。现在，他有种冲动，想去做些可怕而卑鄙的事。他真想把自己扔进臭水沟里污一污。他兽性大发，迫切地想要发泄一通。他真想像只死狗一样仰面倒在地上。

他拖着那条瘸腿，踉踉跄跄地沿皮卡迪利大街走着，醉醺醺的，心里被愤怒和痛苦不断地噬咬着。突然，一个涂脂抹粉的妓女拦住了他的去路。妓女伸手去挽他的胳膊，菲利普嘴里骂着脏话，使劲把她推开。他往前走了几步又停下，心想她和那个女人还不都是一样吗。他为自己刚才对她恶语相加感到很抱歉，便走上前去："嘿!"他开腔打招呼。

"滚!"她回道。

菲利普哈哈大笑："我只是想问问你今晚能否赏脸，陪我喝一杯?"

她饶有兴致地打量着菲利普，一时犹豫不决。她看得出来，他这是喝醉了。"我不介意。"

这句话他不知道在米尔德里德嘴里听到过多少次了，而这妓女竟然也这么说，菲利普觉得不胜有趣。他领着她朝他和米尔德里德常去的餐馆走了过去。他注意到两人走路的时候，她老是往下瞅着他的脚。"我有只跛脚。"他说，"怎么着，你有意见?"

"你这人真有趣。"她哈哈大笑。

等他回到家的时候，浑身骨头都痛得要命，脑袋更是像被什么东西不断锤击一般痛得差点忍不住大叫。他又喝了杯威士忌加苏打水，想让自己镇静一些，随即爬上床。他睡得很熟，一夜无梦，直到次日中午才醒来。

第七十八章

终于熬到周一了，菲利普心想这种度日如年的折磨终于要结束了。他查阅了发车时刻表，发现格里菲斯回家最晚的一班火车于下午一点从牛津出发。他据此估计，米尔德里德应该乘坐一点过后几分钟的火车回伦敦。他想去车站接米尔德里德，但转念一想，又觉得她也许想独自清净一天。说不定这天晚上她会寄封短信，说她回来了。要是她没寄信来，那他第二天早晨再去看望她。他心里五味杂陈，有些忐忑不安。他对格里菲斯恨之入骨；对米尔德里德，尽管发生的这许多事让他痛得心如刀割，却还是狂热地渴望得到她。他现在很庆幸海沃德周六下午没在伦敦，不然自己为了寻求安慰定会跑去找他，到时不免把一切都告诉他。海沃德听后准会让自己的懦弱无能吓得大吃一惊的。当知道菲利普在米尔德里德已委身于另一个男人后还肯要她做情妇，海沃德一定会鄙视他，还会觉得真是惊世骇俗，让人恶心。不过，惊世骇俗又怎样？让人恶心又怎样？他才不在乎呢！只要能得偿所愿，让欲望之火得以平息，他愿意做出任何让步，哪怕再无人格的屈辱行为他都能忍受。

傍晚时分，他的脚不受控制地将他带到了米尔德里德的寓所外。他抬头望着她的窗户，里面黑漆漆的。但他不敢贸然前去查看她回来没有，他对米尔德里德的诺言深信不疑。然而，第二天早上他还是没收到她的来信。大约等到中午，他再也忍不住，直接登门造访。哪知女佣却告诉他，米尔德里德还没有回来。他不明白这是怎么回事。他知道，格里菲斯昨天就必须回家，得在老家某个婚礼上担任男傧相。

再说，米尔德里德身无分文啊。他思绪翻滚，将每种可能发生的事都在脑袋里过了一遍。下午，他又去了趟米尔德里德家，并留下一张便条，邀请她晚上吃饭——用语之平和，就好像这半个月来什么事都没发生过。他在便条中将相约的时间和地点写得清清楚楚，满怀希望米尔德里德到时能赴约。可他等来等去，一个小时过去了，还是不见她的踪影。周三早晨，菲利普不好意思再跑到米尔德里德家询问，便派了个信童送去一封信，并嘱咐他一定要带个回音来。一小时后，信童回来了，将菲利普的信原封不动地交还，并说那位女士还没从乡下回来。菲利普气得简直要发疯了，米尔德里德这一次的欺骗让他再也无法承受。他不断念叨着恨死了米尔德里德，恨死了米尔德里德，并将自己再次希望落空归因于格里菲斯。他恨透了格里菲斯，简直要杀了他才能一解心头之恨。菲利普在房间里走来走去，想着某个夜黑风高的晚上突然扑到格里菲斯身上，对准他喉部的颈动脉就是一刀，让他像条癞皮狗般悄无声息地死在街头，该是多么的大快人心啊！菲利普悲愤交加，气得七窍冒烟。他并不喜欢威士忌，但还是借酒来麻醉自己。周二周三，接连两晚，他都喝得酩酊大醉才爬上床去睡觉。

周四早晨，他很晚才起床，拖着疲惫的身子，满脸蜡黄，迷迷糊糊地走进客厅，想看看有没有信来。菲利普一眼就瞥见那信上明显是格里菲斯的字迹，一种怪异的感觉顿时犹如电流般袭遍全身。

亲爱的老兄：

我简直无从下笔，却又觉得不得不给你写这封信。希望你不要太生我的气。我知道自己万不该带米莉出去玩，但我实在情难自禁。她简直把我迷得神魂颠倒！为了得到她，我什么都可以做得出来。当她告诉我你愿意出钱供我们出去玩，我实在难以拒绝。虽然现在事已至此，但我真是被自己羞得无地自容，真希望自己没干出这桩蠢事。我希望你能给我写信，说你并不生我的气。同时，我还希望你能允许我去看望你。求你给我写封信来，哪怕只言片语也好，告诉我你已经原谅我了，好老兄。这样，我才能良心稍安。我当时觉得你对此并不介怀，不然也不会给我们钱的。虽则如此，我还是知道我原不该接受的。我周一就回家了，但米莉说她还想在牛津独自玩几天。她预备于周三返回伦敦，所以你收到这封信的时候，想必应该已经见到她了。我真心希望一切都能如意。万望写封信来，说你已经原谅我了。急盼回音，越快越好。

你永远的，

哈利

菲利普怒不可遏，把信撕得粉碎，根本无意回复。格里菲斯的道歉让菲利普甚为鄙视，没有丝毫耐心去管他的良心问题。人要作恶，那也是心有所选，别人也是管不着的，但要是作恶后又假惺惺地说良心难安，后悔不已，那只会让人觉得更加可鄙可恨。他觉得，这封信完全是懦夫所为，伪君子行径。格里菲斯竟然在信里这样煽情演戏，菲利普觉得恶心不已。“你当初干出那样的畜生行径，”他自言自语道，“现在想道个歉就了事？未免也太轻巧了点！”他深切盼望着哪天有机会能给格里菲斯点颜色瞧瞧。

但不管怎样，他已经知晓米尔德里德回到城里来了。他急匆匆穿戴好，连脸也顾不得刮了，咕噜咕噜喝下一杯茶后就跳上马车，往她的住所赶去。一路上他心急如焚，只觉马车像蜗牛爬一样慢。他非常急切地想见到米尔德里德，无意中竟向他并不信奉的上帝祈求起来，希望上帝能让米尔德里德态度和善地接待他。他只想将过去的一切都忘掉，从新开始。他伸手去按门铃，一颗心怦怦地跳得厉害。他热情似火，急欲再次把米尔德里德搂进怀里，全然忘记了曾经所遭受的折磨与痛苦。“米勒太太在家吗?”菲利普快活地问道。

“她走了。”女佣回答说。

菲利普茫然望着女佣。“她大约一小时之前回来这里，把东西都带走了。”

菲利普一时间不知道该说些什么。“你将我的信交给她了吗？她有没有说要去哪里?”接着，菲利普猛然意识到米尔德里德再次骗了他，不会再回他身边来了。菲利普竭力在女佣面前挽回面子。“嗯，好吧。不过，我相信她会给我写信的。兴许她把信寄到另一个地址去了。”说罢，他转身离开，心情绝望地走回寓所。

他早该预料到她会这样做的，因为她从来就没爱过他。她从一开始，就将他当傻子一样玩弄。她这个人毫无怜悯之心，既不善解人意，也不厚道仁爱。现在他只能忍气吞声，咽下这注定会发生的苦果。这种痛苦太可怕了！他宁愿一死了之，也不想忍着这种痛苦苟延残喘。他忽然觉得自己可以去投河自尽或者卧轨自杀，这样一了百了岂不更好！可这种想法刚刚冒出芽来，就被他掐断了。理智告诉他，时间是最好的疗伤药，终有一天他会熬过这种不幸的。只要他下狠心，就可以将米尔德里德忘却。要是他竟为了这样一个粗鄙庸俗的荡妇自杀，也真是滑天下之大稽了。生命只有一次，他也只能在这世间走一遭，要是这样轻易就浪费掉，未免也太疯狂了。他觉得情欲这东西他是永远也克服不了的，不过他也很清楚，情欲的强弱也只是个时间问题。

菲利普不愿意再待在伦敦，这里的一切都会让他想到自己的不幸遭遇。他给大伯发电报，说要回布莱克斯达布尔。然后匆匆收拾好行囊，就踏上了回去的最早一班列车。他在这鬼地方遭受了太多的痛苦与折磨，一心想要离开那几间破房子，想要呼吸一下新鲜的空气。他对自己不胜厌恶，觉得自己有些疯了。

自菲利普长大成人后，牧师宅邸最好的备用房间就给了他。这个房间位于宅子一角，一扇窗前有棵百年古树挡住了视线，但从另一扇窗看过去，就可以看到宅子的花园和空地，直到外面一片广袤的草地。房间里的糊墙纸，菲利普从小就记得很清楚。墙四周贴着维多利亚早期风格古雅的水彩画，都是牧师年轻时的一位朋友画的。画面虽有些褪色，但魅力仍存。梳妆台铺着结实的细布。房间里还有个放衣服的高脚柜。菲利普欣慰地叹了口气，从没意识到这些东西对他来说有着怎样的意义。牧师宅邸的生活依然如旧。家具依然摆在老地方，没有一件挪动过位置。牧师依然吃着同样的食物，说着同样的话，每天依然去散会儿步。有所变化的是，他长胖了，话更少了，气量更狭小了。他习惯了没有太太的生活，并不怎么想念妻子。他仍然动不动就和约西亚·格拉夫斯斗嘴。菲利普去看望了这位教会执事。执事变得更加瘦削，脸色更加苍白，神情更为严肃。未变的是，他依然行事独断专权，依然不赞成将烛台放在圣坛上。小镇里的几家商店依然散发着古朴的气息，让人感觉很舒服。有家店专门卖海上用具，如渔民、海员穿的长筒靴、油布雨衣，以及船上用的滑车索具等。菲利普站在这家店门前，回忆起孩提时代的情景。那时候，他觉得在这家店里能感受到海上生活惊心动魄的气息，那种刺激让人心神为之震颤；还能感受到来自未知世界的一股魔力，诱使人去冒险，去开拓。

每次邮差来敲门，菲利普的心就禁不住随着响声咚咚直跳，想着邮差送来的或许是房东太太从伦敦转寄来的米尔德里德的信。但他心里其实很清楚，米尔德里德是不会寄信给他的。现在，他能比较冷静地思考问题了。菲利普明白，强迫米尔德里德爱自己，无疑是痴心妄想。男人身上究竟有什么吸引住女人，或者女人身上究竟有什么吸引住男人，让他们心甘情愿成为对方的奴隶，菲利普对此不明所以。最简单方便的解释自然可以说，那是性本能。但倘若仅仅如此，他又不明白了——为什么同一个对象，可以将一个人迷得神魂颠倒，而对另一个人毫无作用呢？那种东西是不可抗拒的，理智也不是它的对手。在它面前，什么友情啦、感恩啦、兴趣啦，通通都显得软弱无力。他对米尔德里德来说，毫无性魅力，他的任何举动都不会对她产生一丝一毫的影响。这种想法让菲利普恶心，觉得它让人性堕落到兽性一列。菲利普突然觉得，人心有许多阴暗的地方。因为米尔德里德对他态度冷淡，丝毫不把他放在心上，他就觉得米尔德里德没有性冲动，认定她那苍白无血色的容颜、薄薄的嘴唇、胸平臀窄的干瘪身材，还有那无精打采的行为举止，都印证了他的假设。然而，她却突然喷薄出炽热的情欲来，并为了满足这种情欲而心甘情愿去冒任何危险。他永远也搞不懂她和埃米尔·米勒之间的荒唐事。那种明知人家是有妇之夫还与其勾搭私奔的做法，实在不像是她能做出来的，她自己也说不出个所以然来。但现在，亲眼目睹了她和格里菲斯勾搭成奸，菲利普这才明白同样的事再次上演。无论先前那次，还是现在这次，她都是被难以控制的欲望烧得昏了头。他极力想弄清楚，那两个男人身上究竟有什么能将米尔德里德迷到这种不可思议的程度。那两人本性粗鄙，都善于开些庸俗的玩笑，而思想无知的她幽默感自然也很低级和简单，故而一经引逗就乐不可支。但真正吸引她的，或许还是那种厚颜无耻的性行为。这正是那两人最为引人注目的特别之处。米尔德里德爱风雅、好矜持、重斯文，对于赤裸裸的生活事实总是不寒而栗。她将肉体及其机能视为不堪入目的东西，对于一些很常见的东西，她都有着各种各样的委婉语来替换，说话时总是煞费苦心地选些精巧词儿，而不愿直白地说，觉得前者要更为恰当得体。那两个男人的兽性犹如鞭子抽打在她那苍白瘦弱的肩膀上，让她在痛苦中得以释放性欲，在颤栗中得以享受肉体之乐。

有一件事，菲利普已下定决心要付诸行动。他不愿再回之前租住的房子去了，因为他在那里遭受了太多的痛苦。他写了封信通知房东太太，想把自己的东西全部拿走，另租几间不带家具的房间。这样的房间住得又宽敞又便宜。他这样做，也是迫于无奈。在过去的一年半里，他花了将近七百镑。现在他得最大限度地节省开支，才能弥补过去的铺张浪费。有时一想到将来该怎么办，他就一阵恐慌。他真是个蠢蛋，竟在米尔德里德身上花掉了那么多钱。但他心里知道，要是重来一遍，他还会那么做的。菲利普的朋友们因为他通常比较慢热、少有感情冲动的时候，就认为他意志坚强，深谋远虑，头脑冷静。有时想到这一点，菲利普不禁觉得好笑。他们以为他为人理智，称赞他懂得处世的常识。但菲利普自己知道，他那平静的表情不过是不自觉戴上去的面具，其作用就像蝴蝶的保护色一样。他其实深为自己的意志薄弱感到震惊。在他看来，每一丝小小的情感涟漪都能扰乱他的心湖，就好比他是随风舞动的树叶一般，只要情感一将他俘获，就再也无能为力。他根本没有自制能力。他之所以看起来好似拥有这种能力，不过是因为通常能打动人的事他都漠不关心。

想到自己曾经的处世哲学，菲利普不禁觉得很是讽刺。在他历经痛苦与折磨的非常时期，它并没发挥太大作用。他不禁开始怀疑，思想对一个人在处理人生关键大事时是否真有帮助。在他看来，他似乎被完全陌生却又存在于体内的力量所左右。这种力量，就像永无休止地惩罚着保罗和弗朗西斯卡①的地狱狂风一样掌控着自己。他会思索将要去做些什么，但等真正采取行动的候却又完全受本能和情感掌控，任其驱使，自己根本无能为力。对此，他也是不明所以。他采取

① 弗朗西斯卡和保罗是但丁《神曲》中一对通奸的情侣。

行动的时候，就像是机器一般受所处环境和人格这两股力量驱动；理智则像另一个人那样只能在一旁瞧着事态发展却无力插手其中，就像伊壁鸠鲁①所描绘的诸神那般，尽管在九天之上将人们的所作所为全看在眼中，却无力改变事态的发展，连一点点也改变不了。

第七十九章

菲利普在开学前几天返回伦敦，好为自己找个栖身之所。他在威斯敏斯特大桥街四处寻觅，但那一带的房子都脏兮兮的，看着就叫他恶心。最后，他终于在肯宁顿找到了房子。那里弥漫着幽静而古朴的气息，让人回想起当年萨卡雷所熟悉的泰晤士河畔的伦敦情景来。肯宁顿大街两旁的梧桐树正冒新叶，想当年纽克姆一家②乘坐的四轮马车驶往伦敦西区时肯定经过这条路。菲利普看中的是这条街上的房子都是两层楼结构，窗户上大都贴着出租告示。他走到告示注明不配备家具的出租房跟前，敲了敲门。应声出来开门的是一位面容呆板、不苟言笑的妇人。她带菲利普去看了看房间。那是四个非常小的房间，其中一个有炉灶和洗涤槽，房租每周九先令。菲利普本不想租这么多房间，但鉴于房租如此便宜，便希望能立即租下来。他问房东太太是否可以为他打扫房间和准备早饭，但她回答说自己不做这个就够忙的了。菲利普听了反而高兴，因为她这是在暗示，除了收房租，她可不

① 伊壁鸠鲁（公元前341－前270年），古希腊哲学家、无神论者。
②《纽克姆一家》（1853－1855）是萨克雷所写小说，在揭露中产阶级生活丑恶一面的同时，塑造了纽克姆上校和埃塞尔小姐两个正面人物形象。

想和他有任何瓜葛。她告诉菲利普，要是他去街角杂货店（也是邮局）打听打听，或许能找到愿意给他扫地做饭的女佣人。

菲利普的家具不多，这还是他经过几次搬迁逐渐集拢来的。一把扶手椅是他在巴黎买的；一张桌子、几幅画，还有一条小小的波斯地毯，都是克朗肖送给他的。还有大伯给的折叠床——大伯家八月份已不再出租房屋，也就用不着了。菲利普又花十镑买了些必需品。他还花十先令买了张玉米色的糊墙纸，打算把用作客厅的房间糊起来。墙上挂着一幅劳森送给他的大奥古斯丁街市井生活的素描画，以及安格尔的《女奴》和马奈的名画《奥林匹亚》的复制品。当年在巴黎，他每次刮胡子都要对着这两幅画沉思。为了提醒自己也曾亲身涉猎过艺术这一行，他把为米格尔·阿胡里亚那个年轻的西班牙人画的炭笔肖像画也挂了起来。这是他画得最好的一幅：画面上挺立着一位裸体男人，双拳紧握，两脚以一种奇特的姿势牢牢站在地板上，脸上带着坚毅的神情，让人看后经久难忘。时隔这么久了，菲利普已能很清楚看出这幅画的种种不足之处。不过，由这幅画所勾起的种种回想使他能够容忍这些瑕疵。他心中思索，不知米格尔现在怎么样了。明明没有天赋的人却偏偏一心追逐艺术，世上再没有比这更糟糕的了。说不定，他给风餐露宿、贫病交加折磨得心力交瘁，最后病死在某家医院了；也说不定，他在绝望之中自尽于浑浊的塞纳河；还有可能，他身上那种南方人摇摆不定的特性让他自动放弃了无谓的艺术挣扎，转而投身他行，现已成为马德里某间办公室里的小职员，将他的能言善辩用于高谈阔论于政治和斗牛赛。

菲利普邀请劳森和海沃德前来参观他的新居。两人如约而至，一人带着瓶威士忌，一人拎着盘鹅肝酱饼。听到他俩赞叹房间布置得很有品位，菲利普心里很高兴。他本还想邀请那位做股票经纪人的苏格兰佬也过来看看，可惜他只有三把椅子。劳森知道菲利普正是通过自己才和诺拉·内斯比特成为好友的。此时，他同菲利普说起前几天遇到诺拉的事儿。“她还向你问好呢。”

听到诺拉的名字，菲利普的脸刷地一下红了（他就是改不了这个一发窘就脸红的尴尬毛病）。劳森满脸疑惑地瞅着他。现在，劳森一年中有大半时间都待在伦敦。他还真是入乡随俗呢，头发剪短了，一身整洁笔挺的哔叽西装，头上还戴着一顶圆礼帽。“我想，你和诺拉之间已经完了吧。”劳森说道。

“我已经好几个月没见到她了。”

“她看上去挺好的。那天，她戴着一顶非常漂亮而时髦的帽子，上面镶嵌有许多雪白的鸵鸟毛，一定过得还不错。”

菲利普转换了话题，可脑子里仍不住地想着诺拉。过了一会儿，三人正在聊别的事，菲利普突然开口问劳森：“你那会儿碰到诺拉，有没有觉得她还在生我的气呀?”

“一点儿也没有。她提起你时，说的都是好话。”

“我有点想去看看她。”

“她不会吃了你的。”

在这之前，菲利普其实经常想起诺拉。当米尔德里德抛弃他时，他首先想到的就是诺拉。当时他心酸地想，诺拉是绝不会这么对自己的。他冲动地想要跑去找诺拉，她有那样善良的怜悯之心，一定会很同情他的遭遇。然而，他羞愧难当，没脸去找她——诺拉待他一直都那样好，而他对诺拉却很糟糕。

劳森和海沃德告辞后，他吸着就寝前的最后一支烟，自言自语地嘟囔着：“要是我能坚持守在诺拉身边就好了。”

他想起了两人在文森特广场边那间温馨舒适的客厅里度过的快乐时光；想起了两人一起去美术馆游览和剧院看戏的情景；想起了两人在一起说着亲密话的甜蜜夜晚；他想起了诺拉是怎样为他的切身利益

操心挂怀，对凡是关乎他的事都关心不已。诺拉真心实意地爱着他，那种爱不仅诚挚，而且经久，远不止性爱，而几近母爱。他心里一直都很清楚这种爱是无比珍贵的，理该为此全心全意感谢各路神灵的恩泽。他下定决心，去求诺拉宽恕自己。那段经历肯定让她遭受过很可怕的痛苦与折磨，但他觉得她心胸宽广，仁厚大度，一向与人为善，定能原谅他。是否该给她写信呢？不，他要突然闯到她面前，跪倒在她的脚下（想是这样想，但菲利普很清楚，真等到那么一刻，他肯定会羞得做不出戏剧里的夸张姿势来。但他就是喜欢这样想），和她说，如果她愿意再次接纳自己，那他永远都会是她的依靠。他已从对米尔德里德可恨的病态爱恋中恢复过来了，很清楚诺拉的可贵之处了，所以她可以相信他。他浮想联翩，一下子又跳到了对未来的憧憬上。他想象着自己和诺拉在周末一起泛舟河上；他还要带她去格林威治游玩。他永远忘不了和海沃德一道出游的愉快经历，伦敦港的美景已被他永远珍藏在记忆中。夏天暖和的下午时光，他要和诺拉一起坐在公园里闲聊。想到这里，菲利普忍不住笑出声来。他想起了诺拉的欢声笑语，像溪水轻快地流过鹅卵石时发出的叮咚声，趣味无穷，连绵不绝，富有个性。到那时，他曾经所遭受的痛苦，将会像噩梦一样烟消云散。

第二天大约下午茶的时候，菲利普想着诺拉一定在家。但当他举手叩门时，满腔勇气却顿时跑得杳无踪影。诺拉会宽恕他吗？他这样贸然出现在她面前，岂非有些强人所难！这样做，是不是太可恶了！应声来开门的是新女佣，菲利普以前来访时从没见过她。他向她打听内斯比特太太是否在家。“麻烦你去问问她能否见见凯里先生?”菲利普说道，“我就在这里等着。”

女佣噔噔跑上楼去，没过一会儿又噔噔跑下来了。“请上来，先生！二楼前面那个房间。”

“我知道。”菲利普说着，脸上绽出一丝微笑，心里七上八下地走过去敲门。

“进来。”那个熟悉的欢快声音说道。

这声“请进”，好像是在请他走进宁静而幸福的新生活。他一走进去，诺拉就走上前来迎接他，并亲热地和他握手，就好像他们昨天才分开似的。

这时，一个男人站了起来。“这位是凯里先生！这位是金斯福德先生！”

见到诺拉并非一人在家，菲利普感到又难过又失望，并趁坐下来的当儿打量了陌生人。他从未听到诺拉提起过这个男人，但在他看来，他坐在椅子上自在的神态就好像在自己家里似的。这个男人四十来岁，脸上刮得很干净，一头长长的金发抹过发油，梳理得齐整熨帖。皮肤泛着红光，双眼里含着倦意，显得黯淡无光。那是一双青春已过的俊男的眼睛。他鼻大嘴阔，颧骨高高隆起，线条分明。他身材魁梧，膀大腰粗，宽肩厚背。

“我一直想知道你过得怎样。”诺拉说话时还是那副轻松愉快的样子，“前些日子我碰见劳森了——他有没有告诉你，我对他说你也该来看看我了。”

菲利普在她的表情里看不到一丝尴尬的迹象。他眼下对这次见面窘迫得要命，却没想到诺拉能借助一次偶遇就态度自然地说开了，不禁十分佩服。她给他倒茶，正准备加糖时被他拦住了。“我多蠢啊！”她叫起来，“竟然把这点忘了！”

菲利普才不相信她这是忘了，自己喝茶一向不加糖，她对此一定记得清清楚楚。菲利普将这当作她情感流露的标志，说明她表面看起来很镇静，其实内心也是有点慌乱的。因为菲利普突然来访而被打断的谈话又继续下去。过了一会儿，菲利普开始觉得自己夹在他俩中间有点多余的味道。金斯福德没有特别关注菲利普，而是滔滔不绝地说着。虽然说得很精彩，也不无幽默，但说话方式有点固执己见。他似乎是个新闻工作者，对谈及的每个话题都有些好玩有趣的东西可以说。菲利普发现自己给挤出了谈话圈子，不禁有些恼怒。他下定决心要奉陪到底，一直坐到这位客人离开为止。他心中暗自思索，是否这位客人也对诺拉产生了钦慕之情。以前，他和诺拉经常聊起那些意欲和她调情的男人们，还一起嘲笑不知趣的家伙呢。菲利普竭力将谈话拉到只有他和诺拉熟悉的话题上，但每次那个新闻工作者都要横插一杠子，成功地拉回到菲利普不熟悉而被迫闭嘴的话题上。他对诺拉隐隐生出一股怒意，因为她一定瞧得出来他正在被人愚弄呀。诺拉之所以没吭声，或许是因为她想借此惩罚他。菲利普这么一想，又恢复了原先的好脾气。最后，钟敲六点时，金斯福德总算站起来告辞了。“我必须走了。”他说。

诺拉同他握手道别，并陪他走到楼梯平台处。她随手把门关上，在外面待了几分钟。菲利普思索着他们在聊些什么呢。

“这位金斯福德先生是谁?”等诺拉回来的时候，菲利普心情愉快地问道。

“噢，他是哈姆斯沃思①旗下杂志的编辑，近来录用了不少我的稿子。”

“我还以为他要坐在这里永远都不走了呢。”

“我很高兴你能留下来。我想同你说说话。”她蜷缩进大扶手椅，小巧的身子缩成一团，双腿盘在屁股底下，随手点燃一支烟。

---

① 哈姆斯沃思（1865－1922），曾创办及收购许多报纸期刊，如《每日邮报》《每日镜报》《泰晤士报》及《观察家报》等，构建了庞大的报业帝国。

菲利普一向觉得她这个姿势很有趣，此刻再次瞧见，不禁微微一笑。“你这样子活像一只猫咪。”

她漂亮的黑色眸子秋波一转，看了他一眼。“我真该改掉这个习惯了。到了我这把年纪，还像个孩子似的坐着，是有点滑稽。可是把双腿盘在屁股底下坐着，让我很舒服。”

“我能再次坐在这个房间里，真是太开心了!”菲利普兴高采烈地说，“你不知道我是多么想念这里。”

“那你先前到底为什么不来呢?”她愉快地问道。

“我不敢来。”他脸色有些红地说道。

诺拉瞅了他一眼，满脸和气，嘴角弯出一个迷人的微笑。“这有什么不敢来的呢。”

菲利普犹豫片刻，心怦怦直跳。“你还记得上次我们见面的情形吗？我那样糟糕地对你，真是感到无地自容。”

诺拉直愣愣地盯着他，没有说话。菲利普头脑发昏，仿佛是到这儿完成一件他现在才意识到多么荒谬离谱的任务。诺拉一声不吭，菲利普笨嘴拙舌地脱口而出：“你能原谅我吗?”接着，情感冲击之下，他语气有些急躁地告诉诺拉，米尔德里德已经离开了，他为此痛不欲生，恨不能自杀。他将两人之间前前后后发生的所有事，包括孩子的出世、米尔德里德与格里菲斯的相遇，还有他痴情错付、像个傻子被人玩弄欺骗，信任都被狼心狗肺地吃掉的事儿，全都讲给诺拉听了。他还向诺拉倾诉，自己常常想起她的温柔善良与情意绵绵，并为自己亲手将这一切毁掉而后悔不已；只有和诺拉在一起的时候，他才感到快乐；他现在已完全明白诺拉是个多么可贵的女子。由于情绪激动，他说话的声音都变得有些嘶哑。有时候，他对自己所说的话无比羞愧，只好低头死死盯着地板。他的脸因为痛苦而有些扭曲，然而能将满腔郁愤一吐为快，却让他生出一种奇异的轻松之感。他终于说完了，精疲力竭地倒进椅子里，静等诺拉开口。他什么都没有隐瞒，将一切和盘托出，甚至放低姿态，将自己说得比实际上更可鄙。然而，诺拉一直没开口，这让他感到很奇怪。最后，他终于忍不住抬起眼皮朝她看过去，却发现诺拉并没有看他。她的脸色非常苍白，似乎陷入了深思。“你就没有什么话要对我说吗？”

诺拉不由得一惊，满面通红。“我想你那时候一定过得很糟，”她说，“真为你感到痛心。”她似乎想要继续往下讲，却又蓦地止住话头。他只好继续等着。最后，她终于强迫自己开口道：“我和金斯福德先生订婚了。”

“你为什么不早点告诉我？”菲利普惊叫起来，“你根本无须让我在你面前这样丢脸嘛！”

“对不起，我没法打断你……我遇见他是在你——”她似乎竭力想找个不伤害菲利普的词，“是在你告诉我你的朋友回来后不久。我那时候非常难过，而他对我非常好。他知道有人伤了我的心，当然，他并不知道那人就是你。要是那时候没有他，我还真不知道自己会成什么样子。而且我突然意识到，我不能老是这样工作，工作，工作，我感到身心俱疲，像是要大病一场了。我跟他说了我丈夫的事，他提出只要答应尽快和他结婚，他愿意给我一笔钱，好让我和丈夫离婚。他有份好工作，无需我再做任何事情，除非我想去做。他非常喜欢我，且急于照顾我。这一切都让我很受感动。所以现在，我非常，非常喜欢他。”

“那你离婚了吗？”菲利普问道。

“我已经拿到了离婚暂准判决书，到七月份就会完全生效。到时，我们准备立即结婚。”

菲利普沉默了好一阵子。“真希望我刚才没说出那段傻话。”他终于嘟囔了一声。他回味着刚才那段长长的、有些丢脸的坦诚之言。

诺拉神色怪异地看着他。“你从来没有真正爱过我。”她说。

“坠入爱河不是件那么快乐的事。”不过，他一向能让自己很快镇静下来。此刻，他站起身来，伸出手说：“我希望你能过得非常幸福。不管怎么说，幸福都是你应得的。”

诺拉握住菲利普的手，不无依恋地看着他：“你还会再来看看我的，是不?”她问道。

“不,”他摇摇头说道，“看见你那么幸福，我会嫉妒的。”菲利普慢慢走出诺拉的房间。不管怎样，诺拉说他从来没爱过她，倒是对了。他感到失望，甚至还有些恼怒。不过与其说他是因为伤心才如此，倒不如说是他的虚荣心受到了打击。他心里很清楚这一点。此时，他才意识到天上诸神给他开了个多么巧妙的玩笑，不由得满腔悲哀，自嘲地笑了笑。自己消遣自己的荒唐行径，滋味可真不好受呀!

第八十章

接下来的三个月，菲利普埋头攻读三门新课程。差不多两年之前蜂拥进医学院的那批学生已所剩无几：一些人离开了医院，是因为发觉考试并不像他们想象的那么容易通过；一些人被家长带走了，因为他们没想到伦敦的生活开销会那么大；还有些人因为这样或那样的原因也纷纷走了。菲利普认识一个小伙子，他想出了一个赚钱的妙招。他买来特价商品，再将它们抵押出去。不过，他之后发现，把通过信贷买来的商品抵押出去会更赚钱。然而，有人在治安法庭的诉讼事件中供出了他的名字。消息传来，在医学院引发了一阵小小的骚动。小伙子被关押候审，随后由惊乱交加的父亲签了不动产转让证书才算了结。后来这个年轻人出走海外，履行“白人的使命”去了。还有一个家伙，上医学院之前从未进过城，来了后一下子就迷上歌舞杂耍剧场和酒吧里灯红酒绿的生活。从此以后，他就整天和赛马迷、赛马情报贩子和驯兽师打交道，现已成为赛马注册登记员的助手。菲利普有次在皮卡迪利广场附近的酒吧碰到过他，他穿着紧身束腰外套，头戴棕色帽子，帽檐又扁又阔。第三个家伙呢，颇有唱歌和模仿的天赋，曾在医学院的“香烟杯”舞台表演上模仿红极一时的喜剧演员，因惟妙惟肖而大获成功。他从医学院退学，转而投身到某音乐剧合唱队。还有一个家伙，菲利普对此人颇感兴趣。因为他举止粗野笨拙，说起话来粗声粗气，貌似不是有着高深情感的人。哪知他却觉得，在伦敦密集的石墙泥砖建筑群里生活大有窒息之感。他在城市笼子似的空间里变得形容憔悴，也不知道是否存在的灵魂犹如被紧紧攥在手心里的麻雀在垂死挣扎，吓得他直喘粗气，脆弱的小心脏怦怦乱跳。他渴望广袤的天空、杳无人烟的旷野，他的童年就是在这样的环境里度过的。某天，他在两节课的间隙悄无声息地走了，没跟任何人说。他的朋友们接下来听到的消息是，他已放弃学医，转而去农场干活了。

菲利普现在上着医药学和外科的课程。每周有几个上午，他会去门诊部练习给病人打绷带，乐得借此机会赚几个钱。他还被教着怎样用听诊器给病人听诊。他学会了配药。即将参加在七月份举行的药物学考试。和各种各样的药物打交道，调制药水，搓药丸以及配制药膏等，都让他觉得很有趣。无论什么事，只要能从中提取出一丝人性的乐趣，菲利普都会兴致勃勃地去做。

有一次，菲利普远远瞧见了格里菲斯。既然不能一刀杀了他，只好避而不见。格里菲斯的一些朋友现在也是菲利普的朋友。菲利普认识到他们已经知晓他和格里菲斯之间的矛盾，还可能知道事情原委，在他们面前感觉有些不自然。他们中有一位叫拉姆斯登的年轻人，个子非常高，脑袋却非常小，整天一副精神不振的样子。拉姆斯登是格里菲斯最忠实的钦慕者之一，不仅模仿格里菲斯的穿衣着装（系同款领带，穿同款靴子），还模仿格里菲斯的说话方式和手势动作。他告诉菲利普，格里菲斯非常伤心，因为菲利普不肯回他的信。他想和菲利普重修旧好。

“是他让你给我带信的吗?”菲利普问道。

“噢，不是。我这么说，完全是自己的主意。”拉姆斯登回答说，“他为自己的所作所为感到很抱歉，说你一直待他很好。我知道他很想同你和好。他不上医院来是因为害怕见到你，觉得你会不理睬他的。”

“我理当如此。”

“你知道，这样会让他觉得很难过的。”

“格里菲斯得以极大的毅力才能忍受的这点小小不便，我轻而易举就可以忍受。”

“只要能言归于好，他愿意做任何事情。”

“这也太幼稚，太无理了！他干吗要这样上心呢？我不过是个微不足道的小人物而已。没有我的陪伴，他照样能过得很滋润呀！我对他毫无兴趣!”

拉姆斯登觉得菲利普这人太严苛，太冷酷了。他顿了一两分钟，满脸迷惑地看着菲利普。“哈利向上帝忏悔，但愿他和那女人没有过任何瓜葛。”

“是吗?”菲利普问道，显得漫不经心。他很满意自己这种做法，但谁又能猜想得到，他的心跳得多么厉害啊！他不耐烦地等着拉姆斯登继续说下去。

“我想，你已经从那段经历中恢复过来了吧?”

“我?”菲利普说道，“早恢复了。”

菲利普一点点地搞清楚了米尔德里德和格里菲斯之间纠葛的详细经过。他嘴角挂着微笑，默默听着，装出毫不在意的样子，完全骗过了正和他讲话的蠢货。

米尔德里德和格里菲斯在牛津度过的那个周末，不仅没能熄灭反而更加点旺了她那突然喷薄而出的情欲之火。格里菲斯动身回家时，她突然出乎意料地打算独自在牛津待个两三天，因为她在那儿玩得实在太开心了。她觉得这世上没有任何东西能诱使她再回菲利普身边，他令她感到恶心。然而，格里菲斯却被她点燃的情欲之火吓了一跳。他发现，虽然只和米尔德里德在乡下待了两天，却已经够冗长乏味的了。再说，他也无意于将一段别有风味的风流插曲变成让人烦躁厌倦的长期私情。米尔德里德让格里菲斯答应，给她写信。作为一个诚实、正直的小伙子，格里菲斯天性里待人礼貌周全，对任何人都温和可亲。一回到家，就给她写了封漂亮的长信。米尔德里德迅速回复了一封热情洋溢的信，但用词笨拙，言语有些不得当。这是她缺乏表达力的缘故。不仅如此，信上的字还写得七扭八歪，表达甚为粗俗下流。这封信让格里菲斯厌烦不已。哪知她第二天又寄来一封，第三天再寄来一封。格里菲斯开始觉得，她的爱不再讨人喜欢，而是让人惊恐。他全都没有回复。没想到，米尔德里德竟开始用电报对他狂轰滥炸起来，问他是不是生病了，有没有收到她的信，说他的沉默让她忧心不已。他被逼无奈，只得提笔复信。不过，他这次尽可能将信写得漫不经心，底线是只要不冒犯她就好。他在信中请求她不要再给自己拍电报了，他很难向母亲解释清楚电报的事儿。他说母亲是个老派守旧的妇人，总认为电报是个吓人的玩意儿。她随即写信来说必须去见他，并宣称要将东西送去当掉（她身边只有菲利普当初送的结婚礼物——价值八镑的化妆包），好筹措路费来找他，还要住在离格里菲斯父亲行医的村庄只有四英里的小镇上。这可把格里菲斯吓坏了，只得好好发挥电报的价值，迅速发去一条信息，请她千万别这样做。他答应一回伦敦就和她联系；等他真的回到伦敦，发现她竟已去他即将赴任的医院找过他了。他可不喜欢这种做法。因此，见到她时，便告诫她不论发生任何事都不能来此处找他。两人已有三周没见面，此时再见，他发现米尔德里德已确凿无疑地让他很是厌烦。他搞不明白自己当初怎么就和她纠缠在一起了，于是下定决心要尽快把她甩掉。他这个人害怕吵架，又不愿惹人伤心。与此同时，他还有其他事情要做。他非常坚决地不想米尔德里德再来烦扰他。两人见面时，他还像从前一样举止文雅，兴高采烈，诙谐风趣，情意绵绵，对一直以来没能去看她编造出了令人信服的理由。但说归说，私底下他却竭尽所能地避免见到她。当她逼迫他约定见面时，他总在最后一刻拍去一个电报，找个借口放她鸽子。房东太太（格里菲斯任职的前三个月是住在自己寓所的）奉命在米尔德里德来访时说他外出办事去了，米尔德里德便在街上堵截他。格里菲斯得知她已在医院外面等了几个小时后，便装出温和可亲的样子说几句甜言蜜语，然后推说有工作上的约会便撒腿跑开了。后来他练得十分机敏，能神不知鬼不觉地溜出医院。有一次，他半夜回到寓所，老远瞧见一个女人站在房前空地的栏杆旁，便去拉姆斯登家借宿了。第二天房东太太告诉他，米尔德里德昨晚坐在门口哭了好几个小时。房东太太不得不告诉她要是再不走就要叫警察，才把她吓走了。

“我跟你说，老兄！”拉姆斯登说道，“你倒是脱身得好不逍遥。哈利说，要是当初他哪怕有半秒钟的怀疑她将来会这样惹人讨厌，宁愿下地狱也绝不要和她有任何瓜葛。”

菲利普想象着米尔德里德深更半夜连续好几个小时坐在别人门口哭泣的情景，仿佛看到她遭到房东太太驱赶时沮丧忧闷的样子。“真不知道她现在怎么样了。”

“噢，她在某处找到了工作。真是谢天谢地！这可让她一整天都脱不开身了。”

关于米尔德里德最后一条消息，他是夏季学期快结束时听说的。拉姆斯登听说米尔德里德长期纠缠不休、终于将格里菲斯激怒到了忍无可忍的地步，再也不顾什么文雅不文雅，直截了当地告诉米尔德里德，他受够了她的纠缠，看见她就觉得恶心，她最好还是滚远点，再也别来碍眼。“他只能这么做啦。”拉姆斯登说，“那女人也太过分了点。”

“那事情就这样结束了？”菲利普问道。

“噢，他已有十天没看到她了。你是知道的，哈利在甩人这方面很有一套。这是他碰到过的最为棘手的一件事。不过，照样还是解决好啦。”

从此以后，菲利普再也没听到有关米尔德里德的消息。她湮没在伦敦的茫茫人海中，消失不见了。

第八十一章

菲利普在冬季学期初始，就去了医院门诊部实习。门诊部有三名助理医师轮流负责给病人看诊，每人每周坐诊两天。菲利普自愿给蒂雷尔医生当助手。蒂雷尔医生在学生中很受欢迎，大家都争先恐后地想要当他的助手。他三十五岁的年纪，又瘦又高，小小的脑袋上顶着短短的红发，一双蓝眼睛鼓鼓的，脸上红光满面，油亮亮的。他能说会道，声音悦耳动听，喜欢开些小玩笑，处世挺淡然。蒂雷尔医生是个事业有成的人，行医经验丰富，有望在不久的将来受封爵士。由于经常带学生给穷人看诊，他身上有一种纡尊降贵的恩人气派。又因为常与病人打交道，他还带着身体康健之人所有的优越感。这都是会诊医生常有的职业病。他让病人觉得自己在医生面前，就好像小学生面对性情爽快的校长一样，疾病不过是淘气顽皮的恶作剧，非但不会让医生烦恼，反而觉得处理起来很有趣。

参加实习的医学生理应每天都到门诊部来，观察病例的同时也尽可能多学些医学知识。不过，逢到学生给导师当助手，他的职责就会更为具体一些。那时候，圣卢克医院门诊部共有三间相互连通的就诊室，还有一间光线昏暗但很宽敞的候诊室。候诊室里竖着坚固结实的大粗石柱，摆着一排排长条椅。病人们中午挂上号后就在这里等着就诊。一长排一长排的人坐在那里，手里拿着药瓶或药罐，有的衣衫褴褛，浑身脏兮兮的，有的穿着颇为得体。男女老少各色人等坐在这光线昏暗的候诊室里，给人怪异而可怕的感觉。如此情景让人不由得联想到杜米埃①所创作的让人毛骨悚然的画面。这几个房间都漆成同样的橙红色，高高的护墙板则漆成栗色。房间里弥漫着消毒水的味道，随着下午时间的流逝，还掺和进人体散发出的汗臭味。第一个房间最大，正中摆着供主治医生看病用的桌子和椅子。桌子两旁都放着一张稍微矮点的小桌子，一边坐着住院医生，一边坐着当天负责记录的助手。记录本很大，里面记有病人的姓名、年龄、性别、职业，以及医生对所患疾病的诊断。

下午一点半，住院医生首先进来打铃，通知护工把老病号领进来。老病号总有很多人，住院医生得赶在蒂雷尔医生两点上班前尽可能多地复诊完。跟菲利普在一起的住院医生短小精悍，颇为妄自尊

---

① 奥诺雷·杜米埃（1808－1879），法国著名画家，是法国19世纪最伟大的现实主义讽刺画大师。

大，在助手面前总摆出一副纡尊降贵的姿态。年纪相仿的医学生对他的态度比较随便，并没有付出他自认为应当得到的尊重。他对此明显地表示不满。他开始给老病号复诊，助手从一旁给予帮助。病人们鱼贯而入，男病号先进来。慢性支气管炎或“令人难受的”咳嗽是他们通常的病症。一人走向住院医生，另一人走向助理，分别交上挂号牌。要是治疗情况进展顺利，住院医生或助手就在挂号牌上写明“连服十四天”的字样，病人就拿着药瓶或药罐到药房取足服用十四天的剂量。经验丰富的老病号故意缩在后面，以便有机会让主治医生亲自诊治，但很少能得逞。一般只有三四个病情严重、需要主治医生特别关注的病号才会留下来。

两点时，蒂雷尔医生脚步轻快、满面春风地走进诊室。他那副神情隐隐让人想起马戏团的小丑一边跳上台来，一边喊着“又来贵方宝地啦”。他浑身散发出的气息似乎在暗示：生病又怎么啦？用不着大惊小怪的！敝人妙手回春，立马让你病痛全消！他屁股刚沾到椅子，就问有没有老病号需要复诊，接着便动作迅速地检查起病人来，边用精明的眼睛观察病人，边和住院医生讨论病人的症状，间或开个小玩笑，不仅逗得助手们开怀大笑，也引得住院医生咧嘴大笑。不过，住院医生似乎认为助手们那样放声大笑太不恭谨了，便岔开话题，不是说今天真是个好天气，就是嘟囔今天真热，随即打铃让护工将新病号领进来。

病人一个接一个走到蒂雷尔医生桌前，有老人，有年轻的小伙子，还有中年人。多数属于体力劳动者，包括码头工人、马车夫、工厂工人以及酒保等。不过，也有些装整洁干净的，显然社会地位稍显优越，如商店营业员、办公室职员之类的。蒂雷尔医生带着怀疑的目光审视他们。有时候，一些人故意穿得衣衫褴褛，好让医生以为他们是穷苦人。但蒂雷尔医生有双犀利的眼睛，总能拆穿伪装者，有时候还拒绝给他认为付得起医疗费的人看病。最难搞定的是伪装起来的女病人。不过，手法并不怎么高明，往往只是套上件破烂不堪的斗篷或裙子了事，却忘了摘下手指上的戒指。“既然你戴得起珠宝首饰，自然请得起医生。这儿的医院可是慈善机构。”蒂雷尔医生说道。他将挂号牌交还病人，叫下一位过来看病。

“可我有挂号牌呀！”

“我才不在乎你的什么挂号牌呢！你给我立马出去！你这个伪装者没权利来这儿瞎捣乱，占用真正贫穷的人看病的时间！”

被斥责的病人满脸怒容，神色阴沉地退了出去。“她很可能会给报社写信，斥责伦敦的医院管理不善，对待病人态度恶劣。”蒂雷尔医生一边笑嘻嘻地说，一边拿起下一个挂号牌，并朝病人投去精明的一瞥。

大多数病人都以为这家医院是国家公立医院，并认为他们纳税的一部分就是花在这家医院的，认为来此看病是应有的权利。在他们的想象中，花时间给他们看病的医生一定会获得很高的报酬。

蒂雷尔医生让每位助手负责检查一名病人。助手们把病人带进里面房间。这些房间都很小，摆着一把躺椅，上面铺着黑色的马毛呢。助手先向病人提出各种问题，然后检查肺部、心脏、肝脏，并把结果记录在病历本上，然后在脑海里开出处方的雏形。做完这一切，便等候蒂雷尔医生进来。蒂雷尔医生一看完外面的男病人，就会进到小房间来，身后还带着一小群实习生。此时，助手便将检查结果高声宣读出来。蒂雷尔医生听完后，会问助手一两个问题，再亲自给病人检查一遍。要是碰到值得一听的特殊情况，跟进来的医学生便会纷纷掏出听诊器。此时，你便会看到这样的场面：两三个学生拿着听诊器在病人胸腔上听来听去，或许背部还有两个学生在听，其他人则站在旁边一脸急不可耐的表情，跃跃欲试地想要上前听诊。被团团包围的病人虽然有点尴尬，但看到自己成为众人关注的中心，倒也不失高兴。蒂雷尔医生口齿伶俐、滔滔不绝地剖析着病症，病人则在一旁听得云里雾里。有两三个医学生再次拿起听诊器反复核查，力图听出蒂雷尔医生描述的杂音和噼啪声。待一切结束后，才叫病人穿上衣服。

等各种各样的病情都检查完，蒂雷尔医生就会回到大房间，再次坐在桌旁。这时候，无论哪位医学生碰巧站在他身旁，就会被提问该给刚才诊治过的病人开什么药。被问到的学生当即报出一两种药名。“你会这样开吗?”蒂雷尔医生说道，“好吧，你那个药方从各个方面来看都挺新颖的。不过，我觉得咱们可不能操之过急，切记三思而后行啊。”

他这番说辞总能逗得学生们哈哈大笑。而医生对自己的机智幽默也颇为得意，眸子里闪着趣味无穷的神采。然后，他再开出与刚才那位学生完全不同的几味药来。如果碰上两个一模一样的病例，被问的学生就会提出采用医生给第一个病人开出的药方，蒂雷尔医生却总能充分发挥其聪明才智，煞费苦心地开出一副完全不同的药来。药剂师整日忙得脚不沾地，来来回回地配着各种药方，几乎要把腿给累断了。他们喜欢医生开出早已调配好的药。这些调配药是医院经过多年实践经验总结出来的颇有效果的药剂。药剂师的这些心思和想法，蒂雷尔医生可是知道得清清楚楚，他有时候乐于开出一些颇为复杂的药方。“我们可得给药剂师找点活干。如果老是写些‘药剂：白蛋白’之类，那他的脑子就要生锈啦!”学生们听后哈哈大笑。蒂雷尔医生扫他们一眼，觉得这个玩笑颇为受用。然后，他按响铃声，等护工探头进来时吩咐道：“让复诊的女病人进来。”

在护工将女病人集中到一块儿带进来的当儿，蒂雷尔医生就靠在椅背上，和住院医生聊天。女病人走了进来，中间有一队身患贫血症的姑娘。她们额前留着厚厚的刘海，嘴唇苍白无血色。这些姑娘吃的饭食通常质量都很糟糕，常常饿得前胸贴后背，患上了消化不良症。还有些上了年纪的妇人，有的胖得成了肥婆，也有的瘦得皮包骨头。因为太为频繁地生孩子而过早衰老了，一到冬天就咳个不停。女病人这病那病的，各种各样的都有。蒂雷尔医生和他的住院医生很快就将她们诊治完了。随着时间的流逝，小小诊室的空气变得越来越污浊。住院医生看了看表。“今天有很多新来的女病人吗?”蒂雷尔医生问道。

“我觉得不算少。”住院医生回答说。

“最好还是让她们都进来。你可以继续给老病号看病。”

新来的女病人都走了进来。在男人中，最常见的病痛都是过度饮酒导致的；而在女人中，则通常是因为营养不良引起的。大约六点钟，病人全看完了。菲利普觉得精疲力竭，他一直站着，还得专心致志地学习；再加上房间里的空气又很污浊。此时终于解放了，他便和几位同僚回医学院喝茶。菲利普觉得工作很有趣，颇为让人着迷。在表面粗糙的事实下散发着人性的色彩，正是艺术家用来创作的好素材。想到自己就处在艺术家的位置，而病人则像他手里任其搓圆捏扁的陶人一般，菲利普就觉得心里生出一股不可思议的震颤之感。想起自己在巴黎度过的时光，他颇觉有趣地耸了耸肩。那时候，他沉迷于色彩、色调、绘画价值，以及天知道还有些什么的玩意中，一心想创造出美妙的作品。可现在直接和男男女女打交道，却给了他前所未有的力量感。他发觉，审视他们的神态和听他们说话有着无穷无尽的乐趣。他们走起路来姿势迥异，有的腿脚笨拙，拖着不雅的步子；有的脚步轻快，踩着小碎步；有的脚步沉重而缓慢，踏着稳稳当当的步子；还有的羞羞答答，动作忸怩。通常看过他们的外表，就能猜出他们是干哪一行的。渐渐地，你会摸索出该怎样提问才能让他们懂得你的问题。你会发现，在哪些方面他们几乎全都会撒谎，并进而知道该怎样询问才能从他们嘴里套出实情。你会看见不同的人会患上同样的病。当被诊出患有某种非常凶险的疾病时，有的患者会嘻嘻哈哈地接受，而有的则会吓得呆若木鸡，一脸绝望。菲利普发现，和这群人打交道时不像从前与人相处时那样羞涩。他并没有生出什么怜悯之情，因为怜悯是自视高人一等的人才有的感觉。他觉得和他们相处起来很随和，就像家人一样。他发现自己能给他们带来舒服。当医生将病人交到他手中，看看他能做些什么时，让他觉得病人是怀着奇特的信任感将自己交给了他。“也许，”菲利普脸上挂着微笑，暗自思忖着，“也许我天生就是当医生的料。若我果真偶然干了适合自己的事，岂非太有趣了。”

在菲利普看来，一起实习的助手中只有他领悟到了下午值班是那么富有戏剧性的乐趣。对于其他人来说，男男女女就是病患——要是病情错综复杂，助手们就感觉兴奋；要是病情显而易见，他们就觉得无聊。他们为听到杂音或为检查出肝病而不胜惊讶。如果听到病人肺部有异乎寻常的声音，就七嘴八舌地议论不止。但对菲利普来说，事情远不止于此。他觉得，只是看看病患的外貌、头部的形状、手、眼神以及鼻子的长短，就觉得很有趣。在那些诊疗室里，有时能够出其不意地看到人性的本质。那时，世俗的面具被粗鲁地扯掉，呈现在眼前的是赤裸裸的灵魂。有时，你还能在他们身上看到无师自通的斯多葛学派精神①，简直让人震撼不已。有一次，菲利普碰到一个目不识丁的大老粗。他告诉菲利普病已无可救药，但颇为自制，既没有自怨

① 斯多葛学派是塞浦路斯岛人芝诺（Zeno）于公元前300年左右在雅典创立的学派。该学派认为，世界理性决定事物的发展变化。所谓“世界理性”，就是神性，个人只不过是神的整体中的一分子。在社会生活中，斯多葛派强调顺从天命，要安于自己在社会中所处的地位，要恬淡寡欲，只有这样才能得到幸福。

自艾，也没有怨天尤人。看到病患在陌生人面前说自己身患绝症时竟如此冷静沉着，菲利普惊奇不已。菲利普不禁想，独自直面灵魂时，他是否也能这样勇敢呢！他是否会被绝望所压倒！有时也会发生一些悲剧。有一次，一个年轻女人带着妹妹来检查。那位妹妹年方十八，容貌精致，体态娇弱。生着大大的蓝眼睛；淡黄色的秀发在秋日阳光照耀下闪着点点金色光泽；皮肤异常地白皙美丽。助手们目不转睛地看着她，眼睛里满是笑意。在昏暗简陋的诊疗室里，他们可不常见到这样的漂亮姑娘。带妹妹来的年轻女人开始述说家庭病史。她说父母双亲均死于肺结核，还有一位弟弟和妹妹也同样因此殒命，现在家里就只剩下她们姐妹俩了。妹妹最近咳嗽个不停，身体也日渐消瘦。她脱掉外衣，露出白皙如牛奶般的脖子。蒂雷尔医生默默地给她做着检查，动作仍像往常那样敏捷，并吩咐两三个助手用听诊器听他手指示意的部位。检查完后，他让姑娘穿好衣服。姐姐站在稍远一点的地方，为了不让妹妹听见，压低声音和医生说话。她因为害怕，声音里夹着丝丝颤抖。“医生，她没得那种病，是不?”

“恐怕她是得了。”

“她是我唯一的亲人了。要是连她也走了，我在这世上就是孑然一人了。”年轻女人止不住地淌眼泪。医生神情严肃而沉重地望着她，心想你何尝不是得了此病，同样也活不久了。妹妹转过身来，看见姐姐在哭泣，自然明白这意味着什么，漂亮可爱的脸蛋渐渐变得惨白，眼泪断线珠子般滚落下来。两姐妹各自站在那里，默默地哭了一两分钟。然后，不管冷眼旁观的众人，姐姐目无旁人地走过去一把抱住妹妹，像哄婴儿似的轻轻摇晃她。

她们走后，一位学生问道：“先生，你觉得她还能活多久?”

蒂雷尔医生耸了耸肩。“之前的弟弟和妹妹发现症状后三个月就死了。她也会这样的。如果她们有钱，或许还有救。可你总不能叫这些人去圣莫里茨①啊。她们除了等死，还有什么办法可想呢。”

一天，来了一位身强体壮、正当盛年的男人。他身上某处总是疼痛不止，让他备受折磨。之前给他看病的医生似乎没能让病痛有丝毫减轻，直到最后判定为绝症，只能等死。然而，这种死亡判决并不是说起来让人毛骨悚然的必死的那种，而是死缓。它需要的不仅是药石之效，光有科学治疗是无能为力的。这种死亡判决之所以在某种程度上是不可避免的，是因为该病患作为人类错综复杂的文明大机器上的小齿轮，就像机器上的自动装置一样根本无力改变当前的环境——要活下来，就得彻底休息。蒂雷尔医生并不这样要求他：“你最好换个轻松点的工作。”

“干我这行的，根本没有轻松的工作。”

“嗯，你要是再继续这样干，就是送死。你病得可不轻呢。”

“你的意思是说我快要死了?”

“我不想这么说，但你的确不适合再干重活了。”

“我要是不干活，谁来养活我老婆、孩子呢?”

蒂雷尔医生耸了耸肩，这种困境他见过不下百次。时间紧迫，他还有很多病人等着呢。“那好吧，我给你开点药。一周之后你再来，告诉我感觉如何。”

男人带着根本无济于事的药方走了。医生想怎样说就尽管说好了，他可并不觉得身体糟糕到了不能继续工作的地步。他那份工作还挺不错的，怎可轻易扔掉呢。

“我觉得他还有一年可活。”蒂雷尔医生说。

有时候，也会发生一些带有喜剧色彩的趣事。耳边不时有人操着浓重的伦敦口音插科打诨。有时走进来一位老太太，是狄更斯兴许喜

---

① 瑞士东南部城镇，疗养胜地。

欢描绘的人物，唠唠叨叨地说些古里古怪的话，听得人甚觉有趣。有一次来了一个女人，是著名的歌舞杂耍剧场的芭蕾舞演员。她看上去五十多了，可报的年龄却是二十八岁。脸上涂着厚厚的脂粉，一双大大的黑眼睛肆无忌惮地朝助手们抛媚眼。她脸上的笑容有种下流的诱惑力。她自信心爆棚，对待蒂雷尔医生是那样的随和亲切，就好像医生是深深为她沉醉的仰慕者。她这种态度让蒂雷尔医生觉得有趣极了。她患有慢性支气管炎，向医生抱怨这给工作带来了大大的不便。"真不知道我为什么会得这种病。说句老实话，我是真不懂。我这辈子从没生过一天病。你只消看看我，就知道我说的不是假话。"她眼睛骨碌碌地扫视周围的年轻人，浓妆重彩的假睫毛眨来眨去，还朝他们咧嘴笑，露出满口大黄牙。她操着伦敦土音，却故作文雅，矫揉造作的样子让她吐出的每一个字都成为听者的乐趣大餐。

"这就是人们常说的'冬日咳'。"蒂雷尔医生神情严肃地说，"许多中年妇女都得这个病。"

"啊，天啊！对女士说这样的话，可真是好听！还从来没人说我是中年妇女呢！"她的眼睛瞪得圆圆的，头歪在一边，带着难以形容的淘气神情望着医生。

"这就是我们这一行的不好之处了。"医生说，"有时它逼着我们不得不直言不讳。"

她接过药方，朝医生露出一个性感勾人的微笑。"你会来看我跳舞的，是不，亲爱的？"

"会去的。"医生按铃，叫下一个病人进来。

"我很高兴有你们这些绅士来保卫我的健康。"

但这里的情形给人的印象从整体上看，既非悲剧也非喜剧，实在难以诉诸笔墨，形形色色，各种各样。既有泪水和欢笑，也有快乐和悲伤；既沉闷枯燥，又趣味无穷；还有漠然视之。正如你亲眼见到的：它是那么让人骚乱不安，又是那么让人富于激情；它弥漫着严肃与沉重，又飘荡着哀伤与滑稽；有时候显得微不足道、简单无比，有时候又那么复杂棘手；这儿升起欢乐之声，那儿响起绝望之调。母亲对于子女的慈爱，男人对于女人的情爱；欲望拖着沉重的步伐踏过每一个房间，惩罚着罪人、无辜者以及无助的妻子和可怜的孩子。酗酒的男人，醉酒的女人，不可避免地都要付出惨重的代价；房间里飘荡着死神的叹息声。贫困的女孩子们忐忑不安，羞辱难当，却被诊断出怀有新生命。这里既无所谓好，也无所谓坏，只有赤裸裸的事实。

这就是生活。

第八十二章

将近年底，菲利普在医院门诊部为期三个月的实习也快结束了。就在此时，他收到一封劳森从巴黎寄来的信。

亲爱的菲利普：

克朗肖目前在伦敦，想和你见见面。他住在索霍区海德街四十三号。我不知道那地方究竟在哪儿，不过我相信你一定能找得到。做个好人，去照看照看他吧。他现在很不走运。他会告诉你，他都在忙些什么的。巴黎这边一切如常，和你在这里时没什么变化。克拉顿回来了，变得让人难以忍受，和每个人都闹翻了。据我所知，他现在身无分文，就住在植物园附近一间小画室。他仍然不让任何人看他的作品，大家也不知道他都在忙些什么。他或许是个天才，但从另一方面来说，也可以算是精神错乱者。顺便说一声，有一天我突然碰见弗拉纳根了，正领着弗拉纳根太太在拉丁区闲逛呢。他早已放弃画画了，正做着爆玉米花机的生意，看上去颇有几个钱。弗拉纳根太太非常漂亮，我正尝试着给她画幅肖像画。如果你是我，会开价多少？我不想要高价吓唬他们，不过他们心甘情愿出三百镑的话，我也不会傻到只要一百五十镑。

你永远的，

弗雷德里克·劳森

菲利普随即给克朗肖写了一封信。复信写在半页便条纸上，是很常见的纸张，粗劣的信封脏兮兮的。那种程度的脏，绝不是邮寄过程搞的。

亲爱的凯里：

我当然还很清楚记得你。隐约觉得我曾助你一臂之力，将你从“绝望的深渊”中拯救出来，虽然我已无可救药地深陷其中。要是能见一面，我将不胜高兴。我现在是个沦落在陌生城市里的陌生人，深受世俗庸人的折磨。要是能和你再聊聊巴黎，该是多么畅快啊！我并不请求你亲自登门，因为寒舍实在粗陋，不适合接待操体面职业的先生。不过，每天晚上七点到八点之间，我都会在迪恩街一家名叫奥本普莱赛的餐馆吃简餐。你那时来，一定会找到我。

你真诚的，

J·克朗肖

菲利普收到复信的当天就去找克朗肖了。餐馆只有一间小小的店堂，属于最低级的。克朗肖似乎是那里唯一的顾客。他远离风口，坐在角落里，身上还是穿着那件破烂不堪的厚大衣（菲利普从来就没见他脱过），头上戴着一顶旧礼帽。

“我来这儿吃饭，是因为我可以独自在此享受，没人来打扰。”他说，“这里的生意不是很景气，只有妓女和一两个失业侍者来此吃饭。店家也准备停业不干了，这里的饭菜实在糟透了。不过，他们的惨淡经营恰恰给我带来了便利。”克朗肖面前摆着一杯苦艾酒。

他俩差不多三年没见面了。克朗肖容貌变化之大，着实让菲利普大吃一惊。他从前胖墩墩的，现在却瘦得非常干瘪，颜色蜡黄；颈部的皮肤松弛下垂，满是皱纹；衣服挂在身上飘飘荡荡的，像是给别人买的，衣领大了三四个码。这着装让他更显得邋里邋遢，双手老是抖个不停，菲利普这时想起他复信上的字迹歪歪扭扭、乱七八糟、毫无章法，像鸡爪似的。显而易见，他病得不轻。

“这些天我吃得很少，”他说，“早晨恶心得厉害，中饭也只是喝点汤，最后顶多吃点奶酪。”

菲利普的目光下意识地落到那杯苦艾酒上。克朗肖瞧见他这一举动，不禁投去嘲弄的一瞥，以此表示对常识性劝诫的不以为意。“你显然已诊断出我的病症，觉得我再喝苦艾酒是非常错误的。”

“的确如此。”

克朗肖盯着菲利普，那眼神要是在以前定能让菲利普非常难受。它似乎在说：你脑子里正考虑的事显而易见是很令人沮丧的。但你既然同意它的令人沮丧是很显而易见的，还有什么好说的呢？菲利普于是换了话题：“你什么时候回巴黎？”

“我回不去巴黎了，我要死了。”

他说起死，语气竟如此自然，不免让菲利普大吃一惊。一时间，他脑海里思绪翻滚，有很多话要说，又觉得说了也是徒然。他很清楚，克朗肖确实是个将死之人。“那你打算就住在伦敦了?”菲利普笨拙地问了这么一句。

“伦敦对我意味着什么呢？我就好比离了水的鱼。我走在拥挤的街道，人们把我推来搡去，像是行走在死城一样。我觉得不能死在巴黎，想死在同胞中间。我也不知道最终是什么样的神秘力量把我拉了回来。”

菲利普知道有个女人和克朗肖同居，也知道他们有两个衣着脏污的孩子。但克朗肖在菲利普面前从不提起他们，也不喜欢谈起他们。菲利普暗自思索，真不知道她们现在境况如何。“我不明白你为什么要谈论死不死的。”菲利普说道。

“两三年前的冬天，我得了肺炎。医生说我能挺过来真是奇迹。而我似乎很容易感染肺炎，再来一遭，肯定就能要了我的命。”

“哎，纯属胡说八道！你的身体还不至于糟糕到那种地步。你只需采取预防措施就行了。你为什么不把酒戒了呢?”

“我不想戒。一个人要是准备承担一切后果，干什么都没有关系。而我呢，已准备好承担一切后果。你让我戒酒，说得倒是轻松，可这是我唯一的嗜好了。要是连它都被剥夺了，那我活着还有什么意思呢？我从苦艾酒中享受到的乐趣，你能懂吗？我从心中渴望它。每次喝酒，我会一滴不剩。喝完之后，我觉得灵魂游荡在妙不可言的快乐中。你厌恶酒，是因为你是个清教徒，打心眼里鄙视肉体享乐。肉体上的快乐来得最为猛烈，也最为细腻。我是个有着七情六欲的人，每一种感官都很敏锐，而我一向很放纵自己的感受。现在我得为之付出代价，而我也准备好为之付出代价。”

菲利普静静地盯着他好一会儿。“你难道不害怕吗?”

克朗肖沉吟着，没有立即回答。他似乎正在思考着该如何回答。

"有时候，当我独自一人时，也会感到害怕。"他望着菲利普说道，"你以为那是对自己懦弱的指责吗？你错了。我并不害怕自己的恐惧。基督教说，人活着就该时刻预见到自己的死。那是相当愚蠢的。要想好好活着，就该忘记你会死。死亡不是什么了不得的大事。智者不应该让死亡恐惧影响到自己的每一个行动。我知道自己会因呼吸不畅而死，也知道在那种挣扎中一定会非常害怕。我还知道当人生要以那样的方式终结时，会不可抑制地为此生感到心酸与惋惜。但我不承认会留什么遗憾。现在，我虽上了年纪，虚弱不堪，疾病缠身，穷困潦倒，行将就木，可我的灵魂依然掌握在自己手中，所以没什么好遗憾的。"

"你还记得你给我的那条波斯地毯吗？"菲利普问道。

克朗肖像从前那样，脸上渐渐浮起一丝微笑。"当你问我人生的意义是什么，我告诉你那条波斯地毯会帮你找到答案。嗯，那你现在找到答案了吗？"

"没有。"菲利普笑着说，"你就不能直接告诉我吗？"

"不，不，我不能那样做。答案必须你自己去寻找，否则就毫无意义。"

第八十三章

克朗肖要出版诗集了。多年以来，朋友们一直在催促他这么做。可他因为懒惰，一直没能采取必要的措施。对于友人的劝告与敦促，他总是回答说英国人对于诗歌的热爱已丧失殆尽。你呕心沥血，将多年思想与辛劳的结晶集结成册，可出版不过是在此类成批滥造的书海中多上那么不起眼的两三行，兴许会卖出个二三十本，剩下的却只能当废纸卖，拿去回收化为纸浆。生活早已磨灭了他那份追名逐利的欲望。它和人生别的东西一样，不过梦幻一场。但克朗肖的一个朋友却将此事揽了过去。他是搞文学的，名叫伦纳德·尼普约翰。菲利普在巴黎拉丁区的咖啡馆有一两次见到他和克朗肖在一起。伦纳德作为文艺评论家在英国享有盛誉，并被人们公认为法国现代派文学的权威解说家。他长期生活在法国，与那些将《法兰西摩尔库里》办成时下最生动活泼的评论刊物的人呼朋道友，只消简单地把这些人的观点转换成英语，他就在英国获得了评论新颖别致、颇富独创性的声誉。通过密切模仿托马斯·布朗爵士①的笔调，他确立了自己的评论风格。他煞费苦心地写些冗长复杂的句子，小心翼翼地确保句法平衡，还总是选些生僻古旧而异常华丽的辞藻。这么一来，他的评论就被镀上一层独特的个性色彩。伦纳德·尼普约翰诱使克朗肖将全部诗稿交给自己，由此发现足够出版一本大小合适的诗集。他承诺要用自己的影响力与出版社斡旋。克朗肖很缺钱。自缠绵病榻以来，他发现自己更难持续稳定地工作，所挣勉强够付酒钱。尼普约翰写信告诉他，说尽管这个那个出版商都对他的诗作赞不绝口，却认为不值得出版。然而，克朗肖此时却被说动了心。他写信给尼普约翰，反复向他强调自己急需出版诗集，催他多费点心，再尽把力。克朗肖明白他已不久于人世，很想给后世留下本出版的诗集。在内心深处，他总认为自己创作了伟大的诗歌。他翘首以盼有一天也能像一颗新星一样耀目于世。活着的时候，他将这些美妙的财富珍藏在心底；即将与世长辞，再留着也没什么用处，不如奉献给世人，哪怕遭到轻视，沦为回收纸浆的下场，也自然有其美好的一面。

---

① 托马斯·布朗爵士（1605－1682），英国医师和作家。

克朗肖之所以决心回英国就是因为，伦纳德·尼普约翰通知说有位出版商同意出版他的诗集。尼普约翰竟然成功说服了克朗肖在拿到版税之前预付十镑。这可真是一大奇迹。

“我可跟你说，是预付十镑。”克朗肖对菲利普说，“弥尔顿①那会儿才只拿到十镑的版税呢。”

尼普约翰答应克朗肖会为他的诗作写篇署名文章，还会邀请评论家朋友尽力写好评论。克朗肖对出版一事表面上显得淡定超脱，但明眼人很容易就看得出来，一想到自己将要在文坛引起的轰动敦应，他就欣喜若狂。

克朗肖坚持要在那家劣等餐馆吃饭，并邀请菲利普某天前去。到了那天，菲利普去了，却没见到人影，还得知他已有三天没上这儿来吃饭了。菲利普胡乱吃了点东西，就按克朗肖第一次来信上的地址去找他。他好不容易才找到海德街。街上一栋栋破旧肮脏的房屋挤在一起，很多窗户玻璃都是破的，用法文报纸乱七八糟地糊起来，样子难看极了，门也好多年没有粉刷过了。房子底层都是些劣等寒酸的小商店，有洗衣店、皮匠店、文具店，等等。衣衫褴褛的孩子们在街上嬉笑玩闹，一架旧管风琴吱吱嘎嘎地奏出庸俗的曲调。菲利普敲了敲克朗肖住所的大门（房子底层是卖廉价甜食的小店），开门的是系着脏围裙的法国老女人。菲利普问她克朗肖是否在家。“哦，是的。后面顶楼上住着一个英国人。我不知道他是否在家。你要是找他，最好自己上去看看。”

楼道里只有一盏煤气灯来照亮，弥漫着一股让人作呕的味道。菲利普经过二楼时，从房间里走出一个女人，怀疑地打量着菲利普，但没有说话。顶楼上有三扇房门。菲利普敲了敲其中一扇，没人应声；

---

① 弥尔顿为英国诗人。参见前文注释。

他又敲了敲，还是没人应声。他试着去拧把手，但房门是锁着的。他又去敲了另一扇，还是没人应声。他试着推了推，门开了，房间里一片漆黑。

“谁啊?”菲利普听出这是克朗肖的声音。

“是我，凯里。我可以进来吗?”

克朗肖没有应声，菲利普便走了进来。窗户关得紧紧的，一股恶臭扑面而来，差点没把人熏晕。街上的弧形路灯透过窗户缝隙，射进来几缕光线。菲利普这才看清楚这是一间相当狭小的房间，里面首尾相接地放着两张床，还有一个脸盆架和一把椅子，余下的空地简直连身子都转不过来。克朗肖躺在紧挨窗户的床上一动不动，却低低地咯咯笑了一声。“你为什么不把蜡烛点燃?”克朗肖过了一会儿，说道。

菲利普划亮一根火柴，发现靠床的地板上放着一个烛台，便点亮蜡烛，把烛台移放在脸盆架上。克朗肖一动不动地仰面躺在床上，穿着睡衣的样子看起来很古怪。他那光秃秃的头顶看得让人特别不安，脸色几近土黄，散发着死亡的气息。“我说，老兄，你看上去病得不轻啊。这里有没有人照顾你呀?”

“乔治早晨上班前会给我送进来一瓶牛奶。”

“乔治是谁?”

“我叫他乔治，是因为他姓阿道夫。他和我共享这间宫殿。”

菲利普这才注意到第二张床看上去从有人睡在那里后就没整理过。枕头上有一个头形的位置黑乎乎的。“你该不会说就这么间小房子你还和人合住吧?”菲利普惊叫起来。

“为什么不能合住呢? 即使在索霍区，租房也是要花钱的呀! 乔治是个服务员，每天八点就去上班，直到店里关门才回来，根本碍不着我什么事。我俩睡眠都不好，他给我讲讲他的人生经历，正好能借此打发漫漫长夜。他是瑞士人。我一向很喜欢和侍者这类人打交道，他们是从享乐的角度看待人生的。”

“你在床上躺几天了？”

“三天。”

“你该不会说这三天来除了一瓶牛奶，你什么也没吃吧？你干吗不给我捎个信来？想想你整天躺在这里，竟然没人照顾，真让我很难受。”

克朗肖笑了笑，然后说：“瞧瞧你脸难看的！哎呀，好小伙子，我知道你是真心为我难过。老兄，你真善良。”

菲利普的脸蓦地涨得通红。看到这间条件差到可怕的房间，还有诗人这可怜凄惨的境地，他心里感到异常惊愕与悲哀。但没料到内心的感受全写在脸上，让克朗肖瞧了出来。

克朗肖凝望菲利普，脸上挂着温和的微笑继续说道：“我一直都过得很快乐。看看，这就是我诗集的校样。身体或环境的不适可能会让人困扰，但你要记住，我对这些是毫不在意的。如果你的梦想让你成为掌控无限时间与空间的王者，实际生活的环境如何又有什么关系呢？”诗集的校样就躺在床上。克朗肖躺在这样昏黑的房间，竟然还能着手校对。他把校样展示给菲利普看，双眼绽放着光彩，一页页翻过，盯着那排版清晰的印刷体，不禁喜笑颜开。接着，他朗诵了一节诗。“这首写得还不错，是吧？”

菲利普心里忽然闪过一个念头。要按这个念头行事，自然少不了花上一笔钱。虽然现在哪怕额外多出一笔小小的开支，菲利普就负担不起。可从另一方面说，如今这个情形，他可不愿考虑节省开支的问题。

“嗯，我不忍再让你待在这么个地方了。我那里有个多余的房间，现在是空着的，很容易就可以借张床来。你愿不愿意去我那里住一段时间？省得你付房租了。”

“噢，我的好伙计，你会坚持要我把窗户打开的。”

“要是你喜欢，可以把每扇窗户都钉得死死的。”

“我明天就会好了。原本我今天就可以起床的，只是我太懒了，就想赖在床上。”

“那样的话，你很容易就可以搬过去住。你以后再感觉不适，随时都可以躺到床上去休息，我就可以就近照顾你。”

“要是你觉得这样好，我就搬过去。”克朗肖说，脸上带着那种僵硬但并不令人不快的微笑。

“那好极了。”

他们商定，菲利普第二天来接克朗肖。次日上午，菲利普在百忙中挤出一小时来安排此事。他发现克朗肖已穿戴停当，头戴帽子，身裹厚大衣，静静地坐在床上。脚边的地板上躺着一只小小的、破旧的旅行皮箱。里面装着他的衣服和书籍，已经打包好了。克朗肖看上去就像坐在车站候车室，他这副模样让菲利普不禁哈哈大笑起来。两人坐上一辆四轮马车，朝肯宁顿街驶去。马车窗户关得很严实，密不透风。到家后，菲利普将客人在房间安顿好。他这天一大早就出门买了张二手床、一个廉价的五斗柜，还有一面镜子。克朗肖一坐下来就开始校对诗集，身体似乎好多了。

菲利普发现这位客人除了有点烦躁外（烦躁是他所患疾病外露的症状），总体来说还是很好相处的。菲利普上午九点有课，直到晚上才能见到克朗肖。有一两次，菲利普劝克朗肖留下来共享那份简单拼凑起来的晚餐，但克朗肖实在坐不住，宁愿跑去索霍区在最廉价的餐馆里随便找点吃的。菲利普让他去找蒂雷尔医生看病，可克朗肖坚决拒绝了。克朗肖知道，医生定会让他戒酒，而这是他决心不去听从的。每天上午他总是病得很厉害；中午几杯苦艾酒下肚，就又能活蹦乱跳了；等午夜时分回到家的时候，他就又能高谈阔论起来，说得头头是道，异常精彩。正是他的这一口才，让菲利普在与他初次见面时为之惊叹不已。他的诗集已完成校对，会随同早春那一批出版物一起问世了。到那时，人们应该已从圣诞节雪崩般把人淹没的书海中恢复过来了。

第八十四章

新年伊始，菲利普成为外科门诊部包扎伤口的敷裹员。这项工作的性质和他之前实习的工作没什么两样，但这次实习的是外科，倒比之前实习的内科在工作上更为直接。有些人性子懒散，生了病也装作没病，这种讳疾忌医的态度经常导致疾病大肆蔓延。无论内科疾病还是外科疾病，都有很许多人因此多受病痛折磨。菲利普在名叫雅各布外科助理医生手下当敷裹员。此人矮矮胖胖，头顶一片地中海，性子欢快，总是热情洋溢的样子。他说话嗓门很大，操着浓重的伦敦口音，被学生冠以绰号——“粗鲁汉”。然而，不论作为外科医生还是教员，他都称得上才智超群。就是这一点，经常让学生忽略他行为举止上的粗鲁。他还很爱开玩笑。在这一点上，他对病人和学生一视同仁，经常拿他们开玩笑。让手下的敷裹员们出洋相，他乐此不疲。这些敷裹员们对手头的工作不甚熟悉，处理起来又很紧张，也没法把这位教员当作平级对待，他要出他们的洋相并不是什么难事。他很享受下午的工作时光，他可以开玩笑，折腾助手，而他们也只得赔着笑脸默默忍受。有一天，一个跛足男孩来看病。男孩的父母想知道是否有法子治好他的跛足。雅各布先生转头对菲利普说道：“这个病人最好由你照管，凯里。这类病例你应该有所了解。”

菲利普涨得满面通红，医生显然在拿他开玩笑。那帮战战兢兢的跟随者听导师这么一说，立马谄媚地哈哈大笑。事实上，自从来到圣卢克医院，菲利普就一直怀着急切的心情专注跛脚这方面的研究。图书馆有关治疗各种各样畸形足的资料他都读过。菲利普让男孩脱掉鞋袜。男孩十四岁，满脸雀斑，蓝眼睛，翘鼻子。孩子父亲说，要是有可能，他们希望把孩子的脚治好，不然拖着条瘸腿对今后谋生不利。菲利普好奇地打量着孩子。他性情活泼，一点儿也不害羞，叽叽喳喳地饶舌个不停，脸皮挺厚（对这一点，他父亲自然是严厉斥责）。孩子似乎对自己的跛足还挺感兴趣。“你知道，跛脚就是看上去不美观。”孩子对菲利普说，“其他的，我丝毫不觉得有什么不便。”

“住嘴，欧尼！”他的父亲呵斥道，“你废话太多了！”

菲利普给欧尼做检查，手指慢慢抚摸那只畸形脚。他搞不懂这孩子怎么没因跛足生出丝毫耻辱感，而他一直被这种耻辱感压得喘不过气来。他不明白自己为什么不能像这孩子一样，对身体的残疾满不在乎。过了一会儿，雅各布先生走上前来。男孩坐在长椅的边沿，外科医生和菲利普分别站在他的两侧，其余学生呈半圆形围着他们。雅各布依照他一贯的作风，发挥自己的聪明才智，口齿伶俐、生动形象地就跛足发表了一个小小的演讲。他论及跛足的多样性，将因为内部结构不同而形态迥异的各式跛足描述了一番。“我想，你那只畸形足是马蹄形的，是不？”他突然转向菲利普，问道。

“是的。”菲利普感觉到同学们的目光刷的一下子全都集中到自己身上，不由得涨得满面通红，并为自己因此脸红而暗暗咒骂，手心都出汗了。

雅各布先生行医多年，经验丰富，所以才能侃侃而谈，并练就出敏锐的观察力，让人敬佩不已。他对自己的职业抱有浓厚的兴趣，但菲利普并没有用心去听他讲，只希望这家伙快点完事。突然，他意识到雅各布正在对他讲话。“你不介意把袜子脱掉一会儿吧，凯里?”

菲利普觉得浑身一阵颤栗。一时间，他真想冲医生大声喊“你给我滚”，但他没勇气这么做，害怕医生会残酷地讽刺他一番。他只得强迫自己装出一副若无其事的样子。“当然不介意。”他坐下来，开始解靴子上的带子。他手指微微发颤，心想自己不该解开靴子。他想起当年在学校是怎样被逼展示自己的跛足，那种痛苦与悲惨深深地刻印进了他的灵魂。

“他的脚保养得真好，洗得真干净，是不?”雅各布操着刺耳的伦敦口音叫道。

在场的学生们咯咯直笑。菲利普注意到刚被检查过的小男孩带着满脸好奇，急不可耐地观察着他的脚。雅各布一把抓住菲利普的脚，说道：“果然，我所想不差。我看你这只脚是动过手术的。我想应该是小时候动的手术吧?”他继续滔滔不绝地解释着。学生们都靠过来盯着那只脚看。雅各布一放手，有两三个学生立马上来仔仔细细地检查了个够。

“就让你们检查个够。”菲利普语含讽刺地笑着说。

要是可以，他会把这帮人全干掉。想想用凿子（他也不知道为什么会特别选定凿子这种工具）把他们的脖子戳个稀巴烂，该是多么美妙啊！人是多么邪恶啊！他真希望自己能相信地狱之说，这样他还可以自我安慰地想着他们这些人将会在地狱遭受怎样可怕的折磨。

雅各布先生将注意力转到治疗上来。他的话一部分是讲给孩子父亲听的，一部分是讲给学生听的。菲利普套上袜子，系紧鞋带。最后，外科医生终于结束了说教，又像是想起了什么似的转头对菲利普说道：“嘿，我觉得你兴许该再动一次手术。当然，我没法还给你一只正常的脚，但我觉得还是可以做点什么的。你好好想想吧！等你什么时候想休假了，可以来医院小住一段时间。”

菲利普常常自问这跛脚是否还能治一治，但一直厌恶提及它，也就没能向医院任何外科医生请教过。他所读的医学资料告诉他，不论小时候接受过什么样的治疗——那时治疗畸形足的技术绝没有现在先进——虽然现在动手术不见得有什么大的效果，但只要能让他穿上稍微正常一点的靴子，走路也不再那么跛，就值得一试。他想起小时候曾多么热切地祈祷奇迹出现。当时，大伯还让他相信，万能的上帝是能够创造出奇迹的。想到这里，他不由得苦笑了。“我那时候真单纯！”他心里想。

二月底的时候，克朗肖的病情明显恶化，再也起不来床了。他整天躺在床上，坚持窗户要一直关着。他不肯去看医生，愿意吃点滋补品，强烈要求提供威士忌和香烟。菲利普心里明知他不该喝酒抽烟，但又争辩不过他。“我知道烟酒在催我的命，可我不在乎。你劝诫过我，已经尽力了，做了所有该做的事。是我无视你的劝诫。给我点酒喝，然后滚你的蛋！”

伦纳德·尼普约翰每周像阵风似的刮进来两三次。他形容枯槁，有点像“死树叶”——用这个词来形容他的仪表，还真是再贴切不过。他三十五岁，长着灰白的长头发，脸色苍白无血色，活像一株枯草。他那副样子，一看就知道很少参加户外活动。他头上是一顶像非国教牧师戴的帽子。菲利普很不喜欢他那股纡尊降贵的姿态，觉得他的夸夸其谈很无聊。伦纳德·尼普约翰就喜欢听自己高谈阔论，完全不在乎听众的兴趣。这正是优秀演讲家的第一必备品质。尼普约翰从没意识到他高谈阔论的东西是听众早已熟悉的陈词滥调。他斟词酌句地告诉菲利普他对罗丹、艾伯特·萨曼和赛萨尔·弗兰克①的看法。

① 艾伯特·萨曼（1858－1900），法国象征主义诗人、作家。赛萨尔·弗兰克（1822－1890），法国作曲家、管风琴演奏家。原籍比利时。

菲利普雇用的打杂女工只在每天上午来干一小时活，而菲利普本人又必须整天耗在医院，克朗肖一天大部分时间独自待在家里。尼普约翰告诉菲利普，他觉得该有个人来照顾克朗肖。但也只是嘴上说说，从来没有付诸行动。“想到这样一位伟大的诗人竟然孤零零待在家里，真叫人觉得不是滋味。哎，他很可能死的时候身边连一个陪伴的人也没有。”

“我觉得他很有可能这样。”菲利普说。

“你怎么能这样冷酷无情呢！”

“你为什么不每天来这儿干你的活儿呢？这样的话，他要是需要什么，你也可以就近帮助他呀。你说是不？”菲利普淡淡地反问道。

“我？亲爱的老兄，在熟悉的环境我才能好好工作。再说，我得经常出去呢。”尼普约翰有点不高兴菲利普竟把克朗肖接到自己的寓所。“我真希望你能让他还住在索霍区。”他边说，边挥舞着细长的胳膊，“在那肮脏的小阁楼里有一种浪漫的气息。如果是沃平或肖迪奇①，我倒还能忍受。可是体面的肯宁顿，呃，还是算了吧！诗人怎么能死在这样的鬼地方！”

克朗肖经常脾气很坏。对此，菲利普只得时时提醒自己，他这样急躁全是疾病引发的，如此才能忍受得住。尼普约翰有时在菲利普从医院回家之前来看望克朗肖。那时，克朗肖就会向尼普约翰狠狠抱怨菲利普。尼普约翰就在一旁满意地听着。“事实是凯里毫无美感，”他笑着说，“脑子里全是中产阶级的实际思想。”

克朗肖说话总是对菲利普含讥带讽，菲利普得费好大劲才能忍住不发脾气。但有一天晚上他实在忍无可忍了。他在医院忙了一天，精疲力竭了。当他在家给自己沏杯茶喝的时候，伦纳德·尼普约翰一脚

---

① 伦敦地名。

跨了进来。他对菲利普说，克朗肖老是抱怨被要求去看医生。“难道你没意识到你正享有一种非常珍稀、非常精妙的特权吗？你当然应该在力所能及的范围内，竭尽所能去做任何事来证明你这种可被人信赖的伟大性。”

“这种非常珍稀、非常精妙的特权我可负担不起。”菲利普说。

每当提及钱的事，伦纳德·尼普约翰总是流露出轻蔑之意；而且一提起钱，总会让这个生性敏感的人觉得受到了冒犯。“克朗肖的处世态度也有好的一面，是你的胡搅蛮缠扰乱了他。虽然那种微妙高雅的想象带来的乐趣你没法体会到，但你总该给人家留点余地啊。”

菲利普的脸色骤然黑了下来。“这事我们得找克朗肖说清楚。”菲利普冷冷地回答。

诗人这会儿正躺在床上看书呢，嘴里还叼着根烟。房间里弥漫着一股霉味，尽管菲利普常来收拾，还是给弄得乱七八糟。看来这种邋遢样不论克朗肖走到哪儿，都会带到哪儿。克朗肖看见他俩进来，便摘下眼镜。

菲利普简直到了怒火冲天的地步。“尼普约翰跟我说，你总是向他抱怨我老催你去看医生。”菲利普说道，“我让你去看医生，是因为你随时都有可能死掉。再说，你要是一直不去看医生，我就拿不到健康证明。一旦你去世，我就会被传讯，还会因没给你请医生而受到指责。”

“我倒没想到这个。我还以为你让我去看医生是为了我好，而不是为你自己考虑呢。既然如此，你想让我什么时候去，我就什么时候去好了。”

菲利普没有做声，只是微微耸了耸肩，动作之轻微几乎难以让人察觉。

一直观察着他的克朗肖见此，不由得咯咯一笑。“别这么生气嘛，亲爱的老兄。我心里很清楚，你想尽力帮我。我们去看你的医生吧，或许他还真有办法给我治一治呢。至少去治一治，也能给你个安慰不是?”他说着，将目光转向尼普约翰，继续说道，“你是个大傻蛋，伦纳德。你为什么要让这孩子如此烦忧?他已经忍我忍得够多了。你最多不过是在我死后为我写篇漂亮的悼文。除此以外，你什么也没为我做过。我很清楚你是个什么样的人。”

第二天，菲利普跑去找蒂雷尔医生。他觉得蒂雷尔医生是那种会对此事感兴趣的人。果不其然，蒂雷尔一忙完当天的工作，就随菲利普去了肯宁顿。菲利普之前给他讲过克朗肖的病况，医生看过后也和菲利普持同样的观点，觉得病人已是病入膏肓，无药可救了。“如果你愿意，我可以安排他住院。”他对菲利普说道，“他可以待在一间小病房里。”

“他绝不肯去医院的。”

“你知道，他随时都有可能死掉；说不定还会再次引发肺炎。”

菲利普点点头。蒂雷尔医生又嘱咐了一两句，并答应菲利普随叫随到，还留下了地址。菲利普送走医生，回来时发现克朗肖正在安静地读书。连医生说了些什么，他都懒得费心去问。

“你现在满意了，好孩子?”克朗肖问道。

“我想，说什么你也不会照蒂雷尔建议的去做，是不?”

“毋庸置疑嘛!”克朗肖笑着说。

第八十五章

两周后的某天夜晚，菲利普从医院回到家，去敲了敲克朗肖的房门。没有听见应答声，菲利普推门走了进去。克朗肖缩成一团躺在床边，菲利普走上前去。他不知道克朗肖是睡着了，还是因为身体不舒服、兀自躺在那儿烦躁地闹脾气。然而，当看见克朗肖的嘴巴大张着，菲利普心里猛地一惊。他碰了碰克朗肖的肩头，不由得发出一声哀叫，赶忙把手伸进克朗肖的衬衫底下摸摸心跳。他一下子惊呆了，不知道该怎么办才好。绝望之中，他将一面镜子放到克朗肖嘴前，他曾听人说应该这么做。想到要独自和死人待在一起，菲利普不禁毛骨悚然。他回家时衣帽并没有褪下，便匆匆跑下楼梯来到大街上。他叫住一辆马车，直奔哈利大街而去。幸好蒂雷尔医生在家。“我说，你不介意立即跟我走一趟吧！我觉得克朗肖已经死了。”

“要是他真的死了，我去了也没多大用，是不?”

“你若是能陪我去看看，我将不胜感激。我叫了马车，就停在门口，只会花你半个小时。”

蒂雷尔戴上帽子，在马车里问了菲利普一两个问题。

“我今早离开他的时候，病况也没见得比往常糟糕啊。”菲利普说，“我刚才进去看到他那副样子，可真是吓死了。想想他去时身旁竟然没有一个人……你觉得他知道自己要死了吗?”菲利普不由得想起克朗肖之前说的话。他心里暗自想着，不知道克朗肖临终那一刻有没有给死亡的恐惧吓倒。菲利普想象着，要是自己处在那种悲惨的境地，知道死神已避无可避，身边又没人能说句安慰话，该是多么恐惧啊。

“你瞧着好难过啊。”蒂雷尔医生说。医生用那双晶亮的蓝眼睛打量着菲利普，眼神中不乏同情。等看见克朗肖的时候，他说道：“他一定死了好几个时辰了。我觉得他是在睡眠中死去的。这种情况时有发生。”

克朗肖的身体缩成一团，毫无体面可言，根本没有个人样。蒂雷尔医生冷静地打量着尸体，接着下意识地掏出怀表扫了一眼。“嗯，我必须走了。待会儿我会让人送来死亡证明。我想，你该给亲属报丧了。”

“我想他没什么亲属。”菲利普说道。

“那葬礼怎么办?”

“噢，我会安排的。”

蒂雷尔医生朝菲利普瞟了一眼，心想自己该不该为葬礼贡献几英镑。他对菲利普的经济状况一无所知，或许菲利普能出得起丧葬费。如此一来，自己再说钱的事，菲利普岂不会觉得很无礼？“嗯，有什么要我帮忙的，尽管说好了。”他最后这么说了一句。

菲利普送他到门口，两人便各干各的去了。菲利普去电报局给伦纳德·尼普约翰拍电报报丧，又去找殡仪员。他每天去医院实习都会经过殡仪馆，注意力常被店铺橱窗里一块黑布上贴着的六个银光闪闪的大字“经济、高效、得体”以及里面陈列的两个棺材模型所吸引。殡仪员是个矮胖的犹太人，一头黑色长卷发油腻腻的，短胖的手指上戴着一个大大的钻石戒指。他接待菲利普的态度十分怪异，既带着天性里的炫耀色彩，又不乏他这行该有的沉郁气息。他很快瞧出菲利普在这事上孤立无援，便答应派个女人去帮忙干些必不可少的零活。若是按殡仪员的建议，葬礼将办得十分壮观气派。而当菲利普提出反对时，殡仪员似乎觉得他很吝啬小气。菲利普瞧出殡仪员这一想法，不禁觉得有些惭愧。在这种事上还讨价还价，实在太可怕了，菲利普最后还是同意大肆操办一场他根本负担不起的葬礼。

“我能理解你的心情，先生。”殡仪员说道，“你不想大肆炫耀。说实话，我也不喜欢讲排场。可你定然想把它办得体体面面的，是不？尽管把这事交给我好了，我一定给你能省就省，把事情办得既妥当又得体。我话也只能说到这里了，是不?”

菲利普回家吃晚饭。正吃着，殡仪馆派来的女人恰巧上门来收殓克朗肖的尸体。过了一会儿，伦纳德·尼普约翰拍来的电报送到了。只见上面写道：惊闻噩耗，哀恸不已。今晚外出赴宴，不能前来，深感遗憾。明早过来陪您。谨致深切同情。尼普约翰。

过了一小会儿，帮工女人过来敲客厅的门。“我都办好了，先生。你是否进来瞧瞧，一切可妥当了？”

菲利普随她走了进去。克朗肖仰面躺在床上，双眼紧闭，两手虔诚地交叠在胸前。

“照理说，你该在他身边放些鲜花，先生。”

“我明天去买点来。”

女工满意地瞥了一眼装扮好的尸体。她完美地完成了自己的工作，便放下袖子，解开围裙，再戴上帽子。

菲利普问她要多少工钱。“嗯，先生，有给两先令六便士的，也有给五先令的。”菲利普给的工费不好意思低于那较高的一笔。她接过钱，满嘴谢意中带着深切同情，恰与他目前该有的哀痛心情相称。然后，她就走了。

菲利普又走回客厅，将晚饭后的餐具收拾干净，然后坐下来读沃尔沙姆撰写的《外科学》。他觉得这本书很难懂。虽然读着书，心里却紧张不安。一听到楼梯上有什么响声，就惊得跳起来，心脏更是狂跳不止。隔壁房间的那东西曾经是个活生生的人，现在却气息全无，什么也不是了。这让他觉得很是害怕。沉寂笼罩着这里。然而，这种沉寂仿佛有生命一般，沉寂中似乎正有一些神秘莫测的事在悄然进行。死亡的气息沉甸甸地飘荡在这套房间，让人感觉如此怪异，如此可怕。那个曾经是他朋友的人突然让菲利普觉得毛骨悚然。他强迫自己将精神集中到书上，可没过一会儿就绝望地推开了书。让他心烦意乱的是，刚刚结束的生命毫无价值可言。这与克朗肖是生还是死都无关，即使他从来没在这世界活过，事情也会如此。菲利普试着去想象克朗肖年轻的时候。要把克朗肖想象成一个身材颀长、脚步轻快、脑袋上满是头发、神采飞扬、充满希望的人，还真是得耗费一番想象力。在这里，菲利普的人生哲学——“按照自己的意愿随心过活，但要适当留神立于街角的警察”——体现得并不是很好。正因为克朗肖采取了这种人生态度，才沦落到如此悲惨境地，完全是失败的一生。看来，依照人的本能行事并不可靠。菲利普觉得困惑不已，要是这套人生准则根本没用，那还有什么样的人生准则呢？为什么人要这样而不是那样行事呢？人们依凭感情行事，可感觉有可能是对的，也有可能是错的。如此说来，依凭感情行事最终走向成功还是毁灭，纯属偶然。人生就像一团解不开、挣不脱的混沌迷云。人们被一些连自己也不知道的力量驱使着，匆匆为这为那奔波劳累。而这样干的目的究竟何在，他们也不甚了了，似乎只是为了奔波而奔波。

第二天早上，尼普约翰拿着一个用月桂树枝编织成的小花环来到菲利普的寓所。他觉得给诗人加冕这顶桂冠是个非常不错的主意，就不顾菲利普无言的反对，愣是把花环套在克朗肖的光头上。套上后的模样实在是荒诞极了，看着就像歌舞杂耍剧场鄙俗的小丑戴的破帽檐。“我还是去把它拿下来，放在他心上的好。”尼普约翰说道。

“那恐怕是胃的位置。”菲利普说了一句。

尼普约翰微微一笑。“只有同为诗人的人才知道诗人的心在哪里。”尼普约翰回道。

两人走回客厅。菲利普将葬礼安排告诉了尼普约翰。

“我希望你不要怕花钱。我喜欢灵柩后面跟着长长一队空马车，还喜欢每匹马上都系着随风飘摇的羽饰。送葬队伍里应该有一大群默默哀悼的人，头上戴的帽子都系上长长的飘带。我觉得，安排一队空马车的想法不错。”

“葬礼的一切花费显然都要由我来承担，但我现在可没有闲钱肆意挥霍。所以，我想尽量压缩葬礼的规模。”

“但是，我亲爱的老兄，要是照你这样说来，何不就给他来个乞丐那样的简单葬礼？那样的话，兴许还有点诗意。我想，你在操办平庸之事方面，有着一贯正确的本能。”

菲利普的脸微微涨红，但并没有做声。第二天，他和尼普约翰坐着一辆他花钱雇的马车，跟在灵柩后面。劳森不能亲自前来，送来一个花圈表示哀悼。为了不使灵柩显得太冷清，菲利普出钱买了几个花圈。回来的路上，车夫虽一路挥鞭前行，菲利普却因累得像只死狗，没过一会就睡着了。他是被尼普约翰说话的声音弄醒的。“幸好他的诗集还没有出版。我觉得，咱们可以推迟一点再出版，这样我就可以写篇序。去墓地的路上，我就开始思考这个问题了。我相信自己能为他的诗稿出版好好筹划一番。不管怎样，先从《星期六评论》的评论文章开始。”

菲利普没有回答，两人之间一阵沉默。最后，尼普约翰终于忍不住说道：“我觉得不浪费这一写作素材一定是明智之举。可以为某评论杂志写篇文章，然后再将这篇文章作为诗集的序出版。”

菲利普密切注视着各月刊的动态。几周之后，尼普约翰的文章终于出来了。文章的确引起了一定程度的骚动，许多报纸争相转载。这确实是篇不错的文章，但若是作为传记来讲，则有些含糊不清，因为克朗肖早期的生活状态很少有人知道。然而，文章构思巧妙，用词精致，情感细腻，描写生动形象，别具一格。尼普约翰选取了克朗肖在拉丁区与人谈诗写诗的几个镜头，用他晦涩繁复的笔调将克朗肖这些生活片段描绘得极为雅致，富于情调。尼普约翰妙笔生花，在他浓墨重彩的渲染下，克朗肖的形象顿时栩栩如生，成为了英国的魏尔伦。他描写到克朗肖凄惨的结局，写到索霍区那间破旧简陋的小屋。在描写这一境况时，他的措辞千变万化，色彩纷呈，既战战兢兢地保持了诗人应有的尊严，又大肆渲染诗人境况之悲惨，让人读来哀婉动人。接着，他笔锋一转，以极富魅力的严谨语调暗示自己曾为克朗肖付出的种种努力。他叙述到自己怎样劝服诗人移居到坐落在姹紫嫣红的果园、掩映在忍冬树树荫里的村舍。那极力克制的谦逊语调，让人不禁联想到叙述者一定比文章所叙述的要更加慷慨大方。然而，有人却缺乏这种诗意情感的共鸣，虽然出于一片好心，却做得十分不得宜，竟将诗人搬到了体面却俗不可耐的肯宁顿大街！尼普约翰描写肯宁顿大街时用的诙谐有度的口吻，实在是因为他恪守托马斯·布朗爵士遣词造句的风格所要求的才致如此。他还用一种非常巧妙的讽刺语调，叙述了克朗肖生命最后几周的状况。他写到有位青年学生自告奋勇成为克朗肖的护理工。此人虽有一副好心肠，却行事笨拙，不懂变通，克朗肖不得不以极大的耐心才能忍受住这位护理工的照顾。他还写到，在那样无可救药的中产阶级氛围中，流浪至此的天才诗人是多么的令人叹息。他还引用《以赛亚书》① 中的词句说："美自灰烬出"，借此比拟克朗肖的离世。对于一位被社会放逐的诗人来说，死在那样体面却庸俗可鄙的环境的束缚中，这一讽刺可用得妙极了。这让尼普约翰联想到耶稣基督置身于法利赛人②中间，而这个类比又使得伦纳德文思如泉涌，有机会写出下一段精致优雅的文字来。他写到有位朋友是怎样把月桂花环放到辞世的诗人的心口上。写到这一笔时，碍于文章要品位高雅，只能隐隐暗示而不能直接点名是哪位朋友竟有如此文雅别致的想象力，竟想到把月桂花环放到诗人的心口上。在此之后，他继续描绘诗人的双手如何优雅地搁于胸前，那束花环让诗人像是虽

① 公元前8世纪希伯来大预言家。《以赛亚书》为基督教《圣经·旧约》中的一卷。

② 法利赛是耶稣时代犹太人的一个重要宗教派别。在福音书的记载中，法利赛人多次与主耶稣发生尖锐冲突，主耶稣也常常严厉批评他们。

已安息、灵魂却停歇在阿波罗那饱满艳丽的花枝上①。花枝散发着艺术的馨香，比晒得黑黝黝的水手从物产丰富到不可思议程度的中国带来的祖母绿还要碧翠。与前文形成鲜明的对比，文章最后描述了克朗肖的葬礼是那样富于中产阶级色彩，显得平淡无奇，毫无诗意。而对于克朗肖这样的大诗人，原本该像安葬王子那样隆重，或像埋葬乞丐那样富于韵味，哪知最后却被一个普通的中产阶级式葬礼给完结了。这真是晴天霹雳啊——那是庸俗市侩阶级与艺术、美以及精神之战取得的最终胜利。

尼普约翰从没写出过这么好的文章。这篇文章集艺术之大成，是文字魔力、雅致格调与怜悯之情联合创造出的奇迹。他在写作过程中不时引用克朗肖写得最好的诗句，以至当克朗肖的诗集出版时，大部分隽味早已不复存在，读之如同嚼蜡。然而，尼普约翰借助这篇文章将自己的地位又推到了一个新的高度。他成为公众瞩目与信赖的评论家。以前，这位评论家显得有些超然离群，这篇文章却写得情深意重，满满的人情味十分暖人心窝，读来让人回味无穷，爱不释手。

第八十六章

春天的时候，菲利普已结束外科敷裹员的实习工作，成为住院部的助手，为期六个月。每天上午，助手都得随同住院医生去巡查病

① 阿波罗是希腊神话中最多才多艺的神。阿波罗爱上了月桂女神达芙妮，最后却失之交臂。后来在女神变成月桂树时，阿波罗用月桂树枝做成发冠戴在自己的头上，不论去哪里都能相伴其左右。

房，先是男病房，然后是女病房。忙时得记录病情，给病人做检测；闲时便和护士们在一道消磨下午时光。每周两个下午，值班医生会带领学生们去各个病房巡视，核查病情的记录情况，并在此过程中向学生传授医学知识。这里的工作没有门诊部有趣，显得一成不变，与实际生活的连接也不是那么密切。但菲利普仍然学到了很多知识。他和病人相处得很融洽，看到病人很喜欢他的照顾，就感到颇为得意。他对于病人所忍受的病痛也不见得有多深的同情，但他很喜欢他们，和他们相处时从不摆架子，因此比其他助手更得病人喜欢。菲利普性情温和，善于鼓舞人，待人友好亲切。和从事医疗工作的其他人一样，菲利普也发现男病人要比女病人更容易相处。女病人动辄发怒，脾气暴躁，经常满腹牢骚。她们常常言辞刻薄地抱怨辛劳工作的护士们，责怪她们照顾不周。女病人不仅是些麻烦精，还没有感激之心，脾气坏得要命。

菲利普倒是挺幸运的，没隔多久就交到了一个新朋友。一天上午，住院医生交给菲利普一位新病人。病人是位男士。菲利普坐在床边，认真地在病历卡上记录他的详情。看病历卡的时候，他发现病人是记者，名字叫作索普·阿特尔涅，四十八岁，并不是一位常住院的病人。他突发黄疸病，来势迅猛。目前虽无明显并发症，但有必要留院观察。菲利普出于职业需要，用温和而颇富教养的语调问了各种各样的问题，病人都一一作答。由于病人是躺在床上的，很难判定他是高还是矮。不过，他那小小的脑袋和短短的胳膊说明他身材中等偏矮。菲利普有个习惯，爱观察人的手。阿特尔涅的手可真是叫他大吃一惊：那是一双非常小巧的手，手指修长，指头尖尖的，秀美的指甲呈玫瑰色。手上的皮肤非常平滑，要不是患有黄疸病，肤色一定白得出奇。病人把手放在被子外面，一只手还微微张开着，食指与中指交叉。他一边和菲利普说话，一边似乎还颇为得意地赏玩着自己的手指。菲利普眼眸微闪，扫了一眼病人的脸。尽管那张脸有些发黄，五官却长得很醒目。阿特尔涅长着一双蓝眼睛，鹰钩鼻很显眼，虽然看上去略带攻击性，但并不难看。他留着一小撮胡须，胡子翘翘的，颜色灰白。头顶虽然秃得厉害，但其余的头发显然发质很好，是很漂亮的卷发，留得还挺长。

“我瞧你这里写着记者。”菲利普说，“你在哪家报纸供职呢？”

“我给所有的报纸撰稿。凭你打开哪家报纸，都能看到我的文章。”此时床边就有一张报纸，阿特尔涅伸手指了指上面的一则广告。只见用大大的字体印着菲利普很熟悉的一家公司的名称：莱恩·赛得利公司，位于伦敦摄政大街。紧接着是教条式的训诫：拖延是时间的死敌。字体虽然比上面的公司名称小一些，但也够显眼的了。紧接着是一个问题，因为问得合情合理，便显得触目惊心：为什么不今天就订货？接着又用大号字体重复一遍：“为什么不呢？”这就像给不订货的“罪犯”在良心上予以重重一击，让他们骤然惊醒——是啊，为什么不呢？然后，又用醒目的粗大字体写着：汇集有世界主流市场成千上万种手套，价格惊人。宇宙最可靠的制造商生产出的千万种手套供君选择，全部大减价。广告最后又重复了“为什么不今天就订货”这个问题。最后一次重复提问的效果可真是掷地有声，就像那些手套是竞技场武士戴的防护臂铠一样必不可少。“我是莱恩·赛得利公司的广告代表。”他说着，还微微挥舞了一下那纤美的胳膊。

菲利普继续问些平平常常的问题，有的不过是些琐屑的问题，有的则是经过精心构思，以便巧妙地引导病人说出他原本会隐瞒的事实。“你在国外生活过吗？”菲利普问道。

“我在西班牙待了十一年。”

“你在那儿干什么呢？”

“在托莱多①给一家英国水利公司当秘书。”

菲利普不由得想起克拉顿也在托莱多待了几个月。这位记者如此回答，让菲利普对他的兴趣更浓。但菲利普又觉得这样情感外露不合适，医护人员和病人必须保持适当距离。完成检查后，他便走向其他床铺。

索普·阿特尔涅的病情并不很严重，虽然肤色依然很黄，但他很快就觉得好多了。他还躺在病床上是因为医生觉得，在某些反应趋于正常前还得留院观察。一天，菲利普走进病房，注意到阿特尔涅手里握着笔，正在看书。见菲利普走到床前，他立即把书合上了。

“我能看看你读的是什么吗？”菲利普问道。他这个人只要看见书，就一定要翻翻的。菲利普拿起书，发现是本西班牙诗集，圣胡安·德拉克鲁斯②写的。他打开书籍，不料从里面掉出一片纸。菲利普捡起来一看，发现上面写着一首诗。“你该不会告诉我说，你就是拿写诗来打发闲暇时间的吧？这对于住院病人来说，可是极端不合适的。”

“我只是试着翻译西班牙诗歌。你懂西班牙语吗？”

“不懂。”

“好吧。那有关圣胡安·德鲁克拉斯的事，你总该知道吧？”

“事实是我不知道。”

“他是西班牙的神秘人物之一，也是西班牙有史以来最优秀的诗人之一。我觉得把他的诗歌翻译成英语，是一件很值得做的事。”

“我能拜读一下你的译作吗？”

“翻译得挺粗糙的。”阿特尔涅嘴上这么说，还是将译稿递给了菲利普。动作之敏捷，表明他巴不得菲利普一读呢。

译文是用铅笔写的，字很漂亮，字体十分古怪特别，很难辨认。

---

① 托莱多是西班牙中部城市。

② 圣胡安·德拉克鲁斯（1542－1591），西班牙神话作家、抒情诗人。

不过，黑花体字就是这样不容易辨认的。“你把字写成这样，是不是要花很多时间啊？写得真漂亮！”

“我不懂，手写体为什么就不能写得很漂亮呢？”

菲利普读着阿特尔涅翻译的第一节：

夜色朦胧，
我心忡忡，
爱情之火烈焰熊熊。
啊，幸福填满胸！
为睹芳容，
步履匆匆，
无人瞧见我的行踪。
家里正寂静……

菲利普好奇地打量着索普·阿特尔涅。他不知道自己此时是有点害羞还是被这位病人深深吸引住了。他骤然意识到自己的态度一直都有点恩赐于对方的意思，想到阿特尔涅可能觉得很可笑，不由得脸色涨红。“你的姓氏真特别。”他冒出了这么一句。好歹得找点话说呀。

“阿特尔涅在约克郡可是个非常古老的姓氏。曾经，我们家族的首领巡视地产，可要快马加鞭骑上一整天呢。后来家道中落，辉煌大厦轰然倒塌。钱都在浪荡女人和赛马赌博上挥霍了个干净。”阿特尔涅有点近视，看着你时双眼眯起来的样子古怪又特别。他拿起那部诗集。“你应该去学学西班牙语。”他说，“西班牙语是非常高雅的语言，虽然没有意大利语流畅悦耳。意大利语是男高音歌手和街头手风琴师用的语言，不乏壮丽和宏伟。意大利语不像花园里潺潺的溪水声，而像长江大河汹涌澎湃时的浪涛声。”

他这种浮夸的语调让菲利普觉得很有趣，还是颇能领略他这种修辞的精妙之处。阿特尔涅热情洋溢、生动形象地描绘着他当初读《堂·吉诃德》① 原著时是多么快乐，还有卡尔德隆②的作品是多么地富于节奏感，充满浪漫色彩，表达又是那样流畅，情感又是那样激昂，让人如痴如醉。

菲利普在一旁听得津津有味。“我必须去工作了。”过了一会儿，菲利普说道。

“噢，不好意思，我说得都忘了。我会让太太送来一张托莱多的照片，到时你看看。你方便时一定要过来和我聊聊。你不知道，和你聊天，给我带来了多么大的乐趣。”

接下来的几天里，菲利普一有机会就跑去找阿特尔涅聊天，友谊也与日俱增。阿特尔涅非常健谈，是个很不错的聊天对象。他说的虽然不怎么精彩绝伦，但很有启发性，栩栩如生的逼真描述能迅速点燃听者的想象力，激荡出曼妙的火花。菲利普虽在想象的世界里游荡惯了，可听阿特尔涅一席话，不禁发现自己的想象世界涌现出了许多新的画面。阿特尔涅举止得体，不论现实世界还是书本知识，都比菲利普懂得多。他比菲利普年长，胸中有丘壑，谈话信手拈来，这给了他某种优越性。然而，他现在是病人，要接受他人的慷慨照顾，要严格遵守医院的规章制度。他在两种截然不同的处境里游刃有余，不仅能在两者之间轻松转换，还不乏幽默。有一次，菲利普问他为什么要住院。

“嗯，我的原则是要尽可能享受社会提供的各种福利。我会好好利

---

①《堂·吉诃德》是西班牙作家塞万提斯于1605年和1615年分两部分出版的反骑士小说。

② 卡尔德隆（1600－1681），西班牙剧作家。

用自己所生活的这个时代。如果我病了，那就进医院躺着好好休息。我可不在乎什么虚假的面子问题。我还把孩子送进寄宿学校读书呢。”

“真的吗?”菲利普问道。

“起码他们受到了最基本的教育，比我当初在温彻斯特的境况好了不知多少倍。你想想看，除了这么着，我还能给他们提供什么样的教育呢？我可是有九个孩子呀。等我出院回家后，你一定要来看看他们。你会来的吧?”

“乐意之至。”菲利普说道。

第八十七章

十天之后，索普·阿特尔涅的身体状况已非常好了，足可以出院了。他临走时将自己的地址告诉了菲利普，菲利普则答应他下周日下午一点与他共进午餐。阿特尔涅曾告诉菲利普，他住在伊尼戈·琼斯建造的房子里。谈及此事时，就像谈及任何事一样，他把房子里古老的橡木栏杆热烈赞美了一番。当他下楼来开门时，菲利普被他弄得不得不当场对梁上优雅精致的雕花发表了一通称赞之词。这栋房子坐落在昌策里巷和霍尔本路之间的小街上，破旧寒酸，极需重新粉刷一遍。因为历史悠久，倒也不失庄严。这栋房屋建造样式曾经非常时髦，现在却比贫民窟好不了多少。据说有计划要把它推倒，在原址上建造几栋漂亮的办公大楼。这里的房租低廉，以阿特尔涅的那点薪水还能租得起两层房间。菲利普还没见过阿特尔涅站起来是什么样子，现在看他竟如此矮小，不由得吃了一惊。他身高至多不过五英尺五英寸。他的着装非常奇特：下身穿着法国工人才会穿的蓝色亚麻布裤子，上身穿着棕色天鹅绒旧外套，腰间束着一根亮红色腰带，衣领很低。所谓领带，就是一个飘飞的蝴蝶结。而这种蝴蝶结只有《笨拙》杂志上的法国小丑才会系。他十分热情地欢迎菲利普的到来，接着滔滔不绝地谈起这栋房子，还满怀深情地抚摸着栏杆。“瞧瞧这栏杆，用手去感受一下，真像丝缎般光滑。它的样子是这样优雅，岂非不是奇迹！可要不了五年，强拆的家伙就要把它们送去当烧柴卖啦！”他坚持把菲利普领到二楼的一个房间。那里，一个穿着衬衫的男人和一个头发蓬乱的女人，还有三个孩子正在享受礼拜天午餐呢。“我带这位先生来，是想让他看看你们家的天花板。你以前看过这么漂亮的天花板吗？你好啊，霍奇森太太！这位是凯里先生。我住院时，就是由他照顾的。”

“请进，先生。”男人开口说，“不管是谁，只要是阿特尔涅先生的朋友，我们都欢迎。阿特尔涅先生把朋友们都领来参观我们家的天花板。不管我们在干什么，睡觉也好，洗澡也罢，他都会毫不介意地推门进来。”

菲利普看得出来，这家人觉得阿特尔涅是个怪人，但还是很喜欢他。此时，阿特尔涅正激情洋溢、滔滔不绝地讲述这块十七世纪天花板的瑰丽之处，听得那家人个个都张大了嘴。“把这样的天花板给推倒，简直是暴殄天物，是犯罪啊！你说是不，霍奇森？你是位有影响力的公民，为什么不给各大报社写篇文章抗议呢？”

衬衫男呵呵一笑，对菲利普说道：“阿特尔涅先生就喜欢开些小玩笑。大家都的确认为这些房子不卫生，住在里面也不安全。”

“什么卫生不卫生的，见鬼去吧！只要把艺术还给我！”阿特尔涅叫嚷着，“我有九个孩子，喝的水都不干不净，可个个长得都很壮！不，不，我可不要动摇决心！你们那些流行的新观点我可不想听！搬家时，我定要弄清这里的水的确是脏的，否则我绝不搬东西。”

响起一声敲门声。接着，一位金发小姑娘推门走了进来。“爸爸，妈妈说，别光顾着说话，快回家吃饭吧。”

“这是我的三女儿。”阿特尔涅做出一个戏剧性的动作，指着小姑娘，“她叫玛丽亚·德尔皮拉尔。不过，她更愿意人家叫她‘简’。简，你该擦擦鼻涕啦。”

“我没有手帕呀，爸爸。”

“嘘！嘘！孩子！”说着，他变戏法似的掏出一条漂亮的印花大手帕，“你瞧，万能的上帝给你送来什么啦？”

大家都走上楼去，菲利普被领到一个四壁都镶嵌着深色栎木护墙板的房间。房间中央摆着一个狭窄的柚木桌，支架是活动的，用两根铁条固定着。这种样式的桌子，西班牙人管它叫“铁腿桌”。看来他们就要在这里用餐了，桌子上已摆好两副餐具。旁边还摆着两张大扶手椅，栎木扶手又宽又平滑，椅子靠背与坐凳均包着皮革。这样的椅子样式简洁高雅，坐起来并不舒服。除此以外，房间里就只有一件家具，是个带着许多小抽屉的柜子。上面精心雕饰着烫金铁质花纹，座架上雕着基督教图案。虽说图案有些粗糙，但雕工还是很精妙。柜子顶上放着两三只上过釉彩的盘子。盘子上裂纹交错，但色泽还是五彩斑斓。墙上挂着西班牙大师的名画，每幅画都装饰有镜框，镜框虽旧但很漂亮。画作的题材有些阴森可怖，画面因年深日久和保养不善而损坏严重，作品所表达的思想也属二流。尽管如此，作品还是洋溢着一股激情。房间里再没什么值钱的摆设了，整体气氛还算温馨可人。这样的房间让人觉得既华丽又简朴。菲利普觉得这正是古老的西班牙精神的体现。阿特尔涅打开柜子，把里面漂亮的装饰和暗格展示给菲利普看。

就在这当儿，一个背后拖着两根亮棕色发辫的高个子姑娘一脚跨了进来。“妈妈说午饭做好了！等你们坐定，我就要上菜啦。”

“过来和这位先生握握手，莎莉。”他说着，又转过头对菲利普说道，“她长得是不是很高？这是我的大女儿。说说你多大啦，莎莉？”

“今年六月就满十五岁啦，爸爸。”

“我给她取了个教名，就叫玛丽亚·德尔索尔。她是我的第一个孩子。我取这个教名，寓意把她献给卡斯蒂尔①光辉的太阳神。可她母亲管她叫莎莉，弟弟则管她叫布丁脸。”

姑娘羞涩地微笑着，露出一口整齐洁白的牙齿，双颊泛起两朵红云。她长得很匀称，个头就她年龄来说有些高，褐色的眸子很讨人喜欢，额头很宽，面颊红扑扑的。

“快去叫你妈妈上这儿来，趁凯里先生还没坐下来吃饭，和他握个手。”

“妈妈说吃过饭后立马就过来，她还没梳洗呢。”

“那我们进去看她好了。凯里先生得和做了约克郡布丁的贤惠之手握一握，才能吃。”

菲利普跟着主人走进厨房。厨房很狭小，几个人挤在里面，显得很拥挤。孩子们本来在吵吵闹闹，一见陌生人进来，立马安静了下来。厨房中央摆着一张大桌子，四周围坐着阿特尔涅的孩子们，急不可耐地等着吃饭。一位妇人站在炉子旁，正从里面掏出一个个烤好了的土豆。

“贝蒂，这是凯里先生。”阿特尔涅介绍道。

“你怎么想到把客人带这儿来！这叫人家会怎样想啊？”阿特尔涅太太身上系着脏兮兮的围裙，棉布上衣的袖子卷到胳膊肘上面，头发上夹满了卷发用的夹子。阿特尔涅太太有着一副大身板，比丈夫足足高出三英尺，白皮肤，蓝眼睛，脸上挂着和善的表情。她年轻时应

① 西班牙中北部地区，曾为古王国。

该长得挺俊俏，但岁月不饶人，再加上接连不断地生了许多孩子，身材走了样，胖乎乎的显得很是臃肿，蓝眼睛也失去了昔日光彩，皮肤变得粗糙泛红，头发也失去了光泽。此时，她直起腰来，把手在围裙上擦了擦，向菲利普伸过去。“非常欢迎你的到来，先生。”她声音很低，语调在菲利普听起来有种似曾相识的怪异熟悉感，“阿特尔涅说你在医院对他可好了。”

“现在该给你介绍介绍我那些小畜生啦。”阿特尔涅说，“那是索普。”他说着，用手指了指圆胖脸的卷发小子，“他是我的长子，也是这个家族头衔、财产和义务的继承者。另外那几个是阿瑟尔斯坦、哈罗德和爱德华。”他说着，又用手一一指了指三个小点的男孩，全都长得健康结实，红润的脸蛋像玫瑰花一般，笑嘻嘻的。感觉到菲利普带着笑意的目光落到他们身上时，几个孩子都羞涩地低下头去，看着面前的盘子。“现在我按照年龄顺序依次给你介绍我的女儿们：玛丽亚·德尔索尔……”

“布丁脸!”一个小男孩喊道。

“你的幽默还很欠火候啊，儿子。玛丽亚·德洛斯梅赛德斯、玛丽亚·德尔皮拉尔、玛丽亚·德拉孔塞普西翁、玛丽亚·罗萨里奥。”

“我管她们叫莎莉、莫莉、康妮、罗西和简。”阿特尔涅太太接话道，“好了，阿特尔涅！把客人领回你的房间去吧！我这就把你们的午饭送上来。等我把孩子们梳洗好了，就让他们到你那里去。”

“亲爱的，要是让我来给你取个名字，我一定叫你‘玛丽亚·肥皂水’。你老是用肥皂来折磨这些可怜的娃娃。”

“您先去，凯里先生！不然，我根本没办法让他安安稳稳坐下来吃顿饭。”

阿特尔涅和菲利普刚刚在那两把像给苦行僧坐的宽大椅子上坐定，莎莉就端来两大盘食物。里面有牛肉、约克郡布丁、烤土豆和卷心菜。

“我希望你不是因为我的缘故才在这儿摆饭。”菲利普说，“其实，我挺乐意和孩子们一起吃的。”

“噢，不是这样的。我一直都是独自在这里用餐的。我喜欢保持这些古老的习俗。我觉得，女人不该和男人同桌吃饭。那样的话，不仅会败坏男人的谈话兴致，对她们自身也不好。我们说的话会给她们听见的，而女人一旦有了思想深度，可就没法安分守己啦。”

主客两人都吃得津津有味。“你从前吃过这样美味的约克郡布丁吗？谁也没有我太太做得好吃。这就是不娶名门贵女的好处。你一定发觉了我太太并非名门淑女吧，是不？”

这是一个非常让人尴尬的问题，菲利普不知道该怎样回答。“我从没往这方面想。”他笨拙地冒出这么一句。

阿特尔涅哈哈大笑，笑声爽朗，颇为特别。“不，她可不是什么名门小姐，一点小姐的影子也没有。她父亲是农民，可她这辈子还从来没为生活操心过。我们一共生了十二个孩子，活下来九个。我跟她说现在是时候停止了，别再生了。可她这个女人非常固执，生孩子都生成了习惯了。我觉得，她是要生满二十个才肯罢休的。”

就在这时候，莎莉拿着瓶啤酒进来，给菲利普倒满一杯后，又走到桌子另一边给父亲倒酒。阿特尔涅搂着女儿的腰，说道：“你可见过这样俊俏、高大的姑娘？才有十五岁，看上去都像个二十岁的大姑娘啦。瞧瞧她的脸蛋儿。她长这么大，还从来没生过病。哪个男人娶了她可真是幸运，对不对，莎莉？”

莎莉已经习惯了父亲的调侃，此时听他这么说并没觉得多尴尬。她脸上挂着淡淡的笑意，举止十分谦恭端庄，很吸引人。“当心你的饭菜凉啦，爸爸。”她说着，从父亲的怀里挣脱出去，“等你要吃布丁的时候叫我一声，好不？”莎莉说完，就走了。

房间里只剩下主客两人。阿特尔涅端起锡酒杯，喝了长长的一大口。“叫我说，世界上还有什么酒比英国啤酒更好喝吗？”他感叹道，“感谢上帝赐予我们这样简单的快乐，让我们能够尽情享受烤牛肉、米粉布丁、啤酒，还有一个好胃口！我曾经娶过一位小姐。我的老天爷啊！千万别娶名门小姐啊，我的好小伙子。”

菲利普哈哈大笑。这个滑稽搞笑的矮个子男人穿着怪里怪气的衣服，再说出这么一番话，还有这镶嵌着护墙板的房间、浓浓西班牙风味的家具，以及味美可口的英式菜肴——这一切都让菲利普觉得那么兴奋和沉醉。虽然这一切显得那么不协调，却让人赏心悦目，觉得趣味无穷。

“我的老兄，你刚才那样笑，说明你无法想象娶一个地位比你低的妻子吧。你想娶个知书达理、能在思想上和你交流的妻子。你满脑子志同道合的观念！可那些都是无用之物，纯属胡闹啊，老兄！一个男人总不想和妻子谈论政治问题吧。难道你觉得我在乎贝蒂对微积分有什么见解？男人需要的妻子是能相夫教子、会做饭和照顾孩子的女人。名门闺秀和平民女子我都娶过，个中滋味我自有体会。还是让我们叫莎莉送来布丁好了。”

阿特尔涅拍了几下手，莎莉随后走了进来。当她准备收走餐具时，菲利普想站起来帮忙，却被阿特尔涅拦住了。“让她收拾好了，老兄。她可不想让你瞎搅和，是不是，莎莉？再说，就算服侍你时你在一旁端正地坐着不动，她也不会觉得你无礼的。她可不在乎什么骑士风度，是不是，莎莉？”

“是的，爸爸。”莎莉十分娴静地回答道。

“你知道我说的是什么意思吗，莎莉？”

“不知道，爸爸。但你要知道，妈妈不喜欢你赌咒发誓。”

阿特尔涅一阵猛笑。莎莉给他们送来两盘细腻味浓、滑嫩可口、甘美香甜的米粉布丁。阿特尔涅津津有味地吃着自己那一份。“这家里的规矩之一就是，礼拜天的午餐绝不能更改。这是一种仪式。一年有五十个礼拜天，每个礼拜天都要吃烤牛肉和米粉布丁。复活节的礼拜天要吃羊羔肉和豌豆。逢到米迦勒节①，则吃烤鹅和苹果酱。我们就这样保持民族传统。我教给莎莉很多颇富智慧的事，等她嫁人后，兴许会忘掉许多，但有一件她绝不会忘，那就是：你要过得幸福美满，礼拜天就必须吃烤牛肉和米粉布丁。”

“要奶酪的话，就叫我一声。”莎莉淡淡道。

“你知道神翠鸟②的传说吗？”阿特尔涅问道。菲利普已渐渐习惯了他这种从一个话题跳到另一个话题的交谈方式。“翠鸟在飞跃大海时如果累得精疲力竭，伴侣就飞到它的身子底下，用自己那强有力的翅膀拖着它继续向前飞翔。男人也希望妻子能像翠鸟那样。我和前妻一起生活了三年。她是位阔小姐，每年有一千五百镑的收入。得益于此，当年我们经常在位于肯辛顿的红砖小房里举办优雅的小型宴会。她是个十分迷人的女人——大家都这么说。和我们一起吃过饭的律师和他们的太太啦，作家经纪人啦，初出茅庐的政客啦，呵呵，都说我那太太是个迷人的女人。她让我戴着绸帽，穿上笔挺的礼服去教堂做礼拜。她还带我去欣赏古典音乐。她非常喜欢礼拜天下午的讲道。每天早晨八点半，她准时坐下来吃早餐。要是我起得晚了，就得吃冷饭。她阅读该读的正经书，欣赏该欣赏的正经画，聆听该聆听的正经音乐。我的上帝啊，那个女人可真要把我烦死啦！她现在依然很迷人；依然住在肯辛顿那栋红砖小房里，墙上依然贴着莫里斯的文章和

---

① 基督教节日，纪念天使长米迦勒，时间为每年9月29日。

② 传说中能使大海风平浪静的鸟。

韦斯特勒①的蚀刻画；她依然举行同样优雅的小型宴会；依然从冈特商店买嫩奶油和冰块——二十年如一日，她全都是这个样啊!”

菲利普并没有问这对思想和性情根本不相配的夫妇后来是怎样分开的，阿特尔涅却主动告诉了他。

“你得知道，贝蒂并非我的妻子。因为前妻不肯和我离婚，这些孩子也都是私生子，每一个都是。对他们来说，还有什么比这更糟糕的吗？贝蒂之前是肯辛顿那栋红砖小房里的女侍。大概四五年前，我穷得到了山穷水尽的地步，可还有七个孩子要养活，就去找我的前妻，恳求她帮我一把。她说只要我能放弃贝蒂，去国外生活，她就给我一笔钱。你觉得我会抛下贝蒂吗？所以，我们宁愿饿一阵肚子。前妻说我就爱在贫民窟里糟践自己。是的，我沦落到勒紧裤腰带过日子的潦倒之境，成为世界最底层的人，给一家亚麻制品公司当广告员，每周拿着三镑的工资，但我每天都要感谢上帝，幸好我没烂在肯辛顿的红砖小房里。”

莎莉送进来切达干酪②，阿特尔涅继续滔滔不绝地说：“一个人要是认为有了钱才能建立家庭，可是犯了世界上最大的错误。你之所以需要钱，是想把子女们培养成绅士和淑女。可我并不想我的孩子变成绅士和淑女。再过一年，莎莉就要出去挣钱养活自己啦。她会去给某个裁缝当学徒工，是不是，莎莉？至于那几个男孩，到时都得去为大英帝国效劳。我想叫他们都去当海军。那样的生活会很有趣，而且很健康，吃的也好，薪水也不错。最后，还能得笔养老金以享受晚年。”

菲利普点燃烟斗，阿特尔涅则吸着他用哈瓦那烟丝卷成的香烟。

---

① 韦斯特勒（1834－1903），旅居英国的美籍画家、蚀刻画家。

② 因为产于英国南部的切达村，故得此名。

莎莉已把桌子收拾干净。菲利普沉默不语，有些拘谨，又有些尴尬，因为阿特尔涅竟这样信任他，将家庭秘闻都讲给他听了。别看阿特尔涅身材矮小，声音却非常洪亮，喜欢夸夸其谈，还不时予以强调，再加上有点像外国人的样貌，可真是个叫人惊诧的生物。这让菲利普不由得联想到了克朗肖。阿特尔涅也像克朗肖那样，善于独立思考，人生态度放荡不羁，颇有些玩世不恭的色彩。但在性情上，他要比克朗肖更为活泼欢快；在思想上，则比克朗肖更为粗糙大条，不像克朗肖那样对抽象事物感兴趣。而克朗肖正是因精于抽象思考，才使自己的谈话引人入胜，让人为之沉醉。阿特尔涅声称自己是乡绅大族的后裔，并为之自豪不已。他将一栋伊丽莎白时代宅邸的照片拿给菲利普看，并对他说："老弟，阿特尔涅家族世代都生活在此，有七百多年呢。啊，要是你能亲眼看看那里的壁炉和天花板，该多好啊！"护墙板上有个小壁龛，阿特尔涅从里面掏出一本家谱。他像小孩一样洋洋得意地展示给菲利普看。那确实是一本挺气派的家谱。"给你瞧瞧家族的名字是怎么重现的。索普、阿瑟尔斯坦、哈罗德和爱德华，我就用这些族人用过的名字给儿子命名。至于那几个女儿，你瞧，我都给她们起了西班牙名字。"

菲利普突然生出一股不安来，担心阿特尔涅讲的这整个故事都是他精心编造出来的谎言，虽然他这样讲并非出于什么卑劣动机，而不过是想引人注意，让人为之惊诧、叹服罢了。阿特尔涅告诉菲利普，他在温彻斯特公学学习过。这可糊弄不了菲利普，他对人们的举止作风非常敏感，细微的差别都能感觉到。在这位主人身上，菲利普可没感觉到那种在名校受过教育的气息。阿特尔涅在一旁滔滔不绝地讲着他的祖先和名门望族联姻的逸闻趣事，菲利普则在一旁浮想联翩，饶有兴趣地做出种种猜测：阿特尔涅是不是温彻斯特某商贩之子，说不定是拍卖商或煤商的儿子；他和古老家族之间的联系或许仅仅碰巧拥有相同姓氏罢了，却拿着一个与他毫不相干的家族的家谱在人前自我吹嘘，大肆显摆。

第八十八章

随着一声敲门声，一群孩子蜂拥而入。此刻，他们浑身上下都收拾得干干净净，打扮得整整齐齐。一张张小脸蛋因为用肥皂搓洗过而闪耀着水润光泽，头发也都梳得服服帖帖。他们将在莎莉的带领下到主日学校去。阿特尔涅兴高采烈，像演戏似的和孩子们嬉笑打趣。不难看出，他很疼爱这些孩子。孩子们个个都长得健康结实，洋溢着生机勃勃的气息，阿特尔涅为此感到十分骄傲。他这种为人父亲的自豪劲儿看着还挺感人的。菲利普觉得，孩子们在父亲面前有点拘束，而当父亲把他们打发走时，他们很明显如释重负地一溜烟跑开了。没过几分钟，阿特尔涅太太走了进来。她已经拿掉头发上的卷发夹，精心梳理过的刘海很熨帖。她穿着朴素的黑裙，戴着一顶插有几朵廉价鲜花的帽子。此时此刻，她正拼命将那双因过度劳作而变得粗糙发红的手往黑手套里塞。“我要去教堂了，阿特尔涅。”她说道，“你们不需要什么了吧?”

“只要你的祷告，我的贝蒂。”

“我的祷告对你也没多大作用，你这人已经离谱过头啦。”她笑着说，然后又转过来对菲利普慢吞吞说道，“我没法让他和我一起去教堂，他比无神论者好不了多少。”

“你看她像不像鲁宾斯①的第二任妻子?”阿特尔涅叫嚷道，“她要是穿上十七世纪的服装，看上去肯定也是雍容华贵的吧？老弟呀，要娶老婆，就该娶这样的老婆。你好好看看她!”

“阿特尔涅，我知道你又要喋喋不休地耍嘴皮子了。”她不慌不忙地回了一句。阿特尔涅太太好不容易扣上手套扣子。临走前又转过身来，朝菲利普露出一丝略显不好意思的温和笑容。“你留下来喝下午茶，可以吗？阿特尔涅喜欢和人说话，可不是常常能找到头脑足够聪明的人的。”

“他当然会留下来。”阿特尔涅接了一句。太太走后，他又继续说道，“我坚持要孩子们上主日学校，我也喜欢贝蒂到教堂去。女人就该信教！我不相信宗教，但我喜欢女人和孩子信教。”

菲利普对涉及忠诚的原则性问题很严谨。此刻见到阿特尔涅这副轻率的态度，不由得微感震惊。“孩子们被教授的东西恰恰是你不相信的，你怎么能在一旁漠然视之呢?”

“只要那些东西是美好的，我不介意它们是否是真的。如果要求每件事既符合你的理性又符合你的审美观，未免要求太高了。我原本希望贝蒂成为罗马天主教教徒，一心想看看她头戴纸制花冠皈依天主教的样子。可她是个新教徒，真是不可救药。再说，信不信教是一个人的气质问题。要是你生来就有颗信教的脑袋，那你对宗教会深信不疑；要是你生来就没有这样的脑袋，无论往你脑袋里塞进什么样的信仰，你慢慢都会摆脱这些身外之物的。兴许宗教还是最好的道德学校呢。这就好比你们这些先生们在药剂里用的某一味药，不用它，改用别的也行。这味药本身虽不起作用，却能促使药剂里的其他药被人体

① 比利时画家，17 世纪巴洛克艺术最杰出的代表。作品主要是宗教神话题材。

吸收。你养成道德观念，是因为它是与宗教绑在一起的。就算你丢了宗教信仰，已被吸收的道德观念却还在。一个人假如不是通过研读赫伯特·斯宾塞①的哲学著作，而是通过热爱上帝来修身养性的话，将更有可能成为好人。”

这和菲利普的观点正好相反。菲利普仍然认为基督教是束缚人的枷锁，必须不惜一切代价予以摧毁。潜意识中，菲利普一想到基督教，就不由自主地联想到坎特伯雷大教堂沉闷枯燥的礼拜仪式，还有布莱克斯达布尔冰冷教堂里冗长乏味的布道活动。在他看来，阿特尔涅刚才谈论的道德观念不过是宗教被剔除信条教义时所剩下来那部分摇摇欲坠的智慧道理，而宗教的存在之所以合情合理，却正是因为这些信条和教义。就在菲利普思索该如何回答时，阿特尔涅突然就罗马天主教发表了长篇大论。他就喜欢听自己夸夸其谈，对别人发言兴趣不大。在阿特尔涅看来，罗马天主教是西班牙的精髓。西班牙对他来说有着非常重要的意义。他终于挣脱了陈规陋习的束缚（第一次婚姻生活让他感受到因循守旧实在讨厌地可怕），而在西班牙找到了精神庇护所。阿特尔涅给菲利普描述着西班牙大教堂的格局和布置：空旷幽暗的圣堂，祭坛装饰画上镶嵌着大块金子，镀金铁制饰物虽然有些褪色，却不失庄严与华丽，堂内香烟缭绕，寂静无声。阿特尔涅说话时伴以丰富的表情手势，讲到精妙之处时还加重语气以示强调。这使得他所讲的内容更加震撼人心。通过他的描述，菲利普仿佛看到一幕幕栩栩如生的画面：身着白法衣的主教以及身着红法衣的教士助手，纷纷从圣器收藏室走向各自席位。菲利普仿佛听到了单调的晚祷声。阿特尔涅在谈话中提到的地名，如阿维拉、塔拉戈纳、萨拉格萨、哥

---

① 赫伯特·斯宾塞（1820 – 1903），英国哲学家、社会学家。

多华①，犹如一只只喇叭吹响在他心田。菲利普仿佛看到一片空旷而苍凉的原野，狂风肆虐在无垠的黄土地上。那里现出一座座西班牙古城遗迹，古城里矗立着一堆堆灰色花岗岩巨石。

“我一直觉得应该去塞维利亚看看。”菲利普漫不经心地说了这么一句。阿特尔涅颇富戏剧性地高举一只手，呆愣愣地。

“塞维利亚！”阿特尔涅嚷道，“不，不，千万别去那儿！一提到塞维利亚这个地方，人们不免就要想到少女们踏着响板的节奏翩翩起舞，在瓜达基维尔河畔②的花园里引吭高歌，还有斗牛、橘汁鸡尾酒、披肩头纱，等等。那是喜歌剧和蒙马特③的西班牙。这种肤浅的魅力只能给思想平庸之人带来无穷的乐趣。尽管塞维利亚有着那么多可以尽情玩乐的地方，可泰奥菲尔·戈蒂耶④还是从那里跑出来了。我们这些人要是跟随他而去，也只能重复一遍他当时的体会罢了。他伸出肥大的手，感受到的却是平淡无奇的东西。而那里除了平淡无奇的东西，就什么也没有了。那里的一切早已被人摩挲过多少遍了，布满人们留下的指纹，都有些磨损了。缪雷里奥⑤就是那里的描绘者。”阿特尔涅从椅子上站起来，走到西班牙式柜子前，打开华丽耀眼的锁，顺着镀金铰链放开柜门，露出里面一层层小抽屉。他从里面拿出一打照片来。“你可知道埃尔·格列柯这个人？”他问道。

---

① 阿维拉，西班牙中部古城。塔拉戈纳，西班牙东北部港口城市。萨拉格萨，西班牙东北部城市。哥多华，西班牙城市。

② 西班牙南部河流。

③ 在巴黎北区。19 世纪时是艺术家和作家聚会及居住地。

④ 泰奥菲尔·戈蒂耶（1811－1872），法国唯美主义诗人、散文家和小说家，主张“为艺术而艺术”。

⑤ 缪雷里奥（1617－1682），西班牙画家。

“噢，我知道在巴黎有个人对埃尔·格列柯十分推崇①。”

“埃尔·格列柯是托莱多的描绘者。我想给你看的那幅画，贝蒂没找出来。埃尔·格列柯在那幅画里画的就是他喜爱的城市。它要比任何一幅画都真实。你坐到桌边来一点。”

菲利普把椅子往前挪了挪，阿特尔涅把照片摊开在桌上给他看。菲利普惊奇地凝视着其中一张照片，默默品味了好一会儿。然后，他伸手去拿其他照片，阿特尔涅顺手递了过来。那位神秘大师的画作，菲利普从未看到过。第一眼看过去，他竟被大师随性涂抹的画法给弄糊涂了：人物的身子被过度拉长，脑袋却非常小，神态怪诞，放肆无比。这不是现实主义画法，你却能从这样的画面中看到现实的纠纷与烦扰。阿特尔涅热情地在一旁解释着，用的都是生动形象的辞藻，菲利普只模糊地听了个大概。他感到困惑不已，心灵受到不可思议的震颤。对他来说，这些画似乎有着某种特别的意义；究竟是什么样的特别意义，他又不甚了了。画面上的人们睁着忧郁的大眼睛，似乎在向你诉说着什么，你却不明所以。带有方济各会或多名我会②特征、同样被拉长了的修道士们露出焦虑不安的神情，摆出各种各样令人莫名其妙的姿势。有一幅画画的是圣母升天的盛况。另一幅则画的是耶稣被钉死在十字架上的情景。在这幅画里，画家以神奇的观感成功地传达出耶稣绝非普通人的肉体凡胎，而是神圣之躯。还有一幅耶稣升天图。上面画着人类的救世主徐徐升向九天，稳稳地站在空气之上，好

① 此处的“巴黎有个人”指的是克拉顿。有关埃尔·格列柯的注释请参见前文。

② 方济各会（也译称为方济会）是天主教托钵修会派别之一；其会士着灰色会服，故亦称“灰衣修士”。多明我会（又译为道明会），天主教托钵修会的主要派别之一；会士均披黑色斗篷，因此称为“黑衣修士”。

像那不是空气而是坚实的土地似的；基督的使徒们则欣喜若狂，高举双臂，挥舞着衣巾。这种场面让观赏者也不禁感受到一种神圣的欢欣与激动。所有这些图画的背景几乎都是夜空：灵魂游荡在暗夜里，地狱之风狂卷残云。半明不暗的月光照耀下，一切都显得那么阴森可怖。

“我在托莱多经常看到这样的夜空。”阿特尔涅说道，“我觉得，说不定埃尔·格列柯第一次来托莱多时看到的就是这样的夜晚。那样的夜晚如此令人震撼，由此深深刻印进画家的脑海，以至于再也摆脱不掉了。”

此时，菲利普不禁想起当年克拉顿初次接触到这位不可思议的画师作品时受到了怎样的影响。在他看来，克拉顿是他在巴黎认识的人中最有趣的了。好挖苦人的行事作风、很难让人与之相处的超然离群态度，都让周围的人很难了解他。回首往事，菲利普似乎觉得克拉顿身上有股悲剧性的力量；这种悲剧性的力量千方百计地想要在绘画中得以释放，但终究是徒劳。他的性格与众不同，颇为怪异，在一个不推崇神秘的时代固执地神秘着。他觉得生活不能忍受，无法表达心里朦朦胧胧晃动着的想法。他的智力构造不适合表达精神之用。他与格列柯这位独辟蹊径、以新方法来表达灵魂呐喊的希腊人产生深深的情感共鸣，也就不足为奇了。菲利普再次审视着画家对西班牙众生相的各种描绘：满布皱纹的脸上翘着尖尖的胡子；苍白的脸色与暗淡的黑色衣服、漆黑的画面背景形成鲜明对比。埃尔·格列柯画的是人的灵魂。画里的先生们脸色惨白，形容枯槁，却并非过度劳累所致，而是精神备受压抑、思想备受折磨造成的。在压抑与折磨下，他们犹如行尸走肉般行走在这世间，丝毫看不到外面美的存在。他们的眼睛看向自己内心，被灵魂世界的纷繁杂乱搞得晕头转向。没有画家能像埃尔·格列柯这样无情地揭示：人世不过一段匆匆的行程。他画里的人物通过眼睛来诉说内心的怪诞欲望：他们的感官对声音、气味和色彩反应迟钝，却对灵魂的微妙变化有着不可思议的敏锐度。这位伟大的画家揣着一颗修行者的心行走于世间，圣徒在密室的苦修中所见到的东西他也都见到了，却并无惊骇，他的嘴角并非经常挂着笑意的嘴角。

菲利普依然沉默不语，目光又落到了托莱多的风景画上。在他看来，这是所有画中最引人注目的一幅，简直移不开视线。菲利普心中生出奇妙的感觉，觉得即将开始对人生真谛有新发现，内心澎湃着一种冒险的激情。他想起了曾经吞噬了他的爱情烈焰，然而比起眼下心里澎湃的这种激情，爱情简直微不足道。他正在观赏的画很长。上面画着一座山丘，山丘上密密麻麻挤满了房舍。画面的一角有个男孩，手里拿着一张该城的大地图；另一角是个经典的形象，代表着塔古斯河①。天空中，一群天使簇拥着圣母。这种景致和菲利普的观念格格不入。多年来，他一直生活在这样一个圈子里。这个圈子顶礼膜拜的是不折不扣的现实主义表现手法。然而，此时此刻，他再次感受到，比起之前那些大师所取得的成就（菲利普在绘画道路上还一度谦卑地模仿他们），埃尔·格列柯的这幅画具有更强烈的现实感。至于为什么会有这种感受，就连他自己也不得其解。他听阿特尔涅说这幅画非常逼真，以至于当托莱多市民前来观看时还能认出自己的房屋。埃尔·格列柯笔下所画正是眼中所见，但他是用心灵的眼睛来观察世界的。在这幅灰蒙蒙的城市画景里，似乎飘荡着非尘世所有的神秘气息。照耀着这座心灵之城的暗淡光线既非夜光，也非白日之光。城市屹立在绿色的山丘之上，但这种绿色又非人世所有。城市四周围着坚固厚实的城墙和堡垒。这样的城墙和堡垒不会被人类发明的任何机器

---

① 欧洲西南部河流，经西班牙中部和葡萄牙，在里斯本注入大西洋。

或工具所摧毁，却会被人类的祷告、斋戒、懊悔的叹息声和被禁锢的七情六欲所摧毁。那是上帝的堡垒。灰白的房屋，那些砌成这些房屋的石头是任何石匠都不认识的。这样的房屋看起来是那样可怖，你不知道什么样的人能生活其中。假如你在这样的街道上穿梭，兴许会发现它们是那样的荒芜，但并不显得空无所有。对此景象，你或许不会感到惊诧。因为有的存在虽看不见、摸不着，但假如你用内在的心灵去看，就会觉得它们是那样的一目了然。这是一座神秘的城市。在这样的城市里，想象力踉踉跄跄，就好像一个人刚从明亮的地方走进黑暗中。灵魂赤裸着身子来来往往，领悟到了平常不可知的东西，有一种不可思议的似曾相识之感——虽然熟悉却难以言表——还看到了一些绝对真实的存在。蔚蓝色的天空，因为并非眼见而是灵魂所见而显得更具有真实度。在这样的天幕下，缕缕莫可名状之风将朵朵轻云吹得奇形怪状，就像迷失的灵魂发出的呐喊与叹息。在这样的天幕下，你看到圣母身穿红裙蓝袍，由一群羽翅飞旋的天使簇拥着。这样的画面并不会让你惊诧。菲利普觉得，这座城市的居民即使看到如此神奇的景象，也不会生出震惊、敬畏或感激的情绪，而是会继续我行我素。

阿特尔涅谈起西班牙神秘主义作家，议论起特里萨·德阿维拉、圣胡安·德拉克鲁斯、弗赖·路易斯·德莱昂①等人，他们都热衷于探索灵魂世界。菲利普在埃尔·格列柯的画作中也体会到了这种探索。这些人似乎都有感触灵魂和看到精神世界的能力。他们是那个时代的西班牙人，用自身所蕴含的巨大力量创建了一个伟大的民族。在他们幻想的世界里，既有美利坚民族的光辉，也有加勒比海四季常绿

---

① 特里萨·德阿维拉（1515－1582），西班牙天主教修女。弗赖·路易斯·德莱昂（1527－1591），西班牙抒情诗人、神学家。

的岛屿。他们的血管里流淌着长期与摩尔人作战①而磨练出来的坚贞不屈的力量。他们为自己感到骄傲和自豪，因为他们是世界精神领域的大师。他们在自身的精神世界里感受到了无限宽广的空间、杳无人迹的黄褐色荒原、终年积雪的卡斯蒂尔山脉，还有阳光、蓝天以及鲜花怒放的安达卢西亚平原②。生活是多彩多姿的，充满了激情。正因为生活提供的东西太多，他们焦躁不安的心灵总渴望创造出更多的东西。正因为他们也是人，他们永远不会感到满足。于是，他们将这种激情洋溢的生命力投入到疯狂追逐不可言喻的东西上。

阿特尔涅有时会翻译几段诗来打发闲暇时光，现在找到了能读懂这些诗的人，自然感到喜出望外。他用悦耳动听且带着颤音的嗓音朗诵赞美上帝及灵魂的赞歌，还有弗赖·路易斯·德莱昂开头写着“夜深沉”和“万籁无声”的优美诗篇。他的译稿用词简洁，但不乏匠心。他觉得精心选用的词语完美再现了原作雄浑之美。所谓“诗中有画、画中有诗”，埃尔·格列柯的画和诗也正是如此。

菲利普一直对理想主义怀有某种厌恶感。他对生活充满激情，而理想主义就他的理解来看，似乎在很大程度上是对生活的怯懦和退缩。理想主义者之所以逃避现实，是因为他们无法承受人类的你争我斗。他没有勇气去战斗，就斥责争斗是粗鄙不堪的。他们自视甚高，可周围的人并不像他们评价自己那样去评价他们，他们就以鄙视那些人来聊以自慰。

在菲利普看来，海沃德就是这样的人。海沃德容颜俊俏，却整天

① 公元8世纪，信奉伊斯兰教的北非摩尔人从直布罗陀海峡攻入西班牙，占领伊比利亚半岛（即比利牛斯半岛）。从此，摩尔王朝开始了对西班牙长达七百多年的统治。这段统治，在塞万提斯的巨著《堂·吉诃德》里有直接体现。

② 安达卢西亚位于西班牙南部的地中海西岸，面临太平洋。

一副萎靡不振的样子。他现在虽然变得非常胖，秃顶也非常厉害，却依然对残存的俊俏容颜爱护不已，依然故作高雅之调，表示要在将来做出一番成就（可这个将来究竟是什么时候，他总是迟疑不定）。在这种表象之后，却是纵饮威士忌，在深街里巷肆意偷欢。正是作为对海沃德这种生活的反击，菲利普大声呼吁接受生活的本来样貌。现实生活中，什么卑鄙贪婪，什么恶习陋行，什么丑陋残疾，他通通不会因为这些东西的出现而感到深受冒犯。他宣称，他就想要人赤裸裸地表现原本的自己。当卑鄙、残酷、自私或淫欲呈现在眼前，他会激动得直搓手，因为那才是事情的本来面目。巴黎的生活使他懂得了世间之事本无美丑之分，只有真相与表象之别，而人们对于美的追求只是感情用事。为了摆脱美的专制统治，他不是就在一张风景画上画了个推销巧克力的广告吗？

这样一来，他似乎又将一种新事物神圣化了。一直以来，他都模糊地有过这种感觉，但直到此时才完全清楚是怎么回事。他觉得，自己就站在通往新发现的门槛上。他隐约觉得，世间还有比他推崇备至的现实主义更好的东西。“更好的东西”当然不是面对现实生活只会怯懦退缩的理想主义。理想主义萎靡不振，缺乏活力；“更好的东西”却雄浑有力，有着昂扬的精气神，能够包容生活中所有的事物。不管美与丑，卑劣行径还是英雄作为，它通通都能包容。它仍旧是现实主义，不过是一种升华到更高层次的现实主义。这种现实主义照射出更为强烈逼真之光，事物经其照射即转化为本相。卡斯蒂尔的贵族们早已逝去，透过他们凝重的目光，菲利普似乎能从更为深刻的角度看待事物。画面上，圣徒摆出各种姿势，初看时显得那么癫狂与扭曲，现在看来却似乎蕴含着某种神秘的寓意。但这种重要的寓意究竟是什么，菲利普也说不出来。这就好比一条信息，一条他要接收的非常重要的信息。但它是用一种他所不知道的语言传达的，所以他怎么也听不懂。他一直在寻求生活的意义。这里似乎为他提供了一个答案，但这答案模糊不清，晦涩难懂。菲利普心绪难平，烦扰不安，仿佛看到了某种像是真理的东西。犹如在狂风暴雨的黑夜借着闪电的一瞬之光，隐约看到远处山脉的模糊剪影，菲利普似乎认识到一个人不必将生活全都丢给偶然去摆布。相反，人的意志力是非常强大的。他也似乎认识到，自制力或许像听任激情摆布一样富于激情和活力。他还似乎认识到，人在实际生活中可以去征服各种领域，可以去探索许多未知之境；而一个人内在的精神生活或许也像外在的实际生活一样多彩多姿、千变万化，一样通过层层的经验累加而富于内涵。

第八十九章

谈话被一阵上楼的噔噔声打断了，阿特尔涅跑去为从主日学校回来的孩子们开门。孩子们笑着，嚷着，涌了进来。阿特尔涅兴致勃勃地问他们在学校都学了些什么。莎莉只待了一会儿就走了，母亲吩咐她趁父亲逗弟弟妹妹们玩的时候去将茶点准备好。阿特尔涅开始给孩子们讲述汉斯·安徒生①的童话故事。这些孩子一点儿也不怯生，很快就得出结论，菲利普不是一个让人敬畏的人。简走过来，站在菲利普身边，没一会儿竟惬意地坐在了他的腿上。在菲利普形单影只的孤寂生活中，这还是第一次享受家庭之乐。这些漂亮的孩子听童话故事入了迷。看着他们全神贯注的样子，菲利普不由自主地露出了微笑。他这位新朋友的生活，初看似乎有些怪异，此时此刻却显得十分自

① 汉斯·安徒生（1805－1875），丹麦著名童话作家。

然，充满了美感。莎莉又回到了房间。“嘿，孩子们，茶点准备好了。”她说道。

简从菲利普的腿上滑下来，跟其他孩子一溜烟跑向厨房。莎莉开始往那张长长的西班牙式桌子上铺餐布。“妈妈问，她是不是该来和你们一起喝茶?”莎莉问道，“我可以照顾孩子们吃茶点。”

“去告诉你母亲，若她肯屈尊陪伴，我们将不胜荣幸。”阿特尔涅打趣道。

在菲利普看来，阿特尔涅只要一张嘴说话，定会像演讲似的满口浮夸之辞。

“那我给妈妈也铺块餐布。”莎莉说。

不一会儿，莎莉又回来了，手里托着一只盘子，上面放有一个乡村面包、一块厚厚的黄油和一罐草莓果酱。她将这些东西摆上桌时，父亲一直打趣她，说莎莉是时候出去见见世面了。他告诉菲利普，成双成对的追求者排队等候在主日学校门口，一个个争先恐后地要送她回家，可她很傲娇，毫不理睬人家。

“别说了，爸爸。”莎莉好脾气地微微笑了笑，说道。

“一个裁缝店的伙计就因为莎莉不肯同他打招呼，伤心之下去当了兵。还有一位工程师，请注意，这回可是个工程师，不过因为莎莉拒绝和他在教堂共用一本赞美诗集，就开始借酒浇愁。你知道这一切后，恐怕连看都不敢看她一眼了。想想她束发后会是什么情形，我都禁不住一阵发颤。”

“妈妈会把茶端来。”莎莉无动于衷地说了一句。

“莎莉从来不将她的注意力分一点给我。”阿特尔涅哈哈大笑，用慈爱、骄傲的目光望着女儿，“她只知道埋头做自己的事，对战争啦、革命啦、灾难啦，全都漠不关心。对于一个实在的男人来说，她将会是一个多么贤惠的妻子啊!”

阿特尔涅太太端了茶进来。她一坐下来，就动手切面包和黄油。看到她把丈夫当小孩子似的侍候，菲利普不禁觉得颇为有趣。她帮阿特尔涅把果酱在碟子里摊开，又帮他把面包和黄油切成一小片一小片的，好让他方便塞进嘴里。她已摘下帽子，身上依然穿着做礼拜时的裙子。裙子穿在身上似乎有点紧，菲利普觉得她这个样子就像小时候和大伯一起去拜访的农夫妻子。这时，他突然明白过来为什么她的声音听起来那么熟悉，原来她的口音和布莱克斯达布尔居民的口音非常相似。“您是哪里人？”菲利普问阿特尔涅太太说。

“我是肯特郡人，老家在费尔恩。”

“和我猜想的差不多。我大伯是布莱克斯达布尔的教区牧师。”

“说来还真是有趣。”阿特尔涅太太说道，“我刚才在教堂还在想您和凯里先生是否有亲戚关系。我多次见过凯里先生。我的一位表姐嫁给了罗克斯利农场的巴克先生，该农场就在布莱克斯达布尔教堂那边。我做姑娘时常去表姐那儿住上几天。你们说，这样的巧事是不是很有趣啊？”阿特尔涅太太说罢，带着一种全新的兴趣打量着菲利普，原本黯淡无光的眸子此时也变得亮晶晶的。她问菲利普是否知道费尔恩这么个地方。费尔恩是个美丽的小村庄，离布莱克斯达布尔只有十英里远。那里的牧师有时在庆祝收获的感恩节时会到布莱克斯达布尔教堂来。阿特尔涅太太提了村庄附近好几个农夫的姓名。能再次聊聊少女时代去过的村庄，她非常开心。她这个阶层的人有一种特别强悍的记忆力，昔日刻印进脑海的人和事至今也不能忘怀。此刻能再回想当时的场景，她自然觉得无限欢欣。这也让菲利普心中生出一种奇怪的感觉来。一丝乡村气息似乎飘荡进了位于伦敦中心、镶有隔板的房间。菲利普仿佛看到广袤无垠的肯特郡乡村沃土，上面矗立着郁郁葱葱的榆树，空气中不仅弥漫着浓郁的乡村气息，还充斥着北海海风的咸味。在这样的气味刺激下，他鼻孔里的毛细血管似乎都有些扩张了，继而又让那些气味变得更加浓烈馥郁。

直到夜里十点，菲利普才起身告辞。八点钟的时候，孩子们进来道晚安，非常自然地仰起脸给菲利普亲吻。菲利普的心早已向这些孩子们敞开了。不过，莎莉只是向他伸出一只手来。

“莎莉对待先生们，只有在第二次见面时才会允许他们亲吻。”她父亲打趣说。

“那你一定得再邀请我来。”菲利普接了一句。

“你千万不能把爸爸说的话当真。”莎莉微笑着说。

“她是一位最自尊自重的妙龄少女。”她父亲又补了一句。

阿特尔涅太太安顿孩子们睡觉的当儿，菲利普和阿特尔涅两人吃了顿由面包、奶酪和啤酒组成的夜宵。当菲利普走到厨房和阿特尔涅太太道别时（她一直坐在厨房休息，读着《每周快讯》），她亲切地邀请菲利普下次再来。

“只要阿特尔涅不失业，礼拜天总是有一顿丰盛的午餐的。”她说道，“你能来和阿特尔涅聊聊天，实在是再好不过了。”

接下来的周六，菲利普收到阿特尔涅一张明信片，说他们全家都翘首以盼和他在礼拜天共进午餐。虽然阿特尔涅盛情邀请，菲利普担心他家的经济状况并不如他说的好，便回复说只过去用茶点。菲利普去时，买了一个大大的梅子蛋糕带着。这样去享受人家的款待时也不算白吃白喝了。他发现，那家人都很欢迎他的再次到来，而他带去的蛋糕则彻底赢得了孩子们的好感。他坚持和大家一起在厨房用茶点，席间欢声笑语，热闹非凡。

很快，菲利普就养成了每个礼拜天都去阿特尔涅家拜访的习惯。他深受阿特尔涅家孩子的喜欢，因为他心地纯良，感情真挚，丝毫没有装腔作势之态。还有一个再明显不过的理由就是，他很喜欢他们。到了礼拜天，孩子们一听门铃响，就从窗户探出小脑袋确认是不是菲利普。是的话，就会一窝蜂地冲下楼去给他开门；接着，一个个地飞扑进菲利普的怀抱。用茶点的时候，孩子们争先恐后地抢着坐在菲利普身旁。没过多久，他们就开始叫他“菲利普叔叔”了。

阿特尔涅是个非常健谈的人。菲利普渐渐从他嘴里了解到了他不同时期的生活状况。阿特尔涅从事过不少职业，而菲利普从他话里觉得他每干一项工作，总是把事情搞得一团糟。他曾在锡兰一家茶叶种植园做过事，还在美国当过兜售意大利酒的旅行推销员。在托莱多某水利公司任秘书一职，是他干过的任期最长的工作。他当过记者，有段时间还作为治安法庭记者效力于一家晚报。他还当过英国中部地区一家报纸的副编辑，以及里维埃拉①一家报纸的编辑。职业生涯中，阿特尔涅收集到很多轶事趣闻，等哪天兴之所至，他就用插科打诨的逗趣方式兴致勃勃地讲给人听。他读过很多书，主要乐于阅读异乎寻常的野史。他侃侃而谈神妙莫测的故事，真是舌灿莲花、口若悬河，还像小孩子似的，看到听众脸上露出惊奇的神情就喜不自胜。大约三四年前，他为贫困所迫，不得不接受一家大服装公司的广告代表一职。他自认才干高绝、能力过人，觉得接受这一差使有些辱没自己，但妻子的坚持以及养家糊口的需要，迫使他不得不坚持下去。

第九十章

菲利普从阿特尔涅家告辞出来，穿过昌策里巷，沿着河滨马路，走到国会大街的尽头去搭乘公共汽车。同阿特尔涅一家结识六周后的

① 地中海沿岸区域。

一个礼拜天，菲利普同往常一样去乘公共汽车，没想到开往肯宁顿的公共汽车已满员。此时虽说是六月天气，但白天下了一整天的雨，晚上还是显得很阴冷潮湿。他决定走去皮卡迪利广场，那里说不定还有座位。公共汽车停靠在喷泉附近。平常到站时，里面的乘客总不超过两三位。汽车每隔一刻钟开一班，他还得等些时候。他无所事事地扫眼看着周围的人群。正是酒吧间关门的时间，外面有很多人在走动。他脑海里浮想联翩，满是与阿特尔涅畅谈后激发出的各种怪念头。

突然，他的心仿佛漏跳了一拍——看到了米尔德里德。他已有好几个星期没想过她了。她正要从沙夫茨伯里大街拐角处穿过马路，但一队马车驶了过来，她便只好站在候车道上等着。她眼睛紧盯着行驶的车队，一心要瞅准机会穿过马路，根本无意欣赏周围景色。她戴着一顶大黑草帽，上面插着许多羽毛，身上穿着一件黑绸裙。那个时候，很流行曳地长裙。道路畅通了，米尔德里德随即穿过马路，沿着皮卡迪利大街的方向走去，裙摆拖在身后的地上。菲利普怀着一颗狂跳的兴奋之心，悄悄跟在她后面。他并不想和她说话，只是好奇她这个时间还要去哪里。他想看一眼她的脸。米尔德里德走得很慢，先是拐入埃尔街，接着穿过摄政大街，最后竟又朝着皮卡迪利广场的方向走过去。菲利普困惑不已，不知道她这是要闹哪样。或许她正在等什么人吧。菲利普这么一想，好奇心顿起，想要搞清楚她到底要见的是谁。她三步并作两步，赶上一个头戴礼帽的矮个子男人。此人正踱着步，经过他身边时，米尔德里德朝他斜了一眼。她继续朝前走，直到来到斯旺 - 埃德加店前才停下来，面朝马路等着。当矮个子男人走上前来时，米尔德里德微微一笑。男人瞪着眼睛打量了她一会儿，扭过头又晃悠开了。

此时，菲利普什么都明白了。他感到惊骇不已，有那么一会儿竟觉得双腿发软，几乎都站不住了。然后，他快步追上米尔德里德，戳了戳她的肩膀。“米尔德里德!”

她惊骇地转过身来。他觉得米尔德里德脸红了，但夜晚光线昏暗，看得不是很清楚。两人你瞪着我、我瞪着你，半晌没有说话。最后，米尔德里德开口说道：“想不到在这儿见到你!”

菲利普实在太过震惊了，根本不知道该说些什么；脑海里似乎给千言万语搅得天翻地覆，可就是开不了口。“真糟!”他叹息了一声，像是自言自语。

米尔德里德没再说什么，而是转过脸，低头看着人行道。菲利普觉得自己痛苦的脸都扭曲了。“我们可不可以找个地方谈谈?”

“我和你没什么好谈的。”她面色阴沉地说道，“别来缠我了，行不行?”

菲利普蓦地觉得，她是不是急需用钱，没法在此时离开此地。“你要是缺钱花，我这里倒有几个硬币。”菲利普脱口而出。

“我不知道你这是什么意思。我只是在回家的路上经过这里，打算见一位跟我在一个地方上班的女友。”

“看在上帝的分上，你就别撒谎了。”菲利普说道。

他瞧见米尔德里德正在流泪，不由得重复道：“我们可不可以找个地方谈谈？我能去你那儿吗?”

“不，你不能去。”她抽泣着说，“我不能带男人回去。你要是愿意，我明天去找你。”

菲利普心里肯定她明天绝不会来的，这次他绝不会再放她走。“不，你现在就必须带我去个地方谈谈。”

“好吧，我知道有个地方，不过得付六先令。”

“付钱就付钱，我不介意。那地方在哪儿?”

她说了地址，菲利普随即叫了辆马车。马车驶过大英博物馆，来到格雷旅馆路附近一条破烂小巷。“那儿的人不喜欢你把马车赶到门口。”米尔德里德说道。

这是他们上马车以来说的第一句话。下车后又走了几码，米尔德里德对着一扇大门重重地连敲三下。菲利普注意到，扇形窗上有块硬纸板的告示，上面写着有房出租。大门悄无声息地开了，从里面走出上了年纪的高个子女人。女人瞪了菲利普一眼，然后压低声音和米尔德里德咕哝了几句。米尔德里德领着菲利普穿过过道，来到后面一个房间。房间里黑洞洞的，米尔德里德向菲利普要了根火柴，点亮了煤气灯。因为没有灯罩，火苗发出刺耳的呲呲声。菲利普这才看清楚，自己此刻置身于肮脏不堪的小卧室。里面摆着一套漆成松木颜色的家具，对这个房间来说，它们显得太大了。蕾丝窗帘脏兮兮的，窗格栅蒙着一把大纸扇。米尔德里德倒进壁炉边的一把椅子里，菲利普则坐在床的边沿。他感到很难为情。此时，他看到米尔德里德双颊涂着厚厚的胭脂，眉毛描得黑漆漆的。然而，她看起来形容枯槁，一副病恹恹的样子，双颊上的红胭脂让泛青的脸色更加显眼。米尔德里德无精打采地凝视着那把纸扇，菲利普也想不出该说些什么。他觉得喉头哽咽，像是要哭了，赶忙用手捂住双眼。“我的老天爷呀，这也太可怕了。”他呻吟出声。

“真不知道你干吗这样大惊小怪的。我还以为你见到我挺高兴的呢。”菲利普没有回答。她说罢，抽泣了起来。“你该不会觉得我是因为喜欢你才这么做的吧?”

“噢，亲爱的!”他嚷起来，“我真难过！真的好难过!”

“这话对我屁用都没有。”

菲利普再次不知道该说什么好了，生怕说出会被她误解成责备或嘲笑之类的话语来。“孩子在哪儿呢?”他终于开口说道。

“我把她带回伦敦了。我没有钱继续供养她在布莱顿由人照顾，只得自己带了。我在海伯里路租了个房间。我告诉他们说我是一个演员。每天从那儿去伦敦西区真是够远的，带孩子的人可很难找到活儿干啊。”

“那家店不肯让你再回去吗？”

“哪儿都找不到工作。为了找工作，我两条腿都快跑断了。有一次倒是找到了一个，可我因生病离开了一周，再回去时他们就不要我了。这事你也不能怪人家，是不？那是他们的地盘，可用不起身体不够健壮的姑娘。”

“你的气色看起来不大好。”菲利普说道。

“我今晚本不宜出门的，但有什么办法呢，我需要钱啊。我给埃米尔写过信，告诉他我身无分文，可他从没回过信。”

“你可以给我写信啊。”

“我不想那么做。在发生了那些事后，我可不想让你知道我陷入了困境。你要是骂我这是罪有应得，我也不会吃惊的。”

“即使到了今天，你还是很不了解我，是不是？”

菲利普回想起因为她所遭受的痛苦与折磨，再回想起曾经的心酸遭遇，不禁有一种想吐的感觉。但往事已如过眼云烟，不追究也罢。此时，再看着曾经挚爱的人，菲利普明白自己已不再爱她了。他只是为她感到很难过，但又很庆幸自己得到了解脱。他表情严肃而沉重地打量着她，心想自己当初怎么就给她迷得不能自拔。

“你是一个地地道道的绅士。”米尔德里德说道，“你是我平生见过的唯一绅士。”她停顿片刻，接着红着脸说道，“菲利普，我实在羞于开口！不过，你能给我点钱吗？”

“幸好我身上还有点钱。不过，只怕就剩下两镑了。”他说着，将钱掏给她。

“我会还给你的，菲利普。”

“噢，没关系。”他微笑着说，“你不必操心什么还钱不还钱的。”

菲利普并未说出他心里实际想说的话。两人漫无目的地闲聊着，好像这一切都该顺其自然。她聊完后再回去过那种可怕的生活，而他对此也是无能为力，阻止不了什么。

米尔德里德从椅子里站起来去拿钱，菲利普也跟着站起来了。“我是不是不该留你了？”她问道，“我想你要回去了吧？”

“噢，不，我不着急。”他答道。

“能有机会坐下来歇歇，我真是太开心了。”这话里所蕴含的意思撕扯着菲利普的心。

看着她疲惫不堪地倒入椅子里的样子，菲利普真是痛苦不已。两人都陷入沉默。沉默得太久，以至于菲利普在尴尬中不得不点一支烟来缓解一下。

“菲利普，你连一句不中听的话也没说，真是对我太好了。我还以为你会说我不知羞耻呢。”

他看见她又开始淌眼泪。想起当初她被埃米尔·米勒抛弃时，跑来自己面前痛哭的场景，想到她所遭受的不幸；想到自己因她而受的羞辱，他此刻所怀有的怜悯之情不由得更强烈了。

“我是多么想摆脱这种困境啊！”她呜咽着叹道，“我恨透了这种日子。我不适合过这种生活，我可不是那种姑娘。只要能摆脱这种困境，我做什么都愿意，就是去当个佣人也好。噢，我真想一死了之。”为自己感到可怜，她精神完全崩溃了，不由得歇斯底里地大哭起来，瘦弱的身子颤抖不止。“噢，你不知道这种日子是什么滋味。要不是亲身试试，是绝不会知道的。”

菲利普实在不忍心看到她哭泣，想到她那可怕的处境，他的心也备受折磨。“可怜的孩子！”他喃喃地说，“可怜的孩子！”他深受触动。突然，他灵光一闪，想到一个好主意，不由得一阵狂喜。“听我说，如果你想摆脱眼前困境，我倒有个主意。眼下我手头也很不宽裕，得尽可能省着点。不过，我在肯宁顿租了套小房间，还有一间空着没人住。你愿意的话，可以带着孩子搬过来住。我每周付给一个女人三先令六便士，让她替我打扫房间和做点饭。这两件事儿，你也可以做。那样的话，我就可以省下工钱，而你吃饭的钱肯定也不会比我付给她的工钱多多少。两个人吃饭也不见得比一个人多花多少钱。至于孩子，我想她吃不了多少东西的。”

米尔德里德停止抽泣，呆愣愣地看着菲利普。“你的意思是说，在发生了那些事后，你还愿意让我回到你身边？”

菲利普觉得接下来要说的话可能有点尴尬，不由得红了脸。“我想你不要误会。我只是给你提供一个吃住之地，那房间不会额外再花费我什么钱。至于你要做的事，就是我雇用的那个女人做的事。此外，我别无他求。我想，你肯定能把饭做好的。”

米尔德里德跳起来，就要朝菲利普扑过去。“你对我实在太好了，菲利普。”

“噢，不，请你就站在那儿。”菲利普赶紧止住她，还匆匆伸出手，像是要把她推开似的。他不知道自己为什么要这么做，但就是不能忍受她来碰自己。“我只是想和你做朋友，此外别无他想。”

“你对我真好！”她重复念叨着，“你对我真好！”

“你的意思是说，你愿意到我那里去了？”

“嗯，是的。只要能摆脱目前的困境，让我做什么都愿意。你永远不会为今日所行之事感到遗憾的，菲利普，永远不会。那我什么时候过来呢，菲利普？”

“你最好明天过来。”

她突然又开始哭泣起来。

“你这又是为什么哭呢？”菲利普微笑着问道。

“我实在太感激你了，不知道该怎样补偿你才好。”

“噢，不用把这事放在心上。你现在最好回家去歇着。”菲利普把地址写给她，并告诉她如果明天五点半到，他会把一切都准备好的。

此时，夜已经很深了，没有汽车可乘，他只得走回去。不过，原本很长的一段路，他也不觉得长了。他满心欢喜，沉醉得有些飘飘然，像是漫步在云端。

第九十一章

第二天，菲利普一大早就起床，给米尔德里德收拾房间。他对照料他生活的女人说，不再雇用她了。大约六点钟，米尔德里德到了。菲利普一直在窗口守着，看见她来，便赶忙下去给她开门，帮她把行李拿进来。她的行李现在只剩下三个用褐色纸张包着的大包裹。迫于生计，她不得不卖掉所有不太需要的东西。她依然穿着昨晚穿的黑绸裙，脸上并没有涂脂粉，眼圈周围还是黑黑的，显然是早上马马虎虎洗了把脸，这使得她看上去满脸病容，怀抱孩子从马车里出来的样子实在可怜。她似乎有点不好意思。两人发觉都没什么可说的，只得随便寒暄几句。

“一路可还算顺利吧?”

“我从来没在伦敦这一带住过。”

菲利普领她去看房间，就是克朗肖去世的那个房间。菲利普一直不想再住进去，尽管他觉得这种想法挺荒唐的。克朗肖死后，他并没有挪窝，依然住在小房间，睡在一张折叠床上。孩子在母亲的怀里安然地睡着。“我想，你现在认不出来她了吧?”米尔德里德说道。

“自从将她送去布莱顿后，我就再也没见过她。”

“我该把她放在哪儿呀？她太沉了，我可抱不了太久。”

“我恐怕还没准备摇篮。”菲利普紧张不安地笑了笑。

“噢，她可以和我一起睡。她一直都是和我睡的。”

米尔德里德把孩子放进扶手椅，四下打量着房间。房间里大部分摆设都是她之前在菲利普原来住的地方见过的，只有一件新摆设是她没见过的，就是劳森去年夏末为菲利普画的一幅肖像画，此刻正挂在壁炉上方。米尔德里德带着挑剔的鉴赏目光，打量着那幅画。“这幅画有些地方我挺喜欢，有些地方我一点儿也不喜欢。我觉得你真人比画上的好看多了。”

“看来事情还真是有所好转啊！”菲利普大笑着说道，“你可从来没说过我好看呀。”

“我不是那种看重男人长相的人。我不喜欢长得俊的男人，他们总是自以为是，一副了不起的样子。”她的眼睛环顾四周，出于女性的本能想找到一面镜子，但房间里并没有。她抬起手，摸了摸前额浓密的刘海。“我住在这里，人家会怎么说呀？”她突然问道。

“噢，其他住在这儿的就只有一个男人和他的老婆。男人整天都在外面；至于他的老婆，我也只有周六付房租时才会看到。夫妇俩过着自己的生活，完全不会关注我们的。自从我住到这里以来，我和那两个人说的话还没超过两句呢。”

米尔德里德走进卧室，打开行李，把东西安置好。菲利普试着打开一本书读读，哪知情绪太亢奋了，根本读不进去。他仰面靠进椅子里，点上一根烟，满眼笑意地凝视着睡熟的孩子，感到非常愉快。他确信不再爱米尔德里德了。见到昔日的炽热情感竟然荡然无存，菲利普不禁有些吃惊。他隐隐觉得，自己对米尔德里德的身体充满了厌恶感，要是去抚摸她，肯定会浑身起鸡皮疙瘩的。他也不明白怎么会这样。过了一会儿，随着一阵敲门声，米尔德里德走了进来。

“我说你不必敲门的。”菲利普说，“你有没有在其他房间转转?”

“这里的厨房是我见过的最小的厨房。”

“足够你烹制豪华大餐了。”菲利普淡淡地顶了一句。

“我看到厨房里什么也没有，我想最好还是出去买点菜回来。”

“是要买点回来。不过，我必须提醒你，我们可得数着钱花，尽量节省点才好。”

“那晚饭要买点什么呢?”

“你会做什么菜就买什么好了。”菲利普笑着说道。

他给了她一些钱，她便走了出去。半小时后，她回来了，把买来的东西往桌子上一放。由于刚爬了楼梯，她还有些气喘吁吁。

“我说，你身患贫血症，”菲利普说，“我得给你开点布劳氏丸吃吃。”

“我费了好一会儿才找到商店，买了一些猪肝。这个东西吃起来挺美味的，是不？一下子也不能吃太多。猪肝可要比肉店里的猪肉划算多啦。”

厨房里有个煤气灶，她把猪肝煎上以后，便走来客厅铺餐布。

“你为什么只铺一块餐布?”菲利普问道，“你难道不吃饭吗?”

米尔德里德脸色涨红，说道：“我觉得你或许不想和我同桌吃饭。”

“为什么?”

“嗯，我现在只是个仆人，是不是?”

“你个傻瓜！你怎么能这么傻呢?”菲利普微微一笑。米尔德里德如此谦卑的态度却仿佛在他心里拧了一把，不禁隐隐作痛。可怜的人儿！他还记得两人最初认识的时候她是个什么样子。菲利普犹豫了半天才开口说话。“别觉得我这是在施舍你。”他说道，“咱俩不过是在做笔交易——我给你提供食宿，你为我干活。所以，你并不欠我什么，也不用觉得有什么好羞耻的。”

米尔德里德没有答话，眼泪却像断线珠子似的从面颊上滚落。菲利普根据他在医院里的经验知道，像米尔德里德这一阶层的女人，都把侍候人看作有失尊严的行为。他有点不耐烦她了，但他还是很自责，因为她看上去显然很累，一副病恹恹的样子。他站起身来，帮她把另一张餐布铺好。

孩子此时也醒了，米尔德里德已给她准备好了一些软和食物。猪肝和培根做好后，两人便坐下来吃饭。为了节约，菲利普除了水，早就不喝其他的了。不过，家里还有半瓶威士忌。他觉得，米尔德里德喝上一点或许对身体有好处。他尽力使这顿晚餐吃得愉快些，可米尔德里德神情抑郁，整个人显得精疲力竭。两人一吃完饭，她就把孩子抱到床上去睡觉。

“我想，你早些上床休息会对身体比较好。”菲利普说，“你看上去累极了。”

“我想洗完餐具后就去睡觉。”

菲利普点燃烟斗，开始看书。听到隔壁房间有人走动，这种感觉真好，因为寂寞有时压得他喘不过气来。米尔德里德走进来收拾桌子，然后他听到盘子洗涤时发出清脆的碰击声。想到她竟穿着黑绸裙干家务活，菲利普不由得给她这种个性十足的做派弄笑了。但他还有正事要干呢，只好拿着书走到桌边静下心来学习。他正在研读奥斯勒①的《内科学》。这本书深受学生喜爱，最近取代了使用多年的泰勒撰写的教科书。过了一会儿，米尔德里德走了进来，边走边放下卷起的袖子。菲利普随意瞟了她一眼，并没有挪动身子。这样的场景挺怪异的，菲利普有点紧张不安，害怕米尔德里德会觉得他要做出什么

① 奥斯勒（1849－1919），加拿大临床医学家。

讨厌的举动。然而除了性爱，他还真不知道该怎么安抚她。

“顺便说一声，我明天上午九点有课，得八点一刻就吃早饭。你来得及做吗？”

“噢，可以的。我住在国会大街的那会儿，每天早晨得赶到赫恩山去乘八点二十的车。”

“希望你能在那个房间住得舒服。今晚你好好睡一觉，明天早上气色一定大变样。”

“我想，你今晚看书要到很晚吧？”

“我通常会看到十一点或十一点半。”

“那我就和你道晚安了。”

“晚安。”

桌子横在两人中间，菲利普并没有伸手去和她握手。她轻轻关上房门。菲利普听到她在卧室里走动的声响，过了一小会儿又听到她上床睡觉时床铺发出的嘎吱声。

第九十二章

第二天是星期二。像往常一样，菲利普匆匆吃过早饭，便箭一般冲出去赶九点的课。出门前，他只来得及和米尔德里德随便打个招呼。晚上回来时，他发现米尔德里德正坐在窗下补他的袜子。

“我说你还挺勤快的嘛。”菲利普笑道，“你这一整天都做了些什么呢？”

“噢，我把房间彻底打扫了一遍，然后带孩子出去走了走。”

米尔德里德今天穿了件黑色旧裙，还是当初她在茶点店干活时穿的制服。衣服虽然破旧了些，却比昨天那件黑绸裙看上去好多了。孩子坐在地板上，睁着一双神秘的大眼睛盯着菲利普。当菲利普在她身旁坐下抚弄她的光脚丫时，她咯咯笑了起来。夕阳射进屋里，洒下一缕柔和的光线。

菲利普从医院药房拿回一瓶布劳氏丸，交给米尔德里德，告诉她饭后一定要记得服用。吃药对她来说是习以为常的事，她打十六岁以来就断断续续吃过很多药。

“我相信，劳森一定会喜欢你这种泛青的肤色。”菲利普说道，“他一定会说，这种颜色很入画。我现在变得非常爱就事论事，你一天不变得像挤奶女工那样白里透红，我就一天不得安心。”

“我已经觉得好多了。”

简单吃过晚饭后，菲利普便往烟草袋里塞满烟丝，然后戴上帽子。周二晚上，他一般都要到比克街酒馆去。他很高兴自米尔德里德来这里后很快就是周二了，他想借此机会明白地暗示他俩是什么关系。

“你要出门吗？”她问道。

“是的，每逢周二晚上，我都给自己放一晚上的假。那就明天早上见了，晚安。”

菲利普总是怀着愉快的心情去那家酒馆。麦卡利斯特，颇有哲学思想的证券经纪人一般都会在那儿——天底下任何事，他都喜欢和人理论一番。海沃德只要人在伦敦，也常到那儿去。虽然他和麦卡利斯特都不喜欢对方，却都习惯在周二晚上来酒馆碰个面。麦卡利斯特认为海沃德是个可怜的家伙，对他多愁善感的骄矜做派总是嘲笑不已。他语含讥讽地询问海沃德文学创作进展如何，当海沃德含糊其辞地暗示不久就将有杰作问世时，麦卡利斯特总是报以轻蔑的微笑。两人之间的争辩通常都很激烈，但说的话又都颇有分量，便有些惺惺相惜起来。每逢晚上的聚会快要结束时，两人一般都能弥合分歧，把酒言欢，相互认为对方是了不起的绝世之才。这天晚上，菲利普发现除了他俩，劳森也在场。随着在伦敦认识的人越来越多，劳森晚上经常外出赴宴，越来越少来这家酒馆。三人在一起欢饮畅聊，气氛十分融洽。麦卡利斯特帮助两人通过证券交易所小赚了一笔，海沃德和劳森各赚了五十镑。对劳森来说，这五十镑非同小可了。他进账少得可怜，花起钱来却大手大脚。他此时的人生与事业已到了专业肖像画家的阶段，还深受评论界关注。劳森发现，只要不用付钱，很多贵妇人都乐意让他画肖像画（这种做法无论对贵妇人还是劳森，都是绝佳的广告。贵妇人因此赢得了艺术保护人的美誉）。但他很少能找到资金雄厚的冤大头愿意出一大笔钱，让人给妻子画幅肖像画。尽管如此，劳森还是心满意足。“这是我见过的最妙的赚钱办法。”劳森喜滋滋地嚷道，“我甚至连六便士的本钱都不必掏。”

“年轻人，你上周二没来这儿，可失掉了一个赚钱的好机会。”麦卡利斯特对菲利普说道。

“我的老天爷，你为什么不写信告诉我呢?”菲利普接口道，“你不知道一百镑对我来说会有多么大的用处!”

“噢，那会儿时间来不及了。人得就在现场才行。上周二我听到一个好消息，便问这两个家伙愿不愿意试试。周三上午，我给他们两人买进一千股，下午行情就看涨了。我赶紧把股票抛售出去，为他们每人赚了五十镑，我则赚了两三百镑。”

菲利普听了嫉妒不已。最近他把那笔小遗产投资的最后一张抵押契据也卖了出去，手里只剩六百镑的现款。有时想想将来该怎么办，他不禁一阵恐慌。他还得在医学院学习两年才能取得行医资格，此后才能设法在医院谋个职位。这样一算，他至少还有三年休想赚到一个子儿。就算他收紧开支，过最节俭的生活，到那时，他也至多剩个百来镑。百来镑实在太少了！要是再三病两痛的不能赚钱或到时找不到工作，可真是会叫天天不应、叫地地不灵了。要是走运的话，随着他们去赌一番，那境况就可能大不同了。

“嗯，这次没关系。”麦卡利斯特说道，“很快就会再有机会的。最近南非国家肯定会再次出现股票暴涨的情况，到时我一定叫上你。”麦卡利斯特正为南非金矿股票市场效劳，经常给他们讲一两年前因为股票暴涨某些人一夜致富的故事。

“好吧，下次可别忘了我呀！”

他们坐在一起天南海北地闲侃，一直聊到将近午夜时分。菲利普住得最远，便首先告辞而去。要是赶不上最后一班电车，他就得走回去了。那样的话，回到寓所就会很晚了。事实上，他直到十二点半才回到家。哪想上楼后竟发现米尔德里德坐在他的扶手椅里，菲利普不由得大吃一惊。“你怎么还没睡？”菲利普惊叫道。

“我不困。”

“就是不困也该上床休息啊。”

她依然坐在扶手椅里没动。菲利普注意到，晚饭后她又换回了黑绸裙。“我觉得该等你回来，免得你需要点什么。”她盯着菲利普瞧，一丝笑意爬上那两片苍白而无血色的薄唇。

菲利普不确定自己是否懂得了她的用意，只觉得有点尴尬，但还是装出一副就事论事的轻快神态。“谢谢你这样为我考虑。不过，你这样也太胡闹了。快给我去睡觉，不然明天早晨就爬不起来了。”

“我不想去睡觉。”

“废话少说！”他冷冷道。

米尔德里德站起身，面色有些阴沉，走进了自己的房间。听到她咣当一声关上门，菲利普不禁感到好笑。

接下来的几天里两人相安无事，过得很平静。米尔德里德是既来之则安之，就在这个新寓所安顿下来了。菲利普吃过早饭匆匆赶去上课后，她有整整一上午的时间来干家务活。他们吃得很简单，但她就喜欢花长时间去买很少的东西。她不愿费心思做什么午饭，便煮杯可可喝，再吃点黄油面包。然后用婴儿车推着孩子外出散散步，回来后便无所事事地待在寓所里。她浑身乏力，总是一副倦容，不怎么干活倒也适合她。菲利普把房租交到她手上，让她去付给房东太太。米尔德里德竟能趁此和那位令人望而生畏的房东太太交上朋友。不出一周，就能给菲利普讲讲左邻右舍的情况，其详细程度比菲利普这个住了一年的人了解还多。

“她是个非常好的女人，”米尔德里德说，“非常有太太范。我跟她说我们是夫妻。”

“你觉得有这个必要吗？”

“嗯，可我总得和她说点什么呀。我住在这儿，假如说不是你的妻子，未免让人觉得太可笑了吧？要是那样，我简直不知道她会怎么看我。”

“我敢肯定，她一分钟也没相信过你。”

“她肯定相信，我敢打赌。我告诉她我们已经结婚两年了——你知道我必须这么说，因为有个孩子存在嘛——这儿的人之所以没听说此事，是因为你还是学生，不宜宣扬此事。”她接着又说道，“所以，我们才一直保守这个秘密。他们现在已经接受了这个说法，还邀请我们和他们一起去消夏呢。”

“你可真是个编造荒诞故事的高手。”菲利普说道。看到米尔德里德扯谎的劲头不减当年，菲利普隐隐感到恼怒。过去这两年，她可什么教训也没学到。但他并没发作，只是耸了耸肩。“该说的我都说了，该做的我也都做了。”菲利普心里思忖着，“她不太可能改过自新了。”

这是个美丽的夜晚，天气温暖宜人，夜空万里无云，伦敦南区家家户户似乎都倾巢而出，来到大街上玩。空气中似乎酝酿着一股躁动不安的气息。那些伦敦佬有时会深受这种气息影响——每当天气转变的当儿，他们总要出来透透气。晚饭后，米尔德里德收拾好一切，站到窗前眺望。街上熙熙攘攘的吵闹声扑面而来，人们的呼喊声、来往车辆的呼啸声，还有远处手风琴飘荡出的乐声，全到传进了他们的耳朵。

“我想你今晚必须学习了吧，菲利普?”米尔德里德问他的时候，脸上流露出一种渴望的神情。

“我是该学习，但不一定非这样不可。怎么了，你想要我做点什么别的吗?”

“我想出去散散心。难道我们就不能坐在电车顶上出去溜一圈吗?”

“随你的便。”

“那我这就去拿帽子。”她兴高采烈地说道。

这样美丽的夜晚，根本没法让人舍得窝在家里。孩子已经睡得很熟了，留在家里完全没问题。米尔德里德说她以前晚上出去的时候，就总把孩子单独留在家里，她从来没醒过。她戴好帽子回来时，别提兴致有多高了。她还抓住机会涂了点胭脂，菲利普还以为她这是太兴奋，太激动了，苍白的面颊才泛起淡淡的红晕。看到她高兴得像个孩子似的，菲利普不由得有所触动，责备自己对她太严苛了。当她来到外面时，开心地哈哈笑了起来。一看到有驶往威斯敏斯特大桥的电车，他们就跳了上去。菲利普嘴里叼着烟斗，两人都看着外面熙熙攘攘的街道。商店都还开着门，里面亮堂堂的，人们忙着为第二天的生活所需采购。当电车驶过一家名叫坎特伯雷的歌舞杂耍剧场时，米尔德里德不由得惊叫起来：“噢，菲利普，我们去那里吧！我已经好几个月没去过杂耍剧场了。”

“你知道我们根本买不起前排正厅座位的票。”

“噢，我不在乎什么座位不座位。只要能去顶层楼座里站一站，我就很开心啦！”

两人便下了电车，往回大约走了一百码，就来到杂耍剧场门口。他们花了十二便士买了两个极好的座位，虽然在高处，但绝不是顶层楼座。他们今晚还真走运，剧场里有不少空位置。米尔德里德双眼闪闪发光，快活极了。她头脑简单，这一点倒让菲利普很受触动。对菲利普来说，她就像一个猜不透的谜。她身上某些东西至今还吸引着菲利普，觉得她还有不少好的地方。米尔德里德一直没受过良好教养，生活又过得很辛苦，有些事连她自己也是无能为力的。他却为此而责备她。如果他还向她要求什么美德，那真是强人所难。她这样的成长经历与生活经历，根本无力养出什么美德。换个环境，她也许能长成个讨人喜欢的姑娘。人生犹如战场，她却非常不适合参与这场战争。菲利普凝视着她的侧影，只见她的嘴微微张开，面颊上泛起两朵淡淡的红晕。他觉得，此时的她看起来竟异常圣洁，心里对她生出无限的怜悯之情。虽然她曾给自己带来了巨大的痛苦与折磨，但此时此刻，他已能诚心诚意地原谅她了。剧场里烟雾缭绕，熏得菲利普眼睛疼。当他提议回家时，米尔德里德却转过头来，一脸的恳求之色，请求他陪她待到终场。菲利普笑着同意了，米尔德里德于是握住他的手，直到表演结束。散场后，他们随着观众一起涌到熙熙攘攘的大街上。米尔德里德还是不想回家，他们又沿着威斯敏斯特大街散步，一边走，一边打量着周围匆匆而过的人群。

“我已经好几个月没有这么开心了。”米尔德里德说道。

菲利普感到心里很充实。将米尔德里德和孩子接到自己的寓所不过是他一时兴起，但他现在很感激命运让他这样做了。看到她对现在的快乐充满感激之情，菲利普也感到由衷的开心。最后，米尔德里德终于累了，他们便跳上电车回家去。此时，已是深夜。他们下了电车，拐到寓所所在的街道时，空荡荡的大街看不到一个人影。米尔德里德悄悄挽起菲利普的胳膊。“这真有点像昔日的时光，菲尔。”米尔德里德说道。

她从没叫过他菲尔，只有格里菲斯一人这样叫过。即便现在听到这样的称呼，菲利普的心里竟也不可思议地感到一阵疼痛。他记起那时自己是多么想一死解脱，那种巨大的痛苦实在难以承受，所以他非常认真地考虑过干脆自杀算了。那一切，现在回想起来似乎都是那么遥远。想起过去的自己，菲利普不禁释然一笑。现在，他对米尔德里德只有无限的同情。除此以外，毫无其他的感情。

进入客厅时，菲利普点燃了煤气灯。“孩子还好吗?”菲利普问道。

“我进去看看。”

米尔德里德进去看了看后回来说，自从她走后，孩子一直睡得很香甜，连动也没动过。真是个好孩子！菲利普伸出一只手，与米尔德里德道晚安。

“你现在就想睡觉啦?”

“都快一点了，我近来熬不得夜。”菲利普说道。

米尔德里德一把抓住他的手，一边紧紧地攥着，一边眼含笑意地凝视着他。“菲尔，那天晚上在那个房间里，你叫我住到这里来；当你说除了做饭之类的事，再不会让我做其他事时，我脑子里想的同你认为的并不一样呢。”

“是吗?”菲利普抽回手道，“但我确实是那么想的。”

“别这么傻里傻气的啦！”米尔德里德嗔笑道。

菲利普摇摇头，说道：“我可是非常认真的，我绝不会提出任何其他条件来留你在这儿。”

“为什么不呢?”

“我觉得我不能那么做，也没法解释清楚。若真是那样做了，就会把这一切全糟蹋的。”

米尔德里德不以为然地耸耸肩。“噢，很好。那就随你的意好了。我可不会为这种事跪下来求你，绝没有那种可能性。”说罢，她走出房间，咣当一声甩上门。

第九十三章

第二天上午，米尔德里德脸色阴沉，寡言少语。她一直把自己关在卧室里，直到该准备午饭时才出来。她的厨艺非常差劲，除了炖排骨和烧牛排，几乎不会做别的。她还不知道如何物尽其用，把些零星杂碎都给扔了。因此，菲利普的开支比之前估计的要多好多。她摆好饭菜后，便在菲利普对面坐下来，什么也不吃。菲利普问她怎么回事，她说头疼得厉害，没有胃口。菲利普非常高兴还能找个地方打发下午的时光——阿特尔涅一家人不仅性情开朗，还很好客。想到那家人个个都怀着欢快心情期待他的到访，菲利普不禁有点喜出望外了。菲利普从阿特尔涅家回来时，米尔德里德已上床睡觉了。可到了第二天，她还是那样沉默寡言。晚饭时，她坐在那里满脸骄矜之色，眉毛还微微皱起。这让菲利普很不耐烦，但他还是告诫自己必须多体谅她，别跟她计较。“怎么不说话呢?”菲利普面上带着和煦的微笑，问道。

“我只是受雇来做饭、打扫房间的，可没想到还担负有说话的义务。”

菲利普觉得这无礼至极的话也太伤人心了。但如果还要继续在一起生活，他就必须尽自己所能，别把事情搞得太僵。“恐怕你是为了那天晚上的事生我的气了吧？”他说道。谈论这件事本令人颇为尴尬，但显然有必要把话说清楚。

“我不知道你这是什么意思。”她回答说。

“请你别生我的气。如果不认为我俩之间仅仅是朋友关系，我就绝不会邀请你住到这里来。我之所以提出这个建议，只是因为我觉得你想有个栖身之所，还有机会找个活干干。”

“噢，你可别以为我在乎的是这个。”

“我一刻也没这样想过，”菲利普赶忙接口说，“你绝不能因此认为我是个不懂感激的人。我知道，你提出那样的事完全是为我考虑。可我就是有这么个感觉，虽然我也说不清楚是怎么回事——若我们真那样做了，就会将整件事变得丑陋不堪，让人觉得可怕。”

“你真是个怪人。”米尔德里德说着，用好奇的目光打量着菲利普，“我真搞不懂你。”

现在，她已不再生菲利普的气了，却感到困惑不解。她根本搞不懂他那些话说的是什么意思。她接受这种处理方式，且隐约觉得菲利普这样做是非常高尚的行为，应该感到钦佩。但与此同时，她也想嘲笑他，甚至有点鄙视他。“他是个很难对付的古怪客人。”米尔德里德心里这样想。

之后，两人之间的生活过得很平顺。菲利普白天都待在医院，晚上除了去阿特尔涅家或比克街酒馆，就是待在家里学习。有一次，一位医生邀请他去参加一个隆重的宴会，因为他曾在这位医生手下实习过。他还参加了两三次同学们举行的聚会。米尔德里德则安于平淡乏味的生活。如果她对菲利普晚上把她扔在家里这事有所介怀，嘴上可从来不说。有时，菲利普也带她去歌舞杂耍剧场散散心。菲利普是真心实意要将自己的想法贯彻到底，即他俩的关系只能是他为米尔德里德提供食宿之便，而米尔德里德得以做家务活来抵偿。米尔德里德认为夏天去找工作也没有可能，干脆打定主意不找了。征得菲利普的同意后，她打算在这里一直住到秋天，觉得那时找工作应该会容易些。

“就我来说，就算将来你找到工作，只要你觉得方便，就还可以住在这里。房间是现成的，原先我雇用的老妈子可以过来照顾孩子。”

菲利普非常疼爱米尔德里德的孩子。他有做慈父的天性，却甚少机会展露。米尔德里德对小女孩也不能说不好，在照顾孩子这方面做得很好。有一次孩子患了重感冒，她就像尽职尽责的护士那样照顾她。可孩子也让她心生厌烦。孩子一闹腾，她就恶语相加。她虽然喜欢她，却没有那种心里只有孩子而忘了自己的慈母之爱。米尔德里德不是一个喜欢情感外露的人，相反，她觉得显露情感是非常滑稽可笑的。当菲利普把孩子抱在膝上逗着玩、亲吻时，她就大声嘲笑他。“就算你是亲生父亲，也够溺爱她的了。”她说道，“瞧你疼孩子的傻样！”

菲利普的脸涨得通红，很痛恨被人嘲笑。他竟然如此宠爱别的男人的孩子，真是有些荒唐！菲利普不禁为自己内心情感过于充溢感到羞惭。但孩子似乎能感觉到菲利普的喜爱，不是把脸紧贴着菲利普的脸，就是依偎进菲利普的怀里。

“你自然是觉得不错。”米尔德里德说，“那些不顺心的事又不会让你遭罪。要是午夜让你醒着熬一个小时，就因为这位小公主不愿意睡觉，你会感觉如何？”

菲利普不由得想起自己孩提时各种各样的琐事来，原本他以为早已忘了的。他抓住孩子的小脚趾。“这只小猪拿去市场卖了，这只小猪留在家里。”

晚上菲利普一回家，跨进客厅第一眼就扫向那在地板上爬来爬去的孩子。听到孩子见到他时发出的愉快叫声，菲利普也由衷地开心。米尔德里德教孩子喊菲利普“爸爸”，可当孩子第一次自动叫出声时，她又肆无忌惮地嘲笑起来。“我真怀疑，你是不是因为她是我生的才如此喜欢。”米尔德里德问道，“还是说，你对其他人的孩子也如此喜欢？”

“我可不认识什么别人家的孩子，所以我也说不上来。”菲利普答道。

当菲利普在医院的第二个实习期快要结束时，好运落到了他的头上。那是七月中旬一个周二的晚上，他去了比克街的酒馆，发现只有麦卡利斯特一个人在那儿。两人坐在一起闲聊那两个缺席的朋友。过了一会儿，麦卡利斯特对菲利普说道：“噢，顺便给你说个事儿。我今天听见一则非常好的消息。这则好消息是关于新克莱恩丰顿的。它是罗德西亚①的一座金矿。你要是想小赌一把，兴许可以赚一笔。”

菲利普一直心急如焚地等着这样的好机会，但现在机会真的来了，他倒有些犹豫不决了。他缺乏赌徒的气质，非常害怕竹篮打水一场空。“我很想试试，可又不知道敢不敢冒这个险。要是事情出了差错，我会损失多少钱呢？”

“若不是看在你非常急切这一点上，我根本不会告诉你。”麦卡利斯特冷冷地说道。

菲利普觉得，在麦卡利斯特眼中，自己成了一头蠢驴。“我自然是非常想赚一笔钱的。”菲利普哈哈笑道。

“除非你敢于冒险，否则你是赚不到钱的。”麦卡利斯特开始谈论其他事情。

---

① 位于非洲南部，曾为英国殖民地，即现今的津巴布韦。

菲利普一边敷衍着回答他，一边止不住想，要是这次冒险成功了，下次见面时这位证券经纪人一定会好好取笑自己的。麦卡利斯特那条毒舌可是不饶人的。“要是你不介意，我想赌一把。”菲利普急切地说。

“好吧。那我给你买进两百五十股。只要看到股价上涨半克朗，我立即就把它们抛售出去。”

菲利普很快就算出那是多大一笔钱，不由得垂涎三尺。到时候，就会从天上掉下三十镑的大馅饼。而他也觉得，命运的确欠他点什么。第二天吃早饭的时候，他把此事告诉了米尔德里德。她却觉得他愚蠢至极。“我还从来不知道有谁在证券交易市场发大财的。”她说道，“埃米尔总是这么说的。他说，一个人别指望能在证券交易市场赚大钱。”

菲利普在回家的路上买了一份晚报，立刻翻到金融那一栏查看。他对这类事一窍不通，好不容易才找到麦卡利斯特说的股票。他瞧见股价已上涨四分之一，心不由得狂跳起来。接着，他又忧心忡忡起来，担心麦卡利斯特会不会把他的事给忘了，或者由于别的原因而没能帮他买进股票。麦卡利斯特当时答应说，会给他拍电报的。菲利普等不及乘电车回家，跳上一辆马车疾驰而去。他这次倒是罕见地奢侈了一回。“有我的电报吗？”他一跨进房门就问道。

“没有。”米尔德里德回答说。

他的脸色猛地一沉，一股失望的苦涩蔓延开来，让他重重地瘫倒在扶手椅里。“这就是说，他根本没给我买进股票。该死的！”他愤怒地骂了一句，“倒霉催的，这多残忍啊！亏我还天天考虑着要拿那笔钱干什么呢！”

“怎么了？你打算干什么？”米尔德里德问道。

“现在还想它有什么用？噢，我是多么想要那笔钱啊！”

米尔德里德哈哈大笑。接着，递给他一份电报。“我刚才是和你开玩笑的。这电报我打开看过了。”

菲利普一把将电报从她手中扯过来。麦卡利斯特给他买进了两百五十股，并像他说的那样，以半克朗的涨息将股票抛售了出去。佣金单第二天就会寄到。有那么一会儿，菲利普十分愤怒米尔德里德这种行为，觉得她怎么能开这种残忍的玩笑。不过，他很快就被欣喜淹没了。“有了这笔钱，咱们的境况就会大大不同了！”菲利普嚷道，“你要是喜欢，我就给你买件新衣服。”

“我正需要一件新衣服。”米尔德里德回答说。

“我现在告诉你，我要拿这笔钱去做什么。七月底，我要去做个手术。”

“怎么了？你生病了吗？”她插嘴问道。

米尔德里德突然醒悟，他竟然身患某种她不知道的隐疾。这或许能够解释她为什么对他困惑不解。菲利普涨红了脸，非常讨厌提及自己的残疾。“不是。他们觉得，我的跛足兴许还有办法治一治。之前我腾不出时间来，不过现在没什么关系了。医院的实习工作我可以推到十月份。手术后我只需在医院待几周。这样，夏天余下的时间我们就可以去海滨度过。这对你，对孩子，还有对我，对我们大家都有好处。”

“噢，那我们去布莱顿吧，菲利普。我喜欢布莱顿。在那儿，总能交到很好的朋友。”

菲利普脑海里正想着康沃尔一带的小渔村，听米尔德里德这么一说，觉得真要是去了渔村，她一定会无聊死的。“只要能看到大海，我不介意到底去哪儿。”

不知怎么的，菲利普突然对大海生出一股不可抗拒的渴望之情。他想痛痛快快地洗个海水澡，想到自己有力拍打着海水，浪花四溅，就觉得无比快乐。他是游泳健将，没什么能比在浪涛中搏击大海更叫他精神焕发的了。“嘿，到时候一定玩他个乐翻天！”菲利普叫道。

“倒像是去度蜜月，是不是？”米尔德里德说，“菲尔，你会给我多少钱去买新衣服呀？”

第九十四章

菲利普在雅各布先生手下当过敷裹员，便请这位助理外科医生给他的跛足做手术。雅各布欣然同意。他对这类被忽视的畸形足很感兴趣，正在为撰写一篇论文搜集材料。他事先给菲利普打个预防针，说没办法帮他把这只跛脚弄得与正常人的一样，但相信还是可以大大改善一下的；还说动过手术后，走起路来还会有点跛，但不必再穿先前那样难看的鞋子了。菲利普想起小时候为了跛足曾向上帝祈祷，认为只要信仰足够坚定，上帝就能够帮他移走沉重的大山——想到那时的情景，他脸上不禁露出一丝苦笑。“我并没有期待会有奇迹发生。”菲利普回答说。

“我觉得，你能让我试着治治的决定是非常明智的。你成为医生时就会知道，在治疗跛足上还有着挺大的障碍。外行人全是乱七八糟的古怪念头，死也不愿和医生打交道。”

菲利普住进一间小小的单人病房。每个病区外面的楼梯平台处都有这样一间病房，是专门为特殊病人预备的。他在病房里住了一个月，雅各布医生在他能够下地走路之前不让他出院。手术进行得很顺利，就算长时间待在床上休养，他也觉得心情愉快。劳森和阿特尔涅来看望过他。有一次，阿特尔涅太太还带着两个孩子过来看他呢。还有些菲利普认识的同学也时不时地过来和他闲聊，助他解闷。米尔德里德每周过来两次。大家对他都很好，菲利普一向对他人费心照顾自己感到受宠若惊，这次更是感动不已。他享受着病人的特权，既不操心未来会怎样，也不操心钱够不够花，或能不能够通过最终的医学考试，只尽情地在书海里畅游。近来他一直没能好好看书，米尔德里德老是打扰他。有时候他正要集中精神思考些问题，米尔德里德就会横插一杠子，说些不着边际的闲话，非得菲利普应答她才肯罢休。有时候他舒舒服服地坐下来正准备拿本书看，米尔德里德就会跑来给他找些活干，不是叫他拔个她拔不出来的塞子，就是给他个锤子把钉子钉进去。

他们商定于八月份去布莱顿度假。菲利普想要租个临时寓所，但米尔德里德说那样的话她又得做家务活，要是住在食宿公寓里，她就可以享受几天完美的假期。

“在家的这段时间，我每天都得操心做饭，真是够了，所以想彻底改变一下。”

菲利普只好同意住食宿公寓，而米尔德里德碰巧认识肯普镇上的一家食宿公寓，还说住在那儿每周花费不会超过二十五先令。她同菲利普商定，由她写信去预订房间。但当菲利普回到肯宁顿的时候，却发现她根本什么也还没做，不由得很是恼怒。“没想到你竟然这么忙！”他没好气地说了一句。

“呃，我总不能什么事都记得吧？我要是忘记什么事，那也不能怪我，是不？”

菲利普一心想要去海边，哪里愿意浪费时间去和食宿公寓的房东交涉。“我们干脆就把行李寄存在车站，直接走去那儿看有没有房间。有的话，就去外面叫个搬运工把行李搬去就是了。”

“你爱怎么办就怎么办！”米尔德里德语气生硬地回了一句。她可不喜欢被人责备，顿时变得气鼓鼓的，面色沉郁地坐在一边一言不发。

菲利普则忙着为外出度假准备行囊。在八月骄阳的炙烤下，小小的公寓又热又闷，外面马路上还不时袭来一股股带着恶臭的热浪。菲利普躺在小小的病房里，对着那让人心烦意乱的红色墙壁，满心渴望能去海边呼吸新鲜空气，感受海水拍打胸膛的惬意。他觉得，要是在伦敦再待一晚，他准会发疯的。当米尔德里德看到布莱顿大街上挤满前来度假的人，顿时恢复了好心情。他们坐上马车，驶往肯普镇，两人都变得很亢奋。菲利普轻抚着孩子的脸颊。“我们在这儿待上几天后，准能让她的小脸蛋变得红润透亮。”菲利普笑着说。

他们来到那家食宿公寓门前，便打发马车走了。一位衣衫邋遢的女仆应声出来开门。当菲利普问是否还有空房间时，女仆回答说她得进去问问。她叫来了女主人。下楼来的女主人是位中年妇女，人长得健壮结实，满脸生意相，见到他们时，首先以职业的审视目光细细打量了他们，才开口问需要什么样的房间。

“两个单人房。要是你们有摇篮，还需要一个摇篮。”

“恐怕没有你们要的单人间。不过，我这儿有非常舒适的双人大房间，还可以给你们一个摇篮。”

“我觉得那样不太合适。”菲利普说。

“到了下周，我可以再给你们安排一个房间。眼下布莱顿人满为患，你们还是将就些吧。”

“就只住几天嘛，菲利普。我想，我们还是可以凑合一下的。”米尔德里德说道。

“我觉得，两个房间会更方便一些。你可以给我们推荐其他食宿公寓吗？”

“可以。不过，我觉得他们的空房间也不见得比我这里多。”

“如果不介意，请告诉我们地址好吗？”

健壮结实的女主人建议的食宿公寓就在下一条街，他们转身朝那里走去。菲利普走路现在没什么问题，虽说身体虚弱，还得借助拐棍支撑一下。米尔德里德抱着孩子。两人默默走了一小会儿后，菲利普瞧见米尔德里德哭了。这让他烦乱不已，故意不予理睬，可米尔德里德非要引起他的注意不可。

“可不可以把你的手帕借我用用？我抱着孩子不好掏。”她抽抽噎噎地说着，转过脑袋不去看他。

他将手帕递给她，但什么也没说。米尔德里德擦干眼泪，见他还是没说话，便继续道：“我是身上有毒还是怎么的？”

“请你别在大街上吵吵嚷嚷的。”菲利普说。

“你那样坚持要两个房间，也太可笑了。别人会怎么看我们呢？”

“如果知道实情，我想他们一定会赞美我俩品行端正。”菲利普说。

米尔德里德斜着眼睛，瞟了他一眼。“你该不会告诉人家我们不是夫妻吧？”她赶忙问道。

“不会。”

“那你为何不肯像夫妻一样和我睡在一起？”

“亲爱的，这事我也没法解释。我并不想让你难堪，但我就是不能和你睡在一起。我知道这种想法有点蠢，也有点不可理喻，但这种念头太强烈了，我也无力改变。我过去非常爱你，可现在……”他突然止住，转而说道，“不管怎么说，这种事是没法解释清楚的。”

“你从来就没爱过我！”米尔德里德嚷道。

按照刚才房东指示的地址，他们一路找到了另一家寄宿公寓。女主人是性格活泼的老处女，一双眼睛很是精明，嘴巴也能说会道。他们可以租一个双人间，每人每周二十五先令，小孩每周也要收五先令；他们也可以要两个单人间，不过每周租金得付一镑之多。

“我不得不收这么高的租金。”女主人带着歉意解释道，“我要是想多留客，甚至可以在一个单人间里放两张床。”

“我想，这些租金还不至于让我们破产的。你觉得呢，米尔德里德?”

“噢，我没意见。怎么安排我都觉得好。”她回答说。

菲利普哈哈一笑，对她话里的恼意视而不见。房东已安排人去取行李了，他们就坐下来歇歇。菲利普刚做过手术的脚有点痛，便把它放在椅子上，终于觉得舒服了点。

“我想，你不介意我和你一起坐在客厅吧?”米尔德里德气冲冲地说。

“我们就别吵了好不好，米尔德里德?”菲利普温和地说道。

“我怎么不知道你竟然这样阔绰，每周一扔就是一镑。”

“别生我的气。我向你保证，我们只能这样住在一起。”

“我觉得你这是瞧不起我，一定是这样的。”

“当然不是的。我为什么要瞧不起你呢?”

“可你这样行事太不自然了。”

“是吗？可你并不爱我，是不是?”

“我？那你觉得我是为谁来这里的?”

“你别这样。你并不是容易动感情的人。你不是那样的人。”

“你这话说得也太羞辱人了。”米尔德里德面色阴沉地说道。

“噢，我要是你，才不会这样小题大做的。”

这家食宿公寓大约住着十几个人。房客们来到一个狭窄而昏暗的房间，围坐在一张长桌上吃饭，房东太太坐在桌首给大家分发食物。饭菜很难吃，房东太太将这称之为法式料理，意思是说，现在的食材经过调制后让人分辨不出优劣：比如说，鲽鱼被调制成鳎目鱼，而新西兰老羊肉则被调制成羔羊肉。厨房又小，各种设施又不齐全，做饭很不方便，上来的菜差不多都是凉的。房客都是些乏味做作的家伙：有老太太和她们的老处女女儿，有假斯文的老光棍，还有脸色苍白的中年办事员和他们的太太。有些人谈论着自己已婚的女儿和在殖民地身居高位的儿子；有些人谈论着科雷利小姐①最新问世的小说，一些人说比起书中的阿尔玛·塔德曼先生，自己更喜欢莱顿勋爵，另一些人则正好观点相反。米尔德里德很快就和那些太太们讲起她和菲利普结合的浪漫故事：菲利普出身于乡绅显贵世家，学业未成就娶了位姑娘，家人愤怒之下就取消了他的财产继承权。米尔德里德的父亲虽然在德文郡拥有大片土地，可因为女儿嫁给菲利普这样的人，也不愿意接济他们。这就是他们为什么沦落到住寄宿公寓且孩子也无保姆照顾的原因。他们不得不订两个房间，因为早已习惯住舒适的大房间，受不了一家子都挤在一起。同样，其他游客对他们之所以住这样的食宿公寓也有着各种各样的理由。一位单身绅士通常都是到大都市去度假的，可他喜欢有性格快活的人做伴，但在昂贵的大酒店可找不到这样的伙伴。带着中年女儿的老太太因为伦敦的漂亮别墅正在修建之中，所以对女儿说："我亲爱的格温妮，今年咱们得换换口味，尝试一下穷苦人们的假期是怎样的。"于是，她们就来到了这儿。当然，这里的环境和她们习惯的生活有着天壤之别。米尔德里德发觉这里所有人都是那么高贵，她讨厌粗俗的普通人。她觉得，绅士就应该无论从哪方面来说，都是不折不扣的地道绅士。

"如果一个人是绅士或淑女，"米尔德里德说道，"那我就喜欢他们是地地道道的绅士或淑女。"

菲利普觉得这话说得挺玄妙的，让人困惑不已。但听到她三番五

① 玛丽·科雷利（1855－1924），维多利亚时期的畅销书女作家。

次地跟不同的人这么说时都被由衷地赞同，便得出结论：只有他的智慧理解不了这句话。菲利普和米尔德里德整天待在一起，这还是第一次。在伦敦的时候，他白天一整天都看不到她，晚上回家时也就是随便聊几句家长里短以及孩子的事，之后坐下来读书学习。但现在，他一整天都和她绑在一起。吃过早饭，他们步行到海边，洗个澡，再沿着海岸散散步，上午的时光很容易就打发过去了。晚上，等孩子睡觉后，他们就去码头坐坐，听着远处传来的音乐声，再欣赏眼前来来往往的人群，倒也觉得不错。菲利普一边欣赏着人群，一边想着他们都是些什么人，还就此编织各种各样古怪离奇的小故事。现在，他已练就一种本领，只用嘴来敷衍米尔德里德的问话，思想则不为其所扰，仍然可以随心地想着自己的事。

下午的时光冗长又枯燥，难以打发。两人坐在海滩上，米尔德里德说他们得尽情享受“布莱顿先生”提供的所有便利。由于米尔德里德老在一旁喋喋不休地对鸡毛蒜皮的小事发表高见，菲利普根本没法读书。如果他不予理睬，她就怨气冲天。“噢，快把你那些愚蠢的破书收起来吧！你老是读个不休也不好啊。读多了，会把你搞得昏头昏脑的。你将来准会给搞得呆头笨脑的，菲利普。”

“胡说八道!”他回了一句。

“再说，你老是沉迷在书中却不和人交流，也太孤僻，太不合群了呀。”

菲利普发觉，跟她聊天很困难。甚至连她自己都没法将注意力集中在她正说的事上，不论眼前跑过一条狗，还是走过一个身穿颜色鲜艳运动衣的男人，都会分散她的注意力，惹得她说上几句，然后就会忘了之前自己说的是什么了。她在人名这方面记性很差，但要是想不起正要说的人名来又恼怒不已，总在说某件事的中途突然停顿下来苦思冥想，搜肠刮肚地想要把那个人名找出来。有时候，因为实在想不出，她也只得作罢。可要是事后突然记起来了，就不论菲利普此时在谈论什么别的事，都要插进来打断他。“柯林斯！对，就是这个名字。我就知道迟早会想起来的。柯林斯！我刚才一时记不起来的正是这个名字。”

这让菲利普恼怒不已。因为这说明不管他在说什么，她都没注意听。然而，如果她讲话的时候菲利普一声不吭，她就要责怪他死气沉沉。对于抽象的事物，听不了五分钟，她那个脑子就处理不动了。每当菲利普将事物进行概括归纳，上升到普遍理论的高度时，她很快就流露出不耐烦的神色。米尔德里德经常做梦，且记得非常精准。因而每天都要啰里啰唆地给菲利普复述一遍梦里的详情。

一天早晨，他收到索普·阿特尔涅写来的一封长信。阿特尔涅度假的方式颇具戏剧色彩。不过，这说起来也是合乎情理的，因为他的性格正是如此。他这样度假已有十年之久。他将全家带到肯特郡一处长满蛇麻草的原野。那里离阿特尔涅太太的老家不远，一家人要跑来跑去地收集三周的蛇麻草。这样，他们不仅有了户外活动，还可以赚些钱。不止于此，离老家近，还能让阿特尔涅太太高兴高兴，还能让孩子们和大地母亲的联系更加密切。阿特尔涅在信中重点强调了最后一点。在田野的活动给他们带来了新的活力，就像是参加了一场魔法盛典，被赐予青春活力，不仅四肢充溢着能量，精神上也得以洗礼，散发出清新的芳香味。菲利普以前就听阿特尔涅绘声绘色地就这个话题发表过精妙绝伦的高论。现在，他在信中邀请菲利普到他们那儿玩一天，说他迫切想把自己对莎士比亚以及奏乐杯的冥思结果讲给菲利普听，还说孩子们吵吵嚷嚷地要见菲利普叔叔。

下午，与米尔德里德一起坐在海滩上时，菲利普又把信打开来看了一遍。他想起那几个孩子的母亲——阿特尔涅太太，她是个热情好客、脾气温和的女人；还有莎莉，年纪虽不大，表情却很严肃，行为举止里蕴含着些微母性光辉和权威气质，金发编成发辫，前额很宽；

还有那一大群小孩子，个个长得健康英俊、活泼可爱，整天吵吵闹闹的。他的心一下子飞到了他们身边。这些人身上有一种品质，是他从未在别人身上看到过的，那就是“仁善”。直到现在，菲利普才意识到，正是这种仁善之美将他深深吸引住了。从理论上来讲，他并不相信什么仁善不仁善。如果道德是与人方便的工具，那善与恶就没什么真正的意义。他并不想说些自相矛盾的话，然而尽管他从理论上并不相信仁善，但仁善的确就在那里。它的存在是那么自然，丝毫没有矫饰之态；而他也认为这种存在美不可言。他一边沉思，一边将阿特尔涅的来信慢慢撕成小碎片。他想不出怎样才能甩掉米尔德里德，好独自前去拜访。他不想和她一起去。

热浪灼人，天空无一丝云彩，他们只得躲进一个阴凉的角落。孩子在海滩上认真地玩着石头，时不时地爬到菲利普身边，把一颗石子放在他手里握着，然后又把石子从他手里拿出来，小心翼翼地放在沙滩上。她正玩着一种只有她自己才知道的神秘而复杂的游戏。米尔德里德则在旁边睡着了。她仰面躺在沙滩上，嘴巴微张，两腿毫无顾忌地舒展开，脚上穿的靴子以一种怪异的姿势把裙子顶得鼓鼓囊囊的。在此之前，菲利普一直都没怎么关注她。此时此刻，他的精神却高度集中，目不转睛地打量着她。他想起自己曾经多么热烈地爱着她，不由得暗自纳闷为什么现在对她一点儿感觉也没有了。这种情感变化让他隐隐感到痛苦。现在看来，他曾经为她遭受的所有痛苦与不幸似乎毫无价值。过去，只要能碰碰她的手，他就感到无限的欢喜。他曾经渴望钻进她的灵魂去，这样他们就可以想对方所想，感对方所感。他曾经感到痛不欲生，因为当两人陷入沉默、等她再次开口时，她所说的话总会表明两人的思想简直背道而驰，隔着十万八千里。他曾奋起反抗这种人与人之间似乎不可跨越的沟通障碍，他曾经爱她爱得那么疯狂，现在却爱意全消。他觉得，这真是一种让人不可思议的悲剧。

有时候，他恨她恨得入骨。她根本没有学习的能力，从以往的生活经历中汲取不了任何教训，一如既往地还是那么粗野。每每听到她高高在上、言语粗野地呵斥食宿公寓里辛劳工作的女仆时，菲利普就反感得要命。

过了一会儿，菲利普开始考虑将来的种种计划。第四学年末，他就可以参加产科考试了；再过一年，他就可以取得行医资格。那之后，他兴许会设法去西班牙旅游一趟。他想亲眼去看看只从照片上看到过的如画风景。他深深地觉得，埃尔·格列柯给他保留了一个秘密的特殊时刻，他想象着将来在托莱多一定能找出那个秘密的特殊时刻意味着什么。他并没打算去肆意挥霍，只要有一百镑，他就可以在西班牙住上半年。如果麦卡利斯特能再帮他赚上一笔，他很容易就能实现西班牙之行。想到那些古老而优美的城市，还有卡斯蒂尔一带黄褐色的原野，他的心里就充溢着暖意。他坚信，自己能从生活中获取到比现在更多的东西。他想，自己在西班牙可能会工作强度较大，比如说在某个古城行医。那里有很多流动或定居的外国人，他就可以找到一条谋生之路。不过，这些都是以后的事。首先，他得谋到一两个医院的差事，积累经验，以后再找工作也会更容易一些。他希望能在远洋货轮上当随船医生，得是那种航行时间比较自由的货轮。轮船到港装卸货物期间，他可以有足够的时间去看看当地的风土人情。他想到东方去看看，脑海里满是曼谷、上海和日本海港的旖旎风光。他幻想着，碧蓝的天空下，棕榈树高耸，热浪翻滚，肤色黝黑的人们来来往往；还有一座座宝塔；浓郁的东方气息飘入他的鼻孔，让他沉醉不已。他的内心激情洋溢，渴望去探索世界的各种美与奇妙。

米尔德里德醒了。“我想，我肯定睡着了。”她说道，“哎呀，你个死淘气的小丫头，瞧你把自己糟蹋成什么样了！菲利普，她身上的衣服昨天还是干干净净的，你瞧现在成什么样了！”

第九十五章

从布莱顿回伦敦后，菲利普便开始他在外科病房的包扎工作。他对外科的兴趣没有内科浓厚。内科是一门更需要依凭经验去判断的科学，能给人的想象力以更大的驰骋空间。再说，外科工作要比内科相对来说更累一些。上午九点到十点，他得去听课，下课后便去病房工作，什么包扎伤口啦、拆线啦、替换绷带啦，忙得团团转。菲利普绑绷带的技术不错，对此他有点小得意。每每从护士口中听到句把赞许的话，他就很开心。每周下午如果有手术，菲利普便身穿白大褂，站在手术室的助手位置上，随时递上手术医师所需要的器械，或用海绵将血擦干净，好让人看清下手的位置。碰上非常罕见的病例，手术室就会挤满了人。不过，通常来观摩的学生不超过五六个。手术过程井然有序，这是菲利普所喜欢的。那时的人们似乎特别容易得阑尾炎，许多病人因此而被送进手术室。菲利普在一名外科医生手下当敷裹员。这位医生和同僚正在进行一场友好竞赛，看谁切除阑尾用时短、切口小。

不久，菲利普便被派去负责事故急诊病人。敷裹员轮流担当此任，每次轮值持续三天。在这期间，他们得住在医院，一日三餐都在公共休息室吃。他们在医院大楼底层靠近急诊室的旁边有间房。里面有睡床，白天则叠起来放在壁橱里。无论白天还是黑夜，当值的敷裹员必须随叫随到，时刻准备照料送来的受伤病人。时刻待命的敷裹员一整天奔来跑去，晚上歇不了一两个小时，就会听到头顶的铃声叮叮当当响个不停，人就会本能地从床上跳起来。周六晚上当然是最忙的，特别是在酒馆打烊的时间，医院里更是忙得不可开交。一个个烂醉如泥的人被警察送进来，医院得立即用胃唧筒给他们洗胃。而送进来的女人比醉汉更严重，不是被丈夫打破了头，就是被打得鼻血直流。这些女人，有的发誓要将丈夫绳之以法；有的则耻于开口，只说是意外造成的。面对这些伤员，敷裹员能处理的就尽力处理；若有非常严重而处理不了的，就只得去请住院医生。不过，敷裹员都是小心翼翼的，只在万不得已时才会去请住院医生。他们可不喜欢平白无故被人从五层楼上拖下来去给人看诊。送进来的伤员情况各种各样，小到割伤手指头，大到割断喉管，奇形怪状的伤情应有尽有。小伙子跑进来要求包扎被机器轧坏了的手；送进来被马车撞倒了的行人；玩耍时不慎伤胳膊断腿的孩子；时不时地还有警察送进来自杀未遂之人。菲利普就碰到这么一个。此人被送进来时面色惨白如鬼，双眼圆睁，从左耳廓到右耳廓划开一道深深的大口子。数周之后，菲利普负责照料一位警官。警官看到自己还活着就愤怒无比，整天一声不吭，面色阴沉，丝毫不掩饰还要再次自杀的意图。如果病房人满为患，警察再送进来病人，住院医生就会面临进退两难的困境：让他们放下病人吧，实在没有空位；让他们送到车站再转别处治疗吧，万一病人死在车站，各家报纸就会对医院狂轰滥炸。有时候，很难断定一个人究竟是气息奄奄，还是醉酒不醒。菲利普直等累到精疲力尽、力不能支，才会去睡觉，省得到时候躺不了一个小时又得爬起来干活。工作间隙，他就坐在急诊室和上夜班的女护士聊天。这位女护士头发花白，长得像个男人，在急诊部干了二十年的夜班护士。她很喜欢这个工作，因为她可以独自为王，没其他护士来打扰。她不慌不忙，非常能干，在处理紧急情况方面从未出过差错。没有经验或遇事就爱紧张的敷裹员发现，她就是力量的源泉，只要有她在，他们就浑身充满干劲。她见过成千上万个敷裹员，可谁也没给她留下什么印象。她把所有敷裹员一律称作“布朗先生”。当被告诫不要称呼“布朗先生”并告知真实姓名时，她只是点点头，过后接着叫。在一间没有什么摆设、只有两把马毛呢面长椅和一盏灯光摇曳的煤气灯的房间里，和这样一位护士聊天，菲利普觉得非常有趣。她早已不将送进医院来的病人视作人了，在她眼里，他们只是酒鬼、断臂和割破的喉咙。她将世上的邪恶、不幸和残忍都视作天经地义的存在，觉得人类的行为既无可赞之处，也无可责之处。她接受一切存在，具有某种冷幽默。

“我记得有个自杀的人，”她对菲利普说，“跳进了泰晤士河。他们把他捞起来，送到了这儿。结果十天之后，他竟因喝了泰晤士河水而得了伤寒。”

“死了吗？”

“是的，他死了。我永远也搞不清楚他这是死于自杀还是……那些自杀的人，挺搞笑的。我还记得有个人，什么活也找不到，妻子又死了，就把自己的衣服送去典当，拿着典当来的钱买了把左轮手枪。可他把事情弄得一团糟，自杀不成功，打瞎了一只眼睛。你猜后来怎么着——一只眼睛没了，脸皮也给打掉一块。他竟然得出结论，觉得这世界还不是太坏，从此以后过得还挺开心呢。我一直注意到这么一件事，人们并非为了爱情去自杀——这你想不到吧？为情而死，那纯粹是小说家幻想出来的。他们之所以自杀，不过是因为没有钱。我真好奇，事情怎么会是这个样子。”

“我想，是因为金钱比爱情更重要吧。”菲利普给出一个解释。

说到钱，菲利普也是满脑子感慨。他过去常说，两个人的花销比一个人多不了多少；现在看来未免太轻率了，事实远非如此。他越来越为自己的开销之大而发愁。米尔德里德可不是个好管家，由她来负责日常开支，就跟每天下馆子一样的贵。不仅如此，小孩要买衣服，米尔德里德则要买靴子、雨伞，还有其他她觉得必不可少的小物件。

从布莱顿回伦敦后，米尔德里德口口声声要去找工作，却没有任何实际行动。没过多久，一场重感冒让她在床上躺了半个月。病好后，她倒也回复了一两个招工广告，却毫无成果。她不是面试去迟了让人占了缺，就是觉得活太重，不是她干得了的。有一次，她收到一个录用通知，薪水每周只有十四先令，就嫌工资低，与她的能力不相当，所以又没去。“不管别人开什么价，你都欣然接受，那可没什么好处。”她言之凿凿地说，“要是你太自轻自贱了，别人也会瞧不起你的。”

“我觉得每周十四先令也不是那么糟糕。”菲利普干巴巴地回了一句。

菲利普不禁想，这十四先令对于贴补家庭开支该有多大的用处。然而，米尔德里德却向菲利普暗示，她之所以找不到好工作，是因为没件像样的衣服去面见雇主。菲利普只好给她买一件，她接着又去试了一两次，仍然无果而终。菲利普于是得出结论，她根本没有严肃对待找工作这件事；实际上她根本就不想工作。菲利普唯一知道的生财之道就是通过股票交易。夏天初次尝试，他就赚了一笔，便急不可耐地想要再次交个好运。然而，德兰士瓦①爆发了战争，南非境内一切陷入停滞。麦卡利斯特对菲利普说，过不了一个月，雷德弗斯·布勒上将就会开进比勒陀利亚②。到那时，行情就会暴涨。现在他们唯一能做的就是等待，等待英国的反击导致物价降低，到时兴许就值得买进股票。菲利普为此开始孜孜不倦地阅读他常看的报纸上的“城市要闻”。他忧心忡忡，脾气急躁，动辄发火。有一两次，他言辞犀利地

① 这里指的是第二次布尔战争（1899－1902），是英国与德兰士瓦共和国、奥兰治自由邦之间因为金矿等利益摩擦引发的战争。雷德弗斯·布勒上将（1839－1908）为英国援军（南非远征军）总司令，后因兵败，引咎辞职。

② 南非的政治决策中心兼行政首都，德兰士瓦省省会。

说了米尔德里德几句，而米尔德里德是个既不乖巧又没耐心的人，被他一说自然也是要针锋相对的，两人大吵一场。菲利普事后照例对自己所说的话表示后悔，米尔德里德天生就没有宽容之心，接连好几天阴沉着脸，还变着法儿做出各种各样的事来刺激菲利普，比如吃饭时装模作样，故意不打扫房间，把衣服什物到处乱扔，搞得起居室乱七八糟。菲利普一门心思扑在战事的进展上，早晚都贪婪地翻看报纸。可米尔德里德对这些毫不关心。她认识了几个住在同一条街上的人，其中一个还问她是否愿意接待助理牧师登门造访。米尔德里德戴着结婚戒指，自称凯里太太。菲利普在墙上挂了两三幅他在巴黎创作的裸体画，两幅是女性的，另一幅画的是米格尔·阿胡里亚。画面上的他双拳紧握，两腿呈叉开姿势站立。菲利普之所以保留它们，是因为这些画是他创作的最好作品；一看见它们，就会想起自己在巴黎度过的美好时光。米尔德里德早就看这几幅画不顺眼了。“我希望你能把这些画拿下来，菲利普。”她终于忍不住说道，“昨天下午住在十三号的福尔曼太太来访时，我的眼睛简直不知道看哪里好。我看到她一直盯着那几幅画在看。”

“那几幅画怎么了？”

“不堪入目。照我说，房间里挂着裸体画，真叫人恶心。再说，这对孩子也不好。她慢慢开始懂事了。”

“你怎么能这样庸俗？”

“庸俗？我说这叫端庄有度。我虽然从没说过什么，可你以为我喜欢成天看着这些裸体画吗？”

“你就没有一点幽默感吗，米尔德里德？”菲利普冷冷地问道。

“我不觉得这和幽默感有什么关系。我真想动手把它们摘下来。如果你想听听我对这几幅画的看法，那么老实告诉你，我觉得它们让人恶心透顶。”

“我不想知道你有什么看法，我也禁止你去碰这些画。”

每当米尔德里德和菲利普闹不愉快时，她就拿孩子当出气筒，借此惩罚菲利普。小女孩正如菲利普喜欢她一样，也非常喜欢菲利普。每天清晨摇摇摆摆地爬进他的卧室（她快两岁了，走路已经很稳了）、被捞进他的被窝，是她的一大乐事。如果米尔德里德不让这么做，孩子就会哭得撕心裂肺。对于菲利普的劝说，米尔德里德会这样顶回去：“我不想她养成这种习惯。”

此时，若是菲利普再多言，她就会说：“我爱怎么管教自己的孩子，跟你有什么关系！听你说话的口气，好像是她亲爸似的。我是她亲妈，知道什么对她好、什么对她不好。莫非我错了吗?”

米尔德里德这样愚不可及，自然搞得菲利普怒火中烧。不过，菲利普对她已经死了心，也只是偶尔才会被她激怒。对于她的存在，他已漠然置之。转眼圣诞节到了，菲利普有几天假期。他带了几棵冬青树回家，把房间装饰了一番。圣诞节那天，他还分别送给米尔德里德和孩子几件小礼物。他们总共才三个人，吃不了火鸡。米尔德里德还是烤了一只小鸡，煮了块圣诞布丁。这些食物是她从街上的食品店买来的。两人还喝了瓶葡萄酒。吃完饭后，菲利普坐在炉火边的扶手椅里抽烟。他喝不惯葡萄酒，几杯酒下肚，倒是使他暂时忘却了近来一直操心的钱的事。他现在觉得很开心，很舒服。过了一会儿，米尔德里德进来说，孩子想亲吻他道晚安，菲利普便笑着走进米尔德里德的卧室。他哄孩子睡觉后，捻暗煤气灯，临出来时并没有关上房门，以免孩子会哭。他又回到了客厅。“你要坐在哪儿?”他问米尔德里德。

“你还是坐在你的椅子里，我要坐在地板上。”

等他坐下来后，米尔德里德就在炉火前坐下，背靠着菲利普的膝盖。菲利普不由得想起他们在沃克斯霍尔大桥路那个房间的情景。当时，他俩也是这样坐着，不同的是两人的位置颠倒了。那时，坐在地板上的是菲利普，他把头靠在米尔德里德的膝上。那时，他是多么爱她呀！此时，他突然对她生出一种长久以来没有过的温情，似乎感觉到那小女孩柔软细嫩的胳膊仍环绕在自己的脖子上。“你坐得舒服吗？”菲利普问道。

米尔德里德仰起头看他，微微一笑，然后点了点头。两人瞪着炉火发呆，谁也没说话。最后，米尔德里德转过身来，凝视着菲利普，眼睛里带着一丝探究的意味。“你知道吗，自从我来这里后，你还没吻过我呢？”她突然说道。

“你想让我吻吗？”菲利普笑着反问。

“我想，你再也不会用那种方式来表达你喜欢我了吧？”

“我非常喜欢你。”

“你更喜欢那孩子。”

菲利普没有回答。米尔德里德将脸凑过来，紧贴着他的手。“你不再生我的气了吧？”她两眼瞅着地面，问道。

“我无缘无故地为什么要生你的气呢？”

“我从来没有像现在这样爱你。我是历经磨难、经过火的洗礼才学会如何爱你的。”

菲利普听了这话，不禁浑身直打冷颤。这些词不过是她从廉价小说里照搬来的。他不禁怀疑，她说这些话时心里到底有没有那种想法。或许除了照搬《家政先驱报》上那些浮夸的词句，她根本不知道还有什么办法能表达她的真实感受吧。

“我们这样住在一起挺滑稽的。”

菲利普许久都没有回答，沉默再次笼罩着两人。不过，等菲利普终于开口说话时，似乎意识到自己要发表长篇大论了。“你不要生我的气。这种事的发生是人力所无法阻止的。过去因为你做的那些事，我认为你这人恶毒又残酷，但我这样想实在是很傻。你并不爱我，故而因为那些事而责备你是十分荒谬的。我曾经以为总有一天我能设法让你爱上我，但我现在知道这根本是不可能的。我不知道是什么使得别人爱上你。无论如何，真正起作用的只有一个。否则，无论你出于好心、大度还是别的，你都创造不出那种因素。”

“我原本还以为你要是真的爱过我，现在还会爱着我的。”

“我原本也是这样想的。我清楚地记得，我曾经以为我对你的爱会持续到永远，那时候觉得宁愿死也不要失去你。我过去常常渴望有那么一天，当你年老色衰、脸上布满皱纹、谁也不喜欢你的时候，我会陪你到天长地久。”

米尔德里德没有答话，过了一会儿站起身，说要上床睡觉去了。她怯怯地笑了笑，然后说道：“今天是圣诞节。菲利普，你能给我个晚安吻吗？”

菲利普哈哈大笑，面颊微红，吻了一下她。米尔德里德随即走进卧室，菲利普则开始读起书来。

第九十六章

两三周后，米尔德里德和菲利普之间的矛盾到了白热化阶段。米尔德里德被菲利普的行为搞得莫名其妙，甚至到了怒不可遏的地步。她心里五味杂陈，各种情感交织在一起，一会儿是这个心情，一会儿又是那个心情，简直瞬息万变。她花了很多时间独自沉思目前这种状态。她并没有把全部情感用语言表达出来，甚至连她自己都搞不清楚那究竟是些什么样的情感。然而，脑海里确实存在一些东西，她想了又想，反复咀嚼来咀嚼去。她从来就没弄懂过菲利普，也不怎么喜欢他，但有他在身边，又非常高兴。因为她觉得，他是一个地地道道的绅士。她对他印象深刻，因为他的父亲是医生，而大伯是牧师。她又有点鄙视他，因为在她面前，他就像一个大傻瓜一样任她随意驱使。与此同时，有他在面前，她从来生不出惬意感，不敢随性妄为，害怕他会斥责她的行为、处事方式及结果。

刚来肯宁顿这小公寓房，她心力交瘁，生活的困窘让她深感耻辱，自然非常乐意过几天清静日子。想到再也不用为房租操心，也不用在刮风下雨天出去为生活奔波，要是感觉身体不舒服，还可以安心躺在床上休息，就觉得无比舒坦。她对之前所过的日子深恶痛绝。见人就要笑脸相迎，时刻注意谦恭有礼，要低声下气地去侍候人，对他们的命令俯首贴耳——这种生活实在太可怕了。即使是现在，当她回想起男人的粗鲁行为和他们的污言秽语时，还是禁不住要为自己可怜的遭遇恸哭一场。不过，她现在很少想起曾经的生活，很感激菲利普救她出了火坑。当她想起菲利普是多么诚心实意地爱着她，而她对他又是多么糟糕时，不由得悔恨不已。她觉得要补偿他，轻而易举就可以做到。何况在她看来，那也不是什么了不得的大事。当菲利普拒绝她的提议时，她不免大吃一惊。不过，对此她也只是不屑地耸肩了之——他爱摆架子就让他摆吧，她才不在乎呢。要不了多久，他就会急不可耐啦，到时候就该她拒绝了；要是菲利普认为他那么一摆架子，她就只好束手就擒，可就大错特错了。关于自己对菲利普的掌控力，她可是深信不疑。他那个人是有点古里古怪，但她早已将他的脾气摸透了。多少次了，他和她大吵一通，并发誓再也不会见她；可过不了多久，就会跑回来低声下气地恳求她原谅。想到菲利普是怎样卑躬屈膝地恳求她回心转意，她就禁不住激动得发抖。他甚至心甘情愿躺在地上，任她踩着他的身子走过去，只要她肯原谅他。她看过他痛哭流涕的样子，心里很清楚该怎么摆弄他：别理他，任他去发脾气，就当没看见，好好冷落他一番；要不了多久，他肯定会跑来匍匐在你脚下，向你摇尾乞怜。想到菲利普在她面前做小伏低地的谄媚样子，她不禁扑哧笑出声来，觉得颇为好玩。她可算是出了一口气。她知道男人都是些什么货色，现在并不想和他们有什么纠葛。她就准备这样和菲利普过下去算了，不管怎么说，他可是个地地道道的绅士。这一点可不容否认，是不是？不过，她并不着急，第一步可不该由她来迈。看到菲利普越来越喜欢那孩子，她打心眼里高兴，尽管有时又觉得很可笑。他竟然会如此疼爱另一个男人的孩子，未免滑稽了点。毋庸置疑，菲利普这个人有点古里古怪。

不过，却有那么一两件事情让她大感惊诧。她习惯了菲利普对她百依百顺，言听计从。过去，他什么事都乐意为她做。那时候，她说一句带气的话，他就垂头丧气；说一句善解人意的话，他就欣喜若狂——对于这种情况，她早就习以为常。现在他虽然判若两人，她却自我安慰地认为，他这一年来并没有多大改变。她从没想过菲利普对她的情感会起什么变化，哪怕一分钟也没想过。在她看来，菲利普漠然无视她使性子，不过是故意装出来的。有时他想读书，竟然直接命令她闭嘴。这时候，她不知道是该火冒三丈，和他闹一场，还是该忍气吞声，怒而不语——她是如此困惑，结果两种办法都没有采取。然后，在一次谈话中，菲利普告诉她，他只想两人保持精神上的恋爱关系。此时，米尔德里德想起共同的过往，不禁觉得菲利普是害怕她怀孕才这样做。于是，她费尽心思、不厌其烦地向他保证，不会因此怀孕。可事情毫无转机，菲利普依然无动于衷。米尔德里德这种女人是认识不到的，有的男人或许并不像她那样只沉迷于肉欲。她和男人的关系纯粹建立在肉体之上，永远也理解不了男人会有其他的兴趣追求。她唯一能想到的是，菲利普移情别恋了。她暗暗观察菲利普，怀疑他同医院某个护士或外面遇到的野女人勾搭上了。她巧妙地问了菲利普几个问题，从他的答话中得知阿特尔涅家中没有值得她忧虑的人物。她还自以为是地认为，菲利普也和大多数医科学生一样，根本没将工作中接触到的护士当成女人。在她看来，想到那些人只会让菲利普联想到淡淡的三碘甲烷味道。菲利普没收到什么情书，他的东西里也没夹着姑娘的照片。如果他心中另有所爱，一定会聪明地把照片藏得好好的。可他回答米尔德里德的各种盘问时态度是那样坦然，丝毫找不到让人怀疑的迹象来。

“我相信他没爱上别的女人。”她最后终于自我承认道。

这让她如释重负，因为这说明他依然爱着她。不过，这也让他的行为更加难以解释。他真要那样对待她，当初为什么还要她住进来呢？这太不合乎情理了。米尔德里德这种女人是根本想不到世间还存有怜悯之情、慷慨解囊和助人为乐这种东西的。她唯一的结论是，菲利普是个古里古怪的人，还将他的行为解释为具有骑士风度，乐于保护女人。她脑袋里塞满了廉价小说乱七八糟的美化情节，整天想入非非，将菲利普对女人的殷勤与体贴给予各种各样的浪漫解释。她的想象力像匹脱缰的野马，在幻想的世界里肆意驰骋，什么虐心的误会啦，什么圣火的涤罪净化啦，什么纤尘不染的雪白心灵啦，还有什么圣诞节之夜孤寂地死在严寒中啦，各种各样的离奇情节在她脑海里层出不穷。她当时还下定决心，趁着在布莱顿度假期间，定要断了他那些荒唐念头。因为到了那儿，就只有他们的二人世界，大家都会认为他们是夫妻，何况那里还有码头啊、乐队啊什么的浪漫场景。当她发现无论说什么都不能诱使菲利普和她共住一个房间时，当他用一种她从未听过的声调和她解释此事时，突然意识到菲利普并不想要她。这让她很是震惊。她还记得他过去说的那些情意绵绵的话，还记得他是多么疯狂地爱着她。她又羞又怒，但她生性傲慢，难过一阵子也就熬过去了。他可别以为她真的爱他，因为她本就不爱他。有时候，她还恨他入骨呢，巴不得哪天好好羞辱他一顿。可她发觉自己真的无能为力，不知道怎样对付他。和他在一起，米尔德里德渐渐变得有些紧张不安。有一两次，她淌眼泪演悲情戏。还有一两次，她想以柔情打动他，对他特别好。可当他们并肩在寓所前散步时，只要她伸手去挽他的胳膊，他总要找个理由脱开身，仿佛被她一碰就浑身不舒服似的。她困惑不已，不知道这是怎么回事。现在，她能掌控他的唯一筹码就是小女孩，因为他似乎越来越喜欢她。她只要打女儿一巴掌或使劲推一下，就能让菲利普气得脸色发白。而只有当她将女儿好好抱在怀里站在那儿时，菲利普的双眼才会再现昔日的温柔笑意。有一次在海滩上，一个男人给她和女儿照相时，她才发现这个秘密。那之后，她常常做出这种姿势，好吸引菲利普的注意力。

从布莱顿回伦敦后，米尔德里德开始找她之前宣称很容易就能找到的工作。现在，她不想再依赖菲利普了，想想自己哪天跑去告诉菲利普说要带孩子搬走，该是多么爽啊！然而，快要找到工作的当儿，她又改变了心意。她眼下不习惯长时间干活了，也不想被女经理支来使去。况且，一想到要再次穿上侍者制服，她的自尊心就是一阵反感。她早就对所有认识的街坊邻居说，她和菲利普的日子过得很宽裕。如果他们听说她不得不外出干活贴补家用，她的脸该往哪儿搁啊！她生来就一副懒骨头，这时候更坚定了不去工作的想法。所以，她又不想离开菲利普了。再说，只要他心甘情愿地供养她，她不明白自己为什么不能接受呢。虽然没法肆意挥霍，可她在这里到底有吃有住呀。再说，菲利普的境况还有可能好转。他的大伯已经是个行将就木的人，随时都有可能一口气上不来，那时候他就能继承一笔小小的遗产。即使就是眼前这么个境况，也比她为了每周几个先令而一天到晚地累死累活好啊。于是，她找工作的劲头松了下来，虽然还是继续翻阅日报上的招工广告，也只是装装样子，表明只要一有值得她干的活，还是有意去干的。但她整日惶惶不安，生怕菲利普哪天厌倦了她，不愿再供养她了。现在，她根本拿不住菲利普。她思忖着，菲利普之所以还让她留在这儿，是因为喜欢那个孩子。她盘算来盘算去，还气冲冲地想着有朝一日一定要让菲利普付出代价。想到菲利普竟然不再喜欢她了，她可怎么也咽不下这口气，定要想法子让他再喜欢上自己。菲利普这种做法严重伤害了她的自尊心，她被气了个半死。然而，不可思议的是，她有时候又非常渴望得到菲利普。对于他现在的冷若冰霜，米尔德里德肺都要气炸了。她就这样反复地在恼恨与渴望中想着菲利普，不明白自己究竟造了什么孽而要受这份罪。她不断对自己说，像他们这样过日子也太有悖常情了。接着她又想，假如换一个情形，比如她就要分娩了，那他一定会娶她。菲利普这个人确实有点可笑，却是个地地道道的绅士啊——这一点谁也不能否认。久而久之，这都变成了一种让她迷醉的执念，下定决心要采取强硬措施让他俩的关系有个质的转变。他近来总不肯吻她，她却很想他能这么做。她还记得当初他是多么狂热地紧含着她的嘴唇啊。每当想起那种场景，她就生出一种难以言状的感觉。她常常盯着菲利普的嘴看。

二月初的一个晚上，菲利普告诉米尔德里德，他要和劳森一起吃饭。那天，劳森要在他的画室举办生日宴会。菲利普还说，得到很晚才能回来。劳森从比克街酒馆买了几瓶他们非常喜欢喝的潘趣酒，大家预备痛痛快快玩一晚。米尔德里德问有没有女客，菲利普说没有，宴请的只有男客，大家就是坐下来聊聊天、抽抽烟。米尔德里德觉得这种生日宴听起来就无趣，她要是个画家，一定要请半打模特来助兴。她跑去睡觉，可怎么也睡不着。突然，她脑海里灵光一闪，想出一个好主意。她爬起来，跑去把楼梯口的插销插上。这样，菲利普就进不来了。大概凌晨一点的时候，菲利普回来了。她听到他发现插销被插上后的咒骂声，爬起来去给他开门。

“你究竟为何要把自己锁在里面？很抱歉把你从床上拖起来。”

“我还特意把它开着呢，谁知道怎么锁上了。”

“快回去睡觉，小心着凉。”菲利普走进客厅，点亮煤气灯。

米尔德里德跟在他后面走了进来，却是径直朝炉火走过去。“我想烤烤脚，冻得跟冰块似的。”

菲利普坐下来，开始脱靴子。他的双眼闪闪发亮，双颊绯红。米尔德里德觉得他肯定喝酒了。“玩得开心吗？”米尔德里德笑着问。

“当然啦，开心极了！”菲利普的神志很清醒。他在劳森那儿又说又笑，那股兴奋劲还没过去。这样与朋友狂欢的夜晚，让他想起了当年在巴黎的生活。菲利普非常亢奋，从口袋里掏出烟斗，开始往里面塞烟丝。

“你还不上床休息吗？”米尔德里德问道。

“不想去，一点睡意也没有。劳森兴致可高了，从我进门那刻起，直到我走，都在口若悬河地说个不停。”

“你们都谈了些什么呢？”

“天知道。天南海北，随意闲侃。你应该去瞧瞧那个场面，我们几个都扯大嗓门自顾自地嚷嚷，谁也不听谁的。”回忆起聚会的场景，菲利普禁不住哈哈大笑。

米尔德里德也跟着笑了起来。她很肯定，菲利普这是喝醉了。这正是她求之不得的。她很清楚男人是个什么样子的。“我能坐下来吗？”她问道。

菲利普还没来得及回答，她就一屁股坐到了他的大腿上。“你如果不去睡觉，最好起身去穿件睡袍。”

“噢，我感觉这样挺好的。”她说着，伸手搂住他的脖子，把脸紧紧贴着他的脸颊上，“你为什么要这样可怕地对我呢，菲尔？”

菲利普试图站起身子，可她下死劲让他站不起来。“我真的爱你，菲利普。”她说。

“别胡说八道!”

“不是胡说八道，是真的。没有你，我就没法活。我想要你。”

菲利普挣脱了她的双臂。“请站起来！你自轻自贱还不算，还想把我当个十足的大傻瓜作践吗?”

“我爱你，菲利普。我想弥补过去对你的伤害。我没法再这样活下去了。这简直是泯灭人性啊!”

菲利普从椅子里起身离去，把米尔德里德独自留在那儿。“很抱歉，为时已晚。”

米尔德里德顿时撕心裂肺地哭了起来。“为什么呢？你怎么能这样残忍呢?”

“我想，是因为我曾经太爱你了，把那股炽热的爱火都燃烧尽了。现在一想起那种事，我就骇得浑身寒毛直竖。看着你，我就禁不住想起埃米尔和格里菲斯。这种事是人力无法控制的。我想，这大概是我神经质吧。”

米尔德里德一把抓住菲利普的手，不停地在上面印下自己的吻。

“别这样!”菲利普叫了起来。

米尔德里德颓然倒进椅子里。“我没法这样继续下去了。如果你不爱我，我宁愿走。”

“别傻了，你根本没地方可去。你想在这儿待多久就可以待多久，但你必须明白，我们只是朋友，其他什么关系也没有。”

她突然换了一副神态，不再像刚才那样热情奔放，而是温柔地妩媚一笑。她侧着身子，羞怯地挨近菲利普，伸出双臂搂住他，以一种低沉而诱惑的甜腻声音说道：“别这样傻里傻气的。我知道，你这只是紧张。可你不知道我是多么会温存人的。”她把脸紧贴着菲利普的脸颊，开始摩挲来摩挲去。

在菲利普看来，此时媚笑的她是那样淫荡可鄙，闪烁着挑逗目光的眼睛是那样让人不寒而栗。“不要!”菲利普喊了一声。

但米尔德里德就是不放开他，用自己的唇去探寻他的嘴。

菲利普抓住她的双手，粗暴地把它们掰开，然后猛地推开了她。“你让我恶心!”他呵斥道。

“我吗?”米尔德里德手撑着壁炉架，稳了稳身子。她直愣愣地瞅了菲利普一会儿，双颊突然染上两片红晕，然后发出一声尖锐而满含愤怒的大笑。“我还觉得你恶心呢!”

她顿了顿，急促地喘了口气，然后破口大骂起来。她扯大嗓门，以最高分贝的声调叫嚷着。凡是能想到的脏话，她全朝菲利普喷了过去。她骂出的污言秽语是那样不堪入耳，听得菲利普不禁惊骇不已。她一向热心于把自己装饰得甚为高雅，每当听到一声粗话就会骇得变了脸色，菲利普从没想过她竟然也知道那些污言秽语。她走到菲利普跟前，冲着菲利普的脸臭骂，那张脸因为情绪激动而走了样。她狂轰滥炸地肆意辱骂，唾沫星子横飞，口水顺着嘴角滴滴答答。

“我从来就没在乎过你，一次也没在乎过。我一直把你当傻子耍弄。看到你，我就烦，烦得要死。我恨透了你。要不是为了钱，我绝不会让你碰我。当我不得不让你亲吻时，我恶心得直想吐。我们一起笑话你，格里菲斯和我。我们一起笑话你，因为你就是一头蠢得不能再蠢的蠢驴!蠢驴!蠢驴!”

接着，她又骂出一串不堪入耳的脏话。她把天底下所有的屎盆子都往菲利普头上扣，说他是个吝啬鬼，是个头脑蠢笨的大呆瓜，骂他徒有其表，爱慕虚荣，自高自大，自私自利。凡是能刺痛菲利普的地方，她都言语恶毒地大肆嘲笑一番。骂到最后，她猛地转身离开，嘴里还在骂骂咧咧，歇斯底里地号出各种污言秽语。她一把抓住门把手，猛地推开门。接着，她转过身，朝菲利普吼出最恶毒的一句话——她知道只有这件事才会真正让菲利普痛得有如万箭穿心。于是，她将满腔怨恨和恶意都融入这声咒骂中，犹如当头一棒，将这句话劈头盖脸地朝菲利普扔了过去："死瘸子！"

第九十七章

第二天早上，菲利普猛地从睡梦中惊醒，心里感觉肯定很晚了，赶忙看了看表。果不其然，已经九点了。他从床上跳起来，走进厨房弄了点热水刮刮脸。房间里没有米尔德里德出来过的迹象，她昨天吃晚饭的餐具还堆在洗涤槽里没洗呢。菲利普走过去，敲了敲她的房门。"醒醒，米尔德里德！已经很晚了。"

米尔德里德没有应声。甚至在菲利普又重重地敲了一下后，还是没应答。菲利普于是得出结论，她这是在同自己生闷气呢。此时，菲利普急着要去医院，哪还有心思理会她。他自己烧了水，然后跳进去洗了个澡。洗澡水一般是前一晚就会放好的，好让水里的寒意消去。穿衣服的时候，他想米尔德里德总会给他准备早餐的，然后放在客厅里。以前有那么两三次，她虽然生气，也还是会给他做早餐的。但他没听到米尔德里德发出任何动静，意识到要想吃东西，还得自己动手。在这样一个他睡过了头的早晨，本来就慌里慌张的，她还这么捉弄自己，菲利普不禁感到无比恼怒。他早餐都准备好了，还不见米尔德里德出来，却听到她在房间里走动的声音。她显然已经起床了。菲利普给自己弄了点茶，切了几片黄油面包，边吃还边把靴子往脚上套。接着，他闪电一般冲下楼梯，穿过小巷来到大马路上等电车。他两眼在报刊亭的告示牌上瞄来瞄去，搜寻有关战争的消息。与此同时，他心里还在想着昨晚发生的事。事情业已结束，他一觉睡过去了。此时再回想起来，不禁觉得滑稽可笑。他觉得自己很搞笑，不过情感这东西他也控制不住，有时还会被冲得昏头昏脑的。他很生米尔德里德的气，因为正是她将他逼进了荒谬境地。菲利普再次怀着好奇的心情，回想米尔德里德歇斯底里地破口大骂的场景，还有她喷出的污言秽语。想到她最后那句恶意嘲笑，菲利普不禁涨得面色通红。然而，当时他只是不屑地耸了耸肩。同事和他生气的时候，也总是拿他的残疾来嘲讽他。对此，他早就习以为常了。他还看到医院里有人特意模仿他的走路姿势。当然，不是昔年在学校那样当着他的面，而是在他们以为他没注意的时候。他现在也知道，他们这样做并不是出于什么恶意，而是因为人生来就是喜好模仿的动物，还因为模仿别人的动作是最容易的逗笑办法。菲利普虽然深知这一点，但永远也做不到丝毫不介怀。

他很高兴能投入到工作中去。走进病房，他觉得里面洋溢着一种愉快、友好的气氛。护士带着职业微笑快速和他打了个招呼。“你迟到了很久啊，凯里先生。”

“昨晚我痛痛快快玩了一场。”

“我看也是。”

“谢谢。”

菲利普满面笑意地走到第一个病人跟前，给他拆去了绷带。这个病人是患有结核性溃疡的男孩。看到菲利普，他很高兴。菲利普一边给他的伤口换上新的绷带，一边和他打趣。病人都非常喜欢菲利普，因为他总是和和气气，那双手温柔又灵敏，换绷带时从来不会弄疼他们。可有些敷裹员就不一样，做起事来毛手毛脚，一副得过且过的行事派头。菲利普和同事一起在休息室吃午饭。午饭很简单，就是几块烤饼和面包，外加一杯可可。他们一边吃，一边议论战事。有些人也准备随军参战，可当局对这事要求还挺严格，一概不接收尚未在医院历练过的人。有人认为，要是战争继续打下去，要不了多久，他们就会乐意接收任何取得行医资格的人。不过大多数人都认为，要不了一个月就会停战。眼下罗伯茨①就在那儿，形势很快就会好转。麦卡利斯特也持同样的观点，并对菲利普说，他们必须瞅准机会，抢在宣布停战前买进股票。到时候股票行情就会看涨，他俩都能赚上一笔。菲利普委托麦卡利斯特，一有机会就代为买进股票。夏天赚的三十镑刺激了他的胃口，希望这次能赚个几百镑。

一天的工作结束后，菲利普乘电车返回肯宁顿大街，心里想着不知道米尔德里德晚上会是什么样子。一想到她很有可能面色阴沉地对自己爱答不理，菲利普就觉得烦得慌。每年的这个时节，都有着温暖宜人的夜晚，即使南伦敦阴郁的街道上，也弥漫着二月那种让人昏昏欲睡的气息。漫长的冬季过去了，大自然窸窸窣窣，万物都从沉睡中醒过来了；沙沙声响遍整个大地，好似春天重返人间的脚步声，预示春天又要开始其永恒的生息活动了。在这样的夜晚，一想到要回去闷在那小小的寓所，菲利普就觉得倒胃口，真想乘电车再往前走一程，去呼吸呼吸户外的新鲜空气。可孩子抓住了他的心弦，他迫切想要看看她。想到孩子一边咯咯笑，一边踉踉跄跄地朝他扑过来，菲利普就禁不住绽放出微笑。然而，等他到达寓所楼前，下意识地抬头一望，只见窗户里黑漆漆的，不觉吃了一惊。他走上楼去叩了叩门，可无人应答。米尔德里德出门时总把钥匙放在门口的鞋垫底下，菲利普此刻就在那里找到了钥匙。他打开门走进客厅，随手划亮一根火柴。一定发生了什么事，但他一时没反应过来。他将煤气灯开到最亮，整个房

---

① 布勒上将在第二次布尔战争兵败后，罗伯茨勋爵被英国首相索尔兹伯里勋爵任命为南非远征军总司令。

间顿时亮堂堂的了。他四下扫了一眼，不禁倒抽一口冷气。房间里一塌糊涂，所有东西都被故意捣毁了个彻底。菲利普顿时怒气冲天，一下子冲进米尔德里德的房间。里面黑漆漆的，空荡荡的。他点亮灯一看，发现米尔德里德把她和孩子的东西都带走了（他进门时就已察觉手推车没放在原处，还以为米尔德里德带孩子出去玩了呢），屋里的东西也被糟蹋了个干净：洗脸架上的东西全被弄坏了，两把椅子上满是横七竖八的砍痕，枕头被撕裂了，被单和床罩被划得稀巴烂，镜子看上去像是被锤子敲碎的。菲利普被满屋狼藉弄得头晕目眩。他走到自己的卧室，那里也一个样，乱七八糟，一片混乱。水盆和水壶被砸破了，镜子碎成一片片的，床单撕成一条条的。米尔德里德在枕头上戳了一个大口子，伸手进去把里面的羽毛掏出来，撒得到处都是。她还插了把刀在毯子上。梳妆台上散落着菲利普母亲的照片，镜框散架了，镜片也是稀巴烂。菲利普走进那间小小的厨房，只见杯子、布丁盆、盘子和碟子等凡是能砸碎的东西，全被毁坏殆尽。

面对眼前的一片狼藉，菲利普气得七窍生烟，连气都喘不过来了。米尔德里德没有留下只言片语，只将这里搞成个废墟，以泄心中怒火。菲利普完全想象得出，米尔德里德在制造这一杰作时那副咬牙切齿、脸皮紧绷的样子。他回到客厅，四下望了望，令人惊讶的是，他竟不再愤怒。他好奇地凝视着米尔德里德扔在桌子上的菜刀和锤子。随后，他的目光落到那被扔到捣坏了的炉子里的大切肉刀上。要毁坏这么多东西，米尔德里德一定花了很长时间。劳森给他画的那幅肖像画被米尔德里德用刀划了个“十”字叉，咧开的大口子真是骇人。菲利普创作的那些画则被她撕成了碎片。所有的照片，马奈的《奥林匹亚》安格尔的《女奴》以及菲利普四世的肖像画，全被米尔德里德用煤锤捣上一道道杠。桌布、窗帘和两把扶手椅都被砍出一道道大口子，毁得相当彻底。菲利普用作书桌的桌子上方，墙上挂着克朗肖送给他的波斯地毯。米尔德里德一向讨厌这块毯子。“如果是地毯，就应该铺在地上。”她曾经这样对菲利普说，“又脏又臭的破玩意儿，就是这么个东西。”这条地毯曾让米尔德里德大为光火。菲利普告诉她，这条毯子预示着一个意义非凡的谜语的谜底，而米尔德里德认为菲利普这是在取笑她。她用刀在地毯上连划三下，看来她还真是下了死手。毯子仍挂在墙上，只不过被她划得滴条挂缕的。菲利普有两三个蓝白相间的盘子，没什么价值，不过是他花很少几个钱一个个买回来的。他很喜欢这几个盘子，因为它们带着美好的回忆。可现在被摔成碎片，瓷渣溅得满地都是。他那些书的背面也被米尔德里德划出长长的大口子，她还不厌其烦地把未装订成册的法文书从里面撕出一页页纸。壁炉上小小的饰物被弄破了，扔进了炉膛。凡是能被刀和锤子毁坏的东西，都被毁坏了。

菲利普全部财产加起来也卖不了三十镑，可许多物品跟随他多年，成为了老朋友一样的存在。菲利普是个怀旧恋家的人，与这些零碎物品有着非常深厚的感情，因为它们都是他的所有呀。他只花了很少一点钱，就把这个家打扮得漂漂亮亮的，又富有个性色彩。因此，他很为自己这个小小的家感到自豪。此刻，他绝望地倒进椅子里。他喃喃自问，米尔德里德怎能这样心狠手辣。突然，一阵恐惧袭上他的心头。菲利普跳起脚来，快步奔进走廊，那里放着一个装有他全部衣服的柜子。他一把拉开柜门，顿时松了一口气。米尔德里德显然忘记了这个柜子，里面的衣服完好无损。

菲利普又走回客厅，看着那乱七八糟的狼藉场面，茫然不知所措，根本没心思去整理。什么吃的也没有，他饥肠辘辘，便到外面随便吃了点东西。再回到这里时，他的心情平静了些。想起那孩子，菲利普心里不禁一阵疼痛。他思忖着，不知那孩子会不会想念他——刚开始或许会想，但要不了一周，或许就会把他忘得干干净净。谢天谢地，他终于摆脱了米尔德里德。此刻，再想起米尔德里德，他心中已无愤怒，有的只是无限的厌倦。

“上帝啊，但愿我永远都不要再见到她了！”他大声祈求。

现在唯一能做的就是搬出这套房间。菲利普打定主意，第二天上午就把搬家的消息通知房东太太。就目前这毁坏程度，他已无力修补，再说他手头只剩很少一点钱，还必须租个便宜点的寓所。他巴不得赶快搬离这里：一来昂贵的租金让他很是担忧，二来这里到处是米尔德里德的影子。菲利普一旦打定主意，不立即付诸行动就会焦躁不安，坐立不定。第二天下午，他就找到一位处理二手家具的生意人。这位经纪人出价三镑，买下所有被毁坏的和未被毁坏的家具什物。两天之后，菲利普搬进医院对面一栋房子。他刚成为医学生那会儿，就租住在这里。房东太太是个非常正派得体的女人。菲利普在顶楼租了间卧室，每周只需付六先令房租。卧室空间非常狭小，里面破旧不堪，窗户正朝着屋后的院子。此时，菲利普除了几件衣服和一箱书籍，别无他物。他非常高兴能租到这么便宜的房子。

第九十八章

菲利普·凯里手里的那点钱，对别人来说或许无关痛痒，对他来说却性命攸关。可就是这寥寥可数的几个钱，也受到了目前的国情影响。战事的进行在英国史上留下了重要一笔，过程是如此的波澜壮阔，竟然影响到了一名默默无闻的医科生的前景。这似乎又有些荒谬。一场场的战役，如马赫斯方丹、科伦索、斯博孤丘①等接连失利，不仅给国家带来了巨大耻辱，也给贵族大臣的威望以致命一击。他们一向宣称天生就具有兴国安邦之才。在这之前，他们还没发现有谁敢明目张胆地挑战这一宣言呢。然而，旧秩序正在土崩瓦解，新历史正在被创造。国家这位巨人在施展威力，可在战争中也是跌跌撞撞，最后竟误打误撞地取得了胜利的假象②。克龙耶将军在帕尔伯格宣布投降，莱迪史密斯③危机被解除。三月初，罗伯茨勋爵开进布隆方丹④。

这则消息传到伦敦两三天后，麦卡利斯特一走进比克大街酒馆，就兴高采烈地直嚷嚷，股票交易行情大有好转，和平已依稀可见。要不了几周，罗伯茨就要开进比勒陀利亚。股价现在就涨了，还会暴涨。“现在正是买进的大好时机。”他对菲利普说，“等到大家都疯狂抢购股票，就不行啦！功败垂成，在此一举！”

麦卡利斯特还获得了一些内部消息。南非一座矿山的经理给他所在公司的高级合伙人拍了一份电报，报告工厂未受丝毫破坏，很快就会重新开工。这可不是投机，而是投资。为了表明那位高级合伙人也认为形势大好，麦卡利斯特还告诉菲利普，合伙人为两个姐姐各买进了五百股。如果这家公司不像英格兰银行那样有保证，合伙人可是不会轻易投资的。“我就准备豁出身家性命赌一把。”麦卡利斯特说。

---

① 马赫斯方丹、科伦索、斯博孤丘均为第二次布尔战争中涉及的战役。

② 第二次布尔战争虽然由英方总司令罗伯茨勋爵宣布英国兼并德兰士瓦及战争结束，但给英国带来了巨大损失，并遭受激烈的国际舆论压力，最后被迫与布尔人签订合约。所以，文中说是“胜利的假象”。

③ 克龙耶将军为布军一方的指挥官。莱迪史密斯和邓迪为第二次布尔战争中英军的两个主要据点，被布军分割包围。

④ 南非中部城市，奥兰治自由邦首府。

每股价值二又八分之一到四分之一英镑。麦卡利斯特劝菲利普不要太贪心，只要能涨十先令，就该心满意足。他准备买进三百股，并建议菲利普也买进这么个数目。他会牢牢看住这些股票，一有合适机会就把它们抛售出去。菲利普非常信任麦卡利斯特，一方面因为麦卡利斯特是个苏格兰人，而苏格兰人生性谨慎，办事牢靠；另一方面因为他上次就帮菲利普赚到了一笔。菲利普兴奋不已，当场就拍板了。

“我想，我们定能在股票定期结清期前把股票抛售出去的。”麦卡利斯特说，“万一不行，我就设法把本钱还给你。”

对菲利普来说，这个办法似乎再好不过了。这样一来，他只需坐等收益，还不会折损本钱。菲利普又开始怀着兴趣浏览报纸上刊登股票交易信息的专栏。第二天，所有股票价格都上涨了一点，麦卡利斯特写信来说他不得不以二又四分之一英镑的价格买进股票，说市场行情目前很稳定。然而，一两天之后，行情有所下跌。南非方面来的消息令人不安，菲利普忧心忡忡地看到自己买进的股票下跌了两成。但麦卡利斯特却很乐观，认为布尔人撑不了多长时间。他觉得四月中旬之前，罗伯茨就会挺进约翰内斯堡，并愿意为此和菲利普赌一顶大礼帽。结账时，菲利普发现得付出将近四十镑。这可把他搞得忧心不已，不过他觉得目前唯一的办法只好是咬牙死撑到底。要知道就他目前的状况来说，这笔损失可是负担不起呀。之后的两三周，什么事也没发生。布尔人并不认为他们被彻底击败了，也并不觉得他们目前除了投降已无路可走。事实上，他们还取得了一两次小小的胜利呢。菲利普买进的股票又下跌了半个克朗。显而易见，战争远未结束。人们纷纷抛售手中的股票。再次看见菲利普的时候，麦卡利斯特对前景非常悲观失望。

“我不知道趁现在损失不大赶快抽身出来是不是最好的办法，我支付的钱和现在卖出去能收回的钱差不多。”

菲利普心急如焚，焦虑不已，都快要急病了。他夜不能寐，早上三口两口扒完饭，就冲到医学院俱乐部的阅览室去看报纸。这些日子，他的早饭已缩减到只是喝杯茶，再吃几片黄油面包。有时候是坏消息，有时候什么消息也没有。但股票行情不动则已，一动就是往下跌。菲利普不知道该怎么办。现在卖掉股票，那就要损失三百五十英镑这么一大笔钱。这样一来，他手头就只剩八十镑来维持生活了。他真心希望当初没有这么傻，竟跑到股票市场去戏水。但现在唯一能做的就是咬牙死撑。具有决定性意义的事情随时都有可能发生，到时候股票就会看涨。现在，他并不奢望还能赚到钱，只希望别亏本。这是他能在圣卢克医院完成学业的唯一机会。夏季学期五月份开学，学期末他就要参加产科考试。此后，他再学一年就可以毕业了。他十分仔细地盘算过，只要有一百五十镑，就可以支付学费和其他各种乱七八糟的杂费。但一百五十镑是最低限度了。只有得到这笔钱，他才有可能完成学业。

四月初的一天，他走进比克街那家酒馆，急于在那里见到麦卡利斯特。能和他聊聊形势，会让菲利普稍觉轻松一点。知道除自己以外还有数不胜数的人也在遭受损失，菲利普就觉得自己的麻烦不是那么难以忍受了。但当菲利普走进酒馆，除了海沃德，任何人也没有。他屁股刚沾上椅子，海沃德就开口说："周末我就要乘船去好望角了。"

"真的？"菲利普不由惊叫出声。

海沃德是这世界上最后一个让菲利普觉得他会去干这种事的人。在医院，许多人都表示要去参战。政府对凡是取得行医资格的人都表示欢迎。原本冲着骑兵去的人却写信回家说，上司一得知他们是医科生，便派他们负责医疗工作。一股爱国浪潮席卷全国，社会各阶层人士纷纷自愿报名奔赴前线。

"你是以什么身份去的？"菲利普问道。

"喔，我是去当骑兵的，被编在多塞特义勇骑兵队。"

菲利普认识海沃德已有八年。两人年少时期的亲密情谊早已消失殆尽。这种亲密情谊源于菲利普对一个能和他谈论文学艺术的人由衷的钦佩之情。然而，习惯成自然，这种亲密情谊虽说不复存在，两人还是保持交往。海沃德在伦敦的时候，两人每周碰一两次面。海沃德依然带着雅致的欣赏口吻谈论各种书籍，菲利普不如之前有耐心，有时候被海沃德的论调搞得大为光火。菲利普不再毫无保留地相信，这世间除了艺术，其他一切都毫无意义。海沃德的轻视实践与鄙视成功让菲利普甚为厌恶。菲利普晃荡着杯里的潘趣酒，想起了早年与海沃德的相知相交，以及自己是如何热切地盼望海沃德能干出一番大事。然而，他对海沃德怀有的这些幻想很早以前就破灭了。他心里很清楚，海沃德除了夸夸其谈，什么事也干不了。海沃德已三十五岁了，此时的他发现每年三百镑的进账比年轻那会儿要难过活多了。他身上穿的衣服，尽管仍是从高级裁缝那里定制的，但穿的时间要更为长久，而这在过去却被他认为是根本不可能的事。他发胖得太厉害了；金发无论怎样精心梳理也遮掩不住秃顶的事实；那双蓝眼睛神情呆滞，黯淡无光。不难看出，他酒喝得太多了。

“究竟是什么原因让你想去好望角的？”菲利普问道。

“噢，我不知道。就是觉得我该去。”

菲利普沉默不语，觉得这种行为蠢透了。他明白，海沃德是受了灵魂里躁动不安的东西的驱使。那究竟是什么，海沃德本人也不甚了了。体内有股力量让他认为，必须奔赴前线，为国而战。海沃德一向认为，爱国热情不过是一种偏见，并以倡导世界主义自居，还把英国视为流放之地；现在却自愿奔赴前线，为国而战。这样的反差太令人不可思议了。莫非是他这个敏感的人被广大同胞的行为刺激到了？菲利普不由得好奇，究竟是什么促使人们做出与其人生哲学完全相反的事情来呢？海沃德面带微笑、冷眼旁观野蛮人互相残杀，似乎显得更为合理。看来，人不过是傀儡，被一种连自己都不知道的力量玩弄于股掌之间。正是这种力量，驱使人们做出这样或那样的事。有时候，人们还会用理性来评估所采取的行动是否合理，有时候干脆不顾理性，任由那种力量驱使。

“人真是了不起。”菲利普说道，“我从没想过你会去当骑兵。”

海沃德微微一笑，神色显得有些尴尬，但什么也没说。“昨天我去做过体检。”海沃德终于开口说道，“只要能知道自己很健康，就是受点 Gene① 也是值得的。”

菲利普发现海沃德仍像从前那样，本来用英语就能表达清楚的意思，他非要做作地用个法语单词。就在这时候，麦卡利斯特走了进来。“我正想找你，凯里。”他说，“我们那儿的人都不想再死守着股票不放了，市场行情目前很糟糕，希望你能承兑股票。”

菲利普的心猛地一沉，知道绝不能那样做。那意味着他必须自担损失，但自尊心还是让他很镇静地回答说：“我不知道自己的想法好还是不好。不过，你最好还是把它们抛出去算了。”

“你说得倒轻巧，我可没把握现在还能不能卖出去呢。市场现在一潭死水，根本没有买主啊。”

“可股票的价格已经跌到了一又八分之一英镑了呀。”

“噢，是的。不过，那也没什么用。就算是卖出去，也卖不到这个价呀。”

菲利普半晌说不出一句话，努力使自己镇定下来。“你的意思是说，那些股票现在一文不值?”

“噢，我可没那么说。他们当然还是能值点钱的。不过，你要知道，现在根本没有人来买呀。”

“那你一定得把它们抛售出去，能追回来多少是多少。”

---

① Gene，法语。意为“拘束”。

麦卡利斯特眯着眼睛打量菲利普，心想这家伙是不是被坏消息打懵了。“非常对不起，老伙计。不过，咱俩可是一条船上的蚂蚱啊。谁能料到战争会这样拖下去呢。是我把你带入这泥沼的，可我自己也陷在里头了。”

“没关系。”菲利普说，“这事得看运气。”菲利普说罢，又转身坐下。刚才他和麦卡利斯特说话时从座位上站了起来。菲利普惊呆了，突然觉得头痛欲裂。他不想让人觉得自己没有男子汉气概，又陪坐了一小时。不管那两人说什么，他都发狂似的哈哈大笑。最后，他站起身来告辞。

“你对这件事情的态度还挺冷静。”麦卡利斯特边和他握手，边说，“我想，任何人在损失三四百镑后都没法像你这样泰然处之。”

等回到那破旧不堪的小房间，菲利普便一头倒在床上，完全陷于绝望之中。他不断懊悔着自己的愚蠢行为。尽管他自我安慰说事已至此，再后悔也无用，可就是禁不住懊悔。他苦不堪言，怎么也睡不着。想起过去几年自己是怎样让钱白白浪费掉的，就头痛得厉害，像要炸开似的。

第二天晚上，随着最后一班邮差，他收到了一份账单。随即，他检查了一下银行存折，发现等付清一切账目后，就只剩七镑这么点钱了。七镑！谢天谢地，他总算还能付清这些账目。如果他不得不向麦卡利斯特坦白，自己根本没钱付账，那情形该多么可怕啊！夏季学期里，菲利普在眼科病房当敷裹员。他曾从一位学生手里买了一架检眼镜，还没付钱呢。不过，他可没勇气告诉人家自己不想买了。雪上加霜的是，他还不得不买些书籍。干完这一切后，他手头只剩下五镑了。他就用这点钱过了六周。之后，他给牧师大伯写了封信。他这封信完全是以商谈公事的口吻写的。他在信中说，由于战争，他损失非常严重；除非大伯帮他一把，否则没法继续学业。他恳请大伯借给他一百五十镑，在以后的一年半中按月寄还他。他还说，会为这笔借款担负利息，并承诺一旦开始挣钱，就会逐步偿还本金。他最迟在一年半后就可以取得行医资格了。到那时，他肯定能谋得一个周薪三镑的助手职位。然而，大伯回信说无能为力，并说眼下一切都在跌价，让他去变卖财产的做法是非常不公平的。至于他手头剩有的几个钱，为了对他自己负责，有必要留着，以备万一生病时好用。在信的末尾，他还训诫了几句，说他曾一而再、再而三地告诫过，可菲利普就是不把他的话当一回事；他不得不坦率地说，他对菲利普目前这种遭遇并不感到吃惊。因为菲利普花钱一向大手大脚，入不敷出，最后落得这种境地早在预料之中。菲利普气得脸一阵红，一阵白，从没想过大伯竟会拒绝拯救侄儿，不由得怒火中烧。但随之，他又感到一片茫然。如果大伯不肯帮助他，他就没法继续医学院的学业。一阵恐惧顿时袭上心头，不由得把自尊心抛到一边，提笔又给布莱克斯达布尔的牧师写了封信，把困境写得更加悲惨。然而，许是菲利普没把话说清楚，大伯未能明白他究竟狼狈到了何种地步，回信说他无法改变初衷，还说菲利普二十五岁了，也该挣钱养活自己了。等他死后，菲利普会继承一笔小遗产。但在那之前，他一个子都不会给菲利普。菲利普觉得，信里充斥着一股得意洋洋之情。那是一个多年来不赞成他的为人处世而现在又看到他自食苦果的人所有的得意洋洋。

第九十九章

菲利普开始典当自己的衣服。为了节省开支，除了早饭，他每天只吃一餐，并且只用黄油面包和可可凑合。他在下午四点吃这一餐，便可以熬到第二天早晨。到了晚上九点，他饿得前胸贴后背，不得不爬着去睡觉。他曾考虑过去找劳森借钱，但害怕遭到拒绝，又逡巡不前。最后熬不过，他还是跑去找劳森借了五镑。劳森非常愉快地把钱借给他，同时又说："你会在一周左右把钱还给我的，是不？我还得付工钱给帮我做画框的工人。我现在也是拮据得很啊。"

菲利普很清楚，自己到时还不了钱；想想劳森到时会怎样看他，不禁顿觉羞愧难当。两三天后，又原封不动地将钱还给了劳森。劳森正要出去吃午饭，便邀菲利普一起去。菲利普这几天根本吃不起什么东西，此时自然乐意去吃顿像样的饭菜。礼拜天，他肯定自己可以在阿特尔涅家享受到一顿美餐。他对是否把自己目前的状况告诉阿特尔涅一家有点犹豫不决，因为那家人一向认为他过得相对来说比较殷实；他有点害怕他们知道他现在身无分文后会瞧不起他。

虽然他一直是个穷人，却从没想到会落到饿肚子的境地。这种事情是不会发生在他周围那些人身上的。他感到羞愧难当，觉得没脸出去见人了，就好像患了丢人现眼的疾病一样。他发现，目前的困境已大大超出了他的生活阅历所能处理的范围。除了继续在医院学下去，他不知道还能干什么。他隐约希望事情就会好转，怎么也不敢相信眼前发生的这一切都是真的。他想起当年初进校门时，还经常想学校生活不过是一场梦，梦醒后就会发现自己又回到了家里。但很快，他的思绪就回到了现实，他预见到再过一周左右，他就会一分钱也没有，必须赶紧想法子赚点钱。若是早已取得行医资格，即使拖着只跛脚，他还是可以去好望角的，当时对医护人员的需求量极大。要不是因为身有残疾，他或许早被征入某个义勇骑兵队了，这些骑兵队经常被外派出国。菲利普去找医学院的干事，询问是否可以让他去指导落后学生，干事却说他根本没这可能。菲利普又去翻阅医学报纸上的招工广告，发现有个人在富勒姆路开了家药店，便去向店主申请当一名无行医资格的助手。当菲利普上门找店主面谈时，医生朝他的跛足瞥了一眼，又听说他还是四年级学生，便立即表示他的经验还不足以胜任这个职位。菲利普明白这不过是借口，他根本不愿雇用一个不像他想象的那样灵敏的助手。菲利普既懂法文又懂德文，或许能凭借这一点找到文书的职位。想到要去干这样的活，他的心猛地一沉，可还是决定咬牙坚持一下。因为根本没别的可干了。尽管羞于按照招工广告上的要求预先寄出个人申请，菲利普还是回复了。不过，他毫无经验可言，也没什么人推荐。菲利普明白，不管他的法文还是德文，都没法助他处理商务，他对商业用语一窍不通，而且他既不会速写也不会打字。他不得不承认，他已到了走投无路的地步。他想要给那位作为父亲遗嘱执行人的律师写信，又不敢。因为他罔顾律师再明确不过的劝告，把他投资的抵押债券全卖掉了。菲利普从大伯那儿得知，尼克松先生非常不赞成他的行为。尼克松先生从会计事务所得知，菲利普当学徒的那一年不仅无所事事地闲混，还一点能力也没有。

“我很快就会饿死了。”菲利普喃喃自语。

有那么一两次，他还起过自杀的念头。从医院药房轻而易举就可以搞到一些毒药，他自我安慰地想，即便事情到了最糟糕的地步，他手边就有毫无痛苦地结果自己的办法，但他并没认真考虑过要去那么做。当米尔德里德抛弃他而跟格里菲斯跑了时，他悲痛欲绝，真想一死了之，现在却不想那么做了。他想起了急救室女护士对他说的，人们经常是怎样为钱而死，却不是为情自杀。想到自己竟是个例外，不禁咯咯笑了。菲利普多么希望能找人倾诉忧虑与烦恼，又没法真的向谁倒出这些心事，他不好意思。他继续不遗余力地去找工作。他已连续三周未付房租了，便向房东太太解释说到月底才能拿到钱。房东太太听后什么也没说，只是噘着嘴，一脸冷色。到了月底，她过来问菲利普是否方便用支票支付欠款。菲利普心里很不舒服，却不得不说自己没钱。但他告诉她，说他将给大伯写信，保证下周六付清欠款。

“好吧，但愿你能付清，凯里先生。我也得付房租呀，可无力承担别人老是欠账。”她话音里并无怒气，却有一股斩钉截铁让人付账的味道，听起来非常可怕。她停了一会儿，又说道：“要是下周六你再不付房租，我就去找医院干事告你。”

“嗯，会付的。你放心吧。”

房东太太盯着菲利普瞧了一会儿，又四下扫了一眼家徒四壁的房间。等她再次开口时，仍然语调平缓，毫无感情波澜，就好像说一件再自然不过的事。“我楼下有块烧得非常好的肉。如果你愿意下到楼下厨房，我欢迎你和我们一起享用午餐。”

菲利普浑身羞臊，连脚趾头尖都红了，喉头更是一阵哽咽。“谢谢你，希金斯太太，可我一点儿也不饿。”

“那好吧，先生。”

房东太太后脚刚踏出房间，菲利普就扑倒在床上，不得不握紧拳头，才没让自己哭出来。

第一〇〇章

眨眼就是周六了，正是菲利普答应房东太太付清欠款的日期。一周以来，他一直期盼着情况能有所好转，结果却什么工作也没找到。他可从未这样凄惨过，头脑昏沉沉的，根本不知道该如何应付。他内心里总觉得，这一切不过是荒谬绝伦的笑话。他只剩几个铜板，所有能拿去典当的衣服全都典当了。他手头还有些书和一两件零星什物，兴许还可以卖一两个先令。可房东太太密切注视着他的一举一动，搞得他非常害怕自己从房间里拿东西去典当时被她逮个正着。唯一的办法是直接告诉房东太太，说付不起房租，可菲利普又没这个勇气。此时是六月中旬，夜晚温暖宜人。菲利普下定决心在外晃荡一夜。他沿着切尔西长堤①缓步而行，河面恬静无波，悄无声息。他一直走，一直走，直到累得走不动了，才在长椅上坐下来打个盹儿。他蓦地从梦中惊醒，不知道自己究竟睡了多久。他梦到自己被警察猛推，呵斥他赶紧走。但等他睁开眼皮时，发觉只有自己独自在那里。不知怎的，他又抬脚朝前走，最后来到奇西克，在那儿又睡着了。坚硬的长椅睡着硌得慌，没过多久就醒了。长夜似乎绵绵无尽期。菲利普不禁打了个寒颤，心里顿觉无限凄苦，不知道究竟该怎么办才好。他为自己竟在长堤上过夜而感到羞耻，觉得这件事似乎特别丢脸。黑夜之中，他踽踽独行，觉得双颊羞得滚烫。他想起曾听说过的故事，故事中的人物也有着他这样的经历，他们还是军官、牧师和进过大学的人呢。他暗自想着自己是否也会成为他们中的一员，加入到慈善机构前的那一列长队，等着施舍一碗汤。若真是那样，还不如自杀了事，他可没法那样苟且偷生。劳森要是知道他现在多么困难，定会伸出援助之手。死要面子活受罪。他这样为了自尊心而不去恳求别人帮助，可不是荒谬之极嘛！他真搞不明白，自己怎会落到如今这般凄惨的境地。他生活态度一向端正，总是尽力去做自己认为最好的事，现在一切都脱了轨，什么都搞得乱七八糟的。他总是在自己能伸出援手时尽力帮助别人，不觉得比别人更自私，如今却陷入这样的困境。这似乎也太不公平了。

可这样瞎胡想又有什么用呢，他继续朝前走。此时天色微明，河流在静谧的晨光下如此美丽，四周似乎弥漫着神秘气息。今天定会是

① 位于英国伦敦市西南部，许多艺术家和作家居于此地。

个好天气，黎明时的天空是那种淡淡的白，万里无云。菲利普身心俱疲，饥饿啃噬着他的五脏六腑，可他又没法坐下来不动。他一直害怕会遇到警察，被他们盘问。要真是被警察盘问，他一定会羞得无地自容——想想那种场景，他就怕得要命。他觉得浑身脏兮兮的，真希望能洗个热水澡。最后，他来到汉普顿宫，感到要是再不吃点东西，准会饿得哇哇大哭。他选了一个廉价饭馆，走了进去。饭馆里飘荡着热气腾腾的食物香味，他却觉得有点恶心。他想要吃点有营养的食物，好熬过这天余下的时间。可一看见食物，胃里就是一阵恶心。最后，他喝了杯茶，吃了点黄油面包。此时，他想起了今天正是礼拜天，他可以去阿特尔涅家。他想象着烤牛肉和约克郡布丁的味道。但他心力交瘁，精疲力尽，根本没法面对那欢乐喧闹的一家。他心情灰暗，痛苦不堪，只想一个人待着。于是，他打定主意去汉普顿宫花园躺一躺。他浑身骨头酸痛。或许，他能找到一个水泵房。这样，就可以洗洗脸、洗洗手，还可以喝上几口。他现在渴得嗓子直冒烟。吃完东西，他已不再感到饥饿，又能愉快地想想鲜花、草地和郁郁葱葱的大树了。他觉得在那样的环境下，能够思路更清晰地想想今后该怎么办。他躺在树荫下的草地上，点燃烟斗。鉴于经济状况，好长一段时间以来，他限制自己每天只能抽两袋烟。谢天谢地，他的烟斗里现在塞满了烟丝。他不知道别人没钱时都是怎么办的。过了一会儿，他睡着了。一觉醒来，差不多已近正午。他想自己必须尽快出发赶回伦敦，争取次日清晨抵达，然后就去应聘任何有可能收留他的招工广告。菲利普想起了大伯，大伯曾许诺死后留给他一笔小遗产。菲利普不知道这笔小遗产究竟有多少——至多不过几百镑。他思索着，不知道能不能预先支取这笔遗产。哎，不经那老家伙的同意，他休想支取到这笔钱；而大伯是不闭眼睛就绝不会给他这笔钱的。

“我唯一能做的就是等他咽气。”

菲利普开始估算大伯的年纪。那位布莱克斯达布尔牧师已经七十多岁了，还患有慢性支气管炎。可许多身患这种疾病的老人不还都活得好好的吗。看那样子，离死还远着呢。不过在此期间，情况总会好转的。菲利普总觉得他现在的境况不正常，照理说，任何处在他这种地位的人是绝不可能挨饿的呀。因为他没法使自己相信目前这种境况是真的，所以还没有陷入完全的绝望。他下定决心，去找劳森借半个英镑。菲利普一整天都待在汉普顿宫的花园里，饿极了就吸几口烟。他打算不到动身去伦敦的时间，就绝不吃东西。回伦敦那段路程可不短呢，他得吃点东西，养精蓄锐才能走回去。他直到天气转凉才动身往伦敦走，累了就在路边的长椅上睡一觉。一路上都没人来打扰他。到了维多利亚大街，他洗漱了一下，又刮了刮脸。之后，他喝了点茶，吃了些黄油面包，边吃边浏览晨报上的广告栏。随着目光向下扫视，最后看到一则招聘售货员的广告，几家大名鼎鼎的商店的装饰织品部要招售货员。他的心莫名其妙地有些沉重。出于中产阶级的偏见，他觉得进商店当售货员太丢人现眼了。但他还是耸了耸肩，毕竟这又有什么大不了的呢？他下定决心要去试一试。菲利普心中不禁生出一种奇怪的感觉，自己勇于忍受每次屈辱，甚至还无畏地迎上前去，就像是把命运掌握在自己手里，让命运巨轮为自己所操纵。他怀着难以言喻的羞辱心情，于九点来到装饰织品部。这时，他发现已有很多人赶在他前面来应聘了。各个年龄段的都有——小到十六岁的小伙子，大到四十岁的中年汉子，应有尽有。有些人在低声交谈，但大多数人都沉默不语。菲利普加入应聘队伍时，周围的人都朝他投来敌意的一瞥。他听到一个人说：“我唯一盼望的就是早点收到落选通知，也好有时间去别的地方应聘。”

站在菲利普旁边的人朝他瞥了一眼，然后问道：“有什么经验吗？”

“没有。”菲利普说道。

那个人顿了一会儿说道：“若是午饭后没有收到预约，即使最小的店也不会要你的。”

菲利普看着忙忙碌碌的店员，有的正在悬挂擦光印花布和印花棉布，还有的人呢，他听身边的人介绍说，正在整理从乡下邮寄来的订货单。大约九点一刻，经理到了。菲利普听到队伍里一个人对另一个说，这位就是吉本斯先生。此人已届中年，长得又矮又胖，蓄着浓密的黑胡子，满头黑发油光可鉴。他行动敏捷，一脸精明相，头戴丝绸帽子，身着礼服大衣，翻领上还别着一支带叶的白色天竺葵。他径直走进办公室，让门敞开着。那是一间非常狭小的办公室，里面摆放的用具仅仅是角落里一张顶盖可卷缩的美式办公桌、一个书橱，以及一个柜子。站在门外的人望着吉本斯先生慢条斯理地从大衣翻领上取下天竺葵，把它插进盛满水的墨水瓶。按照规定，上班时不许戴花。（接下来一整天，店员为了讨好顶头上司，一个个都对天竺葵赞不绝口“我这辈子还没见过这么美的天竺葵。”他们争先恐后地说，“这总不会是你自己种的吧？”“是的，是我自己种的。”吉本斯先生笑着说，精明的眼睛里洋溢着自豪之光）

吉本斯先生摘下帽子，换下大衣，扫了一眼桌上的信件，又扫了一眼外面等着应聘的人。他用一个手指微微勾了勾，站在队首的人便走进了办公室。人们一个接一个地走到吉本斯先生面前，回答完他的提问后又一个接一个地离去。他问得很简短，提问时两眼紧盯着面试者的脸。“年龄？经历？为什么离开之前的工作？”

应聘者回答这些问题时，吉本斯先生面无表情地听着。轮到菲利普的时候，他觉得吉本斯先生打量他的眼神好奇中带着一丝怪异色彩。菲利普这天的着装还算整洁，裁剪也还算贴身，显得有些与众不同。

“经历？”

“恐怕我没有什么经历。”菲利普答道。

“那可不行。”

菲利普走出办公室。此番面试并没有他想象的那么痛苦，也没觉得特别失望与难过。他总不能奢望第一次尝试就能找到工作吧。他随身带着报纸，此刻又在招工广告里查找起来。他发现霍尔本地区有家商店也在招聘售货员，赶到那儿却发现招到人了。他今天要是还想吃点东西，就必须在劳森外出吃午饭前赶到他的画室。于是，他沿着布朗普顿路朝自由民街赶去。“嘿，月底之前我就是穷光蛋一枚了。”菲利普一找到机会便对劳森说，“希望你能借我半个英镑，可以吗？”

菲利普发现，开口向人借钱还真是难呐。可他想起医院里那些人向他借钱时那样轻松自然，他们从他手里借走一笔笔小钱，不仅无意归还，看上去还像是他们在赐予他恩典似的。

“非常乐意。”劳森说。可当劳森把手伸进口袋里时却发现只剩下八先令了。

菲利普的心不由得猛地一沉。“嗯，好吧。那就借我五个先令，好吗？”菲利普故作轻松地说道。

“给你五先令好了。”

菲利普来到威斯敏斯特一家公共浴室，花六便士洗了个澡。然后，他去找了点吃的。他不知道该如何打发下午的时光。他不愿回医院，以免被人问这问那的。再说，那里现在也没他什么活了。他曾经实习过的那两三个科室的人兴许会奇怪他怎么没来，但他们爱怎么想就怎么想吧。反正，他也不是第一个不辞而别的。他来到免费图书馆，借了几张报纸来看；看到厌烦了，就又取出史蒂文森的《新天方夜谭》① 来看。但他发现自己根本读不进去，那些字对他来说毫无意义，因为他满脑子想的都是目前的困境。他脑袋里翻来覆去地想的都是同样的事，结果想得头都痛了。他渴望呼吸新鲜空气，便出了图书馆，来到格林公园，仰面躺在草坪上。想起自己的残疾，他感到很心酸。就是因为身有残疾，他才没能奔赴前线。想着想着，他睡着了。他梦见自己的脚突然变好了，已随着义勇骑兵队来到了好望角。他在报纸插图上看到的照片给他的梦幻之境提供了丰富素材。他看到自己在南非草原上，身穿卡其色军服，和战友围坐在夜晚的篝火旁。等他醒来时，发觉天色尚早，接着便听到大本钟连敲七下。接下来还有十二小时，他仍然没什么好做，不知道该怎么打发。他特别害怕那似乎没有尽头的漫漫长夜。天上阴云密布，他担心要下雨了。那样的话，他得赶紧找个出租房，好租个床位。他曾在兰贝斯区出租房外面的亮灯广告牌上看过这样的告示：六便士一个好床位。他从没进去过，害怕里面的污浊气味，还有虫子。他打定主意，只要天公作美，就在外面露宿。他在格林公园一直待到闭园，才出去乱溜达。他感到心力交瘁，疲惫不堪。这时，他脑海里蓦地闪出一个念头——要是能出个什么事故，兴许还是个好运气。那样的话，他就可以被送进医院，在干干净净的病床上好好躺上几周。午夜的时候，他实在饿极了，再不吃点东西就一步也挪不动了。于是，他去海德公园拐角处的一家咖啡铺子吃了几片马铃薯，外加一杯咖啡。然后，他又继续漫无目的地闲荡。他内心焦躁不安，毫无睡意，还生怕警察过来驱赶。他发现自己开始以全新的角度看待警察了。这是他在外露宿的第三个夜晚。他时

① 罗伯特·路易斯·史蒂文森（1850－1894），英国小说家、诗人与旅游作家，也是英国文学新浪漫主义的代表之一。《新天方夜谭》是一部带有异国情调的惊险浪漫故事集。

不时地在皮卡迪利大街的长椅上坐下来歇会儿，等到天快亮时，便朝切尔西长堤走去。他留神听着大本钟的敲击声，每隔一刻钟便在心里默默做个记号，思索着还要多久这座城市才能苏醒过来。早晨，他花了几个铜板把自己梳洗得干净齐整些，买了张报纸开始查阅上面的招工广告，再次踏上寻找工作的征程。

他这个样子一连过了好几天。吃的东西很少，他开始觉得浑身乏力，整个人都病恹恹的，再也打不起精神去找工作了，而且要找到工作看上去比登天还难。他现在已经习惯了久久守在商店后门处，为的就是能被录取的那一线希望，可最后还是被人简单粗暴地打发走了。为了找工作，他按照各种各样招聘广告上的说明，跑遍了伦敦的大街小巷。跑得多了，他渐渐发现有许多人很面熟，他们也和他一样毫无着落。那些人中有一两个想和他交朋友，可菲利普身心俱疲，痛苦不堪，哪还有心思去搭理他们。他再也没去找过劳森，因为他还欠劳森五先令呢。他现在心力交瘁，脑袋整天昏沉沉的，根本没法好好考虑问题，也就没法再操心以后会落个什么结局了。他经常哭泣，起初还因此自生闷气，觉得怪丢人现眼的，后来发觉哭了一场，整个人顿时如释重负，甚至也不觉得怎么饿了。凌晨时分，寒风刺骨，他可真是要多受罪就有多受罪。一天晚上，他偷偷溜回寓所换了件内衣。大约凌晨三点，他断定这时人们还在梦乡中，便偷偷溜了回去，五点时又偷偷溜了出来。其间，他躺在柔软的床铺上。那种柔软太让人沉醉了，他舒服得心里都要乐开了花。他沉浸在愉悦中，心里美滋滋的，根本睡不着。经常缺食少粮，他渐渐习惯了这种饥饿的日子，到后来也不觉得怎么饿了，就是浑身乏力。近来，他脑海里经常冒出自杀的念头，可他竭尽全力不让自己沉浸在这上面，生怕一旦被这种诱惑控制住，就会情不自禁地做出傻事。他不断告诫自己，自杀是很荒唐的，要不了多久，他肯定会时来运转。他固执地认为，自己目前的处境太反常了，无需太过当真。这就好比他不得不忍受的疾病，但终究会康复的。每天晚上他都发誓，无论什么借口，都不能诱使他再忍受下去，决心第二天早上就给大伯或尼克松律师，或劳森写封求助信。可真到了第二天早晨，他怎么也不愿意低声下气向那些人承认自己的惨败，否则他会羞得无地自容。他不知道劳森知道这一切后会怎么看他。在他们的友谊中，劳森一直是浮躁愚笨的那个，而菲利普则是通晓人情世故的那个，并为此自豪。若是现在将自己的情况告诉劳森，就得将那个愚蠢的故事和盘托出。菲利普心里惴惴不安，觉得劳森在接济自己一次后，对接下来的恳求会不予理睬。至于大伯和律师，肯定会帮他一把，但菲利普害怕被责骂。他可不想受任何人责骂，只好咬紧牙关，不断安慰自己：事已至此，再也无法转还，也就无需多加追究了；再后悔就显得荒唐可笑了。

这样的日子过了一天又一天。时间是永远没有尽头的，可劳森给的五先令持续不了多久。菲利普翘首以盼礼拜天的到来，好让他可以去阿特尔涅家做客。菲利普不知道是什么原因阻止了他早点去阿特尔涅家，或许是他太想独自熬过这一关吧。尽管阿特尔涅家的日子也过得很是清贫困苦，可现在也只剩下阿特尔涅能帮帮他了。或许吃过午饭后，他可以将困境告诉他。菲利普脑海里不断重复着将要对阿特尔涅说的话，十分担心阿特尔涅会用冠冕堂皇的漂亮话来打发他。要真是那样，他可受不了。因此，他想尽可能拖延时间，好迟一点去承受热脸贴人家冷屁股的窘迫与难堪。此时，菲利普对所有伙伴都丧失了信心。

星期六的夜晚，又湿又冷，阴寒刺骨。菲利普吃尽了苦，受尽了罪。从星期六中午直到他拖着疲惫的身子去阿特尔涅家这段时间，他什么也没吃。礼拜天的早晨，他将最后两便士花在查令十字街一家盥洗室，好好梳洗了一番。

第一〇一章

菲利普按响门铃的时候，窗户里探出一个脑袋。接着，不到一分钟，他听到里面传来脚踏在楼梯上的杂乱的噔噔声，孩子们跑下楼给他开门来了。他弯下腰，仰起一张苍白、焦虑、瘦削的脸，给孩子们亲吻。孩子们对他满溢喜爱之情，菲利普被深深感动了。为了能缓一缓情绪，他和孩子们东扯西拉、聊来聊去，找出各种借口在楼梯上走走停停。他现在情绪不稳，有些歇斯底里，几乎是什么事都能引得他大哭一场。孩子们问他上个礼拜天为什么没来家里做客，他回答说病了。孩子们又问他到底生了什么病，菲利普为了和他们逗趣，将那病说得神神秘秘，病名听起来玄而又玄，既像希腊文，又像拉丁文，似是而非，模棱两可（医学术语里随处可见希腊文与拉丁文的混合表达），听得他们一个个兴奋得尖叫。孩子们把菲利普拖进客厅，要他把病名重复一遍，好让父亲也长长见识。阿特尔涅站起身来，和菲利普握手。他瞪着菲利普。他生就一双圆圆的向外凸出的眼睛，总给人瞪圆眼睛打量的感觉。菲利普以前没觉得什么，此时此刻却那样不自在。“上个礼拜天，我们都挺想你的呢。”阿特尔涅说道。

菲利普说谎时从来没有心安理得过，等他解释完为何没来后，脸羞红得像猪肝似的。接着，阿特尔涅太太走了进来，也和菲利普握了握手。“我希望你已经好些了，凯里先生。”她说道。

菲利普不知道阿特尔涅太太怎么就觉得他的身体生了毛病呢，他和孩子们上楼来时厨房门一直是关着的，孩子们一步也没离开过他呀。

“再过十分钟，晚饭也准备不好。”阿特尔涅太太慢吞吞地说道，“要不，等的这会儿，给你来杯牛奶冲鸡蛋好吗?”

阿特尔涅太太脸上流露出关切的神色，让菲利普很不自在。他强作笑颜，回答说自己一点儿也不饿。这时，莎莉走进来铺餐布，菲利普便和她打趣起来。家里人都开她玩笑，说她将来会长得跟阿特尔涅太太的一位姑妈那样胖。这位姑妈名叫伊丽莎白，孩子们谁也没见过她，只将她当作身宽体胖的讨厌肥婆典型而已。

“我说莎莉，自我上次见你后，你可是发生了什么事?”菲利普开口道。

“据我所知，什么事也没发生。”

“我敢肯定，你这是一直在长膘啊!”

“我敢肯定，你绝对没有长膘。”莎莉反唇相讥，“你都瘦成个骷髅架子啦!”

菲利普面红耳赤。

“你这就不对啦，莎莉。”她父亲叫嚷起来，“罚你一根金头发。简，去拿把大剪刀来。”

“呃，可他的确是很瘦啊，爸爸。”莎莉表示抗议，“他都瘦得皮包骨啦!”

“这不是问题的关键，孩子。他想瘦就瘦，完全有这个自由。可你过度肥胖却有失妥当。”阿特尔涅一边说，一边自豪地搂着女儿的腰，并用赞叹的目光注视着她。

“让我继续铺餐布，爸爸。就算我腰纤体轻，也不见得有人在意这个。”

“不正经的小丫头!”阿特尔涅边嚷着，边夸张地挥舞了一下胳膊，“小丫头老是用那件臭名昭著的事来奚落她老爸，说什么约瑟夫已经向她求婚了。约瑟夫是利瓦伊的儿子，利瓦伊在霍尔本开了家珠宝店。”

“那你接受他的求婚了吗，莎莉?”菲利普问道。

“你到这时还不了解我父亲吗？他说的话没一个字是真的。”

“好吧，要是他还没向你求婚，”阿特尔涅嚷道，“我向圣乔治①和可爱的英格兰发誓，这就去扭住他的鼻子，要他立即回答我他究竟想哪样!”

“坐下来吧，爸爸。晚饭已经准备好了。现在，孩子们，你们给我听着！统统都去把手好好洗洗，一个都别想溜！我可是要在开饭前一个个检查的。好了，快去吧!”

菲利普觉得自己饿极了，肯定会狼吞虎咽的，可真等到吃的时候，却发现他的胃根本受不了食物的刺激，几乎什么也吃不下。他只觉得疲惫不堪，根本没注意到阿特尔涅竟然一反常态，很少说话，只顾埋头吃饭。能坐在这样舒服的屋子里，菲利普感到身心的苦痛猛地一轻，可还是控制不住自己，仍然时不时向窗外扫一眼。外面狂风肆虐，暴雨倾盆，好天气早已给驱赶得无影无踪。寒风刺骨，阵阵如注的雨线噼里啪啦地击打着窗户。菲利普心里愁闷不已，不知道今晚该在何处安身。阿特尔涅一家睡觉挺早的，最晚能在这儿待到十点。一想到要走进那凄风冷雨的黑夜中去，菲利普就觉得心沉到了谷底。他现在和朋友在家里舒舒服服地待着，要比独自在外面去想凄风苦雨的夜晚更加令人可怕。他不断自我安慰，今晚还是有很多人要在外面过夜的。他几次想通过说话来转移注意力，可话刚说一半，就会被外面雨点敲打窗户发出的噼里啪啦声打断，让他心惊胆寒。

---

① 天主教著名烈士、圣人，经常以屠龙英雄的形象出现在西方文学、绘画等领域。

“这真像三月里的天气。”阿特尔涅说，“可不是人们喜欢去横渡英吉利海峡的天气。”

过了一会儿，他们吃完饭，莎莉便进来收拾餐具。

“你想不想试试这种两便士的劣质货?”阿特尔涅说着，递给菲利普一支雪茄。

菲利普接过烟，兴高采烈地吸了一口。一口烟下肚，让他顿时觉得浑身舒坦。莎莉收拾完毕后，阿特尔涅让她出去时把门关好。

“现在没人会来打扰我们了。”他对菲利普说道，“我事先已关照过贝蒂，若是我不叫，就别让孩子们进来。”

菲利普惊诧地扫了他一眼，还没来得及弄明白他这是什么意思，就见阿特尔涅习惯性地扶了扶架在鼻梁上的眼镜，继续说道：“上个礼拜天我给你写了封信，想问问是不是出了什么事。但你没有回信，周三我就登门去找你了。”

菲利普转开头，没有答话，心开始怦怦狂跳。阿特尔涅也沉默不语。房间一时陷入寂静。过了一会儿，菲利普觉得这种寂静实在难以忍受，但又想不出该说些什么好。

“你的房东太太告诉我，说你自上周六晚上就没住在那里，还说你已经欠了一个月的房租。那你这一整周都睡在哪儿了?”

想到要回答这个问题，菲利普就觉得恶心不已。他呆愣愣地凝视着窗外。“没睡在哪儿。”

“我一直都在设法找你。”

“为什么找我?”菲利普问道。

“贝蒂和我的日子也过得很苦，只不过我们还有孩子要照顾。你为什么不到我们这儿来呢?”

“我不能啊!”

菲利普生怕自己会忍不住放声大哭，他身心俱疲，浑身发软，只好闭上眼睛，皱紧眉头，竭力想控制住自己的情绪。菲利普突然对阿特尔涅生出一股恼意，恨他为什么就不能别管他的事。但他已彻底崩溃。过了一会儿，他闭着眼睛，为了用尽可能平稳的语调，便将语速放得很慢，将上几周的遭遇全告诉了阿特尔涅。在诉说的过程中，菲利普觉得自己的所作所为非常愚蠢，更加如鲠在喉，难以启齿。他觉得，阿特尔涅会认为他是个彻头彻尾的大傻帽儿。

“你现在就过来和我们住一起，直到你找到事做。”等菲利普讲完后，阿特尔涅这么说道。

菲利普蓦地涨红了脸，却不知道为什么会这样。“噢，你们真是太好了！但我觉得，不能那么做。”

“为什么不能呢?”

菲利普没有回答。他之所以拒绝，一则这是本能，生怕自己会成为人家的累赘；二则是他生性羞于接受别人的恩惠。再说，他心里很清楚，阿特尔涅夫妇俩也只是现挣现吃，勉强得已糊口。要知道，仅凭他们俩要养活这一大家子，家里可是既没多余的地方也没多余的闲钱来接济一位陌生人。

“你当然得住到这儿来。”阿特尔涅说，“索普可以和哪个兄弟挤在一起。这样，你就可以睡他的床。别以为多你一个人吃饭，我们就对付不了。”

菲利普不敢再开口说话。

阿特尔涅走到门口：“贝蒂!”等她进来时，阿特尔涅说道，“凯里先生要来和我们住一起。”

“噢，那太好了!”她说，“我这就去把床收拾好。”

她说得那么诚挚，那么友好，就好像这是理所当然的一样。菲利普不由得深受感动。他从没指望别人对他好，因此当人家对他好时，就禁不住惊喜和感动。此刻，他再也控制不住自己，两颗豆大的眼泪滚下面颊。阿特尔涅夫妇假装没看到菲利普脆弱的样子，在一旁专心致志地商讨安顿他的办法。

阿特尔涅太太走后，菲利普往后靠在椅子上，两眼遥望着窗外，不由得微微一笑。“今晚这鬼天气可不宜外出散步，是不？”

第一〇二章

阿特尔涅告诉菲利普，说他轻而易举就能在他服务的亚麻布制品公司给菲利普找到活干。公司里有几位店员去参战了，而莱恩·赛得利公司是一家富有爱国热情的公司，保证给参战店员保留职位。公司把英雄们的工作分配到留下来的店员身上，但并不增加工资。如此一来，公司既表现出了高涨的公德心，又大大节省了开支。战争尚在进行，市场并非那么萧条。一到假期，有的店员照常度假，还一走就是半个月。如此一来，公司就不得不再雇些店员。菲利普的生活遭遇让他不禁有些怀疑，即使在这种境况下，公司是否会雇用他还是个问题。然而，阿特尔涅俨然觉得自己是公司里举足轻重的人物，坚持认为经理不能拒绝他的任何提议。阿特尔涅还说，菲利普在巴黎接受过的美术训练将来定会大有用处，只消等一段时间，就能找到个报酬丰富的服装设计或广告绘画职位。菲利普为夏季销售画了一幅广告画，阿特尔涅拿着它走了。两天之后，阿特尔涅又把那幅画拿了回来，并对菲利普说，经理大大夸赞了他的画，但真心地表示遗憾，目前设计部没有职位空缺。菲利普问阿特尔涅，除此以外还有什么别的事可以做。

“恐怕没有了。”

“你确定?”

“好吧。事实是，他们明天要招收一名店铺引导员。”阿特尔涅说着，两道怀疑的目光透过镜片，落到菲利普身上。

“你觉得我有机会获得这个职位吗?”

阿特尔涅思绪有些乱。一方面，他一直在引导菲利普去期许找到一个更为体面光彩的职位；另一方面，他本身也是穷困潦倒，没法无限期地供养菲利普在他家白吃白喝。

“你可以先在这个职位干着，边干边等更好的机会。只要你被公司录取了，总能等到比较好的机会。”

“我可不是那种眼高手低的人。这你是知道的。”菲利普微笑着说。

“如果你决心这么做，那明天早上九点差一刻必须到公司面试。”

尽管战事在进行，许多人都去参战了，但找工作显然并不因此变得容易。等菲利普到店里的时候，已经有好多人在等着了。他认出有几位是之前找工作时碰到过的，还有一位他曾见过中午还躺在公园里。菲利普现在明白过来，那个人也和自己一样无家可归，不得不在外露宿。前来应聘的人形态各异，年龄不等，有老有少，有高有矮，但每个人都为了即将面见经理而竭尽全力打扮得整洁干练。他们小心翼翼地把头发梳理得服服帖帖，又不厌其烦地把手洗得干干净净。他们全都等候在一个走廊里。菲利普后来才知道，这个走廊通往餐厅和工房，每隔几码就开有一个五六步宽的门洞。尽管店里装有电灯，但走廊上依然点着煤气灯，灯上罩着铁丝笼以作保护，煤气灯发出嗞嗞的燃烧声。菲利普九点差一刻准时到达店里，差不多十点才被叫进办公室。这是一个只有三个角的房间，像极了一块切开倒在一边的奶酪。墙上贴着几张穿着紧身胸衣的女人照片，还有两张广告样板。一张画的是一个身着宽大睡袍的男人，睡袍是白绿相间的宽大条纹；另一张画的是在蔚蓝海面上扬帆前进的大船，帆面上用大大的字体印着“海量白布待销”。办公室最宽的一堵墙就是该店一个橱窗的背部，目前正在布置。在面试的过程中，一位助手走出走进的，忙个不停。经理正在读一封信函。此人气色非常好，长着一头浅栗色头发，浓密的胡须也呈浅栗色，胸前的表链中央悬挂着一大串足球奖章。他身穿衬衫，端坐在一张硕大的办公桌后面，手边放着一部电话机，面前堆着当天的广告、阿特尔涅的大作，以及粘贴在卡片上的剪报。经理扫了一眼菲利普，没有说话，只顾对打字员口授信件。打字员是个姑娘，坐在角落里的一张小桌旁。之后，他才问到菲利普的姓名、年龄以及工作经验。他说话带着浓厚的伦敦腔，鼻音很重，音调很高，还带着一股金属般刺耳的刺啦声——这种声音他自己似乎也无法控制。菲利普注意到经理的上排牙齿每颗都很硕大，还往外凸出，给人一种牙根松动、只要被人猛地一拉就会脱落的印象。

“我想，阿特尔涅先生已经跟您提起过我。”菲利普说道。

“噢，你就是那个画广告画的年轻人吗?”

“是的，先生。”

“一点儿也不适合我们用。你要知道，一丁点也不适合。”他上下打量着菲利普，似乎觉得从某方面来说，菲利普和之前进来的应聘者有些不同。“要知道，你得搞件正式的礼服大衣穿着。我估计你还没有吧。你看上去倒像个正派的年轻小伙子。我想，你已经发现搞艺术是没法赚钱的吧。”

菲利普从他的话中猜不透他是否有雇用自己的意思，他说话的方式不算友好。

“你家住哪儿?”

“我很小的时候父母就去世了。”

“我乐意给年轻人一个机会。我曾经给了不少年轻人这样的机会，而他们现在都已成为部门主管。他们都很感激我——我替他们将这句话说了出来。他们心里很清楚，我为他们做了什么。从梯子的最底层爬起，这是学做生意的唯一途径。往后，只要你能坚持不懈，努力向上爬，那谁也不知道这把梯子最终会把你引向怎样的高度。要是你符合那个条件，某天你将会发现，自己也会处在我这样的位置。将我刚才说的话牢牢记在心里吧，年轻人。”

“我非常愿意尽最大努力把工作做好，先生。”菲利普说道。

菲利普知道，说话的时候只要有必要，就加上“先生”这个称呼。不过，这个称呼让他听起来颇为怪异，他怕使用太过频繁。经理非常喜欢说教，因为说教能让他切身感受到自己的重要性，而这种感觉可是很美妙的。他滔滔不绝说了一大通，才给菲利普一个肯定的答复。“好吧，我觉得你还可以。”他最后以傲慢自大的态度说道，“不管怎么说，我不介意给你一个尝试的机会。”

“非常感谢您，先生。”

“你这就可以来上班。每周，我给你六先令的工钱，并负担你的食宿。要知道，我们这里什么都有，员工福利很是齐全。六先令就是你的零花钱，按月付。你想怎么花就可以怎么花。我想，你对此应该没什么好抱怨的了吧。”

“没有，先生。”

“哈林顿街——你知道它在哪儿吧？在沙夫茨伯里大街那里。你就住在那儿，门牌号是十号——嗯，不错，就是十号。你要是愿意，礼拜天晚上就可以住到那儿了。或者你也可以周一把行李箱搬到那儿，随你的便。”经理说完后道了声“再见”，点点头以示菲利普可以离开了。

第一〇三章

阿特尔涅太太借给菲利普一笔钱。这笔钱足够菲利普付清房租欠款了。这样，他就可以拿走行李。菲利普花了五先令外加一张典当一套西服的当票，从当铺老板那里换来了一件非常适合的礼服大衣。他还把余下的衣服赎了回来。他让卡特·帕特森公司①把行李箱送到哈林顿街，周一早上和阿特尔涅一起去店里上班。阿特尔涅把他介绍给服装部的业务员之后就离开了。业务员名叫桑普森，大约三十岁，是个性情和善、有点爱吹毛求疵的矮个子男人。他和菲利普握了握手，接着为了炫耀他那颇为引以为傲的学术造诣，便问菲利普是否会说法语。当菲利普给出肯定的回答时，桑普森吃了一惊。“还会别的语言吗?”

“我还会讲德语。”

“噢！我偶尔会独闯巴黎。Parlez - Vous Francis?② 到过马克西姆大百货公司吗?”

菲利普被分配站在服装部的楼梯顶端。他的工作就是把人们引到各个部门去。照桑普森先生说漏嘴的情况来看，这儿部门还挺多。突然，桑普森发现菲利普走路有点跛。“你的腿怎么了?”他问道。

“我有只跛脚。”菲利普说，“不过，并不妨碍我走路或做别的事。”

---

① 卡特·帕特森是英国一家运输公司，成立于1860年，总部位于伦敦，其创立者开创了“门到门”的运输模式。

② 法语。意为“你会讲法语吗?”

业务员用怀疑的目光盯着菲利普的跛足瞧了一会儿。菲利普心里想，他这是奇怪经理怎么会雇用自己呢。他知道，经理根本就没注意到自己有任何不便之处。

“我不指望你第一天就能把什么事都干对。没把握的时候，你只需去问问年轻姑娘就好了。”说罢，桑普森转身走了。

菲利普努力记住这个或那个部门所在地，目光急切不安地搜寻着前来问询的顾客。一点钟的时候，他去吃午饭。餐厅位于大楼顶层，很大，很长，里面亮堂堂的。不过，所有窗户都紧闭着，以免外面的灰尘飘进来，所以餐厅里弥漫着呛鼻的油烟味。一张张长餐桌上铺着桌布，每隔一定距离就放置一个盛满水的大玻璃瓶。店员们吵吵嚷嚷地涌进餐厅，坐在长凳上。这些人坐的可是热屁股凳，因为十二点半已一批人进来用餐了。

“什么咸菜也没有。”坐在菲利普身边的人说道。说话的是一个高个子年轻人，面粉一样苍白的脸上挂着个鹰钩鼻。他的脑袋很长，头颅凹凸不平，像是被人这里按了一下、那里戳了一下似的，样子十分古怪；额头和脖子上长满了粉刺，一颗颗又大又红，还有些肿胀。他名叫哈里斯。

菲利普发现，有几天餐桌尽头摆着几个大汤盆，各种各样的咸菜混合在一起。这些咸菜非常受欢迎。餐厅里没有刀叉。没过一会儿，一个身穿白大褂的大胖男仆走进餐厅，手里捧着几把咸菜，咕咚一声把它们扔到桌子中央。大家纷纷伸手拿走自己喜欢的咸菜。咸菜刚从脏水里洗了捞出来，还热乎乎、油腻腻的。几名身穿白上衣的男仆给用餐的众人分发肉片，一片片肉在汤汁里荡来荡去。男仆把肉片扔到众人盘子里的姿势像是变戏法似的，把汤汁洒得满桌布都是。接着，这些男仆又拿进来一大盘、一大盘的蔬菜和土豆。一看到这个样子的饭菜，菲利普直觉得胃里一阵翻滚。他注意到每个人都往菜里倒了大量的醋。餐厅里闹哄哄的，震得人耳膜疼。人们高谈阔论，哈哈大笑，大声嚷嚷，还夹杂着刀叉乒乒乓乓的撞击声，以及各种奇奇怪怪的咀嚼声。所以，菲利普很高兴回到服装部去。他逐渐记住了每个部门所在的位置。当有人问路的时候，很少再需求助其他店员。

“先右拐，再左拐，夫人。”

工作不那么紧张时，有一两个女孩过来跟菲利普搭讪了几句。菲利普觉得，她们这是在打量他。五点钟时，他被唤到楼上用茶点。菲利普很高兴能坐下来歇歇。茶点是切得很大块的面包片，上面涂着厚厚的黄油。许多店员还有瓶装的果酱。这些果酱是存在储藏室的，上面还写着名字。

六点半下班的时候，菲利普已经累得精疲力尽。哈里斯——就是吃饭时紧挨着菲利普坐的那个年轻人——主动提出带菲利普到哈林顿街去，帮他找床位。哈里斯告诉菲利普，说他住的房间里还有一张空床，而其他房间都住满了。他觉得，菲利普的床位是被安置在他那个房间的。哈林顿街的房子原来是个鞋店，现在被商店用来做宿舍。房间里光线很暗，窗户四分之三都被木板钉住了。因为窗户打不开，顶端剩下的那截空隙就是房间里唯一的通风口。房间里散发着一股霉味。菲利普非常庆幸自己之前不必住在这样的地方。哈里斯把菲利普领到二楼客厅，里面摆着一架旧钢琴，琴键就像一排腐坏的蛀牙。桌上有个无盖烟灰缸，里面装着一套多米诺骨牌。屋子里随处散落着过期的《海滨杂志》和《图画报》①。其他房间用作卧室。安排给菲利普的床位在房子顶层。房里共有六张床，每张床旁不是放着一个大行李箱，

①《海滨杂志》创刊于1891年，月刊，曾连载过柯南·道尔的《福尔摩斯探案故事集》。《图画报》创刊于1869年，周刊，在艺术界具有重大影响力。

就是放着一个大盒子。唯一的家具是五斗柜，有四个大抽屉和两个小抽屉。作为新人的菲利普可以用其中一个抽屉。抽屉都配有钥匙，但钥匙都是一样的，没多大作用。哈里斯建议菲利普把值钱的物品锁在行李箱中。壁炉上面放着一面镜子。哈里斯还领菲利普去看了看盥洗室。那是一个相当宽敞的房间，八只脸盆摆成一排，住在这里的人会来此处洗漱。盥洗室跟浴室相通。浴室里有两只褪了色的澡盆，木质部分溅满了肥皂污斑，盆内一圈圈黑水印表明不同人用的水量不同。

等哈里斯和菲利普再回卧室时，看到一个高个子男人正在换衣服，还有一个估摸十六岁的男孩正边梳头发边尽可能响地吹口哨。高个子男人和谁也没说话，一两分钟后就出去了。哈里斯朝男孩眨了眨眼，男孩仍然吹着口哨，也朝哈里斯眨了眨眼。哈里斯告诉菲利普，那个男人叫普赖尔，当过兵，目前在丝绸部工作。他大部分时间独处，不喜与人为伍，但每天晚上都会出去找女人，就像刚才那个样子，连声“晚安”都不说就扬长而去。过了一会儿，哈里斯也从卧室走了，只剩下那个男孩。菲利普解开行李的过程中，男孩就在一边好奇地看着他。男孩叫贝尔，在缝纫用品部只干活不拿钱。他对菲利普的晚礼服很感兴趣。他还给菲利普讲宿舍里其他人的情况，并向菲利普提出各种各样有关他自己的问题。他是个性格活泼的少年，谈话时不时以半破锣的嗓子哼上几段从歌舞杂耍剧场听来的歌曲。菲利普收拾好东西后走出宿舍，在大街小巷瞎转悠，看着熙来攘往的人流。有时候，他站在餐馆门外眼巴巴地看着人们鱼贯而入。他饿极了，就买了个巴思甜面包，边走边啃。他出来时，守门人给了他一把弹簧锁钥匙。守门人每晚十一点半关闭煤气灯。菲利普害怕被关在门外，便及时赶回宿舍。他了解过罚款的详细规定：晚上过了十一点才回宿舍，就得罚一先令；过了十一点一刻，就得罚半克朗，还要上报给领导；被上报三次，就会被开除。

菲利普回到宿舍时，除了大兵，其他人都回来了，两个已上床睡觉了。菲利普刚一跨进宿舍，就听见一阵叫嚷声。

“噢，克拉伦斯！你个淘气鬼！”

菲利普发现，原来贝尔把他的晚礼服套在了长枕头上。贝尔对自己这一出恶搞，非常得意。

“你必须穿着它们去参加社交晚会，克拉伦斯。”

菲利普听说过社交晚会的事。公司扣住员工的部分工资不发，是大家的满腹牢骚之一。每月要扣去两先令，用作医药费和图书借阅费（图书馆里都是些破旧不堪的烂小说）。每月还得另扣四先令的洗衣费。这样一来，菲利普发现，每周六先令的工钱四分之一永远发不到手上。

好几个人都在吃着厚面包片裹肥香肠，店员们晚饭就吃这种三明治。这样的三明治是从几间门面之隔的一家小店里买来的，每份两便士。这时，大兵摇摇晃晃地走了进来，一声不吭，迅速扒掉身上的衣服，一头扑进床里。十一点过十分，煤气灯的火舌猛地跳了一下，五分钟之后便熄灭了。大兵已安然入梦，而其他人裹着睡衣围笼在大窗户前，朝下面走过的女人扔吃剩下的三明治，嘴里还嚷嚷着不干不净的荤话。对面一栋楼房有六层高，是一家犹太裁缝工厂，每晚十一点下班。房间里照得亮堂堂的，窗户上也没装百叶窗。工厂主一家五口：爸爸、妈妈，两个儿子，一个二十岁的女儿。每晚下班后，女儿便出来在楼房里查视一圈，把各处的灯关掉。有时候，她也允许某个裁缝和她打情骂俏，云雨一番。菲利普宿舍的男人饶有兴致地盯着这个或那个男人跟在姑娘身后，还兴致勃勃地打赌哪个男人会得手。将近午夜时分，街角的哈林顿·阿姆斯剧场散场，人们纷纷从里面涌出来。此时，宿舍里的人也一个个上床睡觉去了。贝尔的床紧靠门口，从一个床铺跳到另一个，直到回到自己的床位，嘴里仍然叽里咕噜的说个不停。最后，周围的一切都安静了下来，只有大兵发出的均匀鼾声响彻整个房间。菲利普也去睡觉了。

第二天七点，菲利普被一阵响亮的铃声吵醒。八点差一刻，所有人都已穿好衣服，脚上套着袜子匆匆跑下楼去找靴子。他们边跑边扣靴带，赶往牛津街的店里吃早饭。八点钟准时开饭，迟到一分钟就什么也没有了。一旦进入店里，就不准外出吃早饭。有时候，他们知道不能准时赶到店里吃早饭，便在附近小店买几个面包充饥。但这太花钱了，大多数人都空着肚子去上班，一直干到吃午饭。菲利普吃了点黄油面包，喝了杯茶，八点半开始一天的工作。

“先右拐，再左拐，夫人。”

很快，菲利普回答各种问题的口吻就变得十分机械。这种工作不仅单调乏味，还很累人。几天之后，他的双脚疼得要命，几乎连站都不能站。那厚厚的柔软地毯非常烧脚，到了晚上，脚更是疼得连袜子都不能脱。这是店员们普遍怨声载道的一件事。其他店铺引导员告诉菲利普，脚不停地冒臭汗，渐渐地会把袜子和靴子都汗得烂掉。菲利普宿舍的其他人也在遭受此罪，为了减轻疼痛，睡觉时都把脚伸在被窝外面。一开始，菲利普的脚痛得连走都不能走，只能在哈林顿宿舍的客厅里苦熬好几个晚上，把脚浸泡在一桶冷水里。在这种境况下，他唯一的伙伴就是在缝纫用品部工作的贝尔。他经常留在宿舍整理收集到的邮票。他一边将邮票固定在一小张、一小张的邮票纸上，一边吹着单调的口哨。

第一〇四章

公司的社交晚会隔周在礼拜一举行。菲利普在莱恩公司上班的第二周就赶上了一场。他和部门的一位女同事约好，一同前往。

“对她们要迁就点。”女同事说道，“就像我对她们一样。”

女同事可以称呼为霍奇斯太太，是个四十五岁左右的小女人。她头发染得很差劲，泛黄的脸上一根根毛细血管纵横交错成网状，眼白也略微泛黄，眼珠则是淡蓝色。霍奇斯太太对菲利普很感兴趣。菲利普进店工作还不到一个礼拜，她就开始称呼菲利普的教名了。“我们都知道，最终结果会是个什么样子。”她说。

霍奇斯太太告诉菲利普，她本来不姓霍奇斯，可她说话又总是不离“我老公密斯托罗奇斯①”。她老公是有资格出席高等法庭并参与辩护的律师，可对待自己的太太恶劣极了，简直叫人震惊，她离开了丈夫，宁愿成为独立过活的女人。不过话得说回来，她可尝过坐在自家马车里的滋味，亲爱的——她管谁都叫亲爱的。因为经常坐着马车去拜亲访友，他们家总是很晚才吃饭。霍奇斯太太习惯用她那枚硕大的银胸针剔牙。胸针做成马鞭和猎鞭交叉的形状，中间还嵌有两根马刺。新环境让菲利普很不自在，店里的姑娘们都叫他“傲慢的家伙”。有一次，一位姑娘叫他“菲尔”，但菲利普没有应答。因为他根本没意识到那姑娘是在和他说话。姑娘把头一甩，说他是只“骄傲的孔雀”。两人再相见的时候，姑娘一本正经地唤他“凯里先生”，满是浓浓的讽刺意味。姑娘是朱厄尔小姐，就要嫁给一位医生了。其他女店员从未见过医生，却肯定他是地道的绅士，因为他送给朱厄尔小姐的礼物是那样的漂亮可爱。

“别介意她们说的话，亲爱的。”霍奇斯太太说，“我是过来人。总有一天，你也会成为过来人。那些姑娘也挺可怜的，见识浅，懂得又少。你记住我的话——不管她们说什么，都不要往心里去。到时她

① 密斯托罗奇斯是 Misterodges 的音译，原文中霍奇斯太太总是把 Mister Hodges 连读成 Misterodges。

们自然会喜欢上你的。”

社交晚会是在地下餐厅举行的。餐桌被推到一边，好腾出空间供人们跳舞。不过，又另外摆出一些小桌子，好供人们玩惠斯特游戏。

霍奇斯太太将菲利普介绍给班奈特小姐。班奈特小姐是莱恩公司有名的一枝花，是衬裙部的业务员。菲利普走进会场时，这位美女正和男用针织品部的业务员聊天。班奈特小姐是个健壮的姑娘，大脸盘十分红润，上面涂了厚厚一层脂粉，胸部颇为壮观，大有呼之欲出之势，亚麻色的头发梳理得很精致。这次晚会她太过于盛装打扮，但搭配还不算扎眼。她一袭高领黑裙，手上戴着黑色丝光手套，连打牌的时候也不脱掉。她脖子上挂了好几条沉甸甸的金链，手腕上套着手镯，耳朵上挂着两个圆形的头像垂饰，一个是亚历山德拉王后①的头像。班奈特小姐还拿着一个黑色的绸缎手提包，嘴里不停地嚼着牛皮糖。

“很高兴见到你，凯里先生。”她说，“这应该是您第一次参加社交晚会吧！我能想象得到，你可能会觉得有点羞怯。不过不必如此，我跟你说，真的不必如此。”

为了让大家能有宾至如归的感觉，班奈特小姐真是煞费苦心。她时而拍拍这个人的肩膀，时而拍拍那个人的肩膀，还伴以欢快的大笑声。“我不会是个讨厌鬼吧？”她尖叫着转向菲利普，“您看到我这个样子会怎么想呢？可我就是禁不住啊。”

准备参加社交晚会的人也都鱼贯而入，大多是年轻店员。其中有尚未找到女朋友的小伙子，也有还未找到男朋友陪同外出散步的妙龄女郎。有几个年轻人一副绅士派头，身着普通西装，系着适合晚宴的

① 亚历山德拉王后（1844－1925），丹麦国王克里斯蒂安九世与王后露易丝的大女儿，英国国王爱德华七世的妻子。

白领带，口袋里装着红色丝绸手帕，准备在此大显身手。他们身上带着忙于寻找猎艳目标而又三心二意的神气，有些人表现得信心满满，有些人则紧张不安，带着焦虑的目光不停地来回扫视众人。不一会儿，一个有着浓密头发的姑娘坐到钢琴旁，十指不停地在琴键上滑动，发出一连串嘈杂的声响。观众安静下来后，她四下扫视了一遍，然后报出弹奏的曲名："《俄罗斯之旅》!"

全场爆发出一阵掌声。在此期间，姑娘动作灵巧地将一串铃铛系在手腕上。她嫣然一笑，随即奏出一首更为激昂慷慨的曲子。结束时，掌声四起，比刚才更为热烈。掌声停下后，应观众再奏一曲的要求，姑娘又弹奏了一首描写大海的曲子。琴键下飘荡出一连串轻微的颤音，象征着浪涛在拍击海岸；接着，那有如雷鸣般的和音加上猛地一踩强音踏板，预示暴风雨的来临。之后，一位先生出来唱了一首《与我道声再见》，又不得不加唱一首《你的歌声伴我入眠》。在场观众都以友善的鉴赏力来表达热情度。每个出来表演的人都被送上热烈的掌声，直到表演者同意加演一场。这样一来，每个人得到的掌声都一样多，也就不会生出什么嫉妒之心。

班奈特小姐大摇大摆地走到菲利普跟前。"我敢肯定，您不是要去弹琴就会去唱歌，凯里先生。"她顽皮地说，"我从您的表情里就可以看出来。"

"恐怕我什么也不会。"

"连朗诵也不会?"

"我没有什么能拿得出手的才艺。"

男用针织品部的业务员倒是众所周知的朗诵家。他那个部门的所有店员都大声嚷嚷，要他出来给大家表演朗诵。他们没费多少劲去再三恳求，业务员便出来朗诵了一首极具悲剧色彩的长诗。朗诵时他翻着眼睛，一只手还捂在心口，看上去悲痛欲绝。全诗直到最后一句才点明主题——诗中的主人翁可怜见的，晚饭只吃了点黄瓜。观众们听后哄堂大笑。不过，这笑声带着点硬挤出来的味道。大家都知道这首诗，但笑声依然很大，且持续了很久。班奈特小姐既没有唱歌，也没有弹琴，也没有朗诵。

“噢，才不是呢，她自有一套绝活。”霍奇斯太太说道。

“哟，你就别拿我寻开心啦。事实上，我也就是对手相术和预见力颇为精通。”

“哎呀，快瞧瞧我的手，班奈特小姐。”同部门的姑娘们争先恐后地嚷道，一个个急于取悦她。

“我不喜欢给人看手相，真的不喜欢。我曾经给许多人预言过很可怕的事，竟然一一应验了。这让人家都变得有点迷信了。”

“噢，班奈特小姐，就看这一次嘛。”

一小群人团团围住班奈特小姐。她神神秘秘地讲着有关内心纯洁及黑暗之人的惊愕之事，还有关于信封里的钞票以及旅行的种种奇闻逸事，人群中不时发出一阵阵局促不安的尖叫声、开心的咯咯声、羞惭的叹息声、惊慌不安的叫喊声以及钦佩的赞叹声。班奈特小姐讲得大汗淋漓，一颗颗豆大的汗珠从她那抹了厚厚一层粉的脸上滚落下来。

“瞧我，”她说，“浑身冒汗，像下雨似的。”

晚餐九点开始，免费供应蛋糕、面包、三明治、茶以及咖啡。不过，若想喝矿泉水，就得自己付钱。年轻男子出于骑士风度，总是殷勤地要给女士买姜汁啤酒喝。女士出于基本的矜持，总是婉言谢绝。班奈特小姐却非常喜欢喝姜汁啤酒。晚会上，她总要喝上两瓶，有时会喝三瓶，但她总坚持自己付钱——男人就喜欢她这点。

“她这个老姑娘是有点古怪。”他们说，“不过，请注意！她人不坏，和某些女人可不一样。”

吃过晚饭，大家就开始玩惠斯特游戏。人们从一张桌上移到另一张桌上，你来我往，欢笑声、叫嚷声不绝于耳，餐厅里热闹非凡。班奈特小姐感觉越来越热。“瞧我，”她说道，“浑身大汗淋漓。”

不久，一个劲头十足的年轻小伙子站出来说，大家要是还想跳舞，那就抓紧时间赶快开始吧。刚才伴奏的姑娘一屁股坐在钢琴前，抬起一只脚，毫不犹豫地踩在强音踏板上。她弹奏了一曲旋律如梦似幻般柔和怡神的华尔兹舞曲，用低音打着节拍，还隔一会儿就用右手按一按高八度音栓。为了变换乐调，她交叉双手，改用低音弹奏曲子。

“她确实弹得不错，是吧？”霍奇斯太太对菲利普说道，“不可思议的是，她从没上过钢琴课，全是她凭耳朵听来的。”

班奈特小姐喜欢舞蹈和诗歌胜于其他一切。她舞跳得非常好，但节奏非常非常缓慢，眼神就好像此刻她的思绪已飘到很远很远的地方。她谈论起地板、热浪和晚饭，说话时似乎连气都喘不过来。她说波特曼宿舍的地板是全伦敦最高级的，她一向很喜欢去那里跳舞。她说去那里跳舞的人都是精挑细选出来的出类拔萃者，她可不喜欢和一点也不了解的乱七八糟的人跳舞。几乎在场所有人都跳得非常好，每个人都玩得开心和尽兴。大家都跳得大汗淋漓，只见汗珠像小溪一般从他们面颊滚落，年轻人穿的高领衣服因为汗湿了，软趴趴地耷拉了下来。

菲利普站在那里冷眼旁观，前所未有的巨大压抑感将他紧紧捆缚住。他觉得无比寂寞，简直难以忍受。他并没有离开晚会，因为害怕自己显得格格不入而给人过于傲慢的感觉。于是，他硬着头皮和姑娘们在一起说说笑笑，内心里却愁云惨雾。班奈特小姐问他是否有女朋友。

“没有。”菲利普笑着回答。

"嗯，那好啊。这里可有很多佳人供你选择呢。性格和善、令人尊敬的好姑娘——她们中有些人是这样。我想要不了多久，你就会交到女朋友的。"她凝视着菲利普，眼神非常狡黠与顽皮。

"对她们要迁就一点。"霍奇斯太太说，"我刚才就是这样劝他的。"

将近十一点晚会才散。菲利普翻来覆去，难以入睡。像其他人一样，他也把疼痛难忍的脚放在被子外面。他用尽全力不去想现在过的是什么样的生活，耳边回荡着大兵轻微的鼾声。

第一〇五章

店员的薪水由秘书按月发放一次。到了工资日，一批批店员从楼上用过茶点下来，走进过道，依次排在长队后面。队伍整齐有序，就像美术馆门前等候购票的观众一样。大家一个接一个走进办公室。秘书坐在办公桌边，面前放着几个装钱的木碗。他高声喊出雇员的名字，怀疑地扫视对方，然后快速查阅账本，大声读出应付的工资，再顺手从木碗里抓出一把钞票，一张张数一遍。"谢谢！"秘书说，"下一个！"

"谢谢！"领到工资的店员回复说。

接着，刚领得薪水的店员便走到另一位秘书面前，交付四先令的洗衣费和两先令的俱乐部费。要是还有罚款，还得如数上交各种罚款才离开办公室。带着剩下的钱回到工作的部门，一直干到下班。和菲利普同宿舍的大多数人都欠卖三明治的女人钱，他们一般都在她那儿买三明治当晚饭。她是个有趣的老太婆，非常胖，宽大的脸盘红润有光，一头黑发从额头中间齐齐整整地分梳向两边，和维多利亚女王早期画像中的发式一模一样。她总是戴着一顶黑色的无边小软帽，腰间系着白围裙，袖子高高地挽到胳膊肘那儿。她就用脏兮兮、油腻腻的大手切三明治，上衣、围裙和裙子上都沾满了油污。她叫弗莱彻太太，可大家都唤她为“妈妈”，而她也非常喜欢这些店员，视他们为自己的孩子。临近月底，店员们去向她赊账买三明治，她从来都不会介意。据说要是店员有了难处，她还会借给他们几个先令救急呢。她是个好心肠的女人。当店员外出度假或度假回来，都要去亲亲妈妈那肥胖而红润的面颊。有的店员被解雇后一时什么工作也找不到，就可以从她那儿白拿些三明治填肚子，以免饿得灵魂出窍。这样的事也不是一回两回了。她那些孩子也不是忘恩负义之徒，知道他们的妈妈有颗慈悲为怀的宽大心肠，都真情实意地敬爱着她。他们总喜欢讲这样一个故事：说有个人在布拉德福德①发了大财，开了五个连锁店。十五年后回到伦敦时，特地去拜访了弗莱彻妈妈，并送给她一只金表。

菲利普发现，一个月的工资就只剩下十八先令。这是他平生第一次靠劳动挣来的钱。然而，这笔钱却没给他带来丝毫自豪之感。按理说，一个人平生第一次劳动所得是应该为之自豪的——相反，这笔钱只让他觉得沮丧和失望。数目之小，更加凸显了他目前处境之无望。他交给阿特尔涅太太十五个先令，算是还给她的部分欠款。但阿特尔涅太太只收了十先令，其余的多一个子儿也不肯收。

“您要知道，照这个速度，我得拖上八个月才能还清欠您的钱。”

“只要阿特尔涅不失业，我还是等得起的。再说，谁知道呢——公司说不定会给你涨工资呢。”

阿特尔涅嘴上不停地说要去找经理谈谈菲利普的事儿，觉得这种不充分利用菲利普才能的做法是非常荒唐的，却是雷声大雨点小，光

① 英格兰北部城市。

说不做。菲利普很快就得出结论，在经理心目中，公司广告代表并不像阿特尔涅认为的那样举足轻重。有时候，菲利普在店里也能碰到阿特尔涅。那时，他那夸夸其谈的浮华作风早已消失不见，取而代之的是一个卑躬屈膝、谦和顺从的小男人，身穿齐整粗陋的衣服，步履匆匆地穿过各个部门，似乎生怕被人瞧见。

"每当想到我的才能在公司遭到怎样的埋没，"阿特尔涅在家里长吁短叹，"就恨不得立马递上辞呈。英雄没有用武之地啊！那儿可没有我大展拳脚的舞台。我的成长受到了阻碍，我的才华得不到营养，早晚得干枯而死。"

阿特尔涅太太在一旁静静地做着针线活，对丈夫的牢骚不予理睬，嘴唇微微抿紧。"这时节找工作简直比登天还难。你目前的这份工作不仅稳定，还有保障。我希望只要人家满意你，你就老老实实地给我待在那儿。"

阿特尔涅显然会照她的话去做。菲利普看到这位没有受过任何教育，且和丈夫没有任何合法关系的女人，竟然将这位才华横溢、反复无常的男人治得服服帖帖，觉得倒是挺有意思。然而，阿特尔涅太太现在对待菲利普却像慈母一般体贴和善，因为菲利普目前的境遇发生了变化。为了能让菲利普吃上一顿好饭，阿特尔涅太太为此无比操心和挂怀，让菲利普深受感动。每个礼拜天，他都可以去这个温馨友好的家庭享受一番。这已成为菲利普目前这种生活的慰藉（当菲利普逐渐习惯目前这种生活时，生活中的单调乏味正是让他惊骇的所在）。坐在奢华堂皇的西班牙扶手椅里，和阿特尔涅天南海北地随意闲侃，真是人生一大快事。尽管菲利普目前的境况让人有一种绝望的凄惨，但阿特尔涅不把菲利普说得欢天喜地就绝不会放他回哈林顿街去。起初，菲利普为了不将先前学的东西都忘干净，努力继续学习他的医学教科书，后来却发现这样根本徒劳无功。干活累了一天，整个人早已精疲力尽，根本没法将精力集中到学习上。再说，他还不知道自己需要多久才能重返医学院，工作之余埋头苦读似乎也无济于事。他经常梦到自己已重返病房，可黄粱一梦后的感觉却痛苦不堪。看到还有人睡在房间里，菲利普就心烦不已。他早已习惯了独居独处，现在却时刻得和人绑在一起，一刻都不得清净。这种境况实在太可怕，太讨厌了。也就是在这种时候，他发现要战胜自己的绝望情绪是何等困难啊！店铺引导员的营生不知道要干到何年何月，嘴里没完没了地说些“先右拐，再左拐，夫人”等单调语言，将来还要对公司没解雇自己感激涕零——去参战的人很快就会复员归来，公司曾保证会让他们回来续职，这就意味着有人免不了被炒鱿鱼。为此，他必须奋发向上，竭尽全力保住目前这份低贱恶劣的工作。

只有一件事能将他从目前困境中完全解脱出来，那就是大伯早点驾鹤西去。到那时，他就可以继承几百英镑，便能修完医学院的全部课程。菲利普开始全心全意地祈祷老头儿早点去见上帝。他盘算着大伯还能在人世间徘徊多久。大伯早已七十多了，菲利普虽不知道他的确切年纪，却肯定大伯至少有七十五岁了，还身患慢性支气管炎，一到冬天就咳嗽得厉害。虽然有关老年慢性支气管炎的细节菲利普早已烂熟于心，但还是一而再、再而三地翻查医学书籍。来一个酷寒的冬天，老头儿或许就会油尽灯枯。菲利普一心一意地祈盼着寒流降临，冻雨肆虐。他总是翻来覆去地想着这件事，都快成偏执狂了。威廉大伯的身体也极易受到酷暑的影响，而八月就有三个整周的闷热天气，简直让人喘不过气来。菲利普脑海里想象着，说不定哪天就能收到牧师突然去世的报丧电报，自己到时候一定会有难以言喻的如释重负之感。菲利普人是站在楼梯顶端，嘴里将人们引向各自要去的部门，心里却在不断盘算着怎么花那笔钱。他不知道究竟能继承多少，或许至多不过五百镑。但就算是那么个数，也足够了。到时，他会立即离开这家店，连辞呈都不会费心去写，直接打包好行李，和谁也不说就一走了之。然后，他会回医学院去——这才是第一重要的事。学业是不是已荒废很多了呢？没关系，只消半年，他就可以将荒废的功课全都补回来。然后，他就会尽自己所能，早点参加三门学科考试——先是产科，接下来是内科和外科。突然，一阵恐惧袭上菲利普的心头——要是大伯不顾许下的诺言而将遗产捐赠给教区或教堂，他该怎么办呢？这个想法让菲利普心烦意乱，浑身不舒服。大伯应该不会残忍到那种地步吧。不过，倘若事情果真如此，该要如何做，菲利普心中早已拿定主意，绝不会让这种日子无限期地拖延下去。他之所以还能苟延残喘地活着，就是因为人生还有所指望。若是没有希望，他也就不会再感到恐惧了。到了那一境地，他就会毅然决然地了结生命。而关于自杀，菲利普已经事无巨细都想好了，该吃什么样致命而不会引起痛苦的药，以及怎样搞到这样的药等细节他都想到了。想到这里，菲利普顿时觉得勇气倍增——倘若事情到了忍无可忍的地步，不管怎么说，他还是有路可以解脱的。

“靠右边的第二个出口，夫人，然后下楼。左边第一个门，径直走进去就行。菲利普斯先生，请向前走。”

菲利普每月值一周的班。他得于早上七点赶到商店，去监督清洁工。清扫完毕后，他得把蒙在箱子上和模特身上的挡灰布取下来。然后，等晚上大家都下班后，他得把挡灰布重新盖回箱子和模特身上，还得和清洁工“合伙”打扫店堂。那可是一件灰尘遍布的肮脏活。店里是不准在上班时间看书、写字和抽烟的，菲利普必须不停地走来走去。他有大把时间不知如何打发，简直度日如年。九点半下班时，公司免费供应晚餐。这是唯一让他舒心的地方。下午五点的茶点让他胃口大开。这时能吃到由公司提供的面包、奶酪和浓郁的可可茶，他还是挺满意的。

菲利普在莱恩公司上班三个月后的一天，业务员桑普森先生走进服装部，整个人气得都快要冒烟了。经理进来时碰巧看到了服装橱窗的布置，便派人把桑普森先生叫了过去，当着他的面把橱窗的色彩搭配言辞犀利地大肆批评了一番。对于上司的讽刺和挖苦，桑普森先生无可奈何，只得默默忍受。可一回部门，就把气撒到店员头上，把负责布置橱窗的可怜家伙骂了个狗血喷头。

“要想把什么事都搞得妥妥当当的，就得亲力亲为。”桑普森先生咆哮着，“我一直都是这么说的，以后还要这么说。简直什么事也不能交给你们这帮蠢蛋来干。你们不都自诩聪明吗？聪明个屁！”他将这些话劈头盖脸地扔向店员，就好像那是全世界最最恶毒的谩骂了。“你们难道就不知道，在橱窗里摆上铁蓝色衣物，会让其他蓝色都黯然失色吗?”他眼中冒火，四下扫视了部门里的人，然后目光落在了菲利普身上。“凯里，下周五由你来布置橱窗。让大家瞧瞧你能搞出些什么花样来。”桑普森先生嘴里骂骂咧咧，走进了自己的办公室。

菲利普心里却是猛地一沉。到了星期五，他怀着羞耻到底的心情钻进橱窗，双颊火烧般发烫。想到要将自己展示在来来往往的路人之前，菲利普就觉得可怕之极。尽管他不停地自我安慰说别太当回事，却还是转过身来，背朝大街。其实在这个时候，不大会有医学院的学生行走在牛津街，而且他在伦敦也没什么熟人。工作时，他总觉得喉咙里像是塞了什么东西，还老是疑神疑鬼地认为一转身就会碰到熟人火辣辣的目光。他竭尽全力，想尽快把工作做完。他只消扫一眼，就看出所有红色衣物都挤到一块儿了，便把它们分开一点放置，果然取得了非常好的效果。业务员走到街心，审视着菲利普的布置，脸上很明显地露出了满意之情。

“我早就知道，让你来布置橱窗不会错到哪儿去。事实上，你和我都是很有品位与素养的绅士——请注意，这种话在部门我是不会说的。不过，你和我确实是货真价实的绅士。这一点，随时随地都可以辨别出来。即便你说那根本看不出来也是没用的，我心里很清楚，人们一眼就能分辨出谁是地地道道的绅士。”

此后，菲利普被指派定期布置橱窗，可他就是不习惯在大庭广众之下干这种活。他简直害怕星期五的早晨，因为这意味着他得抛头露面去布置橱窗。这种恐惧让他焦躁不安，心里很不舒服，夜晚连觉都睡不好，清晨五点就早早地醒了。店里的姑娘们都注意到菲利普非常怕羞，而且很快就发现他背朝大街站在橱窗里的小把戏，所以老是取笑他，叫他“骄傲的孔雀”。“我想你是生怕给你姑妈撞上，然后她就会将你的名字从遗嘱中划掉。”

总体来说，他和这些姑娘相处得还算不错。姑娘们虽然都觉得他有点古里古怪，不过他的跛脚似乎给了姑娘们原谅他格格不入的理由。随着时间的推移，她们渐渐发现，菲利普倒是蛮和善忠厚的。他总是乐于帮助任何人，而且彬彬有礼，脾气温和。

“看得出来，他是一位绅士。”姑娘们这样评价菲利普。

“而且还是一个非常缄默的人，对不对?”一个年轻女人说道。此人谈起戏剧来可谓激情洋溢、兴奋不已，菲利普却毫无反应。

大多数姑娘都有了“护花使者”，没有的人则说宁愿让大家以为她们没有自己的“小伙子”。有一两个姑娘流露出和菲利普调情的意向，可菲利普只是饶有兴趣地冷眼旁观她们撩拨人的种种花招。有段时间，他对情欲之爱非常腻烦。然而，他几乎总是一方面感到无比厌倦，另一方面却又无比饥渴，很想肆意享受一番。

第一〇六章

对心情快乐时去过的地方，菲利普会回避。昔日比克街酒馆的小小聚会如今已散伙：麦卡利斯特因为让朋友失望了，如今再也不去那里了；海沃德则去了好望角。只有劳森还会去，可菲利普觉得他现在和这位画家已没有任何共同语言，不想看到他。某个礼拜天的下午，菲利普吃完中饭后换了身衣服，便顺着摄政大街朝坐落在圣马丁巷的免费图书馆走去，打算去那儿消磨下午时光。突然，他发现劳森正迎面向自己这边走来。他的第一感觉是不打招呼直接走过去，劳森却没给他这样的机会。“这么久你究竟去哪儿啦？”劳森高声叫嚷着。

“我吗？”菲利普说。

“我给你写过一封信，想邀请你来我的画室参加一场闹宴，你却一直都没有答复。”

“我没收到你的信。”

“你是没收到，这我知道。我去医院找过你了，只见信还在文件架上。你这是放弃学医了吗？”

菲利普半晌没作声。他羞于讲出事实真相，可这种无地自容的羞耻感又让他觉得心里怒火直冒。他强迫自己开口应答，脸却情不自禁地涨得通红。“是的，我仅有的那点钱也打了水漂，负担不起学业了。”

“呃，真为你感到遗憾。那你现在在做什么呢？”

“我在一家店铺当引导员。”这些话差点没把菲利普噎死，可他还是决心不隐瞒真相。菲利普两眼紧盯着劳森，瞧见他满脸尴尬，不由得一声冷笑。“若是你肯屈尊光顾莱恩·赛得利公司，走进‘成衣部'，就会我发现我穿着礼服大衣，潇洒从容地四处走来走去，给前来购买衬裙和长筒袜的太太们指路。先右拐，夫人，再左拐。"

看到菲利普嘲讽自己的职业，劳森只好非常尴尬地以笑来掩饰，不知道说什么才好。菲利普描绘的工作场景让劳森感到骇然之极，可他又不敢流露出同情之色。"这对你来说，倒是一场变故。"劳森说。话一出口，他就觉得自己说得不得体，顿时懊悔不已，打心眼里希望自己没说出来。

菲利普听后满脸黑线。"是有点。"菲利普说道，"噢，对了。我还欠你五先令呢。"菲利普说着，把手伸进口袋，掏出几枚银币。

"噢，没关系。我早忘了。"

"别，快拿去。"

劳森一声不吭地接过钱。他们站在人行道中间，行人路过时将他俩推来搡去。菲利普的眼睛里闪烁着讽刺的神色，让画家浑身不自在。劳森哪里知道，此时此刻，菲利普的心情是多么沉重，胸腔里又郁结着怎样的绝望。劳森很想为菲利普做些什么，可又不知道该做些什么好。

"我说，你愿意去我的画室好好聊聊吗?"

"我不去。"菲利普说。

"为什么?"

"没什么好聊的。"

菲利普看到劳森的眼睛里溢出痛苦之色，可他这也是情非得已啊。他很抱歉这么说，但他也得为自己着想啊。他可受不了和别人大肆讨论自己的糗事。那种困境，他只有竭尽全力不去想才能忍受得住。一旦敞开心扉，他非常害怕控制不住情绪。更为糟糕的是，他对以前遭受过痛苦与不幸有一种遏制不住的厌恶情绪。他还记得自己当时忍受着怎样的羞耻——那时他饥肠辘辘地等在劳森画室外，渴望劳森能施舍他一顿饭，他向劳森借五先令的情景也历历在目。他讨厌看到劳森，因为一看到劳森，就会让他想起那难以言说的苦难日子。

“那这样吧，哪天晚上过来和我一起吃顿饭。随便你哪天来都行，看你哪天方便。”

画家的善意之举打动了菲利普。他心里想着，各种各样的人都对自己表示友好，真是不可思议。

“你太好了，老兄！但我还是不能去。”菲利普伸出自己的手，说道，“再见。”

劳森给菲利普莫名其妙的举动搞得困惑不已，只好握了握他的手。菲利普随即转身，一瘸一拐地离开了。菲利普的心情非常沉重，而且又像往常那样，开始为刚才的行动自责起来了。他自己也搞不清楚究竟是什么样的骄傲情绪让他做出这样疯狂的举动，竟然毫不留情地拒绝了别人伸过来的友谊之手。他听到身后有人跑动的声音，接着就听到劳森在唤他。

菲利普停下脚步，心里却突然升起一股敌对情绪。他表情僵硬，冷冷地看着劳森。“什么事？”

“我想，你听说过海沃德的事了吧？”

“我知道他去了好望角。”

“他死了，你知道吗？登陆没多久就死了。”

菲利普半晌说不出话来，简直不敢相信自己的耳朵。“怎么死的？”他问。

“噢，得了肠道疾病。真不走运，是不！我想，你或许还不知道，就赶来告诉你。我刚听说这个消息时，也是吃了一惊。”劳森说完，快速地点点头，便走开了。

菲利普直觉得一股震颤穿过自己的心。他从未失去过年龄相仿的朋友。至于克朗肖的死，菲利普觉得那是生命交替的自然结果，因为克朗肖要比他大太多了。这则噩耗给了菲利普特别沉重的一击。这让他想到了自己也终将有一死。和其他人一样，菲利普虽然心里很明白人终将死去，却丝毫不觉得这条规律也会适用于自己。虽然他对海沃德早就没有了那种温馨的情谊，但海沃德骤然离世，还是让他受到了极大的震撼。菲利普突然想起两人曾在一起高谈阔论的场景，想到两人再也无法秉烛夜谈了，不禁痛苦不堪。两人第一次见面的场景，还有他们一起在海德堡度过的那愉快的几个月，一幕幕浮现在眼前。想到流年如水，岁月已逝，菲利普的心就不由得沉甸甸的。他机械地挪着步子，根本没注意自己这是在往哪里走。等到意识清醒之际，不由得一阵恼怒。因为他原本该沿着秣市街①往下走，结果一没留神就瞎走到沙夫茨伯里大街了。要是再折回去，他又觉得厌烦。再说，听了那个噩耗后，他根本没心思再去图书馆看书，只想独自坐着好好想想。他决定去大英博物馆看看。现在，独处是他唯一奢望的。自从到莱恩公司工作后，他就经常去大英博物馆，坐在巴台农神庙②的群像雕塑面前沉思。然而，他并不是有意要去沉思什么，而是让神圣的雕像来抚慰他愁苦的灵魂。但这天下午，这些神像并没有像往常一样和他有什么精神交流，坐了几分钟后他耐心顿失，神情迷惘地走了出来。外面游人很多，中间有一脸蠢相的乡下佬，还有聚精会神地看着旅游指南的外国佬。他们那丑陋到可怕的一面玷污了这些永存不朽的艺术珍品；浮躁不安的情绪扰乱了神灵亘古的安宁。菲利普走进另一房间，那里几乎空无一人。他疲惫不堪地坐下来，烦躁不安，无论如何也没法把那些人赶出脑海。有时在莱恩商店，他也有同样的感觉，总是不胜惊骇地看着人们在眼前接踵而过。他们的面相丑陋之极，脸

① 秣市是英国伦敦17－19世纪著名的市场。
② 祭奠雅典娜女神的神庙，约于公元前5世纪建成。

上流露出的卑劣之色如此可怕；五官给卑劣的欲望扭曲得变了形，让人觉得他们对任何美好事物都感到陌生与不可思议；他们的眼睛带着鬼鬼祟祟的狡猾；下巴显得那样缺乏意志力，轻易就可以折弯。他们并不是什么邪恶之人，只不过气量狭小，斤斤计较，俗不可耐。他们的幽默感既低俗粗鄙，又滑稽可笑。有时候，菲利普发现自己眼睛看着他们，心里却在想这些人和哪些动物相似（他竭力让自己别这么想，因为他很快就会想得着迷而不能自拔）。他从他们中看到了绵羊、马匹、狐狸和山羊，等等。人类让他觉得满心厌恶。

但过了一会儿，在环境的影响下，他渐渐平静了下来。他心不在焉地浏览着房间里一排排墓石。它们出自公元前四五世纪的雅典石匠之手，虽然平淡无奇，并非鬼斧神工之作，却闪耀着古朴高雅的雅典精神。岁月之刀将墓石磨得更加柔和润泽，呈现出蜂蜜一般的颜色，让人一看之下，不知不觉就会联想到伊米托斯山①上的蜜蜂。有些墓石雕成一个裸体之人坐在椅子上的形象，有的则描绘与挚爱之人生死诀别的场面，还有的是刻画即将离世之人紧紧握住生命仍然旺盛之人的手的情景。所有这些画面，全都蕴含着“再见”这一饱含悲剧色彩的词汇。朴实无华的画面格外动人心弦。朋友之间的诀别，母子之间的生死离别，多么沉重的悲哀！那种极力抑制的情感让生者的悲痛与哀伤显得愈发强烈和深沉。那是很久很久以前的故事了。自那以后，物换星移，不知已有多少个世纪跨过那悲哀与不幸的坟墓。两千年来，曾经为死者哀悼哭泣的人也像死者一样成了一抔黄土。然而，悲戚之情存续至今，菲利普亦是感同身受，觉得无限哀伤。他心中不禁油然而生一股怜悯之情，喃喃慨叹：“可怜的人儿！可怜的人儿！”

菲利普又想起了目瞪口呆的观光者，那些手捧旅游指南、肥头大

① 位于希腊中东部，位于雅典附近。

耳的外国佬，以及蜂拥而入商店的普通人——他们有着卑劣的一面，还有着微不足道的琐碎欲念和俗不可耐的喜好。然而，所有这些人都是肉体凡胎，终有一死。他们也有所爱，然而，终不免某天和所爱之人生死相别。儿子要和母亲生死离别，妻子要和丈夫天人永隔。说不定他们生死离别的场面要更为悲惨，因为这些人的生活不仅丑陋不堪，而且肮脏卑贱。他们对于能给世界带来美的事物一无所知。一块漂亮的墓石上刻着两个年轻人手拉手的雕像，那含蓄严谨的线条、质朴无华的画面，都令人感到雕刻家是在诚挚情感的感染下创作的。它是一座让人赏心悦目而又蕴含高雅韵味的丰碑，是为这世间弥足珍贵之物而竖立的丰碑——友谊丰碑。菲利普目不转睛地凝视着雕像，不禁觉得眼眶湿润了。他想起了海沃德；想起初见时自己对他怀有的钦佩之情；想起自己对他的幻象是如何破灭的；想起两人如何走向淡漠，最后只剩习惯与曾经的回忆将他们维系在一起。生活中就有这样的怪事：你接连好几个月每天都会见到一个人，关系便会变得亲密起来，形影不离的亲密感让你简直无法想象哪天没了他，你该怎么活。然而，等到真正分离后，你并没有寻死觅活，一切都照常进行，似乎必不可少的伙伴竟然变成不必要的存在。你的生活继续前行，随着时光流逝，你甚至都不再想念他了。菲利普回想起在海德堡的日子。那时候，海沃德明明有能力干出一番轰轰烈烈的事业，对未来也是满腔激情，斗志昂扬。他想起海沃德后来怎样渐渐地一事无成，最后自暴自弃，心甘情愿地堕落成失败者。现在，他死了。他活得毫无意义，死得也毫无价值。他的死轻如鸿毛，极为不光彩，竟然给那么愚蠢的疾病夺去了生命。他一生都是失败者，甚至连人生最后一站也是疆场败将，一生一事无成。他死了就和活着一样——毫无价值，好像世界从来就没他这个人。

菲利普拼命自问：人活着，究竟有什么意义？一切都显得那么空虚。就克朗肖来说，情况何尝不是如此。他活着，不过是个庸碌之辈，无足轻重的蝼蚁人物。他一死，就被这世界忘得一干二净。他余下的那几本诗集也不过落得个受二手书商摆弄的地步。他的一生也就是给爱出风头、野心勃勃的家伙提供了撰写一篇评论文章并借此上位的机会。除此之外，别无意义。菲利普不由得在心里呐喊起来：“活着究竟有什么意义?”

人们一生中所做的努力和最后的结局是多么不相称啊。年少时揣着明媚的梦想，憧憬着远大前程，而这份期冀最终以饱尝幻灭之苦的惨痛代价收场。痛苦、疾病和不幸，在人生这杆巨秤上压着如此沉重的分量。这一切意味着什么呢？菲利普联想到自己的人生，想起了迈入社会时他的豪情壮志，想起了身体的残疾给予他的种种限制，想起了他形单影只、茕茕孑立的孤独境地，想起了他缺爱的青春岁月。除了做些自认为最好的事情，他不知道自己还做了什么。然而，他还是一个跟头栽了下来，跌落谷底，摔得多么惨啊！有些人，并不比他菲利普强多少，却功成名就；还有些人，不知胜过他菲利普多少倍，却一败涂地。一切似乎纯靠运气。人，无论正直与否，大雨都一样会洒落在他们身上。这里面没什么因果逻辑可讲。

想到克朗肖，菲利普又记起了他送给自己的那条波斯地毯。他曾说地毯给他有关生命意义何在的问题指引了答案。突然之间，菲利普悟出了其中的道理，不禁咯咯直笑。啊，终于找到了答案。这就好比猜谜语，搜肠刮肚百思不得其解，但一经点破谜底，简直不敢想象自己怎么会被这样一个谜语难倒。答案显而易见：生命本就没有什么意义。恒星游荡在太空，地球不过是其中一颗恒星的行星罢了。在某些条件的作用下，生物便在地球上顺势而生。而这些条件正是构成地球这颗行星进化史的一部分。既然在这些条件的作用下，地球上开始有了生物的诞生，那在其他条件的作用下，生命也就会有所终结。人，并不比其他形式的生命更有意义。人的诞生，并非是造物的巅峰之境，而不过是对自然环境的物化反应。菲利普想起了某个东方国王的故事。这位国王迫切希望了解人类的历史，一位圣哲便送给他一个五百卷的大部头。然而，国王忙于朝政，日理万机，无暇阅读那么厚重的书，便让圣哲回去将它压缩，提炼出精华。二十年后，圣哲再回来时，曾经的人类史已给压缩到五十卷。然而，国王年事已高，根本没有那么多的精力去啃如此冗长沉闷的史书，再次责令圣哲回去将书的内容提炼压缩。又是二十年过去了。此时，白发苍苍、老态龙钟的圣哲再次来到国王面前，带来一本薄薄的小册子，上面记载着国王苦心寻求的知识。然而，国王此时已是油尽灯枯，奄奄一息，即使那么薄薄的小册子，也没有时间阅读了。于是，圣哲便把人类史凝练成一行字呈给国王：人，出世，受苦，死去。由此看来，生命根本没有什么意义。人仅就“活”而言，不担负什么价值。出世还是不出世，活着还是死去，都并非意义非凡的大事。生命微不足道，死亡也无足轻重。菲利普欣喜若狂，正如少年时代挣脱了信仰上帝的桎梏后所感受到的那种欣喜。在他看来，人生之责任的最后一副担子也从肩头卸了下来。平生第一次，他感到彻底自由了。这之前，他觉得自己微如蝼蚁，无关紧要，而现在，这种微不足道却转化成无穷尽的力量。突然之间，他觉得自己和那似乎一直在迫害着他的残酷命运旗鼓相当，完全可以分庭抗礼。既然生命毫无意义，那世界也就无残酷可言。他做过什么，还有什么未做，根本无关紧要。失败也无关紧要，成功也无甚价值。他不过是芸芸众生之中最微不足道的小生物而已，只是暂时在地球表面占据一席之地罢了。然而，他又拥有无与伦比的磅礴力量，因为他在历尽艰辛与受尽困苦的过程中拨开混沌不堪的迷雾，而探寻出生命本无意义的奥秘来。菲利普浮想联翩，脑海里思潮翻滚。他感到心泰意快，欣喜若狂，不禁做了几个深呼吸。他真想跳起来放声高歌。他几经好几个月没这么开心过了。

“噢，生活!”菲利普在心里大声嚷嚷，“噢，生活！看，你能刺痛人的苦恼究竟何在?”

这股突然喷薄而出的思潮，调动所有数学般精密的逻辑论证向菲利普表明，人生本就没什么意义。与此同时，这股喷薄而出的思潮也给菲利普解开了另一个疑惑——那就是克朗肖为什么要送给他那条波斯地毯。地毯织工煞费苦心地将它编织得复杂而精巧，并非出自某种目的，而不过出自自身美感的享受。正如地毯织工那样，人生也是可以这样度过的。或者换句话来说，倘若一个人不得不相信其行动是不由自主的，也可以以这样的观点来看待人生，明白人生不过是编织出一个图案罢了。要编织这样的图案，原本既无必要性，也无用途，而不过是人出于自身乐趣而愿意那样编织罢了。从形形色色的事件中，从他的行为、感受和思想中，一个人完全可以提取出各种各样的素材，从而设计出图案。而这种图案兴许会被设计得平淡无奇，兴许精致绝伦，再或错综复杂，还或漂亮美观。然而，设计图案的过程中，人拥有自我选择、调配的能力或许仅仅是幻觉，也或许是靠不可思议的障眼法，并借助月光的梦幻作用制造出来的光怪陆离的幻象。但这一切都无关紧要，因为人生看上去就是如此。而在菲利普看来，人生也确实是这样。菲利普认为，人生原本就没有意义，没有什么是至关重要的；一个人可以从那已被幻象扭曲变形的生活长河中掬起几朵五彩缤纷、形状各异的浪花，从而设计出自己的图案——只要编织者满意这种图案就好。有一种图案是最显而易见，也是最完美、最漂亮的：一个人呱呱坠地，逐渐长大成人，然后结婚生子，为了挣面包辛勤劳动，最后油尽灯枯，离世而去。但人生还有其他花样的图案，或许错综复杂，却不失美妙；或许既未编织进幸福美满，也未编织进功成名就；或许让人万分纠结，却不失其优雅的一面。有些人的人生，其中包括海沃德的人生，图案编织还在进行时就突然被一种看不见的漠不关心的运道从中掐断。然后，人们就会对此说些宽慰的话。这些宽慰的话虽然让人心里舒服，却无济于事。还有些人的人生，例如克朗肖的人生，编织出的图案让人很难理解，必须站在另一个角度，必须调整以往的老标准，才能明白这样的人生也自有其存在的正当性与合理性。菲利普认为，抛弃渴望幸福的欲念，便是抛弃了最后一个不切实际的幻想。若是用“幸福”这把尺子来衡量，他的人生就太可怕了。但现在他认为，人生还可以用其他尺度来衡量，顿觉浑身充满力量。幸福和痛苦一样都无关紧要，它们的降临，跟人生中出现的其他细节内容一样，不过使人生的图案更加纷繁复杂。霎时，他似乎觉得自己已然超然物外，觉得人生种种意外与不幸再也不能像从前那样影响他的情绪了。现在，无论再发生什么，都不过使人生的图案更加复杂罢了。而当最后的日子到来时，他会为这图案的完成而感到由衷的开心。这将是独一无二的艺术品，而且绝对不会比其他艺术品逊色。它对于编织者来说，是光华照人的。只有他才懂得它的存在，而随着他的死亡，它也将立即不复存在。

想到这里，菲利普感到他终于可以怡然自乐了。

第一〇七章

业务员桑普森先生挺喜欢菲利普的。他精力充沛，闯劲十足，店里的姑娘们都说，即使他娶个富裕的顾客为妻，她们也不会惊讶的。他住在郊外，常常给店员们留下在办公室也穿着晚礼服的印象。有时候，值班负责打扫的店员发觉他一早来上班也穿着晚礼服，在他走进办公室换上正式工装礼服时，人们一个个神情严肃地互相眨眨眼。每逢这时，桑普森先生就会偷偷溜出去匆匆吃顿早餐，在回办公室的楼梯上边搓着手，边向菲利普眨眨眼。“多么美妙的夜晚啊！多么美妙的夜晚啊！”他意味深长地感叹道，“请您一定相信我！”

他告诉菲利普，说他是这店里唯一的绅士，而只有他和菲利普才知道什么是生活。然后，立即换了神色，开始称呼菲利普为“凯里先生”，而不再是“老伙计”，转而又摆出跟业务员这一职位相称的优越感来，将菲利普推回到店铺引导员的卑贱位置。

莱恩·赛得利公司每周收到一次从巴黎寄来的时装照片，并将这些时装款式稍加改动，以适合自身顾客的需要。他们的顾客可有些与众不同。绝大多数来自较小制造业城镇的女士。她们格调高雅，穿衣讲究，可不屑穿本地生产的服装，又限于自身财力与消息渠道，对伦敦还不够熟悉，一时找不到更好的服装公司。除此以外，便是大批歌舞杂耍剧场里的优伶——这样的主顾，似乎同这家致力于高大上的公司有点不大相称。这类顾客正是由桑普森先生牵线搭桥搞定的。对此，他还颇为自豪呢。这批优伶开始只是在莱恩公司定制戏服，可桑普森先生渐渐诱使他们也在店里做其他衣服。

“衣服做得和帕奎因公司一样好，价钱却便宜一半呢。”桑普森先生说。

桑普森先生待人友好，和谁都能自来熟，言谈很有说服力，很能讨得戏子之类顾客的欢心。他们无不逢人就说：“既然在莱恩公司可以买到谁都知道来自巴黎的上衣和裙子，干吗还要把钱扔到其他地方去呢？”

桑普森先生和他曾为之做过礼服的大众宠儿们结下了深厚友谊，并以此为傲。某个礼拜天的下午两点钟，他和维多利亚·弗戈小姐一起去了她在图尔斯山的漂亮别墅，并共进午餐。回来后，他滔滔不绝地大肆渲染了一番，把店员们一个个说得心花怒放。桑普森先生说：“她穿了件我们公司出品的深蓝色衣服。我敢打赌，她压根儿不知道那是出自我们店的。因此，我只得向她解释，那件衣服要不是我亲自设计的，肯定会以为它是从帕奎因公司买来的。”菲利普从未留意过女人的衣服，然而随着时间推移，耳濡目染之下，他也开始从工艺的角度对女装产生了兴趣，并且觉得这倒也不失趣味。他对于色彩的搭配有着很高的鉴赏力。在这一点上，他的确受过专门训练，店里的人谁都无法望其项背。再说，在巴黎学画时，他还学得有关线条的知识，至今仍然记得很清楚。桑普森先生虽然没有什么学问，但很有自知之明，知道自己的缺陷所在，还有一种综合别人建议的精明与机灵劲儿。设计新款衣服的时候，他总要广泛征询店员们的意见，反应很敏锐，很快就发现菲利普的批评与建议颇有价值。但他嫉妒心很强，绝不愿承认采纳了别人的建议。根据菲利普的建议将某些设计做出修改后，他总是会说：“嗯，终于按照我自己的想法做出来了。”

菲利普进店五个月后的一天，爱丽丝·安东尼娅小姐进店来找桑普森先生。她仪态之端庄，谈吐之诙谐是众所周知的。她是个粗壮的女人，长着亚麻色的头发，脸上浓妆艳抹，非常引人注目，说话带着金属般的刺音。作为喜剧女演员，她性格活泼爽快，为人风趣，喜欢和外省杂耍剧场的男仆打情骂俏。她即将登台演唱一首新歌，希望桑普森先生能给她设计一套新戏服。“我想要那种引人注目、让人震撼的戏服。”她对桑普森先生说，“你知道，我可不想要老套的东西，要的是与众不同的戏服。”

桑普森先生态度亲切，温和有礼，说他非常肯定店里能做出让她满意的戏服，并向她展示几张戏服设计图样。“我知道，这里面没有一件您能看得入眼的，但我只是想给您大致看看我的想法。”

“噢，不行。这根本不是我想要的。”爱丽丝·安东尼娅小姐不耐烦地瞟了一眼设计样稿说，“我想要的衣服穿上后，叫人看了好比一拳打在下巴上，震得门牙嘎吱嘎吱响。”

“是的，我非常懂您的意思，安东尼娅小姐。”业务员脸上挂着温和的微笑应道，眼睛却露出茫然不解的愚蠢神色。

“我想，到头来我还是得去巴黎找人定制。”

“噢，我想我们能让您满意的，安东尼娅小姐。您在巴黎能定制到的戏服在这儿一样也能定制到。”

安东尼娅小姐昂然走出服装部后，心里有些担忧的桑普森先生跑去找霍奇斯太太商量。

“她是个很挑剔的人，必须小心对付。”霍奇斯太太说。

“爱丽丝，你在哪儿?”业务员烦躁地喊了一句，并认为在同爱丽丝·安东尼娅小姐的对阵中自己略胜一筹。桑普森先生对于歌舞杂耍剧场用的戏服的看法无外乎如此：形式各异的短裙，上面弯弯绕绕地点缀着蕾丝，挂着闪闪发光的金属亮片。

但安东尼娅小姐在这个问题上可是丝毫不含糊。“哎呀，我的老婶子啊!”她惊叫了一声。这句惊叹之语蕴含的那种调调，足以表明她对任何司空见惯的货色都深恶痛绝。何况她还没有说出那些亮片让她恶心得想吐呢。

桑普森先生搜肠刮肚，抠出了一两个主意来。可霍奇斯太太明白无误地告诉他，那些主意不中用。最后，正是霍奇斯太太对菲利普提出了这么一个建议：“要不你来画画，菲尔?你为何不试试，看看能搞出些什么名堂?”

菲利普买了一盒廉价水彩。晚上的时候，那个十六岁的闹腾少年贝尔一边忙着整理邮票，一边吹着口哨，连吹了三首。就在这当儿，菲利普设计出了一两份服装样稿。他至今还记得当年在巴黎见过的戏服式样，便以其中一种为模板，修修改改。为了达到他想要的效果，还涂上既浓烈又奇异的色彩，看上去效果还不错呢。他欢喜得眉开眼笑，第二天早上就拿给霍奇斯太太看。这位太太惊得有些目瞪口呆，立即把它拿去给业务员看。

“确实新颖别致！”桑普森先生说，“这点毋庸置疑。”这种设计让他困惑不解。不过，他那训练有素的双目一眼就看得出，照此做出的衣服肯定会很吸引眼球。但为了保全面子，他提出了修改意见。

还是霍奇斯太太更有见地，建议他将设计稿原封不动地拿给安东尼娅小姐看看。“咱就孤注一掷，试它一次吧！说不定她会喜欢呢。”

“可不是孤注一掷。”桑普森先生紧盯着袒胸露背的戏服设计样稿，“他还会画画，是不？他竟然一直瞒着这点。”

通报安东尼娅小姐进店时，桑普森先生把设计样稿放在桌上最显眼的位置，好让它在安东尼娅小姐一跨进办公室就被吸引。果不其然，她立马扑向设计样稿。“这是什么？”她嚷了起来，“为什么不能给我做这样的衣服呢？”

“这正是我们为您设计的样式，”桑普森先生漫不经心地说道，“您喜欢吗？”

“怎么不喜欢！”她说，“快给我拿半品脱水来！记得加上点杜松子酒。”

“呵呵，您瞧，根本就不用去巴黎嘛。您只要说一声想要什么，我们这里必然能准备好，包您满意。”

戏服立即命人去做了。当看到做好了的戏服时，菲利普开心得心儿直抖。业务员和霍奇斯太太把功劳全都归于自己，菲利普根本不在乎这些。他跟着他俩，去蒂伏里杂耍剧场看安东尼娅小姐新戏服的首演。那一刻，菲利普真是欣喜若狂。回答霍奇斯太太提问时，他最后告诉了她自己当年学画的经历，还说他生怕同住的店员认为他爱装腔作势，才一直小心翼翼地对于过去的学业只字不提。霍奇斯太太把这个消息一字不漏地复述给桑普森先生听。对此，业务员在菲利普面前什么也没说，不过渐渐对他青睐有加起来。不久，又让他为两位乡下主顾设计了几份服装样稿，顾客都很满意。然后，桑普森先生开始在客户面前说，“你可知道，有个曾在巴黎学过画的聪明小伙子”在协助他工作。不久，菲利普便身穿短袖衬衫，安坐在屏风后，从早到晚忙着服装设计了。有时候，他忙得不可开交，连吃饭的时间都没有，只好在下午三点和“掉队者”一起吃饭。他喜欢这样，因为没有太多人，一个个都累得精疲力尽，连说话的力气都没有了。再说，食物也要稍微好些。虽说是些剩食，却是专门做给业务员独享的小菜。菲利普从店铺引导员提升为服装设计师，在服装部引起了巨大反响。他意识到自己成了大伙儿嫉妒的对象。哈里斯，那位脑袋奇形怪状的店员，是菲利普在店里认识的第一个人，虽然非常喜欢菲利普，却也掩饰不住妒意。“天底下所有的好运都让某些人碰上了。”哈里斯在菲利普面前酸酸地咕哝，“要不了多久，你也会成为一名业务员的。到那时，我们就得恭恭敬敬地尊称您‘先生’啦。”

哈里斯说菲利普应该去要求加薪。菲利普现在虽说干着更费工夫的活，工资却并不比一开始就拿的每周六先令多一分。但去向经理要求涨工资是非常棘手的事儿。在对付这类要求涨工资的申请人方面，经理自有一套讽刺挖苦的办法。

“你觉得自己值个更高的价，是不？那你觉得自己值多少钱，嗯？”

此时，申请者心跳得都快到嗓子眼了，会说他认为应该每周再多加两先令。

“嗯，很好。若是你认为自己值这个价，那你就可以值这个价。”接着，经理会顿一顿，有时还会用钢铁一般犀利的眼神剜对方一眼，继续说道，“同时，你还可以收到解雇通知书。”

此时，再想撤回要求加薪的申请也无济于事了，反正得卷铺盖走人。经理的看法是，心怀不满的店员是干不好工作的。要是他们不配涨工资，还是尽快炒掉他们好。如此一来的结果是，除非雇员想走人，否则谁也不敢去提涨工资的事儿。菲利普犹豫不决。他那个宿舍的人都说业务员离不开他，可菲利普对此心存疑虑。虽说伙伴都是正派人，可他们的幽默感还停留在原始阶段。要是菲利普在他们的怂恿下提出加薪要求，结果却遭到解雇，那他们一定会因此笑掉大牙的。菲利普没法忘记当初找工作的种种屈辱与辛酸，那种滋味他再也不想尝了。他知道，去别的地方找个设计师的工作可能性微乎其微。因为外面能画得像他这样好的人不计其数。菲利普现在急需用钱：之前那几件衣服都穿破了。成天在那厚厚的地毯上磨来磨去，两只脚总是不停冒臭汗，把袜子和靴子都沤坏了。菲利普几乎都说服自己冒险采取那一步骤了。一天早上，他在地下餐厅吃完饭上楼时，经过通往经理办公室的通道，看到一长队的人排在那里等待招工面试。前来面试的人有一百多个，中间无论谁受雇，都将获得和菲利普一样每周六先令的薪资待遇。他看到应聘者有的向他投来嫉妒的目光，嫉妒菲利普能享受这份待遇。那种目光让菲利普浑身一颤，可不敢冒险去要求涨工资了。

第一〇八章

冬去春来，菲利普时不时会回医学院去，看看有没有他的信。他总是在夜色深沉时偷偷溜进医学院，这样就不容易碰到熟人。复活节的时候，他收到大伯的信，不胜惊诧。因为布莱克斯达布尔的牧师平生写给他的信加起来不超过半打，每次都是因公来信。这一次，怎么会在复活节给他写信呢？

亲爱的菲利普：

如果你考虑近期度假并且愿意到这儿来的话，我将能为见到你而感到高兴。冬天，因为慢性支气管炎发作，我病得很重，威格拉姆医生从未指望过我能挺过来。我的体魄真是让人不可思议。感谢上帝，我竟然奇迹般地恢复过来了。

你亲爱的，

威廉·凯里

这封信让菲利普大为光火。大伯知不知道，他菲利普过的是什么样的日子呢？他甚至没费心在信中问一声。他就算饿死了，那老不死的也不会放在心上。然而，在回宿舍的路上，菲利普突然灵光一闪，立即在一盏路灯旁停下来，再次把那封信掏出来看了一遍。只见那封信上的笔迹已失去了大伯通常那种公文般的有力笔锋，而变成一个个字写得老大老大，还东倒西歪的。由此看来，或许疾病给他造成的影响远要比大伯愿意承认的严重得多，才以这种公式化的口吻透露出他想看看世上唯一亲人的渴望之情吧。菲利普回信说，他会在七月份回布莱克斯达布尔待上两周。这份请柬来得正是时候，他正愁怎么打发这个小长假呢。阿特尔涅一家九月份要去采蛇麻草，菲利普没空去，得准备秋季的服装样稿。莱恩公司有个规定，雇员不管愿意与否，都得度假两周。若没地可去，可以睡在宿舍，但膳食得自理。许多店员在伦敦附近都没什么朋友，假期倒变成了一种尴尬的存在。他们得从微薄的工资里掏钱去买吃的，整天也没什么活可干，只得百无聊赖地苦熬。自从和米尔德里德去布莱顿度假以来，菲利普已有两年一步都没离开过伦敦了。他非常渴望去呼吸新鲜空气，享受一下海边的宁静。这个愿望如此强烈，他整天在心里思来想去，好不容易熬过五月和六月。然而，等到真要离开了，他又变得无精打采起来。

离开伦敦前最后一个晚上，菲利普交代自己留下来的一两件活儿后，桑普森先生突然对他说："你一向拿多少工资？"

"六先令。"

"我觉得六先令太少了。等你度假回来，我去给你要求加到十二先令。"

"那太感谢了！"菲利普笑吟吟道，"我正急需添几件新衣服呢。"

"只要你能忠于职守，别和有些人那样整天和姑娘们嬉闹胡搞，我会照应你的，凯里。务必记住，你要学的东西还很多，但你很有潜质。真的，我确信你很有潜质。只要你能迅速提升，我会设法给你争取到每周一镑的工资。"

菲利普暗自思索，不知道还要等多久才能得到每周一镑的工资——两年？

当菲利普看到大伯的变化时，不由大吃一惊。上次相见，他的身子骨还很结实，不仅腰板挺得直直的，胡子也刮得干干净净，圆圆的脸上更是长满了肉。然而现在，他的身体竟垮到不可思议的程度，皮肤泛黄，双眼深陷，下面的眼袋大得吓人，弯腰驼背，整个人显得老态龙钟。他生病期间没刮胡子，便索性留了起来，走起路来更是一晃三摇，慢慢腾腾。

"今天我的身体不怎么好。"菲利普刚回到牧师家，和他坐在客厅里，牧师就这么说道，"炎热搞得我心烦气躁，很不舒服。"

菲利普一边和大伯聊着教区事务，一边打量着他，暗自思索他还能撑多久。这个炎热的夏季足以要了他的老命。菲利普注意到大伯的双手瘦得皮包骨，还不住地打颤。这对菲利普来说可是非常重要的呀，如果大伯这个夏天就与世长辞，冬季学期一开学，他就可以重回圣卢克医院。一想到再也不必回莱恩公司上班，菲利普就觉得心跳加速。吃饭时，牧师弓着背坐在椅子上。自妻子死后就来照顾他的管家问道："先生，让菲利普先生来切肉吧？"

老头子本想自己动手的，他不想让人知道自己身体虚弱，但管家的提议正好给了他台阶，不免心中一喜，便顺势把切肉的活让给菲利普了。

"您的胃口还真好啊。"菲利普说。

"噢，那倒是的，我一向吃得下东西。不过，比你前次回家时瘦多了。我很高兴能瘦下来，一直就不喜欢长胖。威格拉姆医生说，我能瘦下来倒是求之不得的大好事。"

饭后，管家给牧师送来了药。

"把药方拿来给菲利普少爷看看！"牧师吩咐说，"他也是医生。我希望他能认为这药方开得不错。我曾告诉过威格拉姆医生，说你目前正在学医，他应该减免一些医药费。我要付的账单可真是高得吓人。这两个月来，他天天上门给我看病，一次就要收五先令。这可是一笔不小的花费啊，对不？现在他每周来两次。我打算告诉他不必再来了，有需要我会派人去请他。"

菲利普看处方的时候，牧师满脸急切地凝视着他。药方上尽是麻醉药，共有两味。牧师解释说，其中一味只在神经炎发作、痛得难以忍受时才服用。

"我用药很小心，"牧师说，"可不想染上吸鸦片的恶习。"

牧师一句没提侄儿的事。菲利普心想，大伯定是怕自己伸手要钱，事先采取预防措施，絮絮叨叨地慨叹他要付各种各样的账单，花费大得吓人。他已经在医生那里花了很多钱，而在药剂师那里花的钱就更多了。再者，他生病期间，卧室里每天都得生火，又是一笔不小的花费。不仅如此，礼拜天的时候，他早晚还得坐马车去教堂——雇马车可是也要花钱的。菲利普怒火中烧，真想大声说您不必害怕，侄儿我是不会向您借钱的，最终还是忍住没说。在菲利普看来，这老头除了耽于口腹之乐和把金钱紧紧攥在手里的守财奴乐趣外，对生活中其他一切都漠不关心，而其他乐趣也早已在他身上丧失殆尽。这样一副老年形象，真是可憎！

下午，威格拉姆医生来了。看完病以后，菲利普送医生到花园门口。“您觉得他现在状况如何？”菲利普问道。

威格拉姆医生关心的不是做得对，而是别出错。只要可以，他绝不会冒险给出明确的意见。他在布莱克斯达布尔行医已有三十五年之久，赢得了行事稳妥可靠的美誉。许多他的病人认为，作为医生，聪不聪明倒不是至关重要的，最重要的是必须稳妥可靠。布莱克斯达布尔也有位新医生——虽说他已在此定居了十年之久，可大家仍然将他看成抢人饭碗的入侵者。据说他要比威格拉姆医生聪明得多，但体面的好人家却很少找他看病，因为没人真正了解他。

“噢，他和预料中的一样好。”威格拉姆医生以此作为对菲利普刚才询问的回答。

“那他身上有没有要紧的毛病呢？”

“噢，菲利普，你大伯可不年轻了啊。”医生带着一丝小心翼翼的微笑说。这笑容也暗示着另外一层意思：不管怎么说，这位布莱克斯达布尔的牧师也并非行将就木的老人。

“他似乎认为他的心脏不怎么好。”

“对于他心脏的状况，我是不大满意的。”医生冒险说道，“我觉得他在这方面应该小心才是，一定要非常小心才是。”

一个在菲利普舌尖打滚而没有出口的问题是：大伯究竟还能活多久？他没敢问出来，害怕威格拉姆医生会感到震惊。碰到诸如此类的问题，就要恪守日常生活中的礼节与习惯，话要说得含蓄委婉。于是，菲利普换了一个问题。不过在说话的当儿，他脑际突然闪现出一个想法：医生一定对病人亲属的焦虑习以为常了，也就见怪不怪了；一定能透过亲属们哀切怜悯的神色，看到他们内心的真实想法。想到自己的虚伪，菲利普淡淡一笑，随即垂下眼睑，向威格拉姆医生问道："我想，他还不至于马上就有生命危险吧?"

这类问题是医生最痛恨的。若说至多能活一个月，家属就会立即忙着操办丧事。可如果到时候病人还活着，家属就会带着满肚子愤恨去找医务护理人员发泄，埋怨医生让他们过早遭受不必要的精神折磨。另一方面，若说或许还能活一年，倘若病人不出一个礼拜就去见了阎王，家属就会斥责医生是什么也不懂的江湖庸医。他们会觉得，要是早知道病人这么快就会与世长辞，肯定要使出浑身解数，把满腔爱意都用到病人身上，让他感到临终关怀是多么温暖。威格拉姆医生打了个手势，示意菲利普别再纠缠下去了。"只要他能保持现状，我就不觉得还能出什么严重的险情。"他终于大着胆子说道，"但从另一方面来讲，我们都别忘了，他毕竟不年轻了。嗯，这部机器已渐渐磨损了。如能挺过炎热的夏天，那我瞧不出他为什么就不可以舒舒服服活到冬天。若是酷寒没让他的身体有多大不适，嗯，那我就不觉得他还能发生什么不测。"

菲利普回到餐厅，大伯还坐在那里。牧师头上戴着便帽，肩上披着钩针编织的长方形披巾，看上去古怪极了。他两眼紧盯着门口，菲利普走进来时，他的目光一下子就落到菲利普脸上。菲利普看得出来，大伯一直在心急如焚地等他回来。

"嗯，关于我的情况，他怎么说?"

菲利普突然明白过来，老头子怕死呢。这让菲利普觉得有点窘，不自觉地把目光移向别处。他总是给人性的弱点搞得尴尬不已。"他说，他认为您现在好多了。”菲利普说。

大伯的眼睛里顿时绽放出一丝愉快的亮光。“我的体魄就是很强悍。”牧师说，接着又满腹狐疑地加了一句，“他还说了些什么？”

菲利普微微一笑。“他说，只要你照顾好自己，就没理由不能活到一百岁。”

“我不知道有没有指望活一百岁，不过，我就不信为什么活不到八十岁，我母亲可是活了八十四岁呢。”

凯里先生坐的椅子旁边放了一张小桌子，上面放着一本《圣经》和一卷厚厚的《英国国教公祷书》①。这么多年来，他一直习惯对全家吟诵这上面的内容。此时，他伸出不住颤抖的手拿起《圣经》。

“那些大主教们都活得很长久，是不是？”牧师说着，呵呵笑了笑，听着挺怪异的。从怪异的笑声里，菲利普听出来一丝羞怯的恳求之意。

老头儿死死抓住生命不放，打心眼里不想离开人世。然而，他又对所信奉的宗教教义笃信不疑，对灵魂不灭之说深信不疑。他觉得自己这一生都在竭尽所能地为主服务，一直按照主的要求严格自律，这份功劳足以使他的灵魂在肉体死亡后升入天国。在那漫长的传教布道岁月里，有多少生命垂危之人在他诵读主的祝福声中感受到了宗教带来的莫大安慰！不过，他也有可能像医生一样，没法从自己给自己开的药方里得到益处。菲利普被大伯依恋尘世的热烈劲儿搞得困惑不已，备感震惊。他非常好奇老头儿灵魂深处究竟是什么样难以言状的恐惧，恨不得钻到大伯的灵魂深处。那样的话，他对未知世界所怀有的恐惧就会赤裸裸地现身了。

---

① 圣公会的祈祷用书。英国教会克蓝玛大主教于1549年出版的崇拜礼仪书，可以协助信徒使用和理解《圣经》的。

光阴似箭，两周的假期很快就过去了。菲利普又回到伦敦。在那挥汗如雨的八月里，他整天都待在服装部的屏风后，穿着短袖衬衫，不停地描绘服装设计图案。轮休的店员们都外出度假了，菲利普晚上经常去海德公园听乐队演奏。他渐渐适应了工作，倒也不觉得像先前那么累了。他的思想从长期的呆滞状态中恢复了过来，渴望有新鲜血液的刺激。他满心期盼大伯快快去见上帝，不停地做着同样的梦：一大早就收到报告牧师突然离世的丧电，从此他彻底自由了！可每次醒来，他都没发现什么电报，不过是做了个梦，不由得怒火中烧。既然老头儿随时都有可能两眼一闭、两腿一蹬，菲利普便沉湎于精心安排自己的未来。在这样的心境下，他很快就把这一年的光阴给打发了。若有机会重回医学院，这一年他本该认真学习，好在将来取得行医资格，但他一心扑在西班牙之旅上。他阅读有关书籍，它们都是他从免费公共图书馆借来的。从五彩缤纷的图片里，他将西班牙每座城市的面貌了解得清清楚楚。他仿佛看到自己在哥多华市横跨瓜达尔基维尔河的大桥上徘徊漫步；在托莱多那弯弯曲曲的大街小巷里悠然而行；坐在教堂里，并从埃尔·格列柯那里挖出这位神秘莫测的画家为他珍藏的秘密。阿特尔涅也加入到菲利普的趣味旅行中来。每个礼拜天下午，两人一起绘制详尽的旅行路线，好让菲利普不至于漏掉任何值得一游之地。菲利普还开始自学西班牙语，以消除不耐烦的心理。每天晚上，他就坐在哈林顿街无人问津的宿舍客厅里，花一小时进行西班牙语练习，还借助手边的英语译文，冥思苦想地品味着《唐·吉诃德》里的妙语佳句。阿特尔涅每周给他上一次西班牙语课，菲利普就能学会几个常用的句子，以便旅行时用。阿特尔涅太太在一旁嘲笑：“你们两个还学什么西班牙语！”她说，“就不能找点有用的事做吗？”

莎莉有时却站在一旁，神情严肃地认真聆听着父亲和菲利普用一种她根本听不懂的语言交谈。莎莉渐渐长成大姑娘了，今年圣诞节，就要束发盘头了①。她觉得父亲是人类有史以来最绝妙的人物，总是引用父亲对菲利普的赞词来表达她对菲利普的看法。“爸爸对你们菲利普叔叔的评价可高了！”她对弟弟妹妹们这样说道。

长子索普年龄已足够大，可以去“阿瑞图萨号”当水手了，阿特尔涅便在家人面前大肆吹嘘儿子穿着制服回来度假的样子将是多么英武。莎莉一到十七岁，就会去一位裁缝那里当学徒。阿特尔涅又用他那华丽浮夸的辞藻说，小鸟翅膀硬了，正一只只飞离父母修筑的保护巢。他双眼含泪地告诉他们，不论什么时候想飞回来歇歇，巢窝都会在那儿等着他们，随时可以来吃顿便饭，可以在临时搭起来的床铺上歇息，还说做父亲的心永远向孩子们敞开，愿意聆听孩子们的各种烦恼。

“阿特尔涅，你又胡说了！”他的太太嗔怪道，“只要孩子们行得正，坐得端，我就不信他们能遭受什么挫折；只要你诚实做事，不怕辛劳，就永远不会丢掉饭碗——这就是我的看法。我还可以告诉你，看到他们最后一个也有能力出去挣钱养活自己，我也不会难过。”

频繁地生养孩子、繁重的家务和不断为各种事操心，阿特尔涅太太渐渐衰老了。有几个晚上，她的背疼痛难忍，不得不坐下来好好歇着。她理想的幸福生活就是能雇个女佣把粗活干完，她就不用每天早晨七点以前就起床。阿特尔涅挥舞着他那秀美白皙的手臂说：“噢，我的贝蒂，我们两人可为国家立了大功呢。这事非常值得奖赏——我们可是养育了九个身强体壮的孩子呢。男孩们将为国王陛下鞠躬尽瘁，女孩们则可以做做饭、缝补衣服，将来还能生出更多身强体壮的好孩子。”说着，他转向莎莉。因为他刚才将男孩的事业说得意义非凡，而将女孩的作用说得

---

① 过去的英国少女十五岁左右就要把头发梳上去，盘在头上，有如中国古代女子的及笄，表示成人了。

平淡无奇，为了安抚莎莉，他又以极其浮夸的语调补充说，“她们还可以服侍那些光站着不动、只知道等人来侍候的人。”

阿特尔涅向来信奉各种互相矛盾的学说，还相当狂热。近来，他又加进了社会主义这么一套理论。此刻，他说：“贝蒂，在社会主义国家，你和我将能领到非常丰厚的养老金。”

“噢，别和我说你那些社会主义学家，我可不耐烦那些人。”阿特尔涅太太嚷道，“那对我来说，只意味着又一群懒惰的游手好闲之徒要从辛苦工作的劳动者身上受益。我的人生格言就是，让我一个人待会儿！我不希望任何人来打扰我。即使身处逆境，我也会尽力应付。胜者前冲，落后者就要遭殃！”

“你把我们的生活说成逆境吗？”阿特尔涅说，“根本不是那回事！我们的生活起起落落，有过挣扎，也很贫穷，但也有值得的地方。只要看看站在我周围的孩子，我就觉得这种生活哪怕过上百次也是值得的。”

“你又开始吹了，阿特尔涅！”她凝视着他，眼神里不是愤怒，而是略含鄙视的镇静，“就孩子来说，你自然是乐享其成。可我呢，得受十月怀胎之苦，还得一把屎一把尿地拉扯他们长大。我不是说我不喜欢这些孩子，现在他们个个身强体壮地站在这儿，也说明我操了多少心。不过，如果时光倒转，我能重新活过的话，宁愿单身一辈子。哎，若是我单身奋斗，说不定现在开了家小店了，银行里还有四五百镑的存款，还有女佣帮我做粗活。噢，要是能重新选择，我可不愿意再过现在这样的生活。”

菲利普心想，芸芸众生，无以名记，对他们来说，生活不过是没完没了地辛苦劳作，既不美丽，也不丑陋，只是像接受四季转换那样无比自然地接受这种生活。世间的一切似乎都毫无意义，这让他不由得满腔愤慨。他没法让自己妥协，心甘情愿地接受人生毫无意义的说法。然而，他所见到的一切，还有他的全部思想，无一不在强化人生毫无意义的观点。不过，他虽然满腔愤慨，却是让人快乐的愤慨。若人生本无意义，人生也就不再可怕。一种莫可名状的力量骤然充满菲利普全身。他感到不可思议的同时，也觉得自己可以直面人生了。

第一〇九章

秋去冬来，菲利普将自己目前的地址留给了大伯的管家福斯特太太，以便她有事好同自己联系。不过，他每周还是会回一次医学院，看看有没有他的信。一天晚上，他看到自己的名字赫然出现在一个信封上，而那字迹却是他今生今世再也不想看到的。那封信让他心里生出一种怪异的感觉。有那么一小会儿，他根本没法伸手去取它，因为它勾起了一连串充斥着恨意与憎恶的回忆。可最后他还是沉不住气，撕开了信。

亲爱的菲尔：

我能不能尽快见你一面，越快越好。我陷入了非常可怕的麻烦之中，不知怎么办才好。不是钱的问题。

你忠实的，

米尔德里德

于菲茨罗伊广场，威廉街七号

菲利普将信撕得粉碎，走到街上，随手把碎片撒向深沉的夜色中。“我巴不得她下地狱才好呢!”他嘟囔着。

想到要再次同她见面，菲利普就感到一阵厌恶。他才不在乎她是不是真的在受苦呢。不管落到何种境地，那都是她罪有应得。想到她，他就满腔愤恨。过去的一片痴情，现在唤起的只是无边的嫌恶。关于她的回忆，让他恶心得直想吐。他漫步走过泰晤士河时，由于竭力避免再想到她，甚至本能地把身子缩到远离她的那一边去。他爬上床，却睡不着。他心里想着，不知道她究竟出了什么事。若不是到了走投无路的地步，她是不会给他写信的。想到她是不是得了重病，是不是在忍饥挨饿，菲利普就怎么也没办法将这些想法从脑袋里驱散走。他恨自己竟这样软弱，却很清楚不亲眼见她一面，他心里就永远难以安宁。第二天一早，他在一张明信片上匆匆写了几笔，随即在去商店上班的路上寄了出去。信里，他尽可能让措辞显得很冷硬，只说得知她身处困境，感到很遗憾，会于晚上七点按她所写的地址前去探访。

那是一栋破旧不堪的出租房，坐落在一条脏兮兮的街上。想到要和她见面，菲利普就觉得很恶心。向人询问她是否在家时，忽然疯狂地希望她已经搬走了。这儿看起来正像经常搬进搬出的那种房子。昨天他没想到要看一下信封上的邮戳，也不知道那封信究竟在信架上躺了多少天。应声出来开门的女人并没有回答菲利普的询问，而是默不作声地领他穿过通道，在屋子后面的一扇门上敲了敲。“米勒太太，有位先生来看您。”她朝屋内招呼了一声。

房门微微打开一点，米尔德里德怀疑地朝外扫了一眼。“噢，是你呀。”她说，“进来吧。”

菲利普走了进去，她随手把门关上。这是一间非常狭窄的小卧室，里面就像她住过的每个地方一样乱七八糟。地板上躺着一双鞋，这里一只，那里一只，都是脏兮兮的。帽子丢在橱柜上，旁边还搁着假卷发套，外套随意地扔在桌子上。菲利普想找个能把帽子挂起来的地方，可门背后的衣帽钩上挂满了裙子，裙边上还沾着点点污泥。

“你不坐下来吗？”她说着，尴尬地笑了一声，“再次收到我的信，我想你一定很吃惊吧？”

“你声音这么嘶哑，”菲利普回答说，“是嗓子痛吗？”

“是的，已经痛了一段时间了。”

菲利普没再说话，等着她解释为什么想要见他。卧室里的景象已明白无误地告诉他，她又堕落到先前那种生活中去了，而他曾经费尽心思才把她从水深火热的生活里解救了出来。他很想知道孩子怎么样了，壁炉架上倒是有一张孩子的照片，但房间里没有任何迹象表明孩子住在这里。米尔德里德手里握着手帕，将它揉成个小球，两手传来传去。菲利普看得出来，她很紧张。她直愣愣地凝视着炉火，他可以从容地打量她而不必担心碰上她的目光。她比离开时消瘦得多，脸上的皮肤又黄又干燥，紧绷绷地贴在颧骨上。头发染成了亚麻色。这让她的模样大变，更加庸俗、粗鄙。

“说实在的，收到你的信，我可真是松了一口气。”她终于开口说道，“我还想你或许已经不在医院了呢。”

菲利普没有吭声。

“我想，你现在已经取得了行医资格吧，是不？”

“没有。”

“怎么会呢？”

“我已经不在医院了。一年半前我不得不放弃学业，改投它行。”

“你这个人可真是变化无常，似乎干什么都不能坚持到底。”

菲利普又沉默了半晌，再开口时，语调冰冷。“我做了笔投机买卖，可是很不走运，仅有的一点小本钱也赔了进去。没钱继续学医了，只得竭尽全力挣钱养活自己。”

“那么，你现在是做什么的呢？”

“在一家店铺打工。”

“噢!”她飞快地瞥了他一眼，又快速地移开目光。菲利普想，她一定是脸红了。她紧张不安地用手帕擦着手掌。“你应该没将所学的医学知识全忘光吧?”她好不容易从嗓子眼里挤出这句话，语调古怪极了。

“没有。”

“这就是我想见你的原因。”她的声音变得很小，成了一种沙哑的耳语，“我不知道自己得了什么病。”

“那你为什么不去医院看看?”

“我可不想去受那份罪，让那些医学生瞪着眼给我瞧病，而且我还担心他们搞不好会留下我呢。”

“你觉得哪儿不舒服?”菲利普语气冰冷，用的是门诊室询问病人的那套老话。

“是这样，我身上出了一片疹子，怎么也好不了。”

菲利普只觉一阵剧痛袭上心头，整个人惊骇不已，额头更是汗如雨下。“给我瞧瞧你的喉咙?”

他将她带到窗口前，尽己所能地仔细检查了一番。突然之间，他看清了她那双眼睛里的神色。那是犹如面对死亡一样的极大恐惧，让人看了不免心惊。她真被吓坏了。她希望作为医生的他能打消她的疑虑，让她能安下心来。她满眼恳求地望着他，可又不敢开口乞求他的宽慰话。但她全身的神经都绷得紧紧的，每一个细胞都渴望他的安慰之语。然而，让她宽心的话，他却一句也没有。“恐怕你的病情确实挺严重。”他说。

“你觉得这是什么病?”

当他把病症告诉她时，她一下子面如死灰，嘴唇甚至都变成了土黄色。她开始流下绝望的泪水，起初是默默淌眼泪，后来渐渐抽噎得上气不接下气。

“我很遗憾，”他终于开口说道，“但我不得不直言相告。”

“我还真不如去自杀，一了百了的好。”

菲利普对她言语里的威胁之意不予理会。“你有钱吗？”他问道。

“有六七镑。”

“你要知道，你必须放弃现在这种生活方式。你难道就不觉得自己可以找点活干干吗？恐怕我也帮不了你什么忙，我每周也只拿十二个先令。”

“我现在还能干些什么呢？”她不耐烦地大声喊叫起来。

“该死的，你必须去试着干点什么！”他神态十分严肃地和她说话，把她面临什么样的危险以及她将给别人带来什么样的危险，都详详细细地跟她说了。而她则面色阴沉地听着。他试着安慰她几句，苦口婆心说了好一阵子。尽管她听得闷闷不乐，但最后还是答应按他说的去做。他开了一张药方，说会拿到最近一家药房去配。他还一再向她强调，务必按时服药。他站起身来，伸出手，准备告辞。“别这么灰心丧气的，你的喉咙很快就会好的。”

他刚准备要走，她的脸突然扭曲得变了形，上前一把抓住他的大衣。“噢，别丢下我！”她声音嘶哑地嚷道，“我好害怕，别把我一个人丢在这儿呀！菲尔，求求你！我再没有其他人可以求助的了，你是我从过去到现在唯一的朋友。”

他能感觉到她那种发自灵魂里的恐惧。说来也真是不可思议，这种恐惧竟然和他在大伯眼睛里看到的十分相似。那时，大伯生怕自己会不久于人世。菲利普低下头。这个女人两次闯入他的生活，不仅将他的世界搞得天翻地覆，整个人也给搞得痛苦不堪。她没有资格对他提什么要求。然而，他也不知道为什么，内心深处却怪异地隐隐作痛。就是这种不明所以的怪异痛感让他在接到信后心绪不宁，直到他服从了她的召唤为止。

“我想，这种感觉我大概永远也无法克服了。”他喃喃自语。让他困惑不解的是，他对她的身体有一种莫名其妙的厌恶感。这种厌恶感让他一靠近她，就觉得浑身不舒服。

“那你想让我做什么？”他问。

“我们两个一起出去吃个饭，我请客。”

菲利普犹豫不决。他觉得她就像阴魂不散一样又潜回到他的生活里，而他原本以为她永远从他的生活中消失了。她双眼紧盯着他，那副迫不及待的神情真让人作呕。

“噢，我知道我一向待你不好，但现在可别把我一个人抛在这里呀。你也算是解了心头之恨了。要是你现在扔下我不管，我真不知道该怎么办才好。”

“好吧，我无所谓。”他说，“不过，咱们得省着点儿。我现在可没有钱来乱花。”

她坐下来穿上鞋子，又换了件裙子，接着戴上帽子，两人便一同走了出去。最后，他们在托顿汉法院路找了一家餐馆。菲利普已不习惯在晚上这个点吃东西，而米尔德里德的喉咙痛得厉害，几乎没法吞咽食物。两人吃了点冷火腿，菲利普另外加了杯啤酒。他们面对面坐着，以前就经常这样坐着。菲利普不知道她是否还记得两人当初这样对坐的情形。根本没话说，若不是菲利普硬逼自己开口，他们就得这么一言不发地静坐下去。餐馆里灯火通明，在强光的照耀下，再加上俗里俗气的镜子的反射功能，端坐在镜前的她给折射出无数道影子。这种景象不仅怪异无比，也折射出了她的形容枯槁。菲利普一心想知道那孩子的情况，可没有勇气开口问。最后，还是她自己说出来的。“你知道吗，那孩子去年夏天死了。”

“啊！”他惊叹一声。

“你应该说，你感到很难过。”

“我不难过。”菲利普回答说，“我感到很开心。”

她瞟了他一眼，知道他这话是什么意思，又移开了目光。“你那时候挺喜欢她的，是不？看到你那么疼爱其他男人的孩子，我总是觉得很好笑。”

他们吃完饭就去药房取药，菲利普刚才把药方留在那儿，让他们先调配好。回到那破旧不堪的房间后，他让她服了一剂药。然后，两人就那样又坐了一会儿，直到菲利普不得不起身回哈林顿街。这番遭遇，实在让他无比厌烦。

菲利普每天都去看望米尔德里德。她按时按剂量服用他开的药，并且依照他的医嘱行事，效果很快就显现出来了。于是，她对菲利普的医术信服得五体投地。随着病情的逐步好转，她整个人也不再那么唉声叹气了，说起话来也随心所欲多了。“只要我一找到工作，生活也就步入正轨了。”她说，“我现在已经受到了教训，会吃一堑长一智的。真心不想再劳烦你了。”

菲利普每次见她，都要问问她有没有找到工作。她只是让他别担心，还说只要她下定决心找工作，就总能找到点什么事情干干的，何况她还有好几手准备。这一两周好好休养休养，岂不是更好。对此，他也不便说她不是。可随着时间拖得越来越久，他让她找工作的心情也变得越来越迫切，米尔德里德因此总是嘲笑他。她的心情现在倒是变得愉快多了，老是嘲笑菲利普是个爱小题大做的老家伙。她把自己去找老板娘面试的经过絮絮叨叨地讲给菲利普听，还不厌其烦地将老板娘提的问题以及她的回答，一一告诉菲利普——可真是讲了好长一个故事啊！她打算在哪个餐馆找份差事，虽说现在还没收到确切消息，但她相信到下周初肯定会有眉目的——没必要仓促行事嘛，入错了行可追悔莫及啊。

“你这样说，也实在太荒唐了。”菲利普不耐烦道，“你现在应该是能找到什么工作就做什么工作。我可帮不了你什么忙。再说，你也没有用不完的钱啊。”

“噢，好吧。可我也没到走投无路的地步啊，还有机会可以碰碰运气嘛。”

菲利普带着犀利的审视眼神打量着她。自两人再次见面以来，已经过去了三周，那时她手上还不足七镑。他顿时起了疑心。他回味着她说的那些话，根据话里的蛛丝马迹推断，不由得怀疑她是否真去找过工作。说不定她一直在欺骗他呢。就她那点钱能维持这么久，不仅不可思议，还让人觉得无比怪异。

“你这儿房租多少钱？”

“噢，房东太太人很好，和其他房东可不一样，从不上门来催缴，我手头什么时候方便，就什么时候付。”

菲利普沉默不语。事情若是他怀疑的那样，那真是太可怕了。他不禁犹豫不决起来，不敢去相信。盘问她也没用，她是绝对不肯承认的。要想知道事情真相，就得他亲自去查明。他已习惯每晚八点向她道别，所以那天晚上钟一敲八点，他就起身告辞。但他并没有直接回到哈林顿街去，而是藏身在菲茨罗伊广场的拐角。这样，他就可以看清威廉街的来往行人。他似乎觉得已等了好久好久了，心想也许是自己猜错了。正打算离开时，只见七号房门打开了，米尔德里德走了出来。他闪身缩回暗处，注视着她朝自己这个方向走来，戴的帽子上插了许多装饰性的羽毛。他曾在她房间里看到过这顶帽子，她身上穿的裙子他也认得，不仅在这条街上显得过分艳丽惹眼，而且也不合时令。他慢慢跟着她，一直走到托顿汉法院路。她在那里放慢了脚步，然后在牛津街的拐角处停了下来，向四周望了望；随即穿过马路，走到一家歌舞杂耍剧场门前。菲利普三步并作两步撵上她，碰了碰她的胳膊。他看到她的双颊上抹着殷红的胭脂，嘴唇也涂得红艳艳的。“你这是要去哪儿，米尔德里德？”

听到他的声音，她吓得大吃一惊，像她平时被人当场戳穿谎言那样，顿时涨得满面通红。接着，她的眼睛里冒出愤怒的火星（菲利普很熟悉这样的目光），本能地想借破口大骂来为自己壮胆与辩护，但话到嘴边，终究还是咽了回去。“噢，我不过是想看一场演出罢了。每天晚上都一个人孤零零地待在家，闷都要闷死了。”

他一点儿也不相信她，连装都不想再装了。“你绝对不能这么做的啊，我的老天爷！我都跟你说了不下五十次了，那样做是非常危险的！你得赶紧金盆洗手才是！”

“噢，闭上你的臭嘴吧！”她粗暴地喊叫起来，“那你觉得我还能怎样养活自己？”

他一把抓住她的胳膊，都没意识到自己在做什么，就想把她拖走。“看在上帝的分上，走吧。还是让我送你回家去吧。你都不知道你现在干的是什么勾当！是作恶犯罪啊！”

“我有什么好在乎的？就让他们听天由命去好了！男人们从没待我好过，我干吗还为他们操心？”说罢，她猛地推开菲利普，径直走到售票处买了张票进去了。

菲利普口袋里只剩下三个便士，没法跟进去。他转过身子，沿着牛津街慢慢前行而去。“我已经尽力了。”他喃喃自语。

事情就这样结束了。从此以后，他再也没见过她。

第一一〇章

这年的圣诞节正是礼拜四，菲利普上班的商店要歇业四天，他给牧师大伯写了封信，问问去他那里度假是否方便。他收到福斯特太太写来的回信，说凯里先生身体不适，不便写信，但非常希望能见见自己的侄儿；要是菲利普能来，他将感到很高兴。福斯特太太在门口迎候菲利普。两人握手时，她对他说道：“先生，您会发现他比您上次在这儿时发生了很大的变化。不过，您得装作一点儿也没注意到。好吗，先生？他对自己的身体状况感到非常焦虑和忧心。”

菲利普点点头。于是，她领着他走进了餐厅。“先生，菲利普先生到了。”

这位布莱克斯达布尔的牧师已是病入膏肓，不过吊着最后一口气罢了。他那深陷的双颊、伛偻的身躯已明白无误地证明了这一点。他坐在扶手椅里，身子缩成一团，头部以一种奇怪的姿势向后仰着，肩上披着一条披巾。现在，他离了拐杖就寸步难行，两手颤抖得非常厉害，连用餐都变得十分困难。

“他看起来活不了多久了。”菲利普一边凝视着大伯，一边暗自思忖着。

“你觉得我的身体看上去如何？”牧师问道，“你觉得我比你上次在这儿变了许多吗？”

“我觉得，你现在看起来比去年夏天强健许多了。”

“那是因为天气热的缘故，高温总搞得我很难受。”

在过去的几个月里，凯里先生有好几周是在卧室里度过的，余下的几周则是在楼下屋子里消耗掉的。他身边有个手摇铃，吩咐什么事的时候，就摇铃唤福斯特太太过来。福斯特太太就坐在隔壁房间里，随时准备听从凯里先生的吩咐。他问福斯特太太他第一天走出卧室是哪个日子。

“十一月七号，先生。”

凯里先生两眼紧盯着菲利普，看他听到这个消息后有何反应。“但我的胃口还是不错的，你说是不是，福斯特太太？”

“是的，先生，您的胃口好极了。”

“不过，我似乎没怎么长肉。”

现在除了身体健康，牧师对什么都不感兴趣。他的生活枯燥乏味，身体还频频受到病痛折磨，只有在吗啡的麻醉下，才能勉强闭上眼睛睡一会儿。然而，就是这样的生活，他始终念念不忘的还是那么一个念头——活下去！只要活着就好！

“真可怕，我还要付那么一大笔医药费。”说着，他又叮叮当当地摇响手铃，“福斯特太太，把药费账单拿给菲利普少爷看看。”

福斯特太太非常耐心地从壁炉架上取下药费账单，然后递给菲利普。“这还仅仅是一个月的账单。我在想，若是让你来给我看病，恐怕你也没办法让它们便宜些。我曾想直接从药材房买药，却又要支付邮费。”

显而易见，他对侄子不怎么感兴趣，根本没费心思问问菲利普都在干些什么。不过，能有菲利普守候在身旁，他似乎还是挺高兴的。他问菲利普能待多久，菲利普回答说周二早上必须起程。他听后表示，要是菲利普能多待些日子就好了。他将自己的所有症状，还有医生对于病情的诊断，都絮絮叨叨地讲给菲利普听，非常详细。然后，他突然收住话头，摇响铃铛。福斯特太太应声进来后，他说：“噢，我只是不确定你还在不在隔壁，所以摇铃看看。”

等福斯特太太离去后，他对菲利普解释说，要是不能确定福斯特太太近在咫尺，他就会焦虑不安。他万一不舒服，福斯特太太很清楚该怎么做。菲利普发觉福斯特太太疲惫不堪，整个人因为缺觉，眼皮沉重得都抬不起来了。菲利普便暗示大伯，他让福斯特太太过于操劳了。

“噢，胡说八道！”牧师说，“她壮得像头牛。”后来，当福斯特太太进来给他送药时，他对她说：“菲利普少爷说我让你过于操劳了，福斯特太太。你是愿意照顾我的，是不？”

“噢，我没关系，先生。凡是我能做的，我都愿意去做。”

过了一会儿，牧师喝下去的药生效了，睡着了。菲利普走进厨房，问福斯特太太每天这样辛苦，是否吃得消。他看得出来，她已经有好几个月没享受到片刻安宁了。

“嗯，先生，我又能怎么办呢？”她回答说，“老先生是那样依赖我呀，什么事都得我去操心。尽管有时候他挺惹人厌的，可你又没法狠心不管他，是不是？我已经在这儿待了那么多年，真不知道到时候他一旦走了，我该怎么办。”

菲利普看得出来，她是真心喜欢这老头儿。她给他洗澡，给他穿衣服，给他做饭吃，甚至夜里都要起来五六次。她就睡在他的隔壁房间，而他只要一醒来就会叮叮当当摇响小铃铛，直到她进来为止。他随时都有可能咽气，但也有可能这样苟延残喘好几个月。她能这样耐心照顾一个陌生人，还这样细致周到，着实令人钦佩，而他也是三生有幸。然而，这世上也只有她这么个陌生人愿意这样照顾他了，想想也着实让人悲痛与可怜。

在菲利普看来，大伯为之布道了一生的宗教现在对他来说，也不过拥有一种形式上的重要性。每个礼拜天，助理牧师都会给他带来圣餐，他也常常吟诵《圣经》。但尽管如此，他对死亡的恐惧心理也是显而易见的。他信奉死亡是通向永生的关卡，却不想亲自去尝试永生之道。他经常遭受病痛的折磨，浑身乏力，只得整日躺在椅子里苟延残喘，像是被用绳子捆住了一样，也因此不得不放弃再站起来去外面活动的希望，而且还无法自理，需要被他花钱雇来的女人像孩子一样照顾。尽管如此，他还是觉得好死不如赖活着，仍然紧紧抓着这个他熟悉的世界不放。

菲利普脑海里始终萦绕着一个没法出口的问题，因为他知道大伯对于这个问题肯定会给出一个约定俗成的惯例性答案。现在，牧师这部机器正日渐磨损，过程还无比痛苦，菲利普不由得怀疑在这种情况下牧师是否还笃信灵魂不灭之说。或许在大伯的灵魂深处隐藏的信念是，天地之间根本不存在什么上帝，只要今世一完，所有一切便都一了百了，既无来世，也无永生。只是不到万不得已，大伯是绝对不会将这些内心隐秘诉之于言语的。

节礼日①那天晚上，菲利普和大伯坐在餐厅。第二天一大早他就得动身，好在九点赶回店里上班。菲利普此时是来向凯里先生道别的。布莱克斯达布尔的牧师正在打盹儿，菲利普躺在靠窗的沙发上，书本跌落在膝头，懒懒地打量着房间四周。他暗问自己，这些家具能值多少钱。他已在房子里走了个遍，察看自童年时就熟知的各式家具什物。家里有几件瓷器，或许能值个不错的价钱。菲利普心里忖度着，这些瓷器是否值得带去伦敦。至于家具，还都是维多利亚女王时代的款式，红木质地，虽然结实，但笨重而丑陋，拿去拍卖的话，恐怕得不偿失。还有三四千册藏书，不过谁都知道，这些书是卖不了几个钱的，很可能不会超过一百英镑。菲利普不知道大伯会给他留下多少钱财，但他至少已经计算了一百次，还需要多少钱才够修完医学院的课程、取得学位，以及支付自己在取得医院任职聘书前所需的生活费用。他凝视着睡梦中的老头儿，看得出来他睡得很不安稳。在菲利普看来，老头儿满布皱纹的脸上没有丝毫人性，而是一张古怪的动物面孔，真让人不可思议。每天晚上，当福斯特太太服侍大伯喝下能让他晚上睡得安宁的药时，菲利普都想过，那里摆着两个药瓶，一个瓶内装有他定时服用的药物，另一个瓶内装有鸦片剂。这种药他只在疼痛难忍时

---

① 为每年圣诞节次日或节后的第一个星期日。按传统，要在这一天向服务业工人赠送圣诞节礼物。

才会服用。福斯特太太将鸦片剂倒好后放在床头，他一般会在凌晨三四点服下。要想加大剂量，实在是轻而易举就可以办到的。到时候，大伯就会在夜间悄无声息地死去，任何人都不会产生什么怀疑。威格拉姆医生本就预期病人会这样死去，而病人本人也丝毫感受不到痛苦。菲利普一想到自己是那么急需用钱，就情不自禁地攥紧了拳头。老头儿忍受着极大的病痛苦熬日子，不过是苟延残喘，即使多活几个月，也无意义可言。但几个月的时间对菲利普来说，却意味着一切。菲利普觉得自己快到忍耐的极限了，想到明天早晨就要赶回店里上班，他就感到极其恐惧，觉得浑身都在颤栗。想要结果那老东西的念头盘踞在他的脑海里，一想起就禁不住心跳加快。尽管他努力想将它从脑袋里驱赶出去，却怎么也不行。要知道，结果那老东西的性命是那样轻而易举，简直不费吹灰之力。菲利普对他毫无感情，从来就没喜欢过他。大伯这个人自私自利，一辈子都是如此，甚至对那么崇敬与爱慕他的妻子也自私到了极点，更甭提对菲利普这个交由他监护的孩子了，简直是漠不关心。他虽然说不上冷酷无情，却愚昧蠢笨，冥顽不化，还有点耽于享受。结果那老东西的性命不过是动动手指的事，不费吹灰之力就可办到。但菲利普有那贼心没那贼胆，害怕会受到良心的谴责。要是一辈子都生活在懊悔之中，得到钱又有什么意义呢？尽管他经常告诫自己，懊悔是徒劳无益的，但还是有那么几件事偶尔会闯进他的心灵，搅得他良心不安。他真希望这些事不在自己良心考虑范围之内。

随着大伯睁开眼睛，菲利普的心情也变得好了点，这时的他看起来有点人的气息了。想到刚才的念头，菲利普真心感到惊悸不已。刚才他所沉思默想的可是如何谋财害命啊！他不禁怀疑别人是否有过这样的念头，还是说他自己心理变态，腐化堕落了。他想，真要是到了动手的关键时刻，他也绝对下不了手的。但这种念头确确实实存在于他的脑海里，还不时出来冒个泡。如果说他手下留情，那也完全是出于畏惧心理。

这时，大伯开口说话了。“你不会巴望我早点死吧，菲利普？”

菲利普觉得自己的心在胸腔里一阵狂蹦乱跳。“我的老天爷，当然没有了！”

“这样才是好孩子。我可不喜欢你存有那样的想法。等我死后，你会继承一笔小钱，但绝对不能因此巴望我早点死。那样的话，对你没好处。”他说话的声音很低，语调中流露出异乎寻常的焦虑与不安。

菲利普感到心里一阵刺痛。他暗自纳罕，究竟是什么样不可思议的古怪洞察力，使得这个老家伙能猜测到他心中的邪念呢？“我希望你能再活个二十年。”菲利普说。

“噢，我可没奢望还能活那么久。不过，只要我仔细身体，注意保养，我就不信不能再活它个三年五载的。”他沉默了一会儿，而菲利普也没什么好说的。之后，老头子再开腔的时候，像是前前后后已经思虑了个遍。“谁都有权能活多久就活多久。”

菲利普想转移他的注意力，问道：“顺便提一下，我想你再没收到威尔金森小姐的什么信了吧？”

“噢，不。今年我还收到她的一封信呢。她结婚了，你知道吗？”

“真的吗？”

“是的，她嫁给了一位鳏夫。我相信，他们的日子一定很舒心。”

第一一一章

第二天，菲利普又开始工作了。他原本以为，过不了几周就会收到大伯前往天国的消息，却一直杳无音信。光阴似箭，转眼间几周又绵延成了数月。冬天将尽，公园里的树木绽出新芽，新芽又渐渐长成嫩叶。一股倦怠的气息笼罩着菲利普。时光向前，它沉重的脚步声踏在人的心田。菲利普想着年华似水，青春正在飞速流逝，很快韶华就会不复存在，而他还可能事业无所成，人生无所就。他既然肯定要辞去目前的工作，那这工作就愈发显得毫无奋斗的目标性。菲利普在设计服装方面技巧娴熟，虽然没有独出心裁的创新能力，但在改造法国时髦服饰以适应英国市场的需求方面，他的头脑却相当灵活和敏锐。有时候，他对自己设计的服装图案挺满意，但工人们在制作过程中因为技术拙劣，总是笨手笨脚地将他的设计搞得一团糟。他注意到自己往往会因为设计理念没有得到充分的贯彻执行而变得愤愤然，不禁觉得很好笑。他得处处小心，步步留神。每当他提出独到见解时，桑普森先生总会断然否决，说客户并不想要离经叛道的东西，他们做的可是体面正经人的生意；有了这样的客户关系网，再搞过于放肆大胆的玩意儿可不值得。桑普森先生还言辞犀利地训斥了菲利普一两回，觉得这个年轻人有点儿自命不凡。菲利普的想法有时会与他的完全相左。

“年轻人，你最好当心点！否则，哪天你就会被扫地出门，流落到大街上去！”

这时候，菲利普真想一拳打在他的鼻子上，最终还是忍住了。这种日子毕竟不会太长了。到时候，他就可以和这些人一刀两断，老死不相往来。有时候，他在一阵绝望中又感到滑稽好笑，恨不得大声吼叫：大伯呀，你一定是铁打钢铸的汉子吧！要不然，怎么总是屹立不倒啊！多么强壮的体魄啊！大伯遭受的那种病痛，换作任何正常点的人，早在一年前就可能一命呜呼了。然而，当牧师真要去见上帝的消息传来时，却非常出乎菲利普的意料。那时的他满腹心事，脑袋里正在思虑别的事。彼时正值七月，再过两周，他就要外出度假了。他接到福斯特太太的信，说医生断定凯里先生活不了多久了，要是菲利普想再见他一面，就得立即赶过来。菲利普去找业务员，说他要离职。桑普森先生可是个通情达理的人，得知这一情况后一点儿没为难菲利普。菲利普同部门里的人一一道别。他离职的原因在同事们中间传开了，不过被大大地夸大了。他们都认为，菲利普是要去继承一大笔遗产了。霍奇斯太太和菲利普握手道别时，双眼噙满了泪水。“我想，我们再也没法经常见面了。”她说。

“我很高兴能离开莱恩公司。”菲利普回答说。

说来也真是奇怪，在离开他原本以为自己很厌恶的人时，竟然真心感到难过；在搬离哈林顿大街那栋房子时，他也没有欣喜若狂。他之前一次又一次地想象，在收到大伯结局的消息时他将会有怎样的感受；想象多了，现在反而没什么感觉了——他现在是漠不关心，安之若素，就好像要外出度几天假一样自然。

“我的这个癖性可真是不好。”他喃喃自语，“我总是预先想象事情发生时会是什么样子；而等到真正发生时，不免大失所望。”

菲利普下午很早的时候就到了布莱克斯达布尔。福斯特太太在门口迎候他，脸上的神情告诉他，大伯还活着。“他今天好些了，”福斯特太太说，“他的体质真不错。”

她将菲利普领进卧室，凯里先生正仰卧在床上。他朝菲利普微微一笑，笑容里带着几分再次战胜敌手后的狡黠与得意。“我还以为昨天就会完了呢。”他说，声音里尽是疲惫，“他们都对我不抱任何希望了。你不也是这样觉得的吗，福斯特太太？”

“您的身体着实强壮得很。这一点毋庸置疑。”

“我虽然老了，可毕竟还没到油尽灯枯的地步啊。”

福斯特太太说牧师不能多讲话，不然会累着的。她把他当作小孩子一样照顾，以一种慈爱的专制态度对待他。老头子看到自己让所有人预期的结果都归于破灭，不由得像小孩一样得意洋洋。他一看到菲利普，就立即意识到是有人特地把他叫回来的。想到菲利普不过干了件蠢差事，白跑一趟，不禁觉得很有趣。之前，他心脏病发作过多次，总觉得自己快要死了，但都挺过来了。若是心脏病不再发作，他一两周之内完全可以康复。他们都在谈论他的身体，可谁也不知道他的身体是多么坚韧和强健。

“你就待一两天吗？”他问菲利普，假装以为菲利普是来度假的。

“我正是这么想的。”菲利普颇为愉快地答道。

过了一会儿，威格拉姆医生来了。给牧师看完病，他便和菲利普聊了起来。他的言行举止完全符合时宜。“我恐怕这一次他是真的要走了，菲利普。”医生说，“这对我们大家来说，都是个重大损失。我已经认识他三十五年了。”

“他现在看上去状态还挺好的呀。”菲利普说。

“我这是在用药吊着他的命呢，但维持不了多久。前两天情况可危急了，我想他大概在鬼门关走过五六回了。”医生沉默了一两分钟，到了门口，又突然对菲利普说道：“福斯特太太有没有对你说过什么？”

“你这是什么意思？”

“他们这些人太迷信了——福斯特太太认为他有桩心事；而这桩心事不了，他就不愿合上眼睛。可他自己又不愿讲出来。”

菲利普没有答话，医生继续说下去。“当然咯，那都是胡说八道。他这一生过得无可指摘，尽到了自己的责任，一直是我们教区的好牧师。他没有什么需要自责的地方。我敢肯定，我们大家都将十分怀念他。我非常怀疑下一任牧师能否有他一半好。”

接连数日，凯里先生的病情还是老样子，毫无起色。原先的好胃口现在也没有了，他现在能吃进去的东西非常少。威格拉姆医生在为病人减轻由神经炎引起的疼痛方面不再犹豫不决，而是坚决使用止痛药。这种疼痛让他深受折磨，再加上瘫痪的四肢不住地颤抖，他已心力交瘁，生命力正在一点点儿流逝。但他的脑子还是清醒的。菲利普和福斯特太太轮流照顾他。好几个月以来，她一直全心全意地照顾病人，竭尽全力满足他的每个需求，已然筋疲力尽了。菲利普坚持病人晚上由他来看护，福斯特太太晚上就可以稍微歇歇了。为了不让自己睡得太熟，菲利普并没有躺到床上去，而是坐在扶手椅里，借着遮掩的烛光翻看《天方夜谭》，以此消磨漫漫长夜。这本书他还是小时候读过的，之后就再也没看过。这时候重读，书中的故事又把他带回到童年时代。翻看之余，他屏声静气地坐在那里，侧耳倾听夜的沉寂。当鸦片剂的麻醉作用逐渐消散时，凯里先生就会变得焦躁不安，菲利普也因此忙得不可开交。

一天清晨，当小鸟正在树上唧唧喳喳地啁啾个不停时，菲利普听到有人呼唤他的名字，便赶忙跑到病榻前。凯里先生仰卧在床上，两眼直愣愣地盯着天花板，没有把目光转向菲利普。菲利普看到他额头上满是汗，便拿起一条毛巾，把汗水擦掉。

“是你吗，菲利普？”老头子问道。

菲利普大吃一惊，因为声音突然之间变得异样了，嘶哑而又低沉。若是一个人恐惧得浑身发冷时，说话就是这个样子。“是我，你需要什么吗？”

老头子沉默不语，眼睛仍然直愣愣地盯着天花板，却什么也没看。接着，他的脸一阵抽搐。“我想我快要死了。”他说。

“噢，别胡说了！”菲利普嚷道，“你还会活好多年的。”

两行泪水从老头子的眼睛里涌了出来，菲利普不由得深受震撼。大伯这一生中，从未流露出任何特别明显的情感。看到这番情景，菲利普心里很是难过。这两行老泪意味着难以言说的恐惧。“去把西蒙斯先生请来。”大伯说，“我要吃圣餐。”

西蒙斯先生就是教区的助理牧师。

“现在就去吗？”菲利普问道。

“快去，不然就晚了。”

菲利普去叫醒福斯特太太，但时间实际上比菲利普以为的要更晚，福斯特太太已经起床了。菲利普让她派花匠去送信，说完又转身回到大伯的卧室。

“你有没有派人去请西蒙斯先生？”

“已经派人去了。”

屋里陷入一片沉寂。菲利普坐在床沿上，时不时抬手擦去大伯额头上渗出的汗水。

“让我握着你的手，菲利普。”老头子终于又开口道。

菲利普伸出手，老头子紧紧握住它们，就像紧紧攥住生命一样，他握得那样紧，仿佛要在绝境中寻求精神安慰。也许他这一辈子从未真正爱过任何人，现在却本能地向人求助。他的手又湿又冷，虽然虚弱无力，却紧紧抓住菲利普的手不放，显得那么绝望。这个老头子正在努力克服对死亡的恐惧。菲利普心想，世上之人谁又能逃得了这一关呢。啊，此情此景是多么的可怖和骇人啊！然而，人们却依然对上帝笃信不疑，尽管上帝眼睁睁看着他的子民遭受此等残忍的折磨。菲利普从来就没喜欢过大伯，也从来没把他放在心上。这两年以来，他无时无刻不在期盼大伯快点死去。此时此刻，他却无法抑制地对大伯生出满腔同情。人要将自己同野兽区别开来，得付出多么大的代价啊！

两人依然沉默不语，只有一次被凯里先生微弱的询问声打破。“他还没来吗？”

最后，管家终于蹑手蹑脚地走进来轻声说，西蒙斯先生到了。他手里提着一个包，里面装着白法衣和帽子。福斯特太太手里托着圣餐饼盘。西蒙斯先生默默地同菲利普握了握手，然后带着职业性的严肃庄重神情走到病人身边。菲利普和佣人走出了房间。

菲利普在花园里转悠着。露珠闪闪发光，四周景物在清晨空气的润泽下显得水灵灵的，一切都那么清新而鲜亮，徜徉其间，实在沁人心脾。鸟儿在头顶欢歌，天空是那样蔚蓝，带着丝丝咸味的空气凉爽而宜人。玫瑰花争相怒放，树木葱翠，绿草如茵，种种颜色交织在一起，真是流光溢彩，明艳非凡。菲利普慢慢散着步，边走边想，此时此刻，卧室里在进行怎样神秘的仪式。想着，想着，他心里不由得升起一股奇异的情感。过了一会儿，福斯特太太走过来说，他大伯想要见他。助理牧师正在把他的东西收进黑包里。病人微微侧过头来，用微笑和菲利普打招呼。菲利普不由得大吃一惊，看到病人的神情发生了变化，一种可以说是异乎寻常的惊人变化。病人的眼睛里再也没有惊恐的神色，脸上的痛苦神情也消失不见——他看上去幸福而安详。

“我已准备好了。”他说，说话的腔调也发生了变化，“当上帝觉得时机合适，来召唤我时，我已做好准备将自己的灵魂递交到上帝手里。”

菲利普沉默不语。他看得出来，大伯是诚心实意如此的——这简直是个奇迹！救世主耶稣以他的血肉之躯救赎了人类，而此时此刻的凯里先生也获得了源自主的血肉之力量。在这种力量的鼓励下，他不再害怕那势必要踏入的冥府之路。他知道自己就要死了，并且顺从了神的这一旨意。他又说了一句：“我将得以和我亲爱的妻子团聚了。”

这句话让菲利普非常震惊。他还记得大伯待妻子是多么的冷酷自私，对她那谦卑而诚挚的爱情是多么的淡漠迟钝，甚至麻木不仁。助理牧师却被眼前的情景深深打动了，转身离开了房间。福斯特太太一边哭泣着，一边送助理牧师走到门口。凯里先生被这回光返照累得精疲力尽，又昏昏沉沉地睡了过去。菲利普坐在大伯的床边，静静地等待着最后一刻的到来。早晨的时间慢慢流逝，老人的呼吸声渐渐变得越来越响。医生来看过之后，说病人快要咽气了。老人神志不清，无力地吻着床单；接着又变得焦躁不安起来，还大喊大叫。

威格拉姆医生给他进行了皮下注射。“这一针现在已不起什么作用，他随时都有可能死亡。”

医生瞧瞧手表，又瞧瞧病人。菲利普看到此时已是下午一点钟了，威格拉姆医生正想着他的午饭。

“您不必等在这儿了。”菲利普说。

“我已经无能为力了。”医生回答说。

等医生走后，福斯特太太问菲利普是否愿意去找那位木匠兼殡仪员，并请菲利普叫那人派个女人来张罗收殓事宜。

“你需要呼吸一下新鲜空气。”她说，“那会让你感觉好点。”

殡仪员住在半英里之外。当菲利普对他说明来意后，他问道：“那位可怜的老先生是什么时候死的？”

菲利普迟疑着没有答话。他突然觉得，在大伯还没咽气之前就叫一个女人去给他洗澡擦身，似乎有点残忍无礼。他心里暗自思忖着，福斯特太太究竟为什么要让他这个时候来。他们会觉得他迫不及待地想要那老头儿死呢。他觉得，殡仪员正在用一种怪异的目光审视他。殡仪员又把刚才的问题重复了一遍，这让菲利普大为光火，心想这又关你什么事呢！

“牧师是什么时候去世的？”

菲利普的第一反应是准备说牧师才刚死的，但转念一想，要是大伯再拖延几个小时，到时候他就是有一百张嘴也解释不清了。他不由得涨得满面通红，尴尬地回答道：“呃，他还没死呢。”

殡仪员满脸困惑地看着菲利普，菲利普赶忙解释道：“家里就只有福斯特太太一个人在那里料理，她需要一个女人打帮手。你知道我说的意思吧？他现在可能已经死了。”

殡仪员点点头。

菲利普回到牧师住宅时，径直走进那间卧室。福斯特太太正坐在床边的椅子上，瞧见菲利普进来，便站起身来。“他还是你走时的那个样子。”她说。说罢，她就下楼给自己弄吃的去了。

菲利普惊奇地注视着死亡是如何一步步来临的。那具躯体躺在床上，此刻已失去了意识，只徒劳无力地挣扎着，丝毫没有人味儿。有时，从那松弛的嘴唇中突然冒出几声低沉的呻吟哼唧声。烈日当空，碧天万里无云，但花园里的树荫下却是凉爽宜人。这天气真好！一只绿头苍蝇嗡嗡地撞击着窗玻璃。突然响起一阵那种呼吸困难时发出的嘎嘎声，在这寂静的房间里显得异常响亮，菲利普不由得吓了一跳，顿时觉得毛骨悚然，阴森可怖。四肢一阵抽搐过后，那老头儿咽气了。这部机器终于停止了运转。那只绿头苍蝇仍然嗡嗡响，不停地飞来飞去，嗡嗡地撞击着窗玻璃，显得异常吵闹。

第一一二章

约西亚·格拉夫斯以其出色的组织能力，将葬礼安排得妥妥当当，事情办得既得体又省钱。等忙完葬礼后，他又陪着菲利普回到牧师住宅，已故牧师的遗嘱交由他负责执行。此刻，他正一边喝着早茶，一边带着同当下情景相适宜的神态和表情，向菲利普宣读了遗嘱。遗嘱写在半张纸上，上面写明凯里先生身后留下的一切均由侄儿菲利普继承。具体要继承的财产有：家具，银行存款大约八十英镑，A. B. C. 公司投股二十份，以及奥尔索普酒厂、牛津杂耍剧场和伦敦一家餐馆的部分股份。这些股份当时均是在格拉夫斯的指点下购买的。此时，格拉夫斯先生不无得意地对菲利普说道："要知道，对于人来说，吃喝是必不可少的。另外，他们还需要娱乐。若是你把钱投人公众认为必不可少的行业中，那你就放心好啦，保证稳赚不赔。"

格拉夫斯的一番话将平民老百姓品位的粗鄙与上等人品位的高雅之间的差别表现得淋漓尽致，恰到好处。虽然他哀叹老百姓的粗鄙，却接受这一事实。所有这些资产加起来也不过五百英镑左右，而这其中还得包括银行的存款以及拍卖家具所得。对菲利普来说，这是一笔财富。对此，他虽然并没有感到开心，但毋庸置疑地感到如释重负了。

两人商定好必须尽快将家具拍卖后，格拉夫斯先生便离开了，菲利普则动手整理逝者留下来的书信和文件。虔诚的威廉·凯里牧师平生引以为傲的一件事就是从不毁坏任何东西，因此留下一堆堆信函，时间可以追溯到五十年前，还有一摞摞签条贴得整整齐齐的单据。牧师不仅保存别人写给他的信件，还保存他写给别人的信件。有一小捆泛黄的信件，是牧师在四十年代写给父亲的。彼时，他作为牛津大学的毕业生，正在德国度一个长假。菲利普漫不经心地读着。写信的威廉·凯里和他所熟识的威廉·凯里大不相同，但对于有着敏锐洞察力的读者来说，也不难从写信的小伙子身上看到成年后的凯里的影子。信都写得中规中矩，却有点拿腔捏调、夸张做作的意味。他在信里表明，为了所有值得一看的风景名胜与历史古迹，可谓不辞劳苦，历尽艰辛。他还以一种精美优雅的笔调，怀着满腔热情将莱茵河畔的城堡丽景描绘了一番，沙夫豪森①的瀑布让他激情澎湃，他写道："我不

① 沙夫豪森位于瑞士最北部的沙夫豪森州，大部分地区被联邦德国围绕，以悠久的历史和美丽的环境著称。

禁对宇宙万能的造物主肃然起敬，更是铭感五内，他的作品如此波澜壮阔，又如此妙不可言。”他还情不自禁地联想到那些能够欣赏“神圣的造物主这一杰作的人们，应该在静观与默想中感受造物主的意图，并必将深感震撼，由此决心过一种圣洁的生活”。菲利普在一叠单据里翻出一张袖珍画像，那是刚被授予圣职的威廉·凯里。只见一个身体瘦削的年轻助理牧师，头发挺长，自来卷，深色的大眼睛里有一种梦幻般的表情，苍白的脸上带着一副苦行僧的神态。菲利普看着，看着，不由得想起大伯生前的一桩趣事：大伯总是一边咯咯轻笑着，一边讲述几位仰慕他的女士如何亲手给他做了许多双拖鞋。

当天下午余下的时间和整个晚上，菲利普都用来辛苦整理数不胜数的信件。他先扫一眼信上的地址和落款签名，然后把信一撕两半，再扔进身旁的废纸篓。突然，他看到一封信上的签名为海伦，笔迹却不认识——字体风格老派，笔画细瘦且多棱角。信的抬头是“亲爱的威廉”，落款是“您亲爱的弟妹”。菲利普顿时恍然大悟，明白这封信原是他母亲写的。他从未看过母亲写的信，也难怪对她的字迹感到陌生。信中写的就是关于他的事。

亲爱的威廉：

斯蒂芬曾给您去过一封信，感谢您对我们儿子出世的祝贺以及您对我本人的良好祝愿。感谢上帝，我们母子俩都安然无恙。上帝对我是那么仁慈与宽厚，对此，我感激不尽。现在我既然能够握笔写信，就要向您和亲爱的路易莎诉一诉衷肠。我真心想要告诉你们，我是多么感谢你们俩，不仅要感谢你们对我这次生产所表达的善意和祝福，还要感谢你们自我结婚以来所给予的关心与爱护。在这里，我恳求您帮我一个忙。斯蒂芬和我都想请您做这个孩子的教父，并希望您能同意我们的恳求。我知道，我所恳求的并非微不足道的小事。因为我深信，您一定会极其认真负责地对待这一重任。我由衷地希望您能同意担当此重任，因为您既是一名牧师，还是这孩子的伯父。这孩子一生的幸福，真叫我忧心不已，可谓牵肠挂肚，时刻也不能放下。我日日夜夜不停地向上帝祈祷，祈求上帝保佑这孩子将来能成长为一个正直诚实、虔诚信教的基督徒。我真心希望在您的指引与教导下，这孩子将成为一名捍卫基督教义的虔诚战士，但愿他一生一世都做一个敬畏上帝、谦恭信教的子民。

您亲爱的弟妹，

海伦

菲利普把信推到一边，身子前倾，双手捂住脸。这封信让他深受感动的同时，也让他吃惊不已。他感到震惊的是，这封信通篇用的是宗教口吻，但在他读来，既不令人厌恶也不令人多愁善感。母亲去世将近二十年了，他只知道她长得很美，除此之外，就是一无所知。现在了解到母亲竟然是这样一个单纯虔诚的人，菲利普在奇怪之中还觉得有些不可思议。他可从来没想过母亲会有这样的一面。他再次捧起母亲的信细细品读起来，品味着字里行间是如何谈及他的事，以及对他的殷切期盼和忧思挂怀。然而，他却变成了一个与母亲所希望的截然不同的人。菲利普认真审视了自己一会儿。或许，她早早离世反倒是件好事。接着，在一阵突然而来的感情冲动之下，菲利普一把将信撕成两半。信中的亲切口吻和朴素诚挚让这封信看起来纯属私人信件，菲利普的心中不由得生出一种怪异的情感，觉得拆阅一封披露母亲芳魂的私人信件是不道德的。接着，他继续整理牧师那堆枯燥乏味的信件。

几天之后，菲利普回到伦敦，两年来第一次在白天公然大摇大摆地走进圣卢克医院的大厅。他去见了医学院的干事。干事看到菲利普，吃惊不已，连忙好奇地询问他这段时间都在干什么。菲利普这段时间的人生经历给他构筑起一种自信，并让他能以全新视角来看待事物。若是在过去，听到干事这样询问，他一定会尴尬不已，恨不能找个地缝钻进去。可现在他泰然自若，非常镇静地回答说，有些私事让他不得不中断学业，现在只想尽快取得行医资格。他说话是经过深思熟虑的，态度从容不迫，还故意说得含含糊糊，这样干事就没法继续追问下去。鉴于最早可以参加的考试科目是产科学和妇科疾病学，他便将名字登记在妇科病房之下，去那里当助理。时值放假，他没费什么劲就得到了助产士的位置。干事将他的工作时段安排在八月最后一周和九月前两周。面谈之后，菲利普便告别干事，在医学院漫步。夏季学期的考试刚结束，校园差不多空无一人，显得有些荒芜。他沿着河堤平台信步闲逛。此时此刻，他感到心满意足。他心里想着，现在终于可以开始全新生活，要将从前的一切过错、蠢事及辛酸与痛苦都统统抛下。那奔腾不息的河流向他表明，一切都有如这河水，或已消逝，或正在流逝，没有什么是至关重要的，而未来正在前方，充满了无限可能性。

菲利普又回到布莱克斯达布尔，忙着处理大伯的遗产事宜。拍卖家具的日期定在八月中旬。那时候，将有很多游客赶来此地消度暑假。这样一来，家具就可以卖个好价钱。藏书目录已经打出，并分发到坎特伯雷、梅德斯通和阿什福德①等地二手书商手里。

一天下午，菲利普突然心血来潮，跑到坎特伯雷重游他曾经读书的学校。打离开学校那天起，他再也没回去过。他还记得当初离开学

① 梅德斯通和阿什福德均为英国城市。

校时怀着怎样如释重负的感觉，觉得从此以后就自由了，一切都可以自己做主了。漫步在坎特伯雷那狭窄的道路上，虽然这些道路他早已稔熟于心，可此刻生出一种不可思议的奇异感。他望着那几家老店铺，它们依然矗立在原地，依然卖着与过去一模一样的商品。书店的一个橱窗里摆着教科书、宗教书籍和新近出版的小说，另一个橱窗则摆着大教堂和该城的风景照。运动器具店里摆放着板球拍、钓鱼用具、网球拍和足球。那家裁缝店还在，他整个童年时代穿的衣服都是在这家店做的。鱼店也还在，大伯每次来坎特伯雷，都要在里面买点鱼带回去。他沿着肮脏不堪的街道一路前行，来到一堵高高的围墙跟前。围墙里有栋红砖房，那就是预备学校。往前走几步就是通往国王学校的大门。菲利普站在由几栋大楼围成的四方空间里。此时刚好四点，学生们从大楼里蜂拥而出。菲利普看见教师们身穿长袍，头戴学位帽，却一个也不认识。他离开这所学校已有十多年了，这里早已物是人非，变化很大。菲利普瞧见了校长，他正慢慢地从校舍往家走去，边走还边和一个看起来像是六年级的大男孩说着话。校长外表倒没有多大变化，仍然是菲利普记忆中瘦瘦高高、形容枯槁、神态怪诞的样子，眼睛里仍然蕴含着狂热的激情。不过，原来黑漆漆的胡子现在夹着几道灰白，气色不好的脸上也多了几道深深的皱纹沟壑。菲利普有一种上前和他说几句话的冲动，可又害怕校长早已忘了自己，而他也非常讨厌解释。

男孩子还在学校磨蹭着没有离去，正聊得不亦乐乎。过了一会儿，有些学生急于变个方法玩耍，便跑去玩墙手球①了，其他散落下来的则三三两两地出了大门——菲利普知道，他们这是要到板球场去的。还有一批学生进入场地打网球。菲利普站在他们中间，完全是个

① 英国人玩的一种类似手球的球戏。

陌生人，只有一两个学生漠不关心地瞥了他一眼。前来学校参观诺曼式楼梯的游客不在少数，很少能引起学生注意。菲利普好奇地注视着他们，想到自己和他们之间已横亘着巨大鸿沟，不由得满腹愁肠。继而他又心酸地想到，自己当初是怀着多少雄心壮志，迫切想要干一番轰轰烈烈的大事，如今所成甚少。在他看来，过去的岁月犹如流水般逝去，再也无法回转，还被白白浪费掉了。孩子们一个个精神抖擞，朝气蓬勃，正在玩着昔年他曾玩过的游戏。此情此景就好像自从他离开学校至今，世上连一天都还没有过去。然而，当年就在同一地方，他至少叫得出每个人的名字来，现在却一个也不认识。再过几年，运动场上玩耍的孩子就会换成另一批，而如今这批学生也会像他现在这样与周围环境格格不入，被当作完全陌生的存在而无人理睬。这样一想，他不仅未感丝毫安慰，反而愈加觉得人生是那样毫无意义的存在。回环往复，每一代都重复着这种无足轻重的琐屑生活。他很想知道当年的同窗现在都过着怎样的生活。他们现在也都年近三十了，有的说不定已经死了，有的则也许结婚生子。他们或成了军人，或成了牧师、医生和律师。他们都行将告别青春岁月而踏入不惑之年，变得稳重沉着。他们中是否也有人像他菲利普一样把生活搞得乱七八糟？他忽然想起那个他曾经非常渴望与之建立诚挚友谊的男孩来了。说来也真是滑稽，他已记不起挚友的名字。尽管男孩的面貌他仍然记得清清楚楚，尽管男孩曾是他最要好的朋友，但可笑的是，菲利普已将他的名字忘得一干二净，怎么也想不起来了。他饶有兴致地回味着自己当年为了他，是怎样醋意大发、妒火中烧的。怎么也想不起那个男孩的名字，菲利普不由得烦躁起来，恼怒不已。他渴望自己再变成小男孩，就像眼前悠悠然穿过这片四方空间的孩子一样。这样，他就可以避免犯那些曾经犯过的错误，一切重新开始，好好利用生活做出一番成就。他忽然生出一种难以忍受的孤独感。他几乎开始为前两年过的清苦日子懊悔与惋惜起来。那时在绝望中拼命挣扎，仅仅为了解决温饱问题，却让生活变得麻木，痛苦也变得无动于衷、迟钝无觉起来。“你必须汗流满面才得糊口。”① 此话虽说并非对人类的诅咒，却是让人为了生存而甘心逆来顺受的麻醉剂。

菲利普又对自己不耐烦起来。他想起了自己有关人生图案是如何绘制的观点：他所遭受的不幸，不过是精巧而美丽的装饰图案的一部分。他不断提醒自己，必须以快乐的心情接受一切，凄凉也好，兴奋也罢，愉快也好，痛苦也罢。因为它们都是素材，是为图案设计增光添彩的素材。他有意识地寻找美。他还记得，即使在孩提时期，他就在哥特大教堂之美的欣赏中感到乐趣无穷。那时候，他看到的大教堂正如眼下人们站在网球场中看到的一样。他走到那儿，凝视着那巍峨而庄严的灰色建筑物矗立在乌云密布的苍穹下，中央的塔尖高耸入云，就像人们对上帝的无上赞美。孩子们正在打网球，一个个矫捷轻快，健壮有力，活泼积极。菲利普没法不听到他们的叫嚷声和欢呼声。青春年少时的呼喊声特别引人注目，菲利普只消用自己的眼睛，就能领略到周围美的存在。

第一一三章

八月份最后一周，菲利普便走马上任，履行他所管片区内的助产士职责。这工作还挺费力耗神，平均每天都要负责照顾三名产妇。产妇事先从医院领取一张“卡片”，临产时就叫一个信使（通常是小女

① 此句出自《圣经·旧约》中《创世纪》篇第三章第十九节。

孩）将“卡片”交给医院护工，护工便指引信使来找住在马路对面的菲利普。若是深夜，护工会亲自穿过马路来唤醒菲利普，他手上就有菲利普房间的钥匙。接着，菲利普便摸黑起床穿衣，行色匆匆地走过泰晤士河南岸一条条荒无人烟的街道。这期间，菲利普心中总是充满神秘感。深更半夜的，通常都是丈夫送来“卡片”。若是生过孩子的，来送信的丈夫便显得阴郁与淡漠；可如果是新婚的，丈夫就会焦躁不安，紧张兮兮，有时还借酒来缓解焦虑。菲利普经常要走上一英里路，有时甚至更多。一路上，他和前来报信的人聊些产妇当下的境况及日常生活开销之类的事，从而了解到不少有关泰晤士河岸一带各行各业的情况。他给人们鼓劲打气，激起他们生活的信心。在闷热的房间里，菲利普久久等候在一旁，产妇躺在一张大床上，而这张床占去了房间的一半。其间，产妇母亲和看护无拘无束地交谈着，也以同样态度和他聊上几句。菲利普前两年的遭遇让他对贫苦人家的生活方式十分了解，而他们发觉他竟然对他们的生活状况了解得如此清楚，不由得感到开心又有趣。让他们印象深刻的是，他竟然能看穿他们的各种托辞和小把戏。菲利普心性善良，做起事来总是轻手轻脚，动作非常温柔，从不发脾气。他们都很喜欢他，因为他从不会不屑于同他们一道喝茶。若是黎明时分他们还在等待产妇分娩，就会请他吃上一片面包，喝几口水。菲利普对吃的并不挑剔，大多数食物都能吃得津津有味。他到过许多人家。有些人家的房子不仅巷子里脏兮兮的，院子也是污浊不堪，一座座房子挤在一起，里面黑咕隆咚的，空气污浊不已。有些房子虽然外表破烂不堪，像是要塌了似的，地板被蛀虫咬得斑斑驳驳，房顶上裂缝纵横交错，但出人意料的是，里面却甚为堂皇豪华——橡木栏杆精雕细琢，非常雅致精美，四周墙壁仍然嵌有镶板。这种房子往往住得非常拥挤，每家只有一个房间。白天，孩子们在院子里玩闹戏耍，吵嚷不停。年深日久的墙壁正是各种寄生虫繁殖的温床。屋里空气污浊，令人作呕，菲利普常常得点燃烟斗来缓解。住在这里的人们过着半饥半饱的生活，仅能勉强糊口，添丁自然不受欢迎，做爸爸的总是满脸沉郁地迎接新生儿的降临，而做妈妈的则绝望地望着自己怀胎十月生下来的孩子。这下又多了一张嗷嗷待哺的嘴，要养活现有的那几个食物都不够呢。菲利普常常察觉出人们巴不得生下来的孩子是个死胎，或者即使生下来正常，也希望孩子快快死去。有一次，产妇得知自己生了双胞胎之后，竟然悲叹哀号起来。“真不知道要怎样养活这两个孩子。”

“或许上帝会适时地把他们召到天国去。”看护接口说。

做丈夫的凝视那对并排躺着的小不点儿，菲利普瞥见他的目光里满是残忍与愠怒，不由得大吃一惊。这两个突然来到人世的可怜小家伙根本不受欢迎，在场的这家人对他们无不怀有深深的憎恨之意。菲利普甚至怀疑，若他不语气坚决地关照他们，各种“不测”随时有可能发生。经常会发生这类“事故”，简直可以说是家常便饭。比如说，做母亲的睡觉时一不小心“压”着小孩啦，还有给孩子喂错食物啦——或许，这些并非都是粗心大意造成的。

“我每天都会来看一次。”菲利普提醒说，“我警告你们，若是这两个孩子有个三长两短，你们可是要受传讯的。”

做父亲的一声不吭，恶狠狠地瞪了菲利普一眼，神情里潜藏着谋杀的心思。

“上帝会保佑这两个小家伙。”孩子的外婆说，“他们还能出什么事呢？”

要产妇在床上静养十天，这是行医人员一再坚持的最低要求——可真要做到这一点，却非常困难。照顾好家人，操持好家务，可都是些难应付的麻烦事。一方面，不付工钱的话，是找不到人照看孩子的；另一方面，丈夫下班回来又累又饿，一看茶点还没准备好，就会乱发脾气。菲利普听说过穷帮穷的事儿，可事实上，不止一个家庭主妇抱怨说，不出钱就找不到人来帮忙整理家务和照看孩子，而她们根本无力支付这笔费用。女人们聊天时，菲利普就在一旁听着，偶尔能听到个大意，偶尔不过只言片语，但话中未尽之意他还是猜得出来的。通过这些谈话，他渐渐意识到穷人和上层阶级之间毫无共同之处。穷人并不羡慕和嫉妒比他们过得好的人。双方的生活方式有着天壤之别，穷人总怀着理想主义色彩以及无拘无束的自在心理，让中产阶级的生活在他们看来中规中矩，呆板拘谨，显得矫揉造作，缺乏真情实感。再说，他们还有点儿鄙视有钱人呢，觉得他们娇弱易碎，风一吹便倒，更别提肩不能扛、手不能提，什么重活也干不了。高傲的有钱人只想清清静静享福，不希望受人打扰，可占绝大多数的穷人则将有钱人当作财神爷，知道该说些什么话来打动他们，让他们大发慈悲，通过举办各种慈善活动来散财。他们将接受这种恩惠视作理所当然的权利。他们之所以能获得这些好处，一方面因为上层阶级人傻钱多，另一方面因为他们足智多谋、能说会道。他们对教区助理牧师虽然是鄙视的漠不关心态度总算还能忍受，教区探访人却激起了他们的满腔愤恨。她一走进屋子，不管人家喜不喜欢，也不管人家愿不愿意，就把所有窗户全都打开，根本不在乎“我还患有支气管炎呢，冷风可要把我折腾死了”。她还这里闻闻那里嗅嗅，没发现这地方像她想象的那样肮脏不堪，就会从她那副神情里看出来她此时是个什么心思——“他们有了仆人，事情当然好办得多了。若她有四个孩子，又得自己做菜烧饭，还得替孩子缝补浆洗，我倒要看看她的房间会是什么样子。”

菲利普发现，对穷人来说，人生最大的悲剧不是生离死别。因为这是再自然不过的事，只要哭几场就可以消减心头的悲哀。对他们来说，人生最大的悲剧是失业。一天下午，菲利普看到，一个男人回家后对刚生完孩子才三天的妻子说自己被解雇了。他是建筑工人，那时候外面的活儿很稀少。男人说完后，便坐下来用茶点。

“哎，吉姆呀！”他的妻子哀叹了一声。

男人神情木然地嚼着也不知是什么乱七八糟的东西混在一起的食物，一直焖在锅里，等他回来吃。他呆愣愣地瞪着眼前的盘子。他的妻子朝他望了两三次，小小的眼睛里满是惊恐之色，接着开始默默淌眼泪。建筑工人是个粗笨的小矮个儿，面孔粗糙，饱经风霜，前额有一道长长的白色疤痕。他的手掌挺大，手指又短又粗。过了一会儿，他一把推开盘子，就好像不再强迫自己吞咽食物似的。他神情呆滞，愣愣凝视着窗外。他们的房间在整座建筑后面的顶楼，从这里望出去，除了阴沉沉的积云，就什么也看不见了。房间里悄无声息，沉重压抑的气氛让人倍感绝望。菲利普觉得没什么可说的，只得离开房间。走在路上他觉得疲惫不堪，这天夜里他几乎没合眼。此时此刻，他满心愤怒，愤怒这个世界为什么这样残酷。他体味过找工作时的绝望无助，凄凉孤寂的心情比饥饿还难以忍受。他为自己并不信奉上帝而谢天谢地。要不然，眼前这种事情他怎么也无法忍受。人之所以对生活能逆来顺受，正是由于生活毫无意义。

菲利普觉得，花时间帮助穷人的做法是完全错误的。他们根本没想到穷人对有些东西习以为常，早已习惯了这种生活方式且安之若素，并不感到妨碍，他们却试图去加以纠正。越要纠正，就越是搅乱了穷人原本平和的心境和安宁的生活。穷人并不想要空气流通的大房间。他们怕冷，因为吃的食物没有营养，血液循环很不好。房间一大，反而愈加觉得严寒难耐，而他们又想尽可能少烧煤炭。几个人挤在一个房间里并不觉得难受，他们喜欢这样住着。从出生到离世，人生中从没有一刻是茕茕孑立的，他们不喜欢有自己的房间单独生活。那样的话，孤独和寂寞会压得他们喘不过来气。他们喜欢住在混乱不堪的环境里，四周虽然不断传来吵吵嚷嚷的嘈杂声，却能充耳不闻。

他们觉得，并无经常洗澡的必要，菲利普经常听到他们愤愤不平地谈论住院时洗澡的规定，认为它既是对人的侮辱，又让人极为不便。他们只想安安稳稳地过日子。只要一家之主不失业，生活也就过得从容自在，也不无乐趣。工作一天之后，喝杯啤酒解解乏，提提神，还有许多时间聊聊张家长李家短，日子就过得惬意自在。街上更是乐趣无穷。要想看点什么，街上有的是雷诺兹①的肖像画和《世界新闻》杂志。“可你怎么也搞不懂时间是怎么飞逝而去的。实际情况是姑娘少有时间读书，一会儿得做这个，一会儿又得忙那个，连读报纸的时间都没有。”

按照惯例，产妇生产后，医生得去察看三次。一个礼拜天，快到午饭时间了，菲利普去看一位产妇。她产后第一次下床走动。“我可没法老躺在床上，真的没法再躺下去了。我这个人就是闲不住，一天到晚就躺在那儿，什么事也不干，真叫人烦躁不安呐。我就对厄尔布说：‘我这就下床给你做饭吃。’”

厄尔布此时已坐在桌边，手里还拿着刀叉。他是个年轻人，一张脸显得坦诚而大方，眼睛是蓝色的。他挣的钱不算少，这对夫妇过得还算轻松自在。他俩才结婚几个月，都对躺在床边摇篮里脸蛋宛如玫瑰花般红润娇嫩的男孩喜欢得不得了。房间里弥漫着一股牛排的香味，菲利普的眼睛不由得瞟向香味飘出的地方。

“我这就去把牛排盛出来。”那女人说。

“你去忙吧。”菲利普说，“我只看一眼你们的宝贝继承人就走。”

听了菲利普说的话，夫妇俩都笑了。接着，厄尔布从桌边站起身来，陪菲利普走到摇篮跟前。他注视着自己的儿子，眼神无比骄傲。

---

① 乔舒亚·雷诺兹爵士（1723－1792），英国18世纪后期最富盛名且颇具影响力的历史肖像画家和艺术评论家，英国皇家美术学院的创办人。

“孩子看来挺好的，是不?”菲利普说，拿起帽子。

此时，厄尔布的妻子已把牛排盛出来了。除此之外，桌上还摆着一盘青豆。

“你们这顿中饭吃的还真不错啊。”菲利普微笑着说。

“他只有礼拜天在家，我想在这天给他做点特别好吃的。这样，他在外面干活时也会想着这个家。”

“我想，你不会反对坐下来和我们一起吃吧?”厄尔布说。

“噢，厄尔布!”他妻子吃惊地叫了一声。

“却之不恭啊!”菲利普说，脸上带着迷人的微笑。

“嘿，这才够朋友嘛！我就知道他是不会见怪的。波莉，快，好姑娘！再拿个盘子来!”

波莉显得有些慌张，心想厄尔布做事一向谨慎守礼的，却不知道他脑子里下一秒会冒出什么想法。但她还是去取了盘子，动作利落地用围裙擦了擦，又从橱柜里拿出一副新刀叉——她最好的餐具和最好的衣服都放在橱柜里。餐桌上有一壶黑啤酒，厄尔布给菲利普倒了一杯。他想把一大半牛排都分给菲利普吃，菲利普却坚持均分。房间里有两扇落地窗，里面阳光充足。这里曾是一间客厅。整座建筑在当时若算不上时髦，至少也是够体面的。兴许五十年前，一位富裕的商贾或一名靠退职补贴过日子的军官就会住在这里呢。结婚前，厄尔布曾是足球运动员，墙上还挂着几张足球队的集体照。照片上的运动员神情有些忸怩，头发油光可鉴，梳得齐齐整整，队长手捧奖杯坐在中间，满脸自豪与骄傲。此外，还有其他一些标志表明这个家庭颇为幸福殷实：几张厄尔布亲属的照片和妻子身穿节日盛装的靓照；壁炉架上有一块小小的石头，上面精心粘着许多精美的贝壳；小石头两旁分别摆放着一只杯子，上面不仅用哥特式字体写着“索森德赠”，还印有码头游行的情景画。厄尔布是个挺有个性的人，不参加工会，并对工会强迫他加入的做法很气愤。工会帮不了他什么忙，他从来就不愁找不到工作。一个人只要有头脑，不眼高手低，有什么工作就干什么，就总能拿到好工资。然而，波莉是个胆小怯懦的人。她要是厄尔布，肯定会参加工会。上一次工厂闹罢工，每次厄尔布外出上班，她都担心哪天会被人用救护车送回家。此时，她转身对菲利普说道："其实加入工会也没什么，但他就是这么个倔脾气，死活不肯。"

"嗯，我要说的是，这是个自由的国度，我可不愿听凭他人摆布和操控。"

"说它是个自由的国度有什么用。"波莉接口道，"若是他们逮住机会，照样会敲扁你的头。"

吃罢午饭，菲利普把烟袋递给厄尔布，两人都抽起了烟斗。过了一会儿，菲利普站起身来说，兴许什么人有事正在家里等他，便和厄尔布夫妇握手道别。他看得出来，自己愿意和他们共进午餐且吃得很香，让他们很高兴。

"那好吧。这就再见了，先生！"厄尔布说，"我想，内人下次再自伤体面时，我们一定有个好医生可以依靠了。"

"你胡说些什么呀，厄尔布。"波莉娇嗔道，"你怎么知道还有下次呢？"

第一一四章

为期三周的助产士工作快结束了。菲利普已照顾了六十二名产妇，累得骨头都要散架了。最后一天出诊的夜里，他回到寓所时已将近十点。此时，他满心希望夜里再也不要出诊了，已连续十天没睡个好觉了。他刚去照料的产妇情况十分可怕。他是被一个粗鲁的大块头汉子叫去的，一看就知道是个酒鬼。他被带去的院子散发着一股恶臭，房间更是他见过的最为肮脏不堪的。那是阁楼上一个小小的房间，一张木床占据了大部分空间。床上挂着脏兮兮的红色帐幔。头顶的天花板很低，菲利普伸手就能碰到。房间里唯一的光亮是一支蜡烛发出的，显得特别凄清黯淡。菲利普借着如豆的烛光朝天花板扫了一眼，只见上面爬满了密密麻麻的臭虫。产妇是个中年女人，头发蓬乱，样子邋里邋遢，接连生了几胎死婴。这对菲利普而言，已是司空见惯。她的丈夫曾在印度当兵；刻板拘谨的英国公众将一条又一条法律强加在印度头上，导致各种各样令人痛苦而烦恼的疾病暗地里滋生和蔓延，最终受害的却是无辜的人们。菲利普打着哈欠，脱下衣服，洗了个澡，把衣服在水面上抖了几抖，看见被抖落的小虫子在水面蠕动着。他正要上床睡觉，耳边传来一阵敲门声，随即进来的医院护工给他送来一张卡片。

“你这个该死的！”菲利普抱怨道，“你是我今晚最不想见到的人。这卡片是谁送来的？”

“我想是产妇的丈夫送来的，先生。我去叫他稍等一下好吗？”

菲利普瞧了瞧卡片上的地址，发现街道是自己熟悉的，就告诉护工他能找到。他连忙穿好衣服，五分钟以后，手里提着一个黑包来到街上。此时，一个男人走到菲利普跟前。但因天黑，他看不清那人的长相。来人说他就是送来卡片的丈夫。“先生，我想我还是在这里等您的好。”来人说道，“街坊都很粗野，何况他们还不认识您呢。”

菲利普听罢，哈哈一笑。“谢谢你的好意。不过，医生嘛，他们还是认得出来的。许多比维弗尔街更糟糕、更粗野的地方我都去过。”

菲利普的话确实不假。他手里的黑包倒是一张通行证，使他可以安然通过许多恶劣的小巷，走进臭气熏天的居民院落——要知道，那些地方连警察都不敢贸然闯入。有一两次，菲利普走路时，身边有那么一小伙人用好奇的眼神打量他。他听到一阵轻微的议论声，最后有人说道：“那是医院的医生。”后来他打他们身边走过时，还有一两个人和他打招呼：“晚安，先生。”

“您不介意的话，我们这就赶紧走吧，先生。”此时，给他领路的男人说道，“他们告诉我说时间很紧迫。”

“那你为什么来这么晚呢?”菲利普问了一句，脚下加快了步伐。走过一盏路灯时，菲利普朝来人扫了一眼。“你看上去好年轻呀!”菲利普说道。

“我刚满十八岁，先生。”

来人长得白皙英俊，脸上很光滑，一根毛碴也没有，看上去还是个孩子。他虽然长得挺矮，但身板很结实。

“这么年轻就结婚啦?”菲利普说。

“我们不得不如此。”

“你工资多少啊?”

“十六先令，先生。”

一周十六先令的工资，要养活妻子和孩子，够紧张的。夫妇俩住的房间表明，他们真是穷得一贫如洗。房间不大不小，看上去却挺大的，因为里面没什么家具，地板上没铺地毯，墙上也没贴任何装饰画。大多数家庭的墙壁上都挂着装饰画，要么是相片，要么是从圣诞特刊画报上剪下来、镶在廉价镜框里的剪贴画。此时此刻，产妇就躺在最廉价的铁板小床上。看到她竟然那么年轻，菲利普不由得吃了一惊。

“我的天，她至多不过十六岁吧?”菲利普对身边的女人说。这个女人是来帮助产妇渡过难关的。

产妇在卡片上写的年纪是十八岁。通常的情况是，碰上女人太年轻，就会多报一两岁。她长得很漂亮，在他们这样的人中间还是相当罕见的。因为这个阶层的人食物质量低劣，呼吸的空气污浊不堪，居住的环境也很不卫生，一般体质都很差，人也长得歪瓜裂枣的。她五官十分清秀精致，大大的蓝眼睛，头发乌黑而浓密，精心梳理成叫卖小贩中很流行的发式。她和丈夫都显得非常紧张。

“你最好在门外等着，需要你时，你可以随叫随到。”菲利普对男人说道。

这时候，菲利普能更清晰地打量他了，为他身上的孩子气吃惊不已，觉得他该是在街上和少年戏耍玩闹的时候，而不是作为父亲焦虑不安地守在门口等待新生儿降临。时间一小时又一小时过去了，直到将近凌晨两点孩子才出世。一切似乎都进展顺利。丈夫被叫进屋来，羞涩而尴尬地吻了吻妻子。

菲利普不由得深受触动，收拾好东西，走之前又摸了摸产妇的脉息。“哎哟!”他不由得惊叫出声，连忙扫了一眼产妇，顿时意识到出事了。碰到危急情况，一定要请高级助产士来处理。他是取得合格资格的医生，这个片区都归他管。菲利普草草写了张便条，把它交给那个男人，吩咐他赶快到医院去。菲利普叮嘱他一定要快，因为他妻子的状况非常危急。男人立即跑了出去。菲利普心急如焚、焦虑不安地等待着，他知道产妇正在大出血，生命危在旦夕。他担心产妇会在上司赶到之前就死去，采取了一切他可以采取的措施来为产妇赢得时间。菲利普迫切希望高级助产士没被叫到其他地方出诊。此时此刻，每一分钟都那么漫长。高级助产士终于赶到了。检查病人时，他压低声音问了菲利普几个问题。菲利普从他的面部表情看出，产妇的情况十分严重。高级助产士名叫钱德勒，是个寡言少语的人，个头挺高，鼻子挺长，瘦瘦的脸上沟壑纵横——就他这个年龄来说，皱纹有点多。他诊断完后直摇头。“从一开始就没有了营救的希望。她丈夫在哪儿?”

“我让他在楼梯上等着。”菲利普答道。

“你最好去叫他进来。”

菲利普打开门，叫男人进来。楼道里黑黢黢的，男人坐在通往下面一层的台阶上。他走到床跟前。“怎么了?”他问道。

“是这样。你妻子内出血，没法控制住。”高级助产士说着，犹豫了一下。因为这种让人痛苦的事总是很难说出口。不过，他还是强迫自己直白地道了出来，“她快要死了。”

男人听后什么也没说，愣愣地站在那儿，双眼凝视着妻子。此时，他妻子仰面躺在床上，脸色苍白，昏迷不醒。

照料产妇的看护插进来说：“这两位先生已经尽力了。哈利，从一开始，我就觉得情况不妙。”

“闭嘴!”钱德勒呵斥道。

窗户上没有挂窗帘，能看到外面的夜色渐渐变淡了，虽未破晓，不过也快了。钱德勒使尽浑身解数去挽留产妇的生命，但生命还是一点一点地从她身上流逝而去。最后，似乎突然之间，她就死了。稚气未脱的丈夫站在廉价铁床的一端，双手扶着床架，一声不吭，脸色惨白。钱德勒不安地瞥了他一两眼，担心他会昏倒，因为他的双唇血色尽失。看护在一旁抽抽噎噎地哭着，显得有点吵，但他丝毫没有注意到她。他的双眼牢牢锁住妻子，眼里尽是迷茫与困惑。他这个样子，让人想起一条根本不知道自己为何遭到毒打的狗。

和菲利普收拾好东西后，钱德勒转身对那个男人说道：“你最好去躺一会儿。我想，你也累垮了。”

“这里没有我可以躺下的床，先生。”那人回答说，声音的谦卑让人听着非常痛心。

“难道在这栋房子里连一个让你临时躺躺的人家也不认识吗?”

“不认识，先生。”

“他俩上周才搬到这儿来，”看护说，“谁也不认识。”

钱德勒颇为尴尬地顿了顿，然后走到那人跟前说：“发生这种不幸，我感到非常难过。”说罢，他伸出自己的手。哈利本能地扫了一眼自己的手，看看是否干净，然后才握住钱德勒伸过来的手。

“谢谢您，先生。”

菲利普也同他握了握手。钱德勒吩咐看护早上去医院领死亡证明书。然后，两人离开那座建筑，默默向前走去。

“初次碰到这种事情，心里总是有点儿难受，是不?”钱德勒终于开口说道。

“是有点儿。”菲利普回答说。

“若是你愿意，我去告诉医院护工，让他今夜就不要再来让你出诊了。”

“反正到了上午八点，我的实习期就结束了。”

“你一共护理了多少名产妇?”

“六十三名。”

“不错，那你可以领到合格证书了。”

来到医院门口，钱德勒进去看看是否有人需要他，菲利普则继续往前走。昨天一整天都非常炎热，即使现在是凌晨时分，空气中还弥漫着一股余温。街上一片寂静。菲利普一点儿也不想上床睡觉。他的工作已经结束，不用那么着急回去休息。他信步向前走去，清新的空气和破晓前的安宁让他心旷神怡。他想一直走到大桥那里，站在桥上观看旭日照在河面的景色。

拐角处一名警察向菲利普问早安，警察根据菲利普手里的黑包知道他是干什么的了。“深更半夜还出诊呀，先生。”警察打招呼说。

菲利普点点头，便走过去了。他倚靠在栏杆上，凝视着远方的晨景。此时此刻，这座大城市就像悄无声息的死城一般。天空没有一丝乌云，因黎明即将来临，星光正渐渐变得黯淡。河面上笼罩着一层薄雾，北岸的一栋栋高楼大厦宛如仙岛上的宫殿。一队驳船停在河流中央，周围的一切似乎都蒙上了一层神秘而怪异的紫罗兰色。不知怎的，这种景象既搅乱了人的心思，又让人敬畏和惊叹。但很快，周围的一切又变得苍白阴冷，还灰蒙蒙的。接着，一轮红日自水面冉冉升起，一缕金光划过天幕，镀上了灿烂的光辉。那死去的姑娘直挺挺地躺在床上，脸色苍白得没有一丝血色，那一脸孩子相的丈夫像受伤的野兽站立在床前——菲利普怎么也无法将这样一幅景象从脑海里驱逐出去。那肮脏而污秽的房间空荡荡的，让悲痛显得更加尖锐而深刻。那姑娘才刚踏入生活，正是含苞待放时，却被偶然的愚蠢事件给摧折了——这是多么残忍啊！然而，心里喃喃自语之时，菲利普又想到假若她活着，又会面临怎样的命运：无非生儿育女，在与贫苦的斗争中过着沉闷而凄凉的生活，直到青春为辛劳所摧毁，最后消失殆尽，沦落为邋里邋遢的中年妇女。菲利普这样想着，仿佛看到她漂亮的脸蛋渐趋消瘦而苍白，满头秀发也将变得稀稀疏疏，纤美的双手也因辛苦劳作变得粗糙丑陋，最后甚至会像衰老的动物爪子一样干瘪。不仅如此，那个孩子相的丈夫一旦过了年富力强的年纪，必将很难找到工作，只得拿着极少的工资尽力苦熬，最后必然落得家徒四壁、一贫如洗的悲惨境地。她或许精力充沛，很能干，懂得节俭，持家有道，勤勉有加，但这些都挽救不了她这一生的结局——她最后要么进济贫院，要么靠子女的怜悯之心度过晚年。既然生活给予她的东西这么少，谁又能因为她的死去而为她惋惜呢？

但惋惜是空洞而毫无意义的。菲利普觉得，这些人并不需要别人来惋惜，他们也不为自己惋惜。他们接受命运，觉得那是再自然不过的。要不然——啊，我的老天爷呀！要不然，他们就会成群结队地蜂拥过泰晤士河，来到高楼林立的北岸——虽然此刻那些大楼都安然无恙地挺立在那里，但要是他们拥了过来，到时就会抢光、烧光，洗劫一空。此时，天亮了，光线柔和而凄清，朦胧的轻盈薄雾将一切都罩上一层淡雅的色彩。泰晤士河面波光粼粼，有的地方呈现灰白色，有的地方荡漾着玫瑰色，还有的地方闪耀着青翠色，灰白色有如珠母贝，青翠色则像黄玫瑰花的花蕊。萨里·赛德公司的码头和仓库挤在一起，虽杂乱无章，倒也别致可爱。面对这幅赏心悦目的美景，菲利普只觉得一颗心狂热得砰砰地跳。他完全为世间的美所陶醉，除此之外，一切都无关紧要。

第一一五章

门诊部冬季学期开学前几周终于被菲利普熬过去了。到了十月份，他便安定下来，开始按部就班地学习。离开医院时间太长了，此时重回，突然发现自己在新来的学生中间显得非常突兀。不同年龄阶段的人之间很少来往，而菲利普当年的同窗现在大多已取得行医资格：有的离开了圣卢克医院，在乡村医院或某个学校的医务室当助手或医生；有的则在圣卢克医院任职。休整了两年，菲利普觉得神清气爽，想着这下可以精神抖擞地大干一番了。

阿特尔涅一家都为他的时来运转感到高兴。菲利普从大伯的遗物里挑出几件东西留着未卖，而是将它们作为礼物给阿特尔涅一家每人送了一件。他将原来属于伯母的一条金链送给了莎莉。莎莉已经长成了大姑娘，给一位裁缝当学徒工，每天早晨八点就得去位于摄政大街的店铺干活，一干就是一整天。她长着一双清亮真诚的蓝眼睛，额头很宽，一头浓密的秀发散发出靓丽的光彩。她体态丰腴健美，臀部宽大，胸脯饱满。为此，好议论她仪表的父亲不断提醒她千万不要发胖。她身体健康，性感迷人，富于女性美，很招人喜欢。她有许多钦慕者，都因她毫不动心而悻悻离去。她给人这样一种印象：在她看来，男女之间的性爱行为荒谬至极。不难想象，追逐她的年轻人会觉得莎莉可望而不可及。她年纪不大，却老成稳重。她一向帮着阿特尔涅太太料理家务，照顾弟妹，久而久之，养成了管家婆的仪态。这让她的母亲嗔怪她有点儿独断，喜欢事事都要按照她的心意来。她并不怎么说话，而且随着年龄的增长，似乎养成了恬静的幽默感。有时候，她也会出其不意地漏出一两句——由此看来，她虽然表面冷若冰霜，内心却像火山一样悄悄冒着泡泡，对同胞生出了兴趣。菲利普觉得，自己从未和她建立起亲密的关系，和阿特尔涅这一大家子里的其他人却亲密无间。有时候，她那种无动于衷的冷淡态度让菲利普微微感到恼怒。她身上带着一种谜一样的神秘气息，让人捉摸不透。

当菲利普把金链送给莎莉时，阿特尔涅以他惯有的兴高采烈的方式，坚持要莎莉以亲吻来感谢菲利普。莎莉被她爸爸搞得面红耳赤，身子连连后退。“不，我可不要吻人家。”莎莉说。

“不懂得感恩的淘气小蹄子！”阿特尔涅嚷道，“为什么不吻？”

“我不喜欢被男人吻。”莎莉回答说。

菲利普瞧出来她很尴尬，虽然觉得颇为有趣，但还是想法把阿特尔涅的注意力转移到了。要做到这一点，可以说轻而易举。不过，阿特尔涅太太后来显然在莎莉面前有过评说，因为菲利普再去时，莎莉抓住两人单独相处的机会重提前事了：“上周我不愿意吻你，你不会因此觉得我讨厌吧？”

“怎么可能呢！”菲利普哈哈大笑。

“这并非我不领情。”当她说出事先准备好的中规中矩的礼节性言语时，不禁微微涨红了脸，“我将永远珍惜这条项链，非常感谢你把它送给了我。”

菲利普总觉得和她说话有点困难。对必须要完成的活计，她手脚麻利，非常能干，可就是觉得似乎没必要和人说话似的。不过，她并不是为人孤僻，不合群。某个礼拜天的下午，阿特尔涅夫妇一道外出了，菲利普——已被视为家庭一员——正坐在客厅看书。这时，莎莉走了过来，坐在窗前做针线活儿。这家人女孩子的衣服都是自家做的，因而莎莉不可能无所事事地白白度过礼拜天。菲利普觉得她似乎是想聊天，便放下了书。

“继续看你的书！”莎莉说，“我只是觉得你独自一人坐在这里可能有点寂寞，便过来坐着陪你。”

“你是我见过的最不爱说话的人。”菲利普说。

“这个家里可不需要再多个饶舌的人。”她说。语调里没有丝毫讥讽，只在陈述一个事实。

不过，菲利普听后觉得，在莎莉看来——天啊——父亲再也不是她童年时代心目中了不起的英雄形象了！她常将父亲娱乐人的夸夸其谈和他不知节俭而每每致使全家陷入困境的行为联系在一起，将他的豪言壮语和母亲注重实际的生活常识作比较。虽然觉得父亲活跃的欢快劲儿挺有趣，有时也感到不耐烦。她埋头做针线活的时候，菲利普目不转睛地打量她，她身体健康，结实，匀称。她要是站在店铺那群胸部平平、脸上毫无血色的姑娘们中间，一定非常奇特。米尔德里德就患有贫血症。

过了一段时间，像是有人向莎莉求婚了。她偶尔也同店铺里认识的朋友外出。就是在这样的外出里，她遇上了一个年轻人。他在一家生意非常好的公司当电气工程师，是个再合适不过的金龟婿了。一天，她告诉母亲，说那个电气工程师请她嫁给他。

“你是怎么说的呢?”她母亲问道。

“噢，我跟他说，我目前并不急着结婚。”莎莉顿了一下，她思考问题时习惯如此，“后来看到他伤心的样子，我便和他说可以在礼拜天来我家喝茶。”

这种场景可是阿特尔涅大感兴趣的。为了扮好年轻人的岳父这一重要角色，他排练了整整一下午，直到把孩子笑得前仰后合，不能自已。排练刚结束不久，阿特尔涅翻箱倒柜，找出一顶土耳其帽子，坚持要把它戴在头上。

“看你瞎胡闹，阿特尔涅!”阿特尔涅太太说。这天她穿上了最好的服装，是黑天鹅绒质地的。由于这几年她越来越胖，衣服穿在身上非常紧。“你这样要把女儿的机会给搅黄的。”她拼命想把帽子扯下来，可那个矮个子男人每次都能敏捷地躲开。

“放开我吧，女人!说什么也甭想把这顶帽子摘下来。得让年轻人跨进门的那一刻就知道，他意欲走进的这一家可不是普通人家。”

“让他戴着吧，妈妈!”莎莉用她平静而漫不经心的语调说道，“如果唐纳森先生对接待他的方式不满意，大可以走他的路，再也别来了嘛。”

菲利普觉得，那个年轻人正面临严峻考验。阿特尔涅穿着一件棕色的天鹅绒上衣，系了一条线条平滑的黑领带，头上戴着一顶鲜红的土耳其帽子。这身打扮叫那位不谙事故的天真的电气工程师看了，非得大吃一惊不可。年轻人一到，就受到男主人那西班牙大公般的高傲礼仪所欢迎，而阿特尔涅太太接待他的方式朴实无华，十分亲切自然。他们坐的高背椅像是给修道士准备的，很坚硬，面前摆放的桌子则是古老的熨衣桌。阿特尔涅太太从一把虹彩瓷茶壶里倒茶，招待客人。这把茶壶给眼下的欢乐气氛蒙上了一层英格兰乡村色彩。她亲手做了些小糕点，桌子上还摆着自家酿制的果酱。这是一个带有乡村色彩的茶话会。对菲利普来说，在这栋具有詹姆士一世时期风格的房子里举行这样的茶话会，不仅古雅，而且趣味盎然。阿特尔涅出于某个异想天开的荒诞理由，开始大谈特谈拜占廷的历史。他一直在研读《罗马帝国衰亡史》① 这部巨著的后几卷。此刻，他像演戏似的翘起食指，直往那位早已给惊得目瞪口呆的求婚者耳朵里灌输有关狄奥多拉和艾琳②的丑闻。他像演讲似的对客人侃侃而谈，言辞浮夸，滔滔不绝；年轻人则陷入了无可奈何的窘迫境地，一句话也插不上，只得沉默不语地听着，不时地点点头，表示他对主人说的话很感兴趣。阿特尔涅太太却对索普的夸夸其谈不以为然，不时打断他，给年轻人倒茶，一个劲儿地劝他多用些糕点和果酱。菲利普打量着莎莉，只见她眉眼低垂地坐在那里，镇静自若，沉默不语，若有所思。她那长长的睫毛，在面颊上投下一道迷人的暗影。谁也分辨不出她是否觉得这个场面有趣，或者她是否喜欢那个年轻人。她带着一种莫测高深的神秘，让人难以捉摸。但有一件事是可以肯定的：电气工程师相貌堂堂，脸上刮得干干净净，长着一头金发。他五官端正，一张脸真诚坦率，十分讨人喜欢。他身材欣长，体态匀称。菲利普不禁觉得，他将成为莎莉理想的配偶。想到这两人将步入怎样幸福的生活，菲利普心中不由泛起一股妒意。

过了一会儿，追求者起身说他该告辞了。莎莉一声不吭地站了起来，默默送他到门口。当她回到客厅时，父亲突然大声嚷道：“嘿，

---

①《罗马帝国衰亡史》是英国历史学家爱德华·吉本（Edward Gibbon, 1737－1794）编写的巨著，共有六卷，记述了五贤帝时期到东罗马帝国灭亡期间的历史。

② 狄奥多拉（500－548），拜占廷帝国皇后，查世丁尼一世皇帝之妻。艾琳（752－805），拜占廷伊苏里亚朝女皇，后为拜占廷皇帝利奥四世之妻。

莎莉，我们觉得你那个年轻人非常不错，准备欢迎他成为我们家的一员。请教堂公布结婚预告吧，到时候我定要谱写一首婚礼进行曲。”

莎莉没有接父亲的腔，而是默默地收拾茶具。突然，她猛地抬头迅速瞟了一眼菲利普。“菲利普先生，你觉得他如何?”她一直拒绝像弟妹那样称呼他为“菲尔叔叔”，又不愿直接唤他“菲利普”。

“我觉得你们俩是天造地设的一对。”

莎莉又迅速瞟了他一眼，脸上浮起一层淡淡的红晕，连忙埋头干她的活去了。

“我觉得他是个非常和善、谈吐文雅的年轻人。”阿特尔涅太太发表意见说，“他就是那种不管哪个女孩嫁给她，他都能给予人家幸福的男人。”

莎莉沉默了一两分钟。菲利普不由得好奇地打量她，觉得她此时的沉默可能有两种解释：一是可能在细细思量母亲刚才说的话；二是可能正在想着意中人。

“我在跟你说话，你怎么能不理不睬呢，莎莉?”她母亲有点愠怒地斥道。

“我觉得他是个大傻瓜。”

“这么说，你是不想接受他了?”

“不，不想。”

“我真不知道你的要求究竟有多高。”阿特尔涅太太说，话语里的意思显然表明她现在很不高兴，“他是个很正派的年轻人，能给你提供一个颇为舒适的家。没有了你，我们这里也还有一大家子要养活呢。你能有这么个好机会，若不抓住它，真是太暴殄天物了。何况我敢说，你兴许还能雇个女佣给你干粗活呢。”

菲利普过去从未听到阿特尔涅太太这样直截了当地谈论生活的艰辛。他这才明白，要养活一个孩子，还要为孩子今后的幸福操心，是多么沉重的一副担子啊！

“你再怎么说也没用，妈妈。”莎莉以平和的语气说道，“我不会嫁给他的。”

“我觉得你是个残酷自私的硬心肠姑娘。”

“妈妈，如果你想我自己挣钱养活自己，那我随时随地都可以出去当佣人。”

“别说傻话，你知道你父亲绝不允许你那样做的。”

菲利普猛地撞到莎莉的目光，觉得她的眼神里闪烁着一丝愉悦的笑意。菲利普不由得暗自思忖，刚才那番谈话究竟哪点触动了她的幽默感。她真是个让人难以捉摸的古怪姑娘。

第一一六章

在圣卢克医院的最后一年里，菲利普不得不刻苦攻读。他对生活感到心满意足，觉得自己不再为爱情所困，获得了心灵的自由，还有足够的金钱来满足生活需求，真是让人非常惬意。他听到有人以轻蔑的口吻谈论金钱，不由得怀疑他们是否真的尝过家徒四壁、清灰冷灶的滋味。他深深体会到，贫穷会让人变得琐碎小气、吝啬残忍和贪婪无度，还会扭曲一个人的性格，让他以非常粗鄙庸俗的观点来看待世界。当一个人不得不掂量每一便士的分量时，金钱就会变得异乎寻常的重要——人需要具备适当衡量金钱的价值的能力。菲利普过着离群索居的生活，除了去看望阿特尔涅一家人，谁也不见，但他并不因此感到孤寂。他脑子里忙着为将来的人生做出种种打算，有时也回味一下昔日的岁月。回想昔年光景时，他间或也会怀念当时的老友，但并没有去看望他们。他很想知道诺拉·内斯比特目前过着怎样的生活。现在她已经是姓着夫姓的诺拉了，但菲利普就是想不起来当年要和她结婚的男人的姓名来。他为自己能够认识诺拉而感到由衷的高兴，因为她是个良善而勇敢的可人儿。一天晚上，大约十一点半，菲利普看到劳森正走在皮卡迪利大街上。他身穿晚礼服，说不定刚从剧院出来，准备回到寓所去。菲利普一时感情冲动，迅速闪进旁边一条小巷。他已两年没和劳森见面了，觉得现在再也无法恢复那业已中断了的友情。何况，他和劳森彼此也没什么话要和对方说。菲利普不再对艺术感兴趣。在他看来，现在的他要比少年时期的他更能领略到美，而艺术在他眼里已变得无关紧要。他满心满意地想要从纷繁复杂的生活中绘制出一幅人生的图案，而他用来绘制人生图案的材料似乎使得他先前对颜料和辞藻的考虑微不足道。劳森已经扮演完了他的角色。在菲利普煞费苦心绘制的这幅图案里，他和劳森的友谊正是图案设计中的一个主题。无视画家再也引不起他兴趣的事实，纯粹是由于情感上的缘故。

有时候，菲利普也会想起米尔德里德。他故意不走有可能碰见她的那几条街道。偶尔出于好奇心，或出于某种他不愿意承认的深层次的情感，就在他认为米尔德里德很可能会出现在皮卡迪利大街或摄政大街的时段里，在那里逡巡和徘徊。这种时候，他到底是渴望见到她还是害怕见到她，就连他自己也不明所以。有一次，他看到一个很像米尔德里德的背影。有那么一会儿，还真以为那就是米尔德里德。顿时，他的心中升起一股不可思议的古怪情感。那是一种莫可名状的剧烈心痛感，还夹杂着恐惧和令人作呕的惊愕与不安。他连忙三步并作两步赶上前去，却发现认错了人。此时，他感受到的究竟是大失所望还是如释重负，连他自己都说不清楚。

八月初，菲利普通过了最后一门考试——外科学的考试，获得了毕业证书。他在圣卢克医院前前后后共待了七年，年纪快近三十岁了。证明他已取得行医资格的毕业文凭被卷成卷儿拿在手里，迈下皇家外科学院的阶梯时，他心里激荡着满意之情。“现在我才真正开始步入生活。”他默默地想。

第二天，他上干事办公室登记姓名，等候分配医院职位。干事是个讨人喜欢的矮个子男人，蓄着一撮黑胡须，菲利普觉得他总是和蔼可亲。干事对菲利普的成功表示祝贺之后，才说道：“不知道你是否愿意去南部海滨当一个月的临时代理医生？薪水为每周三个几尼，还提供食宿。”

“我不介意试试。”菲利普说。

“在多塞特郡①的法恩利。那里有个索斯大夫。你马上就得去，索斯大夫的助手闹别扭走了。我想，那是个宜人的好地方。”

干事言谈间的神情让菲利普心生狐疑，觉得事情有点蹊跷。“究竟是谁挑剔谁啊?”菲利普问道。

干事犹豫了片刻，然后带着一种安抚的神情笑着说道：“好吧，事实是这样的：我知道他是个相当执拗易怒、滑稽有趣的老头儿。相关机构都不愿给他派助手去了。他是个直筒子，说话直来直去，而人们就不喜欢这样的人。”

“那你觉得他会对一个刚取得行医资格的人满意吗？毕竟，我可是没有丝毫经验的新手啊!”

“能有你当助手，他应该感到庆幸才是。”干事耍起了外交辞令。

菲利普考虑了一会儿。他最近几周都没有什么事可干，若是有机会去赚几个钱，何乐而不为呢？他可以把这些钱积攒起来，用作去西班牙度假的旅费。他曾跟自己许诺，只要完成在圣卢克医院的学业就

① 位于英格兰南部。

去度假。倘若圣卢克医院不肯给他安排什么职位，他还可以去别的医院找工作的嘛。“好吧，我去。”

“你若是愿意，今天下午就必须动身。你觉得这个时间方便吗？若是方便，我这就去发电报。”

菲利普本想留几天给自己稍作安排，可转念一想，他昨天晚上才去看过阿特尔涅一家（他一通过考试，就去向他们报告了），因此根本没有不马上动身赴任的理由。他要收拾的行李不多。当天晚上刚过七点，他就走出了法恩利火车站，叫了辆马车直奔索斯大夫的诊所。那是一栋宽阔而低矮的灰泥房子，墙上爬满了五叶地锦。他被领进门诊室，有个老头儿正在伏案工作。女仆把菲利普领进来，老头儿抬起了头，没有起身，也没有说话，而是双眼瞪着菲利普。

菲利普不由得吃了一惊。“我想，您是在等我吧。”菲利普开口招呼说，“圣卢克医院的干事今天上午应该给您拍了电报。”

“我将晚饭推迟了半个小时。你想洗澡吗？”

“好的。”菲利普答话说。

索斯大夫的古怪脾气让菲利普觉得挺有趣的。此时，大夫已站了起来。菲利普发觉面前的老头儿中等个子，瘦瘦干干的，满头银发剪得很短，一张长嘴抿得紧紧的，看上去像是没长嘴唇似的。他蓄着一小撮连鬓胡，胡须是银白色的，脸上其他地方刮得干干净净。他的下巴给人一种坚毅感，再加上连鬓胡须一衬托，更显得脸方方正正的。他身穿一套棕色的苏格兰呢制服，还系了条白色硬领巾。衣服松松垮垮地挂在身上，就好像它原本是给某个身材更为魁梧的人做的。他看上去活像十九世纪中期很受尊敬的农民。此时，他打开了门。“那儿是餐厅。”他指着对面的门说，“你的卧室就在楼梯平台处第一扇门那里。洗完澡，就下楼来吃晚饭。”

吃晚饭的时候，菲利普注意到索斯大夫正在打量自己。大夫很少说话，菲利普觉得他并不想听助手瞎扯。

“你什么时候取得行医资格的？”索斯大夫突然发问。

“昨天。”

“上过大学吗？”

“没有。”

“去年，我的助手外出度假时，他们给我派了一位大学生来。我告诉他们以后可别这样干了。大学生一副高高在上的绅士派头，我可消受不起。”

接着，又是一阵沉默。晚饭虽然简单，但可口。菲利普表面沉着镇静，内心却波涛汹涌，异常兴奋。能当上临时代理医生，让他无比振奋。他顿时觉得成熟了许多，真想像疯子似的狂笑一番，但又没什么特别值得笑的地方。他越是想着当医生要严肃稳重，就越是想咯咯大笑。

索斯大夫突然发问，打断了他的思路。“你多大了？”

“快三十了。”

“那你怎么取得行医资格的呢？”

“我将近二十三岁才开始学医，中间还不得不中断了两年。”

“为什么？”

“穷呗。”

索斯大夫神情古怪地瞟了他一眼，又陷入了沉默。吃完晚饭后，他从桌旁站起身来。“你知道在这里行医是怎么回事吗？”

“不知道。”

“主要是给渔民和家属看病。我负责工会和渔民的医院。过去这里就我一个大夫，不过后来他们想方设法把这里改造成时髦的海边休假胜地，又来了一位医生，在山崖上开了家医院。于是，条件优越的人都上他那儿去看病，只有请不起大夫的人才上我这儿来。”

菲利普看得出来，和医生之间的竞争是这老头心中的一根刺。

“您知道，我没有任何行医经验。”菲利普说。

“你，你们这种人，什么事都不懂。”索斯大夫说完这句话，便扔下菲利普，独自走出了餐厅。

女仆走进来收拾餐具时对菲利普说，索斯大夫每天晚上六点到七点要去看病人。这天晚上工作结束后，菲利普从卧室拿出一本书，点燃烟斗，便看了起来。这种消遣让他身心大为舒坦。近几个月来，除了看些医学书籍，他什么书都没看。十点钟的时候，索斯大夫走了进来，两眼盯着菲利普看。菲利普看书的时候最讨厌把脚放在地上，此时，他双脚正搁在拽过来的一把椅子上。

“看来你这个人还挺会享福的嘛。”索斯大夫说话时脸上的严肃神情显得阴森可憎。若不是菲利普兴致正高，准会气得跳脚的。

菲利普答话时眨了眨眼睛：“你有什么反对的吗?”

索斯大夫瞪了他一眼，并没有直接回答他的问题。“你看的是什么书?”

“斯摩莱特写的《皮克尔历险记》①。”

“碰巧我还知道斯摩莱特写了本《皮克尔历险记》。”

“对不起，请问，是不是医生都对文学不怎么感兴趣?”

菲利普把书放在桌上，索斯大夫顺手把它拿了起来。这是布莱克斯达布尔牧师藏书中的一卷。书很薄，装帧用的摩洛哥皮革已褪色，卷首插画是铜板刻印的。书页因年代久远而散发出一股霉味，上面还有点点霉斑。索斯大夫拿起书的时候，菲利普无意识地身子前倾，眼里流露出一丝笑意。不过，他的神态举止没能逃过索斯大

---

① 托比亚斯·斯摩莱特（1721－1771），18世纪英国多产作家。《皮克尔历险记》是其长篇小说之一。

夫的眼睛。

“你是不是觉得我很好笑?”他冷冰冰地问道。

“我想你一定挺喜欢看书的。只要看一个人拿书的方式和动作，就知道他喜不喜欢看书。”

索斯大夫立即把书放回到桌上。“八点半吃早饭。”说罢，就离开了房间。

“多么有趣的老头子!”菲利普心里想。

菲利普很快就察觉出了为什么索斯大夫的助手觉得他难以相处。首先，他对医学界近三十年来的所有新发现都表示强烈反对。有些药物因疗效神奇而风行一时，结果不出几年就被弃之不用了。索斯大夫可受不了这种情形。他曾在圣卢克医院当过学生，走出医院大门时随身带了几种普通的混合药剂配方。他就靠这几味药行了一辈子的医，且发现这几味药和近年来花样繁多的时新药品一样灵验。索斯大夫竟对无菌疗法表示怀疑，不过因为公众普遍赞同才勉强接受。这一发现让菲利普大吃一惊。这位大夫所采取的预防措施是菲利普所熟知的——菲利普知道，医院在采取这些预防措施方面小心翼翼，严格执行；大夫的态度却让人想起和孩子玩大兵游戏的成年人所持的态度——虽然鄙视不已，却耐着性子去接受。

“我曾亲眼见证抗菌剂的问世并以压倒性的胜利取代之前的一切药物，可后来又怎样呢?无菌疗法取而代之!真是鬼把戏连连!”

原来派来的年轻人只熟悉大医院的行医做法，且在大医院气氛的潜移默化之下，对一般诊所医生总是毫不掩饰地流露出不屑一顾的神气。然而，他们只在大医院病房见识过疑难杂症是怎么处理的；虽然知道怎么治疗晦涩难缠的肾脏疾病，却在碰到病人伤风感冒、头疼脑热时不知道如何应付。他们所懂的不过是书本上的理论知识，却自以为是，目中无人。索斯大夫双唇紧闭，默默盯着他们，一有机会便肆意出他们的丑，表明他们是多么的无知和幼稚，是多么的狂妄自负，又是多么的有失公允，并以此为乐。这里主要给渔民看病，赚不了几个钱，而且医生都是自己配制药剂。有一次，索斯大夫问助手，若是给渔民配制治疗胃疼的药剂，里面一半都是贵重药物，诊所还怎么维持下去呢。他还抱怨年轻助手缺乏修养，只读《体坛新闻》和《大英医学杂志》，别的就什么也不读了，还有写的字不仅难以辨认，还常常有拼写错误。有那么两三天，索斯大夫密切盯着菲利普的一举一动，只要逮住机会就言辞辛辣而刻薄地挖苦他一番。意识到这一点，菲利普便安安静静地埋首工作，心里却暗暗觉得好笑。菲利普对职业上的这种变化感到非常高兴，他喜欢独立自主的感觉，也喜欢被人依靠与信赖的感觉。来到门诊部的人各种各样。他内心无比满足与高兴，他似乎能激起病人的信心，帮助他们与病魔作斗争。他对能近距离观看诊疗全过程而感到非常愉快。若是在大医院，他就只能站在远处伸长脖子瞧。他常常出诊，得以经常出入低矮的农舍，看到里面摆着钓鱼用具、船帆，这里或那里放着远洋航行带来的纪念品，比如日本产的漆盒啦，马来西亚的长矛和船桨啦，或从伊斯坦布尔集市买来的匕首啦，诸如此类的小玩意儿。在那一间间闷热不通风的小房子里，弥漫着一股浪漫的气息，还有大海的咸味带来的辛辣而清新的气息。菲利普喜欢和水手们在一起聊天，而当水手们发现他并不自恃高人一等时，便滔滔不绝地把年轻时远航的奇闻妙事讲给他听。

有一两次，菲利普在诊疗上犯了错误。他从没见过麻疹是什么样子的，一个出疹子的病人竟被他误诊为原因不明的皮肤病。还有那么一两次，他对于诊疗的想法正好和索斯大夫的背道而驰。第一次发生这种事时，索斯大夫言辞犀利地把他讽刺了一番，而菲利普却颇为好心地在一旁听着。菲利普本善于巧辩与智驳，在索斯大夫说教时回了一两句嘴，使得正在数落他的索斯大夫蓦地愣住了，满脸惊异神色地打量他。菲利普脸上虽是虚心受教的严肃神情，眼睛里却闪烁着狡黠之光。老先生不由得认为，菲利普这是在逗弄他。以往，助手们讨厌他，惧怕他，他早已习以为常，但菲利普这样的态度他倒是平生第一次见。他真想痛痛快快地把菲利普大骂一顿，最好骂个狗血喷头，然后请他卷铺盖乘下一班列车滚蛋。他之前就是这样对待那些助手的。可他内心惴惴不安，觉得自己若要那样做，菲利普肯定会直截了当地当面奚落他一顿。他这样想着，想着，忽然觉得眼前这事儿还挺有趣的。于是，他嘴角勉强挤出一丝微笑，转身走了。过了一段时间，他渐渐意识到，菲利普是有计划、有步骤地拿他寻开心。起初他大吃一惊，可没过多一会儿也就释然自乐了。

“死小子真是厚颜无耻!”他暗自笑着，“死小子真是厚颜无耻!”

第一一七章

菲利普写信告诉阿特尔涅，说他正在多塞特郡当临时代理医生。没过多久，他就收到了回信。他还是一贯的言谈方式，拿腔捏调，把信写得礼貌有加，措辞浮夸而华丽，宛如一顶镶满珍贵宝石的波斯王冠。一手黑花体字，龙飞凤舞，虽然很难辨认，他却为能写出这样的字体而引以为傲。在信里，阿特尔涅建议菲利普去肯特郡他每年都要去的蛇麻草场和他及家人欢聚。为了说服菲利普，他还在信里就菲利普的心灵和弯弯曲曲的蛇麻草卷须，做了一大堆既优美动人又纷繁复杂的描绘。菲利普立即回了信，说一有空就会到那儿去。虽然菲利普并非出生在那儿，却对萨尼特岛①怀有特殊的情感。想到自己即将回到大地母亲的怀抱，在蔚蓝的天空下惬意地享受两周的大自然生活，菲利普觉得自己仿佛来到了阿卡狄②的橄榄林，徜徉在田园牧歌式的诗情画意中，不由得热血澎湃，内心燃起火一般的激情。

时光似箭，菲利普在法恩利当临时代理医生的四周时间过得很快。临海的山崖上，一座新兴城镇拔地而起，一栋栋红砖别墅排列得整整齐齐，环抱着高尔夫球场。一家大酒店刚刚落成开张，以满足蜂拥而来的夏季观光客的需求。但菲利普很少到那儿去。山崖下面靠近港口处，上世纪遗留下来的小石头房子虽然杂乱无章地挤在一起，却也有其独特的韵味美。那一条条狭窄的街道，虽然上下起伏坡度挺大，却有一种引发人无限遐思的古色古香的风味。水边立着一座座整洁的农舍，屋前都有一个小巧玲珑的花园，修剪得异常漂亮。里面不是住着业已退休的商船船长，就是住着靠海为生的母亲和寡妇。这些农舍都散发着古朴而宁静的气息。小小的港口停泊着来自西班牙和法国勒旺岛的不定期货船，都是小吨位的。随着带有浪漫传奇色彩的海风，一只只帆船徐徐驶进港口。眼前的这番景致，使得菲利普想起了布莱克斯达布尔那脏兮兮的小港口，里面充斥着运煤船。他想，就是那小小的港口让他第一次萌发了出海游览的渴望，想要一睹东方诸国和热带海洋上阳光岛屿的风采。而这种渴望现在已变成执念。然而，只有在这儿，你才会感觉到自己比在北海边更加贴近浩瀚而深邃的海洋。在北海边，你似乎总觉得视野受到限制。在这里，当你眺望那广袤无垠的宁静洋面时，可以长舒一口气。还有那温和的西风，那带着英格兰风味的轻柔咸风，让你的心有如飞在云端一般意气风发，更像

① 英格兰肯特郡东北角的一个小岛。
② 古希腊的一部分，常在牧歌中作为理想牧人的家乡而出现。

云一样柔软得不可思议，仿佛能柔成一汪水。

一天晚上，那是菲利普在索斯大夫身边工作的最后一周，一个孩子突然来敲诊所的门。彼时，老大夫和菲利普正在配制药剂。来人是一个衣衫破烂的小女孩，脸上脏兮兮的，赤着一双脚。菲利普应声打开门。

“求求你，先生，能立刻去艾维巷的弗莱彻太太家吗？”

“弗莱彻太太怎么了？”索斯大夫操着他那刺耳的嗓音问道。

可小女孩根本没理睬他，还是继续对菲利普说道：“求求你，先生！弗莱彻太太的小儿子出事了，您能立即赶去看看吗？”

“去告诉弗莱彻太太，说我马上就去。”索斯大夫大声说道。

小女孩犹豫着，把一根脏兮兮的手指塞进嘴巴里（嘴边也是脏兮兮的），目不转睛地盯着菲利普。

“怎么了，孩子？”菲利普微笑着问。

“求求你，先生！弗莱彻太太说让新来的大夫去。”

药房里传来一阵声响，索斯大夫随即从里面出来，来到过道上。“难道弗莱彻太太对我不满意吗？”他咆哮道，“打她出生那天起，就一直由我给她看病。为什么现在给她那个小臭崽子看病，我就不行了呢？”

有那么一会儿，小女孩看上去像是要哭的样子，但转念似乎想出了更好的主意，故意朝索斯大夫吐了吐舌头。他还未从震惊中反应过来，她就一溜烟地跑掉了。菲利普看得出来，老先生这下可给气得冒烟了。

“你看上去似乎累坏了。再说，从这里走到艾维巷可不近呢。”菲利普这样说，是想给老大夫一个台阶下，让他就别争着要去了。

索斯大夫瓮声瓮气地骂着：“这点儿路，跟只有一只脚正常的人相比，对双脚正常的人来说近得多呢。”

菲利普猛地涨红了脸，好一会儿站在那儿一声不吭。“你是想叫我去呢，还是你自己去？”菲利普最后冷冷地问了一句。

“我去有什么用？他们要的是你！”

菲利普拿起帽子，出去看病人了。回来时都快八点了，索斯大夫正背对着壁炉站在餐厅。“你去的时间还挺长啊。”索斯大夫说。

“对不起。你为什么不先开吃呢？”

“因为我选择等你回来。你出去这么久，难道都是待在弗莱彻太太家吗？”

“不，并没有一直待在弗莱彻太太家。回来的路上，我停下来观赏了一下落日。不知不觉，时间竟然过得那么快。”

索斯大夫没有吭声。此时，女仆给两人端来了一些烤的小海鱼。菲利普正吃得津津有味，索斯大夫突然丢给他一个问题。“你为什么要去观赏落日？”

菲利普嘴里塞满了食物，只得含糊不清地回答：“因为我心情好。”

索斯大夫神情古怪地瞪了菲利普一眼，一丝笑意隐隐闪过倦怠的老脸。接下来，他们一声不响地吃着饭。然而，当女仆给他们倒上红葡萄酒离开后，索斯大夫把身子往后一靠，犀利的眼神定定地凝视着菲利普。“年轻人，刚才我提到你的跛足，让你心生不快了吧？”

“人们生我气的时候，总是直接或间接提到我的跛足。”

“我想，正因为他们知道这是你的脆弱之处才这么说的。”

菲利普面朝老大夫，满眼冷静地望着他。“发现了这一点，是不是让你很高兴？”

索斯大夫没有回答，只是嘲讽地笑了几声。他们就这样大眼瞪小眼地坐了一会儿。接着，索斯大夫说的话倒让菲利普不胜惊愕。“你为什么不留在这里？我可以把闹别扭的该死蠢货给撵了。”

“非常感谢你的好意。不过，我希望今年秋天能在圣卢克医院谋个职位。这对我以后谋求其他工作有很大好处。”

“我的意思是跟你合伙开这家诊所。”索斯大夫粗暴地说。

“为什么?”菲利普惊讶地问道。

“这里的人似乎挺喜欢你留下来。”

“我还以为你绝不会同意这种事呢。”菲利普干巴巴地说。

“我行医都四十年了，难道你觉得我还在乎人们喜欢我的助手还是喜欢我吗？不，朋友，我可一点儿也不在乎。病人和我之间没什么感情可言，我并不指望他们对我感恩戴德，我只要他们付我的医疗费就行了。嗯，对我刚才说的事，你有什么想法?”

菲利普没有立即答话，倒不是因为他正在思考老大夫的提议，而是因为他惊诧不已。竟然会有人主动邀请一个初出茅庐的行医新手合伙开办诊所，这显然太过异乎寻常了。菲利普惊奇地意识到，索斯大夫这是喜欢自己才这么提议的，虽然打死他也不会这么说的。他想，要是把这事告诉圣卢克医院的干事，不知他会不会大惊失色。

“在这儿给人看病一年可收入七百镑。我俩可以估算一下你要参与多少股份，然后你可以逐步偿还给我本金。我死后，你来继承我的位子。你至少得花两三年时间去各家医院谋求职位，然后才能带助手，直到你有钱开诊所。我想，我现在的提议可要比那好得多。”

菲利普深知，像这样的机会对于他那个行业里的大多数人来说都求之不得。他知道，医生这一行已人满为患。虽然索斯大夫诊所的资产并不多么丰厚，但菲利普知道，起码自己认识的人中有一半会感激涕零地接受老大夫的这一提议。

“非常对不起，我不能接受你的好意。”菲利普终于开口说道，“接受你的提议，意味着我要放弃多年以来追求的一切。虽然我遭受过这样或那样的不幸，但自始至终都有一个梦想在支撑着我。那就是取得行医资格，以便周游世界。现在，我每天早晨醒来，骨头酸痛，像是在催促我快点动身。至于究竟要到什么地方去，我并不怎么在意。只要离开这里，去往那些我从未去过的地方就行。”

现在看来，似乎离这个目标越来越近了。他在圣卢克医院的任职到下年年中就可以结束。到时，他就可以去西班牙。以他目前的资金能力，可以在那边待上几个月，在那个对他来说充满浪漫传奇色彩的国度到处漫游。然后，他就乘船远涉重洋，到东方去。人生的道路还长着呢，还有很多时间可供他支配。只要他愿意，就可以花上几年时间到人迹罕至的地方，在陌生的人群中到处漫游。而在那些地方，人们的生活方式兴许不可思议而又古怪离奇。他不知道自己要寻求什么，也不知道旅行会给他带来什么，但他心中有一种感觉，将会通过旅行了解到生活中更多新颖离奇的事，并为那始终未曾真正解决的奥秘找到些许线索——虽然他自以为解开了有关地毯的生活奥秘，却渐渐发现生活的奥秘更加神秘莫测。就算最后他什么也找不到，至少可以减轻那日夜啃噬他心灵的焦躁与不安。然而，索斯大夫送出的却是一份厚厚的心意。若是不给出充分恰当的理由而断然拒绝，未免有点不知好歹。于是，菲利普照例红着脸，虽然内里羞涩忸怩，却极力装出郑重其事的样子，努力向索斯大夫解释他要完成多年来一直珍藏在心中的宏愿是多么重要。

索斯大夫静静地听着，精明而狡猾的老眼渐渐浮起一层柔色。在菲利普看来，索斯大夫并没有强迫他接受自己的好意，显得格外仁慈厚道。因为善行通常带有强制性，让人不得不接受。索斯大夫似乎认为菲利普的理由还挺有道理的，便不再谈论这一话题，转而讲起了他青年时代的经历。他曾在皇家海军当过兵，这段经历使他和大海结下了不解之缘。最后退役时，便定居到法恩利。他给菲利普讲述了昔年在太平洋航行的情景，以及在中国的冒险经历。他参加过镇压婆罗洲①的远征，到过当时还是独立国家的萨摩亚②，还去过珊瑚岛。菲利普听得入迷。他一点一点地将自己的人生经历告诉了菲利普。索斯大夫是个鳏夫，妻子早在三十年前亡故了，女儿则嫁给了罗得西亚的农民。他和女婿大吵了一架，女儿一气之下已有十年没回英国。如此一来，他就跟不曾结婚生子一样，孤身一人，茕茕孑立。他脾气暴躁，不过是用来掩饰其人生彻底幻灭的保护套。在菲利普看来，索斯大夫一方面是在等待死神的降临，但并不是带着不耐烦的心理，而是带着憎恶的心理；另一方面他讨厌变老，难以适应变老的种种限制，因而又觉得死亡是脱离人生苦海的唯一办法——看着他这样纠结挣扎，真是让人觉得悲怆。他与女婿的争吵，女儿站在了丈夫那边，所以她的孩子他一个也没见过。这种由于长期同女儿分离而被扼杀的做父亲的天性，因为菲利普的突然闯入，又重新燃烧起来，并全都倾注在了他身上。起初，索斯大夫对自己这样挺生气的，不停地告诫自己那是老糊涂的迹象。然而，菲利普身上有某种东西强烈吸引着他。他发觉自己会不经意地对菲利普流露出微笑——他不明白自己为什么会这样。菲利普一点也不让他觉得讨厌。有一两次，菲利普还把手搭在他肩膀上，这种近乎爱抚的动作，在女儿多年前离开英国后他就再也未享受过。到了菲利普要离开的时间，索斯大夫一路陪着他来到火车站。在这期间，索斯大夫发现自己有着难以言状的忧伤。

“我在这儿过了一段非常愉快的日子。”菲利普说，“你对我实在太好了。”

---

① 加里曼丹岛的旧称，世界第三大岛。位于东南亚马来群岛中部。

② 位于太平洋南部，曾是德国殖民地。1962 年独立，1977 年 7 月更名为“萨摩亚独立国”。现为英联邦成员国之一。

“我想，能离开这儿，你感到很高兴吧？”

“我在这儿有过快乐的时光。”

“可你还是想去外面的世界看看。是啊，你还年轻。”他顿了顿，又说道，“我希望你能记住，你一旦改变主意，我的提议依然有效。”

“真是太感谢你了。”

菲利普同车窗外的索斯大夫握手告别。过了一会儿，火车冒着蒸汽，驶离了车站。菲利普记起了他将要到蛇麻草场度过两周的事情。想到能和朋友们再次聚首，他心里美滋滋、甜丝丝的。锦上添花的是，这天天气很好，菲利普由此更感开心。与此同时，索斯大夫却步履缓慢地朝着他那空荡荡的房子走去。他感到自己行将就木，异常孤独。

第一一八章

菲利普抵达费尔恩时，天色已经很晚了。费尔恩是阿特尔涅太太的故乡。她自小就养成了采集蛇麻子的习惯，嫁了丈夫、有了孩子后，还是习惯每年同他们来这里采集蛇麻子。和肯特郡许多居民一样，她一家子定期外出采集蛇麻子，一来乐得赚几个钱贴补家用，但主要还是把这一年一度的远足当作最欢快的假期。早在假期到来前好几个月，全家人就翘首以盼啦。采集蛇麻子这活儿并不重，大家在露天草场通力合作，不亦乐乎。对孩子们来说，这是一次为期漫长、欢快无比的野游。对小伙子、姑娘们来说，这里是邂逅的地方。一天工作结束后，在那漫漫长夜，他们便漫步在街头巷尾，孕育绵绵爱意。采集蛇麻子季节后，通常伴随而来的就是婚礼季。采集蛇麻子的人们坐着一辆辆大车，车里载着被褥、瓶瓶罐罐，还有桌椅等什物。季节一过，费尔恩便荒无人烟，空荡荡的。当地居民非常排外，一向反对“异乡客”的侵入。他们常常把伦敦佬唤作“异乡客”。他们看不起伦敦佬，却又害怕伦敦佬。他们觉得伦敦佬很粗暴，当地体面人家都不愿意和这种人搅在一起。过去，来这里采集蛇麻子的人们都睡在谷仓里。但十年前，草场的一侧搭起了一排茅屋。于是，阿特尔涅一家和其他来这里采集蛇麻子的家庭一样，每年来此都住在同一间茅屋里。

阿特尔涅驾了马车去火车站接菲利普。马车是他从草场的小酒馆借来的，他还在那里为菲利普订了个房间。小酒馆离草场只有四分之一英里。他们把菲利普的行李留在房间，然后来到草场的茅屋里。这里的茅屋不过是些狭长而低矮的遮蔽之所，被分隔成几个小房间，大约十二平方英尺。每座茅屋前都用树枝燃起一堆篝火，一家人围坐在篝火旁，目光急切地注视着正在煮的晚餐。海风和阳光已把阿特尔涅家孩子们的脸蛋染成了棕色。阿特尔涅太太戴着一顶遮阳帽，简直和之前判若两人，让人觉得多年的城市生活并没有让她发生多大改变，仍然是个土生土长的地道农妇。她在这一乡村环境中多么从容自在啊，简直就像在家里一样。此时，她正在煎培根，眼神还时刻留意身边年龄小一些的孩子。菲利普到达时，她还是腾出手来和他热烈握手，表示欢迎，脸上还绽放出愉快的笑容。阿特尔涅则兴奋而激动地谈起了田园生活的种种乐趣。

“生活在城市里，我们渴望着阳光和光明。那不是生活，而是长期的监禁。贝蒂，我们把一切都卖了，来乡村买个农场过活吧！”

“你在乡村会是什么样子，我可清楚得很。”阿特尔涅太太好脾气地讽刺着丈夫，“瞧吧，冬天的第一个阴雨天你就会吵着、闹着，要回伦敦啦！”她说着，又转头对菲利普说道，“我们一来这儿，阿特尔涅就总是这副样子，说什么啊，乡村，我太喜欢你啦！可他连哪是甘蓝，哪是甜菜，都分不清楚！”

“爸爸今天偷懒！”简插话说。她是性格直率的姑娘，“他连一篮子蛇麻子还没采满。”

“我这是在练手，孩子。到了明天，我就会比你们所有人加起来的还要得多。”

“快来吃晚饭吧，孩子们！”阿特尔涅太太叫道，“莎莉在哪儿？”

“我在这儿呢，妈妈。”

莎莉说着，从他们的小茅屋走了出来，火堆里的树枝噼啪作响，火舌蹿得老高，火光映得她的脸蛋红扑扑的。自从她去裁缝那里当学徒工后，菲利普近来就只看到她穿着整洁工装的样子。然而，此时此刻，她却穿着印花裙子，顿时有了与众不同的迷人韵味。裙子宽宽大大的，穿着它干活很自在。她把袖子卷起，露出结实滚圆的胳膊，头上也像妈妈那样戴了顶遮阳帽。“你看上去像是神话里的挤奶女工。”菲利普和她握手时说道。

“她可是蛇麻草场的大美女。”阿特尔涅说，“我敢说，要是乡绅老爷的儿子看到你，立刻会以迅雷不及掩耳之势向你求婚。”

“乡绅老爷可没有儿子，爸爸。”莎莉回了一句。

她环顾四周，想找个地方坐下来。菲利普看到后，便挪了挪身子，腾出地方让她坐到自己身边。篝火映照的夜色下，莎莉美若天仙，真像神话里某个田园女神，让人不由联想到老赫里克①以优雅细腻的诗句描绘的清新而结实的曼妙女郎。晚饭吃得很简单，煎的脆香培根就着黄油面包，孩子们加了一道茶，而阿特尔涅夫妇和菲利普则

---

① 罗伯特·赫里克（1591－1674），英国诗人，以田园抒情诗和爱情抒情诗著称。

喝啤酒。阿特尔涅狼吞虎咽地吃着。每吃一口，都要高声赞美一番。他一个劲儿地嘲笑卢库勒斯①，还把萨瓦兰②肆意辱骂了一顿。

“阿特尔涅，有一点你还是值得称赞的。”妻子说，“那就是你的胃口还真好。这没错的!”

“我的贝蒂呀，这可都是你亲手做的啊。”阿特尔涅一边说着，一边像演说家似的伸出一只极富表现力的食指。

菲利普非常惬意和自在，凝视着连成长串的篝火，人们围坐在火堆旁说说笑笑，火光映照下的夜色那么温馨。草场尽头矗立着一排大榆树，头顶上星光灿烂，不禁让人开心和快乐。孩子们笑着，嚷着，而阿特尔涅也像孩子一样挤在他们中间，用他的拿手戏法和荒诞离奇的故事逗得孩子们笑得前仰后合。

“这儿的人都非常喜欢阿特尔涅。”阿特尔涅太太对菲利普说，“就拿布里奇斯太太说吧！她有一天对我说，现在若是没了阿特尔涅先生，我们还真少了许多欢乐呢，都不知道该怎么办才好。他总是变着法儿逗笑，与其说他是一家之长，还不如说他是爱玩闹的小学生更为恰当。”

莎莉一语不发，安静地坐在那里，却把菲利普侍候得非常细致周到，那股韵致倒是把菲利普给迷住了。有她坐在身边，菲利普非常快乐。他不时地朝她那被太阳晒成麦色、散发着健康光彩的脸颊瞥上一眼。一次，当两人的目光相碰时，莎莉朝他恬静地微微一笑。晚饭后，简和另一个小男孩被派去草场尽头的小溪里打一桶水，好用来洗涮。

“孩子们，快领你们的菲利普叔叔去看看我们睡觉的地方，然后

---

① 古罗马将军兼执政官，以巨富和举办极致奢华的宴会著称。

② 布里亚·萨瓦兰（1755－1826），法国美食家。

你们也该上床睡觉啦!”

孩子们伸出一双双小手，拉的拉，拽的拽，争先恐后地要领菲利普到茅屋去。他走进茅屋，划亮一根火柴，看见里面什么家具也没有，只有一个存放衣服的漆皮箱以及几张床。共有三张床，全都摆在靠墙的位置。阿特尔涅随着菲利普走进茅屋，骄傲地把床指给他看。

“我们就睡在这种玩意儿上面。”他嚷道，“可不是你那种弹簧床，也没有你那种柔软的天鹅绒被。可我睡在哪儿也没有睡在这儿香甜。你可要在一堆床单里辗转反侧了，亲爱的老弟。我打心眼里替你难过。”

三张床都垫了厚厚一层蛇麻草蔓，上面又铺了一层柔软的稻草，再上面才摊着毯子。空气中弥漫着蛇麻草的香味。在户外干了一天活后的采集者身心舒畅，躺在这样天然的床上，自然睡得十分香甜。晚上九点，草场已是一片安宁和寂静，大家都上床睡觉了，只有一两个酒鬼还赖在酒馆里，直到十点酒馆打烊才会回家。阿特尔涅送菲利普去酒馆安歇。走之前，阿特尔涅太太对菲利普说：“我们六点差一刻就吃早饭了，我敢说你肯定不想起那么早。不过，你要知道，我们六点钟就得去干活。”

“他当然也得早早起床了。”阿特尔涅嚷道，“也得像大家一样干活，自己出力挣面包嘛。不干活，没饭吃，我的老弟。”

“孩子们早饭前会下海游泳，回来的路上要经过‘快乐水手’酒馆，可以去叫醒你。”

“若是他们来叫醒我，我就和他们一起去游泳。”菲利普说。

他这么一说，简、哈罗德和爱德华便兴奋地叫了起来。第二天清晨，菲利普被孩子们一路闯进房间里的吵嚷声弄醒了。男孩子们一个个跳到他床上，他不得不提起拖鞋把他们赶了下去。菲利普匆匆套上衣裤，随孩子们一起奔下楼去。天刚破晓，空气里还透着丝丝寒意，天空万里无云，金灿灿的太阳正把温暖洒向大地。莎莉站在大路中间，手里牵着康妮，手臂上挎着条毛巾和一套游泳衣。菲利普这时才看清，她那顶太阳帽是淡紫色的。在它的映衬下，她那麦色的脸蛋散发着红润的光泽，就像红苹果一样圆润。她照例淡然地向菲利普甜甜一笑，算是打招呼。菲利普却蓦地发现，她那小小的牙齿又整齐又雪白，不由得暗自纳闷，以前怎么就没注意到呢。

“我本想让你继续睡觉的，”莎莉开口说道，“可他们非要上去把你叫醒不可。我对他们说，其实你并不想去游泳。”

“哦，不，我当然想去了。”

他们沿着大路向前走了一段，然后穿过一片草地。这样抄近道，走不了一英里就可以到海边。海水看上去灰蒙蒙的，散发着寒气。菲利普一看，不禁浑身一阵冷颤。孩子们却已经脱掉衣服，叫着，嚷着，奔进海水里。莎莉无论做什么都慢悠悠的，直到孩子们围着菲利普四溅水花时她才下去。游泳是菲利普的强项，徜徉在海水里，他像鱼一样闲适自在。孩子们很快就学着他的样子，忽而装成海豚，忽而装成快淹死的人，忽而又装成想游泳但又怕打湿头发的胖女人，玩得兴高采烈，欢声笑语震天响，不亦乐乎。若是莎莉不严厉喝止，他们还不知道要玩到什么时候才肯上岸呢。

“你和他们一样坏。”莎莉嗔怪着菲利普。说话时表情虽然严肃，却散发着母性的光辉，让人觉得既有趣又动人。“你不在的时候，他们没这么淘气。”

他们往回走，莎莉手里拿着太阳帽，那散发着柔润光泽的一头秀发瀑布一样披垂在肩膀上。等他们回到茅屋时，阿特尔涅太太已经去蛇麻草场干活了。阿特尔涅穿着谁也不愿意穿的老旧裤子，外套的纽扣扣得整整齐齐，表明他里面没穿衬衣，头上戴着顶宽边软帽，正就着火堆烤鲱鱼。他自得其乐，看上去活像个土匪。一看到他们这帮人，他便扯开大嗓门，高唱着《麦克白》① 里女巫的台词，而手里烤的鲱鱼却散发出一股焦糊的臭气。

“你们不该玩这么久的，连早饭时间都过了。妈妈会生气的。”当他们走到跟前时，阿特尔涅说道。

几分钟后，哈罗德和简手里拿着几片黄油面包，晃晃悠悠地穿过草地，朝蛇麻草场走去。他们是最后离开的一拨人。蛇麻草园是菲利普童年常见的景色之一。在他眼里，那蛇麻子烘干房是最典型的肯特郡特色。菲利普跟在莎莉后面，穿过一行行蛇麻草。他对这儿的一切并不陌生，而是有在家般的亲切感。头顶阳光正灿烂，投在地上的人影轮廓鲜明。菲利普的目光停在茂盛的草叶上，享受着饕餮盛宴。蛇麻草正渐渐变黄。在他看来，这些草蕴含着美与激情，就像西西里岛②的诗人也觉得紫葡萄富于美与激情一样。两人向前走着，菲利普觉得，周围绿草萋萋、蓬勃茂盛的景象让人陶醉不已。肥沃的肯特郡大地升腾起缕缕香甜馥郁的芬芳。九月微风习习，时起时歇，将蛇麻草浓郁的香味传遍四野。阿瑟尔斯坦只觉得心头热血澎湃，不由得引吭高歌起来。可十五岁男孩发出的声音嘶哑而含有破音，莎莉不得不回头呵斥他打住。

“你给我安静点，阿瑟尔斯坦！要不然，我们耳边像是回荡着雷声似的轰隆隆响。”

他们走了一会儿，便听到远处传来嗡嗡的说话声；又过了一会儿，蛇麻子采集者的说话声更高，更响了。大家都非常努力，一边采还一边说笑。有的坐在椅子上，有的坐在方凳上，还有的坐在盒子上，每人身边都放着篮子。还有的人直接站在箱子旁，把采摘到的蛇

① 莎士比亚四大悲剧之一。

② 意大利西西里岛拥有适宜酿造极致葡萄酒的阳光、土壤。

麻子径直扔进箱子里。周围有许多小孩，还有许多奶娃娃，有的躺在临时凑合用的摇篮里，也有的裹着小毯子被放在松软、干燥的土地上。小孩子就是随便采采，大部分时间都在玩。女人们却忙得手不闲。她们自小就采摘惯了的，速度要比来自伦敦的异乡客快两倍。她们一边夸耀着一天中采摘到的蛇麻子的蒲式耳①数，一边又抱怨个不停，说眼下挣的钱可比从前少得多。从前，每采五蒲式耳就可挣得一先令，可现在要采八蒲式耳，甚至九蒲式耳才能挣到一先令。从前，一个手脚麻利的采摘好手一季挣的钱足够维持她一年余下时间的生活。现在根本就办不到，只是来度个假而已，什么也捞不到。希尔太太用采摘蛇麻子挣得的钱买了架钢琴——她是这么说的——不过，她手够紧的，谁也不愿意手紧成她那个样子。许多人认为，她说是这么说，要真的淘出事实真相，兴许就会发现，她是到银行取了些积蓄凑足款子才去买的钢琴。

采集蛇麻子的人被分成几个小组，每组十人，但不包括孩子。阿特尔涅高声夸口说，总有一天，他们家会有纯粹由家庭成员组成的小组。每个小组有个组长，负责把一捆捆蛇麻草搬运到小组的蛇麻草袋子旁（蛇麻草袋是一个套在木框架上的大麻袋，有七英尺高。一排排麻袋放在两堆蛇麻草中间），而阿特尔涅眼红的正是组长这个职位，他盼着孩子们快快长大。到那时，自家人就可以组成一个小组。阿特尔涅与其说是来采集蛇麻子的，倒不如说是来给人鼓劲的。他慢慢悠悠地晃荡到阿特尔涅太太身边，嘴上叼着支香烟，这才开始采摘。此时，阿特尔涅太太已两手不闲地忙碌了半个小时，刚把一篮蛇麻子倒进麻袋里。阿特尔涅一再宣称今天比谁都采摘得多，当然要除去孩子

① 计量单位。1蒲式耳在英国等于8加仑，相当于36.268升（公制）。

他妈，因为谁也没法像她那么快。这幅景象让他想起了阿佛洛狄忒①与普赛克②几次交锋的故事。于是，他滔滔不绝地给孩子们讲起普赛克和她不能被看见的新郎③间的爱情故事来。他讲得娓娓动听，非常精彩生动。菲利普唇边挂着微笑，静静地听着。在他看来，那古老的传说与周围的景致十分和谐，相称。头顶的天空蓝莹莹的，他觉得即使在希腊，天空也不会比这里更美。孩子们头发金黄，两腮宛如两朵玫瑰，身体结实而健美，充满活力。蛇麻子形状精致纤巧，翡翠一般碧绿的叶子呈喇叭状。绿草丛中的小径像是富有魔力一般，在视野的远方缩成一点。采集蛇麻子的人，个个头戴太阳帽。眼前这一切，要比你在教授撰写的教科书或博物馆中领略到的更富希腊精神。菲利普心中对英国之美充满了感激之情。他想起了一条条蜿蜒曲折的幽径；一簇簇编成树篱的灌木丛；一片片绿草如茵的草地，上面还点缀着棵棵榆树；一座座线条优雅的小山，上面杂树繁茂，郁郁葱葱；还有一块块平坦的湿地，以及荡漾着忧思的北海。能感受到种种景象的美丽与可爱之处，他心里觉得非常快乐。可是没过多久，阿特尔涅就变得烦躁不安，声称要去看看罗伯特·肯普妈妈的近况如何。他跟蛇麻草场的每个人都混得很熟，熟到可以叫对方教名的地步。他对每个家庭的历史渊源，还有每个人的生活故事，无不了如指掌。他虽然爱慕虚荣，却无伤大雅，在那

---

① 阿佛洛狄忒是古希腊神话中爱与美之女神，在罗马神话中被称为维纳斯。

② 普赛克是一个国王的女儿，由于长得美丽，引起维纳斯的嫉妒，便派其子丘比特去惩罚这个美女。不料，丘比特却爱上了普赛克，并秘密娶她为妻。后来，维纳斯为了惩罚普赛克，交给她一件又一件几乎不可能完成的任务：把麦种、谷子和罂粟花混为一堆，命令普赛克在天黑以前分拣出来；从凶狠的绵羊身上剪取金色的羊毛；从死亡之河中汲取黑水。但普赛克在各种意想不到的帮助下都完成了任务。

③ 因为普赛克是凡人，丘比特不能让她知道自己的真实身份和面貌，便只是在夜间与普赛克相会，并让她答应永远不看他的真面目。

些人中扮演一个良善绅士的形象。他待人亲切和蔼，虽然其中带着一种纡尊降贵的神气，却很能触动人的心弦。

菲利普不愿和他一起去。“我要干活挣饭吃。”菲利普说。

“说得对极了，我的老弟。”阿特尔涅一边说，一边挥着手，脚下却走个不停，“不干活就没饭吃！”

第一一九章

菲利普没有采摘篮，便和莎莉坐在一起。简觉得菲利普帮助大姐采摘，而不去帮她这个妹妹，实在太荒谬了。菲利普只好答应，等莎莉的篮子装满后就去帮她。莎莉采摘的速度几乎和她妈妈一样快。

“你采这样快，难道不会伤到手吗？那样，就不便缝衣服了吧?”菲利普向莎莉问道。

“噢，不会的。采摘这种东西需要一双柔软灵活的手。这就是女人总比男人采得快的原因。粗活干得多了，手就会变得粗糙，手指也会变得僵硬，到时候就算想快也快不起来。”

菲利普喜欢看她那敏捷灵巧的动作，而她也时不时地看向菲利普，带着母性的光彩，让人觉得既有趣又迷人。菲利普一开始笨手笨脚的，常惹得莎莉嘲笑他。她弯下腰来，教他如何把整棵蛇麻子拔起。这样，两人的手便不可避免地碰到了一起。菲利普惊讶地发现，她竟然脸红了。菲利普没法相信她已长成一个亭亭玉立的大姑娘了。他在她还是黄毛丫头时就认识她了，总是不由自主地还把她当成小孩子。然而，她身后那一长队的钦慕者表明，她已不再是当年那个小丫头了。虽然他们来到这里才只有几天时间，可她有个表哥已经对她心生爱慕，变着法儿地向她献殷勤，莎莉不得不耐着性子听他倾倒一筐又一筐的肉麻情话。她这位表哥名叫彼得·甘恩，是阿特尔涅太太姐姐的儿子。阿特尔涅太太的这位姐姐嫁给了费尔恩附近的农民。彼得·甘恩觉得非常有必要每天来一趟蛇麻草场，个中缘由，大家都心照不宣。

八点钟的时候，耳边传来一阵号角声，意思是要收工吃早饭了。虽然阿特尔涅太太不住地唠叨他们不配吃这顿早饭，但个个都大快朵颐，吃得香甜不已。吃完饭，他们就接着干，一直干到十二点。这时，号角声又响了，招呼人们收工吃午饭。计量员趁这个间歇，带着记账员从一个容器走到另一个容器，一一做出衡量与登记。记账员先后在自己和采集者的账本上分别登记重量，从装满蛇麻子的容器里用带蒲式耳刻度的篮子将蛇麻子灌进大麻袋。然后，计量员和车夫把一袋袋蛇麻子抬上马车。阿特尔涅不时地跑来跑去，不是说希思太太摘了多少多少，就是说琼斯太太摘了多少多少，接着便呼吁全家人努力赶超她们，总是想创造采集蛇麻子的最高纪录。情绪高涨时，他也可以专心致志地采上个把小时。然而，他的主要兴趣还在于采集蛇麻子能让他那双漂亮的手展露出优雅的动作。那双手总让他感到无比自豪。他花了大量时间将指甲修剪得漂漂亮亮。他一边伸出指尖细细的双手，一边对菲利普说，西班牙大公为了将手保养得白润如玉，睡觉时总是戴着上了油的手套。他带着戏剧性的口吻说，扼制欧洲咽喉的手和女人的手一样，纤细有形，滑腻精美。他一边动作优雅地采摘蛇麻子，一边端详着自己的手，还不时发出满意的慨叹声。等欣赏够了后，他就卷上一支烟，和菲利普闲侃起文学和艺术来。一到下午，天气就变得非常炎热。人们干起活来没有先前那么起劲了，唧唧喳喳的交谈声也暂时中止了，上午滔滔不绝的说话声现在变成了断断续续的哼唧声。莎莉的上唇沁出一颗颗小小的汗珠。她干活的时候嘴巴微微张开，看上去活像含苞待放的玫瑰。

收工时间要看烘干室的情况而定。有时候，烘干室很早就装满了。到下午三四点，若是所采的蛇麻子足够当晚烘干，那就吹号收工。但通常情况下，一天中最后一次计量工作要到五点钟才开始。每一组采集者都计量完之后，便动手收拾工具。到了放工时间，他们一边聊着天，一天悠闲地晃荡出草场。女人们纷纷赶回茅屋，忙着打扫和准备晚饭，而男人则往酒馆去。工作一天之后，喝上杯啤酒解解乏，的确是人生一大快事。

阿特尔涅家的蛇麻子是最后计量的一份。当计量员朝他们走来时，阿特尔涅太太如释重负地松了口气，随即站起身来，伸了个懒腰。因为她以同样姿势坐了好几个小时了，浑身僵痛酸硬。

“现在，我们到‘快乐水手’去吧。”阿特尔涅说，“每天的仪式都要一项不差地执行。眼下再也没有比上小酒馆更神圣庄严的事了。”

“阿特尔涅，带个酒壶去！”妻子吩咐说，“带一品脱半啤酒回来，吃晚饭时好喝。”说罢，她数出一个个铜板交给阿特尔涅。

酒馆早已挤满了人。酒馆的地板被漆成沙粒色，四周摆着长条椅，墙上贴着维多利亚时期职业拳击手的画像，画面已经泛黄。酒馆老板能叫出所有顾客的姓名。此时，他身子从柜台后前倾着，脸上堆满和蔼的笑容，注视着两个年轻人往竖在地上的两根棍子上套圈圈。两人都没有套中，逗得周围的旁观者发出阵阵喝倒彩的欢笑声。人们互相挤了挤，给新来的客人留点空。菲利普发觉自己坐在两个陌生人中间：一边是穿着灯芯绒衣服的老雇工，膝盖下系着根绳子；另一边是年约十七岁的小伙子，脸上红润有光，一缕卷发服服帖帖地盖在红润的前额上。阿特尔涅执意要试试手气，去套圈圈玩。为此，他还下了半品脱啤酒的赌注，没想到最后竟然赢了。在喝着酒、祝愿败方身体健康的时候，他说："我的孩子，与其去德比赛马①上下赌注，还不如来赢赢这半品脱啤酒好玩。"

阿特尔涅胡子翘翘的，头上戴着顶宽边帽，跻身于乡下人中间，模样有些稀奇古怪。从周围人的表情中也不难看出，都觉得他是个怪人。尽管如此，阿特尔涅却情绪高涨，那如火一般炽热的激情颇富感染力，让周围的人们不由自主地都喜欢上了他。各种闲侃进行得无拘无束，自由自在。大家操着萨尼特岛特有的粗犷而缓慢的语调互相打趣逗乐，当地爱说俏皮话的搞笑家伙一说出连珠妙语，就会逗得大家哄堂大笑，喧闹不已。真是让人心醉神迷的快乐聚会！身在这样一群伙伴中间，只有铁石心肠的人才会不满！菲利普的目光瞟向窗外，外面依然阳光明媚，亮亮堂堂。小酒馆的窗户就和村舍的窗户一样，挂着小小的白色窗帘，并用红丝带系起来。窗台上摆着几盆天竺葵。渐渐地，这些游手好闲的家伙就会一个个起身离开，悠哉悠哉地荡回草场。那里，女人们正忙着做晚饭呢。

"我想你困了吧。"阿特尔涅太太对菲利普说，"这种早上五点钟就起床、白天一整天都在外面忙着干活的日子，你应该不习惯吧？"

"你会和我们一起去游泳的，是不是，菲利普叔叔？"孩子们大声嚷嚷。

"那是当然了！"

菲利普虽然精疲力尽，心里却十分快乐。晚饭后，他坐在一张没有靠背的椅子上，身子靠着茅屋的墙壁，嘴里叼着烟斗，两眼欣赏着夜色。莎莉手脚不停地忙里忙外。菲利普懒洋洋地坐在那里，欣赏着莎莉有条不紊地忙这忙那。她的步态吸引住了菲利普，倒不是因为优雅迷人，而是因为她连走路的姿势都那么沉着自信。她依靠臀部扭动

① 专为三岁赛马举行的比赛，赛马以同等载重绕平整、椭圆形赛道奔跑。

的力量带动双腿，两只脚踩在地上，似乎带着一种坚定与果断。阿特尔涅早已溜到邻居家闲侃去了，而这时菲利普听到阿特尔涅太太状似随意的唠叨。

“瞧瞧现在，茶叶都用完了。我得让阿特尔涅去布莱克太太的店里买些回来。”无人应声，她又提高嗓门道，“莎莉，快去布莱克太太那里给我买半磅茶叶回来，行不行？茶叶都喝光了，急需要用。”

“好的，妈妈。”

布莱克太太的农家小店大约在沿道路半英里远的地方。她把这间屋子既当作邮政局女局长的办公室，又用作小百货商店。莎莉走出茅屋，放下卷起的袖子。

“我陪你一起去吧，莎莉？”菲利普问道。

“不用麻烦你了，我一个人走不怕的。”

“我不是说你怕，只是快到我上床休息的时间了，想在临睡前散散步，活动活动两条腿。”

莎莉没再答话，两人便一起朝小店走去。大路白晃晃的，悄无声息。夏季的夜晚，万籁俱寂。他们俩并没怎么说话。“都到了这个时节，天还是这么热，是不是？”菲利普说。

“我认为这是一年中最好的天气。”

然后，两人又陷入了沉默。不过，这种沉默倒并不显得尴尬。他们发现，两人肩并肩地走路本身就挺令人愉快的，没必要多说话。走着，走着，突然灌木树篱掩映的石阶那里传来一阵喃喃低语声，接着夜幕中现出两个人影来。那两个人紧挨着坐在一起，菲利普和莎莉经过时，他们连动也没动。

“不知道那两人是谁。”莎莉说。

“他们看上去很开心，是不是？”

“我想，他们也把我俩当成情侣了。”

他们看到了小店散出的灯光，不一会儿便到了。刹那之间，刺眼的亮光照得他们有点目眩。

“你们来得可真够晚的，”布莱克太太说，“我正准备打烊呢。”她说着，瞟了眼钟表，“瞧，都快九点了。”

莎莉买了半磅茶叶（阿特尔涅太太买茶叶从来不肯超过半磅），两人开始往回走。时不时地，耳边传来一两声野兽的叫喊声。那短促而尖锐的叫声不过让这本就寂静无声的夜显得更加寂静了。

“我想，你若是静静地站着，定能听到大海的声音。”莎莉说。

他们竖起耳朵听，驰骋的幻想让他们听到了细浪拍击沙石发出的微弱声响。当他们再次经过石阶时，那对恋人还坐在原地未动，不过这回他们不是低语着情话，而是搂抱在一起，嘴唇紧紧贴在一起。

“看来他们还挺忙呢。”莎莉说。

他们拐过一个弯，迎面吹来一股温暖的风，而且吹了好一会儿。空气中飘荡着泥土的清香。夜色里飘荡着一种敏感因子，让人觉得既不可思议又奇妙无比，似乎有说不清道不明的东西正在远方向他们招手。寂静的夜晚突然变得隽味无穷，菲利普心中生出异乎寻常的怪异感觉，整颗心都给填得满满的，仿佛就要融化了（这种陈词滥调的老套话竟然把微妙的感觉描写得恰到好处）。菲利普感到非常开心，满怀渴望与期待。此时，他突然想起了杰西卡和洛伦佐①吟诵的诗句。两人用接引诗句的办法向对方低声吟诵优美悦耳的诗句，意味深长的诗句让他们陶醉不已，而彼此心中的如火激情却透过诗句绽放出灿烂的光芒。菲利普不知道空气中究竟是什么让感官变得这样异乎寻常地敏锐起来。在他看来，此时此刻的他纯粹是一个纯洁的灵魂，享受着

---

① 杰西卡和洛伦佐是莎士比亚喜剧《威尼斯商人》中的人物。

芬芳、悸动与大地的甜美。他从未像现在这样感受到自己拥有如此优雅而细腻的审美能力。他真担心莎莉会开口说话，把这种有如咒语般的美妙气氛给破坏了，然而她始终一声未吭。菲利普突然又想听听她的声音，那低沉而优美的嗓音正与这乡村之夜相适相宜。

他们来到草场前，莎莉就要从这里穿过栅门回茅屋去。菲利普走进草场，替莎莉打开栅门。“嗯，我想我该在这里和你道晚安了。”

“谢谢你一路陪我。”莎莉把手伸向菲利普。

菲利普一边握着她的手，一边说：“若你真心实意要谢我，就该像你家其他人那样给我个晚安吻。”

“我不介意。”莎莉说。

菲利普原本是开玩笑的，之所以想吻她一下，是因为他心里感到快乐，而他又不讨厌她；再说这夜色又是如此醉人。“那晚安了！”他微微笑着说，并顺势把莎莉拉向自己。

莎莉向他嘟起樱唇。那双唇瓣是那样温润、丰满而柔软。菲利普吻着，吻着，留恋不已。那两片唇瓣就像鲜花一样娇嫩芬芳。接着，他也不知道为什么，突然张开双臂紧紧抱住她。莎莉默默地顺从了他。她的娇躯结实而丰满。菲利普感到她的心跟自己的心跳着一个节奏，只觉得晕头转向，感情犹如汹涌的激流将他给淹没了。他将莎莉拉进了灌木丛深处。

第一二〇章

菲利普睡得像木头一样无知无觉，突然从梦中惊醒时，发觉哈罗德正拿着羽毛在他脸上挠痒痒。看见他睁开眼皮，身边的人爆发出一阵欢呼。此时，菲利普还像喝醉酒似的，睡眼惺忪，迷迷糊糊。

“快起来吧，懒骨头！”简嚷道，“莎莉说你要是再不快点，就不等你了。”

菲利普顿时清醒过来，记起了昨夜发生的事。他的心猛地一沉，刚刚钻出被窝的身子又一动不动了，不知道该怎么面对莎莉。自责铺天盖地向他席卷而来，他十分，十分懊悔自己竟然干出那种事。今天早晨，莎莉会对他说些什么呢？他害怕见到她，不住地责骂自己怎能这样愚蠢行事。孩子们可不给他时间多想，爱德华已经拿来了他的泳衣和毛巾，阿瑟尔斯坦则把他的被子给扯走了。三分钟后，他们全都噔噔地奔下楼梯，来到了马路上。

莎莉朝他微微一笑，笑容还是那么甜美而纯洁。“你穿衣服还真费时间。”莎莉说，“我还以为你不来了呢。”她的神态举止里没有一丝异样的感觉。

菲利普原本以为她的态度肯定会起某种变化，要么是非常微妙的，要么就是突然来个一百八十度大转弯。他想象着莎莉见到他时会羞涩忸怩，或满面怒容，或比以前更为亲密一些，可什么也没有，她还是像从前那样淡定从容。他们一起往海边走，路上有说有笑；莎莉却一声不吭。不过，她总是这样，含蓄而温和。菲利普还没见过她不是这个样子的呢。莎莉既不主动和他说话，也不刻意避免和他说话。这可让菲利普惊愕不已。他原本还期待着昨夜两人之间的小插曲会给莎莉带来革命性的变化，可她像什么都没发生似的。莫非是一场梦？菲利普向前走着，一手拉了一个小女孩，另一手拉了一个小男孩。说话时，他尽量装出漫不经心的样子，努力想找到一丝能解释目前这种状况的蛛丝马迹。他怀疑莎莉是否想将两人之间的一夜情给忘了。或许，莎莉也和他一样，一时感情冲动，情难自禁之下才做出那种傻事；等头脑清醒了，便只把它当作因为环境异乎寻常而引发的意外，兴许现在已下决心要把这事从脑海里抹掉。这只能归结于她强大的思想力和早熟的智慧，而这种早熟既与她的年龄不符，也与她的性格不相宜。菲利普意识到他对莎莉一点儿也不了解，总觉得她身上蕴藏着谜一样的色彩，让人捉摸不透。

他们在海水里玩蛙跳，孩子们笑着，嚷着，就像昨天一样不亦乐乎。莎莉像个母亲似的照顾所有人，留神他们玩水的远近，一旦他们游得太远了，就把他们唤回来。当其他人嬉闹玩耍、兴致高昂时，她却不紧不慢地在水里游来游去，时不时仰在水面上漂着。游了一会儿，她便爬上海滩，开始擦干身子，然后带着命令式的口吻把孩子们一个个唤出水面。最后，就只剩下菲利普还泡在海水里了。菲利普趁机游了个痛快。他这已是第二次下海游泳了，多少已有点适应这稍带冷意的海水了。徜徉在这清新的咸水中，他感到心旷神怡。能在海水里自如地舒展四肢，他感到由衷的开心，便尽情地拍打着浪花。

这时，莎莉身裹毛巾，来到了海边。“菲利普，你马上给我上来！”莎莉喊道，口气仿佛菲利普就是一个由她照料的小孩。

菲利普看到她俨然要人绝对服从的命令式神态，不禁觉得有趣，便面带微笑地向她跟前游来。

莎莉嗔怪说：“你真淘气，在水里玩这么久都不上来。瞧你冻得嘴唇都发紫了，连牙齿都在打哆嗦。”

“好吧，我这就上来。”

莎莉以前从未用这种态度和他说过话。如此看来，两人之间发生的那件事似乎给了她一种管束他的权力，让她把菲利普完全当成小孩来照顾了。几分钟以后，他们都穿好了衣服，开始往回走。莎莉注意到了菲利普的手。

“瞧，你那双手都冻得发紫了。”

“噢，没关系，只是血液循环不畅罢了，一会儿就会好的。”

“把手给我。”莎莉握住菲利普的手，不停地摩擦起来，先摩擦一只，再摩擦另一只，直到两手的血色都恢复正常。

菲利普深受感动，但又困惑不已，目光始终凝定在她身上。因为有其他孩子在，他不好说什么，也没接触她的目光。不过他心里十分肯定，她那双眼睛并不是有意避开他的目光的，只是没有相遇罢了。一整天，莎莉的言行举止中都没有流露出一丝一毫她意识到两人之间发生过什么。或许，她比平时要更为健谈些。当大家坐在蛇麻草场时，莎莉对母亲说，菲利普真是太淘气了，直冻得浑身发紫才肯上岸。她竟然会这么做，简直让人难以置信。看来前一天夜里发生的事，只是激发了她对菲利普的保护欲。正如对待弟妹一样，她对菲利普也有源自本性的母性光辉。

直到夜幕来临，菲利普才找到和莎莉独处的机会。这时，莎莉正在做晚饭，菲利普就坐在火堆旁的草地上。阿特尔涅太太到村里买东西去了，孩子们则四散地玩着各自喜欢的游戏。菲利普犹豫不决，想说什么，又不知道该如何说，紧张不安。莎莉平静自若，手脚麻利地忙着。沉默让菲利普觉得尴尬不已，莎莉却处之泰然。菲利普不知道从何说起。莎莉一向很少说话，除非有人主动和她说话，或者她有什么非说不可。最后，菲利普再也受不了那种沉寂了。“你没生我的气吧，莎莉？”他突然开口问道。

莎莉静静地抬起眼皮，毫无表情地瞟了菲利普一眼。“我？没生气啊，为什么要生气呢？”

菲利普吃了一惊，没再答话。莎莉揭开锅盖，搅拌了一下里面的食物，又把盖子盖上。一股食物的香味在空气里四散开来。莎莉又瞟了一眼菲利普，脸上露出一丝淡淡的笑意。笑意如此之淡，甚至没能让她的嘴角弯起，不过倒深入了她的眼底。“我一直都很喜欢你。”她说。

菲利普的心不由得一阵狂跳，觉得血液直往脸颊上灌。他努力挤出一丝淡笑。“我可从来不知道。”

“那是因为你是个大傻瓜。”

“我不知道你为什么会喜欢我。”

“我自己也不知道。”她说着，又往火里添了些柴禾。“你还记得你露宿在外，好几天没吃东西，最后来到我家的情景吗？就在那一天，我知道我喜欢上了你。那天是我和妈妈两人把索普的床腾出来给你睡的嘛。”

菲利普的脸又涨得通红了，因为他不知道她竟然知道那件事的真相。一想到当时的境况，他就恐惧不已，更是羞得无地自容。

“这就是我为什么不想和别人交往的原因。你还记得妈妈要我嫁给的那个年轻人吗？我让他到我家来，是因为他老是死乞白赖地缠着我，让我烦不胜烦。不过，我心里很清楚，我是绝不会同意嫁给他的。”

菲利普惊讶得一句话也说不出来。一种奇妙的感觉涌上心头：如果这不是幸福，那他不知道它还能是什么。

莎莉再次搅了搅锅里的食物。“真希望孩子们赶快回来吃饭，都不知道他们疯玩到哪里去了。晚饭已经好了。”

“要不要我去找他们回来？”菲利普问道。此时，能聊聊实际生活琐事，菲利普不禁舒了一口气。

“嗯，你这个主意不错。我得说……噢，妈妈回来了。”

菲利普立即从草地上站起身。莎莉望着他，神情里没有一丝尴尬。

“晚上等我把孩子们送上床休息后，能来找你散散步吗？”

“当然可以。”

“那好，你就在石阶旁等着，我事情办完后就去找你。”

头顶星光灿烂，菲利普静静地坐在石阶上等着，身子隐没在高高的黑莓树篱中。那些黑莓就要成熟了。泥土里散发出阵阵沁人心脾的芬芳，夜色那么柔和而宁静。他的心狂跳不止。眼前发生的一切，都让他不明所以。他通常总是把情爱与哭闹、眼泪和狂热联系在一起，可在莎莉身上，丝毫找不到这些东西。尽管如此，他还是搞不明白，除了爱情，还能是什么使得莎莉将自己交给了他？但是，莎莉竟然对他生出了爱情吗？她的表哥，彼得·甘恩，人长得瘦瘦高高，腰板挺得笔直，脸上的肌肤晒成麦色，走路时步态轻盈而跨度又大。若说莎莉爱上了表哥，菲利普一点儿也不会吃惊。他心中不由得纳闷起来，莎莉究竟看中了他哪一点。他不知道莎莉对他的爱是否是他理解的那种。不然还能是什么呢？他对莎莉的纯洁坚信不疑。他隐约觉得，许多事情搅和在一起才酝酿出那么一个结果。这其中有让人沉醉的芬芳空气，有蛇麻草造成的机遇，有迷人的夜色，有一个自然健康女性的本能需求，还有那似水的温柔，以及一种夹杂着母性色彩与大姐姐情谊的复杂爱慕之情。莎莉虽然并没有明明白白地意识到这些存在，却切身地感受到了。莎莉善良而仁慈，才把自己所有的一切奉献给了他。

菲利普听到大路上传来一阵脚步声，接着从浓郁的夜色里走出来一个人影。“莎莉！”菲利普低低唤了一声。

莎莉换个方向，来到石阶前。她的到来，带来一股馨甜、清新的乡村气息。她身上仿佛混合着新割的干草香、熟透了的蛇麻子香，以及嫩草的清新香气。她那柔软而丰满的双唇紧贴着他的嘴唇，她那结实而娇媚的身躯就在他的臂弯里。

“牛奶和蜂蜜。”菲利普说，“你就像牛奶和蜂蜜。”

他让莎莉闭上眼睛，开始亲吻她的眼睑，先亲一边，再亲另一边。她那结实而富有肉感的胳膊一直露到胳膊肘，菲利普不住地抚摸着，惊奇它们是那么富于美感。她的皮肤在黑暗里散发着光泽，就像鲁宾斯①画的，白得出奇，给人以透明感，手臂一侧长着金黄色的茸茸汗毛。这是撒克逊女神才有的手臂，然而，没有哪个女神的手臂能像她那样富含优雅而亲切的自然气息。菲利普不由得想起这样一座乡村花园：里面盛开着所有男人渴望摘取的可贵鲜花，还有分别象征着“约克王朝”和“兰开斯特王朝”的红白玫瑰②，以及蜀葵、黑种草、美国石竹、忍冬草、飞燕草和虎耳草。

“你怎么会喜欢上我呢?”菲利普说，“我只是一个微不足道的普通人，长得又丑，还是个跛子。”

莎莉双手捧住菲利普的脸，亲吻着他的嘴唇。“你真是个地地道道的大傻瓜。”莎莉接口说。

第一二一章

蛇麻子采完后，菲利普便随同阿特尔涅一家返回伦敦。此时，他口袋里就装着圣卢克医院录用他为助理住院医师的通知呢。回到伦敦后，他在威斯敏斯特一带租了一套十分简朴的房间，将于十月初去医院上班。那儿的工作各种各样，富于变化，很有趣。每天他都能学到新东西。他渐渐感觉自己开始有了些许重要性。他经常去见莎莉。此

---

① 鲁宾斯（1577－1640），比利时画家，17世纪巴洛克艺术的最杰出代表，擅长绘制宗教、肖像画等。

② 约克王朝和兰开斯特王朝均是金雀花王朝的旁支。约克王朝的家徽是一朵白玫瑰，兰开斯特王朝的则是一朵红玫瑰。两王朝于15世纪后半叶爆发了玫瑰战争。

时，菲利普感到生活万事如意，完美无缺。通常他六点就下班了，除非轮到他给门诊病人看诊，就要再耽搁些时间。一下班，他便到莎莉工作的裁缝店去，等候莎莉从店里出来。几个年轻小伙子总是在店对面的人行道上或向前几步远的拐角处晃来荡去。店里的姑娘，要么三三两两地出来，要么几个人一起出来，一认出那几个小伙子，便你推我搡的，咯咯笑个不停。莎莉穿着普通的黑裙子，和那个与菲利普并肩采撷蛇麻子的乡村姑娘判若两人。她步履匆匆地从店里出来，见到菲利普后便放慢脚步，朝他恬淡一笑，算是打招呼。两人并肩穿过繁华忙碌的街道。菲利普把医院里的工作情况讲给莎莉听，莎莉则把当天在店里干活的情况讲给菲利普。渐渐地，和莎莉一起工作的女孩们姓甚名谁，菲利普也是耳熟能详了。他发现莎莉有一种含蓄内敛但入木三分的幽默感，讲起店里的姑娘们以及迷上她们的小伙子的趣事时，总会冒出些出人意料的妙语，听得菲利普趣味盎然。她谈起富有特色的趣闻轶事来，口气总是一本正经，说得不咸不淡，仿佛事情本身压根儿就没有丝毫可笑之处，可她眼光锐利，见解深刻，总会惹得菲利普哈哈大笑，觉得有趣极了。这时候，莎莉就会微微瞟他一眼，那笑吟吟的眼睛表明她对自己的幽默毫无察觉。两人见面时，总是握握手；分开时，也是客客气气。有一次，菲利普邀请莎莉到他的住处去喝茶，却被莎莉拒绝了。“不，我不去。那样不太好。”

他俩之间从来不说情意绵绵的情话。莎莉看上去只想两人并肩散散步，除此之外，别无他念。不过，菲利普深信，莎莉喜欢和他在一起。她还是像他俩刚结识时那样，有如谜团一般，让人捉摸不透。菲利普还是搞不懂她如何行事。但认识她越久，他就越喜欢她。莎莉很能干，自制力强，为人诚实正直，让人迷恋不已。她的诚实品性让人觉得，无论在什么情况下都可以信赖她。

“你真是一个非常、非常好的人。”菲利普有一次突然没头没脑地对她说。

“我觉得和大家没什么区别。”莎莉回答说。

菲利普知道自己并不爱她。他对她怀有的是一种非常强烈的喜爱之情，喜欢有她陪在身边，因为那会给他不可思议的安慰感。他似乎觉得，和一个年方十九的缝纫女工谈情说爱是非常荒唐可笑的。他尊重她，对她那异常健美的娇躯赞叹不已。她是个完美无缺、没有丝毫瑕疵的人间尤物。她那尽善尽美的娇躯总让他惊叹不已的同时充满敬畏。在她面前，菲利普觉得自己一无是处，根本配不上她。

他们回到伦敦已有三周。有一天两人一起散步时，菲利普注意到莎莉比往常更为沉默。她脸上的表情一向平和安静，此刻眉头微微紧缩，打破了那股恬静。那微微紧缩的眉头就快要变成愁容满面了。

“怎么啦，莎莉？”菲利普问道。

莎莉两眼避开菲利普，直直地凝视前方，脸上一片沉郁。“我也不知道。”

菲利普立刻就明白了她这话是什么意思。他感到心跳猛地加快，脸上血色褪尽。“你的意思是？难道你担心……”菲利普戛然而止。他感到喉头一哽，没法再说下去了。他从未想过会发生这种事。然后，他瞧见莎莉双唇直打哆嗦，顿时明白她正极力克制自己的情感，努力不哭出来。

“我还不太确定。兴许没事。”

两人默然无语地向前走着，来到昌策里巷的拐角处。菲利普通常在这儿和莎莉告别。莎莉向他伸出一只手，脸上挂着笑意。“眼下还不必担心，咱们要多往好的方面想。”

菲利普默默地走了，脑海里思绪翻滚，涌起滔天巨浪。他干了什么样的蠢事啊！他脑海里冒出来的第一个念头就是，自己是个混蛋，一个卑鄙又可悲的混蛋。气愤之下，他一连骂了自己十几个混蛋。他鄙视自己，责怪自己怎么能把事情搞得这样一团糟？这时候，他脑海里思绪万千，有如潮水般纷纷涌来，全都纠缠在一起，剪不断理还乱，就像噩梦中犬牙交错的拼图玩具，让人既无能为力又茫然无措。他不禁扪心自问：今后究竟该怎么办呢？原本前途一片光明，要走的道路也清晰不已，多年来的夙愿也是唾手可成，然而现在，他那让人难以置信的愚蠢行为又给自己重新设置了一道屏障。菲利普想过那种秩序井然、有条有理的生活，并且对这一向往十分执著。要知道，这就是他为未来而奋斗的动力。他觉得自己这种想法是一个缺点，可又没法克服。他一接到医院的任职，就开始忙着为将来的旅行做出种种计划。以前他还努力劝服自己不要为将来做过细和具体的打算，到时候一旦实现不了，就会灰心丧气。然而现在，愿望就近在眼前，伸手可及，所以他觉得无妨做出让步，仔细去规划规划也没什么害处。要知道，他多年就渴望如此，实难抗拒。旅途的第一站，他想去西班牙——那是他一心向往的国度。他觉得到了现在，那个国家的精神、浪漫、风采、历史以及崇高形象，已经渗透到了他的灵魂里，深深地影响着他。他感到那个国家蕴含着一种启示，而这种启示是任何其他国家所不能给他的。哥多华、塞维利亚、托莱多、莱昂、塔拉戈纳、布尔戈斯等古老而优美的西班牙城市，菲利普了如指掌，仿佛自幼就在蜿蜒曲折的街道上行来走去。西班牙那些伟大的画家，是他心目中所认可与崇敬的画家。想到自己能面对面地站在绝世之作面前，想到那些作品会让他如何心醉神迷，他就觉得心跳陡然加快。对他来说，那些画作要比其他任何画作更能抚慰他那千疮百孔、躁动不安的心灵。他读过西班牙伟大诗人的诗作，也读过其他国家巨擘所写的诗作，然而在他看来，西班牙的诗作要比其他任何国家的诗作更富于民族特色。这是因为西班牙伟大的诗人似乎并不是从世界文学所共有的洪流中，而是直接从自己祖国热情而芬芳的平原和荒凉萧瑟的群山峻岭中获取的灵感。要不了几个月，他就可以亲耳聆听似乎更能表达心灵之崇高、激情之壮丽的美妙语言了。他那颇为挑剔的鉴赏力让他隐约觉得，安达卢西亚太过于温情和谦恭，甚至有点庸俗，不能满足他那炽热的激情。他满心向往狂风肆虐的卡斯蒂尔，以及巍峨雄壮、崎岖不平的阿拉贡①和莱昂。菲利普不知道去未知的地方闯荡会给他带来什么，但他总觉得可以从这种历练中获得力量和决心，使自己在面对更遥远、更陌生的地方时，更加从容不迫，在面对各种各样的奇观轶事时，更能领略其中的妙处。

这不过是个开头而已。菲利普已同几家轮船公司接触过，这些公司的船只出海时，都要带随船医生。他还将各家公司的航海路线了解得清清楚楚，并从跑过这些航线的人那里将各条航线的利弊摸得明明白白。他将东方轮船公司和太平洋航运公司弃之不选，因为在这两家公司的轮船上很难搞到住舱。再说，这两家轮船上的旅客服务有诸多限制，医务人员很少有什么自由。不过，还有另外几家公司可供考虑。这几家公司有不定期大货船开往东方，货运时间没什么严格规定，一路上在各种各样的港口都会停靠，而且停靠时间长短不等，短则一天两天，长则半个月。这样，他就可以有很多自由活动时间，可以趁机深入口岸内地观光览景，体验民俗风情。在这种船上当随船医生，薪水不高，伙食平常，也没有多少人来争抢这种职位。只要手中有伦敦颁发的医学文凭，不论是谁提出申请，十有八九会受到聘任。这些货运船从一个偏僻的港口驶往另一个港口，运货做生意，上面没什么乘客，只有些水手什么的，偶尔也能碰到个把外人。因此船上气氛亲和，大家友好相处，过得非常舒心惬意。菲利普把船只沿途停靠

---

① 阿拉贡王国（1035－1837），11－15世纪时伊比利亚半岛东北部阿拉贡地区的封建王国。

的港口地名熟记于心。那一个个地名无不在他脑海里勾勒出这样一幅图画：热带海岸，阳光灿烂而明媚，四周景物笼罩着神奇的魔力色彩，地区物产丰富，民俗风情带着不可思议的神秘感，生活节奏紧张而富于激情。啊，生活！那正是他所渴望的东西啊！他终于可以深入生活了。他说不定可以在东京或上海换乘别的航线的轮船，一路驶向南太平洋群岛。作为医生，到处都有用武之地。兴许还有机会去缅甸走一遭呢！至于苏门答腊岛和婆罗洲的茂密丛林，他怎么就不能去观览观览呢？他还年轻，有大把的时间可供挥霍。他在英国没什么亲友牵绊，完全可以花上几年时间去周游世界，来个环球航行，尽情领略生活的美与妙，尽情欣赏生活的多姿多彩。

可就在这节骨眼上，竟然出了这么件伤脑筋的事。他不认为莎莉会判断错误，说来奇怪，他深信莎莉的感觉是对的。这种事情毕竟是大有可能啊！任谁只消看莎莉一眼，就知道造物主本来就把这女人造就成一个好生养的母亲。在理智上，菲利普知道自己应该怎么做。他不该让这个小插曲使自己偏离原来设定的人生轨道，哪怕一丝一毫都不行。此时，他想起了格里菲斯。他完全想象得出，若是换作格里菲斯得知这种消息，会以怎样漠不关心的冷淡态度来处理。格里菲斯一定会认为这是糟糕透顶的麻烦事，一定会像聪明人那样溜之大吉，让姑娘独吞苦果。菲利普劝慰自己，倘若事情果真如莎莉所料，那也只能说这种事是不可避免的。想到这里，他反而责怪起莎莉来了。莎莉是个懂得人情世故和生活真相的姑娘，却依然眼睁睁地不顾后果去冒险。所以，若是让这个小插曲打乱自己的整个人生规划，才是疯子行为呢。很少有人能深切地认识到时光有如白驹过隙，人生转瞬即逝，所以要抓住机会及时行乐。而菲利普正是这少数人之一。他愿意为莎莉做些力所能及的事，比如说给她一笔数量充足的赡养费。一个意志坚定的男子汉是绝不会让任何事来改变他的人生目标的。

菲利普说是这么说，心里却深知自己是干不出这种事的。无论如何，他都干不出这种事。他对自己还是很了解的。“我简直懦弱透了。”他无力地嘟囔了一句。

莎莉一直都很信赖他，并且待他非常好。尽管有千万条理由不去管这件事，可他无论如何也过不了心里那一关——倘若他真不去管这件事，那他一定会觉得非常可怕。他会一直想着莎莉的处境是多么悲惨，那样的话，他在旅途中也休想获得安宁。再说，还有莎莉的父亲和母亲，他该怎么向这二老交代呢？要知道，他们一直待他很好，他可不能做出些狼心狗肺的事来。唯一的解决办法就是尽快和莎莉结婚。他可以写信给索斯大夫，告诉他，自己马上就要结婚了。如果大夫的建议继续有效，那么他愿意接受。在穷人中行医，这是他唯一的出路。在他们中间，他的跛足不会碍着什么事，穷人们也不会嘲笑他的妻子憨直淳朴。想象她会成为自己的妻子，菲利普觉得真是不可思议。这种想法让他心中顿时升起一股不可名状的柔情。当想到那孩子正是他的时，一股暖流骤然袭遍全身。索斯大夫一定会欢迎他成为合伙人的，对此，菲利普深信不疑。于是，他在脑海里又开始想象自己和莎莉将会在渔村过着怎样的生活。他们将在看得见大海的地方租一栋小屋，他会看着那一艘艘巨轮驶向他永远也不知道的地方。或许这是最明智的选择。此时，菲利普的耳畔又回荡起克朗肖生前说的那些话。他告诉菲利普，真实的生活对他来说无关紧要，他可以凭借想象力，永远牢牢地掌控着时间和空间两大领域。这些话说的倒是事实。“你若永远爱下去，她也将永远美丽下去！”①

他将把自己所有的远大理想作为结婚聘礼，奉献给自己的妻子。自我牺牲的精神！菲利普为这种美好的精神所驱动，感到异常兴奋，

① 此句出自英国浪漫主义诗人济慈的著名诗篇——《希腊古瓮颂》。

整个晚上都在想着这件事。他兴奋极了，根本没法静下心来读书，一个字也看不进去。他似乎被那种精神驱赶着，从房间里跑到了大街上，沿着鸟笼路来回踱步，心里因为洋溢着快乐而一阵阵悸动。他急不可耐，真想看看等自己求婚后，莎莉会有着怎样幸福的表情。若不是现在太晚了，他准会立即跑到莎莉跟前去。他想象着以后的日子：漫漫长夜，他将拥着莎莉坐在温馨的客厅里，透过拉开的百叶窗，眺望大海的美景。他看着书，莎莉则在一旁埋头做着针线活，从灯罩里射出的光线显得朦朦胧胧，将莎莉那张甜美的脸映照得更加美丽迷人。他们会一起谈论渐渐长大的孩子，当两人目光交汇时，他能看到她的眼睛里闪烁着爱之光华。他看诊过的渔民，还有他们的妻子，会非常喜欢他们。而他和莎莉也将对大家以诚相待，分享他们的欢乐，分担他们的忧苦。接着，他的思绪又回到他和莎莉的孩子身上。他觉得自己心里满满都是对儿子的爱。他想象着自己用手抚摸儿子那完美无缺的小胳膊腿儿，深信儿子一定会长得非常俊美。他还会将自己有关丰富多彩的生活梦想转赠给儿子。回首自己这漫长的人生经历，他愉快地接受了一切。他接受自己的残疾，尽管残疾将他的生活变得无比艰辛。他深知残疾扭曲了他的性格，不过此时他也发现，正是由于残疾，他才获得了内省力。而这种内省力又给予了他无穷的快乐。若是没有这种内省力，他将永远不可能获得敏锐的鉴赏力，永远无法对艺术和文学产生炽热的激情，也永远无法领略到生活中多彩多姿的丽景奇观的妙趣。他常常遭人嘲笑与鄙视，可这让他愈发关注内心的思想，从而让他内心开出朵朵香气不绝的鲜花。然后，他慢慢意识到，“完美无缺”才是人世间最罕见的东西。每个人皆有缺陷，不是身体的就是精神的。此时，他想起自己认识的那些人（整个世界就像一座病房，里面的一切毫无逻辑和理性可言），由此仿佛看到长长一列队伍，不是身体有残疾，就是精神有病态。有的身体有病，不是心脏病，就是肺病之类的；有的精神有病，不是意志消沉，就是嗜酒成性。想到这里，他不禁对所有人生出神灵般的悲悯之心。他们不过是工具，任由各种盲目的偶然摆布与操控，对此也无能为力。他可以原谅格里菲斯的背叛，也可以宽恕米尔德里德给他造成的那些痛苦。他们也是身不由己啊。唯一有理性可言的事就是，接受人们好的一面，对他们的过错要有耐心。这时，他的脑海里不由得浮现奄奄一息的圣子在临终前的遗训："父啊，赦免他们！因为他们所作的，他们不晓得。"①

第一二二章

菲利普和莎莉约定礼拜六在国家美术馆见面。莎莉答应一下班就赶到那儿，并同意和菲利普一道吃午饭。菲利普上次和她见面是在两天前。可在这两天里，菲利普那颗激动的心一刻也没平静过。正因为处在这种激动的喜悦中，他才没急着去找莎莉。在这期间，菲利普反复背诵着他将要对莎莉讲的话，并反复演练他说这些话时的表情和语态。他给索斯大夫写过一封信，而现在，他的口袋里就装着索斯大夫的回电："那个闹脾气的家伙已被解雇。你什么时候来?"菲利普沿着国会大街往前走。这天天气晴朗，阳光明媚，略有薄雾，让丝丝灿阳洒在街道上像是跳舞一样。街上人流熙来攘往，非常拥挤。远处的薄雾飘飘摇摇，将高楼大厦那棱角分明的线条变得朦朦胧胧，显得柔

① 此句是耶稣被钉在十字架上时，为了宽恕人们而说的一句话。见《路加福音》第二十三章第三十四节。

和而纤美，让人赏心悦目。菲利普穿过特拉法尔加广场。突然，他的心猛地一扭，浑身也是一颤。他瞧见前面有个女人看着很像米尔德里德。那个女人有着和米尔德里德同样的身材，走起路来的姿势也和米尔德里德一样，微微拽着脚。他只觉得心怦怦乱跳，想也没想就加快步伐跟了上去。等到并排时，女人突然转过脸来，菲利普这才发现是一个他根本不认识的人。那张脸显得更为苍老，上面皱纹纵横，肤色蜡黄。菲利普放慢脚步，如释重负的同时还有一种失望之情。这种心理不禁让他觉得恐惧，难道他就永远也摆脱不了与米尔德里德的情感纠葛吗？菲利普觉得，在内心深处，不论以往发生过什么事，他对那个肮脏堕落的女人总怀有一种渴望。这种渴望既让人不可思议，又让人无能为力。两人之间的爱情纠葛给他带来了巨大的创伤，在他的心上留下了深深的烙印。他深知自己永远也无法摆脱那种阴影，只有死亡才能让他获得最终的安息。

菲利普竭力驱散内心的痛苦。他想起了莎莉，想起她那双善良而温和的蓝眼睛，嘴角不由自主地露出一丝笑意。菲利普走上国家美术馆的台阶，坐在最前面的一个房间里。这样，莎莉一出现，他就可以及时看到她。每次置身在这些画作中，他总是感到无比惬意和舒适。他并没有特别观赏某幅画，而是让富丽堂皇的色彩与优美雅致的线条陶冶他的心灵。他满脑子想的都是莎莉。莎莉在伦敦显得有些与众不同，甚至可以说有点格格不入。那情景就像在开满兰花和杜鹃花的店里，她独独是一枝矢车菊。若是将她从伦敦带走，将会让她生长得更加舒适自在。早在肯特郡的蛇麻草场里，菲利普就知道莎莉并不适合生长在城里。他深信，在多塞特郡那柔和的天空下，莎莉必将容光焕发，出落成一个绝世美女。他正这样想着，莎莉走了进来。菲利普起身迎上前去。

莎莉穿着一袭黑裙，袖口滚着雪白的边，领口的印花细麻布裹着脖子。“你等了很久吗？”

“没有，就十分钟。你饿吗？”

“还好。”

“那我们先在这儿坐一会儿，好吗？”

“随你的便。”

两人肩并肩地坐在一起，谁也没说话。莎莉近在身旁，菲利普心里喜滋滋的。莎莉的健美有如四射的光芒，让菲利普觉得十分温暖；生命的活力宛如光轮一般，照亮了她周身的地区。

“嗯，你近来觉得如何？”菲利普脸上带着微笑，终于忍不住开口问道。

“噢，挺好。那是虚惊一场。”

“是吗？”

“你不是应该高兴吗？”

菲利普心中顿时生出一股怪异的感觉。他一直相信莎莉的疑心是有充分根据的，可不曾想到会出差错——他连一刻也没这样想过。突然之间，他的所有计划都被打乱了，精心绘制出的生活图景竟然不过是黄粱一梦，就这么破灭了。他再次成为自由人。自由！他原先的种种规划，一个也不必放弃，生活依然掌握在他的手里，想去干什么就可以干什么。然而，他并没有欣喜若狂，而是沮丧不已。他的心沉甸甸的。未来在他面前伸展开来，却无限空虚，孤寂而荒凉。他像是历经多年的辛苦航行，尝尽各种艰难险阻，最终越过广袤无垠的汪洋大海，来到赏心悦目的天国。正当他抬脚准备跨入天国，骤然刮起一阵逆风，又把他刮回汪洋大海之中。而多年来他总是畅想着柔软的草地与美妙的树林，这苍茫而荒凉的大海让他感到无比的沉闷与痛苦，他再也经受不住孤单寂寞的啃噬与狂风暴雨的摧残。

莎莉张着她那双清澈明亮的眸子，望着菲利普。“你不是应该高兴吗？”她又问了一遍，“我还以为你会乐得跳起来呢。”

菲利普满眼憔悴地回望着那双明眸，嘟囔了一句：“我并没那么觉得。”

“你这人真怪。多数男人听了都会乐不可支的。”

菲利普突然意识到，他一直在自欺欺人。事实上，根本不是什么自我牺牲的精神驱使着他考虑结婚，而是他从内心里渴望能有妻子的陪伴，能采摘到爱情，组成幸福的家庭。眼看着妻子、爱情和家庭似乎就要从指缝里悄悄溜走了，他顿时感到一阵绝望。他想要拥有妻子、爱情和家庭的心情，胜过想要拥有其他一切。什么西班牙，什么哥多华、托莱多、莱昂，他还在乎它们什么呢？对他来说，缅甸的宝塔和南海群岛的环礁湖，又算得了什么呢？美洲就在这里，就在眼前。他仿佛觉得，他这一辈子都是依照别人通过嘴说手写向他灌输的理想行事，而不是按照自己内心的真实愿望行事。他的人生道路，总是被他认为应该做的事情而不是他真心想做的事情所掌控。他做了一个不耐烦的手势，将那些事情统统抛到九霄云外。他老是生活在对未来的憧憬里，却一而再、再而三地错失眼前的良机。他的理想是什么呢？他想起了那个有关地毯的人生理想：从纷繁复杂却毫无意义的生活素材中编织出极致精巧与美丽的图案。一个男人来到世上，工作，结婚，生儿育女，油尽灯枯而离去。他是否意识到，这种最简单的图案其实是最完美的呢？兴许可以说屈服于幸福的诱惑就是一种失败，可这种失败要比许多成功叠加起来都更为值得。

菲利普迅速瞟了一眼莎莉，想知道此时此刻她正在想着什么，但很快又转开了视线。“我原是准备向你求婚的。”菲利普说。

“我觉得你兴许会的。不过，我可不想成为你的阻碍。”

“你绝不会阻碍什么的。”

“那你的旅行怎么办呢？不是说要到西班牙等地去旅行吗？”

“你怎么知道我想要去旅行的?”

“我自是应该有所了解。我听到你和爸爸谈论此事。那时，你还争得面红耳赤呢。”

“那些事情，我现在全都不在乎了。”菲利普停顿片刻，随即以嘶哑而低沉的声音继续说道，“我不想离开你！我也离不开你!”

莎莉没有答话。菲利普猜不透她此时做何想。

“不知道你是否愿意嫁给我，莎莉?”

莎莉坐在那儿一动也不动，脸上也没有丝毫表情变化。然而，当她回答菲利普的问话时，却不敢看他的眼睛。“若是你愿意的话。”

“那你呢？你愿不愿意呢?”

“噢，我当然想要一个属于自己的家，而我也是时候该有个家安定下来了。”

菲利普微微一笑，现在总算摸透她的心思了。至于她的态度，他倒并不觉得奇怪。“可是你难道不想嫁给我吗？难道只是因为想要有个家吗?”

“别的什么人，我可不愿意嫁。”

“那事情就这样定了。”

“爸爸妈妈一定会大吃一惊的，是不?”

“我好幸福啊!”

“我想吃午饭了。”莎莉说。

“我的天呐!”

菲利普满面笑容地握住莎莉的手，将它紧紧地攥在自己的手里。他们站起身来，一起走出美术馆。两人在栏杆旁站了一会儿，注视着特拉法尔加广场，只见好一派繁华喧闹的景象：马车啦，公共汽车啦，疾驰而来，奔驰而去，川流不息；人群熙来攘往，步履匆匆，急急忙忙赶往各个方向。而此时此刻，艳阳高照，明媚的光辉洒满人间大地。